KNAUR

Im Knaur Taschenbuch Verlag ist bereits folgendes Buch der Autorin erschienen:
Im Tal des Schneeleoparden

Unter dem Pseudonym »Tessa White« erschien im Knaur Taschenbuch Verlag:
Die Insel der Orchideen

Über die Autorin:
Steffanie Burow war Art-Direktorin und Werbetexterin, bevor sie gemeinsam mit ihrem Mann ausgedehnte Reisen durch die Länder des Fernen Ostens unternahm, die den Stoff für ihre Romane lieferten. Heute lebt und arbeitet die Autorin in Hamburg.

STEFFANIE BUROW

Die verborgene Botschaft

ROMAN

KNAUR

Dieser Roman erschien bereits als Knaur Hardcover
mit der Bandnummer 66297 unter dem Titel »Das Jadepferd«.

Besuchen Sie uns im Internet:
www.knaur.de

Wenn Ihnen dieser Roman gefallen hat und Sie auf der Suche sind nach ähnlichen Büchern, schreiben Sie uns unter Angabe des Titels »Die verborgene Botschaft« an: frauen@droemer-knaur.de

FSC
www.fsc.org
MIX
Papier aus verantwortungsvollen Quellen
FSC® C083411

Vollständige Taschenbuchausgabe Juni 2013
Knaur Taschenbuch

Umschlaggestaltung: ZERO Werbeagentur, München
Umschlagabbildung: Gettyimages, © Christian Kober;
© FinePic®, München
Satz: Adobe InDesign im Verlag
Druck und Bindung: CPI – Clausen & Bosse, Leck
Printed in Germany
ISBN 978-3-426-63905-4

2 4 5 3 1

Für meinen wunderbaren Mann Sven,
ohne den dieses Buch nicht entstanden wäre.
Und für meine geliebte Mutter,
die uns auf die Reise geschickt hat.

VORWORT

Die meisten der in diesem Buch vorkommenden Ereignisse sind frei erfunden, basieren aber auf historisch verbürgten Begebenheiten im alten und neuen China sowie der oft harten Realität der modernen chinesischen Minderheitenpolitik. Ebenso entspringen die handelnden Personen meiner Fantasie; eventuelle Ähnlichkeiten mit existierenden Menschen sind zufällig. Ich habe mir die Freiheit genommen, Wahres mit Fiktion zu verknüpfen, Menschen ein Gesicht zu geben, die bisher nur als Namen in den Geschichtsbüchern erschienen, und Städte zu bevölkern, die der Wüstensand schon vor tausend Jahren verschluckt hat. Alle in dem Buch vorkommenden Orte, auch die historischen, existieren oder existierten, ebenso die erwähnten Völker und wichtige Persönlichkeiten wie zum Beispiel der Kaiser Wu Di und sein General Li Guangli, der Wandermönch Xuan Zang und der Archäologe Sir Aurel Stein.

Die Geschichte des Tarim-Beckens ist seit ewigen Zeiten eng mit der Geschichte Chinas verwoben. Hier, entlang einer Kette von blühenden, reichen Oasenstädten, verlief ein Abschnitt der Seidenstraße, die schon im Altertum den Warenaustausch zwischen Rom und China ermöglichte und die zu kontrollieren einen enormen Vorteil gegenüber den umliegenden Völkern versprach. Im Laufe der Jahrtausende wurde die gewaltige Wüste von unterschiedlichen Volksstämmen beherrscht, die oft aus den nordöstlichen Steppen eingewandert waren.

Auch die Chinesen versuchten immer wieder, sich auf Dauer zu etablieren – was ihnen jedoch erst in der jüngeren Geschichte gelang.

Heute ist Xinjiang die westlichste und größte Provinz der Volksrepublik China, mit einer Bevölkerungsdichte von weniger als zwölf Menschen pro Quadratkilometer. Die unwirtliche Provinz wird jedoch systematisch erschlossen, da sich unter den Sandmassen große Öl- und Gaslager befinden. Mehrere hundert Jahre dominierten Uighuren und andere nichtchinesische Stämme die Region, heute jedoch stellen die Han-Chinesen fast die Hälfte der Bevölkerung. Die im Zuge dieser Migration entstandenen Probleme sind mit denen Tibets vergleichbar. Immer wieder kommt es zu gewalttätigen Zusammenstößen zwischen der Polizei und den Uighuren, die für ihr Volk mehr Autonomie fordern.

Trotz meiner Sympathie für ein Volk, das von der Welt weitgehend ignoriert wird, thematisiere ich in diesem Buch die komplexen politischen Probleme nur am Rande und lasse die Individuen für sich sprechen. In China wie überall sonst auch lassen sich von der Politik keinerlei Rückschlüsse auf den Charakter des Einzelnen ziehen – wunderbare Menschen gibt es überall. Schlechte auch.

Wie in jedem Buch über China ergibt sich das Problem der Orts- und Personennamen. Alle Städte in Xinjiang besitzen mindestens zwei Namen, den uighurischen und den chinesischen. Darüber hinaus sorgen unterschiedliche, teils auf alten Transliterationssystemen beruhende Schreibweisen für Verwirrung. Für die Städte Xinjiangs habe ich die uighurischen Namen gewählt, die von allen handelnden Personen ungeachtet ihrer Herkunft benutzt werden. Eine Ausnahme ist die historische Oase Li Xie, von der meines Wissens nach nur die chinesische Bezeichnung überliefert ist. Alle chinesischen Begriffe erscheinen in der heute üblichen Pinyin-Umschrift. Bei chinesischen Personennamen habe ich mich an die in China übliche Reihenfolge gehalten: Erst kommt der Familienname, dann der Rufname.

Im Roman kommt mehrfach die Maßeinheit *li* vor. Ein *li* entspricht ungefähr fünfhundert Metern.

DER BOTE DES KAISERS

JULI 102 V. CHR.

Hochverrat. Keiner der drei Männer wagte es auszusprechen, und doch hatte das Wort ihr Gespräch beherrscht. Sollten sie entdeckt werden, würde der Kaiser keine Gnade zeigen. Ihr Leben und das ihrer Familien wäre verwirkt.

Schweigen senkte sich über den Raum.

Zhao Shan vermied es, seine Freunde anzusehen. Stattdessen blickte er nach oben, zu den Drachen und Phönixen, die auf die Deckenbalken gemalt waren. Sie sollten das Glück in sein Haus bringen, aber er ahnte, dass sie ihm nicht helfen würden. Die Angelegenheit war schon viel zu weit fortgeschritten. Zhao Shans Augen glitten von der Decke über die mit roter Seide bespannten Wände zu dem niedrigen Tisch, auf dem seine Pinsel und ein Tuschestein standen, und verweilten dann kurz auf einem mit einer Jagdszene geschmückten Raumteiler. Er betrachtete die geschnitzten Holzliegen, die seidenen Bilder, den Weinkrug und das Lackgeschirr, bis sein Blick schließlich auf seine Hände fiel, die eine Trinkschale hielten.

Seine Hände zitterten. Sie zitterten so stark, dass sich auf dem Wein winzige Wellen kräuselten. Zhao Shan strich mit den Fingerkuppen über die filigranen Muster auf der Trinkschale, um sich zu beruhigen.

Das kostbare Lackgefäß war das Symbol für seinen Aufstieg vom kleinen Unteroffizier zum Hohen Sekretär im Amt des Direktors der Landwirtschaft – einer Stellung, die ihm Einfluss und Achtung verschaffte. Er war nicht reich, aber wohlhabend genug, um seine Frauen und Konkubinen in luxuriöse Seidengewänder kleiden und seine Freunde, zu denen Gelehrte und Staatsmänner, Dichter und Musiker zählten, regelmäßig bewirten zu können. Sein Leben in der

Hauptstadt war bequem und gesichert, solange er sich keine Feinde machte.

Er würde sich Feinde machen. Es war unvermeidlich.

Die Innenwand der Trinkschale war mit tiefrotem Lack überzogen, der im Licht der wenigen Lampen schimmerte und den fast durchsichtigen Traubenwein ebenfalls rot färbte. Seit Zhao Shan die Schale besaß, bewunderte er ihre Schönheit – aber heute stieß ihn die Farbe ab. Es war die Farbe von Blut, und Blut würde wieder fließen.

Zhao Shan leerte die Schale in einem Zug und setzte sie auf das zwischen ihm und seinen beiden Gästen stehende Tablett. Vielleicht konnte er das Schlimmste verhindern.

»Wann wird der Bote Chang'an verlassen?«, fragte er.

»Morgen, spätestens übermorgen«, antwortete der ältere der beiden Männer. Er hatte ein intelligentes Gesicht, und seine wachsamen Augen waren ständig in Bewegung. Die spärlichen grauen Haare hatte er mit einer goldenen Spange zusammengefasst.

»Hast du deine Vorbereitungen getroffen?«, fragte der Jüngere, ein etwa vierzigjähriger Mann mit ausladendem Bauch.

»Ich bin aufbruchbereit, seit der Kaiser mich zum Berater des Generals ernannt hat«, sagte Zhao Shan. »Der Großteil meiner Leute ist bereits seit vier Wochen unterwegs, aber ich werde sie schnell einholen.«

Der Grauhaarige lächelte Zhao Shan aufmunternd zu. »Gut. Du weißt, was du zu tun hast.« Es war eine Feststellung, keine Frage.

»Natürlich.«

»Und dir ist bewusst, dass es absolut notwendig ist. Als General Li Guangli vor zwei Jahren in den Westen aufgebrochen ist, haben Heuschrecken von hier bis weit in die westlichen Länder die Ernten vernichtet. Es war ein schlechtes Omen, auch wenn die Astrologen keine Gefahr für den Kaiser sehen wollten.«

»Es geht um das Wohl Chinas«, antwortete Zhao Shan mit fester Stimme.

* * *

Der Bote horchte angestrengt in die Richtung, aus der das seltsame, hohe Wimmern gekommen war, doch sobald der Hufschlag seines Pferdes verklungen war, herrschte Stille. Zum ersten Mal bereute er, die Warnungen vor den heimtückischen, in den Wüstennächten umgehenden Geistern nicht ernst genommen zu haben.

Sein Pferd schnaubte. Der Wind trug dem Boten erneut das unheimliche Geräusch zu. Ein Schauer jagte seinen Rücken hinunter, und er ballte seine Faust gegen eine entfernte Hügelgruppe, die in der sinkenden Sonne tiefschwarze Schatten warf.

»Verschwindet, wer immer ihr seid! Weder Geister noch Menschen werden einen kaiserlichen Boten aufhalten!«, rief er in die tote Einöde, doch seine Stimme klang trotz der selbstbewussten Worte unsicher. Dann setzte er sein Pferd in Bewegung und trabte auf die Hügel zu.

Die Geister verfolgten ihn, seit er am Nachmittag aus Wuwei aufgebrochen war, aber bislang hatte er angenommen, sich das seltsame Geheul nur einzubilden. In der Nacht zuvor hatte er zu viel Wein getrunken und war erst gegen Mittag mit grässlichen Kopfschmerzen aufgewacht. Der Wein gaukelte einem oft die seltsamsten Trugbilder vor.

Der Bote sah gedankenverloren auf die zuckenden Ohren seines Pferdes. Es war ein Fehler gewesen, sich heute noch auf den Weg zu machen. Die Soldaten, in deren Begleitung er den nächsten Abschnitt seiner Reise unternehmen wollte, hatten nicht auf ihn gewartet, und auch Meister Zhao, mit dem er den Abend in der Gaststube des Rasthauses verbracht hatte, war nicht aufzufinden gewesen. Er hatte darauf vertraut, eine der Gruppen einzuholen, die bereits am Morgen die Stadt verlassen hatten. Doch obwohl er sein Pferd zu einer immer schnelleren Gangart angetrieben hatte, konnte er nicht zu den anderen Reisenden aufschließen. Ihr Vorsprung war zu groß.

Die Sonne versank hinter den Bergspitzen. Zwielicht legte sich über die Wüste und löschte alle Farben. Die Gefahr, in der Dunkelheit vom Weg abzukommen, war groß, und der Bote dachte unbehaglich an die vielen vor ihm liegenden Stunden bis zur nächsten befestigten Stadt. Kurz vor den Hügeln zügelte er abrupt sein Pferd. Vier oder fünf Reiter lösten sich aus der Schwärze und blockierten den Weg. Panik stieg in ihm auf.

»Wer seid ihr?«, rief er den Reitern mit zitternder Stimme entgegen.

»Hat dir der Wein den Kopf vernebelt, oder warum erkennst du mich nicht?«, erwiderte einer der Männer und hielt mit seinem Pferd direkt auf ihn zu.

»Meister Zhao«, stieß der Bote erleichtert aus. »Ihr habt mir einen Schreck eingejagt.«

»Warum? Hast du mich für einen Geist gehalten?«

»Nein«, antwortete er beschämt. »Aber ich bin allein, und es treibt sich allerlei Gesindel in dieser Gegend herum. Ich bin froh, Euch zu treffen.«

»Meine Freude ist noch wesentlich größer«, bemerkte Zhao Shan trocken. Der Bote hörte die gesichtslosen Reiter, die jetzt unbeweglich auf dem schmalen Pfad zwischen zwei Felsbrocken verharrten, leise lachen. Seine Unruhe nahm zu. Die Reiter boten ihm Schutz, und doch jagten sie ihm Angst ein.

Zhao Shan beachtete die Männer im Hintergrund nicht und sprach weiter: »Es war ein amüsanter Abend, junger Freund, aber lass dir einen Rat geben: Du solltest nicht trinken, es bekommt dir nicht.«

»Aber ...«

Zhao Shan unterbrach ihn mit einer Handbewegung. »Es ist sogar unverantwortlich. Der Wein hat dich gesprächig gemacht. Zu gesprächig, wie du noch erkennen wirst. Ich persönlich bin allerdings sehr glücklich über deine aufschlussreichen Informationen.« Er nahm seinen langen, dünnen Bart zwischen zwei Finger und strich sachte darüber. Sein Lächeln war plötzlich nicht mehr wohlwollend, sondern feindlich und hart. »Gib mir die Schachtel!«, befahl er.

Die Worte trafen den Boten wie ein Schlag. Entsetzt sah er Zhao Shan an, dessen Gesichtszüge in dem schwindenden Licht kaum noch auszumachen waren.

»Wovon sprecht Ihr?«, fragte er schwach.

»Von der kaiserlichen Botschaft natürlich, die du General Li Guangli überbringen sollst.«

Der Bote war fassungslos. Er konnte sich nicht erinnern, dem Hohen Sekretär von dem kleinen Kästchen in dem Beutel unter seinem Hemd erzählt zu haben. Eine Ahnung, die sich schon am Abend zuvor leise in ihm geregt hatte, wurde zur Gewissheit.

»Ihr habt mich betrunken gemacht! Ich wollte keinen Wein, und doch habt Ihr darauf bestanden, dass ich trinke.«

»Ich habe dich nicht gezwungen.«

»Ihr wusstet von meinem Auftrag. Woher?«

»Das braucht dich nicht zu interessieren. Also, das Kästchen«, sagte Zhao Shan ungeduldig.

Endlich begriff der Bote: Seine Zusammentreffen mit Meister Zhao waren kein Zufall, weder am vergangenen Abend noch jetzt. Der Hohe Sekretär hatte es von Anfang an auf die kaiserliche Nachricht abgesehen. Wahrscheinlich war er ihm seit Chang'an gefolgt und hatte auf eine günstige Gelegenheit für einen Hinterhalt gewartet. Zhao Shan hatte ihm den Wein eingeflößt, um ihn von den anderen Reisenden zu trennen. Er war in eine Falle gelaufen. Zorn stieg in ihm auf. Mit dem Mut der Verzweiflung richtete er sich zu seiner vollen Größe auf und schrie:

»Wagt es nicht, mich aufzuhalten! Vergesst nicht, ich bin im Auftrag des Kaisers unterwegs!«

»Wie könnte ich das vergessen?«

»Der Zorn des Kaisers wird fürchterlich sein. Eure Familie wird hingerichtet, Euer Name ausgelöscht!«

»Es gibt Wichtigeres als die Familie oder einen Namen. Oder selbst den Kaiser.«

»Was sollte das sein?«, fragte der Bote verblüfft.

»China, junger Freund. Es ist nicht zu übersehen, dass die Götter dem Kaiser das Mandat des Himmels entziehen.«

»Wer seid Ihr, dass Ihr Euch anmaßt, die Zeichen des Himmels zu deuten?«

»Ein Mann, der sich nicht von den Erfolgen des Kaisers blenden lässt, sondern den Preis sieht, den das Reich für seine Taten zahlt. Es sollte dich nicht überraschen, dass es viele Männer gibt, die so denken wie ich. Und wenn du die Augen öffnest, wirst du verstehen, was ich meine.«

»Was hat das mit der Botschaft für den General zu tun?«

»Wenn sie das enthält, was ich vermute, darf sie den General auf keinen Fall erreichen.«

»Ich werde sie Euch niemals freiwillig geben, und wenn ich mit meinem Leben bezahlen muss!«

»Du bist ein pflichtbewusster Mann, aber du hast keine Chance. Verteidige dich und stirb in Ehren. Du hast dir nichts vorzuwerfen.«

Mit diesen Worten trieb Zhao Shan sein Pferd an und ritt in die Wüste davon. Während seine Gestalt von der Dunkelheit verschluckt wurde, umringten die stummen Reiter den kaiserlichen Boten. Er riss sein Schwert hervor, doch es war zu spät. Ein wuchtiger Hieb traf ihn seitlich am Hals, und er stürzte benommen von seinem Pferd.

Der Anführer der Männer, ein hochgewachsener Chinese, trat mit gezücktem Dolch auf den am Boden liegenden Boten zu.

Ein Schrei durchbrach die Stille der Wüste. Es war schade um den jungen Mann, dachte Zhao Shan. Nun blieben von ihm nur ein paar bleiche Knochen im Sand. Zhao Shan hielt an und lauschte in die Nacht. Bald hörte er den Hufschlag von mehreren Tieren, und einen Moment später brachte einer der Reiter sein Pferd neben dem seines Herrn zum Stehen. Er überreichte Zhao Shan ein kleines Kästchen.

»Was habt ihr mit der Leiche gemacht?«, fragte Zhao Shan, während er das Kästchen unter seinem Gewand verschwinden ließ.

»Wir haben sie ein Stück den Hügel hinaufgetragen und hinter einem Fels versteckt. Sein Pferd ist hier.«

»Sehr gut, Lin Hong. Morgen musst du seine Sachen vergraben.«

»Das mache ich.« Lin Hong zögerte. »Hoffentlich war der Tod des armen Kerls nicht umsonst.«

»Sein Tod wird viel Unheil vermeiden. Und jetzt lasst uns aufbrechen. Es ist ein weiter Weg bis zur nächsten Kommanderie«, sagte Zhao bestimmt und wendete sein Pferd. Lin Hong und die anderen Männer, die außer Hörweite gewartet hatten, folgten ihm. Bald war es wieder totenstill in den Hügeln.

* * *

Die Hitze des Sommers hatte ihren Höhepunkt erreicht und machte die Durchquerung des Korridors zwischen den Qilian-Bergen und der Großen Wüste Gobi zur Qual. Mehr als einmal entdeckte Zhao Shan einen verendeten, von Krähen zerhackten Ochsen. Die kleine Gesellschaft benötigte zwei Tage, um die Kommanderie Zhangye zu erreichen.

In der Stadt, die zwanzig Jahre zuvor, nach General Huo Qubings Sieg über die Barbaren, zu einem Armeestützpunkt ausgebaut worden war, wimmelte es von Menschen. Offiziere und Soldaten, Bauern und Händler schoben sich durch die staubigen Gassen. Auf den Feldern vor den Stadtmauern war ein großes Lager entstanden. Ein Teil der riesigen Armee, die seit Monaten in einem ununterbrochenen Strom von Chang'an in Richtung Westen zog, machte in Zhangye Zwischenstation, um die Vorräte aufzustocken und den Tieren eine Rast zu gönnen. Zhao Shan hatte den Eindruck, als sei halb China auf dem Weg nach Westen. Er fragte sich, ob die Himmlischen Pferde, die dieses Heer aus dem fernen Königreich Dayuan holen sollte, den ungeheuerlichen Aufwand lohnten? Oder ob der Kaiser nur einer seiner Launen nachgab, um sich am König von

Dayuan, der sich immerhin Kaiser Wu Dis Willen widersetzte und die Pferde nicht freiwillig herausrückte, zu rächen?

Da Zhao Shan nicht auffallen wollte, verzichtete er darauf, sich dem Gouverneur zu erkennen zu geben, und mietete für sich und seine Männer Zimmer in einem privaten Gasthaus. Er wollte in Zhangye auf seine Soldaten, Diener, Sklaven und Wagen warten, die in frühestens zwei Wochen eintreffen würden.

In sauberen Gewändern, die Haare von Läusen befreit und mit einem sättigenden Mahl im Magen, schloss sich Zhao Shan in seinem Gastzimmer ein und ließ sich auf einer Matte nieder. Vor ihm stand das kleine Kästchen. Die hellrote Oberfläche war mit einem Wolkenmuster verziert und sah ebenso harmlos aus wie eine der Schminkdosen, die seine Konkubinen mit sich herumtrugen. Allein wegen dieses Kästchens hatte er sein Haus in Chang'an verlassen, scin Leben und das seiner Familie in Gefahr gebracht und einen kaiserlichen Boten getötet. Die Schachtel war alles andere als harmlos.

Er brach das Tonsiegel auf. In dem Kästchen lagen mehrere zusammengeschnürte Bambustäfelchen und die vordere Hälfte einer zerbrochenen Pferdefigur. Auf dem Rücken der dunkelgrünen Jadefigur glänzten goldene Schriftzeichen, aber ohne die fehlende Hälfte ergaben die Zeichen keinen Sinn. Zhao Shan legte die Figur beiseite. Er würde sie eventuell noch benötigen, um sich als rechtmäßiger Bote des Kaisers bei General Li Guangli auszuweisen, der die andere Hälfte besaß. Dann wickelte er die Schnur von den Täfelchen und begann zu lesen.

Nach einer Weile legte er die Täfelchen nieder. Er war blass geworden. Seit geraumer Zeit kursierten im Palast beunruhigende Gerüchte, aber die ganze Angelegenheit war ernster, als er und seine Freunde erwartet hatten. Wu Di, der Kriegerische. Nicht umsonst hatte der Kaiser diesen Ehrennamen gewählt.

Zhao Shan ging unruhig in seinem Zimmer auf und ab, während er über die Bedeutung der Botschaft nachdachte. Kaiser Wu Dis

Größenwahn ließ ihn nach den Sternen greifen, aber Zhao Shan glaubte nicht einen Moment an das Gelingen der Unternehmung, die der Kaiser seinem General auftrug. Wenn Li Guangli dem Befehl gehorchte, was er unzweifelhaft tun würde, wären die Konsequenzen für China katastrophal, das Land würde in Armut und Chaos versinken.

Die Botschaft durfte niemals ihren Empfänger erreichen.

Ihm selbst blieb nur die Hoffnung, dass spätere Generationen zu würdigen wussten, was er für das Wohlergehen des Reichs getan hatte.

KASHGAR

OKTOBER 2004

»*Ganbei!*«

Der junge Chinese hielt sich schwankend an der Tischkante fest und brachte einen Toast auf seinen Freund aus, der mit glasigen Augen auf ein Chaos aus Bierflaschen, Schüsseln, Hühnerknochen und zerknüllten Papierservietten starrte.

»*Ganbei*«, nuschelte er, dann sackte sein Kopf auf den Teller.

Die anderen Gäste johlten und applaudierten. Eine junge Frau mit gezupften Augenbrauen und zu viel Schminke im Gesicht schenkte eine neue Runde Schnaps ein.

»*Ganbei!*«, kommandierte sie, und alle leerten ihre Gläser in einem Zug. Einer der Gäste stimmte einen Popsong an, der in Hongkong gerade beliebt war. Seine Freunde grölten enthusiastisch mit, während das Geburtstagskind leise schnarchend das Beste verpasste.

Es war eine gelungene Party.

Marion sah neidisch zum Nachbartisch hinüber. Sie hätte viel darum gegeben, den Abend in Gesellschaft zu verbringen, aber sie brachte nicht den Mut auf, sich zu den feiernden Chinesen zu setzen. Trübsinnig schaute sie auf den Berg Nudeln, der mit einer fettigen Soße aus Hammelfleisch und Paprika übergossen war. Er stand unangetastet vor ihr und wurde langsam kalt. Der Appetit war ihr vergangen. Es war paradox: Sie saß in einem vollbesetzten Restaurant im bevölkerungsreichsten Land der Welt und fühlte sich so einsam wie nie zuvor.

Dabei war sie noch keine drei Wochen ohne Thomas unterwegs. Das Alleinreisen verschaffte ihr viele Freiheiten, aber es hatte auch seinen Preis. Die Vorstellung, in ihr trostloses Hotelzimmer zurückzukehren, war Marion unerträglich. Sie hatte sich bereits dabei ertappt, dass sie sich mit ihrem Spiegelbild unterhielt. Es wird Zeit, andere Leute kennenzulernen, dachte sie, sonst werde ich noch verrückt. Sie machte der Kellnerin ein Zeichen und bat um die Rechnung.

Als sich das junge Mädchen an den betrunkenen Chinesen vorbeidrängte, kippte ihm einer der Männer aus Versehen ein halbvolles Bierglas über die Hose. Mit zerknirschter Miene ließ er die Beschwerde der Kellnerin über sich ergehen und versuchte sie dann auf einen freien Stuhl an seinem Tisch zu zerren. Sie befreite sich lachend und arbeitete sich weiter zu Marion durch. Ihre Augen weiteten sich erstaunt, als sie bemerkte, dass die Europäerin ihr Essen nicht angerührt hatte. Sie sah Marion fragend an.

»*Hao.* Gut«, sagte Marion, um das Mädchen zu beruhigen. Dann deutete sie auf ihren Magen. »Aber mir ist schlecht.«

Die Kellnerin räumte kichernd den Tisch ab. Ausländer mussten nach Auffassung von chinesischen Kellnerinnen die komischsten Menschen der Welt sein, denn sie kicherten immer, wenn sie mit ihnen zu tun hatten. Marion hatte bisher noch nicht herausgefunden, warum. Sie stand auf. Ihr war nicht komisch zumute.

Vor der Tür zog sie fröstelnd den Reißverschluss ihrer Jacke bis unters Kinn zu. Obwohl es Mitte Oktober tagsüber noch warm war, erhob der Winter bereits Anspruch auf die Nächte. Es war erst halb zehn, und Marion beschloss, einen Spaziergang zu machen, um die Zeit totzuschlagen.

Anderthalb Stunden später balancierte sie am Rand einer tiefen Baugrube entlang, in der riesige Röhren zur Montage bereitlagen. Die maroden muslimischen Stadtviertel von Kashgar wurden an die Kanalisation angeschlossen, und dafür war die Gasse, durch die sich Marion gerade kämpfte, in voller Breite aufgerissen worden. Zu beiden Seiten der von hohen Mauern begrenzten Straße standen den Fußgängern nur schmale Pfade zur Verfügung. Ein Ofenrohr, das über die Baugrube hinausragte, versperrte Marion den Weg. Es gehörte zu einem großen Grill, der unter einem windschiefen Holzdach aufgebaut war. Marion war in eine Sackgasse geraten.

Sie fluchte. Es hatte eine Ewigkeit gedauert, bis sie endlich aus dem düsteren Gassengewirr der Altstadt hinausgefunden hatte, und sie war beinahe am Ziel. Zwanzig Meter hinter dem Stand versperrte zwar ein Bagger die Sicht, aber sie konnte bereits den Lärm von Autos hören. Eine der Hauptstraßen der Stadt war ganz in der Nähe, und wenn sie diese erreichte, würde der Rückweg zum Hotel ein Kinderspiel sein. Kehrte sie um, würde sie sich nur wieder verirren. In der letzten halben Stunde hatte sie außer zwei Männern, die in einem schlecht beleuchteten Innenhof vor einem mit türkisfarbenen Mosaiksteinen besetzten Brunnen standen, niemanden gesehen. Ob sie zurückgehen und die Männer nach dem Weg fragen sollte? Marion bezweifelte, dass sie das Haus wiederfand.

Sie nahm die provisorisch anmutende Holzkonstruktion vor sich genauer in Augenschein. Wenn sie sich am Stützpfeiler des Daches festhielt, konnte sie sich um den Grill herumschwingen und auf der anderen Seite wieder auf dem Pfad landen. Kurz entschlossen trat sie näher auf die Bude zu. Der Rand der Grube war so bröckelig, dass sie beinahe abgerutscht wäre. Sie griff nach dem Stützbalken und machte einen Schritt vorwärts.

Die Bretterbude brach mit einem jammervollen Knirschen zusammen, und Marion wurde durch ihren eigenen Schwung über die Kante der Baugrube geschleudert. Eine Sekunde später folgte ein großer Teil der Bude. Ich bin *doch* zu dick, dachte sie noch, bevor ein Brett sie am Kopf traf.

Kurz darauf kam sie mit fürchterlichen Kopfschmerzen wieder zu sich. Ein Teil des Daches lag auf ihr, aber die Holzbude war glücklicherweise nicht massiv gewesen. Als Marion sich zur Seite drehte, um unter den Trümmern hervorzukriechen, zog ein heftiger Schmerz durch ihren Rücken. Sie musste auf dem Rand des Rohres aufgeschlagen sein, dessen schwarze Öffnung sich vor ihr auftat wie ein gähnender Schlund. Die Röhre hatte einen Durchmesser von etwa achtzig Zentimetern, groß genug, um notfalls darin zu übernachten. Marion wischte den Gedanken beiseite: Sie würde auf keinen Fall die Nacht hier unten verbringen.

Direkt hinter ihr begann eine Zufahrtsrampe für Baufahrzeuge, an deren Ende der Bagger stand. Sie wollte gerade mühsam aufstehen und zu der Rampe gehen, als ein dunkler Gegenstand in der Kanalröhre ihre Aufmerksamkeit erregte. Marion schob sich den fehlenden halben Meter auf die Röhre zu und streckte die Hand aus. Ihre tastenden Finger stießen auf einen Schuh. Einen Männerschuh an einem Fuß. Es schlief tatsächlich jemand in der Röhre!

Sie rüttelte an dem Fuß, um den Mann zu wecken, aber er rührte sich nicht. Bestimmt war er ein muslimischer Uighure, der sich betrunken hatte und nun nicht nach Hause traute. Marion dachte kurz nach. Wenn sie diesen auf Abwege geratenen Sohn Allahs über Nacht in der Kälte liegen ließ, würde er sich eine Lungenentzündung holen.

Trotz der Kopfschmerzen spannte Marion ihre ganze Kraft an und zog den Mann aus der Öffnung. Es war verhältnismäßig leicht, da die Röhre etwas abschüssig lag. Nachdem die Beine bereits im Freien waren, griff sie nach seinen Armen, um ihn besser fassen zu können. Als sie seine Haut berührte, fuhr sie entsetzt zurück. Der Mann war eiskalt. Voller Panik zerrte sie ihn ganz aus der Röhre. Sie fürchtete sich vor dem, was sie sehen würde.

Er lag mit dem Gesicht nach unten, und Marion drehte ihn auf den Rücken. Der Mann war klein und untersetzt. Ein kurzer, dichter Bart bedeckte sein breites Kinn, und in den geöffneten Augen spiegelte sich der Mond. Sie legte ihr Ohr an seinen Mund, konnte aber keinen Atem wahrnehmen. Fahrig suchte sie seinen Puls. Ein ergebnisloses Unterfangen: Der Mann war tot.

Marion begann hysterisch zu schreien.

* * *

Kommissar Li Yandao sah auf seine Armbanduhr. Es war vier Uhr morgens, kein Wunder also, dass er müde war. Die deutsche Touristin saß auf einem der beiden Betten und weinte sich die Anspannung der letzten Stunden von der Seele. Ihr Zusammenbruch hatte lange auf sich warten lassen. Im Krankenhaus hatte sie einen wachen und beherrschten Eindruck gemacht und protestiert, als der Arzt ihr mitteilte, dass er sie zur Beobachtung dortbehalten wollte. Li Yandao hatte mit dem Arzt gesprochen und die junge Frau dann in ihr Hotel gefahren, auch wenn das schäbige Hotelzimmer seiner Meinung nach keine Verbesserung zum Krankenhaus war.

Die Deutsche hatte ihre Habseligkeiten ordentlich auf dem zweiten Bett aufgestapelt. Er staunte, wie viele Dinge sie in dem kleinen roten Rucksack verstauen konnte, der leer an der Wand lehnte. Die meisten ihrer Kleidungsstücke waren braun, grün oder blau, unauffällig und äußerst praktisch. Sie schleppte sogar einen Stapel Bücher mit sich herum.

Immerhin war das Zimmer groß und verfügte über ein eigenes Bad. Der Spiegel war blind, der Heißwasserhahn klemmte, der Duschvorhang schimmelte, und Li Yandaos sechster Sinn sagte ihm, dass die Spülung nicht richtig funktionierte. Aber es war ein Bad.

Die Deutsche hörte auf zu weinen. »Sie können die Toilette benutzen, wenn es nötig ist, ich habe die Spülung vorhin in Ordnung gebracht«, sagte sie auf Englisch. Sie hatte die Beine an den Körper gezogen und hielt sie mit den Armen umschlungen. Das Kinn auf ihre Knie gestützt, lächelte sie ihm zaghaft zu.

»Sie reparieren Klospülungen?«, fragte er ungläubig.

»Wer viel reist, entdeckt die merkwürdigsten Talente an sich.«

»Mit diesen Fähigkeiten können Sie in China reich werden«, bemerkte er.

Sie musste wider Willen lachen. »Meine Freunde in Deutschland werden mich um eine Klempnerkarriere in einer Wüstenstadt am Ende der Welt glühend beneiden.«

»Kashgar liegt nicht am Ende der Welt«, widersprach Li Yandao.

»Im Gegenteil. Wenn Sie auf eine Karte schauen, werden Sie feststellen, dass die Stadt der Mittelpunkt des asiatischen Kontinents ist. Es gab Zeiten, da war Kashgar eines der wichtigsten Handelszentren der Seidenstraße, ein Verbindungsglied zwischen China und Europa.«

Sie hob abwehrend die Hände. »Ich wollte Sie nicht beleidigen. Aber Sie können sicherlich verstehen, dass ich mir meinen ersten Abend hier ein wenig anders vorgestellt habe. Ich stolpere nicht jeden Tag über eine Leiche.«

Er hatte Verständnis. Selbst ein Polizeikommissar sah nicht jeden Tag einen Toten. Erst recht nicht das Opfer eines Mordes: Die erste oberflächliche Untersuchung des Mannes hatte zweifelsfrei ergeben, dass er erstochen worden war.

»Sie müssen erschöpft sein«, sagte er. »Ich lasse Sie jetzt allein und komme morgen wieder. Sollte Ihnen noch etwas einfallen, können Sie mich jederzeit auf meinem Mobiltelefon erreichen.«

»Darf ich das Hotel verlassen?«

»Selbstverständlich. Allerdings müssen Sie in Kashgar bleiben, solange ich Ihre Hilfe benötige, Fräulein Ma…, Ma… Würden Sie mir Ihren Namen noch einmal nennen? Er ist für mich schwierig zu merken.«

»Marion.«

Er erhob sich aus dem fadenscheinigen Sessel und ging zur Tür. Die Deutsche stand auf, um hinter ihm abzuschließen. Sie war fast so groß wie er. Li Yandao fand sie nicht dick, aber sie hatte eine ganz andere Figur als die Chinesinnen, viel runder. Er wusste, dass sie dreiunddreißig Jahre alt war, aber mit ihren großen blauen Augen, den auf der Nase tanzenden Sommersprossen und den wirr nach allen Seiten abstehenden hellbraunen Haaren wirkte sie jünger. Obwohl sie mitgenommen aussah und ein beeindruckend großes Pflaster auf ihrer linken Stirnseite prangte, faszinierte ihn diese Ma Li Huo. Sie war auf eine exotische Art hübsch.

»Schlafen Sie gut, Ma Li Huo. Bis morgen.«

»Schlafen Sie auch gut, Kommissar Li. Und – ich heiße Marion.« Aber er hatte die Tür schon hinter sich zugezogen.

Marion ging ins Bad und begutachtete ihr Gesicht in einer der weniger angelaufenen Stellen des Spiegels: Augenringe, Pflaster, verheult, übernächtigt. Ein Anblick zum Fürchten. Sie streckte sich selbst die Zunge heraus.

»Das hast du toll hinbekommen, Fräulein Ma. In einen Mordfall verwickelt zu sein ist mal was Neues. Immerhin macht der Kommissar nicht den Eindruck, als würde er mich verdächtigen. Aber wer weiß das schon genau.« Sie drehte dem Spiegel den Rücken zu und verließ das Badezimmer. Dank der Tabletten, die ihr der Arzt im Krankenhaus gegeben hatte, waren die Schmerzen erträglich, und sie schlief bald ein.

Li Yandao lenkte seinen Wagen vom Parkplatz des Hotels und unterdrückte ein Gähnen. Er brauchte dringend einen heißen Tee, um wieder einen klaren Kopf zu bekommen. An Schlaf war fürs Erste nicht zu denken.

Auf dem Weg zum Polizeihauptquartier kam er an der Baustelle vorbei. Er fuhr langsamer. Die Schaulustigen hatten sich zerstreut; nur eine Handvoll Polizisten sicherte den Tatort, und bis auf einen Scheinwerfer waren alle Lichtquellen gelöscht worden. In dem verbliebenen Lichtkegel stand ein Kollege von der Spurensicherung und betrachtete aus nächster Nähe die Seitenwand des Baggers. Plötzlich winkte er und rief etwas über seine Schulter. Li Yandao versuchte noch vergeblich zu erkennen, was der Mann entdeckt hatte, als er seinen Büronachbarn Liu Zhenguo in den Lichtkegel treten sah. Seine Glatze reflektierte das Licht. Wie der Heiligenschein auf christlichen Bildern, dachte Yandao amüsiert.

Er hielt nicht an. Liu Zhenguo würde ihm sicher bald folgen und alles berichten. Aber warum war Zhenguo eigentlich hier? Er hatte keine Bereitschaft, und Yandao selbst hatte ihn nicht angerufen. Li

Yandao wandte seine Aufmerksamkeit wieder der Straße zu. Irgendwer musste seinen Kollegen geweckt haben, und eigentlich war er froh darüber. Zhenguos Unterstützung würde helfen, die wichtigen ersten Stunden zu nutzen.

Die Scheinwerfer seines Autos erfassten zwei Männer, die sich in einem Ladeneingang herumdrückten. Der kleinere der beiden Männer wurde von seinem Begleiter um mindestens einen Kopf überragt. Li Yandao überlegte flüchtig, ob der eine außergewöhnlich klein und dürr oder der andere außergewöhnlich groß und kräftig sei, dann war er vorbeigefahren, und die Männer versanken in der mondlosen Dunkelheit wie ein Spuk.

* * *

Das Klingeln des Telefons riss Marion aus einem Traum, in dem es die ganze Zeit geregnet hatte. Die Wüste beginnt sich in mein Unterbewusstsein zu bohren, dachte sie und fischte schlaftrunken nach dem Hörer. Der Schmerz in ihrem Rücken brachte sie in die Wirklichkeit zurück: Sie hatte eine Leiche entdeckt und stand inoffiziell unter Hausarrest. Marion hatte sich schon häufig in brenzligen Situationen befunden, aber dies ging entschieden zu weit. Sie ärgerte sich über ihre verfluchte Neugierde, die sie zu dieser Röhre hatte kriechen lassen.

Am anderen Ende der Leitung war der freundliche Polizist.

»Guten Morgen, Fräulein Ma Li Huo. Wie fühlen Sie sich?«

»Marion.«

»Beg your pardon?«

Sein Englisch war geschliffen. Marion fragte sich, wo er es gelernt hatte.

»Marion. Mein Name ist Marion.«

»Das sagte ich doch. Was halten Sie davon, wenn wir unser Gespräch beim Mittagessen in dem Café unten im Hof fortsetzen?«

Marion drehte den Wecker zu sich: halb zwei. Die Schlaftabletten hatten gewirkt. Sie hatte keine Lust, ihr Zimmer, ihre Höhle, ihre Schutzburg zu verlassen und sich den Widrigkeiten der Realität zu stellen. Andererseits war sie hungrig.

»Ich komme in ein paar Minuten runter.« Sie legte auf, ohne die Antwort des Kommissars abzuwarten.

Er winkte ihr zu, als sie den Garten des Cafés betrat. Es war ein klarer Herbsttag, und kleine Sonnensprenkel tanzten über fleckige Tischdecken und brüchige Steinplatten. Dichtes Weinlaub rankte sich über den Garten wie ein Dach. Trotz der Kühle im Schatten hatte der Kommissar einen Tisch draußen gewählt. Marion war es recht, auch sie zog den behaglichen Garten dem nüchternen Innenraum vor, der ohnehin nicht beheizt werden konnte. Sie gewöhnte sich langsam daran, wie die Einheimischen trotz der Herbstkälte den größten Teil des Tages im Freien zu verbringen. Schließlich gab es dicke Socken, warme Jacken und ihre Mütze. Sie wollte etwas über das Alltagsleben in China erfahren, und Heizungen gehörten definitiv nicht dazu. Heizungen waren ein Luxus für hohe Parteikader und verwöhnte Europäer in Fünf-Sterne-Hotels.

Marion setzte sich auf den Plastikstuhl dem Kommissar gegenüber, streckte die Beine unter dem Tisch aus und betrachtete den Mann forschend. Er wirkte zerknittert und hatte gerötete Augen. Wahrscheinlich hatte er überhaupt nicht geschlafen. Nachdem sie ihr Essen bestellt hatte, hielt sie die Ungewissheit nicht länger aus.

»Haben Sie mich im Verdacht? Gehen Sie davon aus, dass ich den Mann umgebracht habe?«

Der Kommissar machte ein Gesicht, als hätte er in eine Zitrone gebissen.

»Ich konnte es anfangs nicht ausschließen«, antwortete er. »Als Sie in die Grube gestürzt sind, war niemand auf der Straße. Und trotz des Lärms, den Sie angeblich verursacht haben, behaupten die Bewohner aus den umliegenden Häusern, dass sie nichts gehört hätten.«

»Weil die Leute in Kashgar mit den Hühnern ins Bett gehen.«

»*Hühner?* Ins *Bett?*«

Marion winkte ab. »Nicht so wichtig. Also, verdächtigen Sie mich?«

»Der Mann war schon seit mindestens fünfzehn Stunden tot, und möglicherweise lag er die ganze Zeit in der Röhre. Er wurde nicht früher entdeckt, da gestern in diesem Abschnitt nicht gearbeitet wurde. Es gibt keine Anzeichen eines Kampfes. Außer den Trümmern der Grillbude natürlich«, fügte er mit einem schiefen Lächeln hinzu.

Marion ignorierte die Anspielung. »Wie ist der Tote in das Rohr geraten?«, fragte sie.

»Meine Leute haben auf dem Bagger Blutspuren sichergestellt. Ich vermute, dass der Mann vor seinem Angreifer geflohen ist und sich in der Röhre versteckt hat. Dort ist er dann an seiner Stichwunde verblutet. Ich warte noch auf das Ergebnis der pathologischen Untersuchung.«

»Der arme Mann«, sagte sie ernst. »Er wirkte noch sehr jung.«

»Er war höchstens Ende zwanzig.«

»Haben Sie schon eine Ahnung, warum er erstochen worden ist?«

»Wenn ich das wüsste, wäre ich einen großen Schritt weiter«, sagte Kommissar Li. »Aber ich habe bisher keinerlei Anhaltspunkte. Es wird nicht einfach werden, den Mörder aufzuspüren.«

»Ich weiß nichts von Polizeiarbeit, aber ich nehme an, dass kein Fall einfach zu lösen ist.«

»Vielen Dank für die Aufmunterung.«

»Da ich nicht die Mörderin bin, kann ich Ihnen aufrichtig Jagdglück wünschen.«

»Bevor ich Sie endgültig von unserer Verdächtigenliste streichen kann, brauche ich noch die Adresse des Hotels, in dem Sie vorletzte Nacht geschlafen haben. Sie sagten doch, dass Sie erst gestern in Kashgar angekommen sind.«

Marion wand sich unter seinem erwartungsvollen Blick.

»Ich … ich …«, stammelte sie und wurde rot.

»Beg your pardon?«

Sie holte tief Luft. »Ich war in keinem Hotel mit Ausländerlizenz.« Sie hätte sich denken können, dass der Ärger vorprogrammiert war, als sie sich über die eiserne Regel hinwegsetzte: Als Touristin musste sie in den dafür vorgesehenen Hotels übernachten, deren Personal wiederum dafür verantwortlich war, sie bei der Polizei zu registrieren. Immer und überall. Niemand konnte sich der Überwachung in China entziehen. Jedenfalls nicht lange. »Ich war in den Bergen, am Karakul-See, und habe bei Kirgisen in einer Jurte gewohnt. Die Leute werden sich an mich erinnern.« Marion stocherte in ihrem Essen herum. »Werden Sie ihnen Schwierigkeiten machen?«, fragte sie kleinlaut. Und mir ebenfalls?, fügte sie im Stillen hinzu.

»Sie haben illegal in einem zugigen Zelt übernachtet? Warum?«, fragte Li Yandao verständnislos. »Es gibt doch dort oben ein bequemes Hotel.«

»Ein wunderbares Hotel mit wunderbaren Preisen und wunderbar muffeligem Personal«, entgegnete sie heftig. »Und wer kassiert? Selbstverständlich nicht die Kirgisen, die schon dort gesiedelt haben, als Mao noch am Daumen gelutscht hat.« Sie unterbrach sich bestürzt. Ihre große Klappe war wieder einmal mit ihr durchgegangen.

»Seien Sie ruhig. Was immer Sie über China denken: Behalten Sie es für sich.«

Marion sah den Kommissar verunsichert an. Als sie in seinem Gesicht nur Besorgnis, aber keine Feindseligkeit entdeckte, lehnte sie sich in ihren Stuhl zurück.

»Ich liebe China, aber …«

Er schnitt ihr das Wort ab. »Ich sagte, ich will Ihre Meinung nicht hören. Sie können sich eine Menge Ärger einhandeln. Vergessen wir es einfach. Erzählen Sie mir lieber noch einmal genau, was in der Baugrube passiert ist. Jedes Detail kann mir weiterhelfen.«

* * *

Nachdem sich Li Yandao verabschiedet hatte, ging Marion in ihr Zimmer zurück. Sie legte sich angezogen aufs Bett und blinzelte zur Deckenlampe, in deren Schirm Dutzende von Fliegenleichen lagen. Das Gespräch mit dem Kommissar hatte sie beunruhigt. Sollten die Kirgisen abstreiten, dass sie bei ihnen gewesen war, hatte sie kein Alibi.

Bald hielt sie es in dem deprimierenden Zimmer nicht mehr aus. Sie stülpte sich ihre Mütze über die fettigen Haare, nahm ihre Jacke und verließ das Hotel. Während sie noch überlegte, was sie unternehmen wollte, schlenderten drei pakistanische Händler an ihr vorbei. Einer der Männer schnalzte mit der Zunge, und alle drei grinsten anzüglich. Marion maß sie mit einem verächtlichen, für solche Gelegenheiten vor dem Spiegel eingeübten Blick. Sie hatte keine Angst vor den Pakistanis, aber diese Situation führte ihr wieder einmal vor Augen, dass sie als alleinreisende Frau einen zweifelhaften Status hatte. Als sie noch mit Thomas unterwegs gewesen war, hatte niemand sie respektlos behandelt.

Der Gedanke an Thomas brachte sie auf die Idee, ihm eine E-Mail zu schreiben. Es würde ihr helfen, die vergangene Nacht zu verarbeiten, auch wenn sie ihm gegenüber nur ungern zugab, dass sie in Schwierigkeiten steckte. Sie sollte ohnehin jemanden informieren, und ihre Eltern kamen nicht in Frage. Sie machten sich schon genug Sorgen um ihre Tochter, die in Ländern unterwegs war, in denen es ihrer Auffassung nach von finsteren Gestalten nur so wimmelte. Thomas wiederum würde sie um dieses Abenteuer beneiden. Entschlossen wandte sie sich nach rechts und folgte der breiten Straße in Richtung des modernen Stadtzentrums.

Die Bürgersteige der Renmin Xilu, der Westlichen Straße des Volkes, waren gedrängt voll mit Menschen. Westlich-schick gekleidete Chinesinnen strömten in die Boutiquen, in denen es die neueste, trendige Mode aus Beijing und Schanghai zu kaufen gab, doch trotz ihrer modischen Bemühungen wirkten sie neben den paillettenglitzernden Uighurinnen fade. Marion mochte deren farbenfrohe Kleider, ihre bestickten Strickjacken. Auch die kokette Art, mit der die muslimischen Uighurinnen ihre von Silberfäden durchzogenen Kopftücher trugen, gefiel ihr ausgesprochen gut. Unverständlich war ihr hingegen, warum die Frauen dazu fleischfarbene lange Unterhosen kombinierten, über die sie auch noch Feinstrumpfhosen zogen.

Die chinesischen und die uighurischen Männer waren sich zumindest bei der Farbwahl ihrer Kleidung einig: braun, schwarz, dunkelblau, grau. Trostloser ging es nicht.

Die Einwohner Xinjiangs unterschieden sich nicht nur in der Kleidung: Marion war schon am Tag nach ihrer Landung in Urumqi aufgefallen, wie unterschiedlich die Menschen aussahen. Die flächigen Gesichter und mandelförmigen Augen der Chinesen waren nicht zu verwechseln mit den eher türkisch wirkenden Uighuren, die häufig große, schwerlidrige Augen und dichte Brauen besaßen. Auch die widerspenstigen, rabenschwarzen Haare der Chinesen fanden sich bei den Zentralasiaten kaum; ihre Haare wiesen von hellbraun bis schwarz alle Schattierungen auf, waren fein, glatt oder sogar lockig.

Gegenüber eines Einkaufszentrums erspähte Marion die chinesischen Zeichen für »Internet« und kletterte über den Zaun, der die Fußgänger vom Überqueren der Straße abhalten sollte. Ihre Polizeiakte konnte gut noch einen Eintrag vertragen.

In ihrem E-Mail-Account waren mehrere neue Nachrichten eingegangen. Ihre beste Freundin Susanne gratulierte ihr zum Singledasein, und Marions Eltern berichteten über Nieselregen und die neuesten Krankheiten des Hundes. Marion übersprang einige Mails von anderen Weltenbummlern und öffnete die letzte Nachricht von Thomas. Es ging ihm gut, die Sonne schien, das Wasser war warm. Liebe Grüße, Thomas.

Sie scrollte den Bildschirm hinunter, um zu sehen, ob er einen Anhang angefügt hatte. Nichts. Liebe Grüße, Thomas. Die nüchternen Schlussworte einer langen, glücklichen Beziehung. Einer Beziehung, die *sie* beendet hatte, nicht er, aber sie hatte trotzdem gehofft, dass er ihr ein wenig mehr nachtrauern würde. Die Augen auf den Bildschirm geheftet, dachte sie über die letzten Wochen nach.

Nachdem die ersten Monate ihrer Reise harmonisch verlaufen waren, hatten Thomas und sie sich im Laufe der Zeit immer häufiger wegen Kleinigkeiten in den Haaren gelegen. Am schlimmsten empfand Marion es, dass er grundsätzlich das Kommando übernahm und so tat, als würde sie unter die Räder kommen, wenn er nicht auf sie aufpasste – eine Unart, die er sich schon in Deutschland angewöhnt hatte. Zum Eklat war es auf Ko Lanta gekommen, einer idyllischen Insel vor der Westküste Thailands. Marion hatte sich nach zwei Wochen Nichtstun gelangweilt und darauf gedrängt, weiterzureisen, aber Thomas hatte ihren Wunsch einfach ignoriert. Er war in seinem Element und unterhielt die versammelten Rucksackreisenden mit haarsträubenden Geschichten über Beinahe-Busunfälle und Trekkingabenteuer im Himalaya. Schließlich war Marion der Kragen geplatzt. Sie hatte nicht ewig für die Reise ihres Lebens gespart, um dann wochenlang an einem thailändischen Strand die immer gleichen Gespräche mit anderen Weltenbummlern zu führen.

Marion schämte sich immer noch ein bisschen für die Gemeinheiten, die sie Thomas am Abend ihrer Trennung während eines hitzigen Streits an den Kopf geworfen hatte – auch wenn sie nicht gemeiner gewesen waren als Thomas' bissige Bemerkungen. Am Ende war er wutentbrannt von der Veranda ihrer Hütte gestürmt und erst am nächsten Morgen wieder aufgetaucht. Sie waren beide zerknirscht gewesen und hatten sich entschuldigt, aber im Laufe der Nacht hatte Marion eingesehen, dass der Versuch, ihre Beziehung mit dieser Reise zu retten, gescheitert war. Sie beschloss, ihre Sachen zu packen, nach China zu fliegen und sich weit weg von den üblichen Routen zu bewegen, wo sich die Reisenden trafen und die immer gleichen Geschichten erzählten.

Ihre Wahl fiel auf Xinjiang, die nordwestlichste Provinz der Volksrepublik, ein Gebiet, viereinhalbmal so groß wie Deutschland, in dem keine zwanzig Millionen Menschen lebten. Etwa die Hälfte der Bevölkerung gehörte den muslimischen Minderheiten Chinas an, was für Marion den Ausschlag gegeben hatte. Sie war schon in Indonesien, Malaysia, der Türkei und Ägypten gereist, und ihrer Erfahrung nach war die Herzlichkeit und Gastfreundschaft in diesen islamischen Ländern besonders groß. Riesige Wüsten, gewaltige Gebirgszüge, Oasen und Nomaden und die versunkenen Städte aus den goldenen Zeiten der Seidenstraße übten einen unwiderstehlichen Reiz auf sie aus. In der Provinz Xinjiang, an deren westlichen Rand Kashgar lag, gab es jede Menge Neues zu entdecken. Marion verzog das Gesicht: zum Beispiel eine Leiche.

Der endgültige Bruch mit Thomas war unerwartet sachlich abgelaufen. Die Streitereien hatten auch ihn mürbe gemacht, und sie waren in der Lage, sich freundschaftlich zu verabschieden. Geheult hatte Marion erst, als sie auf der Fähre zum Festland saß. Drei Tage später stand sie auf dem Victoria Hill und bewunderte Hongkongs Wolkenkratzer. Nach weiteren zwei Tagen nahm sie ein Flugzeug nach Urumqi, der Hauptstadt Xinjiangs. Da ihr Urumqi nicht sonderlich gefiel, reiste sie in die Berge und von dort nach Kashgar, der uralten Seidenstraßenoase am westlichen Rand der Taklamakan-Wüste. Und hier war sie nun, gerade zehn Tage in China, und hatte bereits einen Haufen Ärger.

›Hi, Thomas.‹ Marion nahm die Finger von der Tastatur. So ging es nicht. Trotz der Trennung war er immer noch der Mensch, dem sie sich am nächsten fühlte. Sie löschte das erste Wort, ersetzte es durch ›Lieber‹ und begann zu schreiben.

Eine Stunde später stand sie wieder auf der Straße. Sie schlüpfte in ihre Jacke und suchte in den Taschen nach Papiertüchern. Dabei fiel ihr ein harter Gegenstand in die Hände, den sie am liebsten vergessen hätte. Ihr Magen krampfte sich zusammen: Es war ein kleines, ramponiertes Kästchen, das dem Toten gehörte. Sie hatte es ihm aus einem ihr unerklärlichen Impuls heraus abgenommen. Welcher Teufel hatte sie letzte Nacht geritten? Das Kästchen war bestimmt für die Ermittlungen wichtig. Sie musste es dem Kommissar unbedingt bei nächster Gelegenheit geben. Aber erst würde sie erneut einen Spaziergang durch die Altstadt wagen – bei Tageslicht sollte es kein Problem sein, sich dort zurechtzufinden, und sie konnte sich unterwegs eine plausible Ausrede einfallen lassen, warum sich das Kästchen in ihrem Besitz befand.

Nach zweihundert Metern ließ sie die rechtwinklige chinesische Welt hinter sich und bog nach links ab. Vor ihr öffnete sich eine schmale, ungepflasterte Gasse, die direkt in das Herz der zentralasiatischen Stadt führte. Erwartungsvoll betrat Marion die Gasse. Mit jedem Schritt wirbelte sie Staub auf, der sich auf die Auslagen der Gemüsehändler, die Gesichter der Kinder, auf die Esel und die vor den Läden der Schlachter hängenden gehäuteten Schafe legte. In einer zur Straße hin offenen Werkstatt drechselte ein junger Mann die Pfosten für ein Möbelstück, daneben glänzten die Waren eines Metallhandwerkers: orientalische Wasserkannen, fein ziselierte Tabletts, messingbeschlagene Mitgifttruhen. Marion hob interessiert den Deckel einer der Truhen an und ließ ihn dann bedauernd wieder fallen. Sie hätte die Truhe sehr gern gekauft und mit den wunderbaren Dingen gefüllt, die der Handwerker zusätzlich anbot. Leider war das Transportproblem unlösbar. Das Platzproblem zu Hause in Hamburg allerdings auch: Ihre Wohnung war vollgestopft mit Kunsthandwerk, das sie in aller Welt zusammengetragen hatten – Marion seufzte. Es gab keine gemeinsame Wohnung mehr, Thomas und sie hatten sich getrennt. Sie würden sie wohl oder übel auflösen müssen – offensichtlich hatte sie diese Tatsache noch nicht richtig verdaut.

Der Handwerker hatte inzwischen von seiner Arbeit aufgesehen und beobachtete Marion in der Hoffnung auf ein Geschäft, aber sie machte eine entschuldigende Geste und ging weiter.

An der nächsten Ecke standen zwei Männer in bodenlangen, hellgrauen Kaftanen und feilschten um den Preis eines Ballen Baumwolle. Empört registrierte Marion, dass einer der Männer eine hoch aufragende Pelzmütze trug – ein Luxus, für den irgendein armes Tier hatte sterben müssen. Doch dann sah sie genauer hin. Von Luxus konnte keine Rede sein, denn die Mütze sah abgegriffen aus, als wäre sie seit Generationen vom Vater auf den Sohn vererbt worden. Im nächsten Moment fiel Marion die Klimatabelle ein, die in ihrem Reiseführer abgedruckt war. In wenigen Wochen würden die Temperaturen hier in Xinjiang auf minus zwanzig, vielleicht sogar minus dreißig Grad fallen, und wer dann nicht ausreichend geschützt war, dem froren die Ohren ab. Ihre Wertvorstellungen mochten für Europa gelten, hier waren sie eher hinfällig. Ein wenig beschämt wandte sich Marion ab.

Ihre nachdenkliche Stimmung verflog schnell, während sie sich weitertreiben ließ, vorbei an einer Gruppe verschleierter Uighurinnen, die vor einem Stoffgeschäft preiswerte, schreiend bunte Kunstfasergewebe prüfend zwischen ihren Fingern rieben. Vorbei an einem winzigen Lokal, aus dessen dunkler Türöffnung der Duft von würzigem Eintopf und eine summende Wolke Fliegen quoll, vorbei an einer jungen Mutter, die ihren kleinen Jungen über die Gosse hielt, direkt neben einem dichtbesetzten Tisch, dessen graubärtige Gesellschaft unbekümmert dabei zusah, wie der Kleine sein Geschäft verrichtete.

Dies ist das wahre Kashgar, dachte Marion, als sie mit einer Gruppe vorwitziger Jungen im Gefolge durch die Basare schlenderte, das alte Kashgar, seit Jahrtausenden mit den Geschicken der Seidenstraße verwoben, unzählige Male erobert und doch nie untergegangen. Welten trennten es von dem chinesischen Teil der Stadt mit seinen fantasielosen Wohnblocks und Bürohäusern, deren Fassaden mit den ewig gleichen, ungemein praktischen und ebenso hässlichen Kacheln überzogen waren und die immer ein wenig so aussahen, als hätte man ein heruntergekommenes Schwimmbad von innen nach außen gestülpt.

Sie kaufte einem Mann, auf dessen Oberlippe ein Schnurrbart prangte, ein paar honigtriefende Süßigkeiten ab und verteilte sie an die spottlustigen Jungen. Dann bummelte sie weiter bis zu dem weiten Platz vor der Großen Moschee Kashgars, auf dem sich Hunderte von Männern zum Freitagsgebet versammelt hatten. Sie setzte sich auf die gemauerte Umfassung eines Blumenbeets und sah zu, wie die Menschenmassen durch das große Hauptportal strömten, das vermutlich in einen nicht überdachten Innenhof führte, denn über die gelb gestrichenen Umfassungsmauern ragte ein ganzer Pappelwald. Überhaupt schien die Moschee nur aus der Mauer zu bestehen, in die in regelmäßigen Abständen mehrere Meter hohe, spitzgiebelige Nischen eingelassen waren. Die Nischen bildeten den passenden Rahmen für die dort angebrachten, auf glasierte Kacheln geschriebenen arabischen Sätze, von denen Marion annahm, dass es sich um Koranverse handelte. Der höchste und auffälligste Gebäudeteil war das von einem leicht schiefen Minarett flankierte Tor. Marion war erstaunt, wie bescheiden die Große Moschee wirkte, obwohl sie gelesen hatte, dass der Innenhof bis zu zwanzigtausend Menschen fassen konnte. Sie hatte ein beeindruckendes Bauwerk wie die Alabastermoschee und Al-Azhar in Kairo oder Istanbuls Blaue Moschee erwartet, aber das war natürlich Unsinn. Kashgar war viel zu klein für ein derartiges Monument.

Wenig später lag der Platz verlassen da. Marion nutzte den unbeobachteten Moment und holte das Kästchen aus der Tasche. Bevor sie es Kommissar Li gab, wollte sie es sich wenigstens einmal genau ansehen.

Das Kästchen maß etwa fünfzehn mal acht Zentimeter und war sehr flach, höchstens drei oder vier Zentimeter hoch. Ein schmutziges Band hielt Unterteil und Deckel zusammen. Ein Teil des Deckels war abgebrochen und die mit verschlungenen Mustern verzierte Oberfläche stark beschädigt. Es sah aus wie eine sehr alte Lackarbeit.

Als sie das Kästchen in den Händen drehte, bewegten sich im Inneren mehrere Gegenstände. Sie war unschlüssig, ob sie das Band lösen sollte. Das Kästchen konnte für die Ermittlungen in dem Mordfall wichtig sein, und dafür war es besser, wenn es in dem Zustand blieb, in dem sie es gefunden hatte. Sie schüttelte es. Das Klappern der geheimnisvollen Dinge, die sich in der Kiste verbargen, war zu verlockend …

Marion streifte das Band ab. Es würde schon nicht die Büchse der Pandora sein.

In dem Kästchen lag die vordere Hälfte einer zerbrochenen Pferdefigur aus dunkelgrüner Jade. Auf dem Tierkörper glänzten mit Gold eingelegte chinesische Schriftzeichen, und ein kleiner roter Stein, vielleicht ein Rubin, war als Auge eingesetzt worden. Ein extrem fein geschnitztes geometrisches Muster, das Marion an griechische Mäandermuster erinnerte, überzog die Mähne. Die Vorderläufe des Pferdes deuteten eine Sprungbewegung an, die trotz des reduzierten Stils sehr lebendig wirkte.

Marion nahm die Figur heraus. Die Jade war so perfekt poliert, dass es schien, als würde das Licht bis unter ihre Oberfläche dringen und die wolkigen Einschlüsse in den Tiefen des Steins in eine weiche, träge Wellenbewegung versetzen. Fasziniert drehte Marion die Figur hin und her. Bei jeder noch so winzigen Änderung des Winkels bildeten die fast unsichtbaren Einschlüsse neue Muster. Es war, als würde das zerbrochene Pferdchen gleich zum Leben erwachen und seine Geschichte erzählen. Eine lange Geschichte, durch die Karawanen und Armeen marschierten, in der Städte entstanden und versanken, von schwarzen Stürmen zu Staub zerblasen … In einem bunten Wirbel zogen lanzenbewehrte Krieger und schöne chinesische Frauen mit fantastischen Seidenroben an Marions innerem Auge vorbei, sie sah flatternde Fahnen, bunt verzierte Tempel, nervös tänzelnde Pferde und Kamele mit weichem, braunem Fell, stoisch einen dickbesohlten Fuß vor den anderen setzend, auf dem Weg in entlegene Länder.

Marion lächelte in sich hinein. Ihre Fantasie galoppierte mal wieder mit ihr davon. Vielleicht war das seltsame Jadepferd ja noch gar nicht so alt, wie es den Anschein hatte. Sie drehte es um. Die Rückseite war bis auf zwei in die Oberfläche geritzte Zeichen schmucklos.

Leider befand sich die andere Hälfte der Figur nicht in dem Kästchen, sondern nur ein Dutzend unscheinbarer Bambusstäbchen, die Marion sofort wieder zurücklegte, während sie sich von dem Jadepferd kaum losreißen konnte.

Marion hatte vier Semester Kunstgeschichte studiert und erkannte, dass dieses kleine Jadepferd die Arbeit eines außergewöhnlich begabten Künstlers war. Spontan verspürte sie den Wunsch, die Figur zu behalten.

Es war schon fast neun Uhr abends, als Marion ins Seman-Hotel zurückkehrte. Sie hatte Hunger und ging über den Hof in das Café des Hotels, wo eine größere Gruppe Touristen sich zwei Tische zusammengeschoben hatte. Marion setzte sich ungefragt zu ihnen, sie brauchte dringend Gesellschaft. Die Touristen machten bereitwillig Platz, und es stellte sich heraus, dass die meisten sich auch erst an diesem Abend kennengelernt hatten. Je abgelegener die Gegend, desto unkomplizierter waren die Umgangsformen. Die Gruppe am Tisch hatte viel Spaß, und Marion vergaß vorübergehend sogar die Ereignisse in der Baugrube. Zum ersten Mal seit ihrer Ankunft in China war sie entspannt.

Sie verabschiedete sich trotz ihrer Müdigkeit erst gegen Mitternacht von den anderen. Als sie auf den scheußlichen Anbau zuging, in dem sie wohnte, ließ sie ihren Blick auf der Suche nach ihrem Zimmerfenster an der gekachelten Fassade hochschweifen.

In ihrem Zimmer brannte Licht. Marion stutzte. Sie hatte das Hotel bei Tageslicht verlassen und kein Licht angemacht. Sie zählte die Fenster. Wahrscheinlich hatte sie sich getäuscht, und ihres war das Nachbarzimmer. Ohne einen weiteren Gedanken daran zu verschwenden, ging sie ins Haus.

Das Zimmer sah aus, als hätte jemand seine Wut an ihm ausgelassen. Ihre Sachen waren im gesamten Raum verstreut, und eine der Schubladen des Schreibtischs lag mit der Unterseite nach oben neben dem abgewetzten Sessel. Der Sessel selbst war aufgeschlitzt worden. Der Einbrecher hatte die Betten verschoben und die Matratzen heruntergezerrt. Es dauerte mehrere Minuten, bis Marion ihre zitternden Beine so weit unter Kontrolle hatte, dass sie das Zimmer betreten konnte. Sie sank auf den geschändeten Sessel. Worauf hatte es der Einbrecher abgesehen?

Ihren Pass, die Kreditkarte, das Geld und das Rückflugticket trug sie grundsätzlich bei sich, und alles andere war für einen Dieb eher uninteressant. Ihren wertvollsten Besitz, ein Paar abgetragene Wanderstiefel, entdeckte sie unter einem der Betten, und der teure Wasserfilter lag zwischen ihrer Kleidung. Sie kniete sich auf den Boden und ging ihre Sachen Stück für Stück durch. Nach wenigen Minuten war sie überzeugt, dass nichts fehlte.

Marion kauerte ratlos zwischen den Betten. Der Zustand des Raums sprach nicht dafür, dass sich der Einbrecher zufällig ihr Zimmer ausgesucht und rasch ihre Besitztümer durchsucht hatte. Es war seltsam: erst der Fund der Leiche, nun der Einbruch. Alles in Marion sträubte sich, die beiden Vorfälle miteinander zu verknüpfen, aber sie ahnte, dass es eine Verbindung gab. Ihr Blick blieb an der achtlos hingeworfenen Jacke hängen und langsam dämmerte ihr, was der Einbrecher haben wollte: das Kästchen. Der Einbrecher hatte nach dem Kästchen gesucht.

Marion bekam Angst. Wenn sie recht hatte, bedeutete es im Umkehrschluss, dass der Einbrecher auch der Mörder war – oder zumindest mit dem Mörder unter einer Decke steckte. Vielleicht beobachtete er sie schon seit diesem Abend und hatte nun ihre Abwesenheit genutzt. Sie schlug sich vor die Stirn. Natürlich! Der Mörder musste unter den Schaulustigen gestanden haben, die in der Gasse zusammengelaufen waren, nachdem sie den Toten gefunden hatte. Ihr Geschrei war laut genug gewesen, um die gesamte Nachbarschaft zu wecken. Wahrscheinlich hatte der Mörder im Schutz der Dunkelheit weiter nach seinem Opfer gesucht, und Marion war ihm zuvorgekommen. Nur eines verstand sie nicht: Warum nahm er an, dass sie das Kästchen besaß? Er musste doch davon ausgehen, dass sie es der Polizei gegeben hatte? War er bei ihr eingebrochen, um sich zu vergewissern, dass sie es *nicht* hatte?

Marion kaute nervös auf ihrer Unterlippe. Die Sache war ganz schön heiß. In diesem Moment bemerkte sie, dass die Zimmertür noch offen stand. In dem schlecht beleuchteten Flur befand sich keine Menschenseele. Marion knallte die Tür zu und durchwühlte ihre Sachen hektisch nach dem Zettel mit Li Yandaos Handynummer.

* * *

Der alte Chinese mit den langen weißen Haaren öffnete den Mund. Grüne Lichtblitze schossen heraus und trafen seinen Gegner, einen grimmigen jungen Mann in einem Harnisch aus Metallplättchen, direkt vor die Brust. Der Mann flog zwanzig Meter durch die Luft, bis er scheppernd gegen einen steinernen Löwen prallte. Gerade als sich der Alte auf den jungen Krieger stürzen wollte, fing das Bild an zu rauschen, und es waren nur noch schattenhafte Umrisse des Kampfes zu erkennen.

Li Yandao bemerkte es nicht. Er lag auf seiner abgewetzten Schlafcouch und folgte mit den Augen den Umrissen eines feuchten Flecks unter der Decke, der seit Wochen eine interessante Metamorphose durchlief. Heute hatte er Ähnlichkeit mit einer Schildkröte.

Li Yandao fragte sich, warum die Mieter über ihm nicht merkten, dass sie einen Wasserschaden angerichtet hatten. Jeden Tag nahm er sich aufs Neue vor, ihnen einen Besuch abzustatten, konnte sich aber nicht dazu aufraffen. Allein die Tatsache, dass er Polizist war, genügte, um ein normales Gespräch mit seinen Nachbarn zu verhindern. Nicht zum ersten Mal bereute er es, beim Büro für Öffentliche Sicherheit zu arbeiten. Die Polizeiarbeit widerte ihn zunehmend an. Nein, das stimmte nicht ganz. Nicht die Arbeit widerte ihn an, sondern die Polizei und ihre Methoden. Vor fünfzehn Jahren hatte er die Polizei-Offiziersschule des Chinesischen Volkes verlassen, aber von seinem anfänglichen Enthusiasmus war nicht mehr viel geblieben, was ihn noch zur Arbeit motivierte.

Li Yandao ging zu dem kleinen Gaskocher unter dem Fenster, um sich einen Tee aufzubrühen. Während er wartete, bis das Wasser kochte, dachte er an den toten Uighuren in der Röhre. Er hatte kein Recht, sich in Selbstmitleid zu wälzen, während der Mörder des jungen Mannes frei herumlief. Als Kriminalkommissar war es seine Pflicht, den Täter zu fassen.

Der Empfang war wieder klar. Mit der Tasse heißem Tee in der Hand blieb Li Yandao vor dem Fernseher stehen. Eine engelszarte Frau mit Kung-Fu-Kenntnissen hielt drei oder vier Dutzend Räuber in Schach, ohne sich die Frisur zu zerstören. Daneben standen die Soldaten des Kaisers und sammelten die Bösewichter ein. Li Yandao schaltete den Fernseher ab. So einfach würde es nicht werden.

In diesem Moment klingelte sein Handy.

* * *

Die Rezeption war verwaist, als er das Seman-Hotel betrat. In der dunkelsten Ecke der Halle schlief der Nachtportier zusammengerollt auf einem der Sessel und rührte sich auch dann nicht, als Li Yandao ihn ansprach. Damit war das erste Rätsel gelöst: Wer auch immer sich Zugang zu Ma Li Huos Hotelzimmer verschaffen wollte, brauchte sich nur hinter den Rezeptionstresen zu schleichen und eine der elektronischen Schlüsselkarten auf ihre Zimmernummer zu programmieren. Nichts war einfacher als das, wenn der Computer eingeschaltet war. Der Kommissar beugte sich über den Tresen. Der Computer lief, und ein Stapel der Karten lag daneben. So viel zur

Sicherheit der neuen Technik. Er verließ die Eingangshalle und stieg die Treppe zu den Gästezimmern hinauf.

Als er gerade bei Ma Li Huo klopfen wollte, öffnete sich die Tür des Nachbarzimmers. Eine junge Chinesin trat auf den Gang, sah prüfend an sich hinunter und wandte sich zum Gehen. Li Yandao hielt sie auf.

»Guten Abend. Wollen Sie so spät noch ausgehen?«

Die junge Frau musterte ihn abschätzend. Ihre Augenlider waren in leuchtendem Rosa und Violett geschminkt, und das Gesicht war stark gepudert. Im Halbdunkel des Flurs sah die Frau aus wie ein Geist.

»Ja, warum nicht?«

»Ich wusste nicht, dass es in Kashgar nach zweiundzwanzig Uhr noch ein Nachtleben gibt.«

»Es ist nicht so aufregend wie in Xi'an, aber langweilig ist es hier auch nicht.« Sie zwinkerte ihm eindeutig zu.

Li Yandao war erstaunt. Nicht über ihre Dreistigkeit, sondern dass sie seinen Dialekt erkannt hatte.

»Sie sind eine gute Beobachterin. Ich stamme tatsächlich aus Xi'an. Wie unhöflich von mir, dass ich mich noch nicht vorgestellt habe: Polizeikommissar Li Yandao.«

Die junge Frau wurde unter ihrem Puder noch blasser und versuchte, an Li Yandao vorbei in Richtung der Treppe zu eilen. Aber er hatte damit gerechnet und hielt sie am Arm fest.

»Keine Sorge, meine Dame, ich will Sie nicht um Ihren Feierabend bringen. Ich ermittle in einem Fall, und Sie können mir eventuell helfen, indem Sie meine Fragen beantworten.«

»Wie sollte ich Ihnen helfen können? Ich tue nichts Illegales.« Sie konnte ihre Angst nicht verbergen. Prostitution war in China ein schweres Vergehen.

Li Yandao deutete mit dem Daumen auf die Tür, aus der sie gekommen war. »Wie lange waren Sie bei dem Herrn?«

»Etwa zwei Stunden. Vielleicht länger«, antwortete sie.

»Ist Ihnen etwas aufgefallen? Etwas Ungewöhnliches?«

»Ungewöhnliches? Nein, außer dass der ›Herr‹ ein wenig … nun, das dürfte Sie kaum interessieren.«

Li Yandao grinste das Mädchen an. »Ich bin ein sehr neugieriger Mensch. Aber jetzt bitte ernsthaft: Haben Sie Geräusche aus dem angrenzenden Zimmer gehört?«

»Jetzt, wo Sie es erwähnen, fällt es mir wieder ein: Wir hörten lautes Gepolter, als würden Möbel gerückt.«

»Können Sie sich an die Zeit erinnern?«

»Ich war gerade angekommen, also etwa zwischen zehn und halb elf. Und dann hörte ich, wie sich zwei Männer laut auf Uighurisch unterhielten.«

»Konnten Sie verstehen, was die Männer gesagt haben?«

»Nein. Ich spreche kaum Uighurisch. Aber ich lebe in Kashgar, deshalb erkenne ich die Sprache.«

»Ihr Kunde, war das ein Tourist?«

»Nein. Ein Uighure.«

Li Yandao notierte die Personalien des Mädchens, dann setzte er sein harmlosestes Gesicht auf. »Eine Frage habe ich noch: Wie funktioniert die Kommunikation zwischen Geschäftspartnern, wenn man keine gemeinsame Sprache hat?«

Die Prostituierte funkelte ihn wütend an. Sie setzte zu einer Erwiderung an, überlegte es sich aber anders und stolzierte mit durchgedrücktem Rücken davon. Li Yandao sah ihr amüsiert nach. Als sie an der Treppe um die Ecke bog, warf sie ihm einen letzten skeptischen Blick zu.

Li Yandao klopfte bereits an Ma Li Huos Zimmertür. Meine allnächtlichen Besuche bei dieser deutschen Dame werden mich noch in Verruf bringen, dachte er.

Nachdem Marion Li Yandao angerufen hatte, kreisten ihre Gedanken unaufhörlich um das geheimnisvolle Kästchen. Das einzig Vernünftige war, es dem Kommissar zu geben und ihm ihre Vermutungen über den Zusammenhang der beiden Vorfälle mitzuteilen.

Marion untersuchte die mysteriöse Pferdefigur noch einmal eingehend. Der Stein fühlte sich sehr weich an und wurde in ihren Händen warm. Das Auge hingegen strahlte etwas Aggressives aus. Vielleicht lag es an seiner tiefroten, fast schwarzen Farbe. Unbehaglich glitt Marions Blick zu den goldenen Buchstaben zurück, die so meisterhaft in die Jade eingearbeitet waren, dass sie keinerlei Erhebungen oder Vertiefungen ertasten konnte.

Woher kam die Pferdefirgur? Wie alt war sie, wer hatte sie gefertigt und warum war sie zerstört worden? Sie hatte eine mächtige Wirkung auf Marion, und je länger sie die Figur betrachtete, desto weniger war sie gewillt, sie wieder aus der Hand zu geben.

War der Reiz des Pferdes tatsächlich so stark, dass jemand dafür einen Mord begehen würde? Marion schüttelte sich. Sie ganz sicher nicht. Als es an der Tür klopfte, stand Marions Entschluss fest: Sie würde unvernünftig sein und Li Yandao das Kästchen verschweigen. Erst wollte sie herausfinden, worum es sich bei diesem Schatz handelte.

Die Deutsche wirkte ruhig und gefasst, als sie Li Yandao ihr Zimmer präsentierte.

»Nicht schlecht, was? Chinesische Gründlichkeit?«

Li Yandao war beeindruckt. Kopfschüttelnd zog er eine kleine Kamera aus der Tasche und machte einige Fotos.

»Hier hat jemand ganze Arbeit geleistet. Was ist gestohlen worden?«

»Nichts.«

»Nichts?«

»Überhaupt nichts. Was mich nicht wundert, da ich meine Wertsachen immer bei mir trage«, sagte sie und klopfte auf ihren Bauchbeutel. »Der Dieb hat anscheinend gehofft, dass ich mein Geld und meinen Pass im Zimmer gelassen habe.«

»Hm. Er hat sich viel Mühe gegeben, Ihr Zimmer zu verwüsten. Für mich sieht es eher so aus, als hätte er nach etwas Bestimmtem gesucht.«

»Aber was außer Geld sollte einen Einbrecher interessieren?«

»Haben Sie wirklich keine Idee, Fräulein Ma?«, fragte Li Yandao eindringlich. Ma Li Huo war eine schlechte Schauspielerin. Ihr betont lockeres Auftreten wirkte falsch, und er besaß genug Menschenkenntnis, um ihre Verunsicherung zu spüren. Sie verbarg etwas vor ihm.

Ma Li Huo zuckte mit den Schultern. »Bei mir ist nichts zu holen.«

»Trotzdem ist es eigenartig. Der Einbrecher hat nur ein einziges Zimmer durchsucht: Ihres. Warum?«

»Ich weiß es nicht!«, wiederholte sie gereizt.

»Schon gut, schon gut«, sagte er beschwichtigend. »Wie soll es jetzt weitergehen? Wollen Sie das Zimmer wechseln?«

»Ich denke, das wird nicht nötig sein. Bestimmt hat der Dieb schon die nächste alleinreisende Touristin im Visier.«

»Klingt überzeugend«, sagte Li Yandao nicht sehr überzeugt. »Es war also nur ein Zufall.«

»Natürlich war es ein Zufall.«

Yandao brummte etwas Unverständliches und begann, eine Nummer in sein Handy einzugeben.

»Wen rufen Sie an?«

»Es soll jemand kommen und die Spuren sichern.«

»Wozu? Es ist doch nichts gestohlen worden.«

Er hörte auf zu tippen und schob das Handy zurück in die Hosentasche. »Wahrscheinlich finden wir ohnehin nur die Haare von Gästen der letzten zehn Jahre«, sagte er müde. »Trotzdem möchte ich nach Fingerabdrücken suchen lassen. Wenn Sie mir versprechen, die glatten Flächen in Ruhe zu lassen, schicke ich erst morgen früh jemanden vorbei.«

»Fingerabdrücke? Ich habe doch schon alles angefasst.«

»Lassen Sie einfach alles so liegen, wie es ist.«

»In Ordnung. Und vielleicht ist das hier« – sagte Marion und deutete auf das Chaos – »ein Grund für das Hotelmanagement, endlich mal zu renovieren.«

Yandao musste lachen. »Gut, dann werde ich jetzt gehen«, sagte er. »Ich habe Schlaf nötig. Morgen Vormittag hole ich Sie ab, um den Einbruch auf der Polizeistation aufzunehmen.«

»Ich werde entweder unten im Café oder in meinem Zimmer auf Sie warten. Schlafen Sie gut und – danke, dass Sie sich herbemüht haben.«

»Es ist mein Job. Außerdem sollen Sie mit einem guten Bild von China nach Hause reisen. Nach allem, was Ihnen bisher zugestoßen ist, habe ich einiges zu tun, um es wieder geradezurücken, oder?«

»Ich habe eine gute Meinung von China. Und von seinen Bewohnern ebenso, sonst würde ich Ihr Land wohl kaum zum dritten Mal besuchen. Es müsste Schlimmeres passieren, um mich von China fernzuhalten.«

»Das will ich nicht hoffen. Stellen Sie trotzdem dieses Sesselwrack vor die Tür.«

»Zu Befehl, Herr Kommissar.« Sie brachte ihn zur Tür. »Wir sehen uns morgen.«

Der Nachtportier hatte seine Position nicht verändert. Li Yandao ließ ihn schlafen, setzte sich an den Computer hinter dem Empfangstresen und suchte ergebnislos nach den Daten der Hotelgäste. Soweit er es beurteilen konnte, benutzten die Angestellten den Computer ausschließlich zum Programmieren der Schlüsselkarten.

In einer Schublade fand er eine ungeordnete Sammlung von ausgefüllten Registrierformularen und Quittungen in drei- und vierfacher Ausführung. Während er stumm die chinesische Bürokratie verwünschte, sichtete er die Papiere, bis er endlich den Anmeldungszettel von Ma Li Huos Zimmernachbarn in der Hand hielt. Nachdem er die Daten in sein Buch übertragen hatte, schrieb er eine kurze Notiz, in der er die Morgenschicht des Hotels anwies, den Gast nicht abreisen zu lassen, bevor er mit ihm gesprochen hatte. Er sah keinen Grund, den Mann jetzt zu stören, und nahm sich vor, ihn am nächsten Morgen als Erstes zu besuchen.

Li Yandao gähnte herzhaft. Er hätte viel darum gegeben, ausschlafen zu können, aber die Verbrecher scherten sich wie üblich nicht um das wohlverdiente Wochenende eines Kriminalkommissars.

Auf dem Weg zum Ausgang hatte er eine Idee. Er wandte sich um und steuerte auf den Portier zu. Vorsichtig ging er vor ihm in die Hocke und band die Schnürsenkel des Mannes zusammen. Dann verließ er leise das Hotel.

* * *

Marion testete die Dusche. Zu ihrer Freude kam heißes Wasser heraus. Der Sonntag fing gut an, und Marion fühlte sich ausgeruht und unternehmungslustig. Seit dem Einbruch waren zwei Nächte und ein Tag vergangen, und sie hatte sich wieder einigermaßen beruhigt. Neben dem Waschbecken lag eine Duschhaube mit dem Aufdruck des Hotels. Marion schnitt eine Grimasse, als sie den Sitz der Plastikhaube im Spiegel kontrollierte. Mit dem Ding auf dem Kopf sah sie lächerlich aus, aber die Platzwunde auf ihrer Stirn durfte nicht nass werden.

Während sie ungebührlich lange unter der Dusche stand und die Warmwasservorräte der anderen Gäste verbrauchte, dachte sie über den vergangenen Tag nach. Der Kommissar war kurz angebunden, beinahe unfreundlich gewesen, was sie auf die in seinem Büro herrschende Hektik schob. Wegen der ständigen Störungen hatte die Befragung über zwei Stunden gedauert, und auch Marion war gereizt, als sie endlich gehen durfte. Li Yandao befahl ihr, bis auf Widerruf in der Stadt zu bleiben, er wollte sich in den kommenden Tagen melden. Damit war sie entlassen.

Sie war ärgerlich zurück ins Hotel gestapft und hatte sich mit einem Buch und einer Packung Kekse im Bett eingeigelt. Immerhin war ihr Zimmer in der Zwischenzeit wieder in seinen ursprünglichen Zustand versetzt worden.

Das Wasser wurde kalt, und Marion stieg aus der Duschkabine. Es wurde Zeit, dass sie sich fertig machte, um Kashgars berühmten Sonntagsmarkt zu besuchen. In der Eingangshalle kam ihr der Nachtportier entgegen, der gerade seine Schicht beendete. Auf seiner Stirn klebte ein großes Pflaster. Marion lächelte ihm verschwörerisch zu und tippte gegen ihr eigenes Pflaster, aber er ging nicht darauf ein und eilte mit verbissener Miene nach draußen.

Wie im Rausch drängelte sich Marion durch eine dichte Menge von Menschen- und Tierleibern. Der weit außerhalb der Stadt liegende Viehmarkt Kashgars übertraf all ihre Erwartungen, und sie bedauerte, dass Thomas ihre gemeinsame Kamera behalten hatte. Wohin sie sich auf dem von einer hohen Mauer umgebenen großen Feld auch wandte, sah sie fantastische Fotomotive: die wettergegerbten Gesichter der alten Männer mit ihren langen, ehrwürdigen Bärten; die hitzigen Debatten der Jüngeren, die sich um den Preis des Viehs stritten; die mit den Köpfen aneinandergefesselten Schafe; die qualmenden Grills, auf denen Hammelkebabs brutzelten. Marion beobachtete fasziniert, wie ein schwitzender Mann Nudeln formte. Er nahm einen Klumpen Teig und zog ihn auf Armeslänge auseinander, anschließend faltete er den Strang in der Mitte und zog die Arme erneut auseinander. Diesen Vorgang wiederholte er so lange, bis die Nudeln dünn wie Spaghetti waren. Dann riss er die Enden ab und warf die Nudeln in einen großen Topf mit kochendem Wasser. Diese Art der Nudelherstellung musste schon Marco Polo bestaunt haben.

Der Mann wischte sich den Mehlstaub von den Händen und blickte auf. Als er Marion entdeckte, wies er mit einer einladenden Geste auf den freien Platz auf einer Bank. Marion ließ sich nicht zweimal bitten und quetschte sich neben einen jungen Mann. Unwillkürlich rückte er etwas fort, um sie nicht zu berühren. Marion war sich nicht sicher, ob es eine Geste der Höflichkeit war. Sie hatte eher das Gefühl, in der Männerrunde am Tisch nicht willkommen zu sein, doch bevor sie wieder aufstehen konnte, stellte der Standbesitzer einen Teller vor sie hin. Marion nahm die Essstäbchen, ignorierte die neugierigen Blicke und konzentrierte sich auf ihre Nudeln. Sie waren fantastisch – genau von der richtigen Konsistenz und die Soße würzig und heiß. Ein paar fettige Hammelstücke zierten den Nudelberg; in diesem Teil der Welt war eine Mahlzeit ohne Hammelfleisch kaum denkbar. Marion aß Hammel normalerweise nicht so gern, aber als sie das erste Stück in den Mund steckte, hatte sie plötzlich das Gefühl, den Geschmack des ganzen herben Landes zu erfassen, die Wildheit seiner Berge, die Kargheit der Wüste, ja selbst den hohen, kalten Himmel und die Zähigkeit all derer, die ihr hartes Leben in dieser abweisenden Umwelt verbrachten. Dabei war das Fleisch alles andere als zäh, Marion musste vielmehr zugeben, dass es ausgezeichnet war.

Als sie, nachdem sie aufgegessen hatte, von ihrem Platz aus den Trubel um sie herum beobachtete, ging ihr ein anderer Gedanke durch den Kopf. Der Hammel war auch eines der Symbole für die Verschiedenheit der Uighuren, den angestammten Bewohnern Xinjiangs, und den Chinesen, die herkamen, um ihren Anspruch auf die so weit von Beijing entfernte Westprovinz zu demonstrieren.

Die Chinesen mochten keinen Hammel und hielten sich von den Restaurants der muslimischen Uighuren fern, so wie diese wiederum das aus dem Osten importierte Schweinefleisch mieden. Marion hatte den Eindruck, als gingen sich die Bevölkerungsgruppen ständig aus dem Weg. In den zwei Stunden, die sie nun hier war, hatte sie kein einziges chinesisches Gesicht erblickt, der Markt war eine rein uighurische Angelegenheit. Eigentlich waren die Essstäbchen, mit denen Marion gerade müßig herumspielte, das einzig Chinesische auf dem ganzen Areal.

Etwas später fand sich Marion in einer Menschenansammlung eingekeilt wieder. Gebannt verfolgte sie, wie ein kapitaler Bulle auf einen Lastwagen verladen wurde. Zwei Männer standen auf der Ladefläche und zerrten an einem um die Hörner des Bullen geschlungenen Seil. Das rasende Tier schleuderte seinen Kopf von einer Seite zur anderen und brachte einen der Männer zu Fall. Die Augen des Bullen verdrehten sich und zeigten das blutunterlaufene Weiße. Schaum stand ihm vorm Maul. Durch die anfeuernden Rufe der Umstehenden wurde der Bulle noch wilder. Endlich gelang es den Männern, eines der Vorderbeine des Tieres auf die Ladefläche zu zwingen. Der überwältigte Bulle zog sich das letzte Stück selbst hinauf und blieb mit zitternden Muskeln stehen. Die Männer banden ihn mit geübten Handgriffen an den Aufbau und sprangen dann schnell vom Wagen.

Marion musste sich zurückhalten, um nicht zu applaudieren. Sie wurde ohnehin von allen Seiten abschätzend gemustert und wollte nicht noch mehr Aufmerksamkeit erregen. Als sich die Menge der Schaulustigen auflöste, blickte sie gedankenverloren einem sehr großen, kräftigen Mann nach, der nicht so aussah, als würde er Vieh einkaufen wollen. Sein Anzug war neu, wenn auch eingestaubt, und dazu trug er einen orangefarbenen Schal, der zwischen all den farblos gekleideten Männern umso auffälliger war. Seine welligen Haare reichten ihm bis in den Nacken und bedeckten die Ohren – eine ungewöhnliche Frisur für einen Uighuren.

Die betäubende Geruchsmischung aus dem Mist des Viehs und altem Bratfett ließ Marion plötzlich übel werden. Sie brauchte dringend frische Luft. Zielstrebig drängelte sie sich über das mit Menschen und Tieren verstopfte Feld auf das Ausgangstor zu.

Der Viehmarkt war nur ein Teil des Sonntagsmarkts – ein zweiter, weitaus größerer Markt befand sich einige Kilometer entfernt mitten in Kashgar. Marion legte die Entfernung auf einem Eselskarren zurück. In gemächlichem Tempo zockelte das archaische Gefährt über die neue vierspurige Straße in die Stadt. Die Beine der Fahrgäste baumelten über den Rand der Holzplattform, und Marion zuckte mehrmals erschrocken zurück, wenn ein Lastwagen gefährlich nahe an ihnen vorbeidonnerte.

Marions einheimische Begleiterinnen diskutierten in ihrer Sprache unverhohlen ihre Haare und Kleidung. Eine der Frauen wies auf Marions schlammfarbene Hose und schüttelte abfällig den Kopf. Dann strich sie über ihren eigenen Rock, dessen glänzender Stoff in einem kunstvollen Muster in leuchtendem Rot, Grün, Gelb und Schwarz auf weißem Grund gewebt war. Marion hatte die wortlose Kommunikation verstanden: Nach Ansicht der Frau sollte sie sich hübscher anziehen. Unterdessen hatte Marions Nachbarin ihr Kopftuch gelöst und band es Marion um die Haare.

Mit dem Ergebnis zufrieden strahlte sie in die Runde und entblößte dabei ihren Zahnersatz: Goldkronen, Metall und Porzellan in abwechslungsreicher Folge.

Die Frauen gefielen Marion, und sie nutzte die Gelegenheit, sie aus der Nähe zu betrachten. Sie hätten kaum unterschiedlicher aussehen können und verrieten die bewegte Vergangenheit dieses Teils der Welt. Alle Frauen auf dem Karren gehörten den muslimischen Minderheiten Xinjiangs an, aber Marion hätte nicht sagen können, ob sie nun Uighurinnen, Tadschikinnen, Kasachinnen oder Kirgisinnen waren – in der weiteren Umgebung Kashgars lebten Menschen aus ganz unterschiedlichen Volksgruppen. Die Bäuerin neben ihr hatte ein fleischiges Gesicht mit großen, dunkelbraunen Augen und einem breiten Mund. Das trockene Wüstenklima hatte tiefe Furchen in ihre Haut gegraben, obwohl die Frau kaum älter als fünfundvierzig Jahre sein konnte. Sie sah aus wie eine Türkin. Im Gesicht eines jungen Mädchens spiegelten sich die mongolischen Züge ihrer Vorfahren aus den nördlichen Steppen wider, die als Eroberer gekommen waren und ihre Spuren hinterlassen hatten. Ihre Augen hatten die Farbe von dunklem Honig und waren leicht schräg gestellt. Unter dem kokett gebundenen Kopftuch einer ausgesprochen hübschen grünäugigen Frau quollen lockige braune Haare hervor. Und wieder eine andere war dunkelblond und hatte die hohen Wangenknochen der Slaven. Sie schienen sich untereinander sehr gut zu verstehen und scherzten und lachten die ganze Fahrt über.

Der Karren hielt vor einem Nebeneingang. Marion folgte den Frauen durch das Tor in die schattigen Tiefen des riesigen Markts. Zehntausende von Menschen drängelten, schoben und schubsten sich durch die Hallen, eine unüberschaubare Menge aus feilschenden, keifenden, zankenden Bauern und Händlern, die versuchten, sich gegenseitig zu übervorteilen. Die Verkaufstische verschwanden unter Bergen von Waren: muslimischen Kappen, Pelzmützen und wertvollen Teppichen, Plastikeimern und preiswerter Kleidung, Stoffballen, Seifen, getrockneten Früchten, bunt lackierten Kinderwiegen, gerahmten Koranversen und Kuckucksuhren aus pinkfarbenem Kunststoff. Es dauerte nur wenige Minuten, bis Marion die Frauen von dem Eselskarren aus den Augen verloren hatte. Sie machte sich gar nicht erst die Mühe, sie wiederzufinden. In dem Gedränge des Markts fühlte sie sich sicher.

Der große Mann mit den welligen Haaren stieß seinen Nachbarn an. »Da ist sie.«

»Wo?« Ein erwartungsvoller Ausdruck überflog das Gesicht des kleineren Mannes. Ein auffälliges, an die Form eines Käfers erinnerndes Geburtsmal prangte auf seiner rechten Wange. Sein Begleiter, der stolz auf seine Englischkenntnisse war, hatte ihm deswegen vor langer Zeit den englischen Spitznamen Bug verpasst.

»Vor dem Messerladen.« Der Große wies auf einen Stand auf der anderen Seite des Gangs. Als sich unvermittelt eine Lücke in dem Menschenstrom öffnete, entdeckte auch sein Begleiter die Gesuchte. Der Besitzer des Standes reichte der Touristin gerade eines der traditionellen uighurischen Messer. Plötzlich ließ sie es fallen und machte eine abwehrende Geste. Bevor Bug sehen konnte, wie der Standbesitzer reagierte, schloss sich die Lücke wieder. Sofort drängelten er und der Große sich rücksichtslos zu ihr hinüber.

Sie kamen zu spät. Die Touristin war nirgends mehr zu sehen. Bug packte den völlig überrumpelten Händler am Kragen.

»Wo ist die Ausländerin?«

Der Mann zeigte eingeschüchtert zum Nachbarstand. Bug konnte gerade noch einen Blick auf die blau-rot gestreifte Mütze der Touristin erhaschen, bevor sie in der Menge verschwand.

»Turdi, komm!«, rief er dem Großen zu und hastete der Frau nach. »Sie darf uns nicht noch einmal entwischen.«

Es war fast unmöglich, eine einzelne Person in dem Gewühl im Auge zu behalten. Glücklicherweise sahen Bug und Turdi immer wieder die alberne Mütze der Touristin zwischen den Köpfen der Marktbesucher aufblitzen; andernfalls hätten sie keine Chance gehabt. Es war ihnen auch so bisher nicht gelungen, dicht genug an sie heranzukommen. Angespannt schlich Bug hinter ihr her und wartete auf die passende Gelegenheit. Turdi hielt sich unmittelbar hinter ihm.

Die Gelegenheit bot sich, als sich die Touristin vor einem Stand in eine Menschentraube drängte. Es fiel niemandem auf, dass sich Bug mit gezücktem Messer dicht hinter sie stellte. Er prüfte unauffällig die Klinge. Sie war rasiermesserscharf.

* * *

Zur selben Zeit hastete der Professor missgelaunt eine schmale Straße hinunter. Ein kalter, feiner Regen hatte im Laufe des Vormittags die Erde aufgeweicht und unappetitliche Pfützen hinterlassen, die ihn zu einem Zickzackkurs zwangen. Unter keinen Umständen wollte er seine teuren englischen Schuhe mit Schlamm besudeln. Ein kleines Schild erregte seine Aufmerksamkeit: Der Goldene Drache. Er betrat das Restaurant.

Eine Woge von würzigen, schweren Essensgerüchen, gemischt mit dem unangenehmen Mief nasser Kleidung schlug ihm entgegen. Alle Tische, es mochten etwa zwanzig sein, waren vollbesetzt, und der Lärm der Gäste war gewaltig – eine Kakophonie aus Lachen, lautstarken Unterhaltungen, Husten und unappetitlichem Spucken. Der Professor ließ seinen Blick arrogant über die tiefschwarzen Haarschöpfe der Gäste gleiten, bis er einen blonden Mann entdeckte. Der Blonde hatte ihn schon vorher gesehen. Seine dunkelblauen Augen bohrten sich in seine. Der Professor zuckte leicht zusammen, eine winzige Bewegung, aber der Blonde hatte sie bemerkt. Natürlich hatte er sie bemerkt. Nikolai entging nichts. Deshalb war er so gut. Der Professor gab sich einen Ruck und drängte sich zwischen den eng stehenden Stühlen hindurch. Unter seinen teuren Schuhen knirschten Hühnerknöchelchen und Schalen von Sonnenblumenkernen, mit denen der Boden übersät war. Jedes Mal, wenn er einen fremden Körper berührte, rümpfte er angeekelt die Nase. Er wollte mit dieser Welt, diesen Menschen, diesem *Proletariat,* nichts zu tun haben. Nikolai suchte sich für ihre seltenen Treffen grundsätzlich Restaurants wie dieses aus, und der Professor hegte schon lange den Verdacht, dass er es nur tat, um ihn zu demütigen. Sie waren Partner, sehr erfolgreiche Partner, aber Freunde waren sie nicht. Eine Zweckgemeinschaft, in der er, der Professor, die Oberhand haben sollte. Doch er wurde das Gefühl nicht los, dass der Blonde ihn längst durchschaut hatte, analysiert und seziert, während er selbst an der freundlichen Miene, dem offenen Blick des anderen scheiterte. Wie eine Welle an einem glattgeschliffenen Stein gebrochen wurde und kraftlos verebbte, liefen alle Bemühungen des Professors, hinter die blasse Stirn seines Partners sehen zu können, ins Leere.

Der Tisch des Blonden stand ganz hinten, in unmittelbarer Nähe des Durchgangs, der in die ohne Zweifel schmutzstarrende Küche führte. Ein möglicher Fluchtweg. Nikolai wies mit einer einladenden Geste auf den freien Stuhl. Der Professor ergriff eine kleine Plastiktüte, die dort für ihn bereitlag. Er wog sie kurz in der Hand, dann ließ er sie schnell und, wie er hoffte, unauffällig in seine Manteltasche gleiten.

»Danke. Du bekommst deinen Anteil, sobald ich verkauft habe.«

»Gut. Aber setz dich doch.«

Der Professor behielt seinen Mantel an und ließ sich auf dem Stuhl nieder. Nikolai musterte ihn belustigt.

»Du solltest das nächste Mal deine Kleidung sorgfältiger auswählen«, sagte er nach einer Pause.

»Wieso? Was ist daran auszusetzen?«

»Zu teuer.«

Der Professor sah sich in dem Raum um. Billige, schreiend bunte Acrylpullover, ausgeblichene Jacken, sogar eine Mao-Kappe.

»Du verlangst doch nicht im Ernst von mir, dass ich so etwas anziehe?«

»Warum nicht?« Wieder dieses Blitzen in den Augen des Blonden, der selbst eine äußerst geschmacklose Windjacke trug.

»Ist alles glattgelaufen?«, fragte der Professor, um das Thema zu wechseln.

»So glatt wie möglich. Ich hatte ein paar Probleme, die sich allerdings leicht lösen ließen.«

Der Professor schwieg. Er wollte gar nicht so genau über Nikolais Probleme und deren Lösungen Bescheid wissen. Er hatte die Ware, das zählte.

»Hast du Hunger?«, fragte der Blonde. Ohne eine Antwort abzuwarten, rief er die Kellnerin an den Tisch und bestellte in ausgezeichnetem Chinesisch. Als das Mädchen gegangen war, beugte sich der Professor über den Tisch.

»In Kashgar gibt es Schwierigkeiten«, sagte er mit gesenkter Stimme.

Nikolai sah ihn abwartend an, sagte aber nichts.

»Turdi hat den Lieferanten getötet.«

»Akhun?« Nikolais Stimme verriet nicht, wie er die Neuigkeit auffasste.

»Nein, den Bauernjungen, der es gefunden hatte.«

»Das ist schlimm.«

»Und es kommt schlimmer.« Im Flüsterton redete der Professor minutenlang auf sein Gegenüber ein. Nikolais Miene verdüsterte sich.

»Ihr seid sicher, dass diese Touristin das Jadepferd hat?«, fragte er.

»Nicht hundertprozentig, aber alles spricht dafür. Wir wissen, dass die Polizei es nicht hat, und die Frau verhält sich seit dem Einbruch übervorsichtig.«

»Kriegt diese halbe Portion Wang die Sache in den Griff?«

»Er ist ein guter Mann.«

»Kriegt er die Sache in den Griff?«

Der Professor wand sich. »Ja«, sagte er schließlich.

»Gut. Wir müssen die Figur um jeden Preis bekommen.«

»Das brauchst du mir nicht zu sagen«, bemerkte der Professor säuerlich.

In diesem Moment kam das Essen.

* * *

Marion saß erschöpft auf einem Schemel vor einem Obststand und trank einen frisch gepressten Granatapfelsaft. Die Straße vor dem Markt war ebenso belebt wie das Marktgelände, aber sie hatte keinen Blick mehr dafür. Ihr Kopf war bis zum Platzen mit den Eindrücken der letzten Stunden gefüllt, und sie hatte nur noch den Wunsch, sich in ihr Zimmer zurückzuziehen und die Augen zu schließen. Sie trank aus und stellte das Glas auf den Stand. Mit der anderen Hand wühlte sie in ihrer Umhängetasche zwischen der üblichen Sammlung aus Reiseführer, Stadtplan, Toilettenpapier, Bonbons und allerlei Überbleibseln der letzten Tage nach dem Portemonnaie, das sie jeden Morgen mit etwas Geld für die Tagesausgaben füllte, damit sie nicht wegen jeder Kleinigkeit ihren Bauchbeutel unter dem Hosenbund hervornesteln musste. Plötzlich stutzte sie. Ihre tastenden Finger hatten zwar nicht das Portemonnaie, dafür aber eine Öffnung in der Tasche gefunden, die dort nicht hingehörte. Während Marion auf ihre Finger starrte, die aus einem glatten Schnitt in der Tasche ins

Freie ragten, dämmerte es ihr langsam: Ein Taschendieb hatte sie bestohlen! Der Verlust des Portemonnaies war zu verschmerzen, aber es war unheimlich, dass sie gar nichts bemerkt hatte.

Das Kästchen! Sie fuhr mit der Hand zur Brust und tastete die Vorderseite ihrer Jacke ab. Erleichtert fühlte sie den eckigen Gegenstand. Nach dem Einbruch hatte sie es in der Innentasche ihrer Jacke verstaut und ein Pflaster über den Reißverschluss geklebt.

Marion untersuchte trotzdem ihre Jacke. Die mit Klettverschlüssen versehene Seitentasche, in der sie immer ihr Notizbuch griffbereit hatte, war ebenfalls aufgeschlitzt worden. Das kleine Buch fehlte. Sie ließ hilflos die Arme sinken: Adressen, Aufzeichnungen, Skizzen, alles weg. Was wollte der Dieb damit? Hatte er es womöglich mitgenommen, weil er dachte, es sei das Kästchen?

Marion merkte, wie sich ihr die Kehle zuschnürte. Es konnte nicht sein. Es *durfte* nicht sein. Ein Taschendieb hatte das Gedränge genutzt, einer, der wusste, dass bei Touristen mehr zu holen ist als bei den Einheimischen. Der Diebstahl hatte nichts mit ihrem Fund zu tun. Gar nichts. Außerdem war das Notizbuch viel kleiner als das Kästchen. Plötzlich hatte sie das Gefühl, beobachtet zu werden. Sie zerrte ihren Bauchbeutel hervor, drückte dem verdutzten Saftverkäufer einen Zwanzig-Yuan-Schein in die Hand und lief zum nächsten Taxi.

Die Einkaufszentren, Hotels und Bürohäuser der Renmin Xilu sausten am Autofenster vorbei. Die langweiligen Häuser wirkten abweisend und fehl am Platz, wie Attrappen, herbeigeschafft aus irgendeiner chinesischen Stadt weit, weit im Osten. Es ist alles nur Fassade, dachte Marion, eine dünne, über das uralte Kashgar gekleisterte chinesische Tapete. Wenn ich in eine der Seitenstraßen einbiege, stehe ich im Mittelalter, mit Teehäusern, windschiefen Moscheen, archaischen Werkstätten und verschleierten Frauen. Welche Geheimnisse mochten sich unter der harmlosen Oberfläche dieser Stadt verbergen? Sie schauderte. Tödliche Geheimnisse?

* * *

Li Yandao meldete sich erst drei Tage später wieder bei Marion und schlug vor, am Nachmittag gemeinsam das Grab der Duftenden Konkubine zu besuchen, einer Volksheldin der Uighuren. Marion war erstaunt, dass der chinesische Kommissar dieses Ausflugsziel vorschlug, stellte aber keine Fragen. Sie hoffte, endlich von ihm seine Zustimmung zur Weiterreise zu bekommen, denn sie geriet allmählich in Zeitnot. Noch waren die Herbsttage meist sonnig und relativ angenehm, aber abends und nachts war es schon empfindlich kalt. Mittlerweile schlief sie mit Socken und für den unerbittlichen Winter in Xinjiang war sie nicht gerüstet. Wenn sie auf dem geplanten Weg nach Xi'an reisen und sich die Seidenstraßenoasen Khotan und Turfan in Ruhe ansehen wollte, bevor das Thermometer unter die Erträglichkeitsgrenze sank, musste sie ihre Tour bald fortsetzen.

Als Marion aus dem Haupteingang des Hotels trat, winkte Li Yandao aus dem Fenster eines dunkelroten VW Santana zu ihr herüber.

»Das ist ja ein richtiger Bonzenwagen. Mir war nicht klar, dass Sie so ein hohes Tier sind«, sagte sie, als sie auf den Beifahrersitz rutschte.

»Neun Jahre alt, die linke Hintertür klemmt, und seit dem letzten Unfall macht er seltsame Geräusche. Der Außenspiegel fehlt, und über den Zustand der Bremsen möchten Sie lieber nichts wissen. Mein Dienstwagen, vom Chef geerbt«, erwiderte Li Yandao trocken.

Er ordnete sich mit quietschendem Keilriemen in die Unordnung des Verkehrskreisels vor dem Hotel ein und verfehlte nur um Haaresbreite einen Fahrradfahrer. Besorgt drehte Marion sich zum Rückfenster um, weil sie sehen wollte, ob er gestürzt war, aber der Mann radelte unbeeindruckt weiter.

»In Deutschland hätte Ihnen diese Aktion eine Anzeige wegen unverantwortlicher Fahrweise eingebracht.«

»Wie langweilig. Da vergeht einem ja der Spaß am Fahren.« Li Yandao überholte einen Eselskarren. Das Jammern des Keilriemens ließ das Tier scheuen, und der Führer des Karrens rief ihnen eine Verwünschung hinterher.

»Sie sollten eine Feinstrumpfhose kaufen«, schlug Marion vor.

»Wie bitte?«

»Als Ersatz für den Keilriemen.«

»Dafür habe ich kein Budget, und außerdem spart er mir den Einsatz der Sirene.«

»Eins zu null für China.«

Sie fuhren die Renmin Donglu in östlicher Richtung hinunter und passierten den Platz des Volkes, der in keiner chinesischen Stadt fehlen durfte. Eine gewaltige Mao-Statue wachte über den beinahe menschenleeren Platz und die ihn umschließenden modernen Bank- und Bürogebäude im sozialistisch-bombastischen Stil. Marion musste den Kopf verdrehen und ganz in den Nacken legen, um den Schädel des großen Vorsitzenden sehen zu können.

»Ein bisschen zu groß für das kleine Kashgar«, stellte sie fest.

»Was?«

»Eure Mao-Statue. Die ist doch mindestens zwanzig Meter hoch.«

»Möglich. Sie ist jedenfalls eine der größten des Landes. Damit hier nur ja niemand vergisst, dass wir in China sind. Viel weiter als Kashgar kann man sich schließlich nicht von Beijing entfernen.« Yandao ließ ein kurzes, freudloses Lachen hören. »Ehrlich gesagt, ich bemerke die Statue überhaupt nicht mehr.«

»Für die Uighuren ist es bestimmt schwierig, sie zu ignorieren«, sagte Marion in der Hoffnung, er würde ihr ein wenig mehr zu dem Thema erzählen. Aber Yandao murmelte nur zustimmend und verstummte.

Auf der Höhe des Sonntagsmarkts kamen sie an einem Riesenrad vorbei. Es stand auf einem kleinen Hügel, an dessen Hang einige Ziegen und Steinböcke aus Beton grasten: Stadtverschönerungsmaßnahmen auf chinesische Art. Kurz danach führte die Straße über einen großen See. Mehrere Ausflügler liefen auf einer fußballplatzkleinen Insel herum, deren Parkanlage von einer mehrstöckigen chinesischen Pagode aus Beton gekrönt war: Ein Stück künstlicher Heimat für jene Chinesen, die es nach Kashgar verschlagen hatte. Die in einer Stadt lebten, deren Kultur von Moscheen und nicht von Tempeln geprägt war, von kleinen Rosengärten anstelle von Parks, von alten verschachtelten Häusern statt uniformer Wohnsilos. Auf einmal empfand Marion Mitleid mit den Chinesen. Auch wenn Kashgar im Laufe seiner langen Geschichte häufig unter chinesischem Einfluss gestanden hatte, wirkte alles Chinesische in dieser Stadt seltsam deplaziert. China drückte Xinjiang seinen Stempel auf, aber die Siedler und Arbeiter aus dem Osten würden in der Wüstenprovinz niemals heimisch werden.

Wenig später fuhren sie einen von hohen Pappeln beschatteten Weg entlang. Hinter den Bäumen duckten sich die Lehmhäuser der Uighuren, deren Haustüren liebevoll mit arabisch anmutenden Malereien und Schnitzereien verziert waren. Li Yandao parkte das Auto auf einem kleinen, von Souvenirläden eingerahmten Platz, stieg aus und streckte sich wie eine zufriedene Katze.

Marion konnte ihre Ungeduld nicht länger unterdrücken. »Haben Sie den Mörder inzwischen gefunden?«

»Nein, bisher noch nicht.«

»Was bedeutet das für mich? Kann ich weiterreisen oder muss ich für immer in Kashgar bleiben und mich der Schafszucht widmen?«

»Sie sehen das zu negativ. Kashgar ist eine Stadt, in der man gut leben kann. Alternativ könnten Sie eine Klempnerei aufmachen.«

»Oder eine Fahrschule. Ich sehe da einen echten Bedarf.«

»Wenn Ihnen das lieber ist ...«

»Hören Sie auf, sich über mich lustig zu machen. Wann kann ich die Stadt verlassen? Mir brennt die Zeit unter den Nägeln.«

»In drei Tagen.«

»In drei Tagen? Warum erst dann?«

»Unser Pathologe kehrt erst morgen zurück. Ich muss die Ergebnisse abwarten, bevor ich Sie ziehen lassen kann. Darf ich Sie als

Ausgleich für die schrecklichen Tage in Kashgar am Freitag zum Essen einladen?«

»Sie dürfen. Wenn ich mir eine Busfahrkarte für Samstag kaufen darf.«

»Abgemacht. Und jetzt möchte ich den Nachmittag genießen. Ich habe den Kollegen erklärt, dass ich Sie einer weiteren Befragung unterziehen will.«

Marion sank das Herz. »Befragung? Ich habe doch schon alles doppelt und dreifach erzählt.«

»Stimmt. Was den Mord anbelangt. Aber heute Nachmittag schwänze ich den Dienst.«

»Was wollen Sie von mir wissen?«

»Alles, was Sie mir erzählen möchten. Über Deutschland. Über Ihre Reisen. Über sich.« Mit diesen Worten ging er zur Kasse hinüber, um Eintrittskarten für das Mausoleum zu kaufen. Marion folgte ihm ratlos. Sie wurde aus diesem Mann nicht schlau.

Es war wie ein Bild aus Tausendundeiner Nacht: Mit seiner großen Zentralkuppel und vier bauchigen Türmen an den Ecken wirkte das Mausoleum wie eine von einem Kind gezeichnete Moschee. Die grünen und blau-weißen Kacheln der Fassade glänzten in der Sonne, vielfarbige Mosaiken bedeckten das Eingangstor und umrahmten die Fenster. Das Gebäude war weit davon entfernt, perfekt oder gar raffiniert zu sein; alles war ein bisschen schief, als hätten die Erbauer mehr ihrer Intuition als Winkeln und Loten vertraut. Marion fand, dass diese Schludrigkeit zum Charme des Gebäudes beitrug. Es sah aus wie eine mit bunten Scherben verzierte Sandburg.

Sie betraten das Mausoleum. In dem schlichten Raum waren mehrere Generationen einer muslimischen Herrscherfamilie beigesetzt worden, die Sarkophage standen dicht an dicht. Marion fühlte sich zurückversetzt in eine lange vergangene Zeit, als Kashgar von den Khans regiert wurde, die sich den chinesischen Expansionsgelüsten ein Jahrtausend lang widersetzt hatten, bis auch sie sich am Ende dem großen Eroberer Qianlong beugen mussten, der weit im Osten auf dem chinesischen Kaiserthron saß. Während sie an der Absperrung lehnten, erzählte Li Yandao Marion die Legende von Iparhan, der Duftenden Konkubine.

»Sie war die Großnichte von Abakh Hoja, dem Khan von Kashgar, für den dieses Grabmal errichtet wurde. Etwa Mitte des achtzehnten Jahrhunderts hörte der Kaiser Qianlong von Iparhans Schönheit. Die Leute erzählten sich zudem, dass ihre Haut einen betörenden Duft ausströmte. Qianlong wies seine Generäle an, das Mädchen zu ihm an den Hof nach Beijing zu bringen, wo er sie zu einer kaiserlichen Konkubine machen wollte.«

»Rauhe Sitten«, bemerkte Marion.

»Wart ihr in Europa besser?«

»Überhaupt nicht«, gab sie zu.

»Iparhan wurde nach Beijing gebracht. Sobald Qianlong sie zum ersten Mal sah, verliebte er sich unsterblich in das Mädchen aus Xinjiang. Er tat alles, um ihr Heimweh zu mildern, und am Ende erwiderte sie seine Liebe.«

Eine ältere uighurische Frau in westlicher Kleidung, die neben ihnen an der Absperrung stand, unterbrach ihn: »Iparhan hat sich niemals mit ihrem Schicksal abgefunden! Das ist Ihre Wahrheit, aber nicht meine.« Damit drehte sie sich auf dem Absatz um und ging mit schnellen Schritten durch den Rosengarten vor dem Mausoleum auf den Ausgang zu. Li Yandao sah der Frau mit gerunzelter Stirn nach.

»Was meinte die Dame?«, fragte Marion.

»Dass es zwei Versionen der Geschichte gibt: meine und ihre. Die chinesische und die uighurische. Die Uighuren werden sich niemals mit unserer Gegenwart in Xinjiang anfreunden.«

»Erzählen Sie mir mehr.«

»Nein.«

»Warum nicht?«, bohrte sie.

»Weil ich nicht möchte. Es ist ein schwieriges Thema, über das man besser nicht in der Öffentlichkeit spricht.«

Li Yandaos Stimme klang so bestimmt, dass Marion nicht weiterfragte, obwohl es sie ein wenig ärgerte. Aus allem, was sie bisher gehört, gelesen und beobachtet hatte, konnte sie sich vieles selbst zusammenreimen, aber es wäre interessant gewesen, endlich einmal mit einem Betroffenen über die Situation in Xinjiang zu sprechen. Nun, auch das Schweigen des Kommissars war eine Information: Es war offensichtlich nicht angebracht, seine politische Meinung herauszuposaunen.

Etwas später schlenderten sie um das von einer Lehmmauer eingefasste Mausoleum herum. Marion ließ ihre Fingerspitzen über die kühle, bucklige Oberfläche der Kacheln gleiten, von denen nicht eine der anderen glich. Kacheln hatten in dieser Region eine lange Tradition.

»Sie wirken belustigt«, sagte Li Yandao. »Worüber?«

»Ich dachte gerade über Kacheln nach. Was, glauben Sie, würden die Handwerker, die diese kleinen Kunstwerke hergestellt haben, wohl über Kashgars neue Prachtbauten in Hellgelb und Schmutzigweiß denken?«

Der Kommissar sah Marion überrascht an. »Sie machen sich über seltsame Sachen Gedanken«, sagte er. Nach einigem Nachdenken fügte er hinzu: »Es ist gut, dass Sie das neue Kashgar nicht sehen können.«

»Das glaube ich auch.«

Sie gingen schweigend weiter und genossen den friedlichen Nachmittag. Die Stille wurde nur von dem feinen Surren einiger Insekten erfüllt, die einen der letzten schönen Tage des Jahres feierten.

»Erzählen Sie mir jetzt etwas über sich?«, fragte Li Yandao unvermittelt.

Marion blieb stehen und sah ihm direkt ins Gesicht. Er senkte seinen Blick. »Entschuldigung. Ich bin zu neugierig«, murmelte er.

»Das kenne ich«, meinte Marion. »Also gut, kommen Sie. Wir setzen uns dorthin.« Sie wies auf einen großen Stapel Lehmziegel. Eines fernen Tages sollte er wahrscheinlich dafür benutzt werden, die schadhafte Mauer auszubessern.

»Ich bin in einem Vorort von Hamburg aufgewachsen«, begann sie. »Reihenhaus mit Garten, liebe Eltern, die nur mein Bestes wollten und ihrer Meinung nach kläglich gescheitert sind, ein großer Bruder, der ...«

»Warum gescheitert?«, unterbrach Li Yandao. »Sie sind doch ...« Er suchte nach Worten.

»Ein schwer in die Gesellschaft zu integrierendes Problemkind«, soufflierte Marion trocken, »jedenfalls waren meine Lehrer der Auffassung. Intelligent, aber faul, mit Interesse an allem, nur nicht an dem, was sie mir in der Schule beibringen wollten. Immerhin, ich habe Abitur gemacht und Kunstgeschichte studiert.« Marion lachte. »Zumindest ein paar Semester. Zum Entsetzen meiner Eltern brach ich kurz vor dem Vordiplom das Studium ab und ging nach Berlin. Dort hielt ich mich jahrelang mit Jobs über Wasser, die alle mit dem Wort ›Aushilfs‹ begannen: Aushilfskellnerin, Aushilfsgärtnerin, Aushilfssekretärin, Aushilfsdies, Aushilfsdas.«

»Aushilfsklempnerin?«

»Nein, das nicht. Aber eine Tischlerei war dabei. Es war eine gute Zeit. Jedes Mal, wenn ich genug Geld zusammengespart hatte, kündigte ich und fuhr für ein oder zwei, manchmal sogar drei Monate irgendwohin: Griechenland, Italien, Nordafrika. Nachdem ich das erste Mal in Asien war, hat es mich nicht mehr losgelassen. Ich glaube, ich hatte Ihnen erzählt, dass ich früher schon durch China gereist bin.«

Der Kommissar nickte. Er hatte sich ihr zugewandt und hörte ernst und konzentriert zu. Sein Blick ließ ihre Augen nicht los, und Marion verlor den Faden. Sie saßen sehr dicht beieinander, und Marion konnte die Spannung, die sich unmerklich zwischen ihnen aufgebaut hatte, förmlich in ihren Ohren summen hören.

Sie räusperte sich, um ihre Verwirrung zu kaschieren. »Vor sieben Jahren lernte ich dann ...« Marion brach ab. Aus der unbestimmten Angst heraus, etwas zu zerstören – etwas, das vielleicht gar nicht vorhanden war –, widerstrebte es ihr, dem Mann neben ihr von Thomas zu erzählen. »Vor sieben Jahren bin ich zurück nach Hamburg gezogen, und da wohne ich immer noch«, sagte sie schnell und sprang von dem Steinstapel. »Das war es im Großen und Ganzen. Zufrieden?«

Der Kommissar schien aus einer Trance zu erwachen. »Zufrieden? Äh, ja. Danke.« Er stieg ebenfalls von dem Stapel. Etwas verlegen setzten sie ihren Weg fort.

»Und Sie?«, fragte Marion schließlich.

»Ich?«

»Wer sonst? Was haben Sie in Ihrem Leben gemacht?«

»Einen Fehler nach dem anderen«, sagte er so leise, dass Marion ihn kaum verstehen konnte. Sie erschrak, als er unvermutet gegen einen kleinen Stein trat, der mit einem lauten Klacken von der Rückwand des Mausoleums abprallte. »Ich bin Polizist«, sagte er bitter. »Sagt das nicht alles?« Er beschleunigte seine Schritte, als wollte er vor Marion weglaufen.

»Wenn Sie mir nichts erzählen wollen, ist das kein Problem.«

Er blieb stehen. »Danke«, sagte er nur. Marion hatte den Eindruck, als würde er zusammensinken. Er strahlte eine Hilflosigkeit aus, die sie bisher noch nie an ihm wahrgenommen hatte. Sie wusste nicht, was sie tun sollte, und war froh, als sie hinter ihm ein Loch in der Mauer entdeckte. »Kommen Sie, das möchte ich mir ansehen«, sagte sie, nachdem sie durch das Loch auf den dahinterliegenden islamischen Friedhof gespäht hatte. Bevor Li Yandao sie davon abhalten konnte, kletterte sie durch die kleine Öffnung. Er kroch ihr hinterher und klopfte sich den Staub von der Jacke.

»Sie sind wie eine Katze. Und Neugierde bringt die Katze um.«

»Weshalb die Katze auch neun Leben hat. Ich habe bisher höchstens drei oder vier verbraucht. Aber was ist das?« Marion verstummte.

Li Yandao hörte es ebenfalls. Zwischen den schmucklosen Gräberreihen stieg eine brüchige Männerstimme auf. Sie konnten den Mann nicht sehen, der mit Inbrunst vor einem Grab Koranverse rezitierte, seinen Schmerz dem kaltblauen, wolkenlosen Himmel entgegensang. Marion bekam eine Gänsehaut. Der Mann legte die Trauer der ganzen Welt in seinen Gesang, und ihr Herz zog sich zusammen. Li Yandao räusperte sich. Als sich Marion zu ihm umdrehte, sah sie, dass er Tränen in den Augen hatte. Was ging ihm durch den Kopf? Warum wollte er ihr nichts über sein Leben erzählen? Wie jeder Mensch hatte auch der Polizeikommissar Narben auf der Seele, die immer wieder aufbrechen konnten.

Sie blieben regungslos stehen, bis der Mann seine Klage beendet hatte. Ohne ein Wort zu sprechen, kletterten sie dann durch das Loch zurück und gingen zum Auto.

Li Yandao brach das Schweigen erst, als sie vor dem Seman-Hotel vorfuhren.

»Ma Li Huo, ich … Es tut mir leid, wenn ich Ihnen den Ausflug verdorben habe.« Die Traurigkeit war nicht aus seinen Augen gewichen.

»Sie haben nichts verdorben. Wir sehen uns übermorgen.«

»Gut, bis Freitag dann. Ich hole Sie um sechs Uhr ab.«

Ein Kaleidoskop von Bildern wirbelte durch Marions Kopf: der Tote, ihr durchsuchtes Zimmer, Thomas, Straßenszenen aus Kashgar, die Jurte in den Bergen und Kommissar Li, der auf dem Friedhof so verletzlich gewirkt hatte, dass sie ihn am liebsten in den Arm genommen hätte. Und das geheimnisvolle Jadepferd, immer und immer wieder, es wurde größer und größer, begann sich zu drehen, bis Marion nur noch einen Strudel aus Grün und Gold sah, der sich um ein unbewegliches Rubinauge drehte. Mit einem leisen Schrei setzte sie sich auf. Sie war schweißgebadet, und auf ihrem Brustkorb lastete ein Gewicht, das ihr die Luft nahm. Nur langsam fand sie in die Realität zurück, und ihr Atem beruhigte sich. Marion tastete auf dem Nachttisch nach ihrem Wecker. Ein Gegenstand fiel klirrend zu Boden. Sie fand den Wecker. Halb drei, mitten in der Nacht. Seit Stunden drehte sie sich von einer Seite auf die andere, ohne wirklich in den Schlaf zu kommen. Sie schwang die Beine über die Bettkante, um ins Bad zu gehen. Ein scharfer Schmerz zuckte durch ihren rechten Fuß. Sie schrie leise auf und machte das Licht an. Der Boden vor ihrem Bett war mit Glasscherben übersät, und von ihrem Fuß tropfte Blut. Auf der Suche nach dem Wecker hatte sie die scheußliche Vase vom Nachttisch gestoßen.

Wütend über ihre eigene Ungeschicklichkeit humpelte Marion ins Bad und suchte Pflaster und ein desinfizierendes Spray, um den tiefen Schnitt unter dem großen Zeh zu versorgen. Sie war inzwischen hellwach und beschloss, Ordnung in ihrem Kopf zu schaffen. Vorher konnte sie sowieso nicht schlafen.

Am Samstag würde sie die Stadt verlassen können. Kashgar hatte ihr gut gefallen, aber die Ereignisse nach dem Sturz in die Baugrube hatten ihr zugesetzt. Der Einbruch und auch der Taschendiebstahl hatten sie zusätzlich verunsichert, dennoch wollte sie ihre Reise wie geplant zu Ende bringen. Allein schon deshalb, weil sie Thomas, der ihr niemals zugetraut hatte, sich ohne ihn zurechtzufinden, den Triumph nicht gönnte.

Thomas. Was er wohl gerade machte? Es war besser, nicht darüber nachzudenken. Was sollte ein gutaussehender, frischgebackener Single an einem thailändischen Traumstrand schon machen? Marion schluckte. Und was machte sie? Sammelte Platz- und Schnittwunden, verging vor Einsamkeit und fragte sich, wie sie auf die Idee gekommen war, sich selbst in die Wüste zu schicken. Zitternd zog sie die Bettdecke enger um sich. Die Heizung in ihrem Zimmer funktionierte selbstverständlich nicht.

Kommissar Li schlich sich abermals in ihren Kopf. Der Mann beschäftigte sie mehr, als ihr lieb war, und sie gestand sich ein, dass sie ihn mochte. Sein unerwarteter Gefühlsausbruch auf dem Friedhof hatte sie berührt. Himmel, sie würde sich doch nicht in einen chinesischen Polizisten verlieben? Hatte sie nicht schon genug Scherereien? Chinesen hatten zu blasse Haut, viel zu dünne Beine und keine Haare auf der Brust – also Finger weg. Marion löschte das Licht und ließ sich zurücksinken. Aber schöne Augen hatte er dennoch.

Turdi kauerte hinter einem dichtbelaubten Busch und starrte zu dem erleuchteten Zimmerfenster der Deutschen hinauf. Für einen kurzen Moment konnte er sie hinter dem geschlossenen Vorhang schemenhaft erkennen. Eine Weile lang geschah überhaupt nichts, dann erlosch das Licht wieder. Missmutig rieb er seine Hände aneinander. Wahrscheinlich war sie im Bad gewesen. Diese Nachtwachen waren völlig sinnlos.

Turdi unterdrückte ein Niesen. Er hatte eiskalte Füße, sein Hals kratzte, und er langweilte sich. Während sein Boss im warmen Bett lag, schlug er sich nun schon die sechste Nacht in diesem verfluchten Hof um die Ohren. Das Leben war ungerecht.

* * *

Da Marions verletzter Zeh keine längeren Wanderungen zuließ, lieh sie sich am nächsten Tag ein Fahrrad und fuhr kreuz und quer über die Straßen und Feldwege der riesigen Kashgar-Oase. Sie hatte sich Oasen immer als winzige Ansammlungen von Palmen um ein Wasserloch vorgestellt, aber Xinjiang belehrte sie eines Besseren: Das Umland von Kashgar ernährte knapp zweihunderttausend Menschen. Auf den Feldern wuchs Mais, Getreide und Baumwolle, und Xinjiang war in ganz China für seinen Überfluss an Früchten berühmt. Marion radelte durch endlose Pappelalleen, die das künstlich bewässerte Land in geometrische Parzellen teilten. Vor allem diese fragil wirkenden und doch robusten Bäume prägten das Bild der Oase. Wenn Xinjiang ein Wappen hätte, müsste im Zentrum unbedingt eine Pappel abgebildet sein, dachte Marion, während sie weiterstrampelte.

Am frühen Nachmittag erreichte sie den nordwestlichen Rand der Oase. Die Grenze zwischen Grün und Grau, zwischen Leben und

Tod, war wie mit dem Lineal gezogen, nur durchbrochen von dem grauen Asphaltband der Straße, das direkt in die abweisende Ödnis hineinführte. Die Landschaft vor Marion sah alles andere als einladend aus. Ein schwacher, kalter Wind wirbelte kleine Sandhosen auf und trieb sie in einiger Entfernung über die leblose Ebene. Auch das letzte bisschen Farbe, das die Wüste an einem schöneren Tag vielleicht etwas versöhnlicher hätte erscheinen lassen, wurde von einer tief über dem Land hängenden Wolkendecke aufgesogen.

Trotzdem übte die Wüste eine starke Anziehungskraft auf Marion aus. Sie entschloss sich, wenigstens ein kurzes Stück weiterzufahren, und trank einen Schluck Wasser, bevor sie sich wieder auf ihr Fahrrad schwang. Als sie in die große Leere hineinrollte, spürte sie ein Ziehen im Bauch, ein Hochgefühl, das dem vor einem Sprung vom Zehn-Meter-Brett ähnelte. Seit sie als Siebenjährige eine Wette gegen ihren Bruder verloren hatte und das erste Mal von dem himmelhohen Brett springen musste, war sie geradezu süchtig danach geworden. Manchmal fragte sich Marion, ob sie mit diesem Sprung die Weichen für ihr ganzes Leben gestellt hatte. Ihr Bruder war nicht gesprungen und hatte auch später jedes Risiko vermieden.

Sie war vielleicht einen Kilometer gefahren, als ihre Euphorie einen Dämpfer erhielt: Das Hinterrad hatte einen Platten. Fluchend stieg Marion ab und untersuchte den Schaden. Einer der überall auf der Straße herumliegenden scharfkantigen Steine hatte Mantel und Schlauch aufgeschlitzt, und an eine Reparatur war nicht zu denken. Während Marion noch mit ihrem Pech haderte, drangen leise Motorengeräusche an ihr Ohr. Sie blickte auf und traute ihren Augen nicht: Auf der bisher menschenleeren Straße hatte die Rushhour eingesetzt. Von der Oasenseite näherte sich ein Kleinwagen, während ein in eine Staubwolke gehüllter Lastwagen aus der Wüste herandonnerte. Marion sprang auf und stellte sich winkend auf die Straße. Der Lastwagen erreichte sie zuerst und hielt tatsächlich an. Erleichtert lief Marion zum Fahrerhäuschen. Inzwischen war auch der Kleinwagen auf ihrer Höhe und drosselte das Tempo. Marion konnte undeutlich zwei Personen hinter der staubigen Scheibe erkennen und machte ihnen ein Zeichen, dass alles in Ordnung sei. Das hellblaue Auto fuhr noch ein paar Meter langsam weiter und beschleunigte dann.

Marion wandte sich dem Lastwagenfahrer zu, der sich inzwischen aus dem Fenster gelehnt hatte. Nachdem sie eine kleine Pantomime aufgeführt und ihm das kaputte Fahrrad gezeigt hatte, glitt ein verstehendes Lächeln über sein Gesicht.

Er sprang aus dem Führerhaus und zeigte bedauernd auf die vollbesetzte Kabine, aus der Marion von vier oder fünf Augenpaaren interessiert gemustert wurde. Dann ging er zur Rückseite des Lastwagens. Nachdem er die Ladeklappe geöffnet hatte, half er Marion auf die Pritsche. Drei Dutzend verschreckte Schafe glotzten sie blöde an. »Guten Tag«, begrüßte Marion die Schafe und beugte sich zu dem hilfsbereiten Fahrer herunter, der ihr das Fahrrad entgegenhielt. Eine Minute später rumpelten sie bereits der Oase entgegen.

Da der Boden von den Schafen völlig verdreckt war, blieb Marion an der Ladeklappe stehen und genoss von ihrer erhöhten Position aus einen letzten Blick in die Wüste, die jetzt wieder völlig verlassen dalag. Dann stutzte sie. Die Wüste war nicht leer: In einiger Entfernung wendete gerade das hellblaue Auto und fuhr wieder in ihre Richtung zurück. Es hatte den Lastwagen bald eingeholt und hielt sich mit einigem Abstand hinter ihm. Marion wurde plötzlich misstrauisch.

Warum war der Fahrer des Autos nicht weitergefahren? Warum hatte er gedreht? Hatte es etwas mit ihr zu tun? Marion versuchte, die Gesichter hinter der Windschutzscheibe zu erkennen, aber die Entfernung war zu groß. Trotzdem hatte sie das unangenehme Gefühl, beobachtet zu werden. Unwillkürlich trat sie einen Schritt zurück und stolperte prompt über ein Schaf. Sofort erfüllte panisches Blöken die Luft. Als Marion sich wieder hochgerappelt hatte und vorsichtig über die Ladeluke spähte, war das Auto verschwunden. Na, dachte sie und klopfte sich den Dreck von der Hose, wahrscheinlich waren die Wageninsassen einfach nur neugierig. Eine Touristin auf einem Schafstransporter bekam man schließlich nicht alle Tage zu sehen. Bald hatte sie den Wagen vergessen.

Eine gute halbe Stunde später setzte der Lastwagenfahrer Marion in der Nähe der Altstadt ab. Während sie ihm noch nachsah, erinnerte sie sich an ein Teehaus, das ihr beim letzten Spaziergang aufgefallen war. Der Fahrtwind hatte sie ziemlich ausgekühlt, und ein heißer Tee würde ihr guttun. Kurz entschlossen bog sie in die Tischlergasse ein. Ein paar Minuten später lehnte sie das Fahrrad gegen einen verlassenen Obstkarren und blickte an der verzierten Fassade des altehrwürdigen Teehauses empor. Im ersten Stock lud ein mit Teppichen und Kissen ausgelegter Balkon die Passanten zum Einkehren ein. Und es gab tatsächlich noch einen freien Platz.

Der Weg durch die Gasträume wurde zum Spießrutenlauf. Soweit Marion es überblicken konnte, waren die Tische ausschließlich von Uighuren mittleren Alters besetzt, die sie mit unverhohlener Abneigung betrachteten. Keine Frauen, keine Chinesen, keine Touristen.

Plötzlich spürte Marion Ärger in sich aufsteigen. Das Leben der Uighuren und der Chinesen hatte so wenig Berührungspunkte, es gab so wenig Bemühungen um Verständnis für die jeweils andere Kultur, dass die beiden Bevölkerungsgruppen auch auf verschiedenen Planeten hätten leben können. Es war diese Ignoranz, die Marion ärgerte. Sie hatte sich schon immer gefragt, warum die Leute sich nicht mehr füreinander interessieren konnten – und das galt nicht nur für China, sondern auch für Amerika, Afrika oder Buxtehude. Ein bisschen mehr Verständnis und Toleranz würden die Welt zu einem besseren Ort machen, aber sie wusste, dass es naives Wunschdenken war: Die Menschen würden sich auch in tausend Jahren noch misstrauisch umschleichen, sobald jemand auftauchte, der nicht zu ihrem Stamm gehörte.

Sie erreichte die Treppe zum ersten Stock. Vielleicht tue ich den Chinesen und Uighuren unrecht, dachte sie, während sie die Treppe hinaufstieg. Sie wusste zu wenig über die Probleme Xinjiangs und die politischen Verwicklungen, um sich wirklich ein Urteil erlauben zu dürfen. Es waren ohnehin mehr die einzelnen Menschen, die sie interessierten, und da gab es, wie überall, eine Standardmischung von schlauen und dummen, harmlosen und gefährlichen, schönen und hässlichen, freundlichen und Idioten. Wobei die freundlichen glücklicherweise immer überwogen.

Marion war froh, als sie den Balkon erreicht hatte, und ließ sich auf einem dicken Bodenkissen vor einem niedrigen Tisch nieder. Sofort erschien ein Kellner, bei dem sie ihren Tee bestellte. Mit undurchdringlicher Miene verschwand er in den dämmrigen Tiefen des Hauses und kehrte kurz darauf mit dem Getränk zurück.

Von dem Balkon aus hatte sie einen guten Blick auf die den Obsthändlern und Bäckern vorbehaltene Gasse. Die Stände waren von verschleierten Frauen umlagert, die für das Abendessen der Familie einkauften. Ein beruhigendes Gemurmel drang zu Marions Logenplatz herauf. Für einen kurzen Moment fanden die Strahlen der Abendsonne eine kleine Lücke zwischen den Wolken und tauchten das Teehaus in warmes, gelbes Licht. Zufrieden umfasste Marion mit ihren klammen Fingern die Tasse und blies auf den dampfenden Tee. In diesem Moment bemerkte sie ihn.

Die Sonne hatte seinen orangefarbenen Schal aufleuchten lassen. Er verharrte neben einem Stand auf der anderen Straßenseite und sah zu dem Balkon hinauf. Marion hatte den Eindruck, dass er etwas suchte. Oder jemanden. Dann stieß er seinen Begleiter an, der gerade mit dem Standbesitzer handelseinig geworden war.

Die beiden Männer gingen schnell davon, und Marion hatte keine Gelegenheit mehr, ihre Gesichter genauer zu betrachten. Der zweite Mann wirkte klein neben dem Hünen mit den welligen Haaren. Dem Mann vom Viehmarkt.

Ihr Herz klopfte bis zum Hals. Was hatte dieses Zusammentreffen zu bedeuten? Hatte sie womöglich gerade den Mörder gesehen? Wurde sie immer noch verfolgt? Nur langsam verflog ihre Panik. Je länger sie über den Mann nachdachte, desto normaler und unbedeutender erschien ihr die Episode. Ein Mann kauft Obst. Sein Freund vertreibt sich die Wartezeit, indem er seine Umgebung betrachtet. Dabei entdeckt er eine Touristin, die auf dem Balkon eines nur von Einheimischen frequentierten Teehauses wie auf dem Präsentierteller sitzt. Marion wurde bewusst, dass sie mindestens ebenso auffällig war wie sein Schal. Ein Mann, der derart aus der Menge herausragte wie dieser Riese, würde sie niemals verfolgen. Wahrscheinlich war es gar nicht der Mann vom Viehmarkt. Wie zur Bestätigung trat gerade ein neuer Gast auf den Eingang des Teehauses zu. Ein kleiner alter Mann, um dessen Hals ein orangefarbener Schal gewickelt war. Es gab in Kashgar also nicht nur ein Exemplar davon. Trotzdem blieb ein letzter Zweifel hängen. Die Ruhe, in der sie sich in den letzten Tagen gewiegt hatte, war trügerisch gewesen. Sie hielt besser die Augen auf.

Vor dem Schlafengehen verbarrikadierte Marion ihre Zimmertür noch gründlicher als zuvor. Sie stapelte alles Bewegliche davor, bis nur noch ein schmaler Gang blieb, durch den sie ins Bad gehen konnte. Dann legte sie sich vollständig bekleidet ins Bett, selbst die Schuhe behielt sie an. Ihr Messer und die Taschenlampe legte sie griffbereit auf den Nachttisch. Sollte erneut jemand versuchen, bei ihr einzubrechen, war sie vorbereitet. Sie hatte zwar keine Vorstellung, was sie dann tun würde, aber ihre Vorsichtsmaßnahmen beruhigten sie zumindest.

Den nächsten Tag verbrachte sie lesend im Café. Dort waren immer Menschen, und niemand würde es wagen, sie zu behelligen. Sie wartete ungeduldig auf den Abend, ihren letzten in Kashgar. Es machte sie traurig, dass sie von Li Yandao Abschied nehmen musste, aber es war besser so. Sie konnte keine weiteren Komplikationen in ihrem Leben brauchen.

* * *

Li Yandao traf mit einer Viertelstunde Verspätung ein, und er kam zu Fuß.

»Getriebeschaden. Und dabei bin ich immer davon ausgegangen, dass ein deutsches Auto nie kaputtgeht. Jetzt bin ich gespannt, was man mir als Nächstes zur Verfügung stellen wird.«

»Esel sollen recht zuverlässig sein.«

»Ich sehe mich schon auf einem Dienstesel durch Kashgar reiten. Immerhin hätten die Leute dann etwas zu lachen«, sagte er und verzog das Gesicht. »Wie geht es Ihnen? Sie sehen aus, als hätten Sie nicht viel geschlafen.«

»Mir geht es bestens. Ich bin gestern den ganzen Tag mit dem Fahrrad unterwegs gewesen. Die Dörfer und Felder außerhalb der Stadt sind wirklich sehr malerisch.«

»Gutes Gelände für Ihre Schafzucht.«

»Ich bekomme langsam eine Allergie gegen Schafe.«

»Das war ein Witz. Sie können morgen abreisen.«

»Mir ist nicht nach Witzen zumute«, sagte sie.

»Was Sie brauchen, ist ein gutes Essen. Sie haben die freie Auswahl: uighurisch, chinesisch, Burger …«

»Schwein. Wegen der Schafsallergie.«

»Dann ein chinesisches Restaurant.«

Li Yandao führte Marion in eines der Restaurants in der Nähe des neuen Einkaufszentrums. Es unterschied sich nicht wesentlich von den anderen chinesischen Restaurants der Stadt: die gleichen weißen Kacheln an den Wänden, die gleichen Plastikstühle und fleckigen Tischdecken, die gleiche abgegriffene Speisekarte.

Sobald sie saßen, verwickelte Li Yandao die Kellnerin in eine ernsthafte Diskussion über die Zusammenstellung des Menüs. Marion beobachtete die beiden amüsiert. In Asien aß man nicht, um satt zu werden, es ging um mehr. Europäer essen, um zu leben. Asiaten leben, um zu essen.

Li Yandao gab eine umfangreiche Bestellung auf.

»Was gibt es?«, fragte Marion.

»Huiguo Rou, hongshao yu, mapo dofu, jidan tang …«

»Das ist viel zu viel.«

»Ich bin doch noch gar nicht fertig«, sagte er beleidigt. Sobald es ums Essen ging, verstanden Chinesen keinen Spaß. »Wollen Sie keinen Nachtisch?«

Das Essen kam in Rekordzeit. Der Duft von herbem Blumenpfeffer aus Sichuan, Knoblauch und süßlichem Anis stieg Marion in die Nase. Sie musste niesen. Scharf angebratener Chili war offensichtlich auch dabei.

»Lassen Sie es sich schmecken. Mögen Sie scharfes Essen?« Li Yandao deutete auf eine Platte mit Huhn, Erdnüssen und getrockneten Chilischoten. »*Gongbao jiding.* Echtes Dynamit.«

Marion fischte eine Chilischote von der Platte und hielt sie sich so dicht vor die Augen, dass sie schielte. »Sieht harmlos aus«, stellte sie fest und biss die Hälfte ab. Provozierend kaute sie auf der Schote herum, ohne eine Miene zu verziehen.

Li Yandao nahm ebenfalls eine der Chilis, verschluckte sich und begann zu husten.

»Ich dachte, ihr Chinesen seid so hart im Nehmen?«

Er zog ein Gesicht. »Nicht so hart wie Sie. Ich würde es mir nicht zutrauen, in einem Land umherzureisen, dessen Sprache ich nicht verstehe. Sind Sie eigentlich immer allein unterwegs? Ich stelle mir das sehr einsam vor.«

»Bisher bin ich mit meinem Ex-Freund gereist, aber …« Marion suchte nach Worten.

Betreten sah Li Yandao zur Seite. »Ich wollte nicht indiskret sein.«

»Es ist schon in Ordnung. Im Großen und Ganzen geht es mir gut.«

Taktvoll wechselte er das Thema und fragte Marion über Deutschland aus. Sie ging dankbar darauf ein.

Marion dachte darüber nach, wie alt Li Yandao wohl sein mochte. Sein Gesicht war rund, mit vollen Lippen, einer unauffälligen Nase und fast schwarzen Augen, die hellwach aus den selbst für einen Chinesen ungewöhnlich schmalen Augenschlitzen blitzten. Einige graue Strähnen ließen vermuten, dass er die dreißig schon überschritten hatte. Er hatte sich die Haare schneiden lassen, seit Marion ihn das letzte Mal gesehen hatte. Seine modisch-verwegene Frisur erinnerte sie eher an einen japanischen Surfer als an einen seriösen Kommissar, aber sie passte zu ihm. Seinen abgetragenen Dienstanzug hatte er gegen gutsitzende Jeans, neue Halbschuhe und einen sportlichen roten Rollkragenpullover eingetauscht. Er sah ausgesprochen gut aus.

Li Yandao unterbrach ihre Überlegungen. »Wollen Sie noch ein Bier, Ma Li Huo?«

»Warum nicht? Wenn ich für den Heimweg polizeilichen Geleitschutz erhalte?«

»Das kann ich arrangieren.«

Li Yandao war von Ma Li Huo bezaubert. Sie war eine amüsante Erzählerin, und ihre lebhafte Mimik brachte ihn zum Lachen. Sie hatte endlich ihre komische Mütze abgesetzt, und weiche hellbraune Haare flogen ihr bei jeder Bewegung ins Gesicht. Sie hatte sogar einen dezenten Lippenstift benutzt. Die Unruhe, die sie zu Beginn des Abends ausgestrahlt hatte, war verflogen.

Beide hatten es bisher vermieden, über den Mord und den Einbruch zu sprechen, und Marion hatte sich dazu durchgerungen, den Taschendiebstahl nicht zu erwähnen. Es widerstrebte Li Yandao, die Leichtigkeit ihres Gesprächs zu zerstören, doch andererseits musste er es ausnutzen, dass sie nicht auf der Hut war. Als er ihr ein frisches Glas Bier einschenkte, lenkte er die Unterhaltung vorsichtig auf seine Arbeit.

»Wollen Sie wissen, wie wir mit der Untersuchung des Mordes vorankommen?«

»Natürlich. Ich habe nicht gefragt, weil ich annahm, dass Sie nicht darüber sprechen wollen. Oder dürfen. Haben Sie mittlerweile eine Idee, wer es gewesen sein könnte?«

»Nein, aber wir haben die Identität des Toten festgestellt. Er stammt aus einem Dorf in der Khotan-Oase, und es gibt dort aus seiner Jugendzeit eine Polizeiakte über ihn. Kleinigkeiten. Ein Einbruch in einen Haushaltswarenladen, eine Schlägerei mit Freunden.«

»Einbruch? Ich hätte nicht gedacht, dass Sie einen Einbruch als Kleinigkeit abtun.«

»Er war so dumm, in den Laden eines Verwandten einzusteigen. Die Polizei erfuhr nur davon, weil sein Vater und sein Onkel ihn krankenhausreif geprügelt hatten. Ich habe mit dem Kollegen telefoniert, der sich damals um die Sache kümmerte. Er konnte sich noch gut daran erinnern, weil er Mitleid mit dem Jungen hatte, der damals erst dreizehn Jahre alt war. Mein Kollege hatte zwar seine Fingerabdrücke genommen, aber nichts weiter in die Wege geleitet. Der Junge war seiner Meinung nach schon genug bestraft worden.«

»Das hört sich nach einer intakten, liebevollen Familie an.«

»Deshalb ist er wohl auch mit neunzehn nach Yengisar gezogen und hat dort sechs Jahre lang in einer der Messermanufakturen gearbeitet.«

»Messermanufakturen?«

»Haben Sie auf dem Sonntagsmarkt die Messer mit den bunten Griffen gesehen?«

»Ja.«

»Die Messer stammen alle aus Yengisar.«

»Ach so. Und wie ging es weiter?«

»Vor zwei Jahren hat er gekündigt. Weil er seitdem nicht gearbeitet hat, ist es schwierig, seine Spur zu verfolgen. Ich habe keine Ahnung, wie er sich durchgeschlagen hat, aber ich schätze, wenn wir es herausfinden, haben wir auch den Mörder.«

»Ein Streit unter Gaunern?«

»Das ist denkbar. Es kann auch ein Eifersuchtsdrama gewesen sein, aber ich glaube es nicht. Unser Pathologe hat aufschlussreiche Details entdeckt.«

Marion rutschte auf ihrem Stuhl nach vorn. »Was denn?«

»Der Mann ist nach einem Stich in die Leber innerlich verblutet.«

»Stammte das Messer aus Yengisar?«

»Nein, die Qualität der Yengisar-Klingen ist nicht sonderlich gut. Die Tatwaffe war sehr scharf.«

»Und wann ist der Mann gestorben?«

»In der Nacht, bevor Sie über ihn gestolpert sind. Die Uhrzeit lässt sich nicht mehr präzise feststellen, weil der Pathologe die Leiche zu spät untersucht hat. Eine Sache ist allerdings merkwürdig …« Li Yandao machte eine Pause. »Jemand hat ihm die Finger aufgebogen und dabei den Ringfinger der rechten Hand gebrochen – und zwar lange nach seinem Tod, als die Totenstarre bereits eingesetzt hatte. Warum wohl? Hielt er etwas Wertvolles umklammert?« Es war ein Schuss ins Blaue. Li Yandao beobachtete Marion mit betont gleichgültiger Miene.

»Dann war schon vor mir jemand dort!«, rief Marion und runzelte die Stirn. »Es muss der Mörder gewesen sein, denn jeder andere hätte doch Alarm geschlagen. Mein Gott, stellen Sie sich vor, ich wäre auf den Mörder gefallen.«

Li Yandao war enttäuscht und gleichzeitig erleichtert. Ma Li Huos Bestürzung wirkte echt. Sie log also doch nicht? Oder wünschte er sich nur, dass sie ihm die Wahrheit sagte?

Er hatte nicht viele Anhaltspunkte, aber sie reichten immerhin aus, um Zweifel an ihrer Ehrlichkeit zu haben. Außerdem hatte die Aussage des Gastes aus dem Zimmer neben Ma Li Huos Fragen aufgeworfen. Der uighurische Geschäftsmann nahm an, dass sich zwei Männer in Ma Li Huos Zimmer aufhielten, und hatte einige Gesprächsfetzen verstanden. Einer der beiden Männer sprach Uighurisch mit einem chinesischen Akzent. Der Chinese war sehr ungehalten gewesen und hatte seinem Partner Vorwürfe gemacht. Dabei waren mehrfach die Wörter »Kästchen« und »Pferd« gefallen. Es wäre das Einfachste, Ma Li Huo auf den Kopf zuzusagen, dass er den Verdacht hatte, sie habe dieses Kästchen in ihren Besitz gebracht. Aber Li Yandao hoffte immer noch, dass sie es ihm freiwillig gab. Wenn sie es hatte.

Li Yandao war verunsichert. Er war auf dem besten Wege, sich in Ma Li Huo zu verlieben, und seine Gefühle vernebelten sein Urteilsvermögen. Er behandelte sie wie ein rohes Ei, und das durfte nicht sein. Einerseits. Andererseits gelang es ihm wunderbar, seine lasche und so gar nicht professionelle Vorgehensweise vor sich selbst damit zu rechtfertigen, dass Marion auch nichts zugeben würde, wenn sie mehr wüsste. Er redete sich ein, dass es das Beste war, sie weiterhin beschatten zu lassen, solange sie sich in seinem Einflussgebiet aufhielt. Wenn sich sein Verdacht erhärtete, konnte er sie später immer noch unter Druck setzen. Hoffentlich kam es nicht dazu, seine Vorgesetzten würden ihn sonst genüsslich einen Kopf kürzer machen.

»Haben Sie noch mehr herausgefunden?«, fragte Marion.

»Nein, sonst nichts. Es gibt kein Motiv und nur wenig Hinweise. Wenn uns nicht der Zufall zu Hilfe kommt, werden wir den Fall als ungelöst abschließen müssen. Aber ich bin zuversichtlich. In all meinen Jahren bei der Polizei hat sich der Zufall als sehr zuverlässig erwiesen. Manchmal wartet man einfach, bis der Gegenspieler einen Fehler macht«, sagte er, nicht ohne Hintergedanken. Marion blieb gelassen.

»Ich drücke Ihnen die Daumen. Schreiben Sie mir, wie es weitergeht? Ich gebe Ihnen meine E-Mail-Adresse.«

»Ich hatte mich schon gefragt, ob wir in Kontakt bleiben können. Ich wüsste gern, in welche Abenteuer Sie als Nächstes stolpern.«

»Bloß nicht! Von Abenteuern habe ich fürs Erste die Nase voll.«

Marion verzog das Gesicht zu einer übertrieben angewiderten Grimasse, die Li Yandao zum Lachen brachte. Die gute Stimmung war wiederhergestellt. Nein, sie verheimlichte nichts. »Ma Li Huo, Sie werden mir fehlen. Ich hatte lange nicht mehr so viel Spaß wie heute Abend.«

»Dann lassen Sie uns noch ein Bier bestellen und lustig sein.«

Sie waren beide angetrunken, als sie drei Stunden später das Restaurant verließen. Ein kalter Nordwind fegte die leere Straße hinunter. Marion schob die Hände tief in die Hosentaschen und schlug mit unsicheren Schritten den Weg zu ihrem Hotel ein. Li Yandao lief hinter ihr her. Als er auf gleicher Höhe war, legte er seinen Arm um sie.

»So ist es wärmer, nicht wahr?«

»Viel wärmer«, murmelte sie und kuschelte sich an ihn.

Vor dem Seman-Hotel standen sie sich lange wortlos gegenüber.

»Du fährst also morgen früh nach Khotan«, sagte Li Yandao schließlich.

»Ja.«

»Schreib mir, wenn du angekommen bist.«

»Versprochen.« Marion kämpfte mit den Tränen. Sollte sie einfach in Kashgar bleiben? Nein, es war besser, sie beendete diese Geschichte, bevor sie überhaupt anfing.

»Es war ein schöner Abend. Ich wünschte, wir könnten ihn wiederholen«, flüsterte sie und trat einen Schritt zurück. Sie prägte sich jede Einzelheit seines Gesichts ein, dann drehte sie sich um und ging mit hängenden Schultern auf das Hotel zu. Sie spürte, dass er ihr nachsah.

DIE WÜSTE DES WANDERNDEN SANDES

JULI 102 V. CHR. BIS APRIL 100 V. CHR.

Zhao Shan folgte schwitzend einem Soldaten zu den Räumen von General Li Guangli. Im Stillen verfluchte er die steifen, viel zu dicken Seidengewänder, die seine Position ihm aufzwang. Wenn es nach ihm gegangen wäre, hätte er sich weiterhin auf die schlichten, dem heißen Wüstenklima angemesseneren Hemden und Hosen beschränkt. Er warf einen Seitenblick auf den Soldaten. Der Mann trug die leichte Sommertunika der Fußsoldaten, seine Füße steckten in armseligen Sandalen, und auf die Gamaschen hatte er ganz verzichtet. Manchmal hatte es auch Vorteile, zum einfachen Volk zu gehören.

General Li Guangli empfing ihn in einem mit Teppichen und Kissen ausgestatteten Raum. Zhao Shan deutete eine Verbeugung an, die der General ebenso knapp erwiderte. Zhao Shan war dem General unterstellt, aber sein hohes ziviles Amt und sein Alter verwischten die Hierarchie.

»Herzlich willkommen, Meister Zhao. Wie ich sehe, habt Ihr die Reise nach Dunhuang gut überstanden. Seid Ihr mit Eurer Unterkunft zufrieden?«

»Allerdings. Es ist wunderbar, sich zur Abwechslung das Bett einmal nicht mit Ungeziefer teilen zu müssen.«

»An diese kleinen Unbequemlichkeiten werdet Ihr Euch auf dem kommenden Feldzug gewöhnen müssen, Hoher Sekretär«, bemerkte Li Guangli verächtlich.

»Ich kenne das Soldatenleben«, antwortete Zhao Shan scharf.

»Ah, ich vergaß. Ihr habt unter General Huo Qubing die Xiongnu aus Dunhuang vertrieben. Umso größer die Ehre, dass Ihr Euch freiwillig gemeldet habt, an meiner Seite Dayuan das Fürchten zu lehren.«

Zhao Shan musterte den General. Vergeblich versuchte er, etwas von dem lebenslustigen, unzuverlässigen jungen Mann wiederzuentdecken, der in Chang'an im Luxus geschwelgt hatte und seine Ernennung zum General allein der Tatsache verdankte, dass seine Schwester die Favoritin des Kaisers war. Li Guangli war in den vergangenen zweieinhalb Jahren stark gealtert. Seine Unbeschwertheit war einer Verbitterung und Härte gewichen, die Zhao Shan entsetzte. Der erfolglose Feldzug in das kleine Königreich Dayuan hatte zwei Jahre gedauert, und Zhao Shan konnte am Gesicht des Generals ablesen, mit welch übermenschlichen Anstrengungen es verbunden gewesen war.

Der Kaiser hatte getobt wie ein Wahnsinniger, als er von dem Fehlschlag des Generals erfuhr, und dem Kommandanten von Dunhuang befohlen, den Jadepass zu schließen und jeden Mann zu töten, der versuchte, das Reich zu betreten. General Li Guangli war gezwungen, in Dunhuang auf die Verstärkung seiner Armee zu warten, um dann einen erneuten Vorstoß nach Westen zu unternehmen.

»Ihr seid schweigsam, Meister Zhao. Schreckt Euch die Vorstellung, wieder in den Krieg zu ziehen?«

»Nein. Obwohl ich zugeben muss, dass ich Respekt vor dem langen Marsch nach Westen habe.«

»Zu Recht, aber wir sind gut vorbereitet. Der Kaiser hat sechzigtausend Soldaten rekrutieren lassen und nach Dunhuang geschickt. Sie führen hunderttausend Ochsen und dreißigtausend Pferde mit sich, ebenso unzählige Esel, Maultiere und Kamele. In ein oder zwei Monaten werden sie sich vollständig versammelt haben und abmarschbereit sein. Diesmal werden wir dem König von Dayuan eine Lektion erteilen.«

»Der Kaiser will die Himmlischen Pferde.«

»Er wird sie bekommen.«

»China braucht sie dringend. Wir haben in den Kriegen gegen die Reitervölker des Nordens sehr viele Pferde verloren, und wir können die Xiongnu nur mit berittenen Truppen besiegen.«

»Belehrt mich nicht über Dinge, die jedes Kind weiß, Meister Zhao«, sagte der General ungehalten. »Ich werde mit den Pferden nach Chang'an zurückkehren oder überhaupt nicht. Und jetzt entschuldigt mich, ich habe mich um die Angelegenheiten der Armee zu kümmern.«

Zhao Shan war von Li Guanglis unhöflichem Benehmen nicht überrascht. Der General stand unter hohem Druck, und das Verhältnis zwischen ihnen war nie gut gewesen. Was ihn weitaus mehr beschäftigte, als er das Quartier verließ, war die Botschaft des Kaisers an den General, die in einem kleinen Beutel an seinem Gürtel hing. Ihm war, als würde das Kästchen immer schwerer werden, je länger er es mit sich herumtrug – eine Last, die ihm niemand abnehmen konnte. Es war richtig, Li Guangli nichts über die neuen Befehle mitzuteilen, und es kam Zhao Shan sehr entgegen, dass der Kaiser dem General in seinem Schreiben untersagte, mit seinen Beratern über die neuen Anweisungen zu sprechen, bevor sie Dayuan erobert hatten. Kaiser Wu Di erwartete also keine Antwort des Generals, und sobald sie die Pferde in ihren Besitz gebracht hatten, würde seine Genugtuung über diesen Erfolg ihn hoffentlich den anderen Befehl vergessen lassen. Und wenn nicht? Zhao Shan seufzte. Wenn der Kaiser auf seinem größenwahnsinnigen Unterfangen bestand, konnten weder er noch seine Freunde etwas dagegen ausrichten.

* * *

Zhao Shan verließ Dunhuang am Ende des zwölften Mondmonats bei bitterer Kälte. Am Rand der Oase zügelte er sein Pferd und sah mit bösen Vorahnungen auf den Tross von Männern, Tieren und Wagen, der sich in ununterbrochener Folge bis zum Horizont schlängelte wie ein Drachen mit hunderttausend Beinen. Li Guangli, der Kopf des Drachen, hatte das hundertfünfzig *li* entfernte Jadetor wahrscheinlich schon erreicht, aber es würde noch Tage dauern, bis auch die letzten seiner Männer den Pass überschritten hatten.

Die Sonne war gerade aufgegangen, und die langen Schatten der Männer wiesen in die Richtung, in die sie sich ab heute Monat um Monat bewegen würden, durch Wüsten, Salzsümpfe und Berge, in Kälte und Hitze, mit Durst und Hunger und Furcht als ihren ständigen Begleitern. Zhao Shan machte sich keine Illusionen: Die meisten der mit gesenkten Köpfen an ihm vorbeiziehenden Männer waren nicht freiwillig hier. Sie waren Bauern, Sklaven und verurteilte Kriminelle, denen man keine andere Wahl gelassen hatte. In einem Kampf würden sie sich mutig verhalten, aber im Grunde war ihnen der Ausgang der Schlachten gleichgültig. Nur wenige würden nach Hause zurückkehren.

Der Abmarsch der Armee hatte sich aus vielerlei Gründen verzögert, und Zhao Shan hatte deshalb in Dunhuang jede Gruppe von Neuankömmlingen wachsam beobachtet. Ein zweiter Bote des Kaisers hätte alle seine bisherigen Bemühungen zunichtegemacht, aber seine Befürchtungen waren grundlos. Alle Nachrichten aus der Hauptstadt befassten sich mit den Vorbereitungen des aktuellen Feldzugs, und Zhao Shan konnte bei seinen seltenen Treffen mit Li Guangli keine Veränderung in seinem Verhalten feststellen.

Im Laufe der Monate hatte sich Zhao Shan ein wenig entspannt und versucht, das Beste aus seinem Aufenthalt in der hässlichen Kommanderie Dunhuang zu machen. Der Gouverneur lud die versammelten Würdenträger häufig in seinen Palast ein, aber Zhao Shan nahm nur selten an diesen Festmahlen teil, da er sich in Gesellschaft der Offiziere unwohl fühlte. Selbst harmlose Fragen erschienen ihm wie Fallen, durch die sein Verrat entlarvt werden sollte, und jeder kameradschaftliche Schlag auf die Schulter ließ ihn zusammenzucken. Er sonderte sich mehr und mehr ab und widmete sich seinen Übungen. Es war lange her, seit er einen Bogen gespannt oder ein Schwert geführt hatte.

Sein Diener Lin Hong lenkte sein Pferd neben das seines Herrn. »Ob wir Chang'an jemals wiedersehen?«, fragte er bedrückt. Seine

Worte durchbrachen die unnatürliche Ruhe, die über dem endlosen Zug lag, wie Trommelschläge.

»Still!«, zischte Zhao Shan. »Willst du ihnen völlig den Mut nehmen?« Er deutete auf die Soldaten, denen die Angst vor dem Unbekannten die Kehlen zugeschnürt hatte.

»Also glaubt auch Ihr nicht an unsere Rückkehr«, flüsterte Lin Hong. Sein weiches, rundes Gesicht war blass wie die Wintersonne.

Zhao Shan antwortete nicht. Es war nicht nötig.

* * *

Dayuan fiel kampflos. Eingeschüchtert von dem mächtigen Heer lieferten die Bewohner dem General nicht nur die geforderten Himmlischen Pferde aus, sondern den Kopf ihres Königs gleich dazu. Li Guangli hatte seinen Auftrag erfüllt und befahl, den langen Weg zurück nach China anzutreten. Er hatte bisher nur die Hälfte seiner Männer verloren, von denen die meisten Opfer von Krankheiten und Erschöpfung geworden waren. Voller Befriedigung ritt er an der Spitze seiner immer noch eindrucksvollen Armee wieder nach Osten. Sein großes Pferd tänzelte nervös unter ihm. Li Guangli strich über den kräftigen Hals des *Tian Ma.* Diese Pferde waren jedes Opfer wert.

Die Nachricht über ihren Sieg flog der Han-Armee voraus. Wann immer sie sich entlang ihrer Route durch die kleinen Königreiche einer Oasenstadt näherten, eilte ihnen die verängstigte Bevölkerung, beladen mit Lebensmitteln und anderen Gaben, aus den geöffneten Stadttoren entgegen. Die Herrscher sandten ihre Söhne, damit sie die Armee nach Chang'an begleiteten und dort als politische Geiseln am Hof verblieben. Trotz der harschen Bedingungen in dem das sandige Herz der Wüste umgebenden Schottergürtel gestaltete sich der Rückmarsch für General Li Guangli zum Triumphzug, und er verschwendete nur wenige Gedanken an den jämmerlichen Zustand, in dem sich viele seiner Soldaten befanden.

Am Ende des Zugs saß Lin Hong auf einem von einem großen Schirm beschatteten Wagen und sah besorgt auf die vor ihm liegende, eingefallene Gestalt Zhao Shans, der nur noch ein Schatten des gesunden, muskulösen Mannes war, mit dem er vor anderthalb Jahren aus Dunhuang abgeritten war. Lin Hong bezweifelte, dass sein Herr lange genug am Leben bleiben würde, um noch einmal die Gärten und Tempel der Hauptstadt sehen zu können. Er war seit einigen Tagen kaum bei Sinnen und sprach in seinen Fieberträumen häufig von dem Boten und dem Kästchen. Lin Hong hatte es sich zur Aufgabe gemacht, Tag und Nacht bei Zhao Shan zu wachen, damit niemand dessen wirre Sätze belauschen und seine Schlüsse daraus ziehen konnte. Die drei anderen Männer, die das Geheimnis mit ihnen geteilt hatten, waren längst tot.

»Lin Hong ...« Zhao Shans Augen waren klar und sahen Lin Hong das erste Mal seit langer Zeit direkt an.

Voller Freude beugte sich Lin Hong über den Kranken.

»Meister Zhao, wie fühlt Ihr Euch?«

»Es wird nicht mehr lange dauern. In meinen Träumen bin ich mit einem Boot zu den Inseln von Penlai gesegelt. Sie sind wunderschön ...«

»Ihr wart nicht dort, Meister. Es heißt, der Wind treibe jeden Sterblichen von den Inseln fort«, sagte Lin Hong. Die Erwähnung der Inseln der Unsterblichen verstörte ihn.

»Doch, ich bin schon ganz nah an ihren Küsten gewesen. Alles ist weiß, selbst die Tiere und die Pflanzen, wie es überliefert ist.«

»Aber jetzt seid Ihr wieder hier.«

»Nur für eine kurze Zeit. Ich sterbe, Lin Hong.«

Lin Hong senkte den Kopf. Zhao Shan legte ihm die Hand auf den Arm.

»Es gibt keinen Anlass zur Traurigkeit. Du weißt, dass ich ein gutes Leben hatte und mehr erreicht habe, als ich mir wünschen konnte. Jetzt hilf mir, mich aufzurichten. Ich möchte sehen, wo wir sind«, sagte er.

Lin Hong stopfte einige Kissen in seinen Rücken, bis Zhao Shan saß. Der Hohe Sekretär kniff die Augen zusammen, als ihn das grelle Sonnenlicht traf, das von der leblosen, sich von Horizont zu Horizont erstreckenden Schotterebene zurückgeworfen wurde. Ihr Weg war von den Skeletten der auf dem Hinweg verdursteten Männer, Pferde und Ochsen gesäumt.

»Wir sind nicht sehr weit gekommen. Bevor ich einschlief, sah es genauso aus.«

»Die Umgebung hat sich seit einem Mond nicht verändert. Ich werde nie begreifen, warum der Kaiser so versessen darauf ist, die Wüste des Wandernden Sandes zu beherrschen. Seht doch, keine Pflanzen, keine Tiere … warum sollten Menschen hier leben wollen?«

»Und doch tun sie es«, antwortete Zhao Shan. »China benötigt dieses Land als Puffer gegen die Barbaren. So viel solltest du mittlerweile verstanden haben.«

»Vielleicht will ich es nicht verstehen. Ich bin ungebildet und habe für Politik nichts übrig.«

»Diese Ansicht zeichnet einen weisen Mann aus«, murmelte Zhao Shan. Dann sagte er ernst:

»Du wirst trotzdem etwas äußerst Wichtiges für mich tun müssen, etwas, was dir nicht gefallen wird.«

»Ich höre.«

Ein heftiger Hustenanfall schüttelte Zhao Shans ganzen Körper, bis er endlich kraftlos in die Kissen zurückfiel. Kalter Schweiß trat auf seine Stirn.

»Meister Zhao!«, rief Lin Hong verängstigt. »Was wolltet Ihr mir auftragen?«

»Das Jadepferd … Botschaft des Kaisers … vernichte sie.«

»Ihr habt sie noch?«, fragte Lin Hong fassungslos.

»Beutel … an meinem Gürtel«, stieß Zhao Shan aus. Das Sprechen fiel ihm offenbar immer schwerer.

Lin Hong drückte seine Hand. »Ich kümmere mich darum, Herr.«

»Ich bin nicht mehr dein Herr, Lin Hong … sei vorsichtig, mein Freund … rette China …« Er atmete tief ein. Ein gurgelnder Laut war zu hören, dann nichts mehr.

Lin Hong verschloss ihm die Augen und blieb niedergeschlagen neben dem Leichnam sitzen. Zhao Shan, sein Herr, sein Meister, sein Freund, war auf dem Weg zu seinen Vorfahren.

Kurz nach Mitternacht sattelte Lin Hong zwei Pferde und belud sie mit ausreichend Lebensmitteln und Wasserbeuteln, darauf bedacht, die wenigen überlebenden Soldaten, Diener und Sklaven Zhao Shans nicht zu wecken. In einem der Packsäcke fand er Zhao Shans Staatsgewänder, rollte sie zu einem Bündel und befestigte sie an seinem Sattel. Nach kurzem Zögern nahm er die Hälfte der in einer Schatulle auf dem Wagen verwahrten Münzen, die andere Hälfte ließ er liegen. Vielleicht entdeckten die Bediensteten sie noch vor dem Offizier, der sich der verwaisten Einheit annehmen würde. Dann hob er den Körper des Hohen Sekretärs auf eines der Pferde, schwang sich auf das andere und ritt im Schutz der Dunkelheit nach Norden davon.

* * *

Lin Hong hockte sich neben die Grube und sah auf Zhao Shans Leichnam hinab. Die prachtvollen Seidengewänder lenkten von dem ausgemergelten Gesicht des Toten ab und erinnerten Lin Hong an die vielen guten Jahre, die er für den Hohen Sekretär in Chang'an gearbeitet hatte.

Zhao Shan war ein gerechter Herr gewesen, der ihn mit Respekt behandelt und ihm vertraut hatte. Lin Hong schluckte. Es war nicht nur Respekt gewesen. Seit sie an jenem unheilvollen Tag vor beinahe zwei Jahren die Hauptstadt verlassen hatten, um sich an die Fersen des kaiserlichen Boten zu heften, hatte sich zwischen ihnen eine Freundschaft entwickelt, die sich immer mehr vertiefte. Zhao Shan war ihm am Ende näher gewesen als sein eigener Vater.

Neben dem Grab standen mehrere kleine Krüge mit Lebensmitteln, eine zerschrammte Trinkschale aus rotem Lack und die Schreibgeräte des Hohen Sekretärs. Lin Hong stellte liebevoll einen Gegenstand nach dem anderen neben den Körper des Toten. Als Letztes ergriff er das kleine Lackkästchen, das er vor langer Zeit dem Boten abgenommen hatte. Er hatte es seitdem nicht mehr gesehen.

Er beugte sich in die Grube, doch bevor er das Kästchen neben Zhao Shan legte, regte sich seine Neugierde. Es musste einen Grund geben, warum der Hohe Sekretär die Botschaft nicht längst vernichtet hatte. Aufmerksam betrachtete Lin Hong das Kästchen. Es hatte seinen Herrn in diese unselige Wüste, auf diesen unseligen Feldzug getrieben und ihn schließlich zerstört – und damit auch ihn, den ergebenen Diener seines Herrn. Es war sein Recht, nachzusehen, was sich darin verbarg, bevor er es für immer vergrub.

Mit gerunzelter Stirn entzifferte Lin Hong die Schriftzeichen auf den Bambusstäbchen. Endlich verstand er, warum Zhao Shan bereit gewesen war, für dieses Kästchen sein Leben zu opfern. Lin Hong mochte sich wenig um Politik scheren, aber er hatte genug Verstand, um die Entbehrungen, das Leid und den Tod für unzählige Menschen zu erahnen, die in dieser Botschaft versteckt waren. Mit Schaudern malte sich Lin Hong die jenseits des Pferdekönigreichs Dayuan lauernden Schrecken aus. Ihm hatten schon die Schrecken *dieses* Feldzugs gereicht. Der Kaiser hatte die furchtbare, zerstörerische Kraft der Wüste nicht erlebt, würde sie niemals erleben, und nur dieses Unwissen konnte ihn zu einem solch hochfliegenden Plan verleitet haben. Die Götter mussten blind sein, dass sie Kaiser Wu Di das Mandat des Himmels nicht entzogen. Doch wer war er, Lin Hong, sich ein Urteil über die Götter anzumaßen? Vielleicht hatten sie seinen Herrn und ihn zu ihren Werkzeugen erwählt, um die Pläne des Kaisers zu vereiteln.

Als Lin Hong die Schachtel wieder schließen wollte, fiel sein Blick auf die zerbrochene Pferdefigur. Das rotfunkelnde Auge der Figur schien ihn höhnisch anzustarren, und plötzlich hatte er das Gefühl, dass die Botschaft selbst in Meister Zhaos Grab nicht sicher war. Er beschloss, sie aus China hinauszuschaffen. Seit sein Herr gestorben war, gab es für ihn ohnehin keinen Grund mehr, nach Chang'an zurückzukehren.

KHOTAN

OKTOBER 2004

Insgeheim hatte Marion gehofft, dass Yandao sie verabschieden würde. Sie erwartete jeden Moment, dass er aus einer der düsteren Schluchten zwischen jenen riesigen Überlandbussen treten würde, die wie urzeitliche Panzertiere in dem dunkelgrauen Dämmerlicht des frühen Morgens nur darauf warteten, zu fauchendem und zischendem Leben zu erwachen. Fröstelnd sah sich Marion um, aber auf dem müllübersäten Platz waren nur wenige Passagiere mit großen Taschen unterwegs, die alle auf eine Ecke am anderen Ende des Busbahnhofs zustrebten. Große Öllachen zwangen die Schwerbepackten immer wieder, von ihrem geraden Kurs abzuweichen, und Marion kam es vor, als zelebrierten sie einen rituellen Tanz, langsam, bedächtig, unverständlich.

Eine Windböe wirbelte eine zerfetzte schwarze Plastiktüte gegen Marions Beine. Sie schüttelte die Tüte ab, verschränkte die Arme vor der Brust und seufzte. Yandao würde nicht kommen. Wahrscheinlich war er nach ihrem gestrigen Abschiedsessen ebenso verkatert und übermüdet wie sie. Nach einem letzten suchenden Blick in das spärlich beleuchtete Abfertigungsgebäude mit seinen gitterbewehrten Fahrkartenschaltern schloss sie sich der Polonaise der Fahrgäste an.

Ihr Bus war mit Sicherheit der älteste und klapprigste auf dem gesamten Areal. Resigniert schob Marion ihren Rucksack in den schmutzigen Bauch des Gefährts und suchte sich dann einen freien Platz. Kurz darauf kletterte ein weiterer Passagier herein und setzte sich neben sie. Der Mann, ein etwa vierzigjähriger Uighure, trug einen abgewetzten Blazer und roch stark nach Schweiß. Unter seiner dunkelgrauen Schiebermütze lugten ungewaschene Haare und ein Strohhalm hervor. Sein Blick huschte unruhig durch den Bus, während er mit den Händen nervös eine Stofftasche knetete und in regelmäßigen Abständen in den Mittelgang spuckte. Angewidert rutschte Marion so weit wie möglich von ihm weg, was leider nur eine wenige Zentimeter breite Lücke zwischen ihnen entstehen ließ, die er sofort ausfüllte.

Kurz darauf waren alle Plätze besetzt. Der Busfahrer ließ den Motor an, und sie rollten langsam auf die Hofausfahrt zu. Marion entdeckte einen winkenden Mann, der den Bürgersteig entlanggrannte, direkt auf den Bus zu. Als der Mann durch den Lichtkegel einer Straßenlaterne lief, fuhr Marion wie elektrisiert auf. Es war Yandao. Jetzt hatte er den Bus erreicht und suchte hektisch die Fenster ab.

Marion klopfte wie verrückt gegen das Fenster. Die Menschen in ihrer Nähe drehten sich neugierig zu ihr herum, aber sie bemerkte es nicht. Sie presste ihr Gesicht gegen die kalte Glasscheibe, und endlich trafen sich ihre Blicke. Yandao versuchte ein Lächeln, aber es misslang gründlich. Er sah mindestens so traurig aus, wie Marion sich fühlte.

Der Bus bog auf die Hauptstraße, aber Yandao machte keine Anstalten, ihn anzuhalten, und auch Marion blieb stumm. Um den Blickkontakt mit Marion nicht zu verlieren, war Yandao wieder losgerannt. Bald konnte er nicht mehr Schritt halten und blieb unter einer Straßenlaterne stehen, eine verlorene Gestalt auf einer großen, leeren Straße. Er winkte nicht mehr, stand einfach nur da und sah dem Bus nach.

Als er immer kleiner und kleiner geworden und sein Umriss mit der Umgebung verschmolzen war, deckte sich Marion mit ihrer Jacke zu und zog die Kapuze verkehrt herum übers Gesicht. Niemand sollte sehen, dass sie weinte.

Zwanzig Minuten später hatte sie sich weit genug beruhigt, um sich wieder unter der Jacke hervorzutrauen. Mittlerweile war es hell geworden. Marion starrte aus dem Fenster, um sich von ihrem

Kummer abzulenken. Die Oasenbewohner begrüßten den neuen Tag: Hier ein junger Mann mit schnellem, zielgerichtetem Schritt, auf dem Kopf das weiße Scheitelkäppchen der Moscheegänger, den fest zusammengerollten Gebetsteppich unter den Arm geklemmt. Dort drei Männer, die sich scheinbar ratlos über die geöffnete Motorhaube eines vorsintflutlichen Autos beugten; daneben ein Esel, weiße Atemwölkchen vor den Nüstern. Die Sonne war gerade aufgegangen, schien durch die engstehenden Pappelstämme und verwandelte das geduldige Grautier in ein Zebra aus hellen Licht- und dunklen Schattenstreifen. Dann eine Frau mit einem Handkarren voller Tomaten, wohl auf dem Weg zum nächsten Markt. Kleine Jungen mit großen, kreisrunden Brotlaiben unter dem Arm, alte Männer auf noch älteren Fahrrädern, Mütter, die ihren halbwüchsigen Töchtern die langen Haare zu vielen dünnen Zöpfen flochten. Die Oase erwachte, und Marions Traurigkeit verstärkte sich.

Am liebsten wäre sie ausgestiegen und hätte sich zu einer kleinen Gruppe gesellt, die vor einem Haus dampfende Becher mit Tee serviert bekamen. Nach dem Tee würde sie sich eine Mitfahrgelegenheit in die Stadt organisieren. Und dann … ja, was dann? Sie sah sich auf Yandao zulaufen, der noch immer auf dem Bürgersteig vor dem Busbahnhof stand. Sie würden irgendwohin gehen, aber wohin? Selbst meine Träume enden im Nichts, dachte Marion bitter, wie soll dann erst die Realität aussehen? Sie wusste es besser: Abschiede gehörten dazu. Getrieben von ihrer Rastlosigkeit und dem Hunger auf Neues hatte sie auf ihren Reisen immer und immer wieder Abschied nehmen müssen, Abschied von wunderschönen Orten, die sich bereits ein wenig wie Heimat angefühlt hatten, Abschied von Bekannten, die Freunde hätten werden können. Aber sie war nicht darauf vorbereitet gewesen, dass sie, ausgerechnet hier in Kashgar, von einer Verliebtheit Abschied nehmen musste, aus der – vielleicht – mehr hätte wachsen können. Stopp, befahl sich Marion. Nicht weiterdenken. Yandao ist Vergangenheit, Kashgar ist Vergangenheit, der Tote in der Baugrube ist Vergangenheit. Und das ist auch gut so. Trotzdem versteckte sie sich sicherheitshalber wieder unter ihrer Kapuze.

Ein heftiger Stoß in die Seite riss Marion aus einem unruhigen Schlaf. Sie zog sich die Kapuze vom Gesicht und sah sich verwirrt um. Der Mann neben ihr war aufgesprungen und hatte zu einer lautstarken Rede angesetzt, die sich in Marions Ohren wie Jahrmarktsgeschrei anhörte. Sie hatte sich nicht getäuscht: Sobald sich der Mann der Aufmerksamkeit der anderen Passagiere sicher war, holte er drei abgegriffene Spielkarten aus seiner Tasche – zwei Kreuz Sieben und eine Herz Neun. Der Mann war drauf und dran, das Landvolk mit einer Variante eines uralten Wettspiels übers Ohr zu hauen, bei der er die verdeckten Karten so lange hin und her schob, bis jemand seinen Einsatz machte und versuchte, die Position der einzelnen Karte zu bestimmen. Was in den allermeisten Fällen nicht gelang. Es dauerte nicht lange, bis sich Wettwillige fanden. Marion traute ihren Augen nicht: Fünfzig- und Hundert-Yuan-Scheine wechselten die Besitzer in schneller Folge. Wie konnten die Bauern so naiv sein?

Ihr Sitznachbar gewann erwartungsgemäß, und die Stimmung heizte sich auf. Die Passagiere grölten streitsüchtig durcheinander. Marion wurde mulmig zumute. Die Gesichter der Männer verzerrten sich zu hasserfüllten Fratzen, als der Spieler erneut gewann. Grinsend nahm er einen Fünfzig-Yuan-Schein entgegen und steckte ihn zu den anderen in seiner Hemdtasche. Doch der Verlierer hatte noch nicht genug, wedelte herausfordernd mit einem weiteren Schein. Sofort manipulierten die geübten Hände des Spielers die Karten, verfolgt von den angespannten Blicken der Männer flitzten sie in atemberaubendem Tempo auf seinen Oberschenkeln hin und her. Dann hielt er inne. Geschrei brandete auf, die Männer zeigten aufgeregt auf die verschiedenen Karten. Sie einigten sich auf die mittlere. Kreuz Sieben. Verloren. Der Verlierer begab sich mürrisch zurück zu seinem Platz. Sofort schloss sich die Lücke. Die meisten Männer drängten sich jetzt im Mittelgang. Aggressive Spannung hing greifbar in der Luft. Der unsympathische Spieler hatte sich so breit gemacht, dass er Marion gegen das Fenster quetschte. Seine Ausdünstungen waren betäubend. Sie versuchte ihn wegzudrücken, aber er reagierte nicht und ließ erneut die Karten fliegen. Marion bekam Platzangst.

Plötzlich packte ein bulliger Mann Marions Sitznachbarn am Kragen, zog ihn hoch und schrie auf ihn ein. Der Kerl schrie zurück. Aufgebracht stieß er dem anderen das Bündel Geldscheine ins Gesicht. Ein älterer Mann presste sich durch den Gang und versuchte zu vermitteln, aber es war zu spät; die Situation war völlig außer Kontrolle. Innerhalb von Sekunden wogte eine hitzige Schlägerei durch den Bus. Marion hielt sich schützend die Arme vors Gesicht und kroch tiefer in den Sitz hinein. Nicht tief genug: Ein Ellbogen traf sie seitlich am Kinn, und sie sah Sterne.

Dem Busfahrer riss der Geduldsfaden. Er bremste so abrupt, dass die Kontrahenten von den Füßen gerissen wurden. Der Fahrer drängelte sich laut schimpfend nach hinten durch, griff sich Marions Banknachbarn und zwei weitere Männer und warf sie aus dem Bus. Dann fuhr er mit quietschenden Reifen an. Marion blickte zurück und sah, wie der Spieler einem der anderen Männer lachend auf die Schulter klopfte. Es war der bullige Mann, der die Schlägerei vom Zaun gebrochen hatte. Was für eine Bauernfängerei, dachte Marion. Sie tastete ihre untere Gesichtshälfte ab und bewegte vorsichtig den Kiefer. Obwohl das Kinn angeschwollen war, tat es kaum weh, und alle Zähne waren an ihrem Platz. Sie war noch einmal heil davongekommen.

Viele Stunden später entdeckte Marion eine über die Schotterebene zerstreute Kamelherde. Die Kamele sahen mit ihrem dichten Fell und den prall gefüllten Höckern gesund aus. Warum die Tiere so gut genährt waren, blieb Marion ein Rätsel: Es gab weit und breit weder

Sträucher noch Gras. Steine kamen als Futter wohl kaum in Frage, aber Steine waren das Einzige, das die Wüste am Südrand des Tarim-Beckens zu bieten hatte. Marion wusste, dass die Straße parallel zu dem gewaltigen Kunlun-Gebirge verlief, aber der feine Lössstaub in der Luft hatte die Berge verschluckt. Es gab nichts, was dem Auge einen Punkt zum Fokussieren geboten hätte – die Kamele hatte der Bus inzwischen weit hinter sich gelassen. Nur manchmal zweigten schmale Pisten im rechten Winkel von der asphaltierten Hauptstraße ab und verloren sich am Horizont. Einige führten nach Norden, direkt ins Herz der Wüste, andere nach Süden, in die Täler des Kunlun. Marion konnte sich nur schwer vorstellen, dass in dieser desolaten Einsamkeit Menschen lebten, aber es musste wohl so sein. Vor langer Zeit waren die Vorfahren dieser Menschen hierhergekommen, vielleicht, weil in ihren Heimatländern Hunger herrschte, vielleicht, weil sie vor einer heranrückenden Armee flüchteten. Vielleicht aber auch, weil sie von den Geschichten über den Reichtum der Oasenstädte angelockt worden waren? Den unendlichen Möglichkeiten, die der florierende Ost-West-Handel denen versprach, die zupackten und sich nicht fürchteten?

Marion blickte gedankenverloren auf eine weit entfernte, zitternde Linie, bis sie begriff, dass sie eine Fata Morgana sah. Sie richtete sich auf und kniff die Augen zusammen. Die Täuschung war perfekt: Wälder und Wasser; Leben, wo keins war. Wie viele Menschen mochten diese Trugbilder auf dem Gewissen haben? Wie viele Karawanen waren hoffnungsvoll auf die vermeintlichen Oasen zugestrebt, ohne sie jemals zu erreichen? Marion konnte sich gut vorstellen, wie das Entsetzen und die Verzweiflung die Wanderer gepackt hatte, als sie ihren Irrtum erkannten, als sie feststellen mussten, dass die Wüste sie von ihrem Weg fortgelockt hatte. Marion fühlte sich plötzlich sehr klein und unbedeutend. Die Wüste hatte die Macht, den Menschen im Handumdrehen ihre Überheblichkeit auszutreiben und sie auf ihre Plätze zu verweisen.

Eine Stunde später entdeckte Marion erneut eine flirrende Linie am östlichen Horizont. Ihr Ziel, die Khotan-Oase, kündigte sich an. Und diesmal war es keine Fata Morgana.

* * *

Am folgenden Tag lief Marion ziellos in der Stadt herum. Das Beispiel von Kashgar hätte sie warnen sollen, dennoch war sie erschrocken, mit welcher brachialen Gewalt auch dieser alten Seidenstraßenoase ein chinesisches Gesicht verpasst worden war. Vierspurige Straßen schlugen Schneisen durch die uighurischen Wohnviertel und verdrängten die Alteingesessenen in den Schatten billiger Plattenbauten für die chinesischen Zuwanderer. Auf den neuen Straßen herrschte wenig Verkehr. Autos gab es kaum, dafür umso mehr Warnschilder, die deutlich machten, wer die Straßen nicht benutzen durfte: Eselskarren, Kamele, Fahrradfahrer, Ziegenherden. Uighuren müssen draußen bleiben, dachte Marion zynisch.

Zum Glück hatten die Stadtplaner es bisher nicht gewagt, die historische Stadt dem Erdboden gleichzumachen. Marion schlenderte durch die traditionellen Wohnviertel mit ihren Moscheen und Märkten. Noch war die uighurische Welt nicht völlig ausradiert.

Zwei robust aussehende Händlerinnen winkten sie an ihren mit einem Berg billiger Schuhe beladenen Karren. Schnell bildete sich ein Menschenauflauf um Marion und die dicke Wortführerin, die sich gestenreich verständlich machte. Woher Marion käme, wie alt sie sei, ob sie verheiratet sei, ob sie Kinder habe. Dabei lachte sie unaufhörlich. Marion reichte ein Foto von ihr und Thomas herum, und er wurde gründlich bestaunt. Eine junge Frau gab Marion das Bild zurück. *»Gözel!«,* sagte sie. Hübsch. Es stimmte: Thomas war hübsch. Ohne einen Blick auf das Foto zu werfen, schob Marion es zurück in ihre Tasche.

Das Verhör lockte immer mehr Menschen an. Marion war es gewohnt, im Mittelpunkt zu stehen, und es machte ihr nichts aus, wieder und wieder die gleichen Pantomimen aufzuführen, obwohl sie lieber weitergegangen wäre. Das Interesse an ihrer Fremdartigkeit war dasselbe Interesse, das sie hierhergebracht hatte. Marion war schon immer der Auffassung gewesen, dass die Menschen ihres Gastlandes ein Recht darauf hatten, sie nach Herzenslust auszuquetschen.

Ohne Vorwarnung fasste die Dicke Marion an die Brust und drückte zur Erheiterung der Umstehenden kräftig zu. Oh, wie schade, keine Kinder, wollte sie damit sagen. Marion schob die Hand beiseite. Es reichte. Sie war nicht in der Verfassung, die groben Scherze der Marktweiber länger zu ertragen, und drängelte sich aus dem Kreis der enttäuschten Frauen hinaus. Sie wollte nur noch allein sein.

Auf dem Rückweg zum Hotel entdeckte Marion einen Laden, der Jade verkaufte. Das Schaufenster barst beinahe vor weißen, hell- und dunkelgrünen Jadeklumpen, winzigen Schmuckanhängern, Buddhastatuen, chinesischen Drachen und riesigen Kunstwerken mit Dutzenden von Einzelfiguren, die ganze Geschichten aus der chinesischen Mythologie darstellten. Marion drückte sich die Nase an der Glasscheibe platt, aber sosehr sie auch suchte, sie fand nichts, das auch nur annähernd so schön war wie ihr Pferd.

Ihr Pferd? Marions Herz begann zu pochen, und das Kästchen schien ihr plötzlich ein Loch in die Innentasche zu brennen. Ihr schlechtes Gewissen regte sich, aber sie brachte es schnell zum Schweigen: Das kleine Kunstwerk gehörte nun ihr – sie hatte weiß Gott genug dafür durchgemacht! Rasch wandte sie sich von dem Schaufenster ab und ging weiter. Yandao würde den Mörder auch finden, ohne von dem Kästchen zu wissen.

Zwei Tage später frühstückte Marion in einem kleinen Restaurant gleich neben ihrem Hotel, das sie schon am ersten Morgen entdeckt hatte. Eigentlich war Restaurant ein viel zu großes Wort für den winzigen Raum, in den der korpulente chinesische Besitzer vier Tische und eine Arbeitsplatte gequetscht hatte, auf der er seinen Teig knetete und mit Schweinehack gefüllte Dampfbrötchen herstellte. Eine Kochstelle mit einem riesigen Wok, in dem längliche Schmalzkuchen frittiert wurden, machten es fast unmöglich, sich zu bewegen, ohne etwas umzustoßen, aber der Mann huschte trotz seiner Fülle mit selbstverständlicher Sicherheit an den Hindernissen vorbei.

Der Raum hatte eine bedrückend niedrige Decke und war ansonsten recht schmuddelig, aber Marion mochte den Chinesen, der sich jedes Mal, wenn sie seinen Laden betrat, die Zeit nahm, sich in umständlicher Zeichensprache nach ihrem Befinden zu erkundigen.

Ihr wurde bewusst, dass sie seit ihrem Abend mit Yandao mit keiner Menschenseele gesprochen hatte. Englischsprechende Khotanesen hatte sie bisher nicht getroffen, und selbst die hartgesottensten Traveller schienen Khotan weiträumig zu umfahren. Sie lehnte sich zurück und betrachtete müßig das Sehnsuchtsposter, das der Chinese über seine Arbeitsplatte gehängt hatte: eine Kollage aus giftiggrünen Bäumen, zwischen denen großäugige Waldtiere hervorlugten. Im Zentrum des Bildes stürzte ein malerischer Wasserfall über noch malerischere Felsen; ein von glücklichen Vögeln und Schmetterlingen umspielter grellbunter Regenbogen spannte sich über einen mit dekorativen Schäfchenwolken versehenen Himmel. Eine echte Scheußlichkeit, aber wenn man den Kitsch ignorierte, blieben trotzdem saftige Vegetation, possierliche Tiere und Wasser im Überfluss – alles Dinge, von denen die Menschen in Xinjiang nur träumen konnten. Wer weiß, dachte Marion, vielleicht stammte der Knödelkoch aus einer Provinz weit im Osten, wo einem die Natur freundlicher gesinnt war.

Marion überlegte gerade, ob sie ihren Aufenthalt in Khotan vorzeitig abbrechen und die erste Etappe auf dem langen Weg nach Osten, zu den freundlicheren Provinzen, in Angriff nehmen sollte, als sie eine schlanke junge Frau in engen Jeans bemerkte, die in der Eingangstür stand und sie neugierig musterte. Marion senkte beschämt den Kopf über ihre Schüssel mit gezuckerter Sojamilch. Sie wusste, dass sie schrecklich aussah. Die rotleuchtende Narbe auf ihrer Stirn ließ sich nur unzureichend mit den Haaren verdecken, und auf ihrem Kinn prangte ein dunkler Bluterguss. Die junge Frau zog sich einen Stuhl heran. »*Yahximusiz.* Hattest du einen Unfall?«, fragte sie auf Englisch.

Marion lächelte sie gequält an. »Mehrere, um genau zu sein. *Rehmet* – Vielen Dank, dass du fragst.«

»Ich bin Ärztin. Mein Name ist Batügül.«

Auch Marion stellte sich vor. Das Mitgefühl der Frau, die trotz ihrer westlichen Kleidung als Uighurin zu erkennen war, tat ihr gut. Die Ärztin war ihr auf Anhieb sympathisch.

»Möchtest du nicht auch etwas essen? Ich lade dich ein«, fragte Marion in der Hoffnung, sich noch ein wenig länger mit ihr unterhalten zu können.

»Nein danke. Das ist sehr nett von dir, aber es geht leider nicht.« Sie wies auf einen Klumpen Schweinehack auf der Arbeitsplatte des Chinesen. »Das Restaurant ist nicht *halal.* Ich bin eigentlich nur kurz hereingekommen, um mich bei dem Besitzer nach seiner Frau zu erkundigen. Sie hatte eine Operation.« Batügül machte eine Pause. »Und dann sah ich dich. Was ist dir zugestoßen? Der Bluterguss sieht übel aus. Ist dein Kiefer in Ordnung?«

»Ja, alles in Ordnung. Ich habe bei einer Schlägerei in einem Bus einen Haken kassiert.«

»Du hast dich *geprügelt?*«, fragte Batügül erstaunt.

»Nein, nein. Ich war nicht beteiligt, aber ich konnte mich nicht schnell genug wegducken.« Sie erzählte Batügül von dem Betrüger.

Die Ärztin schüttelte ungläubig den Kopf. Dann tippte sie sich gegen die Stirn. »Die Narbe sieht auch ziemlich frisch aus.«

»Ich möchte nicht darüber sprechen.«

Batügül nickte knapp. In ihren großen dunkelgrauen Augen konnte Marion tausend Fragen ablesen, aber die Ärztin respektierte ihre Weigerung und erkundigte sich stattdessen danach, was Marion in

Khotan schon unternommen hatte. Marion hatte die Gelegenheit, Batügül genauer zu betrachten. Sie hatte ein herzförmiges Gesicht mit einem zarten Kinn und einen kleinen, dezent geschminkten Mund. Beim Lachen zeigte sie strahlend weiße, ein wenig unregelmäßige Zähne. Auch ihre Nase war klein und unauffällig und ordnete sich den alles beherrschenden Augen unter. Die Ärztin war hübsch, aber was Marion am meisten anzog, war ihre lebhafte Mimik, die ihr schon die ersten kleinen Fältchen auf der Stirn und um die Augen herum eingebracht hatte.

Nach ein paar Minuten stand Batügül auf. »Ich muss jetzt los, sonst komme ich zu spät ins Krankenhaus. Hast du Lust, heute Abend bei uns zu essen? Ich kann dich gegen sechs von deinem Hotel abholen.«

»Meinst du das ernst?«, fragte Marion überrascht. In Südostasien waren sie und Thomas häufig spontan von ihren Zufallsbekanntschaften bewirtet worden, aber in China waren Einladungen in ein Privathaus sehr ungewöhnlich. Dies lag einerseits an der Enge der Wohnungen, andererseits an der Sicherheitspolizei, die nach wie vor ein Auge darauf hatte, wer wo und wann ein und aus ging.

»Natürlich meine ich es ernst, hätte ich dich sonst gefragt?«

»Aber ist das …«

»… erlaubt?« Batügül zuckte mit den Schultern. »Das lass meine Sorge sein. Meine Familie wird sich freuen, dich als Gast begrüßen zu dürfen.«

»Ich komme sehr gern. Ich wohne gleich hier, in dem Hotel neben dem Busbahnhof.«

»Gut, dann sehen wir uns später.«

Marion winkte ihr nach, als sie aus der Tür wirbelte.

Batügül schien eine sehr ungewöhnliche Frau zu sein. Das fand wohl auch der Wirt, der Marion zunickte und seinen mehlbestäubten Daumen nach oben reckte.

* * *

Der Weg zu Batügüls Familie führte durch den uighurischen Teil Khotans, der direkt auf der anderen Straßenseite gegenüber Marions Hotel begann. Hohe Lehmmauern umschlossen schützend jedes Haus, so dass sich Marion vorkam wie in einem Irrgarten. In den offenen Toren lehnten Frauen auf ihren Besen und tratschten mit den Nachbarinnen, während kleine Kinder zwischen ihren Beinen herumkrochen und die wärmenden Strahlen der schräg stehenden Herbstsonne genossen. Batügül grüßte nach allen Seiten; sie war bekannt wie ein Filmstar. Marion ging hinter ihr und verglich Batügül mit ihren Geschlechtsgenossinnen: Der Unterschied zwischen den behäbigen Frauen in ihren Röcken und Kopftüchern und der sportlich gekleideten Ärztin hätte nicht größer sein können. Batügül trug Jeans, weiße Halbschuhe, eine rot-weiß gemusterte Bluse und einen dazu passenden roten Cardigan. Ihre Haare waren unbedeckt, und sie hatte die wellige dunkelbraune Pracht mit einem schlichten Haarband aus dem Gesicht gebunden. Außer einer silbernen Armbanduhr trug sie keinen Schmuck.

Nach zehn Minuten ließen sie die Altstadt hinter sich und schlugen einen Weg ein, der zwischen Maisfeldern und Ziegelbrennereien hindurchführte. Als sie nach etwa einem Kilometer wieder auf eine Pappelallee stießen, bog Batügül nach rechts ab. Vor einem geschnitzten Holztor blieb sie stehen. »Willkommen«, sagte sie.

Ein kleiner Junge stürmte auf Batügül zu. Sie nahm ihn hoch, gab ihm einen Kuss auf die Nase und zeigte auf Marion. Der Junge sah Marion mit großen Augen an. Dann strampelte er sich frei und lief davon.

»Du hast einen Sohn?«, fragte Marion verblüfft.

»Zwei.« Mit dieser Feststellung ging Batügül durch das Tor. Marion folgte ihr in einen kurzen, tunnelähnlichen Durchgang, von dem zwei Öffnungen zu einem Schafstall führten. Hinter dem Durchgang öffnete sich ein behaglicher, von Weinlaub überrankter Innenhof, der an drei Seiten von einem flachen, hufeisenförmigen Wohnhaus begrenzt war. In der Abendsonne glühten die Blätter des Weins in kräftigem Rot und Gold, dazwischen hingen die letzten Trauben des

Herbstes. Vor den Zimmern verlief eine tiefe, gemauerte Veranda um das Haus herum, auf der mehrere Schichten dicker Wollteppiche und Kissen zum Sitzen einluden. Batügüls Sohn hatte sich hinter einer bunten Kinderwiege versteckt. Aus einem der Räume erklang leiser Gesang; die Töne des melancholischen Liedes schwebten leicht wie Schneeflocken über den Hof, tanzten um die geschnitzten Holzbalken des Verandadachs und verloren sich zwischen dem Weinlaub. Dem Lied folgte der Duft von frischem Brot und Gewürzen, und erst jetzt bemerkte Marion, dass nur wenige Schritte vor ihr eine ältere Frau saß und Nudeltaschen formte.

Marion verbeugte sich verlegen. Die Frau, der Ähnlichkeit nach zu urteilen Batügüls Mutter, richtete sich beschwerlich auf und streckte ihr beide Hände entgegen. Sie musterte die Besucherin eingehend, dann zog sie Marion auf die Veranda und drängte sie, sich auf die weichen Teppiche zu setzen. Batügül hatte inzwischen das Baby aus der Wiege genommen und ließ sich neben Marion nieder.

Marion kitzelte das Baby am Bauch. »Ist der süß! Wie heißt er?«

»Wir haben ihn Ahmet genannt. Er ist dreizehn Monate alt.«

»Und dein älterer Sohn?«

»Negat wird im November fünf.«

»Fünf! Entschuldige die Frage, Batügül, aber wie alt bist du? Du hast zwei Kinder, ein Medizinstudium …«

»Ich bin einunddreißig.«

»Ich hatte dich auf Mitte zwanzig geschätzt.«

»Danke für das Kompliment.«

Ein junges Mädchen brachte einen flachen Laib Brot, dann eilte sie in die Küche, um kurz darauf mit einer verzierten Metallkanne und einer dazu passenden Auffangschale zu Marion und Batügül zurückzukehren.

»Halte die Hände über die Schale.«

Das Mädchen goss Wasser über ihre Hände. Marion wollte schon die Tropfen abschütteln, als Batügül sie mit einem Ausruf daran hinderte. »Bitte nicht! Das ist sehr unhöflich, weil du andere treffen könntest«, fügte sie erklärend hinzu. »Nur Chinesen sind so unaufmerksam.«

Marion hielt die Hände wieder über die Schale und bekam noch zwei weitere Güsse aus der Kanne, bevor das Mädchen ihr ein Handtuch reichte.

Das Mädchen stellte sich in holprigem Englisch als Batügüls jüngste Schwester Sodia vor, dann zog es sich schüchtern zurück, um bei der Zubereitung des Abendessens zu helfen. Sie begann wieder zu singen, und ihre klare Stimme füllte den friedlichen Innenhof.

Im Laufe des Abends erschienen nach und nach alle Mitglieder des Haushalts: Batügüls jüngerer Bruder Osman, ihr Vater, der mit einem Nachbarn an den Bewässerungsgräben gearbeitet hatte, und schließlich Koresh, Batügüls Ehemann. Marion mochte seine offene, herzliche Art sofort; Batügül und ihr Mann waren sich darin sehr ähnlich.

Als Letzter kam Großvater Kumran herein. Der alte Mann ging leicht vornübergebeugt, war aber bemerkenswert agil. Auf dem kahlen Kopf trug er eine abgegriffene, bestickte Kappe, sein Körper steckte in einem weiten Staubmantel, und die schwarze Pluderhose hatte er in hohe schwarze Stiefel gestopft. Das Interessanteste an ihm war sein Bart. Marion hätte zu gern gewusst, ob sich in dem schlohweißen Prachtbart, der im rechten Winkel von seinem Kinn abstand, ein Stützgerüst verbarg.

Beim gemeinsamen Abendessen entspann sich ein lebhaftes Gespräch. Batügül fungierte als Übersetzerin. Offensichtlich war es das erste Mal, dass die Familie einen Gast aus Europa in ihr Haus geladen hatte, denn sie fragten Marion nach Strich und Faden über ihr Leben aus. Immer wieder fielen die Uighuren in ihre Muttersprache zurück, und Marion konnte Luft holen. Sie war gespannt, zu welchem Thema sie als Nächstes Rede und Antwort stehen musste.

Eins war allerdings seltsam: Während selbst der greise Großvater die Gelegenheit nutzte, etwas über die Schafzucht in Deutschland zu erfahren, blieb Osman stumm. Er beobachtete Marion den ganzen

Abend, richtete aber nicht ein einziges Mal das Wort an sie. Marion konnte seinen Blick nicht deuten. Interesse? Ablehnung? Feindseligkeit? Oder war er einfach nur schüchtern? Batügül schien das Verhalten ihres Bruders ebenfalls zu irritieren; mehrmals versuchte sie ihn in das Gespräch einzubeziehen, bis er schließlich ungehalten aufstand und in einem der dunklen Zimmer verschwand. Sie sahen ihn den ganzen Abend nicht mehr.

Als es für Marion Zeit wurde, aufzubrechen, bot Batügül ihr an, über Nacht zu bleiben. Marion lehnte dankend ab, da sie die Gastfreundschaft der Familie nicht über Gebühr beanspruchen wollte. Sie verabredeten sich für den nächsten Tag, dann fuhr Koresh Marion mit dem Mofa zu ihrem Hotel zurück.

Gut gelaunt sprang Marion die Stufen zum Hotel hinauf. Ihre Abreise aus Khotan würde sie nun doch noch ein paar Tage verschieben. Sie stieß die Tür zur Rezeption auf. Bis auf die Chinesin vom Nachtdienst und einen zeitungslesenden Mann war der zugige Raum leer. Sie nickte der Chinesin im Vorbeigehen zu und überlegte, ob eine der fünf Uhren, die hinter der Frau an der Wand hingen, richtig ging. Wenn man den Uhren vertraute, war es in Paris zwei Uhr und in London halb sechs. Die Uhr mit der Aufschrift »Urumqi« zeigte Viertel vor elf, was halbwegs der Wahrheit entsprechen konnte. Marion stieg in den zweiten Stock hinauf und sah sich nach der Frau mit den Schlüsseln um. Wie es in den meisten Hotels in China üblich war, hatte Marion keinen Zimmerschlüssel erhalten und musste jedes Mal eine der Angestellten bitten, ihr Zimmer aufzuschließen.

Hinter der Biegung des Flurs hörte sie Stimmen. Die Hotelangestellte stand im Gang und unterhielt sich durch eine geöffnete Zimmertür mit einem ständig niesenden Gast. Marion wollte sie gerade ansprechen, als der erkältete Gast einen Schritt aus der Tür machte und der Frau die Thermoskanne abnahm, die sie in der Hand hielt.

Marion schnappte unwillkürlich nach Luft. Der Mann war sehr groß und hatte breite Schultern. Gewellte Haare reichten ihm bis über die Ohren. Wegen seiner Erkältung hatte er sich einen Schal um den Hals gewickelt. Einen orangefarbenen Schal! Bevor er sich ins Zimmer zurückzog, sah er den Flur hinunter und bemerkte sie. Ihre Blicke trafen sich für den Bruchteil einer Sekunde, bevor er sich gleichgültig abwandte und die Tür hinter sich schloss.

Marion taumelte zurück. Die Hotelangestellte sah sie fragend an, und Marion riss sich zusammen. Sie folgte der Angestellten mit pochendem Herzen bis zu ihrem Zimmer und hatte das Gefühl, auf heißen Kohlen zu stehen, während die Frau umständlich mehrere Schlüssel ausprobierte. Endlich sprang die Tür auf. Marion stürzte in ihr Zimmer und verriegelte es von innen.

Ihr Instinkt war also richtig gewesen: Der Mann mit dem orangefarbenen Schal war hinter ihr her. Es gab keine andere Erklärung für seine Anwesenheit in Khotan. Es war ein Irrtum gewesen, zu glauben, dass sie nur Kashgar zu verlassen brauchte, um ihre Verfolger abzuschütteln. Der Mann hatte nicht den Eindruck gemacht, als würde er sie erkennen, aber das wunderte Marion nicht. Jemand, der sie beobachtete, war auf ein zufälliges Treffen vorbereitet und konnte sie täuschen.

Ein Knacken und Rascheln ließ sie zusammenfahren: Das Schaf in dem Stall unter ihrem Fenster hatte sich bewegt. In den Tiefen des Hotels betätigte jemand die Toilettenspülung. Das leise Murmeln eines Fernsehers drang durch den Spalt unter ihrer Tür ins Zimmer. Auf der Hauptstraße rumpelte ein Lastwagen vorbei. Das Brummen erstarb, und die Stille wurde bedrohlich. Bald würden die Hotelgäste schlafen, die Angestellten sich in ihre Kammern zurückziehen – und der Mann hatte freie Bahn.

Eiskalte, alles beherrschende Angst ergriff von Marion Besitz. Ihr Magen krampfte sich zusammen und ihr wurde speiübel. Mit weichen Knien wankte sie auf das Bett zu und erschrak vor ihrer eigenen Spiegelung in dem schwarzen Fensterviereck. Zitternd zog sie die Gardinen vor, halb damit rechnend, plötzlich ein Gesicht vor dem Fenster auftauchen zu sehen. Das beklemmende Gefühl, nicht allein zu sein, ließ auch nicht nach, nachdem sie die Nacht ausgesperrt hatte. Panisch durchsuchte sie das ganze Zimmer, riss die Türen des Wandschranks auf, spähte unters Bett und lief ins Bad, um nachzuschauen, ob sich dort jemand hinter dem Duschvorhang verbarg. Wenn nur Thomas bei ihr gewesen wäre! Er würde sie trösten und beschützen. Jahrelang hatte sie sich über seine manchmal überhebliche, väterliche Art ihr gegenüber geärgert, aber er hätte sicher gewusst, was nun zu tun war. Marion hatte sich noch nie so wehrlos gefühlt. Die Wände des Hotelzimmers boten keinen Schutz.

Plötzlich dachte sie an Batügül, an die Sicherheit ihres von hohen Mauern behüteten Hauses. Niemand würde sie dort vermuten. Ihr Entschluss war gefasst. Hektisch stopfte sie ihre Habseligkeiten in den Rucksack. Sie würde bei Batügüls Familie übernachten. Auf dem Weg dorthin musste sie sich eine plausible Geschichte ausdenken, warum sie sich anders entschieden hatte. Sie konnte nur hoffen, dass noch jemand wach war.

Ein leises Klopfen an der Zimmertür ließ sie erstarren. Sie lauschte mit angehaltenem Atem. Nichts. Doch, da war es wieder. Jemand – der große Mann, wer sonst? – wollte sich seinen Besitz holen. Was jetzt? Sie war gefangen.

Das Schaf ließ sich abermals hören. Der Stall! Vielleicht gab es doch einen Ausweg.

Marion nahm den Rucksack, schlich zum Fenster und öffnete es vorsichtig. Ihr Zimmer lag im ersten Stock, aber direkt unter ihr befand sich das Dach des Stalls. Es sah stabil aus. Marion beugte sich vor und legte den Rucksack auf das Dach, dann kletterte sie über den Fenstersims nach draußen. Die Holzkonstruktion ächzte unter ihrem Gewicht, aber sie hielt. Sie warf den Rucksack hinunter und verfehlte nur um Haaresbreite das Schaf. Erschrocken blökte es auf.

»Halt's Maul«, entfuhr es Marion. Das blöde Vieh würde sie noch verraten.

Sie sprang in den Stall. Das Gatter war nur angelehnt. Marion huschte hindurch und fand sich auf der Rückseite eines Mietshauses wieder. Ein Durchgang führte zwischen den Häusern auf die Hauptstraße. Bevor sie ihn erreichte, hörte sie hinter sich einen ärgerlichen Ausruf. In dem hell erleuchteten Fenster ihres Hotelzimmers hob sich deutlich der Schatten eines Mannes ab.

Marion hastete in den Durchgang und stand wenige Sekunden später auf der Vorderseite des Hotels. Ein paar späte Passanten sahen sie neugierig an. Sie überquerte die breite Straße und tauchte auf der anderen Seite in die Enge der uighurischen Stadt ein. Sofort wurde sie von der Dunkelheit der unbeleuchteten Gassen verschluckt.

Marion hatte den Eindruck, im Kreis gegangen zu sein. Schon bei Tageslicht hatte sie Schwierigkeiten gehabt, sich in dem alten Stadtteil mit seinen gleich aussehenden Gassen zurechtzufinden, aber jetzt war es aussichtslos. Ein Windhauch raschelte in den trockenen Blättern der Pappeln. Es hörte sich an wie Regen. Ein Vogel schrak aus dem Schlaf hoch und gab einen klagenden Laut von sich. Die tiefen Schatten waren voller gespenstischer Umrisse.

Marion ging verzagt auf die nächste Weggabelung zu und versuchte sich zu erinnern, aber sie hatte keine Ahnung, ob sie mit Batügül hier vorbeigekommen war. Sie wählte den linken Weg. Es war sowieso gleichgültig. Sie würde umherirren, bis die Sonne aufging. Oder bis sie dem Mann mit dem orangefarbenen Schal in die Arme lief.

Ein halbes Dutzend Wegkreuzungen später stolperte sie über eine Baumwurzel und blieb mutlos im Staub sitzen. Ihr war kalt. Sie wollte nicht mehr aufstehen. Müde lehnte sie sich gegen den Stamm des Baumes, dessen Wurzel sie zu Fall gebracht hatte. Ihr Blick fiel auf das rotgestrichene Tor gegenüber. Wie elektrisiert sprang sie wieder auf die Füße. Dieses Tor und der Baum kamen ihr bekannt vor: Hier, genau hier, waren sie und Batügül einem Fuhrwerk ausgewichen.

Mit neuem Mut ging sie weiter, und zehn Minuten später gelangte sie auf den Pfad, der durch die Felder führte. Die Ziegelbrennereien kauerten in der Dunkelheit. Marion wollte die unheimlichen Gebäude so schnell wie möglich hinter sich lassen und verfiel in einen langsamen Trab. Außer Atem erreichte sie Batügüls Haus und hämmerte gegen das Tor.

Batügül kniete sich neben Marions Lager und breitete eine weitere warme Decke über sie.

»Ich bin euch so dankbar«, sagte Marion. »Wenn ihr mich nicht aufgenommen hättet …«

»Schlaf jetzt«, schnitt Batügül ihr das Wort ab. »Morgen kannst du uns erzählen, was passiert ist.« Sie strich Marion über die Wange. »Du wirst sehen, es ist alles gar nicht so schlimm.«

Batügül erhob sich. Im Hinausgehen löschte sie das Licht, und Marion war von tiefer Dunkelheit umgeben – einer Dunkelheit, die sie unsichtbar machte, einer Dunkelheit ohne Bedrohungen. Die regelmäßigen Atemzüge der beiden kleinen Jungen, deren Lager an der gegenüberliegenden Wand errichtet waren, lullte sie schnell in einen leichten Schlaf.

Es war noch immer stockfinster, als sie erwachte. Vor der Zimmertür stritten zwei Menschen mit mühsam unterdrückten Stimmen. Marion konnte Batügül und einen Mann unterscheiden, wahrscheinlich Osman. Ein Wort gab das andere, dann flog die Tür auf, und Batügüls Silhouette war kurz zu sehen. Die Tür schlug wieder zu. Marion hörte, wie sich die Ärztin auszog, Decken raschelten, ein Seufzer, Stille. Hatte der Streit etwas mit ihr zu tun gehabt? Marion machte sich keine Illusionen: Batügüls jüngerer Bruder war alles andere als erfreut über ihre Anwesenheit. Diesmal dauerte es lange, bis sie wieder in den Schlaf fand.

* * *

Li Yandao saß in seinem Büro und spielte geistesabwesend mit einer kleinen Figur der Göttin Kuan Yin. Seit einer kurzen und nüchternen

E-Mail vom Tag ihrer Ankunft in Khotan hatte sich Ma Li Huo nicht mehr gemeldet. Noch beunruhigender war die Tatsache, dass sie seit fünf Tagen von der Bildfläche verschwunden war. Niemand hatte sie das Hotel in Khotan verlassen sehen, und ihre Kaution von fünfzig Yuan lag noch in der Rezeption. Der Polizist, der Ma Li Huo beschatten sollte, hatte alle Hotels der Stadt abgesucht und Erkundigungen auf dem Busbahnhof eingezogen: ohne Ergebnis. Ma Li Huo hatte sich in Luft aufgelöst.

Behutsam verstaute Li Yandao die Göttin der Barmherzigkeit in seiner Schreibtischschublade. Die Figur war ein Erbstück seiner Großmutter, der es gelungen war, sie während der Kulturrevolution vor den Roten Garden zu verstecken. Li Yandao war nicht religiös, aber es gab Situationen, in denen er die Göttin um Hilfe bat. Heute war einer dieser Tage. Lass Ma Li Huo nichts zugestoßen sein, flüsterte er. Es muss eine harmlose Erklärung für ihr Verschwinden geben.

Dann griff er zum Telefon und wählte die Nummer seines Kollegen in Khotan.

* * *

Marion kehrte schlaftrunken aus der Küche zu dem Zimmer zurück, das sie sich mit Batügül teilte; Koresh war für die Zeit von Marions Besuch in Osmans Zimmer gezogen. In den Händen hielt sie zwei Becher Tee, für sich und die Ärztin. Die Morgendämmerung hatte eingesetzt, aber die Sterne waren noch nicht vollständig verblasst. In der Tür blieb sie abrupt stehen: Batügül hatte sich ein schwarzes, weit über die Schultern fallendes Kopftuch umgebunden. Mit geschlossenen Augen stand sie aufrecht in der Mitte des Raums; die Hände hielt sie mit den Handflächen nach innen vor ihr Gesicht und rezitierte andächtig arabische Koranverse. Dann versank sie in die tiefe, ehrerbietige Verbeugung der Muslime. Ihre Stirn berührte den Boden.

Marion schlich leise auf die Veranda und ließ sich auf den Teppichen nieder. Sie wollte nicht stören. Schweigend beobachtete sie, wie der Tag die Welt zurückeroberte und den Hof mit einem Schleier aus pudrigen Farben überzog. Batügüls Mutter trat aus dem Nachbarzimmer, gähnte ausgiebig und ging dann zur Küche, ohne in Marions Richtung zu schauen.

Marion folgte ihr mit den Augen, und ein Gefühl der Zugehörigkeit breitete sich warm in ihr aus, wie der Tee, den sie in kleinen Schlucken trank. Seit acht Tagen lebte sie nun schon als Gast in dem Haus von Batügüls Familie. Sie kochte und aß mit ihnen, brachte Negat deutsche Kinderspiele bei und machte sich nützlich, soweit es ihr möglich war. Friedliche Tage, in denen sie die Außenwelt ignorieren konnte. Nur zwei Mal hatte sie mit Batügül einen Ausflug gemacht und war jedes Mal froh gewesen, wieder zurückzukehren.

Batügül und Koresh stellten erstaunlich wenig Fragen. Für sie war es ein Gebot der Gastfreundschaft, Marion einen Ort zur Verfügung zu stellen, an dem sie wieder zur Ruhe kommen konnte.

Nichtsdestoweniger hatte Marion Gewissensbisse. Sie hatte ihnen zwar von dem Ermordeten, dem Einbruch und dem Kommissar erzählt, nicht aber von der kleinen Pferdefigur, von der sie im tiefsten Inneren ahnte, dass sie das ganze Unglück erst heraufbeschworen hatte. Sie hatte Batügül gesagt, dass sie überreizt sei und sich einbildete, von einem Mann verfolgt zu werden. Ob die Ärztin ihr die Geschichte abnahm, wusste Marion nicht.

Obwohl sich zwischen ihr und der Uighurin eine echte Freundschaft entwickelt hatte, gab Batügül Marion immer wieder Rätsel auf. Die tiefe Religiosität der Uighurin ließ sich in Marions Weltbild nur schwer mit der pragmatischen und selbstbewussten Ärztin in Verbindung bringen, die sich über jede Ungerechtigkeit maßlos aufregen konnte. Eine Kostprobe von Batügüls Temperament hatte Marion bekommen, als sie ihr arglos erzählte, dass sich Li Yandao geweigert hatte, ihr die Reaktion der fremden Frau am Grab der Duftenden Konkubine zu erklären.

»Natürlich, für deinen Kommissar konnte es nicht anders sein«, hatte Batügül zornig geantwortet. »Das kleine Barbarenmädchen entdeckt die Wunder der Zivilisation, der Wildfang wird gezähmt und verliebt sich in den großen Qianlong. Das ist Unsinn. Der Kaiser hat sich in *sie* verliebt, aber Iparhan hat ihm nicht erlaubt, sie anzurühren. Ihr Heimweh hat sie krank gemacht. Als sie vor die Wahl gestellt wurde, entweder ihren ›Pflichten‹ als Konkubine nachzukommen oder Selbstmord zu begehen, hat sie sich umgebracht. Sie war eine intelligente Frau, die Gedichte verfasste und niemals ihre uighurische Herkunft verraten hätte.«

Wie schon bei Yandao hatte Marion auf Granit gebissen, als sie mehr erfahren wollte. Batügül hüllte sich in Schweigen und ließ auch Marions Frage nach Osmans Verhalten, der ihr nach wie vor aus dem Weg ging und die gemeinsamen Abendmahlzeiten mied, unbeantwortet.

»Danke für den Tee.«

Marion sah hoch. Sie war so in Gedanken versunken gewesen, dass sie Batügüls Kommen gar nicht bemerkt hatte. Batügül schien blendender Laune zu sein.

»Lass uns gleich frühstücken, wir haben einen anstrengenden Tag vor uns.«

»Warum?«

»Wir müssen Brot backen. Und heute Abend gehen wir auf eine Hochzeit in einem Dorf hier in der Nähe. Ich habe schon die passende Kleidung herausgesucht: Ich mache eine Uighurin aus dir, mit bestickter Kappe und einem schönen handgewebten Kleid.«

»Wer heiratet denn?«

»Ich kenne sie auch nicht. Der Sohn einer Freundin der Kusine meiner Mutter, glaube ich.«

»Und du kannst mich einfach mitnehmen?«

»Klar, das halbe Dorf kommt. Mindestens.«

Die Drei-Mann-Band hatte sich warmgespielt. In dem von bunten Lichterketten festlich erleuchteten Hof tanzten die jungen Männer, während die Älteren sie klatschend anfeuerten. Marion stand am

Fenster und lauschte den fremden Klängen, die ihr, obwohl sie kein Wort dessen verstand, was der Sänger vortrug, unter die Haut gingen. Mit seiner prächtig dekorierten Rawap, die Marion an eine Mischung zwischen einer Mandoline und einer Geige mit einem extrem langen Hals erinnerte, zauberte der Musiker rechts neben dem Sänger eine sanfte, traurige Melodie, die mit Sicherheit von den Schicksalsschlägen eines tragischen Liebespaares erzählte. Ein bisschen unpassend für eine Hochzeit, dachte Marion, aber schon beim nächsten Lied änderte sich das Tempo: Der dritte Musiker schlug einen schnellen Takt auf seiner Dap, einer flachen, hautbespannten Trommel, schneller und immer schneller. Die Rawap setzte mit einer fröhlichen Melodie ein, und Marion sah den Frühling in Xinjiang, sie sah Felder voller Blumen, hörte das Trappeln von Pferdehufen und das ausgelassene Jauchzen von Menschen, die das Erwachen der Natur nach einem endlosen Winter feierten.

Unwillkürlich trommelte sie den mitreißenden Rhythmus mit den Fingern gegen ihr Glas; am liebsten wäre sie ebenfalls hinaus in den Hof gegangen, aber das schickte sich wahrscheinlich nicht. Sie durfte nicht vergessen, dass dies eine muslimische Hochzeit war, streng getrennt nach Männern und Frauen. Ein wenig neidisch bemerkte sie jetzt, dass auch Koresh tanzte. Er fiel ihr auf, weil er zu den wenigen Männern gehörte, die statt eines Anzugs eine Tracht gewählt hatten. Über einem strahlend weißen Hemd mit weiten Pluderärmeln trug er eine reich bestickte schwarze Jacke mit halblangen Ärmeln. Schon auf der Herfahrt hatte Marion die schönen Applikationen bewundert, komplizierte geometrische Formen in hellen, fröhlichen Farben. Eigentlich wäre eine solche Jacke mehr nach Marions Geschmack gewesen als das ungewohnte Kleid, das Batügül ihr geschenkt hatte. Sie lächelte. Sie war schon auffällig genug in dieser Hochzeitsgesellschaft; wenn sie in Männerkleidung gekommen wäre, hätte es die anderen Gäste wahrscheinlich völlig überfordert.

Großvater Kumran, der mit einigen Graubärtigen abseits stand und sich prächtig unterhielt, hatte sie entdeckt und winkte ihr zu.

Marion winkte zurück und wandte sich dann vom Fenster ab. Die Mutter der Braut hielt ihr ein Tablett mit Süßigkeiten unter die Nase. Dankend nahm sie ein winziges Gebäckstück. Mehr konnte sie nicht essen, ohne zu platzen.

Sich im warmen Haus aufzuhalten war den Frauen vorbehalten. Wenn sich dennoch ein Mann hineintraute, wurde ihm so lange mit spitzen Bemerkungen zugesetzt, bis er sich hastig wieder nach draußen verzog. Fröhliches Stimmengewirr füllte die ineinander übergehenden Räume. Die Mädchen im heiratsfähigen Alter blockierten die Fenster zum Innenhof und kommentierten die Männerauswahl, während ihre Mütter den neuesten Tratsch austauschten. Batügüls Schwester Sodia alberte mit ihren Freundinnen herum. Es erschienen immer neue Besucher, und alle brachten in große Tücher eingeschlagenes Brot mit. Die Frischvermählten würden in den nächsten Monaten garantiert keinen Hunger leiden, dachte Marion und machte sich auf die Suche nach Batügül.

Sie fand ihre Freundin im Gespräch mit einer würdig aussehenden Dame, die ein weißes Kopftuch trug.

»Marion, ich möchte dir meine Tante Aisha vorstellen.«

Marion verbeugte sich vor der Frau, was von den Umstehenden wohlwollend quittiert wurde.

»Tante Aisha ist Hadschin«, sagte Batügül mit leuchtenden Augen. »Das ist ein Ehrentitel. Es bedeutet, dass sie nach Mekka gepilgert ist. Fantastisch, nicht wahr?«

»Es muss ein außergewöhnliches Erlebnis sein.«

»Ja. Vielleicht fliege ich auch einmal dorthin … Aber das hat noch Zeit. Hast du Lust zu tanzen?«

»Da draußen sind doch nur Männer!«

»Na und? Die freuen sich, wenn die Mädchen ihre Burg verlassen.«

Batügül zog Marion in den Hof, und Tante Aisha folgte. Die Männer begrüßten sie enthusiastisch. Also war es wohl doch nicht so streng mit der Geschlechtertrennung, dachte Marion erfreut. Koresh kam auf seine Frau zu und drehte sich vor ihr im Kreis. Batügül antwortete mit anmutigen Schritten. Koresh und Batügül tanzten für sich, und jede der grazilen Handbewegungen, jeder Schritt drückte ihre Liebe füreinander aus. Dabei berührten sie sich nicht ein einziges Mal, denn das wäre unschicklich gewesen. Die anderen Männer hatten sich an den Rand der Tanzfläche zurückgezogen. Dieses Lied gehörte nur den beiden. Anschließend begann ein lebhafteres Stück. Batügül wirbelte herum, die strahlenden Farben ihres Rocks vermischten sich zu einem Kaleidoskop aus Rot und Grün und Kobaltblau, ihre Augen blitzten. Ihre Lebensfreude war ansteckend, und schnell füllte sich der Hof erneut mit Tänzern. Ein junger Mann forderte Marion auf. Tante Aisha machte eine ermunternde Handbewegung. Ihr Fuß wippte im Takt. Marion ließ sich nicht länger bitten.

Der Bann war gebrochen. Die Frauen strömten aus den Zimmern und mischten sich unter die Männer. Aus den Augenwinkeln konnte Marion sehen, dass einige Männer auf die Wohnräume zustrebten. Die Herren der Schöpfung eroberten das Haus zurück, um endlich auch ihren Teil des Festmahls einzufordern.

Batügül hatte einen wunderbaren Abend. Durch die Arbeit im Krankenhaus und ihre Kinder blieb ihr nur wenig Zeit, ihre alten Freundinnen zu treffen, aber heute waren viele von ihnen anwesend. Zum Glück brauchte sie sich nicht um Marion zu kümmern; die Deutsche bewegte sich zwischen den Gästen wie ein Fisch im Wasser und brachte alle mit ihren neu gelernten uighurischen Wörtern zum Lachen. Koresh tanzte und ließ sich nur blicken, wenn er hungrig wurde. Ihre Eltern hatten ebenfalls Freunde getroffen. Der Einzige, der ihr Vergnügen ein wenig trübte, war Osman, ihr geliebter, schlauer, dickköpfiger Bruder. Natürlich war es ein Risiko, Marion zu beherbergen, aber Osmans unhöfliches Benehmen war untragbar. Auch hier hatte er sich, kaum dass sie angekommen waren, wortlos von der Familie getrennt und sich mit einigen jungen Männern in eine ruhige Ecke des Hofs verzogen. Er war so schrecklich verstockt!

Plötzlich wurde es ihr zu eng in dem Raum. Sie entschuldigte sich bei ihren Freundinnen und ging auf den Hof, um frische Luft zu schnappen. Das Fest war noch in vollem Gange, die Musiker und Tänzer wurden nicht müde. Zufrieden ließ sie ihren Blick in die Runde schweifen und entdeckte Marion auf der Tanzfläche. Batügül zwinkerte, aber das Bild blieb dasselbe: Marion tanzte mit Großvater Kumran! Batügül lachte in sich hinein. Das würde Khotan Gesprächsstoff für die nächsten zwei Monate liefern. Mindestens. Doch dann gefror ihr Lächeln. Auf der gegenüberliegenden Seite, lässig an die Hofmauer gelehnt, stand Osman im Gespräch mit einem Mann mittleren Alters, dessen schöne Gesichtszüge von seinem gepflegten Bart noch hervorgehoben wurden. Sie kannte den Mann. *Jeder* kannte den Mann.

Sofort drängelte sie sich durch die Tanzenden. Osman und sein Gesprächspartner bemerkten sie erst, als sie direkt vor ihnen stand. Der gutaussehende Mann verbeugte sich.

»Es ist immer wieder eine Freude, Sie zu sehen, Frau Doktor.«

»Ich freue mich erst, sobald ich Sie von hinten sehe«, antwortete Batügül kalt.

»Wie könnte ich Ihnen eine Bitte abschlagen? Ich wünsche Ihnen und Ihrem Bruder noch einen angenehmen Abend.« Er verbeugte sich vor ihr und verschwand in der Menge. Osman hatte er keines Blickes mehr gewürdigt.

Batügül packte ihren Bruder am Arm.

»Was wollte er von dir?«, zischte sie.

»Du hast kein Recht, dich in meine Angelegenheiten zu mischen.« Vergeblich versuchte er, ihre Hand abzuschütteln.

»Es wird sich noch zeigen, ob es deine Angelegenheiten sind. Was hast du mit ihm zu schaffen?«

»Ich habe nichts mit ihm zu *schaffen.* Lass mich los.«

»Wenn du es mir nicht sagen willst, gehen wir zu Vater.«

Die Erwähnung seines Vaters machte Osman nervös. »Es war gar nichts. Er hatte nur von irgendjemandem gehört, dass die Ausländerin bei uns wohnt, und hat gefragt, warum. Sonst nichts.«

»Sonst nichts?« Batügül hatte unwillkürlich die Stimme erhoben, und mehrere Leute drehten sich nach ihr um. Leiser fuhr sie fort: »Und wenn sich Marion diesen Verfolger *nicht* eingebildet hat? Wenn *er* es ist?«

Osman zuckte die Schultern. »Wohl kaum. Sie hat nämlich vorhin mit ihm getanzt. Akhun war einfach nur neugierig. Wie alle anderen auch. Du hättest sie ja nicht mitzuschleppen brauchen, deine neue Freundin. Wenn ihr Aufenthalt bei uns so geheim ist, hat sie hier nichts zu suchen.« Mit diesen Worten riss er sich los und ließ seine Schwester einfach stehen. Sprachlos sah sie ihm nach.

Osmans Ausbruch beunruhigte Batügül. Ihre Sorge wegen Akhun mochte tatsächlich unbegründet sein, aber ihr Bruder hatte einen wunden Punkt berührt. Sie hätte Marion tatsächlich nicht mit zu der Hochzeit nehmen dürfen – sowenig wie sie die Deutsche ohne die Erlaubnis der Polizei bei sich übernachten lassen durfte. Eine Erlaubnis, die sie mit Sicherheit nicht erhalten hätte. Konnte sie wirklich jedem einzelnen der anwesenden Gäste vertrauen? Im Laufe des Abends mussten Hunderte von Menschen auf der Feier gewesen sein, es war ein ständiges Kommen und Gehen. Außer Marion waren nur Uighuren anwesend, aber auch unter ihnen gab es schwarze Schafe, denen es eine Genugtuung wäre, der Frau Doktor eins auszuwischen. Und sie vielleicht sogar wegen illegaler Unterbringung einer Ausländerin anzuzeigen.

Der altbekannte Zorn kochte in ihr hoch. In welch schrecklichem Land lebte sie eigentlich, in dem jeder jeden bespitzelte, sie ihre Gäste nicht bewirten durfte und ihre Meinung nur den Ziegen mitteilen konnte?

Marion musste so schnell wie möglich abreisen, so leid es ihr auch tat. Batügül musste ihre Familie schützen. Sie machte sich auf die Suche nach den Familienmitgliedern und drängte zum Aufbruch. Die Lust zum Feiern war ihr gründlich vergangen.

* * *

Am späten Vormittag des nächsten Tages saß Marion allein im Innenhof des Hauses und spielte mit Ahmet. Die Männer waren schon früh zur Arbeit gegangen, Sodia war in der Schule und Batügüls Mutter besuchte eine Nachbarin. Großvater Kumran hatte sie noch nicht gesehen, er schlief wohl noch. Batügül trat aus der Küche und überquerte den Hof.

»Ich mag gar nicht daran denken, dass ich in wenigen Stunden schon im Bus nach Turfan sitzen werde«, sagte Marion, als Batügül neben ihr in die Hocke ging.

»Du wirst nicht sitzen, sondern gemütlich liegen. Die neuen Busse sind sehr bequem.« Batügül nahm Marion den zappelnden Ahmet aus den Armen. Widerwillig überließ Marion den Kleinen seiner Mutter.

»Darum geht es nicht«, sagte Marion. »Ich freue mich auf die neuen Orte, aber es macht mich traurig, dass ich euch verlassen muss. Die letzten neun Tage waren die schönsten seit langem. Du wirst mir fehlen.«

»Du wirst uns auch fehlen, aber ich bin trotzdem froh, dass ich so schnell noch ein Ticket für dich bekommen konnte. Wenn du länger bleiben würdest, könnte es eine Menge Ärger mit den Chinesen geben«, sagte Batügül, und Marion stellte fest, dass sich ihre Miene verfinsterte.

»Du hasst die Chinesen, nicht wahr?«, fragte sie leise.

»Nein, ich hasse sie nicht«, entgegnete Batügül und strich sich ungeduldig die Haare hinter die Ohren, »aber ich hasse ihre Politik. Ich hasse es, dass wir, die Uighuren und Kirgisen und wer sonst noch, wie Menschen zweiter Klasse behandelt werden. Ich hasse es, dass wir keine gute Bildung bekommen, und selbst wenn es einer schafft, heißt es noch lange nicht, dass er Arbeit findet. Die Chinesen werden grundsätzlich vorgezogen. Ich habe meine Anstellung im Krankenhaus nur erhalten, weil ich fließend Chinesisch spreche, aber glaub bloß nicht, dass sich das chinesische Personal die Mühe machen würde, unsere Sprache zu lernen, obwohl natürlich die meisten Patienten Uighuren sind.«

Es war, als wäre plötzlich ein Damm gebrochen. Batügül ließ alle Zurückhaltung der letzten Woche fallen und redete einfach weiter.

»Aber Koresh? Obwohl auch er Arzt ist, arbeitet er bei seinem Onkel im Laden, damit wir über die Runden kommen. Sind das genug Gründe, oder soll ich dir noch mehr erzählen? Von Arbeitslagern und Zwangsabtreibungen und …«

Batügül unterbrach sich.

»Ich möchte dich nicht damit belasten. In Xinjiang läuft vieles schief, aber niemand traut sich, den Mund aufzumachen. Aus gutem Grund.«

»Um Himmels willen, das wusste ich alles nicht!«

»Vielleicht ist es auch besser so. Zumindest für *deine* Sicherheit. Ich finde es schon erstaunlich, dass du dir Xinjiang als Reiseziel ausgesucht hast. Halte einfach die Augen offen und erzähle deinen Leuten zu Hause von uns. Im Gegensatz zu Tibet haben wir nämlich keine Lobby«, sagte Batügül verbittert. »Es strömen immer mehr Chinesen aus dem Osten nach Xinjiang. Unsere Kultur wird einfach geschluckt. Wer nicht in dem großen chinesischen Spiel mitspielt, verarmt.«

»Ist es so schlimm?«

»Ich will fair sein: In den letzten Jahrzehnten hat sich vieles für die Menschen in Xinjiang verbessert. Das Gesundheitssystem ist nicht schlecht, die Lebenserwartung hat zugenommen, mehr Kinder gehen zur Schule. Aber das ist relativ. Die Bedingungen für die Minderheiten sind wesentlich schlechter als für die Han-Chinesen, obwohl wir theoretisch dieselben Rechte haben wie sie. Ich kann es den chinesischen Siedlern nicht verübeln, dass sie ihre besseren Chancen nutzen, wer würde es nicht tun? Viele Chinesen sind der Armut und Arbeitslosigkeit ihrer Heimatprovinzen im Osten entflohen, um sich hier eine neue Existenz aufzubauen. Ob du es glaubst oder nicht, ich habe auch chinesische Freunde, wunderbare Menschen, und die meisten von ihnen haben fürchterliches Heimweh nach Sichuan oder Shaanxi oder Hubei oder nach welcher Provinz auch immer. Es ist hier sehr schwer für sie. Man muss in Xinjiang geboren sein, um es zu lieben.«

»Warum ist die chinesische Regierung denn so versessen auf Xinjiang? Du hast es selbst gerade gesagt: Ein Fremder wird sich hier niemals wohl fühlen können. Als Tourist ein paar Wochen in Xinjiang herumzureisen ist toll, vor allem in den Oasen, aber die Wüste? Keine Pflanzen, keine Tiere … Was wollen die Chinesen hier?«

»Erdöl natürlich und andere Bodenschätze. Außerdem betrachten sie Xinjiang als Puffer zwischen dem Kernland und den zentralasiatischen Staaten. Daran hat sich seit zweitausend Jahren nichts geändert.«

»Von der Seite habe ich es noch nicht betrachtet. Könnt ihr denn nichts unternehmen?«

»Nicht viel. Es mag für dich so aussehen, als sei das Leben in China freier geworden, aber glaube mir: Sollten in Khotan Unruhen ausbrechen, rollen ganz schnell Panzer über die neue Wüstenautobahn. Den einfachen Chinesen geht es nicht besser. Tiananmen kann sich jederzeit wiederholen.« Batügül atmete tief durch und wechselte dann das brisante Thema. »Kannst du mir bitte mit Ahmet helfen?«

Batügül legte ihren Sohn auf die hölzerne Wiege und zurrte ihn mit zwei Gurten so fest, dass er sich nicht mehr rühren konnte. Sein Lachen hellte Batügüls Stimmung wieder auf, und auch Marion hatte sich schnell gefangen. Sie reichte Batügül einen kleinen Gegenstand, der entfernt wie eine Pfeife aussah.

Die pragmatische Art der Uighuren, mit ihren Kleinkindern umzugehen, amüsierte Marion. Der kleine Ahmet trug eine wattierte, im Schritt offene Hose. Sein nackter Po war direkt über einem Loch in der Wiege plaziert, unter dem ein Gefäß stand. Batügül spreizte seine Beinchen und stülpte den Kopf des pfeifenähnlichen Gegenstands über seinen Penis, den Ablauf steckte sie durch das Loch, so dass er ebenfalls auf das Gefäß zielte. Sie presste seine Beine wieder zusammen und band auch diese fest. Dann stopfte sie mehrere

Decken fest um das Kind. Ahmet war verpackt wie eine Mumie, aber es schien ihm zu gefallen. Er gurrte zufrieden, bis ihm die Augen zufielen.

Zu Anfang war Marion über diese brachial anmutende Wickeltechnik entsetzt gewesen, aber dann hatte sie sich gesagt, dass in diesem Teil der Welt wahrscheinlich schon hundert Generationen groß geworden waren, die ebenso verpackt worden waren. Sie erinnerte sich an Fotos von eingewickelten Säuglingen in Südamerika und fest an den Leib der Mütter gebundene afrikanische Babys. Wo stand denn geschrieben, dass die europäische Art, mit seinen Babys umzugehen, die einzig richtige war?

Batügül strich Marion über die Wange: »Du solltest packen. Wir müssen spätestens um vier aufbrechen.«

Der Eselskarren rumpelte in die Stadt. Die ganze Familie hatte sich auf die kleine Holzplattform gedrängt, um Marion zum Busbahnhof zu begleiten, selbst Osman war dabei. Vielleicht will er sich mit eigenen Augen davon überzeugen, dass ich wirklich abreise, dachte Marion mit einem Anflug von Bitterkeit. Je näher sie der Stadt kamen, desto deprimierter wurde sie. Es war ihr immer schwergefallen, Lebewohl zu sagen, aber diesmal war es besonders schlimm. In der kurzen Zeit war ihr Batügüls Familie ans Herz gewachsen, und Marion merkte, dass auch die anderen bedrückt waren. Es würden Jahre vergehen, bis Marion wieder nach Xinjiang reisen konnte – wenn überhaupt. Auch wenn Yandao das Gegenteil behauptet hatte: Chinas Westprovinz lag, zumindest aus ihrer Sicht, bedenklich nahe am Ende der Welt.

Der Bus, ein funkelnagelneuer Reisebus mit großen Fenstern, wartete bereits. Marion kletterte hinein, und wenige Minuten später rollten sie langsam vom Hof. Marion winkte, bis sie die um den Esel herumstehende Gruppe Menschen aus den Augen verlor. Sie war wieder auf sich allein gestellt, und ihr war elend zumute.

Ein verspäteter Fahrgast kam angehetzt. Der Fahrer hielt noch einmal an und ließ den Mann zusteigen. Nach einer kurzen Diskussion nahm der Mann auf einem Plastikhocker neben dem Fahrer Platz, da schon alle Pritschen belegt waren.

Obwohl man sechsunddreißig Betten in den Bus gequetscht hatte, war er sehr komfortabel. Es gab nur Einzelpritschen, doppelstöckig in Dreierreihen nebeneinander angeordnet und durch zwei schmale Gänge voneinander getrennt. Die Heizung funktionierte, aber die größte Überraschung war das Bettzeug mit sehr sauberen Bezügen, das auf jeder Pritsche lag.

Marion zog die Schuhe aus und legte sich auf ihre Pritsche, die sich in der vordersten Reihe befand, direkt hinter der Einstiegstür. Der Busfahrer saß auf der anderen Seite, sein Bereich war durch eine Trennwand vom hinteren Bereich des Busses abgeschirmt. Marion war das untere Bett zugewiesen worden, und wenn sie den Kopf hob, hatte sie einen freien Blick durch die Windschutzscheibe. Die Sechsundzwanzig-Stunden-Fahrt verlor ihren Schrecken.

* * *

Seit Stunden drehte Marion sich von einer Seite auf die andere, um eine bequeme Position zu finden. Sie konnte nicht einschlafen. Die Luft in dem Bus war jetzt stickig vom Atem der Reisenden, von denen mindestens die Hälfte so laut schnarchte, als ginge es um einen Wettbewerb. Der verspätete Fahrgast saß auf dem Hocker und unterhielt sich leise mit dem Busfahrer. Marion sah ihn nur schräg von hinten, aber manchmal drehte er den Kopf zur Seite, und sie konnte trotz des wenigen Lichts ein auffälliges Muttermal auf seiner rechten Wange erkennen. Es erinnert an einen Käfer, dachte sie. Der arme Mann hat sich damit bestimmt schon als Kind einen entsprechenden Spitznamen eingehandelt.

Im Licht der Scheinwerfer wirkten die mächtigen Sanddünen links und rechts der Straße noch bedrohlicher als am Tag. In regelmäßigen Abständen kamen ihnen vollbeladene Lastwagen entgegen. Es herrschte mehr Verkehr, als Marion vermutet hatte.

Mitternacht war vorbei, und sie hatten etwa die halbe Strecke zwischen Khotan und Turfan zurückgelegt. Die Vorstellung, sich inmitten der lebensfeindlichsten Wüste der Welt zu befinden, dreihundert Kilometer in beide Richtungen der Straße nichts als Sand, Sand und nochmals Sand, verursachte Marion eine Gänsehaut. Es hatte in Wahrheit nichts besonders Abenteuerliches, in einem modernen Bus auf einer ausgebauten Straße unterwegs zu sein, aber sie fühlte sich trotzdem ein bisschen wie der große Archäologe Sir Aurel Stein, der vor hundert Jahren viele der versunkenen Städte im Tarim-Becken ausgegraben hatte.

Marions Gedanken wanderten, wie so oft, zu dem Schatz in ihrer Tasche. Nach einer Weile wurde ihr Wunsch übermächtig, die kleine Pferdefigur zu betrachten, sie in der Hand zu halten. Sie nestelte das Kästchen aus ihrer Jackentasche und nahm die zerbrochene Figur heraus, dann schob sie das Kästchen an seinen Platz zurück und legte das Jadepferdchen auf ihre Handfläche. Ganz leicht strich sie mit ihren Fingerspitzen über die Oberfläche und erfühlte das kleine Rubinauge; ein Fremdkörper auf der glatten, geschwungenen Oberfläche. Marion fuhr vorsichtig die Konturen nach, bis sie zu der rauhen, scharfzackigen Bruchkante kam. Ein Schauer lief ihr über den Körper. Die Figur hatte nichts von ihrer Faszination eingebüßt; im Laufe der letzten drei Wochen war Marions Wunsch, sie zu behalten, eher noch stärker geworden. Die Scheinwerfer eines Lastwagens ließen die goldenen Schriftzeichen geheimnisvoll aufleuchten. Marion hätte liebend gern gewusst, was sie bedeuteten. War es eine Nachricht? In China gab es bestimmt eine Menge Leute, die ihr helfen konnten, aber dann hätte sie das Jadepferd abgeben müssen. Und das war das Letzte, was sie wollte, auch wenn sie sich zum hundertsten Mal sagte, dass sie eine chinesische Antiquität mit sich herumtrug, auf die sie keinerlei Anspruch hatte. Wenn man sie bei ihr fand, würde sie so tief im Schlamassel sitzen, dass sie nur hoffen konnte, nicht im Gefängnis zu landen.

Sie drehte sich zur Seite und stieß dabei das Kopfkissen von der Pritsche. Leise aufstöhnend strampelte sie sich aus der Decke. Als sie sich aufsetzte, um nach dem Kissen zu greifen, bemerkte sie, dass sich der Käfermann, wie Marion ihn insgeheim nannte, umgedreht hatte und sie anstarrte. Sie fragte sich ängstlich, ob er die Figur gesehen hatte. Im nächsten Moment brach die Hölle über sie herein.

Der Busfahrer schrie entsetzt auf und riss das Steuer nach rechts, aber es war zu spät. Ein außer Kontrolle geratener Lastwagen raste ungebremst in die Fahrerseite des Reisebusses, vermutlich war der Fahrer eingeschlafen. Glas splitterte, Metall riss wie Papier, Menschen stürzten von den oberen Betten. Die Wucht des Aufpralls katapultierte Marion von der Pritsche. Der Käfermann wurde gegen die Windschutzscheibe geschleudert. Sekundenbruchteile später prallte Marion auf seinen schlaffen Körper.

Der Busfahrer war sofort tot, wie eine Puppe von der Schnauze des Lastwagens zerdrückt, die sich in den Bus gefressen hatte. Die ungeheure Kraft des Zusammenstoßes schob die ineinander verkeilten Fahrzeuge über den Rand der Straße hinaus. Erst ein Schotterhügel brachte sie zum Stillstand. Die Motoren erstarben. Für einen kurzen Moment herrschte absolute Stille. Dann begannen die brutal aus ihrem Schlaf gerissenen Passagiere in Panik zu kreischen.

Marions rechtes Knie tat unerträglich weh. Der Schmerz hielt sie bei Bewusstsein und schärfte ihre Sinne. Sie hörte das Klagen und Stöhnen der anderen Fahrgäste, roch das Blut und den ätzenden Gestank von auslaufendem Diesel. Marion lag im Einstiegsbereich, halb auf der Treppe. Die Bustür war bei dem Unfall aufgesprengt worden und hing schief in den Angeln. Der entstandene Spalt war groß genug, dass sie sich hindurchzwängen konnte.

Es dauerte eine Ewigkeit, bis Marion endlich draußen war. Sie legte sich auf den Rücken und wartete, bis sich ihr Herzschlag beruhigte. Als sie sah, wie sich einige der Passagiere durch die zerborstenen Fenster aus dem Bus herausdrängten, rappelte sie sich hoch und hinkte hinüber, um zu helfen. Gemeinsam mit einem jungen Mann stemmte sie die Bustür auf, dann kletterten sie hinein. Im Dunkeln nahm sie die Umrisse der über die Pritschen und im Gang verstreuten Körper nur schemenhaft wahr. Marion beugte sich erschüttert über eine reglose alte Frau, die auf dem Boden lag. Zu ihrer Erleichterung jammerte die Frau, als Marion ihren Kopf anhob. Der junge Mann kümmerte sich um sie, während sich Marion weiter nach hinten durchkämpfte. Sie wappnete sich innerlich dagegen, Tote und Verstümmelte zu finden.

Wie durch ein Wunder waren nur der Busfahrer und die beiden Insassen des Lastwagens umgekommen, selbst der Käfermann hatte überlebt, wenn auch mit einigen Verletzungen. Es war sein Glück gewesen, dass er sich gerade umgedreht hatte und nicht mit dem Kopf voraus nach vorn geflogen war. Nachdem die Passagiere des Busses den ersten Schock überwunden hatten, sammelten sich die Leichtverletzten, um den weniger Glücklichen zu helfen. Es gab Arm- und Beinbrüche, Platzwunden und Schnitte, aber offenbar schwebte niemand in Lebensgefahr. Zwei Frauen und ein Mann behielten in dem Durcheinander die Nerven und gingen von einem zum anderen, stellten Fragen und stillten blutende Schnittwunden mit Stoffstreifen. Die Fahrer mehrerer Lastwagen parkten ihre Fahrzeuge am Straßenrand und boten ihre Hilfe an. Über Handy wurde die Polizei verständigt.

Eine der Frauen kam zu Marion, die mit leerem Blick auf einem niedrigen Sandhügel hockte. Die Frau schob Marions Hosenbein hoch und tastete das Bein ab. Dann stand sie auf und mimte einen Menschen an Krücken. Auch das noch, dachte Marion.

Es war beißend kalt, und Marion schlug die Arme um sich. Die Reisenden lagen oder saßen in kleinen Gruppen um die Wracks herum, die im fahlen Licht des Mondes gespenstische Schatten warfen. Kaum jemand sprach. Über den Sanddünen hing Staub und verbarg die Sterne. Der Mond, nur noch wenige Tage vom Vollmond entfernt, hatte eine kränklichgelbe Aureole. In weiter Entfernung verriet ein Lichtschein das Herannahen eines weiteren Fahrzeugs.

Etwas später sah Marion den Käfermann langsam auf den Einstieg des Busses zuhinken und dann die Stufen hinaufklettern. Sie fragte sich, warum er sich dieser Anstrengung in seinem Zustand aussetzte. Wahrscheinlich hatte er etwas Wertvolles verloren.

Etwas Wertvolles? Marion stöhnte auf. Sie hatte auch etwas Wertvolles verloren: das Jadepferd! Sie hatte es in der Aufregung völlig vergessen. Es war ihr aus der Hand geglitten, als der Lkw den Bus gerammt hatte. Trotz ihrer Benommenheit dämmerte es ihr langsam: Der Käfermann hatte es bestimmt gesehen und wollte es haben. Mist! So schnell es ihr lädiertes Knie zuließ, humpelte sie auf die klaffende Bustür zu.

In der Dunkelheit konnte sie ihn nur schemenhaft erkennen, aber umso deutlicher hören. Er kroch auf allen vieren durch den Gang. Lautlos ließ sich Marion im Parallelgang nieder und suchte den Boden ab. Nichts. Sie tastete die Pritschen rechts und links von ihr ab, ohne auf das kleine Pferd zu stoßen. Marion zwang sich zum Nachdenken. Sie war nach vorn geflogen, also war auch die Figur in diese Richtung geschleudert worden und musste sich im Einstiegsraum oder in der offenen Fahrerkabine befinden. Dort war immer noch die Leiche des Fahrers eingeklemmt. Einige Männer hatten versucht, seinen Körper hinter dem Lenkrad hervorzuziehen, aber es war ihnen nicht gelungen. Marion schob sich beklommen auf die Fahrerkabine zu. Erst suchte sie den Boden auf der rechten Seite ab, ohne Ergebnis. Es half nichts, sie musste auch unter den Füßen des Toten nachsehen. Bewegungsunfähig kauerte sie vor der Leiche und lauschte auf das Rumoren des Käfermannes im hinteren Teil des Busses. Es kostete sie enorme Überwindung, den Toten zu berühren.

Die Geräusche näherten sich. Der Mann hatte die Suche im linken Gang beendet und arbeitete sich nun von hinten durch den rechten

Gang. Marion gab sich einen Ruck und langte zwischen den Füßen des Fahrers hindurch. Hektisch tastete sie den Fußraum ab. Gaspedal. Bremse. Ein Zigarettenpäckchen. Eine Münze. Das Pferd! Marion gelang es, die Figur zu fassen, aber sie entglitt ihr wieder und fiel mit einem dumpfen Knall auf den Boden. Sie erstarrte. Aus dem Gang drang kein Laut. Sie wagte es nicht, den Kopf zu drehen und nachzusehen. Erneut griff sie nach der Figur und wandte sich zur Tür.

Der Käfermann stand direkt vor ihr.

»Gib das her!«, zischte er.

»Niemals!« Marion wich zurück und stieß gegen den Schaltknüppel. Der Mann hatte nur auf diese Gelegenheit gewartet. Er packte ihre Hand und presste sie brutal zusammen. Marion schrie auf und öffnete die Finger. Der Käfermann ergriff das Jadepferd und sprang trotz seiner Verletzung mit einem überraschenden Satz aus dem Bus.

Mühsam stolperte Bug zwischen den anderen Menschen hindurch. Für ihn war der Unfall im Grunde ein Glücksfall gewesen, auch wenn es den armen Teufel von Busfahrer dabei erwischt hatte. Es war wirklich ein Jammer um den Mann; sie hatten sich die letzten Stunden sehr gut unterhalten. Aber das war jetzt nicht mehr zu ändern. Das Schicksal hatte ihm endlich die Figur in die Hände gespielt, auf die der dürre Wang aus Kashgar so versessen war. Bug hatte sich schon die ganze Fahrt über den Kopf zermartert, wie er sie der schlaflosen Ausländerin unbemerkt entwenden sollte. Kurz vor dem Unfall hatte er dann gesehen, wie sie versunken mit der kleinen, glänzenden Pferdefigur spielte. Und als sie von ihrer Pritsche geschleudert wurde, hatte er noch registriert, dass sie die Figur losließ. Dann hatte er für eine Weile das Bewusstsein verloren.

Die Ausländerin rief ihm etwas Unverständliches hinterher. Bug beschleunigte seine Schritte, so gut er konnte, und blickte über die Schulter. Die Frau war ebenso lädiert wie er und konnte ihn nicht einholen. Die anderen Passagiere waren zu sehr mit sich selbst beschäftigt, um ihn zu beachten. Bug schlug einen Haken in Richtung der Straße. Sobald er die andere Straßenseite erreicht hatte, würde er zwischen den Dünen verschwinden, den neuen Tag abwarten und später, nachdem die anderen Passagiere abgeholt worden waren, einen Lastwagen anhalten, der ihn mit zurück nach Khotan nahm. Die Figur in seiner Hand schien plötzlich wärmer zu werden. Bug durchfuhr ein unheimlicher Schauer. Das Blut stieg ihm in den Kopf, pochte in seinen Ohren. Er wollte nur noch weg, weg von dem Buswrack, weg von den Verletzten, weg von der Ausländerin. Er trat auf die Straße, ohne sich um ihren erneuten Ruf zu kümmern.

Marions Knie brannte wie Feuer. Sie hatten sich ein ganzes Stück von der Unfallstelle entfernt, aber noch immer hatte der Käfermann einen guten Vorsprung. Marion würde ihn nicht erwischen; sobald er zwischen den Dünen auf der anderen Straßenseite abtauchte, war er so unerreichbar wie auf der Rückseite des Mondes. Der Mann taumelte auf die Straße zu. Immer wieder schaute er sich um. Sah er denn nicht den Lastwagen, der auf ihn zudonnerte?

»Bleib stehen! Halt!«, schrie Marion.

Der Mann ging weiter.

Hilflos musste Marion mit ansehen, wie der Mann von dem schweren Lastwagen erfasst und mindestens fünfzig Meter weit mitgeschleift wurde. Die grässliche Szene wirkte irreal, und sie nahm alles überdeutlich und verlangsamt wahr: das entsetzlich verzerrte Gesicht des Mannes, als die Scheinwerferkegel ihn erfassten, seinen grotesk verdrehten Körper. Und den kleinen Gegenstand, der ihm aus der Hand geschleudert wurde. Wie in Zeitlupe verfolgte sie die Pferdefigur, die in einem weiten Bogen von dem Lastwagen wegflog und nur wenige Meter vor ihr in den Sand fiel, als wolle sie zu ihr zurückkehren. Ohne nachzudenken, beinahe wie ferngesteuert, bückte sich Marion zu der Figur, hob sie auf und stopfte sie in ihre

Jackentasche. Dann drehte sie sich um und ging zurück zu ihrem Sandhügel, ohne die hysterischen Passagiere wahrzunehmen, die zu der weiteren Unglücksstelle eilten. Ihr Körper war gefühllos, ihr Kopf leer, ihre Sinne ausgeschaltet. Sie legte sich auf die Seite und rollte sich wie ein Embryo zusammen. Als die Polizei kurz nach Sonnenaufgang den Unfallort erreichte, hatte sie ihre Position nicht verändert.

* * *

Hinter Marions geschlossenen Augenlidern tanzten bunte Flecken. Es musste heller Tag sein, aber sie konnte sich nicht überwinden, die Augen zu öffnen, und blieb reglos liegen. Sie fühlte sich benommen, wie in Watte gepackt. Nur langsam fanden die schrecklichen Ereignisse der vergangenen Nacht den Weg in ihr Bewusstsein zurück. Sie fragte sich, wo sie war. Das Letzte, woran sie sich erinnern konnte, waren die blendenden Scheinwerfer des Lastwagens. Dann wurden die Bilder in ihrem Kopf unscharf. Man hatte ihr Fragen gestellt. Sie in ein Auto gesetzt. In dem Auto war es warm gewesen. Sie werden mich in ein Krankenhaus gebracht haben, dachte sie. Öffne die Augen und du siehst ein Krankenzimmer.

Das Zimmer war deprimierend. Dreckschlieren in allen Farben liefen die ehemals erbsengrünen Wände herunter. Verblichene Vorhänge in derselben unappetitlichen Farbe hingen vor einer Fensterfront, in der die Hälfte aller Scheiben kaputt war. Durch die Sprünge zog kalter Wind. Acht Betten drängelten sich auf engstem Raum. An der gegenüberliegenden Wand spendete ein vergilbtes chinesisches Aquarell Trost. Goldfische und Seerosen.

Der Lärm im Zimmer drang langsam zu Marion durch. Angehörige der Patienten standen um die Betten herum, Kinder tobten im Mittelgang. Eine Krankenschwester stritt sich lautstark mit einer älteren Bäuerin, deren Arm in einem Gipsverband steckte. Es grenzte an ein Wunder, dass Marion überhaupt hatte schlafen können.

Sie setzte sich auf und schlug die Decke zurück, weil sie dringend zur Toilette musste. Ihr Knie war bandagiert. Vorsichtig schob sie die Beine über die Bettkante und stand auf. Es tat weh, war aber auszuhalten. Am Fußende des Bettes lagen ihre Jacke und die restliche Kleidung. Marion tastete die Taschen ab und stellte erleichtert fest, dass sowohl das Kästchen als auch das Pferd noch an Ort und Stelle waren. Dann humpelte sie in Richtung Tür. Niemand beachtete sie. Die Toiletten befanden sich am Ende des Flurs, und sie brauchte einige Minuten für den Weg. Dort angekommen wäre sie am liebsten wieder umgekehrt: Der Anblick hätte in Deutschland zur sofortigen Schließung des Krankenhauses geführt. Sie humpelte angeekelt um die Lachen auf dem Boden herum und beschloss, keine Minute länger als nötig in diesem Krankenhaus zu bleiben. Gesund werden konnte sie auch woanders.

Als sie zurückkehrte, stand ein Arzt neben ihrem Bett. Er stellte sich als Dr. Qiu vor und teilte ihr mit, dass die Bänder in ihrem Knie gedehnt waren. Es war nichts gerissen, und auch der Meniskus hatte nichts abbekommen.

»Es hätte schlimmer ausgehen können«, schloss der Arzt. »Wie fühlen Sie sich sonst?«

»Den Umständen entsprechend. Die letzte Nacht war fürchterlich.«

»Letzte Nacht? Fräulein Reu-Ta, heute ist Samstag, später Nachmittag. Sie haben sechsunddreißig Stunden geschlafen.«

Marion sah den Arzt verblüfft an.

»Ich habe nachgeholfen«, sagte er mit unschuldigem Gesichtsausdruck. »Sie waren völlig durcheinander, als die Polizei Sie einlieferte. Erinnern Sie sich noch an die Einzelheiten der schrecklichen Unfälle?«

»Im Großen und Ganzen ja. Bis der Mann auf die Straße lief. Von da an verschwimmt alles.«

»Es ist besser so.«

»Hat es den Mann sehr schlimm erwischt? Ist er tot?«

»Ja.«

Das Pferd ist kein Glücksbringer, dachte Marion. Zwei Menschen sind gestorben, weil sie es unbedingt haben wollten, und ich sehe aus, als hätte man mich durch den Fleischwolf gedreht. Wäre ich abergläubisch, müsste ich es meinem ärgsten Feind in die Hand drücken.

»Hat man das Gepäck aus dem Bus herausgeholt? Und wo bin ich? Ich meine, in welcher Stadt?«, fragte sie den Arzt.

»In Korla. Der Unfall hat sich fast vierhundert Kilometer von hier ereignet. Unser Krankenhaus war am schnellsten zu erreichen. Ihr Gepäck liegt unter dem Bett. Es war der einzige große Rucksack im Bus, also nahmen wir an, dass es Ihrer ist.« Er spähte unters Bett. »Er ist rot.«

»Das wird er sein.«

Eine Krankenschwester trat zu ihnen und lehnte ein Paar graue Krücken gegen die Wand. Sie wechselte einige Worte mit dem Arzt, woraufhin er sich von Marion verabschiedete. Kaum war er draußen, kramte sie in ihrem Rucksack nach dem Wecker, stellte ihn und ließ sich dann auf das Bett fallen. Trotz des Lärms schlief sie sofort wieder ein.

Um fünf Uhr am nächsten Morgen schreckte Marion hoch. Um die anderen Patienten nicht zu stören, hatte sie den Wecker unter das Kopfkissen gelegt. Sie schlüpfte aus dem Bett und wühlte leise in ihrem Gepäck herum. Als sie fertig war, warf sie einen bedauernden Blick auf die Sachen, die sich auf der Bettdecke häuften. Es half nichts. Sie musste den Rucksack leichter machen, um sich mit den Krücken fortbewegen zu können, was schon ohne Gepäck schwierig genug war. Die Krücken quietschten auf dem Linoleumfußboden, als sie auf die Tür zuhinkte, aber sie konnte es nicht ändern. Eine der Patientinnen stöhnte im Schlaf, ohne aufzuwachen. Auf dem Gang kam ihr eine Krankenschwester entgegen. Marion lächelte sie an, um ihr zu signalisieren, dass alles seine Ordnung hatte. Vor dem

Krankenhaus hielt sie ein Taxi an und ließ sich zum Busbahnhof bringen. Es war stockdunkel.

Sie kaufte eine Busfahrkarte nach Turfan, dann setzte sie sich vor eine der Teebuden und bestellte *youtiao.* Die Wanduhr hinter dem Tresen zeigte halb sieben. Bis zur Abfahrt des Busses war es noch eine halbe Stunde.

DIE NOMADIN AUS DEN BERGEN

OKTOBER 79 N. CHR.

Schneemond lag seit Stunden wach und lauschte auf das von einem leichten Wind über den See getragene Heulen der Wölfe. Die Wölfe kamen immer weiter die Berge herunter, und kurz vor Einbruch der Dunkelheit waren Schneemond die huschenden Schatten am anderen Seeufer aufgefallen. Ihre Familie hätte bereits vor einem halben Mond mit den Schafen und Pferden die Sommerweiden verlassen sollen, um sich mit den Klans in der Grasebene zu treffen, aber Schneemond wartete noch auf ihren Bruder und ihre Schwestern. Seit die drei vor neun Tagen aufgebrochen waren, um die versprengten Hengste einzufangen, hatte sie nichts von ihnen gehört, und sie machte sich große Sorgen. Tagsüber lenkten die Tiere und die Arbeit sie ab, aber in der Dunkelheit wuchs ihre Unruhe.

Ein leises Stöhnen erklang von der anderen Seite des Zeltes. Schneemond kroch unter ihren Fellen hervor und tastete sich zu der Lagerstatt, wo ihr Vater bewegungslos auf dem Rücken lag. Sie strich sanft über seine Wange.

»Vater, hörst du mich?«, flüsterte sie.

»Die Wölfe rauben mir den Schlaf. Sind deine Geschwister zurückgekehrt?«

»Nein, aber es kann nicht mehr lange dauern. Hast du Schmerzen?«

»Ein wenig.«

Er log, und Schneemond wusste es. Ein Xiongnu-Krieger hätte niemals zugegeben, dass er litt. Ihr Vater hatte sich vor vielen Jahren während seines letzten Kampfes gegen die Chinesen ein Bein gebrochen, das nicht mehr richtig zusammengewachsen war. Er konnte kaum gehen, obwohl der Schamane dem Himmel und der Erde jeweils ein Lamm geopfert hatte.

Die Pferde vor dem Zelt schnaubten und scharrten mit den Hufen.

»Die Tiere sind beunruhigt«, sagte Schneemond. »Ich gehe besser hinaus.«

»Hüte dich vor den Wölfen. Sie sind hungrig.«

Schneemond nestelte an den Lederbändern, mit denen die Filzdecke vor dem Eingang gesichert war, schlüpfte nach draußen und blieb wie angewurzelt stehen. Trotz ihrer Sorgen war sie von der Schönheit des Landes überwältigt. Die schweren grauen Wolken, die am Vorabend im Tal des Himmelssees gehangen und die Berge verschluckt hatten, waren fortgezogen. Vereinzelte Wolkenfetzen jagten über den sternklaren Himmel. Der Mond war noch nicht untergegangen, und sein helles Licht wurde glitzernd von der glatten Wasseroberfläche und dem frischen Schnee auf den Uferwiesen reflektiert. Der Schnee war gefallen, ohne dass sie es bemerkt hatte, leise und sacht. Der Winter kam, und mit ihm die Monate voller Dunkelheit, Kälte und Entbehrungen. Es war aber auch die Zeit, in der sich die Familien mit ihren Freunden trafen und ein großes Feuer Wärme spendete, während draußen der Sturm durch die kleine Siedlung heulte und das Vieh sich in den Windschatten der Zelte drängte. In dicke Felle gewickelt saßen die Menschen dann beisammen und lauschten den Erzählungen der alten Männer, die gegen die Chinesen gekämpft und die Karawanen aus den fernen Ländern geplündert hatten. Schneemond spürte einen Stich. Ihr Vater kannte wunderbare Geschichten und Legenden, aber würde er in diesem Winter noch genug Kraft haben, die Kinder zu bezaubern, die mit weit aufgerissenen Augen jedem seiner Worte folgten?

Schneemond riss sich von der funkelnden Märchenwelt los. Zum Träumen hatte sie keine Zeit. Mit großen Schritten umrundete sie das Filzzelt, um nach den Pferden und Schafen zu sehen. Die Tiere standen in Gruppen beisammen und wärmten sich gegenseitig. In weiter Entfernung erklang abermals das heisere Bellen eines Wolfes, das von den anderen Mitgliedern des Rudels erwidert wurde. Die Räuber waren auf der Jagd.

Einige der einjährigen Ponys stampften mit den Hufen und warfen die Köpfe hin und her. Schneemond versuchte vergeblich, die jungen Pferde zu beruhigen. Sie wichen vor ihr zurück und starrten mit angstgeweiteten Augen und geblähten Nüstern zu der mit einem dichten Kiefernwald bestandenen Landzunge, die ungefähr ein halbes *li* entfernt lag. Schneemond konnte nicht sehen, was die Pferde nervös machte, die Schatten unter den Bäumen waren zu tief. Sie wartete. Bald lösten sich ein Reiter und sein Pferd aus der Dunkelheit und kamen langsam über die Uferwiese auf sie zu. Ihre Umrisse hoben sich scharf von dem blendendweißen Schnee ab.

»Das ist Kostbare Blume«, murmelte Schneemond, als sie ihre Schwester erkannte. »Aber wo sind Sturm und Kleiner Stern?«

Bedächtig einen Huf vor den anderen setzend überquerte das Pferd die Schneefläche. Das Tier wirkte völlig entkräftet. Schneemond beobachtete die zusammengesunkene Gestalt ihrer Schwester. Eine innere Stimme sagte ihr, dass sich etwas Furchtbares ereignet hatte. Als Kostbare Blume nur noch fünfzig Schritte von dem Zelt entfernt war, löste sich Schneemonds Starre, und sie rannte auf ihre Schwester zu.

»Schwester!«, rief sie. »Warum bist du allein?«

Das Mondlicht erhellte Kostbare Blumes totenblasses Gesicht. Mit ausdruckslosen Augen sah sie auf ihre Schwester herunter. Schneemond rüttelte an ihrem Bein.

»Sprich zu mir! Was ist passiert?«, schrie sie. Entsetzliche Angst kroch in ihr hoch.

Langsam füllten sich die Augen ihrer Schwester mit Leben. Unvermittelt stieß sie einen hohen, langgezogenen Schrei aus, der Schneemond den Atem stocken ließ. Der verzweifelte Ruf wurde von den Bergen zurückgeworfen und schallte so machtvoll über den See, dass selbst die Wölfe ihr Heulen unterbrachen.

Als Kostbare Blume vom Pferd rutschte, fing Schneemond sie auf. Erst jetzt sah sie, dass hinter ihrer Schwester ein großes Bündel auf dem Pferd befestigt war.

Der Bär hatte ihre jüngste Schwester getötet und ihrem Bruder Sturm fürchterliche Wunden gerissen. Ein Prankenhieb hatte Sturm den linken Arm von der Schulter abwärts bis auf den blanken Knochen aufgeschlitzt. Tiefe Bisswunden bedeckten seinen Oberkörper und die Beine. Seine dicke Fellkleidung hatte ihm das Leben gerettet, aber als Schneemond seine Verletzungen mit einem heißen Kräutersud auswusch, wurde schnell deutlich, dass sie ihm nicht helfen konnte.

* * *

Sturm erlangte während des folgenden Tages nur selten das Bewusstsein, obwohl Schneemonds Tante, die mit zweien ihrer Söhne aus der Nachbarbucht herbeigeeilt war, ihm Kräuter und Fleischbrühe einflößte und seine Wunden reinigte. Sein Zustand war ernst, und als Schneemonds Vater die Tante fragte, ob sie Hoffnung hätte, vermied sie es, ihm in die Augen zu sehen.

»Du wirst dich damit abfinden müssen«, sagte sie. »Sturm hat sein Leben in die Hände der Götter gelegt, als er Kleiner Stern aus den Klauen des Bären befreien wollte. Du kannst stolz auf ihn sein.«

»Mir wäre es lieber, er hätte sich als Feigling erwiesen und säße gesund zwischen uns«, sagte Schneemonds Vater leise. »Wenn ich nicht so unnütz wäre, hätte ich niemals die Kinder in die Berge schicken müssen. Meine jüngste Tochter ist tot, und Sturm wird die kommenden Tage nicht überleben. Manchmal denke ich, dass ein Fluch über unserer Familie liegt.«

Die Tante wollte widersprechen, doch dann blieb sie stumm. Sie dachte an ihre Eltern und Großeltern, denen es nicht vergönnt gewesen war, ihre Enkelkinder zu sehen. Von ihren acht Geschwistern war nur noch dieser eine Bruder übrig, der schwach und hilflos seine Lebenszeit im Zelt verbrachte, anstatt mit den anderen Männern auf die Jagd zu gehen. Ein Krüppel, dessen einziger Trost seine Kinder waren, seit seine Frau im Kindbett gestorben war. Vielleicht hatte er recht. Vielleicht waren die Götter zornig auf ihren Klan.

Bei Sonnenuntergang hatten Schneemond und ihre Cousins ihre Habseligkeiten reisefertig gemacht und die Tiere zusammengetrieben. Sie versammelten sich im Zelt und aßen Getreidebrei mit ein wenig Fleisch. Die Gespräche drehten sich hauptsächlich um die ihnen bevorstehende mühsame Reise. Niemand brachte den Mut auf, die schrecklichen Ereignisse der vergangenen Tage anzusprechen, und bald versank die kleine Gemeinschaft in Schweigen. Einer nach dem anderen suchte sich einen Platz zum Schlafen, bis nur noch Schneemond und ihr Vater an dem kleinen Feuer saßen, das in der Mitte des Zeltes Wärme spendete.

Der Vater sah unverwandt in die Flammen. In seinem Gesicht zuckte es.

»Meine Schwester hat viel gesehen und weiß mehr über den Körper der Menschen als die Schamanen. Sie kennt alle Kräuter und Heilmittel, aber … sie glaubt, dass Sturm bald stirbt.«

Schneemond wartete, bis ihr Vater fortfuhr.

»Kennst du die Geschichte unserer Familie?«, fragte er unvermutet.

»Ich habe die Legenden gehört«, antwortete sie ausweichend. »Aber du hast mir nie gesagt, ob sie wahr sind.«

»Es ist viele Generationen her, so viele, dass niemand sie mehr zählen kann, als ein fremder Mann im Lager unserer Vorfahren auftauchte, weit im Osten von hier. Er war bis auf die Knochen abgemagert, und die Menschen des Lagers hatten Mitleid mit ihm. Sie nahmen ihn auf, gaben ihm zu essen und warme Felle und nach einiger Zeit eine ihrer Töchter zur Frau. Der Mann konnte reiten und schießen wie ein Xiongnu und bewies seine Tapferkeit in den Kriegen gegen die Han, von denen die Alten im Winter erzählen. Der Mann, dein Vorfahr, der vor hundertfünfzig oder mehr Sommern gelebt hat, war Chinese.«

»Alte Geschichten«, bemerkte Schneemond.

Ihr Vater seufzte tief. Auch wenn Schneemond es nicht wahrhaben wollte: In ihren schmalen schwarzen Augen, ihrer weißen Haut und ihren Gesichtszügen konnte er das chinesische Erbe erkennen, so wie es sich schon bei vielen früheren Familienmitgliedern gezeigt hatte. Ihr schlanker, zarter Körper schien so gar nicht zum Reiten zu taugen, aber er wusste es besser. Um die dunkleren, kantigeren, kräftigeren Geschwister und Freunde ihre Andersartigkeit vergessen zu lassen, hatte seine Tochter es mit zähem Willen zu einer wahren Meisterschaft im Reiten und Bogenschießen gebracht, Fertigkeiten, die einem Mädchen eigentlich nicht anstanden. Immer wieder tat sie sich als besonders mutig, besonders fleißig und besonders kunstfertig hervor. Eine Tochter, auf die er stolz sein konnte.

»Wenn die Legenden der Wahrheit entsprechen, war er ein guter Mann«, fuhr er fort. »Es gibt mehr Xiongnu mit chinesischem Blut, als du denkst. Viele Männer haben sich unserem Volk ergeben und ihr Leben in der Steppe verbracht.«

»Ich bin keine Chinesin«, sagte Schneemond trotzig.

»Es ist nicht zu ändern. Und jetzt bring mir den Beutel, der neben meinem Lager liegt.«

Schneemond sprang auf und holte den für seine Größe überraschend schweren Beutel. Ihr Vater schüttete den Inhalt auf den Filzteppich neben sich. Ein paar hundert chinesische Käschmünzen, ein schmaler goldener Armreif und ein hübsches Lackkästchen fielen heraus. Er ergriff das Kästchen und hielt es ihr hin.

»Was ist das?«

»Dein Großvater hat es mir gegeben. Er hat es von seinem Vater bekommen und der wiederum von seinem Vater. Es gehörte dem Chinesen.«

Schneemond wurde schwarz vor Augen. Sie hatte schon den

ganzen Tag Schwierigkeiten gehabt, sich aufrecht zu halten, aber die Eröffnungen ihres Vaters waren zu viel. Abwehrend hob sie die Hände.

»Ich will es nicht. Ich will nicht wissen, was sich darin befindet.«

»Es ist eine wertvolle Figur und ein Brief, aber ich kann ihn nicht lesen. Ich möchte, dass du in die Stadt Yar-Khoto reitest. Dort leben viele Chinesen und Menschen aus anderen Völkern, aber auch einige Handel treibende Xiongnu. Trete mit ihnen in Verbindung und frage sie nach einem chinesischen Medizinmann. Bestimmt kennt er eine machtvolle Medizin, die deinem Bruder helfen kann. Die Chinesen sind sehr gelehrt. Der Medizinmann wird eine Bezahlung haben wollen, nimm also die Münzen und auch das Kästchen mit der Figur, falls das Geld nicht reicht.«

»Aber der Schamane wird ein Opfer bringen …«

»Meinem Bein hat es auch nicht geholfen.«

Schneemond sah lange zu ihrem Bruder hinüber, der mit dem Tod kämpfte. Sie würde alles für ihn tun.

»Wann soll ich aufbrechen?«, fragte sie kaum hörbar.

»Bei Tagesbeginn. Du reitest das Tal nach Norden hinunter, dann wendest du dich nach Westen und folgst den Bergen in Richtung der untergehenden Sonne. Wenn du zu dem weiten Pass gelangst, der zwischen den beiden Zügen der Himmelsberge hindurchführt, biegst du nach Süden und reitest die nächsten Tage in südöstlicher Richtung bergab, bis du die große Senke erreichst. Alles Wasser fließt in diese Richtung, du kannst sie nicht verfehlen. Yar-Khoto ist die erste Stadt, auf die du stößt.«

Schneemond erhob sich. »Ich möchte jetzt ein wenig allein sein.«

Sie trat aus dem Zelt, ging über die Wiese zum entfernten Ende der Bucht und setzte sich ans Ufer. Schneemond fühlte sich so steif und seelenlos wie eines der Holzpferde, die ihr Vater für sie geschnitzt hatte, als sie klein war, und die nur zum Leben erweckt wurden, wenn sie mit ihnen spielte. Sie beugte sich über das glatte Wasser des Sees und studierte ihr Spiegelbild. Im Wasser, über ihrem

Kopf, stand der volle Mond, weiß und rund wie ihr Gesicht. Es war ein chinesisches Gesicht.

Eine Träne tropfte auf die Wasseroberfläche, und kleine Wellen verzerrten Schneemonds Spiegelbild. Eine zweite Träne folgte, dann eine dritte. Endlich brach der Schmerz aus ihr heraus, und sie weinte so heftig, dass die Welt aufhörte zu existieren.

* * *

Der Mond war nur noch ein gebogener Strich am Himmel, kaum dicker als ein Pferdehaar, als Schneemond am frühen Abend auf das Haupttor der Stadt Yar-Khoto zuritt. Yar-Khoto lag an der Spitze einer schmalen Landzunge am Zusammenlauf zweier Flüsse. Tiefe Schluchten begrenzten die Stadt an zwei von drei Seiten, und in den Schluchten waren über steile Pfade zu erreichende Felder angelegt. Schneemond hatte noch nie eine Stadt gesehen und war eingeschüchtert von den Häusern, die auf den hochaufragenden Klippen thronten und jeden Angreifer verhöhnten.

Als Schneemond die chinesischen Posten vor dem Stadttor sah, sank ihr Herz. Die Chinesen hatten Yar-Khoto erst vor wenigen Jahren erobert, und in dieser Schlacht war ihr Vater zum Krüppel geworden.

Schneemond war eine Xiongnu und damit eine Feindin der Chinesen. Sie rechnete jeden Augenblick damit, dass einer der Soldaten sie anhielt und gefangen nahm, aber die Männer behelligten sie nicht. Sie stieg vom Pferd und zog das widerspenstige Tier durch das Tor. Sofort wurde sie Teil der sich in den Gassen drängelnden Menschenmenge, und ihre Augen weiteten sich voller Erstaunen. Chinesische Soldaten, stämmige Steppenleute, hochgewachsene Männer mit hellen Haaren und grünen Augen und viele andere riefen in fremden Sprachen durcheinander, handelten, lachten, aßen und tranken. Schneemond wurde schwindelig. Der Lärm war betäubend, und der Gestank von menschlichen Fäkalien, verrottenden

Abfällen und tierischen Ausdünstungen bereitete ihr Übelkeit. Sie hielt die Hand vor den Mund und drückte sich gegen eine Hauswand. Ein Mann mit einer spitzen Filzmütze auf dem Kopf führte ein Kamel an ihr vorbei und verschwand in dem höhlenartigen Eingang eines großen Hauses.

Schneemond war überwältigt. Wie sollte sie zwischen diesen vielen Tausend Menschen jemals einen chinesischen Medizinmann finden?

»Bist du das erste Mal hier?«, fragte eine Stimme neben ihr. »Du siehst verloren aus.«

Der Mann war Xiongnu, aber seine Kleidung sah eigenartig aus. Unter einem Fellumhang trug er eine Jacke in leuchtenden Farben, die schöner war als alles, was die Leute ihres Klans besaßen. Ob dies die Seide war, von der die Frauen in den Zelten sprachen?

Schneemond grüßte, erleichtert, ihre eigene Sprache zu hören. »Ich bin gerade angekommen und suche einen Medizinmann. Mein Bruder ist schwer verletzt.«

»Das sollte kein Problem sein«, antwortete der Mann. »Komm mit mir. Meine Frau wird dir Essen geben, und dann besuchen wir den Medizinmann.«

Das Haus des chinesischen Arztes stank so stark nach faulenden Pflanzen und getrockneten Tieren, dass Schneemond sich die Nase zuhielt. Der Chinese hörte ernsthaft zu, als der Xiongnu-Händler ihm Schneemonds Anliegen übersetzte. Verzagt beobachtete sie, wie er den Kopf wiegte und hin und wieder eine Zwischenfrage stellte. Als der Händler fertig war, schloss der Chinese die Augen und dachte konzentriert nach.

Schneemond fuhr mit der Zunge über ihre aufgesprungenen Lippen. Sie konnte den Blick nicht von der faszinierenden Gestalt des Mannes nehmen. Seine Haut erinnerte sie an schlecht gegerbtes, fleckiges Leder, das sich in Falten über sein Gesicht legte. Er hatte den Mund leicht geöffnet und gab den Blick auf eine unordentliche Reihe gelber Zähne frei. Der Mann besaß nur noch einige wenige Haarsträhnen, die sich unter einer bunten Seidenmütze hervorstahlen. Er musste sehr, sehr alt sein.

Nach einer langen Zeit öffnete der Chinese die Augen, und während er mit dem Xiongnu-Händler sprach, sah er Schneemond forschend an.

»Was sagt er?«, fragte sie ungeduldig.

»Er kann dir helfen, aber es wird teuer. Die Kräuter und Puder stammen aus der Hauptstadt von China und sind äußerst wertvoll.«

»Wie viel?«, fragte Schneemond und zog den schweren Beutel unter ihrem Umhang hervor.

»Dreitausend Käschmünzen.«

»So viel habe ich nicht«, sagte sie bestürzt.

»Wie viel hast du?«

»Siebenhundertachtzig. Ich dachte, dass es sehr viel ist.«

»Hast du etwas anderes, womit du die Medizin bezahlen könntest?«

»Mein Vater hat mir dies hier zum Tauschen gegeben, aber ich weiß nicht, was darin ist.«

Schneemond reichte dem Mann das Kästchen. Er öffnete es und betrachtete zweifelnd den Inhalt. »Ich frage ihn.«

Der Xiongnu gab das Kästchen an den Chinesen weiter, der es gründlich untersuchte. Schließlich öffnete er es und nahm eine Pferdefigur heraus, die golden aufblitzte, als er sie in einen verirrten Sonnenstrahl hielt. Schneemond bedauerte plötzlich, dass sie sich den Inhalt der Schachtel nicht vorher angeschaut hatte. Es erschien ihr wie eine Entweihung, dass diese Schachtel, die sich seit so langer Zeit im Besitz ihrer Familie befand, von den klauenartigen Händen des Chinesen berührt wurde. Ein gieriges Glitzern trat in die Augen des Alten. Beinahe hätte sie ihm die Figur entrissen, aber dann sah sie ihren sterbenden Bruder vor sich. Kein Preis war zu hoch, wenn sein Leben gerettet werden konnte.

»Er akzeptiert es als Bezahlung«, sagte der Xiongnu.

»Gut. Wo ist die Medizin? Ich reite heute noch zurück.«

Ihr Vater saß vor dem Zelt und empfing Schneemond mit einem strahlenden Gesicht.

»Dein Bruder ist stark! Er lebt!«, rief er ihr entgegen.

Entkräftet rutschte Schneemond vom Pferd und stolperte auf ihn zu. Ihre gefährliche Reise hatte die Götter milde gestimmt. Sie zeigten endlich Mitleid mit ihrer Familie.

TURFAN

NOVEMBER 2004

Marion biss die Zähne zusammen und kletterte die hohen Stufen hinunter, die aus dem Bus führten. Mit schmerzendem Knie kam sie auf dem Boden an. Wahrscheinlich wäre es tatsächlich besser gewesen, den Tag im Krankenhaus statt im Überlandbus zu verbringen, aber jetzt war sie froh, in Turfan zu sein. Die Stadt, ebenfalls eine Seidenstraßenoase, war lange nicht so abgelegen wie Kashgar oder Khotan. Mit ihren buddhistischen Ruinen, den Flammenden Bergen und der reichen islamischen Geschichte hatte sie sich in den letzten zwanzig Jahren zu einem Touristenmagneten für Chinesen und Ausländer entwickelt, und Marion hoffte, trotz der Nebensaison wieder auf Individualreisende zu treffen, mit denen sie ein paar Tage verbringen konnte. Sie zerrte ihren Rucksack aus dem Bus und hievte ihn auf den Rücken, dann hinkte sie mühsam an den Krücken zu den wartenden Taxis. Gut, dass Taxifahren in China so billig ist, dachte sie.

Der riesige Kronleuchter fiel ihr als Erstes auf. Sie sah sich argwöhnisch in der Eingangshalle des Turfan-Hotels um: weiche Teppiche, eine geschmackvolle Sofaecke, Angestellte in roten Uniformen, ein Café. Betuchte asiatische und westliche Touristen schlenderten durch die Pracht und kauften in einem kleinen Laden überteuerte Keramikkamele und Seidenschals. Eine Wendeltreppe führte in die Obergeschosse mit den Zimmern. Marion fürchtete, einem Druckfehler in ihrem Reiseführer aufgesessen zu sein: Hier konnte sie sich nie und nimmer ein Zimmer leisten.

Sie wollte gerade das Hotel verlassen, als sie einen dunkelblonden jungen Mann am anderen Ende der Halle sah, der sich von den anderen Gästen unterschied. Seine abgetragene Kleidung und der herausgewachsene Haarschnitt verrieten den Rucksackreisenden. Gab es also doch preiswerte Zimmer? Marion humpelte zur Rezeption, wo sie ohne Probleme ein Bett in einem Schlafsaal für fünfundzwanzig Yuan bekam – zwei Euro fünfzig. Sie füllte das Anmeldeformular aus und folgte einer Angestellten in den ersten Stock.

In dem Zimmer standen fünf Betten. Ein Schreibtisch, ein Fernseher und ein schiefer Garderobenständer vervollständigten die Einrichtung. Mehr hätte auch nicht hineingepasst. Die Gänge zwischen den Betten waren so eng, dass sich Marion nur seitlich fortbewegen konnte. Überall lagen Hemden, Hosen und Bücher verstreut. Sie wählte das freie Bett am äußersten Ende des Zimmers und ließ sich auf die weiche Matratze fallen. Das Hotel gefiel ihr. Es war beruhigend, dass sie nicht allein in diesem Raum schlief, und sie war auf ihre Zimmergenossen gespannt. Es würde ihr guttun, ein paar Tage mit westlichen Touristen zu verbringen.

Nachdem sie ihren Rucksack ausgepackt hatte, klemmte sie sich ihre schmutzige Wäsche unter den einen Arm, eine Krücke unter den anderen und fragte eine der Angestellten nach dem Bad. Es verbarg sich hinter einer Sperrholztür, die in das Obergeschoss des angrenzenden Restaurants führte. Die Bewohner des Schlafsaals konnten nicht den Luxus eines eigenen Badezimmers erwarten und mussten sich die Toiletten mit den Restaurantgästen teilen. Marion wusch ihre Sachen im Handwaschbecken und hinkte zurück.

Während sie die halbwegs saubere Wäsche zum Trocknen um das einzige Fenster drapierte, betrat jemand geräuschvoll das Zimmer.

»Sexy Unterwäsche! Trägt ganz entschieden zur Verschönerung unserer Behausung bei«, sagte eine spöttische Männerstimme hinter ihr.

Marion drehte sich um. Es war der junge Mann, den sie in der Hotelhalle gesehen hatte. »Was man von deinen löchrigen Socken nicht behaupten kann«, sagte sie.

»Es war nicht böse gemeint. Wer bist du?«

»Ma Li Huo.«

»Seltsamer Name.«

»Eigentlich heiße ich Marion.«

Der junge Mann machte einen Kniefall und rief entzückt: »*Maid Marion!* Welch Ehre, Euch in meiner bescheidenen Hütte willkommen heißen zu dürfen! Gestatten: Robert von Locksley. Ihr dürft mich Robin nennen.«

Marion schüttelte amüsiert den Kopf. Eine Menge der Weltenbummler waren ein bisschen verdreht, aber der hier schien ernstlich verrückt zu sein.

»Du siehst so aus, als könntest du Nudeln mit Hammelsoße vertragen«, sagte Robert-Robin. »Ich habe jedenfalls Hunger. Kommst du mit? Jenny und Greg wohnen auch hier. Sie sind schon vorgegangen.«

Jenny und Greg waren die unamerikanischsten Amerikaner, die Marion bisher getroffen hatte. Beiden fehlte das kantige Kinn. Sie lebten an der Westküste und konnten nicht surfen. Sie liebten Nudeln mit Hammel und hassten Hamburger. Sie waren politisch. Und sie hatten keine Angst vor Muslimen.

Sie passen gut zueinander, dachte Marion. Beide waren schlank und etwa gleich groß. Wie Marion trugen sie die ebenso praktische wie hässliche Uniform aller Reisenden: weite Cargohosen mit Unmengen von Taschen, Fleecejacken in unkleidsamen Farben, auf denen man den Dreck nicht sah, und ausgetretene Wanderschuhe. Als modischen Kontrapunkt hatte Greg ein buntes Bandana um seinen Kopf gewickelt und seinen Bart zu einem blonden Ziegenbart getrimmt, der ihm gut stand. Jenny hatte sehr kurze, rotgefärbte Haare und ausdrucksvolle graue Augen. Marion schätzte, dass die Amerikaner ungefähr so alt waren wie sie selbst.

Es wurde ein langer, lustiger Abend, an dem sie zu viert die Probleme der Welt lösten, die amerikanische Innen- und Außenpolitik in den siebten Höllenkreis verdammten und die deutsche in den fünften, sowie einen Vergleich zwischen norddeutschem Matjes, Forellen aus Oregon und britischem Kipper – Robert hieß zwar nicht

Locksley, stammte aber tatsächlich aus Nottingham – anstellten. Naheliegende Themen, wenn man sich zufällig in Zentralasien über den Weg lief. Marion war zu Beginn ihrer Reise oft erstaunt gewesen, wie leicht es war, mit anderen ins Gespräch zu kommen, aber sie hatte schnell gelernt, wie wichtig dieses lose Netzwerk aus Gleichgesinnten war. Erfahrungen wurden bereitwillig ausgetauscht und man half sich notfalls gegenseitig aus der Patsche. Auch wenn es keiner gern zugab: Die anderen ermöglichten es einem immer wieder, Boden unter die Füße zu bekommen, wenn man sich in der fremden Kultur verlor.

Robert hatte die Amerikaner in Tibet kennengelernt, und sie waren seitdem gemeinsam unterwegs. Bald würden sie allerdings wieder getrennte Wege gehen; Jenny und Greg wollten nach Dunhuang, Robert zog es nach Kashgar.

Den Bauch voller *jiaozi,* chinesischer Ravioli, lehnte sich Marion zufrieden zurück.

»Bist du schon lange unterwegs?«, fragte sie Robert.

»Etwas länger als ein Jahr. Die meiste Zeit davon in Indien. Merkt man das nicht?«

»Wenn du die Wahrheit verträgst: Man merkt es.«

»Und woran?«

»Weil … weil …«, druckste Marion herum.

»Weil er völlig durchgeknallt ist«, soufflierte Jenny trocken. »Aber nett verrückt. Er wird uns fehlen.«

»Danke«, sagte Robert. »Und was ist mit dir, Maid Marion? Von welchem Kreuzzug kommst du gerade?«

»Ich hatte einen Busunfall.«

»Machst du Witze? Wann und wo?«

»Vorgestern Nacht auf der Trans-Taklamakan-Autobahn.«

»Und sie haben dich so schnell wieder aus dem Krankenhaus entlassen?«

Marion ließ die Frage unbeantwortet im Raum stehen. »Was haltet ihr davon, morgen eine Tour zu den Sehenswürdigkeiten in der Umgebung zu machen?«, lenkte sie ab. »Wir können uns die Minibusmiete teilen, so wird es für alle billiger.«

* * *

Am Abend des nächsten Tages hinkte Marion in Badelatschen und mit einem Handtuch um den Körper geschlungen quer durch die Eingangshalle des Hotels und hinterließ eine nasse Spur. Wegen der Krücken hatte sie ihren Waschbeutel zwischen die Zähne geklemmt. Freundlich nickte sie den verwunderten Gästen zu. Sie kam von der öffentlichen Waschanstalt am hinteren Ende des Hotelparkplatzes. Eine Dusche war für die Gäste aus den Schlafsälen nicht vorgesehen, was Marion gleichgültig war, solange eine Waschgelegenheit im Umkreis von fünfhundert Metern zur Verfügung stand.

Jenny und Greg waren schon ausgegangen, als Marion den Schlafsaal betrat. Die Amerikaner wollten den Abend allein verbringen, nachdem sie den ganzen Tag zu viert unterwegs gewesen waren. Marion hatte die Tour sehr genossen und sich regelrecht befreit gefühlt, als sie mit dem Minibus von einem interessanten Ort zum nächsten kutschiert wurden – Kashgar, Khotan und ihre Verfolger waren über tausend Kilometer entfernt.

Robert saß auf seinem Bett, kaute Sonnenblumenkerne und versuchte, der chinesischen Volksseele mit Hilfe des Werbefernsehens auf den Grund zu gehen. Seine Theorie war, dass die Chinesen entweder samt und sonders krank oder Hypochonder waren. Oder beides. Als Beweis führte er an, dass drei Viertel der Werbezeit Pillen, Kräutern und Hustensäften gewidmet wurde. Gerade war ein dicker Mann in einem giftgrünen Strampelanzug zu sehen, der mit irrem Gesichtsausdruck in einem Pappmaché-Magen seine Zerstörungswut austobte. Auf seiner grünen Kapuze wippten an langen Spiralfedern zwei Pingpongbälle.

»Soll das etwa eine Bakterie sein?«

»Was sonst?«, sagte Robert hingerissen. »Ist es nicht großartig?«

Marion tippte sich gegen die Stirn: »Über Geschmack lässt sich nicht streiten« sagte sie und schlängelte sich am Fernseher vorbei. Dabei wäre sie beinahe auf ein Modellauto getreten. Sie hob es auf und betrachtete den ramponierten ferngesteuerten Ferrari von allen Seiten.

»Du transportierst ein Spielzeugauto durch China?«, fragte sie ungläubig.

»Warum nicht? Ich hatte schon eine Menge Spaß damit. In Indien habe ich meine Videokamera auf das Auto geklebt und es über öffentliche Plätze fahren lassen. Gefällt es dir?«

»Allerdings. Gibst du mir die Fernbedienung?«

»Klar.« Robert wühlte in seinem Bett herum. »Vorhin war sie noch da«, murmelte er. »Na also.« Er hatte die Fernbedienung schließlich gefunden und reichte sie Marion hinüber. Begeistert ließ sie das Auto im Zimmer herumflitzen.

»Du kannst das ja richtig!«

»Ich hatte auch mal so ein Auto, einen knallgelben Käfer mit Rallyestreifen. Ich musste richtig dafür kämpfen, weil meine Eltern meinten, so etwas sei nur ein Spielzeug für Jungen.« Sie lachte. »Meine Eltern haben sich nie damit anfreunden können, dass ihr kleines Mädchen kratzte und biss, wenn sie es in Kleidchen und Schühchen stecken wollten. Als mein älterer Bruder und ich einmal völlig verdreckt und zerbeult von einer Prügelei mit der Bande aus der Nachbarstraße nach Hause kamen, meinte meine Mutter, sie hätten mich wohl besser Mario nennen sollen.«

Sie ließ das Auto noch eine Runde fahren, parkte es neben Robert und gab ihm die Fernbedienung zurück. »Kommst du mit ins Internetcafé?«, fragte sie.

Robert schwang die Beine über die Bettkante. »Gute Idee. Seit ich mein letztes Lebenszeichen verschickt habe, ist eine Ewigkeit vergangen.«

»Ich war seit über zwei Wochen nicht mehr im Netz«, bemerkte

Marion und schlüpfte in ihre lange Unterwäsche. »Meine Leute befürchten garantiert schon, dass ich zu ›Marion süßsauer‹ verarbeitet worden bin.«

* * *

Zur selben Zeit betrat ein nervös wirkender Chinese, der eine auffallend starke Brille trug, ein einfaches Lokal in Kashgar. Das Restaurant war vollkommen leer, was ihm sehr recht war. Gewohnheitsmäßig wählte er einen Platz in der Nähe der Tür und ließ seine magere, kleine Gestalt auf einen der Plastikstapelstühle sinken. Er legte sein Handy vor sich auf den Tisch, dann nestelte er eine Packung Zigaretten der Marke »Rote Pagode« aus der Tasche und zündete sich eine an.

Ruhig, dachte er, du musst dich beruhigen. Es hat nicht geklappt. Beim nächsten Mal klappt es. Natürlich klappt es beim nächsten Mal. Nachdem er die vierte Zigarette auf dem Boden ausgetreten hatte, wischte er seine feuchten Handflächen an der Hose ab. Er nahm das Handy und wählte eine Nummer. Am anderen Ende wurde sofort abgehoben, aber die Leitung blieb stumm.

»Es ist schiefgegangen, Professor«, sagte er schließlich.

Stille.

»Der Bus hatte einen Unfall. Bug ist tot.«

»Wer ist tot?«, fragte der Professor.

»Der Taschendieb, den wir auf die Touristin angesetzt hatten.«

»O nein! Und nun? Wo ist sie? Wang! Wo ist das Jadepferd?«

»Mein Informant im Polizeirevier hat mir gesteckt, dass sie in Turfan ist, im Turfan-Hotel. Die Figur wird sie wohl noch bei sich haben.«

Wieder nahm sich der Professor endlos lange Zeit für eine Antwort. Der Mann, den der Professor Wang genannt hatte, wartete. Aus den Augenwinkeln sah er einen neuen Gast das Restaurant betreten. Wang versuchte fahrig, sich mit einer Hand eine Zigarette aus der Packung zu ziehen. Es misslang, und die Packung fiel zu Boden.

Fluchend beugte er sich nach unten, aber der neue Gast kam ihm zuvor. Lächelnd hielt der Mann Wang die Packung hin. Ungläubig blinzelte Wang den hilfsbereiten Mann durch seine dicken Brillengläser an. Hatte sich die ganze Welt gegen ihn verschworen? Musste Kommissar Li ausgerechnet heute seinen Feierabend in diesem Restaurant verbringen?

In dem Moment meldete sich der Professor wieder zu Wort. »Schick Turdi nach Turfan. Er hat einiges gutzumachen. Nikolai wird ihn dort treffen.«

Die Erwähnung Nikolais riss Wang aus seiner Starre. Er nahm dem Kommissar die Zigaretten ab und wies entschuldigend auf sein Handy. Der Kommissar, der ihn glücklicherweise nicht kannte, nickte ihm zu und suchte sich einen Platz auf der anderen Seite des Raumes.

Wangs Hand krampfte sich so fest um das Handy, dass seine Fingerknöchel weiß hervortraten. »Warum Nikolai?«, fragte er mit gesenkter Stimme.

»Weil ich keine Fehler mehr akzeptiere. Ihr habt den Auftrag von Anfang an versaut. Es war wohl kaum angebracht, diesem drittklassigen Gauner, der euch die Figur angeboten hat, ein Messer in den Bauch zu jagen. Ihr könnt von Glück reden, dass die Polizei genauso unfähig ist wie ihr.«

»Der Typ ist unverschämt geworden«, verteidigte sich Wang und warf einen schnellen Blick auf den vermeintlich unfähigen Kommissar, dessen Handy gerade klingelte. »Du weißt, dass er hunderttausend Dollar verlangt hat. Und dann ist Turdi das Temperament durchgegangen.«

»Temperament durchgegangen? Ich würde eher sagen, dass er die Nerven verloren hat. Wenn dieser Tölpel Turdi nur halb so professionell wäre, wie du immer behauptest, hätte er die Situation unter Kontrolle behalten. Und dann ist euch der Mann auch noch durch die Lappen gegangen!«

»Wer konnte ahnen, dass er sich mit der Wunde so weit schleppen konnte?«

»Genug davon. Deine Ausreden bereiten mir Kopfschmerzen. Diese Ausländerin bereitet mir Kopfschmerzen. Die ganze verfluchte Geschichte bereitet mir Kopfschmerzen. Ach, da fällt mir noch etwas ein: Nikolais Uighurisch ist nicht sonderlich gut. Spricht Turdi Chinesisch?«

»Schlecht.«

»Englisch oder Russisch?«

»Englisch. Sein ganzer Stolz.«

»Wenigstens etwas. Turdi soll nichts unternehmen, bis Nikolai eingetroffen ist. Diesmal kriegen wir sie.« Es klickte. Die Leitung war tot.

Natürlich war das Handy in jener Jackentasche, in der Yandao zuletzt suchte. Das Klingeln machte ihn verrückt. Bestimmt gab es einen Notfall, und er konnte sein Feierabendbier vergessen. Er hätte das verdammte Telefon ausschalten sollen, als er das Büro verließ. Endlich hatte er es gefunden.

»Ni hao.«

»Yandao? Hier ist Marion.«

»Ma Li Huo! Endlich! Warum hast du dich nicht früher gemeldet? Ist alles in Ordnung?«

»Jaja, es ist alles okay. Ich habe deine E-Mails gelesen. Entschuldige, dass ich dir Sorgen bereitet habe. Ich bin es nicht gewohnt, mich täglich zu melden.«

»Wo warst du?«

»In Khotan.«

»Die ganze Zeit?«

»Ja.«

»Was hast du unternommen?«

»Alles Mögliche.«

»Hattest du ein angenehmes Hotel?«

»Ja.«

Yandao gab es auf. Ma Li Huo hatte offensichtlich nicht vor, ihm zu verraten, was sie in den letzten zwei Wochen gemacht hatte. »Wo bist du jetzt?«

»Willst du auch noch wissen, welche Farbe meine Socken haben?« Sie lachte. »Also gut, sie sind grau. Und ich bin seit gestern in Turfan.«

Das zumindest stimmte. Yandao hatte ihren Namen heute Morgen auf einer der Meldelisten gefunden, die er nach wie vor durchging in der vagen Hoffnung, dass sie sich noch in Xinjiang aufhielt. Und was die Farben ihrer Socken anbelangte – die Farbe ihrer Wäsche hätte er interessanter gefunden, aber das verschwieg er lieber. Ihr Anruf hatte seine mühsam gebändigte Verliebtheit sofort wieder aufflammen lassen.

»Was hast du jetzt vor?«

»Sightseeing. Und danach zum Himmelssee. Oder nach Lanzhou. Ich weiß es wirklich noch nicht.«

»Soll ich etwas für dich organisieren? Bahnfahrkarten zum Beispiel? Ich könnte einen Kollegen in Turfan anrufen.« Ich könnte kommen, dachte er. Frag mich einfach, und ich lasse alles stehen und liegen.

Sie fragte nicht. »Das ist sehr freundlich von dir«, sagte sie, »aber ich komme gut zurecht. Ausnahmsweise bin ich auch nicht allein, ich habe ein paar nette Leute kennengelernt, mit denen ich … oh, Mist, gleich ist das Geld alle. Yandao, ich rufe bald …«

Enttäuscht lauschte Yandao dem Tuten in der Leitung. Das Gespräch war viel zu kurz gewesen. Ein kalter Luftzug ließ ihn frösteln. Der kettenrauchende Gast eilte gerade mit hochgestelltem Kragen durch die Tür davon. Ein seltsamer Typ.

Marion hatte ein schlechtes Gewissen, als sie das Gespräch mit einer kleinen Lüge abwürgte, aber sie war völlig überfordert. Die zwei Wochen Funkstille hatten nicht ausgereicht, um sich den Polizisten aus dem Kopf zu schlagen. Sie brauchte nur seine Stimme zu hören, und sofort schlug ihr Herz Purzelbäume. Ihm ging es offensichtlich ähnlich: Die meisten der Nachrichten in ihrem E-Mail-Postfach stammten von Yandao.

Sie bezahlte das Telefonat am Tresen des Internetcafés und setzte sich dann wieder an ihr Terminal. Nicht nur Yandao, auch Thomas hatte geschrieben. Marion öffnete die erste seiner beiden E-Mails. Er war immer noch auf seiner Insel, aber er begann sich zu langweilen und vermisste sie. Die Mail machte Marion traurig. Sie vermisste Thomas auch, aber sie sah keinen Weg zurück. Ihre Erlebnisse hatten sie verändert. Der chinesische Kommissar hätte niemals diesen Eindruck auf sie machen können, wenn zwischen ihr und Thomas alles in Ordnung gewesen wäre. In seiner zweiten E-Mail schrieb Thomas, dass er sich für den kommenden Donnerstag ein Flugticket nach Hongkong gekauft hatte und sie in Xi'an treffen wollte.

Ein Treffen mit Thomas? Marion hielt es für eine schlechte Idee. Was wollte er? Etwa ihrer Beziehung eine neue Chance geben? Und wenn – wollte sie das auch? Sie wusste es nicht. Sie hatte sieben Jahre mit ihm verbracht, und vor allem die ersten Jahre waren wunderschön gewesen. Auch als sich die erste Verliebtheit, die Leidenschaft etwas abgekühlt hatte, verband sie noch vieles – genug, um darauf eine dauerhafte Beziehung, vielleicht sogar eine Beziehung fürs Leben aufzubauen. Es kam anders: In den letzten Jahren hatten sie sich schleichend auseinanderentwickelt. Die Entfremdung hatte begonnen, als Thomas vor vier Jahren einen sehr gut bezahlten Job in einem Architekturbüro bekam. Von einem Tag auf den anderen lebte er nur noch für seine Arbeit, während sie sich weiter mit Gelegenheitsjobs über Wasser hielt, die sie nicht forderten und ihr zu viel Zeit ließen – Zeit, die sie sonst mit Thomas verbracht hätte, um spontane Radtouren ans Meer zu machen, sich mit ihrem altersschwachen Paddelboot an die großen Frachter im Hamburger Hafen heranzupirschen und tausend verrückte Sachen mehr. Es war nicht zu ändern, und sie konnten das Geld, das Thomas jetzt verdiente, gut brauchen. Thomas war nicht geizig, und zum ersten Mal in ihrem Leben brauchte Marion nicht den Cent umzudrehen. Aber zu ihrem großen Ärger begann er plötzlich, sie ein wenig von oben herab zu behandeln, wie ein Kind, dem man sagen musste, was richtig und was falsch war. Ihre Ungebundenheit und Spontaneität, die er früher so bewundert hatte, bewertete er neuerdings als Unreife und lag ihr ständig in den Ohren, sie solle sich doch endlich um einen »anständigen« Beruf kümmern. Je mehr er bohrte, desto bockiger wurde sie. Marion machte sich keine Illusionen: Wahrscheinlich hatte auch sie sich verändert, und nicht nur zum Guten. Sieben Jahre waren eine lange Zeit. Eine lange Zeit, um seine Macken zu hegen und zu pflegen.

Unschlüssig schubste Marion die Computermaus auf dem Mousepad hin und her und rechnete nach: Die E-Mail war vom vierundzwanzigsten Oktober, der darauf folgende Donnerstag war der achtundzwanzigste. Thomas war also seit fast einer Woche in China. Das Schicksal wollte, dass sie ihn traf. Sie antwortete ihm, dass sie plante, Mitte November in Xi'an zu sein. Dann beendete sie ihre Internetsitzung und ging zu Robert, der eine Website für traditionelle chinesische Medizin entdeckt hatte und begeistert die Zutaten studierte.

»Ginsengwurzeln, gemahlene Eidechsen, Lapislazuli. Das ist die reinste Hexenküche«, sagte er.

»Bärengalle, Tigerpenisse, Schlangenblut. Das ist keine Hexenküche, sondern ein Verbrechen. Komm, lass uns rausgehen und etwas essen, das nicht auf der Liste der bedrohten Arten steht.«

* * *

Den Vormittag des nächsten Tages faulenzte Marion im Hotel. Ihr Knie dankte es ihr: Es pochte, tat aber weniger weh als die Tage zuvor. Nach dem Mittagessen im Hotelrestaurant fing sie an, sich zu langweilen, und beschloss, die Ruinenstadt von Yar-Khoto zu besuchen. Jenny, Greg und Robert hatten sich für den heutigen Tag Fahrräder geliehen; nach ihrer gestrigen Trümmertour, wie Robert es bezeichnete, hatten sie fürs Erste genug von alten Gemäuern. Marion verließ das Hotel, warf ihre Krücken auf die Rückbank eines der wartenden Taxis und kletterte umständlich auf den Vordersitz.

Während das Taxi in gemächlichem Tempo in Richtung Westen aus der Stadt fuhr, blätterte sie in einem kleinen Heft, das sie im Xinhua-Buchladen gekauft hatte. Die unbekannten Namen und Dynastiebezeichnungen verwirrten sie, aber im Großen und Ganzen lief es darauf hinaus, dass die Stadt bereits vor über zweitausend Jahren gegründet worden war. Während der Han-Dynastie gab es das in dieser Region übliche Hin und Her zwischen den Xiongnu-Reitervölkern und den Chinesen, bis die Chinesen im ersten Jahrhundert nach Christi vorübergehend die Oberhand gewannen und in der Stadt Truppen zur Sicherung der nördlichen Seidenstraße stationierten. Marion hatte noch nie von den Xiongnu gehört und nahm sich vor, im Internet über sie zu recherchieren.

Sie überflog die nächsten Absätze, bis sie an einer Stelle hängenblieb, die sich mit den Uighuren befasste. Dort hieß es, die Uighuren seien im neunten Jahrhundert in das Tarim-Becken eingewandert und hätten die Städte der Turfan-Oase eingenommen. Diese Tatsache als solche fand Marion nicht sonderlich bemerkenswert, da die Geschichte Xinjiangs aus einer ununterbrochenen Folge von Eroberungen und Vertreibungen zu bestehen schien. Aber es erstaunte sie, dass sich die Uighuren zu dieser Zeit zum Manichäertum bekannten, einer von den Christen und den persischen Anhängern des Zarathustra mit gleicher Inbrunst gehassten und verfolgten Religion. Bald darauf konvertierten die Uighuren zum Buddhismus, der damals vorherrschenden Religion im Tarim-Becken. Für Marion waren die Uighuren bislang untrennbar mit dem Islam verbunden gewesen. Ob Batügül wusste, dass ihre Vorfahren dem buddhistischen Pfad gefolgt waren?

Erst am Ende des dreizehnten Jahrhunderts wurde Yar-Khoto völlig aufgegeben. Marion grub in ihrem Gedächtnis nach lange vergessenen Geschichtsstunden. Es war die Zeit der mongolischen Eroberungen, also hatten vermutlich die wilden Reiter aus dem Norden die Stadt kurz und klein geschlagen. Hoffentlich hatten sie noch ein paar Häuser übrig gelassen.

Abgeerntete Felder erstreckten sich zu beiden Seiten der Straße. Krähen flogen auf, als sie vorbeifuhren, und schwangen sich in den stahlblauen Nachmittagshimmel. Es regnete so gut wie nie in der Turfan-Oase, die vollständig von ihren Bewässerungskanälen abhängig war. Das Wasser wurde seit Tausenden von Jahren aus den fünfzig Kilometer entfernten Himmelsbergen hergeleitet und ermöglichte den Anbau von Weintrauben, Melonen und anderen Früchten.

Auf dem Parkplatz vor der Ruinenstadt bezahlte Marion den Taxifahrer. Er bot ihr an, zu warten, aber sie wollte sich Zeit lassen. Sie vertraute darauf, dass sie mit einer der Reisegruppen, die Yar-Khoto auf ihrem Besichtigungsplan hatten, zurückfahren konnte. Notfalls würde sie die Leute am Kartenschalter bitten, ihr ein Taxi zu rufen. In Asien mochten viele Dinge kompliziert zu organisieren sein, aber am Ende klappte doch alles.

Sie bezahlte den Eintritt und humpelte eine staubige Rampe zu der dreißig Meter über ihr auf einem Plateau liegenden Stadt hinauf. Das Plateau wurde von zwei Flüssen umarmt, die tiefe Schluchten in den Löss gegraben hatten, so dass die Stadt auf einer leicht zu verteidigenden Halbinsel lag. Was ihr auch nichts genutzt hatte, als die Mongolen sie überfielen, dachte Marion. Aber die hatten vorher geübt und wehrhaftere, reichere Städte in den Boden gestampft: Beijing, Samarkand, Moskau, Bagdad und unzählige mehr.

Oben angelangt ruhte sich Marion auf einer Mauer aus. Das Laufen an Krücken auf dem unebenen Weg war anstrengend. Überreste von Gebäuden, die aussahen, als seien sie in der Sonne geschmolzen, standen rechts und links der gepflasterten Pfade, die sich in nordöstlicher Richtung zwischen den Ruinen verloren.

Marion ging zu den Wegweisern neben den Pfaden und folgte dem Schild mit der Aufschrift »Östliches Stadttor«.

Der Weg führte durch eine Gasse, in der die Häuser – oder zumindest das, was von ihnen übrig geblieben war – dicht an dicht standen. Marion steckte den Kopf durch eines der Fensterlöcher, von denen die Hauswände in unregelmäßigen Abständen durchbrochen waren. Dahinter gab es nichts zu entdecken, die anderen Wände des Gebäudes waren fast vollständig verschwunden, aber sie konnte sich gut vorstellen, dass der Raum einmal mit Waren aus aller Herren Länder vollgestopft gewesen war: Glas aus Europa, Felle aus Russland, Seide aus China, Gewürze aus Indien. Vielleicht hatten die Häuser auch Werkstätten oder Gasthäuser beherbergt oder sogar Bordelle. Nein, dachte sie, keine Bordelle. Die waren bestimmt weiter vorn gewesen, dort, wo die große Soldatenkaserne stand. Hatte es überhaupt Bordelle gegeben? Marion zog den Kopf aus dem Loch. Natürlich hatte es Freudenmädchen gegeben, dachte sie amüsiert. Darauf konnte man sich immer und überall verlassen. Die Oasen waren Häfen im Sandmeer, und wenn die derben Männer mit ihren Wüstenschiffen festmachten, brauchten sie nach ihren langen Märschen dringend ein wenig Vergnügen.

Marion humpelte langsam weiter. Sie genoss den Nachmittag in der alten Stadt, aber sie hätte es trotzdem vorgezogen, ihre Erlebnisse und Gedanken mit jemandem zu teilen. Die letzten Wochen hatten ihr deutlich gezeigt, dass sie zur Eigenbrötlerin einfach nicht geschaffen war. Sie brauchte Menschen um sich oder auch nur einen. Yandao? Oh, oh.

Sie bog um eine Ecke und fand sich auf der breiten, die Stadt in zwei Hälften teilenden Promenade wieder. Ein Hoch der Fantasie, dachte Marion und erfand sich eine Gesellschaft von herausgeputzten Damen, mit denen sie gemeinsam zu dem am nördlichen Stadtrand auf einer Anhöhe wachenden Kloster promenierte. Der tiefe Hall eines Bronzegongs legte sich beruhigend über die Stadt; die buddhistischen Mönche gingen ihrer Mission nach und sorgten für das Seelenheil der Menschen.

Unversehens änderte sich die Szene. Die Mönche schlugen den Gong mit unheilverkündender Heftigkeit. Aus den Weiten der Wüste kamen die Angreifer und fielen über die blühende Siedlung her. Panik herrschte in der Stadt, Pfeile flogen, Menschen warfen sich verzweifelt über die Stadtmauern. Fremde Männer schwärmten durch die Straßen, zogen die schönen Frauen an den Haaren aus ihren Gemächern, führten das Vieh davon und brannten die Häuser samt ihrer fein geschnitzten Säulen und Türen nieder. Yar-Khoto war nicht mehr.

Marion verdrängte das Bild aus ihrem Kopf. Sie wollte sich die Stadt lieber als einen friedlichen Ort ausmalen. Dann sah sie auf ihre Armbanduhr. Vor drei Stunden war sie in Yar-Khoto angekommen. Die Zeit war wie im Flug verstrichen, und sie hatte noch längst nicht alles gesehen.

Auf der Westseite des Plateaus weckte ein weites Feld ineinander verschachtelter Ruinen ihre Neugierde. Ein Schild untersagte das Betreten dieses Stadtteils. Marion ging unbeeindruckt daran vorbei und tauchte in die länger werdenden Schatten der kleinen Gebäude ein. Sie nahm an, dass dies die Quartiere der ärmeren Bewohner gewesen waren. Nach einigen Minuten lehnte sie sich am Rand des Plateaus gegen eine bröckelnde Hauswand und blickte über die von steilen Klippen begrenzte Schlucht in die Wüste. Das golden-violette Licht der Sonne wurde durch eine über den fernen Hügeln hängende Dunstschicht gefiltert. Die Welt um sie herum war absolut still, selbst die Krähen erwiesen dem himmlischen Schauspiel schweigenden Respekt.

Marion wurde bewusst, dass sie seit einiger Zeit keinen Menschen mehr gesehen hatte. Der Zauber des Moments verflog. Wenn sie noch eine Mitfahrgelegenheit haben wollte, musste sie sich beeilen. Sie stieß sich von der Wand ab, ergriff die Krücken und humpelte in Richtung Südtor.

Sie war nur noch wenige Meter von dem breiten Hauptweg entfernt, als sich eine der Krücken zwischen zwei Steinen verhakte und sie beinahe zu Fall brachte. Im Bemühen, das Gleichgewicht zu halten, trat sie einen Schritt zurück. Die Krücke löste sich überraschend aus dem Spalt. Marion taumelte einen weiteren Schritt nach hinten – und trat ins Leere.

Sie landete mit einem schmerzhaften Stoß auf dem Hintern, aber eine dicke Schicht Sand federte ihren Sturz so ab, dass sie sich keine Verletzungen zuzog. Staub setzte sich in ihre Lunge, und sie begann zu husten. Als der Hustenreiz abgeebt war, inspizierte sie mit einem mulmigen Gefühl ihre Umgebung. Sie war etwa zwei Meter tief gefallen, in das Erdgeschosszimmer eines der noch nicht freigelegten Häuser. Marion sah nach oben. Die Decke des kleinen Raums war zu einem Viertel weggebrochen. Mit ihrem sprichwörtlichen Glück hatte sie exakt dieses kleine Loch getroffen, als sie stolperte.

Unter normalen Umständen hätte Marion aus eigener Kraft ins Freie klettern können, aber daran war wegen ihrer Knieverletzung nicht zu denken. In der gegenüberliegenden Wand klaffte schwarz eine Öffnung. Sie duckte sich durch das Loch und spähte ins Dunkel. Hinter der Türöffnung befand sich ein Raum von ähnlicher Größe, völlig leer und mit intakter Decke. Enttäuscht zog sie den Kopf zurück und richtete sich auf. Es gab keinen anderen Ausweg. Die Zimmerdecke konnte sie mühelos erreichen, aber als sie versuchte, sich in die Höhe zu ziehen, zerbröckelte der Lehm unter ihren Händen, und sie fiel zurück. Sie keuchte, als sie mit dem verletzten Bein aufschlug.

Marion war wütend. Wütend auf das verdammte Xinjiang, in dem sie von einer unerfreulichen Situation in die nächste schlitterte, wütend auf Thomas, der sie hatte abreisen lassen, wütend auf die ganze Welt. Am wütendsten war sie auf sich selbst. Warum hatte sie nur das Verbotsschild ignoriert? Sie hätte sich ohrfeigen können! Hoffentlich kam bald einer der Aufseher vorbei, um sie aus ihrer misslichen Lage zu befreien. Sie lauschte angestrengt in die über der Geisterstadt liegende Stille.

Sie wartete noch nicht lange, als sich die Schritte von mehreren Personen aus Richtung des Klosters näherten. Kurz darauf konnte sie deutlich zwei Männerstimmen unterscheiden.

Einer der Männer nannte ihren Namen. Marion zuckte zusammen und unterdrückte den Hilferuf, zu dem sie gerade angesetzt hatte. Sie musste sich verhört haben. Es war sicher nur ein Laut gewesen, der ähnlich wie ihr Name klang. Die Männer waren in ihrer Nähe stehen geblieben und stritten sich mit erhobenen Stimmen auf Englisch. Einer der Männer war Uighure; Marion hatte den Akzent in den letzten Wochen oft genug gehört, um ihn zu erkennen. Der Uighure war sehr nervös, während sein Begleiter ruhig und beherrscht wirkte. Auch er sprach Englisch; mit einem Akzent, den Marion nicht einordnen konnte.

»Diese Marion hat offensichtlich ein Talent, sich unsichtbar zu machen«, sagte der Mann mit dem undefinierbaren Akzent. »Bist du sicher, dass sie nach Yar-Khoto gefahren ist?«

»Hundertprozentig.«

»Gut. Ich kann dir nur raten, es nicht erneut zu vermasseln«, sagte der erste Mann mit drohendem Unterton.

»Es war ein Unfall, Nikolai«, sagte der Uighure kleinlaut.

»Meinst du, die Polizei glaubt dir das? Wer leitet eigentlich die Untersuchung in Kashgar?«

»Li. Kommissar Li Yandao.«

Der Mann, der Nikolai genannt wurde, gab einen Pfiff von sich.

»Stimmt etwas nicht?«, fragte der Uighure.

»Nichts und alles. Ich kenne ihn aus Xi'an. Guter Mann. Hartnäckig und unbestechlich«, sagte Nikolai kalt.

»Er tritt auf der Stelle. Der geschmierte Polizist, der uns die Hotellisten besorgt, meinte, dass sie den Fall wohl zu den Akten legen werden.«

»Hoffen wir das Beste. Immerhin hat die Polizei bisher keinen Schimmer von der Existenz des Jadepferdes.«

Marion lauschte atemlos. Sie litt tatsächlich nicht unter Verfolgungswahn: Die Männer suchten sie. Die Stimme des ersten Mannes erklang erneut.

»Lass uns weitersuchen«, sagte er zu dem Uighuren. »Ich will die Frau finden, bevor es dunkel wird. Es ist unangenehm, dass sie in diesem Schlafsaal untergekrochen ist. Dort sind zu viele Leute.«

Die Schritte entfernten sich.

Marion kauerte verstört in dem dunkler werdenden Loch. Was sollte sie tun? Dieser Nikolai jagte ihr Angst ein. Er hörte sich an wie jemand, der keine Fehler macht. Jetzt wusste sie auch, wo sie diesen Akzent schon gehört hatte: auf ihrer Russlandreise einige Jahre zuvor. Die Grenzen nach Kasachstan, Kirgisistan und Tadschikistan lagen nicht weit von hier. Russen waren in Xinjiang keine Seltenheit.

Eine Stunde oder mehr verging. Seit die beiden Männer fort waren, hatte Marion niemanden mehr gehört, und es war mittlerweile vollständig dunkel geworden. Robert und die Amerikaner würden sie nicht so schnell vermissen, da sie sich nicht zum Abendessen verabredet hatten.

Der Sand auf dem Boden brachte Marion auf die Idee, einen Hügel anzuhäufen. Wenn sie ihn hoch genug aufschichtete, konnte sie sich vielleicht über den Rand des Loches ziehen. Mit neuem Mut machte sie sich an die Arbeit.

Es funktionierte nicht. Nur die obere Schicht des Sandes war locker, darunter war er so festgebacken wie Stein. Sie kratzte und hieb auf den harten Untergrund ein, bis ihre Knöchel bluteten, aber ihre Anstrengungen führten zu nichts. Sie saß in der Falle. Resigniert schob sie den losen Sand in eine Ecke und formte eine Mulde.

Die ersten Sterne erschienen funkelnd am Nachthimmel. Marion lag mit hinter dem Kopf verschränkten Armen auf dem Rücken und sah durch das Loch in der Decke. In der letzten Stunde war es empfindlich kühl geworden. Eine ungemütliche Nacht lag vor ihr. Sie war froh, dass sie nicht nur ihre Jacke, sondern auch einen Fleecepullover und die Mütze in ihre Umhängetasche gestopft hatte, bevor sie aufgebrochen war. Sie drehte sich auf die Seite und zog die Jacke dichter um sich. Das Kästchen drückte gegen ihre Brust, aber sie ließ es in der Jackentasche. Auf eine Unbequemlichkeit mehr oder weniger kam es nicht an, und es beruhigte sie, das Jadepferd nahe an ihrem Körper zu spüren.

Das Rascheln war leise, aber Marion war mit einem Schlag hellwach. Ihre Augen gewöhnten sich nur langsam an das Mondlicht. Das raschelnde Geräusch wiederholte sich dicht neben ihr, und sie sah in die glänzenden Knopfaugen eines kleinen Tieres. Als sie sich bewegte, huschte das Tier blitzschnell in die Dunkelheit des Nachbarraums. Eine Ratte.

Der Mond, beinahe rund, zog seine Bahn über ihr. Marion suchte den Mann im Mond, aber wie immer verwandelte er sich in einen Hasen. Sie hatte gelesen, dass die Chinesen eine Kröte auf der Mondoberfläche sahen, aber die konnte sie noch weniger entdecken.

Die Kälte war schwer zu ertragen. Um sich abzulenken und ihren Blutkreislauf wieder in Gang zu bringen, stand Marion auf und wanderte in ihrem Gefängnis hin und her. Als der Mond ihr Blickfeld verließ, hatte sie einen Plan ausgearbeitet. Sie würde nicht mehr passiv abwarten, bis das Schicksal zuschlug, sondern die Fäden selbst in die Hand nehmen. Marion fühlte sich stark und bereit, den Stier bei den Hörnern zu packen. Vorausgesetzt, Jenny, Greg und Robert spielten mit. Jetzt würde sich zeigen, ob sie mit ihrer Theorie der großen Weltenbummlerfamilie recht hatte.

Ein leichter Wind kam auf und wisperte in den alten Häusern. Die Geister von Yar-Khoto erwachten.

Die zweite Hälfte der Nacht war fürchterlich. Die Temperaturen fielen weiter, und Marion fand keinen Schlaf. Immer wieder wälzte sie ihren Plan im Kopf hin und her. Ihr Mut verließ sie nicht, aber die anfängliche Euphorie war verflogen. Wenn sie das belauschte Gespräch richtig deutete, war eine ganze Verbrecherbande hinter dem Pferd her – und damit hinter ihr.

Irgendwann sah Marion sich selbst von oben. Sie hatte sich in eine unmögliche und auch gefährliche Situation manövriert, aber es hatte auch etwas Lächerliches: Wie ein fußkranker Zootiger in seinem Käfig humpelte sie im Kreis herum, ohnmächtig, etwas zu tun. Nein, korrigierte sie sich, der Vergleich hinkt mindestens genauso wie ich: Ein Tiger ist niemals lächerlich oder wehrlos. Eine dusselige Kuh im Stall trifft es wohl eher. Und zwar eine, die freiwillig zur Schlachtbank läuft, wenn es so weit ist.

Ihre Gedanken wanderten nach Deutschland. Dort war es ungefähr Mitternacht, und ihre Eltern träumten wahrscheinlich friedlich in der geheizten Sicherheit ihres Reihenhauses. Fünf Straßen und drei Gehaltsstufen weiter schlief auch ihr Bruder den Schlaf des Gerechten. Siehst du, würde er sagen, wenn er sie hier sehen könnte, ich habe dir doch gleich gesagt, dass du Mist bauen und es nicht schaffen wirst. Eigentlich sind sich Olaf und Thomas diesbezüglich gar nicht so unähnlich, stellte Marion ärgerlich fest. Ich habe bei meiner Männerwahl anscheinend keinen Vater-, sondern einen Bruderkomplex. Wahrscheinlich sitze ich hier, weil ich meinem Bruder etwas beweisen muss. Hurra, dachte sie mit einem Anflug von Galgenhumor, endlich habe ich einen Sündenbock gefunden. Olaf hat an allem Schuld.

Dabei hatte es erst ganz anders ausgesehen. In ihrer Kindheit und Jugend war ihr Bruder ihr bester Freund gewesen, allerdings auch ihr härtester Konkurrent. Nicht um die Liebe ihrer Eltern, die ihnen beiden sicher war, aber um ihre Anerkennung. Olaf fiel alles zu, selbst seine rebellische Phase wurde ihm von allen verziehen, weil er immer noch gute Schulnoten nach Hause brachte und auch später die Uni mit Bravour meisterte – während sie sich mit voller Absicht immer weiter von den gesellschaftlich anerkannten Werten abgrenzte. Natürlich war auch sie mit den Jahren ruhiger geworden, woran Thomas nicht ganz unschuldig gewesen war, aber sie hatte trotzdem kaum Kontakt zu Olaf. Nach allgemeiner Auffassung hatte er es geschafft: toller Job, tolle Frau, tolles Haus, tolle Kinder, toller Rentenplan. Nicht dass Marion ihm seinen Erfolg nicht gönnte, ganz im Gegenteil. Aber sie empfand es als Verrat, dass er seine Ideale einem spießigen Leben geopfert hatte, mit dem er auch noch zufrieden war. Zufrieden und glücklich. Die Entfremdung zwischen ihr und ihrem Bruder hatte begonnen, als Olaf sein Politikstudium aufgab und in den Bereich der Wirtschaftswissenschaften wechselte – in Marions Augen der Gipfel des Verrats. Sie wusste, dass es kindisch war, aber so empfand sie nun mal. Immerhin hatten Olaf und sie den Großteil ihrer Jugend damit verbracht, sich die Köpfe heißzudiskutieren. Wie viele Jugendliche wollten sie die Welt verbessern, was sonst. Im Gegensatz zu Olaf hatte Marion ihre pubertären Pläne allerdings nie vergessen – auch wenn sie bis heute keine Idee hatte, wie sie in die Tat umzusetzen wären.

Resigniert warf Marion kleine Steinchen durch das Loch nach oben und lauschte auf das leise Klackern, wenn sie auf dem Boden aufkamen.

Kurz darauf setzte sie ihre rastlose Wanderung fort und versuchte, an etwas anderes zu denken, ohne dabei allzu häufig das heikle Thema rund um einen gewissen Mann in Kashgar zu streifen. Was sich als unmöglich herausstellte.

Endlich ging die Sonne auf. Die Wärme kehrte in die Welt zurück und weckte Marions Lebensgeister. Nachdem sie noch eine Stunde gewartet hatte, hörte sie das Kratzen eines Besens, der gleichmäßig über den Weg geschwungen wurde. Sie rief um Hilfe, so laut sie konnte.

* * *

Beim Hotel angekommen, hinkte Marion schnell über den Vorplatz zu dem muslimischen Restaurant im linken Flügel und schlüpfte durch die Tür. Sie vermied den Haupteingang, weil die Möglichkeit bestand, dass der Russe und sein Partner in der Eingangshalle auf sie warteten. Im Flur vor dem Schlafsaal konnten sie nicht sein, da es auffallen würde, wenn sie sich dort längere Zeit aufhielten. Marion hoffte, dass die beiden nichts von der zum Restaurant führenden Sperrholztür wussten.

Dem Pfeil zu den Toiletten im ersten Stock folgend, ging sie durch das leere Restaurant. Eine Uighurin mit einem buntgeblümten Kopftuch und schwarz-weiß gemusterter Strickjacke wischte den Fußboden und schenkte Marion keinerlei Beachtung. Marion betrat den Waschraum und ließ lauwarmes Wasser über ihre Hände fließen. Obwohl sie übermüdet war, sah ihr Gesicht besser aus als in den Tagen zuvor. Der Bluterguss am Kinn war endlich vollständig verschwunden, und auch die Narbe auf der Stirn wurde blasser. Marion lächelte ihr Spiegelbild an, um sich Mut zu machen. Die Angst hatte sich zu einem hartnäckigen Klumpen in ihrem Bauch zusammengezogen, der schwer zu ignorieren war, aber sie war stur und würde nicht klein beigeben. Sie war zurück auf der Bühne – und sie würde ihre Rolle selbst bestimmen. Hoffentlich überschätzte sie sich nicht.

Die Sperrholztür krachte in den Angeln, aber wie erwartet war der Flur menschenleer. Robert riss die Tür des Schlafsaals schon beim ersten Klopfen auf und zog Marion hinein.

»Da bist du ja endlich!«, sagte er sichtlich erleichtert. »Was ist passiert?«

Jenny lehnte am Fenster. »Greg hat sich vor fünf Minuten auf den Weg zur Polizei gemacht«, sagte sie mit leichtem Vorwurf in der Stimme. »Warum hast du uns nicht Bescheid gesagt, dass du woanders schläfst? Wir haben uns Sorgen gemacht, als wir eben beim Aufwachen feststellten, dass du nicht zurückgekommen bist.«

»Ich erzähle euch gleich alles, aber vorher muss jemand Greg aufhalten. Es ist besser, wenn die Polizei nichts von meinem Verschwinden mitbekommt.«

»Okay.« Robert war schon halb aus der Tür, als Jenny ihn zurückrief und mit ihrem Handy winkte.

»Das können wir einfacher haben«, sagte sie und tippte eine Nummer ein.

Sobald Greg zurück war, schilderte Marion ohne Beschönigungen ihre Odyssee von der Grube in Kashgar bis zu der Grube in Yar-Khoto.

»Dieser Russe hat eine Art zu sprechen, die mir eine Gänsehaut den Rücken hinunterjagt«, schloss sie.

»Zu Recht«, sagte Robert. Er war ungewöhnlich ernst. »Du hast dich in eine gefährliche Lage gebracht.«

»Mit eurer Hilfe kann ich mich vielleicht wieder hinauswinden. Wenn es euch nicht zu riskant ist«, sagte Marion kleinlaut.

»Ich bin mir nicht sicher, ob ich mich da hineinziehen lassen will. Aber bevor ich ablehne, solltest du uns deinen Plan erklären«, sagte Greg.

»Kannst du uns die Figur zeigen?«, unterbrach Jenny.

Marion hatte diese Frage befürchtet. Da sie das Pferd bisher niemandem gegenüber erwähnt hatte, war sie auch nicht in die Verlegenheit gekommen, es aus seinem sicheren Versteck hervorzuholen. Und sie wollte es auch nicht. Aber konnte sie Jenny den Wunsch abschlagen? Sie war immerhin im Begriff, die drei in eine Situation zu verwickeln, die leicht außer Kontrolle geraten konnte, und sie hatten ein Recht, es zu sehen.

Widerstrebend tastete Marion nach dem Reißverschluss ihrer Jacke, doch dann ließ sie, wie von einer mysteriösen Kraft beherrscht, die Hand wieder sinken. Sie durfte ihnen das Jadepferd nicht zeigen.

»Nein«, sagte sie fest. »Es ist besser, wenn ihr die Figur nicht seht. Fragt mich bitte nicht, warum. Es ist einfach so.«

»Hast du Angst, dass wir sie dir wegnehmen?«, fragte Jenny scherzhaft.

»Unsinn«, wehrte Marion ab, »wenn ich euch nicht vertrauen würde, hätte ich euch wohl kaum eingeweiht, oder?« War es wirklich so? Beschämt gestand Marion sich ein, dass sie tatsächlich befürchtete, die anderen könnten ihr die Figur abnehmen. Schnell verdrängte sie diese Unterstellung. Marion erkannte sich selbst nicht mehr.

»Nein, das hättest du nicht«, bestätigte Greg. »Du wirst deine Gründe haben, und wir respektieren sie. Und jetzt erzähl endlich, was du dir ausgedacht hast.«

Erleichtert, so einfach davongekommen zu sein, setzte Marion den anderen auseinander, was sie sich in der Nacht überlegt hatte. Danach war es einige Minuten lang totenstill. Greg lehnte gegen den Türrahmen. Jenny saß auf dem Schreibtisch und spielte mit dem Verschluss der Thermoskanne. Robert hatte dem Zimmer den Rücken gekehrt und starrte aus dem Fenster in den Innenhof des Hotels, wo ein großes gestreiftes Zelt auf die Gäste der allabendlichen Folklorevorführung wartete. Ängstlich glitt Marions Blick zwischen den dreien hin und her. Sie hatte keine Vorstellung davon, was in ihnen vorging.

Greg sprach als Erster. »Geh zur Polizei, gib es ab. Dein Plan mag ja funktionieren, aber glaubst du wirklich, du bist die Leute dann los?«

»Ich kann nicht zur Polizei gehen. Was soll ich denen denn sagen?«

»Dir wird schon was einfallen.«

»Was denn? Dass ich etwas außer Landes schmuggeln wollte und es mir jetzt doch anders überlegt habe?«

»Warum nicht? Schlimmer als jetzt kann es nicht kommen.«

»Aber …« Marion war den Tränen nahe. Natürlich hatte Greg recht. Es sprach nur eins dagegen: Sie wollte, sie *musste* die Figur behalten. Um jeden Preis. Das zerbrochene Pferd übte eine unheilvolle Macht über sie aus, der sie sich erst würde entziehen können, wenn sie sein Geheimnis ergründet hatte.

Jenny kam ihr zu Hilfe. »Ich würde es auch nicht hergeben«, sagte sie mit Nachdruck.

Greg fuhr herum. »Ach. Und warum nicht?«

»Weil … weil … Ich weiß auch nicht! Du bist doch sonst für jedes Abenteuer zu haben! Wenn Marion das Ding in Deutschland einem

Fachmann zeigen will, ist doch alles gut. Sie will es ja nicht für sich behalten. Wer weiß, wo es in China landen würde. Wahrscheinlich in der Tasche irgendeines korrupten Provinzpolizisten.«

Greg hob abwehrend die Hände. »Lasst uns nicht streiten. Natürlich ist es Marions Entscheidung, auch wenn ich sie nicht verstehe. Aber wir gehen ein großes Risiko ein. Hast du das bedacht, Jenny?«

»Risiko? Marion vielleicht, aber was soll *uns* denn passieren?«

»Hast du wirklich keine Angst?«

»Nein.«

»Vergesst es«, unterbrach Marion. »Ich hätte euch nicht damit behelligen sollen.«

»Darum geht es nicht. Im Prinzip will ich dir ja helfen. Aber ich werde doch wohl das Für und Wider abwägen dürfen? Diese Typen sind schließlich echte Kriminelle, keine Schauspieler. Soll ich ehrlich sein? *Ich* habe Angst.«

Robert räusperte sich. »Ich bin seit Monaten allein unterwegs«, sagte er leise wie zu sich selbst. »Wenn mir nicht hin und wieder jemand unter die Arme gegriffen hätte, wäre ich schon längst wieder zu Hause in England. Oder ich würde in irgendeinem Kaff in Indien verrotten.« Er drehte sich um und sah Greg an. »Ich halte die ganze Sache für Wahnsinn, aber ich bin trotzdem dabei. Und falls es dich beruhigt: Angst habe ich auch.«

Greg seufzte. »Dann bin ich wohl überstimmt«, sagte er. Ein winziges Lächeln huschte über sein Gesicht. »Und ich dachte immer, nur Robert sei verrückt. Aber bevor es losgeht, will ich frühstücken. Kommst du mit, Marion?«

»Nein. Ich denke, es ist besser, wenn die Männer uns nicht so oft zusammen sehen.«

* * *

Sobald Jenny, Greg und Robert das Zimmer verlassen hatten, schnappte sich Marion ihren Waschbeutel und ging zu den Restauranttoiletten. Sie wusch sich die Haare umständlich im Handwaschbecken, dann putzte sie sich die Zähne. Zum Abschluss trug sie ein wenig Lidschatten auf und deckte ihre Augenringe mit dem von Jenny geliehenen Make-up ab. Prüfend betrachtete sie sich aus verschiedenen Winkeln im Spiegel. Man sah ihr die schlaflose Nacht nicht mehr an. Sie setzte ein gewinnendes Lächeln auf. So sah niemand aus, der sich vor Kriminellen fürchtet – auch wenn das Gegenteil der Fall war. Zurück im Zimmer zog sie sich den auffälligen gelben Pullover über, den Jenny für sie bereitgelegt hatte.

Als sie in die Hotelhalle hinunterging, kaschierte sie ihre Aufregung mit einer fröhlichen Miene. Sie hätte sich den Weg gern erspart, aber sie musste sich davon überzeugen, dass der Russe und der Uighure tatsächlich dort waren. Sie vermutete, dass der Uighure der Mann mit dem orangefarbenen Schal war, aber sie hatte keine Ahnung, wie der Russe aussah. Es gab nur eine Möglichkeit, es herauszufinden: Sie musste seine Stimme hören. Wie sie das anstellen sollte, wusste sie noch nicht, aber Marion vertraute auf ihre Intuition. Sie stützte sich schwer auf ihre Krücken, zog ihr Bein übertrieben stark nach und durchquerte die Halle. Der Zustand ihres Knies hatte sich ungeachtet der Kälte weiter verbessert, aber ihr lag daran, den Eindruck einer Invalidin zu machen.

Sie grüßte mehrere Gäste und ließ sich auf einen Small Talk mit einem älteren Deutschen ein. Während er in einer Beschreibung der Wunder Turfans schwelgte, suchte sie mit den Augen die Halle ab. Auf einem der Sofas in der Nähe der Rezeption entdeckte Marion einen blonden Mann mit slawischen Gesichtszügen. Sie verabschiedete sich von dem Deutschen und strebte auf die Rezeption zu, ohne den Blonden zu beachten.

»Kann ich Ihnen helfen?«, fragte die Rezeptionistin in fehlerfreiem Englisch. Das Turfan-Hotel hatte viele internationale Gäste.

»Ja. Ich möchte nur noch für eine weitere Nacht bezahlen. Morgen fahre ich zum Himmelssee.«

»Am Himmelssee schneit es bald. Wollen Sie wirklich dorthin?«

»Die Kälte macht mir nichts aus. Ich habe warme Kleidung dabei.«

»Ich würde im Winter nicht in die Berge fahren. Fünfundzwanzig Yuan, bitte.«

Marion reichte der Frau das Geld.

»Ich habe noch eine Frage«, sagte sie dann. »Ich vermisse mein Armband. Es ist nicht wertvoll, aber ich hänge daran. Das Zimmer habe ich bereits auf den Kopf gestellt, und dann fiel mir ein, dass ich gestern Vormittag in der Sitzecke gelesen habe. Vielleicht ist es mir dort vom Arm gefallen. Hat das Reinigungspersonal es eventuell gefunden? Das Armband ist aus Silber mit kleinen Jadeperlen.«

»Ich schaue nach.« Die Chinesin durchwühlte eine der Schubladen. »Ein Ring, ein Schal. Zwei Bücher. Eine Unterhose? Also, was die Leute alles vergessen … Nein«, sagte sie und schob die Schublade zu, »Ihr Armband ist nicht hier. Aber es kann auch zwischen die Polster gerutscht sein. Lassen Sie uns nachsehen.«

Sie kam um den Tresen herum und ging auf den blonden Mann zu. Marion folgte ihr. Es lief besser, als sie zu hoffen gewagt hatte.

Der Blonde sah die beiden Frauen für den Bruchteil einer Sekunde ungläubig an, dann fing er sich wieder und setzte eine unbeteiligte Miene auf.

»Darf ich Sie bitten, ein wenig zur Seite zu rücken?«, sagte die Rezeptionistin zu ihm und fuhr gleich darauf mit der flachen Hand in die Polsterritzen.

»Suchen Sie etwas Bestimmtes?«, fragte der Mann.

Marion erkannte die Stimme sofort. Der Akzent hatte sich in ihr Gedächtnis gebrannt. Sie erklärte ihm, dass sie ihr Armband verloren habe, und prägte sich sein Gesicht ein: ozeanblaue Augen, blonde Wimpern und Augenbrauen, sehr helle Haut. Zwei scharfe Linien liefen von seiner Nase zu dem schmalen Mund, dessen Mundwinkel arrogant nach oben gebogen waren. Ein schlanker, drahtiger Körper in einem teuer aussehenden grauen Rollkragenpullover, der die

Blässe des Mannes noch unterstrich. Er war etwa Mitte vierzig. Ein ausgesprochen attraktiver Mann, wie Marion fand.

Die Rezeptionistin hatte sich auf die Knie niedergelassen und spähte unter das Sofa. Nach kurzer Suche stand sie auf und sagte bedauernd zu Marion: »Es ist nicht hier. Vielleicht finden Sie ja ein ähnliches Armband drüben am Souvenirstand.«

»Ich werde mir die Sachen anschauen. Haben Sie vielen Dank.«

Die Rezeptionistin lächelte freundlich und begab sich wieder zum Tresen, wo sich schon einige ungeduldige chinesische Touristen versammelt hatten.

Marion streckte dem Blonden ihre Hand entgegen. »Mein Name ist Marion. Entschuldigen Sie die Störung.«

Der Mann war überrumpelt. Er schüttelte ihre Hand und antwortete: »Nikolai. Angenehm, Sie kennenzulernen.«

»Das Vergnügen ist ganz meinerseits«, sagte Marion und strahlte ihn an. »Ich wünsche Ihnen noch einen schönen Tag.«

Damit drehte sie sich um und hinkte auf die Treppe zu. Am liebsten hätte sie laut losgelacht. Es war so leicht gewesen!

Im Schlafsaal schob Marion sicherheitshalber eines der Betten vor die Tür. Eine Karriere als Möbelpackerin erschien ihr mittlerweile ebenso wahrscheinlich wie die einer Klempnerin. Dann legte sie sich hin, um ein bisschen Schlaf nachzuholen.

Eine Stunde später klopften ihre drei Komplizen sie wach. Sie hatten blendende Laune – offenbar hatte die Abenteuerlust über ihre Zweifel gesiegt.

»Wir haben alles«, sagte Jenny und warf Marion eine Plastiktüte zu.

»Auch das Zugticket?«

»Auch das Zugticket. Hartsitzer nach Lanzhou, fünfundzwanzig Stunden. Ich habe leider keinen Fahrschein für den Liegewagen bekommen. Spätestens um achtzehn Uhr musst du in Daheyan am Bahnhof sein. Du kannst mit einem Minibus dorthin fahren.«

»Ich werde ein Taxi nehmen. Es sind nur sechzig Kilometer.«

»Das würde ich an deiner Stelle auch tun. Sind die Sachen richtig?«

Marion inspizierte den Inhalt der Tüte.

»Goldrichtig«, sagte sie und zog ein schwarzes Kopftuch und eine zusammengefaltete karierte Plastiktasche heraus. Sie schüttelte die Tasche aus und hielt sie am ausgestreckten Arm vor sich. »Die sollte groß genug sein.«

Danach förderte sie eine rote Keksschachtel und einen dicken schwarzen Filzstift zu Tage. Sofort begann sie, die etwa fünfzehn mal fünfzehn Zentimeter große Keksschachtel mit dem Filzstift zu bearbeiten. Nachdem sie ihr Werk beendet hatte, sah sie sich die Schachtel kritisch an. Sie hatte fast die gesamte Oberfläche mit großzügigen Strichen schwarz übermalt, so dass die rote Grundfarbe nur wenig zwischen den Strichen hervorschimmerte. Sie gab Jenny das Päckchen und bat sie, zur anderen Seite des Raums zu gehen. Es sollte reichen. Wenn sie die Kekspackung schnell genug bewegte, konnte man sie von weitem für das antike Kästchen halten. Die Männer würden sehen, was sie sehen wollten.

Als Marion, Greg und Robert wenig später durch die Hotellobby gingen, warfen die Männer verstohlene Blicke zur Sitzecke. Sie erkannten Marions Verfolger dank ihrer treffenden Beschreibung sofort. Neben ihm saß tatsächlich der große Uighure mit den welligen Haaren. Vor dem Hotel wandten sie sich nach rechts und gingen unter dem verblichenen Laub der Weinreben, die im Sommer die Einwohner vor der Hitze schützten, in Richtung der Innenstadt. Gregs Handy klingelte.

Nach dem kurzen Gespräch sagte er zu Marion: »Der große Uighure ist uns auf den Fersen. Jenny folgt ihm und ruft wieder an, wenn er im Postamt ist.«

Die drei setzten ihren Weg fort, bis sie beim Postamt in der Lao Zu’en Lu ankamen. Sie blieben stehen. Greg rauchte eine Zigarette, um Zeit zu schinden – sie wollten sichergehen, dass ihr Verfolger sie beim Betreten der Post sah. Dann gingen sie hinein. Der Raum war voller Menschen. Marion kaufte am Paketschalter einen kleinen Pappkarton mit dem Aufdruck der chinesischen Post. Gregs Telefon klingelte erneut.

»Er ist drin«, sagte Jenny am anderen Ende. »Ich stehe an der Auslage für die Sammlerbriefmarken und kann alles gut sehen. Der Mann hat sich in die lange Schlange vor dem Schalter eingereiht und starrt die ganze Zeit zu euch rüber. Er ist etwa zehn oder zwölf Meter entfernt.«

Marion sah Greg fragend an.

Er nickte bestätigend. »Ab geht die Post.«

Marion holte die Keksschachtel aus ihrer Umhängetasche und achtete darauf, dass sie für kurze Zeit gut zu sehen war, bevor sie die Schachtel in den Postkarton legte. Die Beamtin hinter dem Schalter warf einen gleichgültigen Blick hinein und kümmerte sich dann um einen neu hinzugetretenen Kunden. Marion verklebte das kleine Paket sorgfältig, dann ging sie zu einem Tisch und übertrug mühsam eine chinesische Adresse auf ein Formblatt. Als sie beinahe fertig war, verschrieb sie sich absichtlich, riss das Formular in zwei Hälften und ließ es auf dem Tisch liegen. Sie begann von neuem. Greg und Robert standen dicht neben ihr. Robert hielt das Paket fest.

Marion klebte den ausgefüllten Zettel auf das Paket, ging zum Schalter und bezahlte. Die Beamtin nahm den Pappkarton entgegen und warf ihn in einen großen Sack hinter sich. Niemand konnte ihn dort ungesehen entwenden. Die drei verließen das Postamt, ohne Jenny oder den Uighuren anzusehen.

Jenny kam eine Viertelstunde nach den anderen im Schlafsaal an. »Es hat wunderbar funktioniert«, berichtete sie. »Als du das Kästchen hochgehalten hast, wollte der Kerl sich am liebsten auf euch stürzen. Ihr wart kaum aus der Tür, als er sich das zerrissene Blatt von dem Tisch schnappte. Wenn mich nicht alles täuscht, haben seine Hände gezittert. Wem hast du die Kekse denn geschickt?«

»Dem Kommissar in Kashgar. Ich wollte sie eigentlich an eine Fantasieadresse in Thailand senden, aber dann dachte ich, dass sich der Kommissar vielleicht über eine Schachtel leckere Kekse freut. Ich würde gern sein Gesicht sehen, wenn er das Päckchen aufmacht.«

»Die chinesische Polizei bekommt mit Sicherheit nicht oft Geschenke von zufriedenen Kunden«, bemerkte Jenny. »Das erklärt, warum der Russe so aussah, als würde er seinem Kumpel am liebsten umgehend den Kopf abbeißen. Die beiden stehen vor der Sitzecke. Der Typ mit dem lächerlichen Haarschnitt ist nur noch einen halben Meter hoch.«

»Also sind sie auf unsere Finte hereingefallen. Wenn sie davon ausgehen, dass ich das Pferd nicht mehr habe, werden sie mich wohl in Ruhe lassen. Aber ich will trotzdem lieber schnell aus Turfan verschwinden.«

Marion zog sich den gelben Pullover über den Kopf und gab ihn Jenny. Dann kippte sie den Inhalt ihres Rucksacks in die karierte Tasche. Als Robert sah, dass noch reichlich Platz in der Tasche war, kramte er das Ferrarimodell hervor und hielt es Marion entgegen.

»Aber …«

»Kein Aber«, sagte er bestimmt und drückte ihr das Auto in die Hand. »Das ist mein Abschiedsgeschenk. Es hat dir doch so gut gefallen.«

Marion gab sich geschlagen. Dann reiste sie eben mit einem Ferrari im Gepäck. Welcher Traveller konnte das schon von sich behaupten?

Sie verstaute das Auto und die Fernsteuerung in der Tasche und zog das uighurische Kleid an, das sie von Batügül geschenkt bekommen hatte. Zweifelnd sah sie an sich hinunter. Die großen eingewebten Muster in leuchtendem Rot, Blau und Gelb waren auffällig wie ein Verkehrsschild. Andererseits liefen viele einheimische Frauen mit ähnlichen Kleidern herum, und niemand würde auf die Idee kommen, dass sich in dem traditionellen Gewand eine Touristin versteckte. Es würde schon gutgehen. Marion wickelte sich das Kopftuch so um den Kopf, dass nur noch ihre Augen herausschauten.

»Wie sehe ich aus?«, fragte sie und ging im Zimmer auf und ab.

Jenny schnalzte mit der Zunge. »Wie eine lupenreine Uighurin.« Dann verließ sie das Zimmer.

Fünf Minuten später kam sie zurück.

»Gute Nachrichten. Die Luft ist rein«, meldete sie. »Die beiden sind weder in der Hotelhalle noch auf dem Parkplatz. Vielleicht haben sie dich schon abgeschrieben.«

»Das wäre zu schön, um wahr zu sein. Ich werde trotzdem nicht durch die Halle, sondern durch das Restaurant hinausgehen. Stehen Taxis vor der Tür?«, fragte Marion.

»Ja, mehrere.«

»Jenny, kannst du dich noch einmal zeigen, falls die Kerle wieder auftauchen? Nur ganz kurz, aber es wäre gut, wenn sie glauben, dass ich noch hier bin.«

Jenny klopfte auf die Krücken. »Ich ziehe den gelben Pullover an und hinke die Treppe hoch. Das sollte sie überzeugen.«

»Und hier, nimm die«, sagte Marion und reichte Jenny mit Bedauern ihre geliebte Mütze. »Deine kurzen roten Haare würden sie stutzig machen.«

»Wahrscheinlich.« Jenny stieß Greg in die Seite. »Siehst du, es war alles halb so schlimm.«

»So ganz wohl ist mir immer noch nicht.«

»Ich hoffe, der Russe verschwindet mit seinem Kumpel in Richtung Urumqi. Oder noch besser, nach Russland.« Marion zog einen Umschlag aus der Tasche und drückte ihn Greg in die Hand.

»Ihr habt mir sehr geholfen, obwohl ihr mich erst seit ein paar Tagen kennt. Tut mir den Gefallen und zieht heute Abend ins Oasis-Hotel um. Ich möchte dort eure Zimmer für zwei Tage bezahlen.«

Die drei wehrten ab, aber Marion nahm das Geld nicht zurück. Sie verabschiedeten sich herzlich voneinander, dann ergriff Marion ihre karierte Tasche und trat auf den Flur. Er war leer. Sie atmete tief durch und schlüpfte durch die Sperrholztür in das angrenzende Restaurant.

Im Obergeschoss des Restaurants waren nur zwei der Tische mit Chinesen besetzt, die ein verspätetes Mittagessen einnahmen. Marion ging an ihnen vorbei auf die ins Erdgeschoss führende Treppe zu. Auch wenn es weh tat, konnte sie sich ohne Krücken bewegen. Bis zum Taxi würde sie es schaffen, aber sie musste sich bei nächster Gelegenheit einen Gehstock besorgen. Und einen neuen Rucksack. Die Tasche ließ sich schlecht tragen, war aber im Augenblick unverzichtbar für ihre Verkleidung. Eine Uighurin mit Rucksack war so unauffällig wie ein Kamel unter Pinguinen.

Am Fuß der Treppe angelangt, hielt Marion direkt auf die Ausgangstür zu. Es befanden sich nur wenige Gäste im Raum. Etwa in der Mitte lärmte eine Gruppe chinesischer Touristen, und Marion knurrte der Magen, als sie an ihrem reich gedeckten Tisch vorbeiging. In diesem Moment sah sie den Russen.

Die chinesische Reisegruppe hatte die Sicht auf die beiden Männer verdeckt, die in der Nähe des Ausgangs saßen und sich aufgeregt unterhielten. Marion versteinerte. Warum hatte sie diese Möglichkeit nicht einkalkuliert? Ihre Verfolger waren ebenfalls hungrig – sie hatten genauso wenig Zeit zum Essen gehabt wie sie selbst. Sie wollte sich gerade umdrehen und zurückgehen, als der Russe sie bemerkte. Er sah sie kurz an, dann redete er weiter auf den Uighuren ein. Marion schlug die Augen nieder. Wenn sie jetzt umkehrte, würde er misstrauisch werden. Der Weg nach draußen führte direkt an ihm vorbei. Ihre Hände zitterten, als sie sich bückte und so tat, als würde sie sich an ihrer Tasche zu schaffen machen. Sie brauchte einen Augenblick, bis sie ruhig genug war, um ihren Weg fortsetzen zu können.

Jeder Schritt erforderte ihre ganze Willenskraft. Sie schwitzte so sehr, dass ihr die Kleidung am Körper klebte. Noch vierzehn Schritte. Noch dreizehn. Zwölf. Die geraden Zahlen taten weh wegen des Knies. Elf. Aus den Augenwinkeln konnte sie sehen, wie der Russe sie musterte. Zehn. Neun. Acht. Sieben. Sechsfünfvierdreizweieins. Sie hastete aus der Tür und fiel beinahe die Stufen zum Vorplatz hinunter.

»Taxi?«, fragte einer der Fahrer.

»Daheyan.«

Der Mann nahm ihr die Tasche ab und legte sie in den Kofferraum. Marion knallte die Beifahrertür hinter sich zu. Sie hatte es tatsächlich geschafft.

DAS HAUS AUF DER KLIPPE

SEPTEMBER 134 N. CHR.

Die angeschlagenen Tontöpfe polterten den Steilhang hinunter, bis sie gegen einen Steinbrocken schlugen und zerbrachen. Zheng spähte über den Rand der Klippe und beobachtete zufrieden, wie ein Schauer von Tonscherben, vergammelten Kräutern, Knöchelchen, getrockneten Schlangen und Skorpionen in die Schlucht regnete. Dies war der letzte Abfall: Es hatte den ganzen Tag gedauert, das Haus von all dem Unrat zu säubern, der sich in den Jahrzehnten, in denen es leer stand, angesammelt hatte. Das Haus sei verhext, hatten seine neuen Nachbarn ihn gewarnt, der Geist des alten chinesischen Arztes würde nachts umgehen und jeden neuen Bewohner vertreiben.

Zheng wischte die Hände an seinem Hemd ab und hockte sich vor seinem Haus auf den Klippenrand.

Er hatte keine Angst vor dem Geist des Toten. Seine zehn Jahre als Soldat hatten ihn gelehrt, die Lebenden zu fürchten. Aber diese Zeit war vorbei: Gestern war er aus der Armee entlassen worden, und er war frei zu gehen, wohin er wollte. Seine Kameraden waren erstaunt, als er ihnen eröffnete, dass er in Yar-Khoto bleiben wollte. Die meisten von ihnen planten, in ihre Heimatdörfer zurückzukehren, sobald es ihnen erlaubt wurde.

Zheng blickte über die dicht bewachsene Schlucht hinweg, die zweimal so tief war wie die höchsten Pappeln. Weit im Westen schwebten braune Hügel wie eine Luftspiegelung über dem flimmernden Wüstenboden. Im Gegensatz zu seinen Kameraden war Zheng von der Wüste fasziniert. Sie hatte nichts Bedrohliches, und selbst die monatelangen Wachen in den Außenposten bargen für ihn keinen Schrecken. Er liebte die absolute Stille, die sich nach Einbruch der Dunkelheit über die Wachttürme senkte, und er hatte die Nächte oft damit verbracht, den Lauf der Sterne zu beobachten.

In den vergangenen zehn Jahren war Zheng in vielen Oasenstädten stationiert gewesen, aber Yar-Khoto mochte er am liebsten. Die Stadt lag auf einem hohen, von zwei Flüssen begrenzten Plateau, inmitten fruchtbarer Felder. Die Ernten waren gut und versorgten die sieben- oder achttausend Zivilisten und Soldaten der Stadt mit Getreide, Früchten und Gemüse; und die Händler wurden durch die regelmäßig erscheinenden Karawanen reich. Die Einwohner Yar-Khotos waren den Chinesen wohlgesinnt, und die Xiongnu verhielten sich ruhig. Viele Jahre hatte Zheng damit verbracht, die Bewohner der Oase gegen die Angriffe der Barbaren zu verteidigen, jetzt würde er selbst einer der Beschützten sein.

Von seinem Sold hatte er genug gespart, um sich damit ein neues Leben aufzubauen. Sobald das kleine Haus an dem Steilhang repariert war, würde er alles daransetzen, reich und geachtet zu werden, damit er eine Familie gründen konnte. Hier, in den Außenposten des Chinesischen Reichs, interessierte sich niemand für seine Herkunft. Alles war möglich. Mit seinen sechsundzwanzig Sommern war er jung genug, um seine ehrgeizigen Ziele verwirklichen zu können. Er fühlte sich stark und gesund.

Zheng ließ die Beine über den Rand der Schlucht baumeln und dachte an Sun Meng. Nur ein einziges Mal hatte er sie auf dem Markt im fernen Wuwei gesehen, umgeben von ihren Dienerinnen, doch seitdem beherrschte sie seine Träume. Er seufzte. Bis er genug Geld beisammenhatte, um ihren Eltern gegenübertreten zu können, würde Sun Meng längst mit einem anderen verheiratet sein. Die schöne Tochter des reichsten Pferdezüchters von Wuwei würde niemals seine Frau werden. Sie wusste nicht einmal, dass es ihn gab.

Die Strahlen der untergehenden Sonne ließen einen Gegenstand aufglänzen. Er hing in einem Strauch, der sich vier oder fünf Meter unter ihm an einen schmalen Vorsprung klammerte. Kurzentschlossen schob sich Zheng über die Klippe und ließ sich zu dem Busch hinunter. Risse in der Wand der Schlucht gaben ihm Halt, bis er den Vorsprung erreichte, der mit den Scherben eines der alten Medizintöpfe bedeckt war. Ein goldener Armreif hatte sich in den Zweigen des Busches verfangen.

Er lachte auf. Wovor auch immer sich die Nachbarn fürchteten, ihm brachte das Haus Glück. Der Armreif musste zwischen den verdorbenen Kräutern gelegen haben. Er war schwer und würde ihm viel Geld einbringen. Ein Gedanke zuckte durch Zhengs Kopf: Bestimmt hatte der Arzt noch mehr Schmuck oder sogar Gold in seinen Töpfen versteckt! Mit den Füßen schob er die Tonscherben beiseite und entdeckte tatsächlich mehrere Dutzend Käschmünzen, zwei Silberbarren und einige Schmuckstücke zwischen den Überresten der uralten Medizin. Der Arzt hatte sein Versteck gut gewählt, dachte Zheng, während er eine getrocknete Fledermaus anhob, die unter seinen Fingern zu Staub zerfiel. Niemand hätte es gewagt, seine Hände in dieses Gefäß zu stecken.

Die Sonne war inzwischen untergegangen, und er brach seine Suche ab. Beim ersten Licht des Morgens wollte er wiederkommen und den gesamten Abhang und den Boden der Schlucht absuchen. Zheng verknotete seine Tunika so, dass sie einen Beutel formte, und verstaute seinen Fund darin. Als er sich an den Aufstieg machte, stieß sein Fuß gegen ein kleines Kästchen. Er hob es auf und stopfte es zu den anderen Sachen.

Ein vom Alter gebeugter Mann sah auf Zheng hinunter, als er über den Klippenrand kletterte.

»Guten Abend, Großvater«, grüßte Zheng und stemmte sich hoch.

»Du hast die Zaubertöpfe des Medizinmannes gestört«, zeterte der Alte. »Hüte dich!«

»Alterchen, der Mann kann mir nichts mehr tun«, entgegnete Zheng mit schlecht verhohlenem Ärger. Wenn es so weiterging, würde nicht der Geist ihn vertreiben, sondern seine Nachbarn. »Er ist lange tot, viel länger, als die Erinnerung zurückreicht.«

»Ha! Ich war dabei, als sie ihn begraben haben.«

»Ihr kanntet ihn?«, fragte Zheng mit erwachendem Interesse. »Könnt Ihr mir mehr über ihn erzählen? Kommt mit, ich will Euch einen Trunk anbieten.«

»Ich betrete dieses Haus nicht. Niemand geht dort hinein.«

»Ich schon«, sagte Zheng trocken. »Wollt Ihr warten? Ich bringe einen Becher heraus. Es ist Wein aus Trauben«, fügte er hinzu, um den Alten zu locken.

Es wirkte. »Ich warte«, sagte der Mann, besänftigt von der Aussicht auf einen Becher Wein.

Zheng brachte nicht nur den Wein, sondern auch eine Decke, die er dem Alten fürsorglich um die Schultern legte. Sie setzten sich auf einen Stein vor seinem Haus und tranken schweigend, während sich am Himmel die ersten Sterne zeigten. Irgendwo hustete eine Frau. Ein Kleinkind greinte. Aus weiter Ferne wurde das gurgelnde Blöken eines Kamels herübergetragen.

»Du bist ein tapferer Mann«, sagte der Alte nach längerem Schweigen. »Ich habe dich oft unten bei der Kaserne gesehen. Man erzählt sich, du hättest eigenhändig einen Reitertrupp der Xiongnu besiegt.«

»Glaub nicht alles, was die Leute reden.«

Sie versanken wieder in Schweigen, bis Zheng ungeduldig wurde.

»Du hast also mit dem Arzt gesprochen?«, fragte er.

»Natürlich, meine Familie lebte nebenan.«

»Wie war er? Und warum fürchtest du dich davor, sein Haus zu betreten?«

»Ich war dreizehn oder vierzehn, als er starb. Meine Mutter hatte manchmal ein Mittel von ihm gekauft, wenn sie Krämpfe bekam. Es war eine gute Medizin, und die Leute respektierten den Mann. Wenn er nicht in die Häuser der Reichen gerufen wurde, hockte er in seinem düsteren Zimmer voller seltsamer Dinge. Ich habe immer noch den ekligen Geruch in der Nase, er kam wohl von den vielen toten Tieren. Der Mann lebte allein, seine Frau und seine Kinder waren vor langer Zeit gestorben. Er war viel älter, als ich es jetzt bin. Und dann wurde er selbst krank.« Der Alte hob den Becher. »Das ist gut. Hast du noch einen Schluck?«

Zheng goss ihm nach. »Besaß er keine Medizin, mit der er sich kurieren konnte?«

»Nein, ihm war nicht zu helfen. Sein ganzer Körper überzog sich mit Beulen, und wir hörten ihn Tag und Nacht jammern und stöhnen. Nach einem Mond war er tot, und seitdem geht sein hungriger Geist um, weil er keine Angehörigen hat, die sich um die Riten kümmern. Die Krankheit brach aus, kurz nachdem das merkwürdig aussehende Xiongnu-Mädchen ihn besucht hatte. Sie hat ihn verflucht.«

»Ein Xiongnu-Mädchen? Wer war sie?«

»Niemand weiß es. Sie stammte nicht aus Yar-Khoto und ritt noch am selben Tag davon.« Er stand ächzend auf und humpelte auf sein Haus zu. »Wir könnten hier wieder einen Arzt gebrauchen. Meine Gelenke schmerzen jeden Tag mehr«, murmelte er. Dann drehte er sich noch einmal zu Zheng um. »Wenn du möchtest, kannst du bei uns schlafen. Es ist nicht viel Platz, aber unsere Gesellschaft ist besser als der Geist.«

»Vielen Dank, Großvater, aber ich werde mit dem Gespenst sicher fertig.«

»Du wirst schon sehen«, brummte der Alte und verschwand in der niedrigen Türöffnung.

* * *

»Puh, was für ein Gestank!«, sagte Bing Tong naserümpfend. »Bist du sicher, dass dieses Haus die richtige Wahl war?«

»Goldrichtig. Aber ich werde trotzdem nicht allzu lange hierbleiben. Hast du deine Pinsel und die Tusche mitgebracht?«

»Ja. Du wirkst sehr geheimnisvoll. Worum geht es?«

»Das wirst du gleich merken«, sagte Zheng und breitete eifrig einen dicken Filzteppich für seinen Freund auf dem Boden aus. Bing Tong ließ sich mit untergeschlagenen Beinen nieder, legte seinen

Pinsel und einige Holztafeln bereit und begann, seine Tusche anzumischen. Nach kurzer Zeit hatte er seine Vorbereitungen beendet und wandte sich erwartungsvoll an Zheng, der wie gehetzt im Zimmer herumlief und seine wenigen Habseligkeiten von einer Ecke in die andere schob.

»An wen willst du den Brief senden?«

»Schreib: ›An den ehrenwerten Sun Luo, Züchter und Händler feiner Pferde und …‹«

»Sun Luo? Aus Wuwei?«

»Genau der.«

»Was hast du mit dem Mann zu schaffen? Er nimmt arme Schlucker wie uns gar nicht wahr.«

»Das wird sich zeigen. Schreibe ihm, dass der ergebene Yong Zheng, aufstrebender Händler in Seide und anderen Gütern, seine Tochter Sun Meng zur Frau nehmen möchte. Als Zeichen meiner Ehrerbietung sende ich ihm feinste Felle und exotische Dinge aus den Ländern des fernen Westens und Nordens im Wert von drei Silberbarren. Ich weiß nicht, wie man es richtig ausdrückt, aber dir werden sicher die passenden Worte einfallen.«

Bing Tong hatte den Pinsel sinken lassen.

»Silberbarren? Sun Luos Tochter? Was ist in dich gefahren? Hast du einen Schatz gefunden?«

Statt einer Antwort legte Zheng feierlich eine goldene Gürtelschnalle auf den Tuschestein seines Freundes. In die Schnalle waren zwei Kamele mit prächtigen Mähnen gearbeitet, die rechts und links von einem Baum standen. »Für dich«, sagte er strahlend.

»Für mich? Das ist ein viel zu kostbares Geschenk, Zheng.«

»Dann sieh es als Bezahlung an. Ich möchte, dass du mir beibringst, ein so erfolgreicher Händler zu werden, wie du es bist. Ich habe tatsächlich einen Schatz gefunden. Der alte Arzt, der vor fünfzig oder sechzig Wintern in diesem Haus gelebt hat, war reich. Sehr reich. Er hatte Schmuck und Geld in seinen Töpfen versteckt, und dieses Geld soll die Grundlage meines eigenen Geschäftes werden.«

Mit diesen Worten schüttete Zheng den Inhalt eines großen Beutels vor Bing Tong auf den Teppich.

»Die Götter müssen dich lieben«, flüsterte Bing Tong ehrfürchtig, während er seine Hände über die Glasperlenketten, Ringe, Silberbarren und Käschmünzen gleiten ließ. Er nahm ein kleines Lackkästchen mit einem verschlungenen Muster auf und öffnete es. »Was ist das?«

»Ich weiß es nicht, aber es ist sehr hübsch. Ich denke, ich werde es behalten. Das Pferd darin ist kaputt und würde ohnehin nicht viel Geld bringen.«

Bing Tong strich behutsam über die polierte Oberfläche der kleinen Pferdefigur und entzifferte die goldenen Schriftzeichen auf dem Körper.

»Es könnte ein kaiserliches Siegel sein, viele hundert Jahre alt.«

»Oh. Muss ich es dem Gouverneur übergeben?«

»Ich denke nicht. Aber was hältst du davon, wenn du es mir anstelle der Gürtelschnalle schenkst?«, fragte Bing Tong beiläufig.

Er wollte gerade den Brief auf den Bambusstäbchen lesen, als Zheng ihm das Kästchen aus der Hand nahm und verschloss.

»Gefällt dir die Schnalle nicht?«, fragte er. Warum wollte sein Freund ausgerechnet den Fund haben, den er selbst am schönsten fand?

»Doch, doch, sie gefällt mir. Und ich freue mich sehr, dass du mich an deinem Glück teilhaben lässt, mein Freund. Aber nun will ich den Brief schreiben, und danach gehen wir zu den Kaufleuten und suchen für deinen zukünftigen Schwiegervater Geschenke aus, denen er nicht widerstehen kann.«

Bing Tong tauchte seinen Pinsel in die Tusche und ließ ihn leicht über die glatte Holztafel gleiten. Zheng beobachtete ihn neidisch. Lesen und Schreiben wollte er unbedingt lernen, sobald er die Zeit dafür fand.

Als der Brief fertig war, wanderten sie gemeinsam zum Südtor, wo die Kaufleute ihre Lager hatten. Zheng hatte sich bei seinem Freund untergehakt und strich heimlich über den feinen Wollstoff von Bing Tongs Gewand. Der knielange rote Mantel war über und über mit filigranen Wolkenmustern in Blau- und Grüntönen bestickt und wurde von einem kostspieligen Gürtel mit vielfarbig gewebten Drachen zusammengehalten. Zheng bewunderte seinen älteren Freund, der es zu bescheidenem Reichtum gebracht hatte, seit er vor sechs Jahren die Armee verlassen hatte.

Auf der Hauptstraße kam ihnen eine aufgeputzte Dame mit ihrem kleinen Gefolge entgegen. Sie war die Favoritin des Gouverneurs und wurde von ihm mit Geschenken überschüttet. In der strahlenden Sonne schimmerten ihre Seidenkleider wie die Federn von Singvögeln, und an ihren Handgelenken, an ihren Ohren und um den Hals trug sie dunkelgrünen Jadeschmuck, der sich von ihrer milchweißen Haut abhob.

Bing Tong grüßte die Dame unterwürfig, und sie erwiderte seinen Gruß, aber als sie Zhengs geflickte, grobe Kleider bemerkte, runzelte sie abfällig die Stirn und schritt in Richtung der Gouverneursresidenz davon.

»Mach dir nichts daraus«, tröstete Bing Tong seinen Freund. »Sie ist schön, aber dumm und hochmütig wie eine Ziege.«

»Sie ist mir völlig egal«, sagte Zheng verdrießlich. Sein Stolz war verletzt, aber dann dachte er an Sun Meng. Neben ihr würde die Konkubine des Gouverneurs wie ein Sperling neben einem Kranich wirken.

Am Südtor herrschte große Aufregung. Zur Mittagszeit war eine Karawane aus Kushan in der Stadt angekommen. Bevor sie sich selbst eine Rast gönnten, luden die Männer unter der Aufsicht des Karawanenführers die Waren von den Eseln und Kamelen, beobachtet von unzähligen Kindern, die sich an den exotischen Fremden mit den blauen Augen und hellbraunen Haaren nicht sattsehen konnten. Einer der Ballen platzte auf, als der Kamelführer ihn mit Schwung von seinem Tier zog und auf den Boden warf, und blitzschnell schoss der mutigste der Jungen hinzu und griff hinein, um zu sehen, welche Wunderdinge sich darin verbargen. Doch sofort war der riesige fremde Mann über ihm und verabreichte ihm unter dem Johlen der anderen eine Tracht Prügel. Heulend schlich der Junge davon.

Bing Tong führte Zheng herum und erklärte ihm die Qualität, die Herkunft und den Preis der sich zwischen den Kamelen auftürmenden edlen Steine, der Woll- und Leinenstoffe, der Silbergefäße und der Pelze. Auch die anderen in Yar-Khoto ansässigen Händler hatten sich eingefunden und feilschten um die Waren. Zheng hing an den Lippen seines Freundes und ließ sich kein Wort entgehen. Jede noch so kleine Information würde ihm bald nützlich sein. Als der Mond aufging, stellten die Karawanenleute eine Wache bei ihren Tieren und Waren auf und zogen sich in eine Herberge zurück.

Auf dem Rückweg grübelte Bing Tong schweigsam vor sich hin. Vor der Gasse, die zu Zhengs neuem Haus führte, blieben sie stehen.

»Ich gebe dir fünftausend Käschmünzen für das kleine Pferd«, sagte Bing Tong unvermutet.

Zheng wich einen Schritt zurück. In der Stimme seines Freundes lag eine ungewohnte Kälte.

»Ich verkaufe es nicht«, erwiderte er gereizt.

Bing Tong drehte sich grußlos um. Zheng sah ihm verwundert nach, bis seine Gestalt mit den Schatten der Häuser verschmolz. Hatte er seinem Freund einen Grund für diese plötzliche Feindseligkeit gegeben?

* * *

Der Alte klopfte wieder und wieder an die Tür seines neuen Nachbarn, aber dahinter rührte sich nichts. Seine Beunruhigung wuchs. Was hatte sich in dem Haus zugetragen?

Die ganze Nacht über hatte sich der Alte hin und her gewälzt, bis der Schlaf ihn in den eiskalten Stunden vor der Dämmerung vollends verlassen hatte. Der Alte hatte sich zitternd in seine Decken gewickelt und auf den Morgen gewartet, als ein lautes Poltern und streitende Stimmen aus dem Nachbarhaus ihn aufhorchen ließen. Kurz darauf erklang ein schriller, unirdischer Schrei, der den Alten mit Grausen erfüllte: Der Geist des Arztes war über den tapferen Soldaten gekommen. Der Alte hatte sich mit dem festen Vorsatz aufgerichtet, nach dem Rechten zu sehen, aber seine Beine versagten ihm den Dienst, und so blieb er, wo er war. Seine Familie hatte nichts gehört, niemand rührte sich.

Er klopfte, fester diesmal, und die Tür gab nach. Ein Streifen Tageslicht fiel durch die Türöffnung auf die leblose Gestalt des Soldaten. Eine Blutlache hatte sich um seinen Oberkörper gebildet. Als der Alte die Tür noch weiter aufstieß, huschte eine Ratte in die dunklen Tiefen des Hauses. Die armseligen Besitztümer des Mannes waren im Raum verstreut: eine Satteldecke, geflickte Kleidung, Kochgeschirr und die Decke, die er vorgestern Abend herausgebracht hatte. Das einzig Schöne, was er besessen hatte, ein bestickter Filzteppich, war jetzt mit dem Blut besudelt.

Der Alte wandte sich traurig ab. Der Soldat hätte die Geister nicht herausfordern dürfen.

ZHANGYE

NOVEMBER 2004

Das Zugabteil glich einem Flüchtlingslager. Taschen und Menschen füllten jeden Quadratzentimeter des Waggons aus. Mindestens drei Dutzend identischer karierter Taschen lugten unter den Sitzbänken hervor oder lagen in den Gepäcknetzen.

Marion hatte den mittleren Sitz auf einer schon für zwei Personen unbequemen Dreierbank reserviert; trotzdem hatten sich vier Studenten daraufgequetscht und spielten mit ihren Freunden auf der gegenüberliegenden Bank Karten. Die jungen Männer nahmen keine Notiz von der ohrenbetäubenden Kakophonie aus heulenden Kindern, keifenden Großmüttern, streitenden Paaren und spuckenden Opas, die jede normale Unterhaltung unmöglich machte. Marion tippte einem der jungen Männer auf die Schulter.

»Ich muss hier auch noch hin.«

Nachdem sie ihre Fahrkarte geprüft hatten, schoben die jungen Männer bedauernd die Karten zusammen und gaben Marions Sitz frei.

Die Verbliebenen machten Marion höflich Platz, und ihr Sitznachbar hob ihre Tasche ins Gepäcknetz. Die jungen Leute waren über ihre exotische Abteilgenossin entzückt und überboten sich darin, ihr Nüsse, Sonnenblumenkerne und getrocknete Aprikosen anzubieten. Obwohl ihr diese Aufmerksamkeit lieber war als das Desinteresse und die Sturheit der Chinesen alter Schule, war Marion froh, als die Studenten ihren englischen Wortschatz erschöpft hatten und sie keine weiteren Fragen über ihr Woher und Wohin zu beantworten brauchte.

Es würde eine unbequeme Nacht auf der harten Bank werden, und über den Zustand der Toiletten machte sich Marion keine Illusionen. Doch das war nicht wichtig. Sie war ungesehen und vor allem unbeschädigt aus Turfan herausgekommen, nur das zählte. Mit jeder Minute wurde die Entfernung zwischen dem gefährlichen Russen und ihr größer.

Mitten in der Nacht wachte Marion hustend auf. Sie schwitzte und hatte Fieber, was nach ihrem Zwangsaufenthalt in dem Loch in Yar-Khoto kein Wunder war.

Der Kopf des jungen Mannes neben ihr war auf ihre Schulter gesunken. Sie schob ihn vorsichtig fort. Der Junge grunzte im Schlaf, wachte aber nicht auf. Marion erhob sich leise. Der Mittelgang war mit schlafenden Menschen verstopft, die alte Säcke und Pappen auf den mit Obstschalen und Spucke bedeckten Fußboden gebreitet hatten. Ein kleiner Junge lag auf dem Rücken unter einer Bank, sein Kopf ragte in den Gang. Das Gesicht war schmutzverkrustet, und seine dicken Haare standen in alle Richtungen ab. Den rechten Arm hielt er angewinkelt über der Stirn, die Hand entspannt geöffnet. Eine Kakerlake lief mit nervös wippenden Fühlern über seine Brust. Marion verscheuchte das eklige Insekt. Der Junge rührte sie. Was mochte das Leben für ihn bereithalten?

Die sanitären Einrichtungen waren so erschütternd, wie Marion es sich ausgemalt hatte. Mit Todesverachtung schloss sie sich in der Kabine ein und hockte sich über das Loch im Boden. Als sie sich wieder aufrichtete, wurde ihr schwarz vor Augen, und sie klammerte sich schwankend an den Fensterrahmen. Sie war eindeutig krank und brauchte dringend ein richtiges Bett und vierundzwanzig Stunden Schlaf. Und – wenn sie schon dabei war, eine Wunschliste aufzustellen – ein sauberes Klo.

Trotz ihrer Erschöpfung konnte Marion lange nicht wieder einschlafen. Sie lauschte den anderen Fahrgästen, die sich räusperten, herumwälzten, furzten, schnarchten. Ein verschwommener Gedanke spukte in ihrem Kopf herum, ohne dass sie ihn greifen konnte. Er hatte mit Li Yandao und den Ereignissen des vorigen Tages zu tun.

Sie war beunruhigt, wusste aber nicht, warum. Ob ihr Plan doch einen Fehler hatte? Sie konnte ihn nicht finden, sosehr sie sich auch das Hirn zermarterte. Es hatte funktioniert. Alles war in Ordnung. Schließlich lullte das gleichmäßige Rattern des Zuges, der sie durch die Wüstennacht in grünere, freundlichere Provinzen trug, sie erneut in einen leichten Schlummer.

Das Licht der Morgendämmerung sickerte bleich durch die Fenster des Abteils. Marion fühlte sich entsetzlich schlecht, ihr Rachen war entzündet, und sie hatte Kopfschmerzen. Aus Erfahrung wusste sie, dass sie die nächsten Tage handlungsunfähig mit laufender Nase im Bett liegen würde, und die Aussicht, weitere zwölf Stunden in diesem Zug verbringen zu müssen, ließ ihre Laune auf den Nullpunkt sinken.

Der Zug hatte die Wüste immer noch nicht verlassen, aber im Westen erhoben sich die schneebedeckten Berggipfel des Qilian-Gebirges, der natürlichen Barriere zwischen dem tibetischen Plateau und dem Hexi-Korridor. Mit verlangsamtem Tempo fuhr der Zug gerade durch eine Bresche in einer bröckelnden Lehmmauer, die in nord-südlicher Richtung die flache Steinwüste zerschnitt. Marion beugte sich vor, um den westlichsten Teil der Großen Chinesischen Mauer besser sehen zu können. Eine gewaltige mittelalterliche Festungsanlage erhob sich über die Ebene: Jiayuguan, der »Unbezwingbare Pass unter dem Himmel«.

Marion breitete eine Landkarte von China auf dem von Essensresten übersäten Tisch aus. Sofort beugten sich fünf Köpfe fasziniert darüber. Sie tippte auf eine Stadt namens Zhangye, die sie in ungefähr einer Stunde erreichen würden.

»Zhangye«, fragte sie in die Runde. »Schön? *Piaoliang?*«

Die Studenten nickten enthusiastisch. *»Piaoliang, piaoliang. Dafo si!«*

Dafo si. Offensichtlich gab es dort einen Großen Buddha zu besichtigen. Warum also nicht? Es ging ihr von Stunde zu Stunde schlechter, und sie beschloss, ihre Reise in Zhangye zu unterbrechen. Auf ein paar Tage kam es nicht an.

* * *

Zhangye war eine für chinesische Maßstäbe kleine Stadt, und Marion musste nicht lange suchen, bis sie ein Hotel gefunden hatte. Das Etablissement sah nach ihrer Preislage aus, und mit etwas Glück würde es ihr gelingen, unter falschem Namen einzuchecken. Sie betrat die düstere kleine Lobby.

»Haben Sie ein freies Zimmer?«, fragte sie auf Englisch.

Das junge Mädchen hinter dem Rezeptionstresen lächelte hilflos, und Marion ging zu Körpersprache über, bis das Mädchen verstand und die Registrierformulare aus der Schublade zog. Marion zeigte mit ihrem Kugelschreiber erst auf ihren Pass, dann auf das Formular. Das Mädchen gab ihr erleichtert die Papiere und sah aufmerksam zu, wie Marion das Formular ausfüllte. Als sie fertig war, steckte sie den Pass wieder in ihren Bauchbeutel und schob diesen unter ihren Hosenbund. Wenn das Mädchen den Pass noch einmal sehen wollte, würde sie so tun, als ob sie nichts verstand, aber ihre Befürchtungen waren unbegründet: Die Rezeptionistin verstaute das Formular in der Schublade und rief den Pagen.

Marion alias Sylvia Müller ließ sich ein heißes Bad ein. Das Hotel hatte seine besten Zeiten zwar hinter sich, aber die Warmwasserversorgung funktionierte. Nach dem Bad kroch Marion ins Bett, und obwohl es erst Mittag war, schlief sie sofort ein.

An diesem Wochenende verließ sie ihr Zimmer nur, um in einem der Restaurants in der Nähe etwas zu essen. Am Samstag hatte sie sich in eine Apotheke geschleppt und nach Schnupfenmitteln gefragt. Der Apotheker hatte kurz ihre rote Nase taxiert und dann eine Kollektion bunter Schachteln mit chinesischer Beschriftung vor ihr aufgebaut. Marion kaufte alles und schluckte morgens und abends wahllos eine Handvoll Pillen. Sie halfen genauso wenig wie westliche Medikamente.

»Yi – er – san – si, yi – er – san – si, YI – ER – SAN – SI!«

Ein scheppernder Lautsprecher riss Marion aus ihren Träumen. Eins – zwei – drei – vier. Sie zog sich die Bettdecke über den Kopf, aber es nutzte nichts. Die verzerrte Frauenstimme war unerbittlich.

Trotz der bleigrauen Regenwolken, die über den Hausdächern hingen, wurde auf dem Schulhof nebenan der Morgenappell abgehalten. Marion stellte sich fröstelnd ans Fenster. Hunderte von Kindern in weiß-blauen Trainingsanzügen machten Rumpfbeugen und kreisten mit den Armen. Zum Glück war ich am Wochenende krank, dachte Marion. So konnte ich wenigstens die letzten beiden Tage ausschlafen. Sie wandte sich vom Fenster ab und ging ins Bad. Zufrieden stellte sie fest, dass sie keine Kopfschmerzen mehr hatte. Die Nase lief zwar noch, aber sie fühlte sich klarer als an den Tagen zuvor. Die erzwungenen Ruhetage hatten sich zudem positiv auf ihr Knie ausgewirkt: Sie konnte fast normal gehen.

Wohlige Wärme empfing sie. Das Internetcafé war der erste geheizte Raum, den sie in China betrat – ein Trick des Besitzers, um die Jugendlichen länger bei ihren Computerspielen zu halten. Marion hatte allerdings nicht den Eindruck, dass sie einen zusätzlichen Anreiz benötigten. Sie nahm an, dass die auf die Bildschirme fixierten Jungen gegen Hunger, Durst und Kälte immun waren, wenn sie ihre virtuellen Armeen gegeneinander antreten ließen. Während sie darauf wartete, dass sich ihre Internetpostbox öffnete, beobachtete sie die beiden Zwölfjährigen, die rechts und links von ihr gefährlich aussehende Soldaten in Kampfanzügen abschlachteten. Eine ganze Generation verblödete vor der Mattscheibe – selbst in diesem abgelegenen Teil der Welt.

Als Erstes öffnete sie eine Mail von Greg. Sie war am Sonnabend gekommen, einen Tag nach Marions Abreise. Die Amerikaner und Robert hatten den ganzen Nachmittag die Hotelhalle im Turfan-Hotel im Auge behalten. Sobald der Russe und sein Kollege ihre Posten bezogen hatten, war Jenny über die Fluchttreppe seitlich in die Halle geschlichen und mit den Krücken die Haupttreppe hinaufgehinkt. Auf halbem Weg hatte sie einen Sturz vorgetäuscht und laut geflucht. Greg hatte die Szene von einem versteckten Platz aus beobachtet. Der Russe hatte Jennys Fluch gehört und ihr nachgesehen, bis sie im ersten Stock verschwunden war. Anschließend hatten sich die drei durch das Restaurant abgesetzt und waren ins Oasis-Hotel umgezogen. Sie wollten noch drei oder vier Tage in Turfan bleiben und dann weiterreisen.

Die zweite Mail war von Thomas, der in Yangshuo, der Travellerhochburg Chinas, hängengeblieben war. Das sah ihm ähnlich. Marion teilte ihm kurz mit, dass sie in wenigen Tagen in Xi'an ankommen würde. Wenn er sie sehen wollte, musste er seinen Allerwertesten unverzüglich in Bewegung setzen.

Li Yandao hatte sich seit Tagen nicht gemeldet.

* * *

»Du hast doch kürzlich diese Taschendiebstahl-Geschichte bearbeitet, oder?«

Li Yandao hob den Kopf. Sein Kollege Liu Zhenguo hatte unbemerkt sein Büro in Kashgar betreten und stand mit einigen geöffneten Umschlägen in der Hand vor seinem Schreibtisch. Mit der anderen Hand wischte er imaginären Staub von seinem blanken Schädel, ein Tick von ihm. Irgendwann hatten ihm boshafte Kollegen einen Staubwedel geschenkt.

»Welche Taschendiebstähle?«, fragte Yandao.

»Na, die von dem Kerl, der nach Aussage der Standbesitzer ein auffälliges Mal im Gesicht haben soll. Der, den sie auf dem Markt beinahe in die Finger bekommen und gelyncht hätten.«

»Ach ja. Den hatte ich vergessen. Wie kommst du auf ihn? Wen hat er jetzt bestohlen?«

»Niemanden. Er ist tot.«

»Tot? Haben die Leute vom Markt ihn doch noch erwischt?«

»Nein. Du hast doch bestimmt von dem schweren Busunfall gehört, der sich vor ein paar Tagen auf der Trans-Taklamakan-Straße ereignet hat: dreiundzwanzig Verletzte, vier Tote. Einer von ihnen war dein Taschendieb. Die Identifikation hat etwas länger gedauert, weil, Ironie des Schicksals, seine Brieftasche verlorengegangen ist und sich der Mann scheinbar in ein Puzzle verwandelt hat. Der Pathologe aus Korla meinte jedenfalls, es sei eine äußerst unappetitliche Sauerei gewesen.«

»*Aiyah!* Erspar mir die Einzelheiten.«

»Na, jedenfalls ist das Stück mit dem Muttermal nicht verlorengegangen«, fuhr Zhenguo ungerührt fort und nahm sich einen Keks aus einer mit schwarzem Filzstift bekritzelten Kiste auf Yandaos Schreibtisch. »Der Kollege in Korla hat daraufhin recherchiert und schließlich mit mir Kontakt aufgenommen. Die Unterlagen sind gerade gekommen.« Zhenguo reichte Yandao einen der Umschläge, der ihn umgehend auf einen gewaltigen Ablagestapel legte.

»Das würde ich nicht tun«, sagte Zhenguo.

»Warum nicht?«

»Eine der Verletzten war eine Deutsche. Es muss ja nichts heißen, aber …«

Yandao wartete nicht, bis Zhenguo seinen Satz zu Ende gebracht hatte. Er riss den Umschlag von dem Stapel, schüttelte den Inhalt auf den Schreibtisch und vertiefte sich in den Bericht. Zhenguo nahm sich noch einen Keks und betrachtete gedankenverloren die schwarzen Filzstiftstriche. Dann verschwand er so unbemerkt, wie er das Zimmer betreten hatte.

Es kostete Yandao keine zehn Minuten, bis er den Arzt ausfindig gemacht hatte, der die Ausländerin behandelt hatte, und keine weiteren zehn Sekunden, um sich davon zu überzeugen, dass es tatsächlich Ma Li Huo gewesen war. Der Arzt, ein gewisser Dr. Qiu, berichtete ihm von Ma Li Huos heroischem Einsatz und dass sie noch versucht hätte, den Selbstmörder – anders könne man sein Verhalten wohl kaum erklären – aufzuhalten. Eine nette junge Frau, diese Reu-Ta *xiaojie,* befand Dr. Qiu, aber warum sie aus dem Krankenhaus getürmt sei …

»Getürmt?«

»Allerdings. Am Morgen, nachdem sie aufgewacht ist, hat sie noch vor Sonnenaufgang das Krankenhaus verlassen.« Dr. Qiu schien ehrlich entrüstet zu sein. Yandao lächelte trotz der bestürzenden Neuigkeiten. Der Doktor konnte ja nichts von Ma Li Huos Krankenhausaversion ahnen. »Die Krücken hat sie mitgenommen und uns dafür ein paar verschlissene Kleidungsstücke, ausländische Bücher und ein seltsames Ding aus Plastik dagelassen. Soll ich Ihnen die Sachen nach Kashgar schicken?«

»Ja, bitte. Und vielen Dank für die Auskünfte.«

Yandao legte nachdenklich den Hörer auf. Hatte Ma Li Huo ihm nichts von dem Unfall geschrieben, weil sie ihn nicht beunruhigen wollte? Oder steckte etwas anderes dahinter? Was hatte der Taschendieb, dessen Revier doch eigentlich Kashgar war, in einem Bus von Khotan nach Urumqi zu suchen? Hatte er es auf Ma Li Huo abgesehen gehabt? Und wenn ja, war es dann nur, weil das Schicksal ihm eine zufällig im Bus sitzende Touristin mit einem gut gefüllten Geldbeutel beschert hatte? Oder hatte er gewusst, dass Ma Li Huo diesen Bus nehmen würde? Aber wie sollte er es gewusst haben – und warum sollte sie ihn interessieren? Das *Kästchen?* Gab es das Kästchen überhaupt, oder verrannte er sich in ein Hirngespinst? Der Gast aus Ma Li Huos Nachbarzimmer im Seman-Hotel hatte die Stimmen nicht sehr deutlich vernommen, vielleicht hatte er sich verhört. Er musste auch bedenken, dass Ma Li Huo laut Zeugenaussagen hinter dem Taschendieb hergehumpelt war und versucht hatte, ihn von seinem Selbstmord abzuhalten.

Yandao rieb sich die Stirn. Fest stand, dass Ma Li Huo vom Pech verfolgt war. Er empfand es mehr und mehr als seine persönliche Aufgabe, sie zu beschützen. Doch leider wollte sie sich nicht beschützen lassen. Und das Schlimmste: Sie war schon wieder verschwunden.

* * *

Etwa zur gleichen Zeit beugte sich Marion auf dem Markt von Zhangye über eine Plastikkiste. Dutzende von Schildkröten lagen übereinandergestapelt in der großen Kiste und versuchten verzweifelt, ins Freie zu gelangen. Sie zogen sich mühsam an den Wänden hoch, aber gerade wenn sie den Hals recken und über den Rand schauen konnten, fielen sie wieder in ihr Gefängnis zurück. Die hilflos auf dem Rücken zappelnden Kreaturen stimmten Marion traurig: Die Tiere waren mit Sicherheit für den Kochtopf bestimmt. Die Chinesen behaupteten, sie würden alles essen, was langsamer liefe als der Koch. Was bedeutete, dass die Schildkröten eine noch geringere Chance hatten als die Hühner, Schlangen, Kätzchen und anderen Kleintiere, die in engen Käfigen ihrer Schlachtung entgegensahen.

Marion konnte sich nicht an die in China herrschende Gleichgültigkeit gegenüber Tieren gewöhnen. Auch wenn sie sich beim Bummel über die Freiluftmärkte des Landes immer wieder sagte, dass man hier nur sah, was in Deutschland unter Ausschluss der Öffentlichkeit stattfand, stand sie immer wieder kurz davor, die Tierhändler anzuschreien. Sie wusste, dass es sinnlos war. Die Leute würden sie nur verständnislos ansehen und sich bestätigt fühlen, dass Ausländer nicht ganz richtig im Kopf waren.

Eine der auf den Rücken gefallenen Schildkröten hatte sich wieder auf den Bauch gedreht und unternahm umgehend einen neuen Fluchtversuch. Als Marion das Tier herausnahm, zog es erschrocken Kopf und Beine in den Panzer und beobachtete sie aus kleinen schwarzen Augen. Sobald sie ihren Finger vor den Panzer hielt, schoss der Kopf blitzschnell hervor. Die Schildkröte fauchte – bereit, ihr Leben zu verteidigen. Der Kampfesmut des kleinen Wesens imponierte Marion. Ohne nachzudenken, fragte sie den Verkäufer nach dem Preis.

Mit der Nonchalance eines Mannes, der es gewohnt ist, jeden Tag zwei Dutzend Schildkröten an westliche Touristen zu verkaufen, nahm er ihr das Tier aus der Hand, legte es auf eine Waage und nannte den Preis. Marion war überzeugt, dass er zu viel Geld verlangte, aber sie hatte keine Lust zu handeln. Mit der in Zeitungspapier gewickelten Schildkröte verließ sie den Markt. In einer ruhigen Seitenstraße setzte sie sich auf eine Treppe und öffnete das Paket.

Die Schildkröte war etwa vierzehn oder fünfzehn Zentimeter lang. Mit ihren kleinen Füßchen ruderte sie in der Luft herum. Das Tier hatte Schwimmhäute und an der Seite des Kopfes einen roten Streifen. Marion hatte diese Art von Schildkröten vor langer Zeit im Aquarium einer Zoohandlung bewundert. Sie hatte eine Wasserschildkröte gekauft. Auch das noch.

Sie wickelte das sich heftig wehrende Tier wieder ein und eilte ins Hotel zurück. Dort füllte sie die Badewanne mit warmem Wasser, stellte den Spucknapf mit der Öffnung nach unten hinein und ließ die Schildkröte in die Wanne gleiten. Sofort begann das Tier, Runde um Runde zu schwimmen, als wollte es all die Wochen der Bewegungslosigkeit kompensieren. Marion setzte sich auf den Badewannenrand. Sie hatte gehört, dass es bei den Buddhisten als gut für das Karma galt, wenn man ein Tier befreite und in der Natur aussetzte. Die Sache hatte allerdings einen Haken: Marion hatte keinen blassen Schimmer, wo es in Zhangye schildkrötengerechte Natur gab. Zhangye war eine Oase. Laut Stadtplan gab es einen Park mit einem Teich, aber sie wusste nicht, ob eine Schildkröte dort die passende Nahrung finden konnte. Sie wusste überhaupt sehr wenig über Schildkröten.

Das im Kreis schwimmende Tier hatte eine beruhigende Wirkung. Marion merkte, wie sie sich mit jeder Runde mehr entspannte. In China waren Schildkröten das Symbol für ein langes Leben, was nicht verwunderlich war.

Marion gab sich einen Ruck. Ob ihre Schildkröte ein langes Leben haben würde, hing allein von ihr ab. Das Tier musste etwas zu fressen bekommen. Sie hob es aus dem Wasser und setzte es auf den Spucknapf, dessen Boden knapp über die Wasseroberfläche ragte.

»Wenn du dich ausruhen willst, musst du das hier tun. Kannst du dir das merken?«

Die Schildkröte ignorierte sie und stieß sich von dem Spucknapf ab, um ihre Bahnen fortzusetzen.

»Wie du willst. Ich gehe jetzt und hole dir Futter. Irgendwelche Wünsche?«

Während sie sich ihre Jacke überzog, streifte ihr Blick den Ferrari auf dem Schreibtisch. Thomas würde über ihren neuen Reisepartner begeistert sein. Sie streckte den Kopf noch einmal ins Badezimmer.

»Ich werde dich Bruder Tuck nennen. Ist das okay? Oder bist du ein Mädchen?«

Zur Antwort tauchte Bruder Tuck auf den Grund und sah sie aus wissenden Augen an. Marion wertete es als Einverständnis.

Mit einem Bund Blattgemüse, zwei Packungen Schildkrötenfutter, einem tiefen Plastikeimer mit Henkel und einer Ausgabe der »Dornenvögel« kam Marion zwei Stunden später ins Hotel zurück. Sie streute die Gemüseblätter und ein wenig von dem Spezialfutter in die Badewanne. Bruder Tuck machte sich mit Heißhunger darüber her.

»Schmeckt es dir? Es war nicht einfach, den Leuten in der Zoohandlung zu erklären, dass ich mit einer Wasserschildkröte unterwegs bin«, sagte sie.

Bruder Tuck biss ein dreieckiges Stück aus einem der Blätter.

Weil sie ihn nicht stören wollte, verzichtete Marion aufs Duschen und ging ungewaschen ins Bett. Im Vorbeigehen griff sie nach ihrer Jacke: Seit ein paar Tagen gehörte es zu ihrem allabendlichen Ritual, sich das Jadepferd vor dem Schlafengehen noch einmal anzusehen. Sie kuschelte sich unter die Decke, öffnete die Jackentasche und holte das Kästchen hervor. Dann hielt sie die Figur vor die Nachttischlampe, deren Glühbirne ausnahmsweise nicht durchgebrannt war oder fehlte. Im Gegenlicht glühten die Ränder der Jade hellgrün auf; die goldenen Buchstaben und das rote Auge blitzten. Nachdem sich Marion sattgesehen hatte, legte sie die Figur mit leisem Bedauern wieder zurück. Das Pferd gab ihr sein Geheimnis nicht ohne weiteres preis.

Marion richtete sich auf, um nach der Jacke zu greifen, die auf den Boden gerutscht war. Dabei verlor sie das Gleichgewicht und ließ das Kästchen los. Sein Inhalt verteilte sich in hohem Bogen über Nachttisch, Bett und Boden. Verärgert über ihre Tollpatschigkeit suchte Marion die Bambusstäbchen wieder zusammen. Das letzte der Stäbchen lag genau unter der Lampe. Als sie es aufnahm, bemerkte sie überrascht, dass es mit stark verblassten chinesischen Schriftzeichen beschrieben war. Aufgeregt legte sie auch die anderen Stäbchen auf den Nachttisch. Weil sie bisher ihre ganze Aufmerksamkeit dem kleinen Pferd gewidmet hatte, war ihr entgangen, dass die Bambusstäbchen über und über mit Tuschezeichen bedeckt waren. Was mochte dort stehen? War es ein Brief? Eine Botschaft? Ihr Fund wurde immer interessanter. Sie schob die Stäbchen noch eine Weile hin und her, bis sie schließlich ihren Schatz wieder sicher in der Jackentasche verstaute. Ohne die Hilfe eines Sinologen würde sie auch dieses Geheimnis nicht ergründen können.

Bevor sie das Licht löschte, blätterte sie lustlos in den »Dornenvögeln«. In der Buchhandlung hatte sie die Wahl zwischen Pater Ralph und Oliver Twist gehabt. Pater Ralph hatte die Oberhand gewonnen, auch wenn sie davon ausging, dass das Buch vom chinesischen Bildungsministerium zensiert worden war. Es war viel zu dünn. Ein englischsprachiges Buch über Schildkrötenhaltung hatte sie nicht gefunden.

* * *

Früh am nächsten Morgen ging Marion mit federnden Schritten ins Bad.

»*Yi – er – san – si, yi – er – san – si,* Gu – ten – Mor – gen, Bruder Tuck!«

Bruder Tuck lag auf dem Spucknapf und schlief. Den Kopf hatte er eingezogen, aber die Beine und der Schwanz hingen entspannt ins Wasser. Marion bildete sich ein, dass er glücklich aussah. Ihr selbst ging es richtig gut – Pater Ralph hatte sich als hervorragendes Schlafmittel erwiesen. Während sie sich die Zähne putzte, beschloss sie, sich um ihre Weiterreise zu kümmern und den Rest des Tages mit Sightseeing zu verbringen. Die schweren Wolken vom Tag zuvor hatten sich verzogen, der Himmel war blau und hoch.

Die erste Aufgabe des Tages war zugleich die schwierigste: der Kauf einer Zugfahrkarte. Marion hatte das Symbol der chinesischen Eisenbahn und die Schriftzeichen für »Fahrkarte« auf einen Zettel gemalt und hielt ihn mehreren Fußgängern unter die Nase. Die Befragten wiesen in unterschiedliche Himmelsrichtungen. Marion wählte die Richtung, in die am häufigsten gezeigt wurde, und wiederholte den Vorgang an der nächsten Kreuzung. Es war mühsam, aber nach einer halben Stunde stand sie in der richtigen Straße. Sie studierte konzentriert die Schilder über den Ladeneingängen, bis sie das Logo der staatlichen Eisenbahn entdeckte.

Die Kartenverkäuferin war ausgesprochen nett, sprach ein paar Brocken Englisch und konnte Marion für den übernächsten Tag einen Platz im Schlafwagen nach Xi'an anbieten. Obwohl Marion lieber früher abgereist wäre, stimmte sie zu. Die Fahrt würde über zwanzig Stunden dauern, und sie wollte nicht noch eine Nacht in der Holzklasse verbringen. Zufrieden verließ sie den Verkaufsraum und machte sich auf die Suche nach dem Tempel des Großen Buddha.

Sie fand ihn problemlos und betrat über den Hintereingang des Tempelgeländes einen kleinen, gepflasterten Innenhof, der von zweistöckigen Holzgebäuden umgeben war. Windschief, mit durchhängenden Balkonen und von der Zeit gezeichnet, lehnten sie sich in den Hof, als wollten sie den Mah-Jong- und Go-Spielern zusehen, die unter einem uralten Baum saßen. Chinesische Lampions hingen an seinen Ästen und schwebten wie kleine rote Ufos über den Spielern.

Marion setzte sich an einen freien Spieltisch und ließ sich von der Sonne wärmen. Sie liebte die friedliche Atmosphäre der chinesischen Tempel. Dabei war es einerlei, ob sie alt oder wieder aufgebaut worden waren. Die Roten Garden hatten zwar viele Tempel zerstört, aber nicht deren Seele. Als der Schatten eines Balkons über Marion kroch, raffte sie sich auf und zog los, um den *Dafo si* zu bewundern.

Auf dem Schild stand, der Große Buddha sei die größte liegende Buddhafigur in China. Zumindest die größte liegende Buddhafigur in einem Innenraum. Ohne Superlativ kommt in diesem Land keine Sehenswürdigkeit aus, dachte Marion amüsiert und betrat die langgestreckte Halle.

Der Buddha war tatsächlich groß. Marion schätzte die Länge des Tempels auf etwa fünfunddreißig Meter, und die Statue füllte den Raum fast aus. Sie ging ans Kopfende und sah dem Buddha in sein vergoldetes Gesicht, dessen halbgeöffnete Augen entrückt über ihrem Kopf ins Leere blickten. Nein, korrigierte sie sich, nicht ins Leere. Ins Nirwana. Durch die Türöffnungen fielen Strahlen von Sonnenlicht, in denen der Staub tanzte. Auf den mit Zwanzig-Watt-Birnen spärlich beleuchteten Wänden verharrten Jünger und mythische Könige demütig im Angesicht des Erleuchteten. Skulpturen von ausgemergelten Asketen starrten Marion mit wilden, hervorquellenden Augen an. Sie ging um den Buddha herum. Auf der Rückseite erschrak sie vor einem hölzernen Drachen, der im Halbdunkel hing. Marion schlich auf Zehenspitzen weiter. Die Magie des Ortes nahm sie gefangen.

Nachdem sie sich an dem Tempel sattgesehen hatte, spazierte Marion quer durch Zhangye zum Stadtpark. Zwanzig Minuten später stand sie vor dem verrammelten Tickethäuschen des Parks – im Winter schien der Eintritt frei zu sein. Zhangye gefiel ihr immer besser.

Die Äste der Trauerweiden tauchten in das Wasser eines künstlich angelegten Sees. Marion überquerte eine halbrunde Brücke zu einem Pavillon in der Mitte des Sees, setzte sich auf eine Bank und blickte auf das stille Wasser. Ob es hier Schildkröten gab? Würde Bruder Tuck sich in diesem Teich wohl fühlen? Bis auf einen mageren alten Mann auf seinem Nachmittagsspaziergang war der Park verlassen. Am gegenüberliegenden Ufer warteten Tretboote mit Drachen- und Donald-Duck-Köpfen auf Kundschaft, die erst im nächsten Frühling kommen würde. Ein leiser Wind löste einige Blätter von den Weiden und wehte sie auf den See hinaus, wo sie gemächlich niedersanken. Marion folgte hypnotisiert dem Kreiseln der gelben Blätter, die wie kleine Boote auf der Wasseroberfläche trieben.

Die melancholische Stimmung des einsamen Parks kroch in ihr Herz. Sie dachte an den kalten, grauen Morgen in Kashgar, an den traurigen Mann unter der Laterne, der kleiner wurde, immer kleiner, und schließlich ganz verschwunden war. Sie schüttelte das Bild ab und beschwor den letzten Abend in Kashgar herauf, als sie in Yandaos Arm durch die Straßen gegangen war. Sie hätte ewig so weiterlaufen können. Marion schluckte die aufsteigenden Tränen herunter. Es war aussichtslos. Die falsche Zeit, das falsche Land, eine unmögliche Verliebtheit. Sie fühlte sich zu dem sensiblen Mann hingezogen, aber sie sah keine Zukunft für einen chinesischen Polizisten und eine deutsche Studienabbrecherin. Er würde niemals ein Visum für Deutschland bekommen, und wie sollte sie ihr Geld in China verdienen? Eine Klempnerei aufmachen?

Marion schloss die Augen. Und wenn es doch nicht so aussichtslos war? Der Wind strich über ihr Gesicht, und sie stellte sich vor, dass es Yandaos Hände waren. Zum ersten Mal erlaubte sie sich, ihren Gedanken freien Lauf zu lassen, und verlor sich bald in Träumen, in denen sie Yandao und sich sah, Hand in Hand, vergnügt, glücklich. Wie Bilder aus dem Fotoalbum ihres zukünftigen Lebens reihten sich Schnappschüsse von ihr und dem chinesischen Kommissar aneinander: Yandao und sie in der Verbotenen Stadt in Beijing und vor den romantischen Felsformationen Guilins, sie sah ihn im Königspalast in Bangkok und auf der spanischen Treppe in Rom, ein anderes Bild zeigte sie beide eng aneinandergeschmiegt auf einer Touristengondel in Venedig. Auf dem letzten Bild saß Yandao auf einem Gartenstuhl mit gestreiften Sitzkissen, vor sich ein riesiges Stück Torte. Marion erkannte die Torte sofort: Ihre Mutter buk sie zu besonderen Anlässen.

Eine einzelne Träne rollte ihre Wange hinab. Marion wischte sie fort und schlug die Augen auf. Es war ein schöner Traum, dachte sie, ein Traum, nicht mehr und nicht weniger. Sie erhob sich. Es war besser, sie vergaß den Mann so schnell wie möglich und konzentrierte sich auf das, was vor ihr lag. Das Leben ging weiter. Vielleicht sogar mit Thomas.

* * *

Marion konnte sich nicht dazu durchringen, ihre warme Höhle unter den Decken zu verlassen, und verbrachte den nächsten Vormittag lesend im Bett. Bruder Tuck planschte in der Badewanne. Sie hatte sich dagegen entschieden, ihn im Teich auszusetzen, weil sie Angst hatte, dass er im Winter in dem kalten Wasser erfrieren würde. Draußen blies ein Herbststurm tote Blätter und leere Plastikflaschen durch die Straßen, stülpte die Regenschirme der Passanten um und hatte, zu Marions Genugtuung, sogar die Morgengymnastik der Schulkinder durcheinandergebracht. Nass wie die Pinguine hatten die armen Schüler in Reih und Glied gestanden und versucht, den Anweisungen aus den Lautsprechern Folge zu leisten, bis ein paar Mutige aus den höheren Klassen meuterten und einfach in das schützende Schulgebäude liefen. Zwei Minuten später war der Schulhof menschenleer gewesen. Mit der vielzitierten Disziplin der Chinesen ist es auch nicht mehr weit her, hatte Marion ein bisschen boshaft gedacht und war wieder ins Bett gekrochen.

Der Hunger trieb sie schließlich auf die Straße. Nach dem Essen ging sie noch einmal in das Internetcafé.

Batügül hatte eine lange Mail geschrieben. Die ganze Familie sandte ihre Grüße. Sie waren froh, dass Marion bei dem Busunfall nur leicht verletzt worden war.

Jenny und Greg hatten ihre Pläne geändert und flüchteten vor der Kälte. Noch am selben Abend wollten sie den Zug nach Xi'an nehmen. Jenny fragte, ob Marion Lust hätte, sich mit ihnen ein Zimmer zu teilen. Sie planten, in der Jugendherberge am Südtor abzusteigen. Marion sah auf ihre Uhr: Der Nachtzug hatte Zhangye vor einer Stunde passiert. Die beiden hatten sie überholt.

Thomas hatte nicht geantwortet. Sie schrieb ihm, dass sie in Xi'an in der Jugendherberge zu finden sein würde.

Li Yandao hatte geschrieben, er bedanke sich für die Kekse, sähe es aber lieber, wenn sie sich endlich meldete. Er mache sich große Sorgen um sie. Die Kekse seien übrigens schon fast alle, da sich seine Kollegen daran bedient hätten.

Die Erkenntnis traf Marion wie ein Schlag: die Kollegen. Yandaos Kollegen im Polizeirevier. Sie hatten die Schachtel gesehen. Der Uighure mit den langen Haaren war ihr in Turfan auf die Spur gekommen, weil er einen Kollegen von Yandao bestochen hatte – und nichts hinderte ihn daran, den korrupten Polizisten anzuweisen, die Augen nach einem direkt an Li Yandao adressierten Paket offen zu halten und es vielleicht sogar zu stehlen, sollte sich die Gelegenheit ergeben.

Wie konnte sie nur so dumm sein? In ihrer Arroganz hatte sie gedacht, ihr Plan sei wasserdicht, und dabei war sie nicht in der Lage gewesen, eins und eins zusammenzuzählen. Sie musste davon ausgehen, dass der Russe und der Uighure bereits über das Paket Bescheid wussten. Damit war ihnen auch klar, dass Marion sie vorsätzlich in die Irre geführt hatte. Selbst wenn die beiden den Himmelssee nach ihr absuchten, würde es nicht lange dauern, bis sie ihre Spur wieder aufnahmen. Sie hatte den Russen nach Urumqi geschickt, also lag es nahe, dass sie in die entgegengesetzte Richtung gereist war. Es gab nicht viele Möglichkeiten, aus Turfan zu verschwinden: nach Urumqi, Kashgar, Lanzhou. Und natürlich nach Xi'an, dem Tor zum Westen und dem Startpunkt der alten Seidenstraße. Touristen waren berechenbar, und Marion bildete keine Ausnahme.

Klebrige Angst kroch ihr das Rückgrat hinauf und setzte sich schwer auf ihre Schultern. Sie drehte sich hektisch um, halb damit rechnend, den Russen zur Tür hereinkommen zu sehen. Er war natürlich nicht da. Noch nicht. Ihre Registrierung unter falschem Namen hatte ihr etwas Zeit verschafft, außerdem würde der Russe sie wohl kaum in einer obskuren Kleinstadt im Hexi-Korridor vermuten. Das Gebiet, in dem sie sich aufhalten konnte, war so groß wie Deutschland. Größer, wenn sie die gesamte Strecke von Kashgar bis Xi'an mitrechnete. Sie musste diesen Vorteil nutzen. Xi'an besaß fünf Millionen Einwohner, und sie hatte eine reelle Chance, unsichtbar zu bleiben. Vorausgesetzt, sie brauchte ihren Pass in der Jugendherberge nicht vorzuweisen. Aber war Xi'an wirklich sicher? Der Russe war mindestens ebenso versessen auf die Figur wie sie und würde alle Hebel in Bewegung setzen, um sie ihr abzujagen. Marions Herz pochte in ihrem Hals wie nach einem schnellen Sprint. Die Angst lastete immer schwerer auf ihr.

Sie musste so schnell wie möglich nach Deutschland. Nach Hause.

Sie lehnte sich in ihrem Stuhl zurück und schloss die Augen. Der Druck auf ihren Schultern ließ langsam nach, und nach ein paar Minuten hatte sie eine Vorstellung davon, wie ihre nächsten Schritte aussehen mussten. Wenn sie einen kühlen Kopf behielt, konnte ihr nichts passieren. Sie öffnete die Augen, zog die Tastatur zu sich heran und begann mit fliegenden Fingern zu tippen.

In ihrer ersten Mail bat sie Jenny und Greg, ein Dreierzimmer zu buchen, ohne ihren Namen zu erwähnen. Wenn es unvermeidlich war, sollten sie sagen, sie würden ihre Freundin Sylvia Müller erwarten.

Li Yandao schrieb sie, sie sei gerade in Thailand angekommen, es ginge ihr gut und sie hoffe dasselbe von ihm. Dann bezahlte sie und verließ das Café. Sie hatte einiges zu erledigen und musste sich beeilen.

Als Erstes ging sie zum Büro von CITS, dem China International Travel Service, um einen Flug zu kaufen. Die Buchung erwies sich als problematisch, da es weder von Lanzhou noch von Xi'an Direktflüge nach Europa gab. Letzten Endes entschied sie sich für einen Flug von Xi'an nach Bangkok. Dort würde sie versuchen, einen Last-Minute-Platz nach Europa zu bekommen. Es waren noch fünf Tage bis zum Abflug, alle früheren Flüge waren ausgebucht. Obwohl Marion über die Verzögerung alles andere als glücklich war, stopfte sie das Ticket mit einem Gefühl der Erleichterung zu dem Kästchen in die Innentasche. Darum würde sie sich als Nächstes kümmern.

Auf dem Weg zum Hotel gab es einen Laden, der kleine Statuen, Jadeanhänger, chinesische Fächer und andere Souvenirs verkaufte. Ein alter Chinese mit schütterem grauen Haar eilte ihr entgegen, sobald sie die Ladentür öffnete. Unvermittelt pries er ihr in überraschend gutem Englisch den gesamten Inhalt seiner Regale und Vitrinen an.

Sie wehrte ab. »Ich möchte mich erst einmal umsehen.«

»Aber bitte, lassen Sie sich Zeit«, sagte er und zog sich höflich hinter seinen Tresen zurück.

Nachdem sie die Regale und Auslagen durchstöbert hatte, wählte sie die Bronzefigur eines grimmigen Kriegers in reich dekorierter Rüstung.

»Kuan Kong«, erklärte der alte Chinese, »er beschützt das Haus und bringt den Geschäftsleuten guten Umsatz.«

»Haben Sie auch einen, der nicht fürs Geld, sondern für das persönliche Wohlergehen zuständig ist?«

Der Chinese runzelte die Stirn, was sein Gesicht noch faltiger machte. »Ist das nicht das Gleiche?«, fragte er.

»Das würde ich nicht sagen. Gesundheit. Liebe. Freundschaft. Einen Beschützer in schlechten Zeiten. Darum geht es mir.«

»Da kann ich Ihnen helfen.« Der alte Chinese trat zu einem Regal und zeigte auf eine weiße Porzellanfigur. Es war eine aufrecht stehende Person in fließenden Gewändern; die abstrakten Gesichtszüge erinnerten Marion an die chinesischen Buddhadarstellungen, die sich nicht darum scherten, dass Buddha ein Inder war.

»Wer ist das?«

»Das ist Kuan Yin, die Göttin der Barmherzigkeit.«

»Ich nehme sie.«

»Wollen Sie den Kuan Kong auch haben?«

»Ja. Außerdem einen Fächer und zwei von den Jade-Amuletten. Ich hoffe doch, dass ich Mengenrabatt bekomme«, sagte Marion mit unschuldiger Miene.

Der Chinese antwortete ebenso unschuldig: »Ich werde Ihnen einen guten Preis machen.«

Sie verhandelten fast eine halbe Stunde, bis sie sich auf einen Preis geeinigt hatten. Marion nahm ihr Paket und eilte hinaus. Die Zeit lief ihr davon. Sie hatte nur noch eine Stunde, bis das Postamt schloss.

Als sie sich in der Tür umdrehte, um dem alten Chinesen zum Abschied zuzuwinken, blieb ihr Blick an einer kleinen Bronzefigur haften. Die etwa fünfzehn Zentimeter hohe Figur stellte ein Pferd in vollem Galopp dar. Als Sockel fungierte eine Schwalbe; nur einer der Hufe berührte den Rücken des Vogels, die anderen drei Beine schwebten in der Luft. Das Pferd hatte keinerlei Zaumzeug oder Schmuck und sah mit seinen weit aufgerissenen Augen und dem zu einem Wiehern oder Schnauben geöffneten Maul sehr lebendig aus. Obwohl es im Gegensatz zu der Pferdefigur in Marions Tasche eine Vollplastik und aus einem anderen Material hergestellt war, ähnelten sich die beiden Kunstwerke im Stil.

Der Ladenbesitzer war hinter Marion getreten.

»Beeindruckend, nicht wahr? Das ist *Tian Ma,* das Himmelspferd. Selbstverständlich nur eine Replik.«

Marion, die versunken die Figur betrachtete, horchte auf.

»Ein himmlisches Pferd? Was meinen Sie damit?«, fragte sie.

Der Mann wies auf einen Stuhl.

»Setzen Sie sich. Ich koche einen Tee, und dann erzähle ich Ihnen von den Himmlischen Pferden.«

»Ich würde die Geschichte gern hören, aber ich muss zum Postamt. Wie lange haben Sie geöffnet?«

»So lange ich Lust habe. Aber ich habe einen besseren Vorschlag: Um die Ecke gibt es ein Restaurant, das hervorragendes *mapo dofu,* Tofu nach Art des Pockennarbigen, macht. Würden Sie mir dort Gesellschaft leisten?«

Da war sie wieder, die spontane, aufrichtige Freundlichkeit, die allem Vagabundieren, all dem Fernweh einen Sinn gab. Die Freundlichkeit, die überall auf der Welt zu Hause war, die alle Barrieren – seien sie durch Sprache, Rasse, Alter oder unterschiedliche soziale Schicht entstanden – mit einem einfachen Lächeln niederriss. Ein Lächeln, das auch Marion beherrschte.

»Wann soll ich dort sein?«, fragte sie. Der alte Chinese hatte ihr schlagartig ihre innere Ruhe wiedergegeben.

»Passt es Ihnen um sieben?«

»Ja. Bis später also«, sagte sie und stieß die Tür ein zweites Mal auf.

Das Postamt unterschied sich kaum von dem in Turfan. Marion fand ohne Schwierigkeiten den Paketschalter und ließ sich eines der genormten Postpakete geben. Vor den Augen des gelangweilten Beamten legte sie nacheinander die gerade erstandenen Gegenstände in die Kiste. Bevor sie die zerbrechliche Kuan Yin in Zeitungspapier wickelte, zog sie das Kästchen mit dem zerbrochenen Pferd aus ihrer Jacke und stopfte es seitlich neben den Krieger. In Gesellschaft der anderen Gegenstände sollte es beim Durchleuchten nicht weiter auffallen – es war nur eins von mehreren billigen Souvenirs. Sollten der chinesische oder der deutsche Zoll misstrauisch werden, konnte sie sich immer noch mit Unwissenheit herausreden.

Der Postbeamte zuckte nicht mit der Wimper. Marion nahm die Kuan Yin und legte sie behutsam auf die anderen Sachen, verklebte das Paket und bekam die Zollfreigabe. Dann adressierte sie es an ihre Freundin Susanne, der sie blind vertraute, und trug es zum Schalter. Die Gebühr für Luftpost war hoch, aber das war ihr gleichgültig: Sie wollte das Paket in Deutschland sofort in Empfang nehmen können. Sobald sie auf der Straße stand, verbrannte sie die Quittung. Sollte das Paket verlorengehen, würde sie niemals den Mut aufbringen, es zu reklamieren.

Eine Last war von ihren Schultern genommen worden. Dennoch hatte Marion einen inneren Kampf mit sich ausfechten müssen, bevor sie das Paket aushändigte. Es fiel ihr ungemein schwer, sich von ihrem Schatz zu trennen, auch wenn es nur für eine Woche war.

* * *

Der alte Ladenbesitzer saß bereits an einem Tisch, als sie das Restaurant betrat. Marion nahm ihm gegenüber Platz.

»Sie sehen anders aus«, begrüßte er sie irritiert.

»Ich war beim Friseur. Gefällt es Ihnen?«

»Ich mochte die hellen Haare lieber. Mit diesen kinnlangen schwarzen Haaren kann man Sie mit einer Chinesin verwechseln«, stellte er fest. »Was möchten Sie essen?«

»Bestellen Sie einfach, ich bin eine dankbare Esserin«, sagte Marion. »Stammen Sie aus Zhangye?«

»Nein, ich bin in Sichuan geboren und habe in Chongqing studiert. Warum fragen Sie?«

»Ich habe bisher niemanden aus Ihrer Generation getroffen, der so gut Englisch spricht. Zhangye scheint mir nicht unbedingt der Ort zu sein, wo man es lernt.«

»Gut beobachtet.« Der Alte lachte. »Wir befinden uns hier in der tiefsten Provinz. Aber was hat *Sie* in dieser ungemütlichen Jahreszeit nach Zhangye verschlagen?«

»Ich habe von dem Großen Buddha gehört, und da ich gerade aus Xinjiang komme, habe ich meine Reise in den Osten kurz unterbrochen.«

»Interessieren Sie sich für chinesische Geschichte?«

»Ich dachte immer, ich wüsste einiges über China, aber je länger ich hier bin, desto klarer wird mir, dass ich keine Ahnung habe.«

»Dann lassen Sie uns doch mit der ersten Unterrichtsstunde beginnen«, sagte der alte Mann und stellte einen in Papier gewickelten Gegenstand vor Marion.

»Für Sie.«

»Für mich?«

»Packen Sie es aus.«

Marion entfernte das Papier. Die Replik des Himmlischen Pferdes, die sie vorhin im Laden so bewundert hatte, kam zum Vorschein.

»Das kann ich nicht annehmen!«

»Sehen Sie es als Geschenk für meine Kundin des Monats. Ich hatte den Eindruck, dass Sie von der Skulptur sehr angetan waren.«

Marion nickte und strich über die glatte Oberfläche des Bronzepferdes.

»Vielen Dank. Es wird einen Ehrenplatz bekommen.«

»Ich will ja nur, dass Sie ab und zu an den alten Souvenirhändler aus Zhangye denken. Es ist also ein ganz eigennütziges Geschenk. Darf ich nach Ihrem Namen fragen?«

»Marion. Oder Ma Li Huo, wenn es Ihnen lieber ist.«

»Ma Li Huo? Wissen Sie, was es bedeutet?«

»Nein.«

Er bückte sich zu seiner Tasche unter dem Tisch und kam mit einem Stift wieder zum Vorschein. Mit schnellen Strichen zeichnete er drei Schriftzeichen auf eine Serviette.

»Sehen Sie? Die Zeichen für Ma Li Huo.«

Marion betrachtete die unverständlichen Zeichen. Sie hatte keine Idee, worauf er hinauswollte.

»Ist das die Schreibweise?«

»Ja.« Er wies nacheinander auf die drei Zeichen. »*Ma,* Pferd. *Li,* das Zeichen für Stärke und Kraft. *Huo,* Feuer. Ein machtvoller Name: Pferd – Kraft – Feuer. Das starke Pferd des Feuers. Oder Mächtiges Feuerpferd, obwohl die Reihenfolge der Zeichen nicht stimmt. Wer hat Ihnen diesen chinesischen Namen gegeben?«

»Ein Freund.«

»Ihr Freund muss eine hohe Meinung von Ihnen haben.«

Mächtiges Feuerpferd. Yandao hatte den Namen vermutlich nur wegen der phonetischen Ähnlichkeit ausgesucht und ganz andere Zeichen im Sinn gehabt. Marion wusste, dass dieselben Silben im Chinesischen oft Dutzende von Bedeutungen hatten – je nachdem, wie sie betont wurden.

»Könnte es auch noch etwas anderes ausdrücken?«, fragte sie.

»Wegen der Klanggleichheit?« Er schüttelte den Kopf. »Nein, mir fällt nichts Besseres ein.«

Der Wirt stellte etliche Teller und Schüsseln auf ihren Tisch, von denen ein würziger Duft aufstieg. Der alte Mann hatte nicht zu viel versprochen: Das *mapo dofu* war köstlich.

»Was hat es nun mit den geheimnisvollen Himmlischen Pferden auf sich?«, fragte Marion.

»Die Geschichte beginnt im Jahr 126 vor Christi. In diesem Jahr kam Zhang Qian von seiner großen, zwölf Jahre dauernden Reise durch die Königreiche westlich der Taklamakan-Wüste zurück. Kaiser Wu Di aus der Han-Dynastie hörte sich die Geschichten seines Botschafters mit Begeisterung an: Sie eröffneten ihm eine neue Welt – und neue Perspektiven.

Dazu müssen Sie wissen, dass Wu Di ein skrupelloser, jähzorniger und machthungriger Mann war, zumindest, wenn man seinem Geschichtsschreiber Glauben schenkt. Unter seiner Herrschaft vergrößerte sich das Chinesische Reich in alle Himmelsrichtungen, bis es in etwa der heutigen Volksrepublik China ohne die Mandschurei und Tibet entsprach. China lag in einem dauerhaften Krieg mit den Barbarenvölkern an seinen Grenzen, vor allem im Norden und Westen, wo die Xiongnu den chinesischen Siedlern das Leben schwermachten.«

»Gut, dass Sie die Xiongnu erwähnen«, unterbrach Marion. »Ich bin vor einigen Tagen über diesen Namen gestolpert, konnte aber nichts damit anfangen. Wer waren sie?«

»Ein in den Steppen nördlich von China lebendes Nomadenvolk. Sie züchteten Pferde und Schafe, lebten in großen Fellzelten und waren gefürchtete Krieger. Vor allem ihre Reitkünste machten es den schwerfälligen chinesischen Armeen schwer, sie zu besiegen. Zu Beginn der Regierungszeit Wu Dis herrschten die Xiongnu über Xinjiang und sogar über den Hexi-Korridor, bis die Chinesen sie von dort vertrieben. Das geschah in den Jahren, als der Große Reisende Zhang Qian in den westlichen Ländern unterwegs war.

Die Große Chinesische Mauer ist übrigens gebaut worden, um die Xiongnu von ihren Raubzügen in China abzuhalten, aber viel genutzt hat sie nicht.«

»Hat denn der Kaiser … wie hieß er?«

»Wu Di, der Kriegerische.«

»Wie passend. Also, hat Kaiser Wu Di die Mauer gebaut? Ich dachte, es wäre dieser Qin-Kaiser mit der Terrakotta-Armee gewesen. Und der hat doch noch früher gelebt, oder?«

»Stimmt. Qin Shi Huangdi hat die schon vor seiner Reichsgründung bestehenden Bollwerke zu einer langen Mauer verbinden lassen. Die Xiongnu waren bereits viele Jahrhunderte lang eines der größten Probleme Chinas. Aber zurück zu den Himmlischen Pferden: In den auf Zhang Qians Rückkehr folgenden Jahren brach eine Gesandtschaft nach der anderen mit reichen Geschenken zu den Königreichen im Westen auf, um den Barbaren die Größe und Macht des Han-Reichs vorzuführen und sie auf friedlichem Weg davon zu überzeugen, sich China als Vasallenstaaten zu unterwerfen. Die Herrscher dieser Länder leisteten den Aufforderungen Folge und sandten ihre besten Männer nach Chang'an, um dem Kaiser ihren Respekt zu bezeugen und Geschenke zu überreichen.

Sie haben hoffentlich kein Problem damit, dass ich von Barbaren spreche?«, unterbrach sich der alte Mann.

»Überhaupt nicht«, sagte Marion. »Ich bin lange genug hier, um zu begreifen, dass die Weltanschauung der Chinesen simpel ist: Es gibt Chinesen, und es gibt Barbaren. Zum Beispiel Xiongnu-Barbaren, amerikanische Barbaren, deutsche Barbaren …«

»So schlimm sind wir nicht.«

»Nein?«

»Zumindest nicht alle Chinesen«, räumte der alte Mann ein. Die Wendung des Gesprächs war ihm sichtlich peinlich.

»Ich wollte Sie genauso wenig beleidigen wie Sie mich«, lenkte Marion ein. »Es war ein Scherz.«

»Ein Scherz mit einem wahren Kern.«

»Aber Sie können auf eine fünftausendjährige Geschichte zurückblicken. In diesem Licht betrachtet, sind wir Europäer wirklich Barbaren.«

Der alte Chinese lächelte. »Wir beide haben immerhin keine Vorurteile.«

Marion hob ihr Teeglas. »Erzählen Sie weiter.«

»Wo waren wir stehengeblieben?«

»Der große Wu Di hat die Barbaren davon überzeugt, dass es nicht klug ist, ihn zum Feind zu haben.«

»Genau. Eines der Reiche war Dayuan, im heutigen Ferghana-Tal in Usbekistan. Wugua, der König des etwa viertausend Kilometer von Chang'an entfernten Dayuan-Reichs, hatte Pferde geschickt, und als der Kaiser die Tiere sah, erkannte er sie als die *Tian Ma,* die Himmlischen Pferde, die einer Weissagung zufolge aus dem Nordwesten zu ihm kommen sollten. Kaiser Wu Di stellte umgehend eine Gruppe fähiger junger Männer zusammen. Sie reisten nach Ershi, wo der König von Dayuan die besten seiner Pferde versteckt hielt. Die Chinesen wurden unfreundlich empfangen, und der König weigerte sich, ihnen die Pferde auszuhändigen. Auf ihrem Rückweg nach Osten töteten seine Männer die chinesischen Abgesandten.«

»Den Rest kann ich mir denken«, warf Marion ein. »Der Kaiser will Rache und holt sich die Pferde mit Gewalt.«

»Richtig. Sobald Kaiser Wu Di davon erfuhr, beschloss er, Wugua für seinen Hochmut zu bestrafen und ihm die Stärke der Han zu demonstrieren. In großer Eile wurde ein Heer unter der Führung des Generals Li Guangli nach Dayuan entsandt. Der erste Feldzug war erfolglos, aber bei einem zweiten Versuch gelang es dem General, die Pferde von Dayuan nach China zu bringen.«

»Solch ein Aufwand für ein paar Pferde! Was war Besonderes an ihnen, dass dafür Zehntausende von Soldaten geopfert wurden? Pferd ist Pferd, für mich sieht eins aus wie das andere.«

»Es heißt, dass sie sehr ausdauernd und schnell waren. Nicht nur dem Kaiser war klar, dass die herrlichen Tiere den chinesischen Ponys weit überlegen waren und den Han endlich die Möglichkeit gaben, die wendigen Reiter der Xiongnu auszumanövrieren. Der Legende nach haben die Pferde Blut geschwitzt.«

»Habe ich richtig gehört? Sie haben *Blut* geschwitzt?«

»Heute geht man davon aus, dass die Pferde Parasiten in der Haut hatten, die ihnen kleine Wunden beibrachten. Aber Sie müssen sich vorstellen, wie dieses Phänomen auf die Menschen vor zweitausend Jahren gewirkt hat. Manche glaubten sogar, die Himmlischen Pferde seien in der Lage zu fliegen.«

Der alte Mann zeigte auf das Bronzepferd, das er Marion geschenkt hatte. »Und jetzt schließt sich der Kreis zu diesem Kunstwerk, oder besser, zu dem Original: Es stellt eines der Himmlischen Pferde dar. Archäologen haben die aus der späten Han-Dynastie stammende Skulptur in einem Grab in Wuwei gefunden, nur dreihundert Kilometer von Zhangye entfernt. Nachdem die Himmlischen Pferde sicher nach China gelangt waren, ließ der Kaiser überall im Land Gestüte gründen, um sie zu züchten. Die größten Gestüte entstanden hier im Hexi-Korridor.«

Es war inzwischen beinahe zweiundzwanzig Uhr. Der alte Chinese gähnte herzhaft. »Entschuldigen Sie. Normalerweise liege ich um diese Zeit bereits im Bett und schlafe.«

»Sie sind ein wandelndes Geschichtsbuch. Ich habe richtig Lust bekommen, mich weiter mit dem Thema zu beschäftigen.«

»Tun Sie es. Wenn Sie in Xi'an sind, sollten Sie unbedingt ins Historische Museum gehen.«

»Das werde ich machen. Und jetzt will ich Sie nicht weiter um Ihren Schlaf bringen.«

»Es war mir ein Vergnügen. Ich habe nicht oft so aufmerksame Zuhörer wie Sie, Mächtiges Feuerpferd.«

Marion zog eine Grimasse. »An diesen Namen muss ich mich erst gewöhnen.«

»Im chinesischen Horoskop gelten Feuerpferde als extreme Charaktere, wild, unzähmbar, klug. Mit Feuerpferden wird es nie langweilig. Leben Sie wohl. Ich wünsche Ihnen eine gute Reise«, sagte er und trat vor ihr auf die nächtliche Straße.

* * *

Das Schlafwagenabteil war eine angenehme Überraschung: sauberer, blauer Linoleumfußboden, weiße Resopalwände, blütenreine Vorhänge, hellblau gerüschte Unterlagen für die Schlafpritschen. Marion stellte den Eimer, in dem Bruder Tuck in einer Wasserpfütze schlief, auf den Tisch und schob ihre Tasche unters Bett. Sie hatte sich entschieden, die Schildkröte zu behalten. Einer der Abteilgenossen blickte gierig von seiner Koje in den Eimer.

»Hen hao«, bemerkte er und schmatzte mit den Lippen.

»Untersteh dich!«, fuhr Marion ihn an. »Die ist nicht für deinen Magen bestimmt.«

Der Mann zog erschrocken seinen Kopf zurück, was ihn selbst

wie eine Schildkröte aussehen ließ. Marion warf ihm einen vernichtenden Blick zu, dann kletterte sie in ihre eigene Koje und vertiefte sich in die skandalösen Fehltritte von Pater Ralph. Sie hatte keine Lust auf eine Konversation mit ihren Mitreisenden.

Der Zug setzte sich in Bewegung. Vor ihr lag der letzte große Abschnitt einer Reise, die sich ganz anders entwickelt hatte als erwartet.

DAS HIMMLISCHE PFERD

APRIL 205 N. CHR.

Die kleine Werkstatt im Handwerkerviertel Wuweis war ungewöhnlich ruhig. Meister Liu hatte seine Gehilfen und sogar seinen Lieblingsenkel fortgeschickt. Mit feierlichem Ernst wählte er ein kleines Werkzeug aus und begann, behutsam auf einen schweren, unförmigen Block aus gebranntem Ton einzuklopfen. Stück für Stück lösten sich Teile des Tons und enthüllten die sich darunter verbergende Bronzeskulptur. Konzentriert setzte Meister Liu seine Arbeit fort, bis die Figur vollständig von ihrer Gussform befreit war.

Hinter ihm erklang ein unterdrückter Ausruf, und er drehte sich ärgerlich um. Sein Enkel stand schuldbewusst in der Türöffnung.

»Ich wollte nur den Bronzespiegel für den großen General holen, und da sah ich …« Er brach ab und zeigte auf die Figur vor Meister Liu. »Es ist perfekt«, flüsterte er.

Meister Lius Ärger war schon verflogen. Er winkte seinen Enkel heran, und der junge Mann, dem gerade der erste Bart spross, umkreiste ehrfürchtig die Arbeitsplatte.

»So ein Kunstwerk möchte ich auch einmal schaffen«, sagte er.

»Das wirst du, Xiao Yi. Du bist viel talentierter als ich. Dein Spiegel für den General ist eine anständige Arbeit. Als ich in deinem Alter war, habe ich die Tage damit verbracht, die Bronzen zu putzen und zu polieren.«

Schweigend standen der alte und der junge Mann vor dem Bronzepferd. Noch war die Oberfläche verschmutzt und blind, und die Gussgrate standen hässlich nach allen Seiten ab, aber auch ohne den Glanz, den es nach der Feinbearbeitung haben würde, strahlte das Pferd eine Kraft und Lebendigkeit aus, als würde es jeden Moment davongaloppieren. Die mehr als einen Unterarm lange Figur war meisterhaft ausbalanciert, nur eines der Hufe berührte leicht den Rücken einer Schwalbe, die Meister Liu anstelle eines Sockels geformt hatte.

»Dieser Vogel … das Pferd ist so schnell wie der Wind, nicht wahr?«

»Es ist ein Himmlisches Pferd. Und die können bekanntlich fliegen«, antwortete Meister Liu mit einem Augenzwinkern.

»Meine können es nicht.«

Meister Liu und sein Enkel fuhren beim Klang der autoritären Stimme herum. Ein großgewachsener alter Mann in einem Seidengewand durchmaß mit kraftvollen Schritten die Werkstatt. Die beiden Handwerker verbeugten sich tief.

»Es ist mir eine Ehre, den verdienstvollen General in meiner bescheidenen Werkstatt begrüßen zu dürfen«, sagte Meister Liu. »Bitte gebt acht, Eure Kleidung nicht mit Ruß zu beschmutzen. Wenn ich geahnt hätte, dass Ihr persönlich den Spiegel abholen kommt, hätte ich …«

»Spar dir die Worte«, unterbrach der General ihn barsch. »Du weißt, dass ich eine Schwäche für deine Werkstatt habe. Dein Brennofen und all die Werkzeuge erinnern mich immer ein wenig an die Hölle, von der diese neumodischen Buddhisten erzählen. Es kann nicht schaden, sich vorab ein Bild zu machen.« Er lachte dröhnend über seinen eigenen Witz und hieb Xiao Yi, der selbst kein Schwächling war, so heftig auf die Schulter, dass der junge Mann schmerzvoll das Gesicht verzog.

»Und nun erzähl mir, was das Gerede über die fliegenden Pferde zu bedeuten hat. Sie könnten den berittenen Truppen von Nutzen sein.« Wieder lachte er so laut, dass es im ganzen Raum widerhallte.

Statt einer Antwort trat Meister Liu einen Schritt beiseite und gab den Blick auf das Bronzepferd frei. Es war ihm unangenehm, dem General eine unfertige Arbeit zu präsentieren, aber gleichzeitig war es undenkbar, sich dem Mann, der gesellschaftlich so viele Stufen über ihm stand, zu widersetzen.

Der General hielt unwillkürlich die Luft an, als er die Statue sah. Er war in der Hauptstadt erzogen worden und hatte dort eine tiefe Liebe zur Kunst und Dichtkunst entwickelt. Was er hier, in dieser Provinzmanufaktur, vor sich sah, war ein Meisterwerk, wie man es selbst in Luoyang oder in Chang'an nur selten fand.

»Du hast dir deinen Ehrentitel redlich verdient, *Meister* Liu«, bemerkte er mit Achtung in der Stimme. »Jetzt weiß ich, warum die Leute selbst in tausend *li* Entfernung noch von dir sprechen.«

»Ich bin nur ein einfacher Handwerker, dem eine hübsche Figur gelungen ist«, sagte Meister Liu. Es waren leere Worte: Er wusste ebenso gut wie der General, dass diese Figur den Höhepunkt seines Lebens als Bronzegießer darstellte.

»Wie viel willst du dafür haben?«

»Ich verkaufe es nicht.«

»Sei nicht so halsstarrig. Sag mir eine Summe, und ich zahle dir das Doppelte. Du kannst dir jederzeit ein zweites machen.«

»Nein, ich verkaufe es nicht. Aber ich werde es Euch schenken. Euer Gold brauche ich nicht, meine Werkstatt hat mir und meinen Kindern und Kindeskindern mehr als genug eingebracht, und sie werden meine Arbeit fortsetzen. Dies war mein letztes Werk, ich habe erreicht, was ich mir vor vielen Jahren vorgenommen hatte.«

»Ich danke dir«, sagte der General schlicht. »Jetzt ist es an mir zu sagen, dass ich diese Ehre zu würdigen weiß. Ich möchte, dass diese Figur mich in die jenseitige Welt begleitet, wenn meine Zeit kommt. Was sehr bald geschehen könnte«, fügte er nachdenklich hinzu.

»Warum redet Ihr vom Tod? Ihr seid kaum älter als ich.«

»Du lebst in deiner kleinen Welt, Meister Liu. Möge sie nicht gestört werden und sei es dir vergönnt, dein Leben in Frieden zu beenden, aber es steht zu befürchten, dass daraus nichts wird. Hast du es denn nicht gehört? Das Reich ist in Aufruhr, Luoyang wurde bereits vor Jahren in Schutt und Asche gelegt, und Kaiser Xian Di ist nur noch eine ohnmächtige Puppe. Das Reich zerfällt, die Han-Dynastie ist am Ende. Der Krieg steht auch in Wuwei vor der Tür.«

»Was wird passieren?«, fragte Xiao Yi. Er verfolgte zwar das Gerede auf dem Markt, aber bisher hatte er nur verwirrende, sich widersprechende Gerüchte gehört.

Der General zuckte die Achseln. »Ich weiß es nicht. Und wenn ich ehrlich sein soll, will ich es auch nicht wissen. Ich habe mich nach Wuwei zurückgezogen und der Pferdezucht gewidmet, weil ich die Verlogenheit der Politik nicht mehr ertragen konnte. Die Himmlischen Pferde schienen mir die bessere Gesellschaft im Vergleich zu den irdischen Menschen.«

»Ihr habt ein gar zu schlechtes Bild von den Menschen.«

»Von bestimmten Menschen, lieber Meister Liu. Glaubt mir: Je weiter von der Hauptstadt entfernt, desto besser werden die Leute«, sagte er resigniert. »Ein Bronzeschmied ist mir allemal lieber als ein Ränkeschmied.« Dann wandte er sich an Xiao Yi: »Aber wir wollen den Spiegel nicht vergessen.«

Xiao Yi eilte zu einem Regal und brachte dem General einen in rote Seide eingeschlagenen Gegenstand. Der General wickelte den Stoff ab und begutachtete eingehend die reich dekorierte Rückseite des runden Bronzespiegels. Um den Griff im Zentrum waren die Tiere der vier Himmelsrichtungen angeordnet: der Grüne Drache und der Weiße Tiger, der Rote Vogel und die Schwarze Schildkröte sowie die zwölf Tierkreiszeichen. Mit einem befriedigten Nicken richtete der General die glattpolierte Vorderseite des Spiegels gegen das zur Tür hereinfallende Sonnenlicht. Ein heller Fleck tanzte über die Wände der Werkstatt.

»Eine sehr schöne Arbeit, Xiao Yi. Dieser magische Spiegel sollte Dämonen aller Art von meinem Haus fernhalten können. Vielleicht sogar den Krieg.«

Nachdem der General sie verlassen hatte, fiel Xiao Yi vor seinem Großvater auf die Knie. Seine Augen waren tränenfeucht.

»Warum sagtet Ihr dem verehrten General, dass dies Euer letztes Werk sei, *yeye?*«

Meister Liu räusperte sich. »Ich werde in wenigen Tagen aufhören zu arbeiten. Du als der Begabteste wirst die Werkstatt weiterführen.«

»Aber ich bin zu jung und brauche Euren Rat!«

»Das mag sein, aber nicht mehr lange.« Meister Liu lächelte gerührt auf den jungen Mann hinunter. »Steh jetzt auf und hör mir zu. Ich möchte dir von dem Abend erzählen, der mein ganzes Leben und Schaffen beeinflusst hat. Ich war damals noch ein junger Mann und wurde von meinem Vater – deinem Ahnen – in der Kunst des Bronzegießens unterrichtet.«

* * *

Liu Yiji schulterte den schweren Sack mit dem Bronzekessel auf seine schmächtigen Schultern und trat aus dem Hoftor. Ein eisiger Wind fuhr unter den dünnen Wollstoff seines Mantels, und der Schnee durchnässte seine abgetragenen Filzschuhe. Nur ein Pelz hätte einen Mann in der Kälte dieses späten Januarnachmittags warm halten können, aber dafür würde ihm immer das Geld fehlen. Pelze und Lederschuhe waren etwas für die reichen Händler und Beamten, nicht für die armen Handwerker. Er zog seine Filzkappe tief in die Stirn, senkte den Kopf und marschierte zum Viertel der Händler.

Kurz nach Einbruch der Dunkelheit fand er das Haus der Bing-Familie. Verblüfft blieb er vor dem Tor stehen, dessen Balken so verrottet waren, dass jeder Dieb es ohne Schwierigkeiten hätte eintreten können. Durch einen mannsbreiten Spalt in der Außenmauer erhaschte er einen Blick auf den Innenhof und die Gebäude. Unrat lag herum, und das Dach des Haupthauses war eingesunken. Es hieß, dass es mit der Bing-Familie nicht zum Besten bestellt sei, aber mit dieser Verwahrlosung des riesigen Anwesens hatte Liu Yiji nicht gerechnet. Er klopfte an das Tor, und kurz darauf wurde es von einer schönen jungen Frau geöffnet.

»Fräulein Bing Po?«, fragte Liu Yiji.

»Nein, ich bin ihre ältere Schwester, Bing Ping«, sagte sie abweisend. »Wer bist du? Was willst du?«

»Ich bin der Sohn des Bronzegießers und bringe den Kessel.«

»Dann folge mir.« Sie drehte sich um und überquerte den schlammigen Hof. Liu Yiji wunderte sich über den Zustand ihrer Gewänder, die zwar aus feinerem Stoff als sein eigener Mantel, aber mindestens ebenso häufig geflickt waren. An den Füßen trug sie bestickte, vom Schlamm ruinierte Pantoffeln.

Ohne sich um die Etikette zu scheren, führte sie ihn direkt in die große Privathalle. Liu Yiji trat neugierig über die Schwelle, aber statt der erwarteten Pracht empfing ihn ein nur von zwei Öllampen geisterhaft erleuchteter, vollkommen leerer Raum. Helle Flecken an den Wänden verrieten, dass dort vor kurzer Zeit noch Seidenbilder und Kalligraphien gehangen hatten. Bing Ping trat durch eine Türöffnung, und Liu Yiji musste sich beeilen, um die junge Frau nicht aus den Augen zu verlieren. Der nächste Raum war unbeleuchtet. Liu Yiji erschrak, als eine Männerstimme erklang.

»Wen bringst du ins Haus, Tochter?«, fragte der unsichtbare Mann.

»Nur den Bronzeschmied.«

»Gut. Sag ihm, er soll sich das Geld von deinem Großvater holen.«

Liu Yijis Augen gewöhnten sich langsam an das schwache Licht, das von den flackernden Öllampen aus der Halle hereindrang. In einer Ecke des Raums saß der geheimnisvolle Bing Tong, um den sich so viele Legenden rankten. Es fiel Liu Yiji schwer, die zusammengesunkene Gestalt mit der strahlenden Persönlichkeit in Verbindung zu bringen, die ein nie versiegender Quell des Klatsches für die Marktweiber war: Bing Tong, der eines Tages mit Reichtümern beladen in die Stadt geritten war und noch am selben Tag dem hochnäsigen Pferdehändler Sun Luo seine Aufwartung gemacht hatte. Bing Tong, der einen Mond später nicht nur die bezaubernde Tochter des Händlers heiratete, sondern auch dessen Geschäfte übernahm. Bing Tong, der Emporkömmling aus der Yar-Khoto-Oase im Westen, der in Wuwei sein Glück gemacht hatte.

Innerhalb kurzer Zeit gebar die schöne Sun Meng ihm zwei Töchter und einen Sohn, und sein Reichtum wuchs. Doch nach einigen Jahren wandte sich das Glück von ihm ab: Die großen Pferdeherden wurden von einer geheimnisvollen Krankheit heimgesucht. Seine zwischen Wuwei, Kucha und Kashgar pendelnden Karawanen wurden immer häufiger Opfer von Räuberbanden, und in seinen Getreidespeichern gab es mehr Ratten als Korn. Im Laufe weniger Jahre war die Bing-Familie hoch verschuldet und verkaufte nach und nach ihren wertvollen Hausrat. Die schöne Sun Meng wurde darüber schwermütig und hatte schon lange ihr Zimmer nicht mehr verlassen. Und dann trug der Westwind das Gerücht nach Wuwei, dass Bing Tong einen Freund ermordet habe, um an dessen Gold zu kommen. Niemand konnte ihm die Tat nachweisen, aber das Gerede verstummte nicht und schadete seinem Ruf, so dass kein Mensch mehr mit ihm Geschäfte machen wollte. Bald liefen auch die Letzten der Dienstboten davon und flüsterten, die Familie sei verflucht.

Aus einem der angrenzenden Räume erklang ein ersticktes Röcheln und das Murmeln einer Frauenstimme. Eine Gänsehaut kroch Liu Yiji über den Rücken. Auf dem Markt hatte er gehört, dass Bing Tongs Sohn, der nur ein Jahr älter war als er selbst, im Sterben lag, niedergestreckt von einer unheimlichen, ihn von innen aufzehrenden Krankheit. Jetzt bemerkte er auch den Geruch: Das ganze Haus dünstete Tod und Verzweiflung aus, als hätten die Bewohner längst jegliche Hoffnung aufgegeben.

Auch Bing Ping hatte das Röcheln gehört. Sie ergriff Liu Yiji am Arm und zerrte ihn aus dem Zimmer in den zweiten Hof, der noch verkommener war als der vordere. Liu Yiji kam mit seiner schweren Last kaum hinterher, so rasch eilte sie auf ein unscheinbares Nebengebäude zu und stieß dort die Tür auf.

»Leg den Kessel zu den anderen Sachen.«

»Wohin? Es ist kein Platz.«

»Warte, ich hole eine Lampe.«

Wenig später kehrte sie mit einer Öllampe zurück und beleuchtete die mit einer Unzahl von Gegenständen vollgestellte Kammer. An einer Wand stapelten sich Tonmodelle von Häusern, Ställen, Dienstboten, Sklaven, Vieh, Kamelen und sogar einer vollständigen Musikantentruppe. Daneben lagen magische Spiegel aus der Werkstatt von Liu Yijis Vater, Essgeschirr aus Lack und Keramik, Stoffballen, versiegelte Tonkrüge und vieles mehr. Es waren Grabbeigaben.

»Ist das für deinen Bruder?«, fragte Liu Yiji.

»Halt den Mund!«, herrschte sie ihn an. »Hilf mir lieber, Platz für deinen hässlichen Kessel zu machen.« Eine Träne rann über ihre Wange, und Liu Yiji biss sich auf die Zunge. Wie hatte er nur so gefühllos sein können?

Die junge Frau führte ihn auf demselben Weg durch das Haus zurück. Der Raum, in dem Bing Tong gesessen hatte, war jetzt verlassen, aber jemand hatte vor einem Altar mehrere Lampen angezündet. Liu Yiji blieb stehen und verneigte sich vor Lu Xing, dem Gott des Reichtums, dessen Statue auf dem zentralen Platz des Altars stand. Plötzlich stutzte er. An dem Gott lehnte die mit goldenen Schriftzeichen verzierte Jadefigur eines Pferdes. Obwohl das Pferd in der Mitte zerbrochen war und nur die vordere Hälfte auf dem Altar stand, war Liu Yiji von den eleganten Linien und der überragenden Handwerkskunst beeindruckt. Wie im Traum nahm er die Figur vom Altar und betrachtete sie andächtig. Er hatte noch nie eine vollkommenere Arbeit gesehen.

Bing Ping riss ihn aus seiner Trance.

»Was stehst du herum und glotzt wie eine Steinschildkröte? Leg das sofort wieder hin«, sagte sie scharf.

Er stellte das halbe Pferd widerwillig zurück.

»Du hast gehört, was Vater gesagt hat: Das Geld bekommst du von meinem Großvater Sun Luo. Hier ist nichts mehr zu holen. Und jetzt verschwinde.«

In den folgenden Tagen und Wochen konnte Liu Yiji an nichts anderes denken als an die zerbrochene Jadefigur. Er spürte die Form, als würde er sie noch in seiner Hand halten, und in den Nächten lag er wach und kämpfte mit dem übermächtigen Verlangen, sich auf das Bing-Anwesen zu schleichen und die Figur an sich zu nehmen.

Doch er stahl die Figur nicht, sondern widmete von diesem Tag an all seine Energie der Arbeit und wurde bald für seine künstlerischen Bronzen über die Grenzen Wuweis hinaus bekannt. Jede freie Minute verbrachte er auf den Weiden vor der Stadt und studierte die Bewegungen der Himmlischen Pferde, um eines Tages in der Lage zu sein, eine ebenso perfekte Figur zu gestalten wie das kleine zerbrochene Jadepferd, das er nur für einen Augenblick gesehen, aber niemals vergessen hatte.

»Und heute, nach über vierzig Sommern, ist es mir endlich gelungen«, sagte Meister Liu. »Das Himmlische Pferd ist der Höhepunkt und gleichzeitig der Endpunkt meines Schaffens.«

Es dauerte lange, bis Xiao Yi sich zu sprechen traute. »Wie ist es mit der Bing-Familie weitergegangen?«, fragte er.

»Es nahm kein gutes Ende. Nach dem Tod seines Sohnes erkrankte auch Bing Tongs jüngere Tochter und starb nur wenige Monate nach ihrem Bruder, mitten in der Hitze des Sommers. Ihre Mutter, die schöne Sun Meng, wurde wahnsinnig. Im nächsten Winter verschwand Bing Ping. Es hieß, sie sei als Kurtisane in die Hauptstadt gegangen. Bing Tong lebte noch einige Jahre in seinem einsamen Haus, das unaufhaltsam zerfiel. Sein Schwiegervater fand ihn eines Tages tot auf dem Fußboden liegend.«

»Und das Jadepferd?«, fragte Xiao Yi atemlos.

»Wahrscheinlich ist es mit Bing Tong in der Gruft seines Schwiegervaters begraben worden. Warum bist du so versessen auf das Pferd?«

»Vielleicht würde es mich ebenso inspirieren wie Euch.«

»Dann sieh dir meine Figur an. Ich kann nicht sagen, warum, aber ich bin froh, dass das halbe Pferd vom Erdboden verschwunden ist«, sagte Meister Liu. »Komm jetzt, wir haben noch zu tun.«

Er freute sich darauf, seine letzte Arbeit zu vollenden.

XI'AN

NOVEMBER 2004

Der Zug schlich im Schatten der mächtigen Stadtmauern von Xi'an seinem Ziel entgegen.

Marion lag auf dem Bauch, spähte aus dem Fenster und versuchte sich vorzustellen, was die Karawanenführer aus alten Zeiten beim Anblick des gewaltigen Bollwerks empfunden hatten: Erleichterung, Freude, Dankbarkeit? Nach Monaten der Schinderei, nach Tausenden Kilometern durch die wilden Wüsten und Berge des Westens hatten sie endlich die Sicherheit der Hauptstadt erreicht. Auf sie warteten die Annehmlichkeiten Chang'ans: Badehäuser, beheizbare Betten, Huren, Restaurants, Tänzerinnen und Märkte voller Waren, die aus dem ganzen Reich in die alte Hauptstadt Chinas transportiert wurden. Objektiv betrachtet unterschied sich das moderne Xi'an, das nach dem Untergang Chang'ans nur wenige Kilometer entfernt entstanden war, nicht sonderlich von der alten Stadt.

Marion besuchte Xi'an bereits zum zweiten Mal und freute sich genau wie die Karawanenführer auf das quirlige Leben innerhalb und außerhalb der Mauern. Hatte sie nicht auch die Wüste durchquert? Die Welt ändert sich nie, dachte sie.

Sie krochen im Schritttempo am Nordtor vorbei. Der Bahnhof war nur noch wenige hundert Meter entfernt.

Die Umgebung des Bahnhofs wimmelte von Fußgängern, Fahrradfahrern, Autos und Bussen, die sich ineinander verkeilten, mühsam entwirrten, nur um ein paar Meter weiter in einem neuen Knäuel zum Stillstand zu kommen. Die Kakophonie aus hupenden Bussen, keifenden Menschen, kläffenden Schoßhündchen und lautstark um Kundschaft werbenden Taxifahrern war ohrenbetäubend.

Marion betrachtete die Szene mit Befriedigung: In dieser Stadt war es ein Leichtes, in der Masse unterzutauchen.

Sie bahnte sich einen Weg zum Ausgang des Bahnhofsplatzes. Dort warteten mehrere Taxis, und nach kurzer Verhandlung einigte sie sich mit einem der Fahrer auf einen angemessenen Preis. Sie klemmte den Eimer mit der Schildkröte in den Fußraum des Vordersitzes und stieg ein.

Während der Fahrer sein Auto in den irrwitzigen, keinen erkennbaren Regeln folgenden Verkehr katapultierte, fiel die Anspannung von ihr ab. Sie war an einem halbwegs vertrauten Ort, und außerdem freute sie sich auf Jenny und Greg. Hinter dem Bahnhof fuhren sie durch eine Straße, in der sich auf beiden Seiten ein Friseursalon an den anderen reihte. Nach Einbruch der Dunkelheit würden die Salons in pinkfarbenes Licht getaucht sein und die Friseurinnen viel zu kurze Röcke und viel zu hohe Schuhe tragen.

Der Taxifahrer mied die Hauptstraßen, was Marion recht war. Der Zickzackkurs führte sie durch Nebenstraßen mit drei- und vierstöckigen gelblich grauen Wohnhäusern, Behausungen für die einfachen Leute. Vergitterte Balkons, bis zum Bersten mit Dingen vollgestopft, zeugten von der Enge in den Wohnungen dahinter. Hässliche Abluftkästen für Klimaanlagen unter vielen Fenstern erzählten von unerträglich heißen Sommern – und vom bescheidenen Wohlstand der Bewohner. Obwohl das Viertel alles andere als schön war und die Häuser, sofern sie nicht gekachelt waren, einen Anstrich hätten vertragen können, wirkte die Gegend auf Marion lebendig, beinahe einladend. Vielleicht lag es an all den Menschen auf den Straßen, an den Bäumen, die sich trotz des nahenden Winters weigerten, ihr Laub abzuwerfen, an den Fahrradfahrern, die unbeeindruckt von den Autos ihre schlingernden Kurse durch das Viertel fortsetzten.

Zwanzig Minuten später, nachdem der Taxifahrer sie mit viel Hupen, Schimpfen und Gestikulieren durch den Dauerstau im Zentrum chauffiert hatte, tauchte vor ihnen *Nan Men,* das gewaltige Südtor, auf. Kurz vor dem Tor bogen sie in eine schmale Straße und hielten vor einem der ersten Häuser. Marion bezahlte den Fahrer, ergriff ihre Tasche und den Eimer und betrat die in einem renovierten alten Haus untergebrachte Jugendherberge. Zu ihrer Überraschung fand sie sich in einer gemütlichen Rezeption wieder. Hinter einem mit chinesischen Ornamenten verzierten Tresen aus braunem Holz unterhielten sich zwei junge Mädchen. An den Wänden hingen Bilder, ein Stadtplan und Prospekte der Sehenswürdigkeiten rund um Xi'an. Zwei schwere, geschnitzte Holzstühle standen neben einem Zeitschriftenregal. Auf Marions Frage, ob es eine Reservierung für Sylvia Müller gäbe, kam eines der Mädchen hinter dem Tresen hervor und stellte sich als Yun vor.

»Ich zeige dir das Zimmer. Brauchst du Hilfe mit dem Gepäck?«, fragte sie.

»Danke. Kannst du den nehmen?« Marion reichte ihr den Eimer.

Yun blinzelte ungläubig durch ihre Brillengläser. »Eine Schildkröte! Willst du sie essen?«

Gleich hinter der Rezeption öffnete sich ein Innenhof, der etwa zehn, zwölf Meter im Quadrat maß. Leihfahrräder lehnten an den Wänden.

Als Marion im Vorbeigehen in eine der von dem Innenhof abgehenden offen stehenden Türen schaute, sah sie im Hintergrund des kleinen Raums mehrere Computerterminals, vor denen etliche europäische und asiatische Touristen saßen.

Das bebrillte Mädchen führte Marion über den Hof und in einen Gang. Das dreistöckige Gebäude musste sich über mindestens fünfzig Meter in die Tiefe erstrecken. An den ersten Hof schlossen sich noch zwei weitere, mit langen Gängen verbundene Innenhöfe an. Die Höfe waren mit Pflanzkübeln, billigen Porzellanstatuen von taoistischen Göttern und roten Stofflaternen liebevoll dekoriert. In jeder Ecke standen kleine Repliken der Terrakottasoldaten des ersten Kaisers von China, dessen Grab nicht weit von Xi'an zu besichtigen war. Ein Schild mit der Aufschrift »Road West Bar« wies eine Kellertreppe hinab.

Marion staunte: Sie hatte noch nie eines der wenigen alten Häuser, die erst den Roten Garden und dann den Abrissbirnen der jüngeren Zeit entkommen waren, von innen gesehen. Sie fühlte sich sofort wohl. Dieses wundervoll verschachtelte Haus würde ihr Schutz vor dem Russen bieten, Schutz vor allen, die sich draußen herumtrieben und ihr die kleine Figur stehlen wollten.

Als sie im letzten Hof ankamen, legte Marion den Kopf in den Nacken und sah ein Quadrat grauen Himmels, eingerahmt von altertümlich anmutenden Dachziegeln. Ein kalter Nieselregen hatte eingesetzt und benetzte ihr Gesicht.

Im ersten und zweiten Stock liefen Galerien rings um den Hof, deren Geländer von den Gästen der Jugendherberge zum Lüften ihrer Kleidung genutzt wurde. Gerade raffte eine rothaarige Frau ihre Sachen zusammen, um sie vor dem Regen in Sicherheit zu bringen.

»Jenny!«

Die Rothaarige stutzte und blickte in den Hof hinunter. Als sie Marion erkannte, ließ sie ihre Sachen fallen und kam mit weit ausgebreiteten Armen die Treppe heruntergepoltert.

»Wie schön, dass du endlich da bist!«, rief sie und nahm Marion samt ihrer Tasche in den Arm. »Aber was hast du mit deinen Haaren gemacht? Von weitem könnte man dich glatt für eine Chinesin halten.«

»Eben«, sagte Marion und ließ sich von Jenny die Treppe hinaufziehen.

Marion trat hinter Jenny in den Raum und sah sich um. Das Zimmer war klein, aber zweckmäßig eingerichtet. Zwei Etagenbetten standen im rechten Winkel zueinander an den Wänden; ein Schreibtisch und ein Schrank mit vier abschließbaren Fächern nahmen die dritte Wand ein. Was brauchte man mehr? Marion begann, ihre Sachen in eines der leeren Fächer zu räumen. Als sie gerade fertig war, kam Greg von einer Besorgung zurück. Sie begrüßten sich wie alte Freunde. Marion freute sich. In den wenigen gemeinsamen Tagen in Turfan hatte sie die Amerikaner sehr schätzen gelernt.

»Wir haben alle vier Betten bezahlt, damit sie uns nicht irgendeinen Schnarcher ins Zimmer legen«, sagte Greg.

»In den nächsten Tagen kommt ein Freund von mir nach Xi'an. Er kann das Bett haben«, sagte Marion.

»Ein Freund? Wer ist es denn?«

»Mein Ex.«

»Aaah«, sagte Jenny gedehnt. »Und was will der hier?«

»Wenn ich das wüsste«, sagte Marion. Sie warf sich ein Handtuch über die Schulter. »Gibt es in der Jugendherberge eine Badewanne?«

»Nein, nur Gemeinschaftsduschen. Seit wann bist du so verwöhnt?«

»Nicht für mich. Für den da«, sagte Marion und zeigte auf den Eimer.

Greg beugte sich über den Eimer. »Eine Schildkröte?«, fragte er verwundert und streckte seine Hand aus. Bruder Tuck fauchte ihn angriffslustig an. Schnell zog Greg die Hand wieder zurück. Kopfschüttelnd griff er Bruder Tucks Behausung am Henkel und sagte zu Marion: »Komm mit.«

Im Hof zeigte er auf eine große dunkelbraune Keramikschale mit einem Muster aus currygelben chinesischen Glückszeichen.

»Das sollte ihm gefallen.«

Marion sah in die wassergefüllte Schale, in der bereits mehrere Goldfische schwammen. Es gab keine Trockenfläche, auf der sich Bruder Tuck ausruhen konnte, aber wenn sie ihn über Nacht wieder in den Eimer setzte, würde es gehen. Sie ließ ihn zu den Goldfischen gleiten, und er drehte erlöst zwei, drei Runden, bevor er abtauchte.

Marion war zufrieden. »Gib mir eine Viertelstunde«, bat sie Greg, »dann können wir essen gehen.«

Während des Essens teilte Marion den Amerikanern ihre Befürchtung mit, dass der Spitzel in Kashgar, der ihren Verfolgern ihr Hotel in Turfan verraten hatte, sie auch über die Finte mit den Keksen informiert haben könnte.

Greg zog hörbar die Luft ein. »Und jetzt?«, fragte er besorgt.

»Eigentlich dürfte nichts passieren. Ich bin in der Jugendherberge unter falschem Namen registriert, also weiß der Russe nicht, wo ich abgestiegen bin. Der Kommissar hat das Paket vor drei oder vier Tagen erhalten, und im ungünstigsten Fall ist die Täuschung am selben Tag aufgeflogen. Das heißt, sie suchen mich seit mindestens drei Tagen auch außerhalb Urumqis. Der Russe wird schnell herausbekommen haben, dass ich nicht am Himmelssee bin, aber ich könnte mich schließlich in jedem kleinen Kaff zwischen hier und Kashgar verstecken«, schloss sie.

»Hoffen wir das Beste«, sagte Jenny. »Und wie geht es weiter?«

»Ich dachte, ich kaufe mir ein paar neue Sachen, die mich nicht gleich als Touristin zu erkennen geben. Eine Winterjacke aus chinesischer Herstellung oder so etwas.«

Als sie das Lokal verließen, legte Jenny ihren Arm um Marion. »Kopf hoch, dieser Russe wird dich nicht aufstöbern«, sagte sie. »Es sind ja nur noch drei Tage.«

* * *

Zur gleichen Zeit klingelte das Telefon im Büro des Professors. Er nahm den Hörer ab. »Guten Morgen, Professor«, erklang Nikolais Stimme am anderen Ende, »sie ist in Xi'an.«

»Schnapp sie dir. Wenn sie China mit der Figur verlässt, wird es kompliziert.« Der Professor machte eine Pause. Es war das erste Mal, dass Nikolai ein Fehler unterlaufen war, und er musste einfach immer wieder darauf herumreiten. »Wie konnte sie überhaupt herausfinden, dass du hinter ihr her bist? Ich bin enttäuscht, Nikolai. Sehr enttäuscht. Von einer Touristin ausgetrickst zu werden, sollte dir peinlich sein.«

Die Stimme des Russen blieb ruhig. »Die Frau ist klug. Ich hasse es, hinters Licht geführt zu werden, aber ich bewundere ihren Mut. Sie hat es geschickt angestellt, sich aus Turfan davonzustehlen, ohne dass ich es gemerkt habe.«

»Schön. Wenn sie dir Respekt abnötigt, unterschätzt du sie nächstes Mal wenigstens nicht.«

Der Professor knallte wütend den Hörer auf die Gabel. Die Affäre entwickelte sich langsam zu einer Katastrophe. Wäre nicht so viel Geld im Spiel, hätte er die Sache längst fallenlassen.

Er zog einen Bildband aus dem Regal neben seinem Schreibtisch und schlug ihn an einer markierten Stelle auf. Nachdenklich vertiefte er sich in eine kleine Schwarz-Weiß-Abbildung. Das Foto zeigte die hintere Hälfte einer Pferdefigur. Die Bildunterschrift lautete:

Fragment eines mit Gold eingelegten Pferdes aus Jadeit, frühe westliche Han-Dynastie. Höhe 6,5 cm, Länge 7,2 cm. Fundort: Chang'an (bei Xi'an)

Es handelt sich vermutlich um die Legitimation des Generals Li Guangli. Die Schriftzeichen weisen auf die Westkampagne des Han-Kaisers Wu Di (140 bis 87 vor Chr.) hin, sind aber unvollständig. Die Zeichen sind von links nach rechts zu lesen. Damit wurde gewährleistet, dass der Text nur verständlich ist, wenn die ergänzende vordere Hälfte der Figur angefügt wird. Die Erwähnung eines »Schatzes« hat in wissenschaftlichen Kreisen Anlass zu unterschiedlichsten Mutmaßungen gegeben. Die vordere Hälfte wurde nie gefunden.

Nie gefunden? Der Professor hieb mit der flachen Hand auf den Tisch. Die vordere Hälfte lag im Gepäck einer deutschen Touristin, die an Krücken ging und ihn und Nikolai zum Narren hielt.

Er musste dieses Jadepferd haben. Anderthalb Millionen Dollar waren auch in seiner Branche ein königliches Honorar. Der Professor schüttelte den Kopf. Es war ihm nach wie vor ein Rätsel, warum sein Kunde bereit war, diese Summe zu zahlen. Der Preis für die Figur war unangemessen, aber der Professor hatte keine Fragen gestellt, als die Mittelsmänner mit der Offerte an ihn herangetreten waren. Der Kunde war entweder ein verrückter Sammler oder den Spekulationen um den Schatz aufgesessen. Er selbst jedenfalls hielt die wilden Theorien für ausgemachten Blödsinn.

Er schlug das Buch zu. Nikolai musste der Frau das Jadepferd abnehmen. Gleichgültig, mit welchen Mitteln.

* * *

Als sie mit dem Taxi die Straße zwischen dem Zentrum und dem Südtor entlanggefahren war, hatte Marion die vor den Luxusboutiquen kauernden Bettler nicht sehen können. Entsetzt blickte sie jetzt auf eine grauhaarige alte Frau hinab, die in einem Kotau erstarrt auf dem eiskalten Pflaster kniete und die Hände ausstreckte. Marion kramte in ihrem Portemonnaie nach Kleingeld und legte es neben die Frau. Ein kleinwüchsiger Mann mit nur einem Arm winkte Marion zu sich und bat ebenfalls um ein Almosen. Als sie ihm einen Yuan in die verbliebene Hand drückte, schenkte er ihr ein strahlendes Lächeln. Marion lächelte zurück, aber sie fühlte sich unwohl. Dies waren die Menschen, die im modernen China keinen Platz mehr fanden.

Greg und Jenny waren schon weitergegangen, nachdem auch sie ein paar Yuan-Scheine verteilt hatten. Als Marion die beiden eingeholt hatte, zeigte Greg auf ein wuchtiges, mehrstöckiges Gebäude im Zentrum eines Kreisels. Das alte Gebäude mit seinen von rotlackierten Säulen getragenen Galerien und dem eleganten, an den Ecken in kühnen Bogen ausschwingenden Dach stand in einem starken Kontrast zu den nüchternen Bürohäusern, Hotels und Einkaufszentren in der näheren Umgebung. Es ließ keinen Zweifel daran aufkommen, dass man sich trotz aller Modernisierungswut in China befand.

»Das ist der Glockenturm«, erklärte Greg. »Er wurde ursprünglich in der Ming-Dynastie erbaut, im späten vierzehnten Jahrhundert, aber an einer anderen Stelle. Was mit ihm passiert ist, weiß ich nicht. Siebzehnhundertsonstwas wurde der Turm jedenfalls hier wieder aufgebaut. In dem Turm befindet sich eine große Glocke, die früher die Uhrzeit angezeigt hat.« Er unterbrach sich. »Ich Dussel. Ich hatte ganz vergessen, dass du ja schon mal hier warst.«

Marion lachte. »Kein Problem, Herr Reiseleiter. Erstens ist es fünf Jahre her, und zweitens hatte ich die Details längst nicht mehr parat.« Dann wies sie auf den Verkehr, der um das Gebäude tobte. »Der Turm hat sich nicht verändert«, bemerkte sie. »Aber heute gibt es viel mehr Autos. Habt ihr eine Idee, wie wir lebend auf die andere Straßenseite kommen?«

»Kein Problem. Es gibt eine Unterführung. Hier entlang.«

»Siehst du? Die hatte ich auch vergessen«, sagte Marion. Gleich darauf tauchten sie über eine breite Treppe in den Untergrund hinab.

Auf der Dong Dajie, der Hauptgeschäftsstraße der Stadt, kamen sie wieder an die Oberfläche. Marion staunte: Auf den breiten Bürgersteigen schoben sich unzählige Fußgänger an Restaurants, Kaufhäusern und Kinos vorbei. Menschentrauben bildeten sich um die Straßenhändler, die kandierte Früchte, Kaninchen und billiges Spielzeug verkauften. Junge Frauen in eleganten Kostümen strebten in die schicken Cafés und Boutiquen.

In den fünf Jahren seit ihrem letzten Besuch hatte sich vieles verändert; die Straße war bunter, lauter, lebendiger und vor allem westlicher geworden. Die Chinesen verdienten mehr Geld, und sie gaben es bereitwillig aus. Eine Studentin mit grün gefärbten Haaren erregte Marions Aufmerksamkeit. Überrascht stellte sie fest, dass die anderen Passanten von dem Mädchen keinerlei Notiz nahmen. China verändert sich wirklich rasant, dachte sie. Vor einigen Jahren hätte das Mädchen noch einen Skandal heraufbeschworen.

Während sich Marion, Jenny und Greg in dem nicht abreißenden Menschenstrom weitertreiben ließen, hielten sie die Augen nach Läden offen, die Sachen in Marions Größen verkauften. Schließlich wurden sie in einem Geschäft für Männerbekleidung fündig. Die Verkäufer lachten albern, als Marion sich mit Jenny und einem Berg Pullover und Hosen in die Umkleidekabine zurückzog. Sie sah frustriert in den Spiegel. In den vergangenen Monaten hatte sie abgenommen, aber sie war immer noch einige Kilo von Kleidergröße zweiundvierzig entfernt und schwor sich zum hundertsten Mal, besser auf ihre Ernährung zu achten.

»Zieh nicht so ein Gesicht«, sagte Jenny. »Ich passe in China auch nicht in die Frauensachen.«

»Das liegt aber nur an deiner Größe, ganz sicher nicht an deinem Umfang.«

»Unsinn. Du tust so, als seist du Aschenputtel und Rumpelstilzchen in einer Person. Ich finde, du siehst klasse aus. Hier«, sagte Jenny und hielt Marion ein königsblaues Sweatshirt entgegen.

Marion nahm ihr den Pullover ab und streifte ihn über den Kopf. Gut, dass Jenny ihr bei diesem demütigenden Erlebnis beistand. Spontan drehte sie sich um und nahm die Amerikanerin in den Arm.

»Ich bin dir und Greg so dankbar. Du glaubst gar nicht, wie froh ich bin, euch kennengelernt zu haben«, sagte sie.

Jenny drückte Marion und hielt sie dann auf Armeslänge von sich. Sie lachte übers ganze Gesicht. »Und wir erst«, sagte sie.

Etwas später traten die drei mit ihrer Beute wieder auf die Straße und ließen sich von den Menschenmassen in eine von zwei großen Steinlöwen flankierte Marktgasse ziehen. Es fing mit kleinen Geschäften für Gewürze und getrocknete Eidechsen relativ harmlos an. Dann folgten die Fleisch- und Wursthändler, bis sie schließlich die Abteilung für lebende Tiere erreichten. Krebse und andere Schalentiere fristeten in Plastikwannen ihr kurzes Dasein. In feinmaschigen Drahtkäfigen verknoteten sich Schlangen zu großen Klumpen. Schildkröten mit rüsselförmigen Nasen schlugen sich bei dem Kampf um den besten Platz mit ihren Krallen furchtbare Wunden in die weichen Panzer. Marion sah einen über und über mit Blut bespritzten Jungen von zwölf oder dreizehn Jahren, der im Akkord

Aale schlachtete. Ungerührt nahm er einen Aal nach dem anderen aus der wirbelnden Masse in dem Aquarium vor sich, drückte den Kopf des sich windenden Tieres auf einen Nagel, schlitzte es mit einer fließenden Bewegung der Länge nach auf und zog die Eingeweide heraus. Dann warf er den Kadaver auf einen Haufen zu den anderen. Viele der Fischleichen zuckten noch.

Jenny wurde blass.

»Mir ist schlecht. Können wir bitte weitergehen?«

Marion hatte ebenfalls genug gesehen. Wortlos nahm sie Jenny bei der Hand und zog sie zum Ende der Gasse, wo sie den abstoßenden Blutgeruch nicht mehr in der Nase hatten. Jenny lehnte sich gegen eine Hauswand, beugte den Oberkörper vor und stützte die Hände auf die Oberschenkel.

»Das war heftig«, sagte sie mit gepresster Stimme. »Ich werde mich nie an diese Tierquälerei gewöhnen. Am liebsten hätte ich es genauso gemacht wie du mit Bruder Tuck und alle adoptiert.«

»Dann müssten wir ein mobiles Schwimmbad mieten«, bemerkte Greg, der die beiden Frauen endlich eingeholt hatte. »Entschuldige meine dumme Bemerkung. Ich fand es auch ziemlich furchtbar.« Er zündete eine Zigarette an und gab sie Jenny.

Sie nahm einen tiefen Zug. »Manchmal frage ich mich, ob ich nicht doch zu zartbesaitet für Länder wie diese bin«, sagte sie.

Marion strich ihr beruhigend über den Rücken, bis Jenny die halb aufgerauchte Zigarette fallen ließ und sich aufrichtete.

»Mir geht es wieder besser. Wenn ihr wollt, können wir noch ein wenig herumlaufen, aber heute betrete ich nur noch Gemüsemärkte.«

»Eigentlich bin ich auch ziemlich groggy«, sagte Marion. »Meinetwegen können wir den Tag auch in der Bar der Jugendherberge beschließen.«

Jenny und Greg waren mit Marions Vorschlag einverstanden, und sie machten sich auf den Rückweg. Als sie an der Xi’an Kaijuan Shopping Mall vorbeikamen, blieb Marion wie angewurzelt stehen.

»Da!«

»Was denn?«, fragte Greg.

»McDonald's!«

»Ich hätte es ahnen müssen. Jenny und mir ging es vorgestern genauso. Willst du rein?«

Marion nickte. Nach all dem Hammel in Xinjiang erschien ihr die McDonald's-Filiale wie ein verheißungsvoller Tempel kulinarischer Freuden. Erschreckend, was das Reisen mit einem anstellte.

»Das ist gut«, murmelte Jenny, als sie hinter Marion das Fast-Food-Restaurant betrat. »In dem Laden kann ich sicher sein, dass mich nichts an lebende Tiere erinnert. Ich fürchte, ich werde heute Nacht Alpträume von Aalen haben.«

* * *

Am nächsten Tag erwachte Marion erst gegen Mittag. Sie traf Jenny und Greg in dem Restaurant, das im hintersten Gebäudeteil der Jugendherberge untergebracht war. Die beiden hatten es sich auf einem abgewetzten Sofa gemütlich gemacht und blätterten in mehrere Wochen alten, zerfledderten Newsweek-Ausgaben. Marion bestellte sich ein Frühstück mit Brot und Marmelade – ein Luxus, auf den sie seit Wochen hatte verzichten müssen – und ließ sich in einen Sessel neben dem Sofa fallen.

»Guten Morgen.«

»Hi, Marion.« Greg ließ die Zeitschrift sinken. »Du siehst wesentlich besser aus als gestern«, stellte er fest.

Marion balancierte ihren Teller auf den Knien und strich Marmelade aufs Brot. »Mir geht es auch besser. Der Russe beherrscht im Moment nicht jeden meiner Gedanken – nur jeden zweiten«, fügte sie mit einer Grimasse hinzu. »Und wie sieht es bei euch aus? Habt ihr schon Pläne für heute?«

»Nein. Wir möchten den Tag gern mit dir verbringen und haben deshalb gewartet. Hast du einen Vorschlag?«

»Allerdings. Lasst uns ins Shaanxi-Museum für Geschichte gehen.«

Marion schlenderte an den Vitrinen vorbei und sah sich die Ausstellungsstücke an. Im Stillen dankte sie dem alten Ladenbesitzer aus Zhangye für seine Empfehlung: Das Museum beherbergte die größte und schönste Sammlung chinesischer Kunst, die sie bisher gesehen hatte, und der Gebäudekomplex genügte allen Ansprüchen moderner Museumsarchitektur. Die Ausstellungsräume waren geräumig, die Vitrinen übersichtlich, wodurch die Gegenstände gut zur Geltung kamen.

Vor einer Vitrine blieben Marion, Jenny und Greg stehen und pressten die Nasen an die Scheibe, um die filigranen Reliefs auf der Rückseite der dort ausgestellten Bronzescheiben besser betrachten zu können. Ein Schild erklärte, dass es sich um Bronzespiegel aus der Han-Dynastie handelte.

»Die waren ziemlich eitel«, stellte Marion fest.

»Ach was. Die Spiegel wurden benutzt, um Geister und Dämonen aus dem Haus zu treiben«, erklärte Greg.

»Woher weißt du das?«

»Habe ich irgendwo aufgeschnappt.«

Jenny und Greg schlenderten schon Hand in Hand in den angrenzenden Raum, als Marion noch ein großes Keramikkamel bewunderte. Auf einem über seine Höcker gebreiteten Teppich saß eine vollzählige Musikergruppe. Das Kamel hatte den Kopf gehoben und blökte; die Musik schien ihm nicht zu gefallen. Die Keramik war aus der Tang-Dynastie, die in der zweiten Hälfte des ersten Jahrtausends China regiert hatte. Marion hatte gelesen, dass die Menschen der Tang-Zeit von der Musik und den Tänzen aus Xinjiang hingerissen waren und viele Artisten- und Musikertruppen nicht nur durch die Wüstenoasen tingelten, sondern sogar am kaiserlichen Hof auftreten durften.

Als sie in den nächsten Raum kam, standen Jenny und Greg gestikulierend vor einer Vitrine.

»Marion, komm her und sieh dir das an!«, rief Greg ihr zu. »Könnte es das sein?«, fragte er und zeigte aufgeregt auf ein kleines Ausstellungsstück, das in einer Ecke der Vitrine neben einigen spektakulären Schmuckstücken ein Schattendasein führte.

Marion bekam eine Gänsehaut.

Auf einem kleinen Sockel lag der hintere Teil eines zerbrochenen Pferdes.

Ihres Pferdes.

* * *

Das Wetter hatte sich über Nacht verschlechtert. Dunkelgraue Wolken hingen bewegungslos über der Stadt und ertränkten sie in unaufhörlichem, eiskaltem Regen. Die Hände tief in den Taschen vergraben, trotteten Jenny, Greg und Marion von einer Sehenswürdigkeit zur nächsten, ohne im Geringsten daran interessiert zu sein. Jeder hing seinen eigenen Gedanken nach. Die Erkenntnis darüber, wie wertvoll dieses Pferd tatsächlich war, hatte ihren Optimismus merklich gedämpft. Marions Verfolger würden alles daransetzen, ihre Spur wiederzufinden.

Am späten Nachmittag saßen sie in einem schmuddeligen Restaurant und stocherten lustlos in ihren Nudeln herum. Als die Bedienung ihnen unfreundlich mitteilte, dass sie den Tisch nicht ewig blockieren könnten, erhob sich Greg abrupt und warf ein paar Yuan auf den Tisch.

»Ich gehe zurück in die Jugendherberge«, sagte er gereizt.

Marion und Jenny sprangen auf und eilten ihm nach. In ihrem Zimmer angekommen, warf sich Greg auf sein Bett und vertiefte sich in ein Buch.

Marion ging in das Gemeinschaftsbad und duschte ausgiebig. Das heiße Wasser vertrieb die Kälte aus ihren Gliedern, aber ihre Niedergeschlagenheit konnte es nicht fortspülen. Als sie zum Zimmer zurückging, hörte sie Greg und Jenny diskutieren.

»Ich denke überhaupt nicht daran, Marion jetzt alleinzulassen. Stell dir vor, einer von uns wäre in eine derartige Situation geraten«, sagte Jenny gerade mit aufgebrachter Stimme.

»Das brauche ich mir nicht vorzustellen, weil wir das Ding von vornherein abgegeben hätten.«

»Bist du dir da so sicher?«

Marion hatte genug gehört. Sie ließ ihre Duschutensilien fallen. Der Lärm brachte die beiden zum Verstummen. Als Marion das Zimmer betrat, stand Jenny am Fenster, während Greg auf einen Punkt an dem oberen Etagenbett starrte.

»Ihr findet mich im Keller in der Bar. Ich brauche ein Bier«, sagte Marion und stülpte ihre geliebte Mütze, die Jenny ihr wiedergegeben hatte, über die nassen Haare. Es wurde noch nicht geheizt, obwohl sich die Temperaturen dem Nullpunkt näherten. Im Hinausgehen schnappte sie sich den Eimer und das Schildkrötenfutter.

Damit es wenigstens der Schildkröte gutging, füllte Marion warmes Wasser in den Eimer. Dann suchte sie sich einen freien Tisch in der Road West Bar und beobachtete Bruder Tuck trübsinnig beim Herumpaddeln. Er stieß sich ständig die Nase an der Eimerwand, und Marion hätte ihm gern den Luxus eines größeren Gefäßes gegönnt, aber dann hätte sie ihn nicht mehr transportieren können. Schließlich stand sie auf und bestellte bei dem Studenten hinter der Bar ein zweites Bier. Es war erst kurz nach sechs. Marion hatte Lust, sich zu betrinken – um ihre Angst zu betäuben. Ihre Angst vor dem Russen. Und ihre Angst vor der Entscheidung der Amerikaner. Sie würde es nicht ertragen, wenn die beiden sie jetzt im Stich ließen, auch wenn sie Verständnis dafür gehabt hätte.

* * *

Zur selben Zeit, dreieinhalbtausend Kilometer entfernt, betrat eine Uighurin in einem dunkelroten Mantel den Gastraum im ersten Stock des Intizar-Restaurants in Kashgar und sah sich suchend um. Im Gegensatz zu den anderen weiblichen Gästen des muslimischen Restaurants, die bunte Kopftücher und lange Kleider trugen, wirkte sie elegant und weltgewandt, und ihre offenen Haare zogen sowohl bewundernde als auch missbilligende Blicke auf sich.

Li Yandao winkte ihr zu. Ein Lächeln glitt über ihr Gesicht, als sie sich ihm näherte, aber sie ignorierte seine zum Gruß ausgestreckte Hand. Li Yandao hätte sich für seine Taktlosigkeit ohrfeigen können. Er war seit sechs Jahren in Xinjiang und trampelte immer noch in die kulturellen Fettnäpfchen.

»Entschuldigung«, murmelte er zerknirscht auf Uighurisch.

Die Frau ließ sich bereitwillig aus dem Mantel helfen, unter dem sie einen Hosenanzug im westlichen Stil trug. Als sie sich vorstellte, sah sie Li Yandao offen ins Gesicht.

»Es freut mich, dass Sie sich Zeit für ein Treffen genommen haben, Kommissar. Ich bin Batügül.«

»Ich freue mich ebenfalls. Bitte nennen Sie mich Yandao.«

»Vielen Dank. Ich sterbe vor Hunger. Was können Sie empfehlen?«

»Die Fleischspieße sind gut, die Suppen ebenfalls. Am besten probieren Sie die Gemüsesuppe mit Hammel. Es ist mein Lieblingsgericht im Intizar.«

Seine Sätze kamen sehr langsam und überlegt. Es imponierte Batügül, dass er sich auf Uighurisch mit ihr unterhielt. Sie spürte nichts von den Vorbehalten, die viele Chinesen den Uighuren gegenüber hegten.

Als sie ihn angerufen hatte, um ihn zum Essen einzuladen, schlug er das Intizar vor mit dem Hinweis darauf, dass es *halal* sei.

»Sie kommen oft hierher?«, fragte sie.

»Sehr oft. Ich mag die Atmosphäre. Und das Essen natürlich.«

Batügül wechselte ins Chinesische. »Ich schätze es sehr, dass Sie meine Muttersprache sprechen. Wenn Sie möchten, können wir uns aber auch auf Chinesisch unterhalten.«

»Gern«, sagte Li Yandao erleichtert. »Es ist eine Schande, dass ich nicht fließend Uighurisch spreche. Ich quäle mich immer noch mit der verzwickten Grammatik herum. Dafür ist Ihr Chinesisch fehlerlos.«

»Ich habe studiert. Medizin.«

Eine Kellnerin trat an ihren Tisch, und Li Yandao gab die Bestellung auf. Dann wandte er sich wieder Batügül zu.

»Sind Sie nur wegen unseres Treffens nach Kashgar gereist?«

»Nein, ich bin in Familienangelegenheiten hier. Morgen fahre ich zurück nach Khotan.«

»Sie sagten am Telefon, dass Sie Ma Li Huo kennen und mich deshalb sprechen wollten. Was hat Sie dazu bewogen, mir zu verraten, dass Sie Ma Li Huo beherbergt haben?«

»Ich mache mir große Sorgen. Als sie damals mitten in der Nacht zu uns kam, war sie völlig aufgelöst und stammelte etwas von einem Verfolger.«

»Verfolger?«

»Genau. Doch schon am nächsten Tag hat sie es als Hirngespinst abgetan, und wir haben ihr bereitwillig geglaubt. Ich ging davon aus, dass sie nach allem, was sie in Kashgar erlebt hat, einfach nur ein bisschen Ruhe brauchte. Seit ihrer Abreise aus Khotan hat sie mir zwei E-Mails geschrieben, in denen sie versichert, es ginge ihr gut, aber ich glaube ihr nicht. Irgendetwas stimmt nicht. Der Ton ist zu … zu … bemüht fröhlich. Haben Sie Kontakt zu Marion?«

»Sie schreibt mir ähnliche Mails wie Ihnen«, sagte er. »Aber vielleicht beruhigt es Sie zu hören, dass Ma Li Huo in Thailand ist.«

»In Thailand? Das ist neu für mich. Sie wollte doch mindestens bis Ende Januar bleiben. Ist etwas vorgefallen?«

»China ist ihr zu kalt geworden.«

Die beiden sahen sich wortlos an. Batügül vermutete, dass der Polizist seine eigenen Schlüsse aus Marions überstürzter Abreise gezogen hatte – und dass es einige Dinge gab, von denen sie nichts ahnte und über die er ihr auch nichts erzählen würde.

Während des Essens unterhielten sie sich über Marions Aufenthalt bei Batügüls Familie. Li Yandaos Interesse an Batügüls Lebensumständen war nicht geheuchelt, und er stellte viele Fragen. Batügül konnte immer besser verstehen, warum Marion so begeistert von ihm gesprochen hatte. Dieser Mann würde niemals ein in ihn gesetztes Vertrauen missbrauchen. Plötzlich hatte sie eine Idee.

»Besuchen Sie uns doch einmal«, sagte sie spontan. »Meine Familie wird Sie willkommen heißen. Wir brauchen Sie ja nicht zu registrieren«, fügte sie mit einem Augenzwinkern hinzu.

»Meinen Sie das ernst?«, fragte Li Yandao verblüfft.

»Es wäre mir eine Ehre.«

»Dann komme ich, sobald ich frei habe.«

»Ich freue mich darauf«, sagte Batügül. »Lassen Sie uns einen Beitrag zur chinesisch-uighurischen Freundschaft leisten.« Sie sah auf die Uhr. »Jetzt muss ich leider aufbrechen, es ist zwar erst acht Uhr, aber mein Bus fährt morgen früh um sechs.«

Li Yandao erhob sich und verbeugte sich leicht. »Wo wohnen Sie? Ich fahre Sie hin.«

»Lieber nicht. Meine Verwandten fallen in Ohnmacht, wenn ich von einem fremden Mann nach Hause gebracht werde. Sie sind sehr konservativ.«

»Was man von Ihnen nicht behaupten kann.«

»Täuschen Sie sich nicht. Ich bin gut darin, die moderne Welt mit den muslimischen Traditionen zu verbinden.«

Li Yandao ließ Batügül den Vortritt, als sie das Restaurant verließen.

Vor der Tür blieb sie noch einmal stehen. »Sie haben Marion gern, nicht wahr?«, fragte sie.

Li Yandao sah verlegen zu Boden.

»Sehr gern«, sagte er.

»Marion mag Sie auch.«

Sie verabschiedeten sich und gingen in unterschiedliche Richtungen davon.

* * *

In der Bar der Jugendherberge hatten sich inzwischen eine Gruppe westlicher Touristen und ein chinesisches Pärchen um einen großen Tisch geschart. Alle waren angetrunken und amüsierten sich. Jemand nahm Bruder Tuck aus seinem Eimer, ließ ihn durch einen Parcours aus leeren Bierflaschen krabbeln und stoppte die Zeit. Eine neue Runde Hans-Bier wurde an den Tisch gebracht.

»Warum heißt es eigentlich Hans-Bier? Das ist doch ein deutscher Name.«

»Weil es aus der Tsingtao-Brauerei kommt«, sagte Marion.

»Und was hat das damit zu tun?«, fragte ihr Gegenüber, ein rotgesichtiger Engländer.

»Während ihr damit beschäftigt wart, ganz China opiumsüchtig zu machen, haben die Deutschen einen lobenswerten kulturellen Beitrag geleistet und eine Brauerei gebaut. Die Chinesen waren so klug, sich das Bierbrauen beibringen zu lassen, bevor sie uns wieder aus Qingdao rausschmissen.«

Die Chinesin neben Marion hob ihre Bierflasche und stieß mit ihr an.

»Ein Hoch auf die deutschen Kolonialisten! Was sollten wir sonst trinken?«

»Schlangenschnaps?«

»Das ist Medizin.«

Die Gesellschaft der anderen tat Marion gut und ließ sie beinahe ihren Kummer vergessen. Die Chinesin war eine auffallend hübsche Frau Ende dreißig, deren ironische Art Marions Sinn für Humor entgegenkam. Sie unterhielten sich angeregt über Marions Reisen. Die Frau war besonders von Marions Erfahrungen mit Batügüls Familie fasziniert.

»Ich träume schon lange davon, einmal nach Kashgar zu fahren, aber die Zeit hat bisher nie gereicht«, sagte sie.

»Das ist schade.«

»Ich will mich nicht beschweren, es geht mir gut in Xi'an. *Ganbei!*«

»Prost!«

Nach und nach verabschiedeten sich die anderen Touristen, bis Marion mit dem chinesischen Pärchen allein am Tisch saß. Die Frau, Xiao Lin, sah sich in der Kneipe um. Obwohl es erst zehn Uhr war, waren nur noch wenige Gäste im Raum.

»Es ist ein bisschen ruhig geworden. Wollen wir woanders hingehen?«

Ihr Freund nickte zustimmend. »Die Barstraße ist ganz in der Nähe. Kommst du mit, Ma-Ri-O?«

Marion stand auf und musste sich kurz an der Tischkante festhalten, um nicht umzufallen. »Gehen wir!«, sagte sie, nahm Bruder Tuck aus seinem Eimer und steckte ihn in ihre geräumige Jackentasche, wo er in der Dunkelheit umgehend einschlief.

Es war nur ein kurzer Fußweg von der Jugendherberge zur Barstraße, die sich ihren Namen redlich verdiente: In den renovierten alten Häusern der kleinen Straße waren mindestens zwei Dutzend teuer aussehende Bars, Kneipen und Cafés untergebracht. Xiao Lin ging zielstrebig auf eine der Kneipen zu. Ein Mädchen in einem engen, viel zu dünnen mandschurischen Kleid hielt ihnen die Eingangstür auf. Marion folgte Xiao Lin in den Raum, der wie ein englischer Pub eingerichtet war, und ließ sich auf eine der gepolsterten Bänke fallen.

»Ein netter Laden. Ich komme mir vor wie in Europa.«

»Ich habe mir gedacht, dass er dir gefällt. Was willst du trinken? Es gibt Fassbier.«

»Ich bin dabei.«

Kurz nach Mitternacht verließ Marion mit Xiao Lin und ihrem Freund Zu'en die Bar. Es hatte wieder angefangen zu regnen, ein kalter Nieselregen, der Marion an Hamburg erinnerte. Sie zog sich die Mütze tief in die Stirn und bedauerte, keinen Schal zu haben. Xiao Lin hakte sich bei ihr unter. Sie schwankte ein wenig.

»Zu'en fährt dich. Unser Auto steht um die Ecke«, sagte sie.

»Auto? Ich dachte, ihr seid zu Fuß gekommen.«

»Nein, wir haben es vorhin hier geparkt. Vor der Jugendherberge war alles voll.«

Zu'en ging vorweg und führte sie um mehrere Ecken in eine unbeleuchtete Seitengasse. Dort blieb er vor einem nagelneuen dunkelblauen Auto stehen. Zu'en muss gut verdienen, dachte Marion, als sie auf den Rücksitz kletterte. Xiao Lin schlüpfte auf den Beifahrersitz, während Zu'en vor dem Wagen stehen blieb. Erst als sie saß, bemerkte Marion die weitere Person auf dem Rücksitz. Ihr wurde mulmig.

»Was, zum Teufel …«, begann sie und wollte wieder aussteigen.

Sie hatte nicht schnell genug reagiert: Der Mann neben ihr packte sie am Arm, bevor sie den Türgriff erreichte. Die andere Hand hielt er ihr über den Mund. Marion wand sich, um sie abzuschütteln, aber der Mann war wesentlich stärker als sie. Mit weit aufgerissenen Augen versuchte sie zu erkennen, wer der Angreifer war.

»Guten Abend, Marion«, sagte er, »ich freue mich, Sie wiederzusehen.«

Marion lief es eiskalt den Rücken herunter. Es war der Russe.

»Schreien nutzt nichts. In China schert sich niemand darum, und im Übrigen schlafen die meisten«, sagte er und nahm die Hand von ihrem Mund.

Marion schnappte nach Luft. »Wie haben Sie mich gefunden?« Ihr Hirn war von dem vielen Bier benebelt, aber sie zwang sich, Ruhe zu bewahren. Sie musste raus aus diesem Auto. Schnell.

Er lachte leise. »Sie sind gerissen, *Sylvia,* aber nicht gerissen genug. Da sich Ihre amerikanischen Freunde Jenny und Greg nicht die Mühe gemacht haben, ihre Spuren zu verwischen, war es ein Kinderspiel.«

Er kannte Jennys und Gregs Namen! »Warum haben Sie mich gesucht?«, fragte Marion. Vielleicht konnte sie sich herausreden.

»Ist Ihnen das nicht klar?«

»Nein. Habe ich Sie in Turfan so beeindruckt?«

»Ihre Flucht von dort hat tatsächlich Eindruck auf mich gemacht. Und mir einen Haufen Probleme beschert.«

»Flucht?«, fragte Marion. »Wieso sollte ich aus Turfan geflüchtet sein?«

Die Stimme des Russen wurde drohend. »Sie wissen genau, wovon ich spreche. Wo ist es?«

»Wo ist was?«

»Sagen Sie mir, wo das Kästchen ist, und ich lasse Sie zu Ihren Freunden zurückgehen.«

Marion brachte keinen Ton heraus.

»Wo ist es? Ich frage ein letztes Mal.«

Ein harter Schlag ließ Marions Kopf nach hinten knallen. Xiao Lin kniete mit erhobener Hand auf dem Beifahrersitz. »Das Kästchen. Sofort«, befahl sie.

Marion tastete ihre Lippe ab. Ihre Angst war in den Mut der Verzweiflung umgeschlagen.

»Vergiss es, Miststück«, zischte sie.

Xiao Lin holte zu einem weiteren Schlag aus. Diesmal war Marion vorbereitet und fing den Arm mit ihrer freien Hand ab. Sie bekam die Hand der Chinesin zu fassen und hielt sie fest. Dann bog sie ihr mit aller Kraft den kleinen Finger zurück. Xiao Lin krümmte sich vor Schmerzen.

»Okay«, sagte Nikolai leise, »Sie haben Ihren Mut bewiesen, und ich nehme es zur Kenntnis. Sie sollten sich aber darüber im Klaren sein, dass mir bald der Geduldsfaden reißt. Ich nehme an, Sie tragen das Jadepferd bei sich. Geben Sie es her.«

»Ich habe es nicht.«

»Sie haben immerhin gerade zugegeben, dass Sie wissen, wovon ich rede. Wo ist es dann?«

»Ich habe es an die Polizei geschickt.«

»Das haben Sie nicht getan.«

»Dann habe ich es aus dem Zugfenster geworfen.«

»Warum halten Sie so stur an der Figur fest? Sie bringt Ihnen nur Unglück«, sagte Nikolai.

Marion blieb stumm. Ohne Vorwarnung umfasste Nikolai mit einer Hand ihren Hals und drückte leicht zu. Xiao Lin keifte auf dem Vordersitz auf Chinesisch.

»Wo?« Er lockerte seinen Griff.

»Ich habe es nicht«, keuchte Marion. Was sollte sie bloß tun? Sie war inzwischen so weit, dass sie ihm das Jadepferd liebend gern gegeben hätte.

»Dann muss ich es eben selbst finden«, sagte der Russe und durchsuchte mit seiner freien Hand ihre Taschen. Plötzlich schrie er auf und riss seinen Arm zurück. Im selben Moment ließ er Marions Hals los.

Sie war aus dem Wagen gestürzt, bevor Nikolai reagieren konnte. Die Autotür traf Zu'en, der draußen Wache hielt, mit voller Wucht in den Rücken. Er verlor das Gleichgewicht und ging zu Boden. Marion sprintete los und hatte dreißig oder vierzig Meter Vorsprung, bevor sich der Chinese aufgerappelt hatte und ihre Verfolgung aufnahm.

»Halt sie auf! Sie darf auf keinen Fall die Hauptstraße erreichen!«, brüllte der Russe Zu'en hinterher.

Marion hörte Zu'en näher kommen. Sie musste aus diesem menschenleeren Gassengewirr hinausfinden, bevor er sie erwischte. Sie rannte um ihr Leben. Das Knie begann zu schmerzen. Wo war die Barstraße? Sie raste um eine Ecke und sah erneut eine unbelebte Gasse vor sich. Der Puls pochte in ihren Ohren und vermischte sich mit dem Stakkato von Zu'ens Schritten, das unerträglich laut von den Häuserwänden zurückgeworfen wurde. Sie rannte noch schneller.

War es wirklich so weit bis zum Auto gewesen? Marion sah mehrere Menschen am Ende der Gasse vorübergehen. Sie schrie, aber die Passanten reagierten nicht und gingen weiter. Zu'en holte auf. Marion bog mit letzter Kraft in eine erleuchtete Straße ein. Es war die Barstraße.

In dieser Sekunde holte Zu'en sie ein und riss Marion heftig zurück. Sie stürzte hart auf den Asphalt, und einen Augenblick später war Zu'en über ihr. Sie rief um Hilfe, trampelte und trat um sich. Erschrockene Ausrufe vermischten sich mit ihrem Geschrei. Von mehreren Seiten liefen Gäste und Türsteher aus den nächsten Bars zusammen. Zu'en wurde von ihr weggezerrt, und eine wütende Diskussion entbrannte. Marion rappelte sich auf. Zu'en redete weiter auf die Leute ein und zeigte auf ein dunkelblaues Auto, das auf der gegenüberliegenden Straßenseite gehalten hatte. Marion sah hinüber, und ihr Blick traf sich mit dem Nikolais. Er lächelte siegessicher.

Marion war kurz davor, hysterisch zu werden. Wie von Sinnen flehte sie die Umstehenden auf Deutsch um Hilfe an. Tränen liefen ihr über das Gesicht. Wenn ihr niemand half, würden die anderen sie wieder in das Auto zwingen.

»Polizei! Warum ruft niemand die Polizei?«, heulte sie.

Die Nachtschwärmer lachten verlegen. Sie verstanden nicht, was vor sich ging.

»Marion!«

Marion drehte sich um. Vor ihr stand Thomas.

Thomas und Greg brachten Marion zurück in die Jugendherberge. Sie hatten sie fast erreicht, als das dunkelblaue Auto im Schneckentempo an ihnen vorbeikroch. Greg drohte mit der Faust in Richtung des Autos. Es fuhr langsam davon.

Die Road West Bar hatte noch geöffnet. Ein paar späte Gäste feuerten eine westliche Touristin und eine Chinesin an, die auf der kleinen Bühne in der Mitte des Raums »Take me Home, Country Roads« schmetterten.

Greg ging zu dem Barkeeper hinüber.

»Kannst du uns vier Whisky on the Rocks machen?«, bat er.

»Ist dir chinesischer Whisky recht?«

»Egal. Hauptsache stark.«

Greg stellte die Gläser auf den Tisch und verließ dann die Bar, um Jenny zu holen.

Marion hatte ihren Kopf an Thomas' Schulter gepresst und weinte leise. Beruhigend strich er ihr über die Haare. Was war hier los? Er langte über sie hinweg und nahm sich eines der Whiskygläser. Seit er vor zwei Stunden in der Jugendherberge eingetroffen war, hatten sich die Ereignisse überschlagen.

»Ich möchte auch was trinken«, schniefte Marion und wischte sich mit dem Pulloverärmel die Nase sauber. Thomas hielt ihr sein Glas an den Mund. Sie nahm einen tiefen Zug und schüttelte sich.

»Geht es dir besser?«

»Ja. Ich zittere zumindest nicht mehr so stark. Wie kommt es, dass du mit Greg in der Barstraße warst?«

»Als ich hier ankam, habe ich das Mädchen mit der Brille nach dir gefragt, aber sie kannte keine Marion. Zufällig stand Greg neben mir und fragte, ob jemand seine deutsche Freundin Sylvia gesehen hätte. Er wirkte sehr aufgebracht. Ich sprach ihn an, weil ich annahm, dass er dich kennt.«

»Und dann habt ihr euch auf die Suche gemacht.«

»Ja. Der Student dort drüben hatte gehört, dass die Chinesen die Barstraße erwähnten. Greg konnte mir bisher nichts Genaues erzählen, weil alles so schnell ging. Er sagte nur, dass du in Gefahr bist. Wer waren die Leute in dem blauen Auto?«

Thomas konnte kaum glauben, was Marion ihm schilderte. Zu Beginn stellte er einige Zwischenfragen, aber gegen Ende der Erzählung hörte er nur noch verstört zu.

»Um Himmels willen! Ich mag gar nicht daran denken, was sie mit dir angestellt hätten, wenn du nicht entkommen wärst«, sagte Thomas.

»Ich auch nicht.«

»Du hättest ihm die Figur geben sollen.«

»Das konnte ich nicht. Sie ist auf dem Weg nach Deutschland. Ich habe sie von Zhangye aus nach Hause geschickt.«

»Warum hat der Russe dich eigentlich losgelassen?«

Marion erschrak. »Bruder Tuck! Ich habe den Armen völlig vergessen.«

»Bruder *wer?*«

Marion griff in ihre Jackentasche, setzte Bruder Tuck auf den

Tisch und sah ihn liebevoll an. Die Schildkröte blinzelte schläfrig ins Licht und zog den Kopf noch tiefer in den Panzer.

»Bruder Tuck hat den Russen gebissen, als er meine Taschen durchsuchte.«

Etwas später lag Marion in ihrem Bett. Thomas beugte sich über sie und strich ihr über die Wange.

»Versuch zu schlafen«, sagte er.

»Ich bin so froh, dass du da bist! Und ich bin froh, dass es der echte Thomas ist, nicht der smarte Innenarchitekt von Böttcher & Partner. In den Anzügen hast du immer ein bisschen verkleidet ausgesehen.«

Thomas knuffte sie gegen die Schulter. »Sie gehören nun mal dazu. Du solltest endlich deine Anzugallergie behandeln lassen.«

»Niemals«, sagte Marion lächelnd. Sie betrachtete ihn. Sein Äußeres erinnerte sie jetzt wieder mehr an den unkonventionellen Mann, in den sie sich sieben Jahre zuvor verliebt hatte. Er hatte sich die Haare während des Reisejahres nicht geschnitten. Seine blonde Mähne hing ihm bis auf die Schultern und bildete einen starken Kontrast zu der Inselbräune. Mit seinem ausgeprägten Kinn, der geraden Nase und den hellbraunen Augen zog er auch ungebräunt auf jeder Party die Aufmerksamkeit auf sich. Dass er groß, breit und muskulös war, machte ihn noch attraktiver.

Wie würden ihn die Partyhühner jetzt wohl finden? Mit der bunten Kleidung und mehreren Buddhaperlen-Armbändern an den Handgelenken sah er wie ein Hippie aus. Schlimmer: wie ein Möchtegern-Hippie.

»Zehn Yuan für deine Gedanken«, sagte Thomas.

»Es sind nur freundliche Gedanken.«

»Das beruhigt mich. Und jetzt wünsche ich dir eine gute Nacht.«

»Gute Nacht.«

Marion zog die Decke enger um sich. Sie war sehr erschöpft. Dieser Alptraum musste bald ein Ende haben, sie würde nicht mehr lange durchhalten. Das Murmeln von Greg und Thomas drang leise durch die Tür. Die beiden wollten die Nacht über Wache halten.

* * *

Marion winkte den Amerikanern ein letztes Mal zu, dann verließen die beiden die Abfertigungshalle und waren außer Sicht.

»Jenny und Greg sind wirklich sehr nett«, sagte Thomas. »Ich hoffe, sie kommen uns in Deutschland besuchen.« Er schulterte seinen Rucksack und schlenderte zur Passkontrolle. Marion folgte ihm. Thomas hatte sich in der Nacht entschieden, sie nicht alleinzulassen und ebenfalls nach Deutschland zurückzufliegen. Er hatte seinen ganzen Charme spielen lassen, um noch einen Platz in dem Flugzeug zu bekommen – mit beachtlichem Erfolg: Die junge Frau vom Reisebüro hatte ihm sogar zwei Anschlussflüge von Bangkok nach Amsterdam organisiert.

Nachdem der Beamte ihnen die Pässe ausgehändigt hatte, gingen Marion und Thomas zur Sicherheitskontrolle, legten ihre Umhängetaschen auf das Band vor der Röntgenmaschine und traten nacheinander durch die Schleuse. Die Metallschnallen an Thomas' Schuhen lösten den Alarm aus, und er musste einem Beamten zur genaueren Untersuchung in eine Kabine folgen. Marion ergriff ihr Handgepäck und wollte weitergehen, als einer der Sicherheitsbeamten sie aufhielt. Marion sank das Herz in die Hose: In ihrer Jackentasche schmuggelte sie Bruder Tuck. Glücklicherweise interessierte sich der Mann nur für ihre kleine Tasche.

»Öffnen Sie Ihre Tasche«, befahl er.

Marion zog den Reißverschluss auf und hielt ihm die Tasche entgegen.

»Auspacken.«

Sie stapelte den Inhalt vor ihm auf: Kekse, eine Wasserflasche, ein Wollschal, Portemonnaie, Sonnenbrille, den Ferrari und die Fernsteuerung. Der Mann zeigte auf die Fernsteuerung.

»Was ist das?«

»Eine Fernsteuerung«, antwortete Marion. Es war nicht klug gewesen, den Ferrari im Handgepäck mitzunehmen.

»Aufmachen.«

»Aufmachen?«

»Ja. Schrauben Sie das Ding auf.«

»Das ist keine Bombe. Soll ich es Ihnen zeigen?«

Sie nahm das Spielzeugauto, stellte es auf den Boden und ließ es eine Runde fahren.

Der Beamte war blass geworden. »Ich will sofort sehen, was in dem Ding ist«, schnauzte er und riss ihr die Fernsteuerung aus der Hand.

»Ich habe keinen Schraubenzieher.«

»Warten Sie hier.«

Thomas trat neben Marion und musterte sie mit einem undeutbaren Blick.

»Ist was?«, fragte sie provozierend.

Er schüttelte den Kopf. »Mit dir wird es nie langweilig.«

Es dauerte eine Ewigkeit, bis jemand einen Schraubenzieher brachte.

Der Beamte untersuchte den Ferrari und die Fernsteuerung misstrauisch. Dann rief er zwei Kollegen und fragte sie um Rat. Die drei Männer schienen sich nicht einigen zu können, ob das Spielzeugauto gefährlich war, aber schließlich drückten sie es Marion in die Hand.

»Sie können gehen.«

»Darf ich den Schraubenzieher haben?«

Mit einem missmutigen Grunzlaut reichte der Mann ihr das Werkzeug.

»Danke«, sagte Marion höflich und schraubte ihr Auto wieder zusammen.

»Beeil dich, sonst verpassen wir den Flug«, sagte Thomas ungeduldig.

»Das Auto ist wieder fahrtüchtig. Los geht's.«

Als Marion und Thomas an ihrem Abflug-Gate ankamen, verschwanden gerade die letzten Passagiere in dem Tunnel, an den das Flugzeug angedockt war. Die thailändische Stewardess nahm ihnen die Tickets aus der Hand und scheuchte sie zum Flugzeug.

Thomas ließ sich neben Marion in seinen Sitz fallen. Sie hatten es geschafft.

Das Flugzeug hob pünktlich ab, und innerhalb von Minuten hatten die Regenwolken über Shaanxi sie verschluckt. Thomas ergriff Marions Hand und drückte sie.

»Erleichtert?«, fragte er.

»Ja, sehr.«

»Was wollen wir in Deutschland machen? Ute und Nils haben unsere Wohnung noch bis Ende April. Wir können sie schlecht rauswerfen.«

»Darüber habe ich mir schon den Kopf zerbrochen. Susannes Wohnung ist groß genug für drei, und sie hat sicher nichts dagegen, wenn wir beide bei ihr unterkriechen, nur …«

»Du weißt nicht, ob du es auch möchtest, nicht wahr?«, ergänzte Thomas ihren Satz. Er sah enttäuscht aus.

»Hältst du es denn für eine gute Idee, wenn wir uns ein Zimmer teilen?«, fragte Marion leise.

»Ich halte es für eine sehr gute Idee. Ich habe dich so vermisst, Marion. Ohne dich ist die Welt grau und langweilig.«

»Und dann fängt alles wieder von vorne an. Die kleinlichen Streitereien, die Missverständnisse, der Frust. Ich würde gern mit dir zusammenleben, aber ich traue mich nicht.«

Wollte sie es wirklich, wollte sie eine Zukunft mit Thomas? Vor Marions innerem Auge blitzte ein Bild auf: Yandao, der winkend auf den Bus zugerannt kam. »Gib mir Zeit«, bat sie. »Erst muss ich herausfinden, was ich wirklich will.«

»Nimm dir die Zeit, die du brauchst. Aber ich werde nicht von deiner Seite weichen, solange ich nicht hundertfünfzigprozentig davon überzeugt bin, dass diese Gangster dich in Ruhe lassen. Ich werde erst wieder ruhig schlafen können, wenn du dieses Jadepferd zur Post gebracht hast.«

Marion erwiderte nichts.

»Du wirst es doch nach China zurückschicken, oder?« Thomas schüttelte sie. »Mach keinen Scheiß! Das ist kein Abenteuerspiel. Die Typen sind echt!«

»Lass mich los. Ich weiß, dass sie echt sind. Und ich werde die Figur dem Museum zukommen lassen. Aber erst werde ich sie dem Sinologen zeigen, den Susanne ausfindig gemacht hat.«

Thomas ließ sich resigniert zurückfallen.

»Du bist verrückt. Deshalb liebe ich dich ja so sehr.«

Marion sah aus dem Fenster in die undurchdringliche Wolkenmasse und antwortete nicht. War sie verrückt? Es sah ganz danach aus.

Es waren noch knapp zwei Stunden Flugzeit. Thomas schlief. Marion erhob sich und ging zur Toilettenkabine. Sie schloss sich ein und ließ das winzige Handwaschbecken bis zum Rand volllaufen. Dann holte sie Bruder Tuck aus ihrer Jackentasche, setzte ihn in das Becken und streute Schildkrötenfutter hinein.

»Tut mir leid, Bruder Tuck, das ist alles, was ich dir bieten kann. Aber es dauert nicht mehr lange. Susanne hat eine Badewanne.«

Sie setzte sich auf den heruntergeklappten Klodeckel und wartete, bis Bruder Tuck sein Mittagessen verdrückt hatte. Jemand hämmerte von außen an die Tür.

»Einen Moment Geduld. Ich habe Verstopfung.«

Bruder Tuck war fertig. Marion hob die wild strampelnde Schildkröte aus dem Wasser und ließ sie abtropfen. Wer auch immer draußen wartete, hatte es eilig und klopfte penetrant weiter. Als Marion die Tür öffnete, drängelte sich eine ältere Thailänderin an ihr vorbei in die Kabine.

Marion trat in den Gang – und prallte entsetzt zurück. Vor ihr stand der Russe.

»So schnell kreuzen sich unsere Wege erneut«, sagte Nikolai und streckte ihr seine Hand entgegen. Den Zeigefinger zierte ein Pflaster.

Völlig überrumpelt reichte sie ihm die rechte Hand, in der sie immer noch den tropfenden Bruder Tuck hielt. Nikolai sah auf das Tier hinunter.

»Damit ist zumindest ein Rätsel gelöst. Sie haben eine abgerichtete Schildkröte als Bodyguard.«

Er klopfte auf den Panzer. Bruder Tuck ließ den Kopf vorschnellen und riss das Maul auf.

»Auch einer, den man nicht unterschätzen sollte«, sagte Nikolai. »Haben Sie noch mehr von diesen Aufpassern engagiert? Ein Huhn vielleicht?«

Marion bekam sich schnell wieder in den Griff. »Indonesische Kampfhörnchen. Im Blutrausch können die Viecher einen ausgewachsenen Mann in viereinhalb Minuten bis auf die Knochen abnagen. Seien Sie vorsichtig«, sagte sie gelassen: In einem vollbesetzten Flugzeug konnte der Russe sie nicht angreifen.

Seine ozeanblauen Augen bohrten sich in ihre. »Ich bekomme immer, was ich will«, sagte er kalt. »Ich wünsche Ihnen noch einen angenehmen Flug. Bis bald.«

»Gehen Sie zur Hölle!«

»Später, später«, sagte Nikolai unbeeindruckt, »ich möchte noch ein wenig schlafen, bevor wir landen. Es ist anstrengend, Sie nicht aus den Augen zu verlieren. Bis bald.«

Er deutete eine Verbeugung an und ließ Marion vor der Toilettentür stehen. Mit einer Mischung aus Wut und Furcht sah sie ihm hinterher. Nikolai hatte einen Sitz am Gang im hinteren Abschnitt des Flugzeugs. Bevor er sich seine Schlafmaske über die Augen zog, warf er Marion noch einen Blick zu, der nichts Gutes verhieß. Aufgewühlt eilte Marion zu ihrem Platz zurück.

Thomas schlief immer noch. Marion blieb im Gang stehen, um das unerwartete Zusammentreffen zu verdauen. Der Russe hatte nicht aufgegeben. Sie hatte Angst vor ihm, aber seine Arroganz weckte ihre Angriffslust. Sie kochte innerlich, und in ihrem Kopf formte sich ein Plan, wie sie sich Nikolai vom Hals halten konnte.

Sie zog ihre Tasche aus dem Handgepäckfach, klemmte sie sich unter den Arm und ging vor der großen Leinwand zum anderen Gang hinüber. Verstohlen spähte sie an den Toilettenkabinen vorbei über die Köpfe der Passagiere, bis sie Nikolai entdeckt hatte. Er hatte den Sitz zurückgestellt und die Maske über den Augen. Gut.

Marion eilte auf ihrer Seite nach hinten und ging hinter den letzten Sitzreihen zurück in Nikolais Gang. Er war nur vier Reihen vor ihr. Die anderen Passagiere dösten oder zappten durch die Fernsehprogramme, niemand beachtete sie.

Nikolais Brustkorb hob und senkte sich gleichmäßig. Marion pirschte sich leise heran. Als sie auf der Höhe des Russen war, bückte sie sich und tat so, als müsste sie ihre Schuhe neu binden.

Das Glück war ausnahmsweise auf ihrer Seite: Nikolais kleine Handgepäcktasche stand neben seinen Füßen am Gang. Mit angehaltenem Atem zog sie den Reißverschluss der Tasche ein Stück auf. Der Russe rührte sich nicht. Schnell nahm sie einen Gegenstand aus ihrer Umhängetasche und stopfte ihn weit nach unten in Nikolais Handgepäck. Sie zog den Reißverschluss wieder zu und richtete sich auf. Er hatte nichts bemerkt.

Als sie kurz darauf wieder auf ihren Platz glitt, wachte Thomas auf.

»Wo warst du?«, fragte er und rieb sich die Augen.

»Auf dem Klo. Und weißt du, wen ich dort getroffen habe?«

»Nö.« Er gähnte.

»Den Russen.«

Thomas war schlagartig wach.

»Er ist im Flugzeug? Wie konnte er wissen …«

»Keine Ahnung. Vielleicht hat er mich im Reisebüro beobachtet und ist irgendwie an die Information gekommen.«

»Was hat er gemacht?«

»Konversation. Und angedeutet, dass wir uns später noch sehen werden.«

»O Gott.«

»Das kannst du laut sagen.«

»Du siehst nicht gerade verängstigt aus.«

»Wenn er Krieg will, kann er ihn haben«, sagte sie leichthin.

* * *

Marion und Thomas reihten sich in die Schlange an der Sicherheitskontrolle vor dem Transitbereich. Seit dem Anschlag auf das World Trade Center war man auch in Bangkok äußerst wachsam. Nikolai kam als einer der Letzten und stellte sich ans Ende der Nachbarschlange. Also fliegt er tatsächlich nach Europa, dachte Marion. Sie stieß Thomas an.

»Da ist er. Der Mann mit den kurzen blonden Haaren in der graublauen Jacke. Siehst du ihn?«

»Ja. Und er sieht uns auch.«

»Macht nichts.«

»Das macht nichts? Ich werde aus dir nicht schlau.«

»Er findet uns sowieso. Wenn er Zugang zu den Unterlagen der Hotels bekommen hat, kennt er auch unsere Adresse in Deutschland.«

»O nein! Daran habe *ich* noch nicht gedacht. Wir müssen Ute und Nils warnen.«

»Wir sollten einen Wachhund mieten.«

»Spar dir deine Witze.«

»Ich habe es ernst gemeint.«

Sie hatten die Absperrung erreicht, ließen ihre Sachen durchleuchten und konnten unbehelligt passieren.

Bis zu ihrem Anschlussflug hatten sie noch eine halbe Stunde Zeit, und Marion steuerte auf die erste Bank im Transitbereich zu. Von dort hatte sie eine gute Sicht auf die Sicherheitsabfertigung.

Sie brauchte nicht lange zu warten. Nikolai ging durch die Schleuse und nahm seine Tasche vom Band. Einer der Beamten winkte ihn zu sich und zeigte auf die Tasche. Nikolai öffnete sie, und der Thai wühlte darin herum, bis er den Gegenstand gefunden hatte, der seinen Kollegen am Bildschirm des Röntgengeräts alarmiert hatte. Marion registrierte hämisch, dass der Russe erstarrte, als der Beamte ihm den Ferrari vor die Nase hielt.

Der Thai stellte Nikolai eine Frage, aber der Russe zuckte nur mit den Schultern. Ein gestenreiches Gespräch entspann sich. Mehrfach zeigte Nikolai auf seine Uhr und wies in Richtung des Transitbereichs.

Marion stand auf und sah auf dcn Monitor mit den Abflugzeiten. Der Flug nach Frankfurt war zum Boarding freigegeben. Nikolai würde ihn verpassen.

Sie tippte Thomas an. »Wir müssen los.«

Er riss sich von dem Schauspiel an der Abfertigung los. Nikolai fuchtelte vor dem Beamten herum, was dessen Ärger nur anstachelte.

»Respekt«, sagte Thomas.

Im Weggehen drehte sich Marion noch einmal zu Nikolai um. Er bemerkte sie und warf ihr einen wütenden Blick zu. Sie antwortete mit einer Kusshand.

AUF DER SEIDENSTRASSE

OKTOBER 599 N. CHR.

Ein heftiger Windstoß riss die trockenen Blätter von den Pappeln und trieb sie über ein Feld, bis sie sich am Fuße eines Hügels in den kahlen Zweigen der Büsche verfingen. Drei Männer kauerten zwischen den Büschen über einem dunklen Loch. Als eines der Blätter das Gesicht des kleinsten Mannes streifte, blickte er ängstlich über seine Schulter. Wolkenfetzen jagten über den Himmel und verdeckten den beinahe vollen Mond für einen Augenblick, bevor sie ihn wieder freigaben und silbernes Licht die Welt in eine kraftvolle Tuschezeichnung verwandelte. Tiefschwarze Schatten zerschnitten den Rand des mit Reif überzogenen Feldes, und das Gesicht des nervösen Mannes schwebte wie ein blasser Lampion vor dem dunklen Hintergrund der Büsche.

»Was war das?«, fragte er kaum hörbar.

»Der Wind, was sonst? Sag mal, Affe, was ist heute mit dir los?«

»Böse Vorahnungen«, sagte der Mann. »Mir gefällt die Nacht nicht.« Seine Gelenkigkeit hatte ihm den wenig schmeichelhaften Spitznamen »Affe« eingebracht, den er nicht abschütteln konnte. In den Kreisen, in denen er sich bewegte, hatte sich kaum jemand die Mühe gemacht, seinen richtigen Namen, Pesakk, zu behalten.

»Was macht Hedan so lange da unten?«, brummte der dritte Mann. »Ich frage mich, ob er schon die wertvollsten Sachen verschwinden lässt.«

»Hedan ist vertrauenswürdig«, entgegnete der andere gereizt. »Im Gegensatz zu dir, Boboni.«

»Wie kannst du es wagen! Du, der König der Betrüger.«

Der Anführer sprang mit katzengleicher Geschwindigkeit auf die Füße und ging Boboni an die Kehle. Er war so schnell, dass weder Pesakk noch der plumpe Boboni reagieren konnten.

»Sieh dich vor!«, zischte der Anführer und schüttelte Boboni. Er war einen halben Kopf kleiner als sein Gegner, aber wesentlich muskulöser und hatte die furchterregende Ausstrahlung eines angriffsbereiten Tigers.

In diesem Moment klingelte eine kleine Glocke an einem Zweig neben dem Schachteinstieg. Ein dünnes Seil lief von der Glocke in das Loch und verschwand in der Finsternis. Der Anführer ließ Boboni los und schubste ihn weg.

»Mach dich nützlich«, sagte er.

Boboni drehte ihm den Rücken zu, ergriff ein dickes Seil, das ebenfalls in den Schacht führte, und zog. Sein Gesicht verzerrte sich zu einer Fratze aus Anstrengung und Hass. Kurz darauf hievte er einen großen, mit sandiger Erde gefüllten Korb an die Oberfläche. Einige Ziegelsteine polterten auf den Boden.

Das Glöckchen klingelte wieder, dreimal hintereinander. Boboni knotete das Ende des dicken Seils von dem Korb ab und warf es wieder in den Schacht. Als er einen Widerstand spürte, zog er es erneut mit gespannten Muskeln Stück für Stück ein. Bald erschien das dreckverschmierte Gesicht eines vierten Mannes über dem Schachtrand. Seine Augen blitzten, als er sich aus dem Loch stemmte.

»Ich bin durch!«, rief er. »Aber der Einstieg ist zu eng. Du musst rein, Affe. Wo sind die Lampen?«

»Hier«, sagte Pesakk und schleppte einen Sack heran. Kurz darauf standen alle vier Männer um den Schacht herum. Hedan kontrollierte den Sitz des um Pesakks mageren Körper geknoteten Seils und drückte ihm aufmunternd den Arm. »Solltest dir Geister oder Dämonen begegnen, schick sie nach oben. Wir werden mit ihnen fertig.«

»Sehr witzig«, sagte Pesakk und kletterte in den Schacht. Der Anführer reichte ihm eine brennende Laterne. Ihr Lichtschein wurde immer schwächer, je tiefer Pesakk an dem Seil nach unten glitt. Dann verlosch das Licht völlig. Pesakk hatte sich durch die Öffnung in der gemauerten Decke der Grabanlage gezwängt.

Feiner Staub wirbelte auf, als Pesakk auf dem Fußboden der unterirdischen Gruft aufkam. Er schirmte die Lampe ab und blickte nach oben, wo ein dunkelgrauer Fleck das Loch in der Decke verriet. Dann hielt er die Laterne in die Höhe. Der Raum war klein, kaum viermal so groß wie der Sarg aus gebranntem Ton, der an der hinteren Wand stand. Dem Sarg gegenüber befand sich eine Türöffnung, und er schlich darauf zu. Die Stille war so überwältigend, dass Pesakk unwillkürlich flacher atmete, um die Toten nicht zu wecken. Der zweite Raum war wesentlich größer als der erste und hatte eine hohe, gewölbte Decke. Im Zentrum des Raums standen zwei große Steinsarkophage. Ohne Erfolg versuchte Pesakk, den Deckel des einen anzuheben. Dann durchsuchte er systematisch die um die Sarkophage herum angeordneten Grabbeigaben. Schnell fand er zwischen all den wertlosen Ton- und Holzfiguren einige Lackschachteln voller Schmuck. Aus Neugierde berührte er einen prächtig bemalten seidenen Schal, der über dem linken Sarkophag lag, aber das Gewebe war so morsch, dass es vor seinen Augen zu Staub zerfiel.

Nachdem er seine Suche beendet hatte, lehnte er sich ratlos gegen eine Wand. Sieben Nebenräume gruppierten sich um den zentralen Saal. Pesakk wusste aus Erfahrung, dass Gräber dieser Größe normalerweise vor Reichtümern überflossen, aber alles, was sich mitzunehmen lohnte, waren eine Handvoll goldene Schmuckstücke, drei Bronzespiegel und ein schlichter Bronzekessel. War schon jemand vor ihm hier unten gewesen? Es war möglich, die Gruft war alt, sehr alt.

Er drehte eine weitere Runde durch die Räume. Ganz zum Schluss blieb er vor der letzten Kammer stehen. Die Decke war eingestürzt, und das nachrutschende Erdreich hatte den Raum beinahe ausgefüllt. Lediglich ein schmaler Spalt war freigeblieben. Pesakk hielt seine Laterne hinein. Am anderen Ende konnte er die behauene Steinwand des Sarkophags erkennen, durch die ein breiter Riss lief. Ohne Zögern klemmte er sich die Laterne zwischen die Zähne und zwängte sich durch den Spalt auf den Sarkophag zu. Er sah mehrere

Jadescheiben und mumifizierte Hände, die ein kleines Kästchen umklammert hielten. Er griff in den Sarg und entwand der Leiche das Kästchen, ohne sich darum zu scheren, dass dabei drei Finger abbrachen. Der Mann war tot und würde es auch bleiben.

Boboni saß mit untergekreuzten Beinen neben dem Schacht.

»Ist das alles?«, fragte er und zeigte auf den Bronzekessel vor ihm, als Pesakk sich über den Rand zog.

»Leider ja«, antwortete Pesakk. »Warum hast du mir nicht mit dem Seil geholfen?«

»Du bist doch ein Affe«, sagte Boboni gehässig. Dann änderte er seinen Ton abrupt. »Wo sind die anderen Sachen?«, brüllte er.

»Es gibt nur noch Jadescheiben und ein Kästchen. Fang!«, sagte Pesakk und warf ihm die Scheiben zu. Dann öffnete er das Kästchen. Zu seiner Enttäuschung lagen darin nur Bambusstäbe und ein zerbrochenes Jadepferd. Er nahm es heraus. Den Körper der Figur zierten goldene chinesische Schriftzeichen, die er nicht lesen konnte. Der Mond war wieder hervorgekommen und ließ die dunkelgrüne Jade der Figur geheimnisvoll schimmern; fast schien es Pesakk, als käme das Licht aus den Tiefen des Steins.

»Gib das her!« Pesakk zuckte zusammen, als er Bobonis Stimme dicht neben sich hörte. Boboni beugte sich über ihn und starrte mit einem irren Flackern in den Augen auf das halbe Pferd.

»Nein!«, rief Pesakk und hielt die Figur hinter seinen Rücken. Sofort stürzte Boboni sich auf ihn. Pesakk schrie nach Hedan und dem Anführer.

»Sie hören dich nicht«, flüsterte Boboni. Pesakk stockte das Herz. Mit aller Kraft wand er sich aus der Umklammerung des stärkeren Boboni und trat wild auf ihn ein.

»Wo sind sie?«, keuchte er.

»Dort, wo du auch bald sein wirst«, sagte Boboni und sprang auf die Füße. Pesakk hatte damit gerechnet und trat seinem Gegner mit aller Macht zwischen die Beine. Boboni klappte vornüber und erbrach sich. Pesakk nutzte seine Chance. Er rannte auf Boboni zu und stieß ihn in den Schacht. Nach einigen Momenten der Stille drang schmerzerfülltes Winseln aus der Tiefe zu Pesakk, der schwer atmend neben dem Loch kauerte.

Sobald sich Pesakk wieder beruhigt hatte, raffte er die Schmuckkästchen, Figuren und Spiegel aus dem Bronzekessel und stopfte sie in einen Sack. Die Leichen seiner Freunde entdeckte er hinter den Büschen. Boboni hatte ihnen die Kehlen durchgeschnitten. Pesakk starrte entsetzt auf seine Freunde hinunter. Er hatte es von Anfang an geahnt: Den hinterhältigen, streitsüchtigen Boboni in ihre Gruppe aufzunehmen würde ins Unglück führen. Mit Tränen in den Augen stürzte er davon, als seien alle Dämonen seiner Grabräuberzeit rachsüchtig hinter ihm her.

* * *

Unter dem prüfenden Blick des *Sabao* belud Pesakk das letzte der drei Kamele, für die er ab heute verantwortlich war. Vor über vier Jahren hatte er das letzte Mal als Kameltreiber einer Karawane gearbeitet, aber als er das hölzerne Tragegestell an den Höckern des Tieres befestigte, kam es ihm vor, als seien seitdem nur einige Tage verstrichen. Er nahm einen der ledernen Packsäcke und band ihn mit tausendfach geübten Handgriffen an die Holzplanken, dann kontrollierte er den Sitz der Seidenstränge, die als weiche Puffer zwischen dem Rücken des Kamels und den Lasten lagen. Er gab einen leisen Schnalzlaut von sich, und das Tier streckte erst die Hinterbeine, dann die Vorderbeine, bis es in voller Größe neben ihm stand. Pesakk tätschelte die weiche Oberlippe des Kamels. Er war abreisefertig.

»Ist alles zu Eurer Zufriedenheit?«, fragte er.

»Ich hatte es dir nicht zugetraut, aber jetzt bin ich beruhigt. Willkommen in meiner Karawane, Pesakk«, antwortete der *Sabao*.

Pesakk sah dem breiten Rücken des *Sabaos* nach, der von einem

Packtier zum nächsten ging und die Vorbereitungen kontrollierte. Spätestens am Mittag sollte die Karawane Wuwei verlassen. Der *Sabao* flößte Pesakk Respekt ein. Wie die meisten Karawanenführer war der Mann sogdischer Herkunft, und sein Name, Kang Tugen, verriet, dass er aus Samarkand stammte wie Pesakk selbst. Kang Tugen hatte einen mächtigen Brustkorb und starke Beine, die ihn unzählige Male durch die Wüsten und Berge zwischen Wuwei und Samarkand getragen hatten. Ein imposanter Bart umrahmte den unteren Teil seines Gesichtes, während sich buschige Augenbrauen über seinen runden, dichtbewimperten Augen wölbten. Im Gegensatz zu Pesakk und vielen anderen der Kamel- und Pferdeführer, die ihre langen Haare nach Chinesenart auf dem Kopf zusammenrollten und mit einem festen Tuch in Form hielten, trug der *Sabao* eine hohe, spitze Mütze. Seine knielange Tunika, das Hemd und die Hose waren schmucklos und aus haltbaren Stoffen gefertigt, damit sie den harschen Bedingungen der Reise widerstehen konnten.

Kang Tugen saß auf sein Pferd auf und stellte sich in die Steigbügel. Die Tiertreiber, Händler und Schaulustigen brachen ihre Gespräche ab und blickten erwartungsvoll auf den *Sabao,* in dessen Händen in den kommenden Monaten das Geschick der Männer, aber auch die Hoffnung der Händler lag.

»Den Göttern ist geopfert worden, die Futtersäcke sind gefüllt, die Waren verstaut, Tiere und Männer gesund und voller Tatendrang!«, rief er mit lauter Stimme. »Denkt an uns, Stadtvolk, wenn ihr abends in euren Häusern sitzt, geschützt vor Wind, Regen und Schnee. In zwei Jahren sind wir zurück, beladen mit allen Dingen, die in meiner Heimat zu kaufen sind.« Er hob einen Arm. »Auf nach Samarkand!«

»Nach Samarkand!«, jubelten die Männer der Karawane und die Umstehenden. Mit dem *Sabao* an der Spitze setzte sich der Zug langsam in Bewegung. Pesakk ergriff das Führungsseil seiner Kamele und reihte sich im Mittelteil der Karawane ein, erleichtert, Wuwei hinter sich zu lassen. Noch waren die Leichen der anderen Grabräuber nicht entdeckt worden, und er hoffte, dass Boboni in seinem

Loch verreckt war. Er hatte ungeheures Glück gehabt, eine Anstellung in der Karawane zu bekommen, die schon zwei Tage nach den Vorfällen die Stadt verließ.

Am dritten Tag überschritten sie die Grenzen der Oase. Vor ihnen lag der erste Wüstenabschnitt der Reise. Beim Anblick der vegetationslosen Ebene stimmten einige der Tierführer ein Lied an. Es erzählte von Männern, die es mit den Gefahren der Wüste aufnahmen. Sie waren Karawanenmänner, hart, stark und mutig und ließen sich nicht von ein paar Sandhaufen einschüchtern!

»Hallo, Affe«, sagte eine Stimme. Pesakk fuhr entsetzt herum. In der Karawane war er nur unter seinem richtigen Namen bekannt. Hinter ihm, ein Kamel an einem Strick führend, marschierte Boboni.

»Ich dachte, du bist …«

»Tot? Nein, mein Lieber, so schnell sterbe ich nicht. Ich gebe zu, dass es mich einige Mühe gekostet hat, aus dem Schacht zu klettern, und noch mehr Mühe, dich ausfindig zu machen, aber hier bin ich. Du freust dich doch, die Reise mit einem alten Freund zu unternehmen?«

Viele Male hatte sich der Mond gerundet und war dann wieder schwach und dünn geworden, nur um wenig später mit neuer Kraft die Wüstennächte zu erhellen. Der Winter hatte eingesetzt, und die Karawane überstand die endlosen Strecken zwischen den Oasen am südlichen Rand der Taklamakan, indem sie den Packtieren große Blöcke gefrorenen Trinkwassers aufluden. Der Marsch über die Sanddünen war eine elende Schinderei, aber jeder einzelne der Männer zog die beißende Kälte des Winters, vor der sie sich mit dicken Pelzen schützten, der grauenhaften Sommerhitze vor, in der das Blut dick in den Adern floss und die Trugbilder sie in den Wahnsinn trieben.

Pesakk stapfte im Windschatten seines Kamels hinter seinem Vordermann her. Die Entbehrungen und Anstrengungen der vergangenen Monate hatten ihn bis auf die Knochen abmagern lassen, und auch die anderen Männer und die Tiere sahen den Skeletten, die den Wüstenwanderern als Wegweiser dienten, ähnlicher als lebendigen Wesen.

Am Kopf der Karawane konnte Pesakk Boboni erkennen, der gestenreich auf den *Sabao* einredete. Beide ritten, sie waren die Einzigen, die nicht zu Fuß gingen. Es war dem verschlagenen Boboni gelungen, sich das Vertrauen des Karawanenführers zu erschmeicheln. Obwohl sich Boboni ihm, Pesakk, gegenüber freundlich verhielt, mied dieser seine Gegenwart. Am Anfang der Reise hatte Boboni ihn mehrfach nach der zerbrochenen Pferdefigur gefragt, aber Pesakk hatte behauptet, sie in Wuwei verkauft zu haben. Er hatte nicht vor, sich von dem sicher in den Packtaschen seines Kamels versteckten Schatz zu trennen.

Der *Sabao* gab das Zeichen zum Halten. Menschen und Tiere verhielten ihre Schritte. Die Tiere warteten apathisch, bis ihre Führer ihnen die Packtaschen, Seidenballen und Satteldecken abgenommen hatten, dann zerstreuten sie sich, um zwischen dem Schotter der windgepeitschten Ebene nach erfrorenen Halmen zu suchen.

Aus der Ladung seines Tieres und einigen größeren Steinen baute Pesakk eine niedrige Mauer, dann legte er die Planken des Tragegerüsts auf den Boden und breitete einen Teppich und Decken darauf aus. Er kramte einen Streifen Trockenfleisch aus seinem Proviantsack und ließ sich auf das Lager sinken. Es war der vorletzte Streifen, aber er machte sich deshalb keine Sorgen: In wenigen Tagen würden sie die Khotan-Oase erreichen und eine längere Rast einlegen, um die schlimmsten Stürme des Winters vorüberziehen zu lassen und wieder zu Kräften zu kommen. Er freute sich auf die Gasthäuser der Stadt, auf die Tänzerinnen und die wärmenden Feuer. Khotan war die Verheißung, die ihn und seine Kameraden trotz ihrer Erschöpfung einen Fuß vor den anderen setzen ließ, tagaus, tagein – eine Märchenstadt, die in greifbare Nähe gerückt war. Boboni schlenderte herüber und setzte sich neben ihn.

»Du hast noch Trockenfleisch?«

»Wenig. Möchtest du ein Stück?«

»Nein, vielen Dank. Aber würdest du gern frisches Fleisch essen? Einer der Jäger hat mit der Armbrust ein Wildschaf geschossen. Es ist nicht genug für alle, deshalb haben sie nur ihre Freunde eingeweiht und bereiten das *Argali* etwa ein *li* von hier entfernt zu.«

»Weshalb lädst du mich ein?«, fragte Pesakk misstrauisch.

Boboni legte ihm den Arm um die Schultern. »Weil wir ein paar Geheimnisse teilen, mein Äffchen, deshalb.«

Ein ganzes Wildschaf. Pesakk lief das Wasser im Mund zusammen. Es war mindestens zwei Monde her, seit er frisch geröstetes Fleisch gegessen hatte. Seine Nase gaukelte ihm bereits den Duft des brutzelnden Fetts vor. »Ich begleite dich«, sagte er entschlossen.

Kurz darauf schlichen zwei dunkle Schatten in Richtung Norden aus dem Lager.

Die Pferde, Esel und Kamele waren beinahe fertig beladen, als Pesakks Fehlen bemerkt wurde. Sein Lagernachbar fragte herum, aber niemand hatte ihn gesehen, seit er sich auf seine Decken zurückgezogen hatte. Pesakk war ein Einzelgänger, unauffällig und schweigsam, und da er seine Arbeit gewissenhaft ausführte und hervorragend mit den Tieren umgehen konnte, hatte man ihn in Ruhe gelassen. Nach einer kurzen, erfolglosen Suche zog die Karawane davon.

Boboni zerrte Pesakks Kamele hinter sich her. Er war zufrieden mit sich. Irgendwann würde jemand über Pesakks Knochen stolpern und sie dazu benutzen, einen neuen Wegweiser aufzutürmen. So war das Schicksal vieler Karawanenleute.

HAMBURG

NOVEMBER/DEZEMBER 2004

Mit einem Ruck kam der ICE aus Frankfurt zum Stehen. Marion wollte gerade einen Mann im Anzug beiseitedrängeln, als Thomas sie zurückhielt.

»Nur die Ruhe«, flüsterte er ihr ins Ohr. »Wir sind nicht mehr in China. Hier geht es ordentlich und gesittet zu und immer schön der Reihe nach.«

»Wie langweilig«, sagte Marion und dachte an Li Yandao, der nach ihrer Kritik seines Fahrstils mit exakt denselben Worten geantwortet hatte. Asiens Chaos war ihr ins Blut übergegangen.

Die Tür öffnete sich mit einem leisen Zischen, und die feuchtkalte Luft eines Hamburger Wintertages schlug ihnen entgegen.

Der Bahnsteig leerte sich. Thomas setzte sich auf seinen Rucksack und sah sich um. Auf dem Nachbargleis fuhr ein Regionalzug ein. Menschen mit mürrischen, blassen Gesichtern stiegen die Stufen zu den geheizten Wagen hinauf, froh, dem zugigen Bahnhof zu entkommen. Eine Frau, nur wenig jünger als Marion, trat aus dem Kiosk neben ihnen und musterte verächtlich Thomas' Rucksack, seine Sonnenbräune und die bunte Hose. Im fahlen Licht der Bahnhofshalle sah ihre Haut grünlich aus. Sie schob die Hände tief in ihre Manteltaschen und wandte sich brüsk ab.

Der Grund für die ablehnende Haltung der Frau war leicht zu erraten: Wieso können sich diese Hippies einen Urlaub in der Sonne leisten und ich nicht?

»Es hat sich nichts verändert«, sagte Thomas und sah der Frau nach.

»Was hast du erwartet? Die meisten Leute haben wahrscheinlich nicht einmal gemerkt, dass schon wieder ein Jahr vorbeigeflogen ist.«

»Hamburg, das Tor zur Welt? Pah. Es wirkt so farb- und freudlos.«

»Sieh es nicht zu negativ. Hamburg ist nicht schlecht, und hier leben unsere Freunde.«

Er stand auf und schwang sich den Rucksack über die Schulter.

»Lass uns gehen. Ich werde noch eine Weile brauchen, bis ich kapiert habe, dass wir wieder in *Good Old Boring Germany* sind. Das spannende Leben ist vorbei.«

»Das Leben kann auch hier spannend sein.«

Er lächelte gequält. »Gib mir ein paar Tage. Ich bin fürchterlich deprimiert. Komm, wir fahren zu Susanne.«

An der Station Emilienstraße verließen sie die U-Bahn. Obwohl es erst halb fünf war, hatte die Dämmerung bereits eingesetzt. Die Kälte in China hatte Marion und Thomas auf den Winter in Hamburg vorbereitet, aber das graue Zwielicht und der kalte Nieselregen senkten sich schwer auf ihre Stimmung. Marion dachte an den weiten blauen Himmel über der Wüste, während sich Thomas an Thailands Strände zurücksehnte. Bedrückt trotteten sie über die unbelebten Bürgersteige zur Eimsbütteler Straße, bis sie vor einem Mietshaus aus der Jugendstilzeit stehen blieben.

»Die Bäckerei von Karl-Heinz ist nicht mehr da«, stellte Marion fest.

»Also hat sich doch etwas verändert«, sagte Thomas sarkastisch. »Nur sind es leider die guten Sachen, die sich zum Schlechteren ändern. Die Brötchen von Karl-Heinz waren die besten im ganzen Viertel.«

»Mein Gott, du bist ja schlimmer als die Miesepeter in der U-Bahn! Freust du dich denn nicht auf Susanne?«, fragte Marion gereizt und drückte auf eine Klingel.

Susanne kam die Treppe heruntergesprungen. Ihre langen, dunkelblonden Haare flogen wild um ihr feines Gesicht herum. Sie war nur einen Meter sechzig groß, aber sie hatte Energie für zwei.

»Ich habe die Minuten gezählt! In der Redaktion haben sie es nicht mehr mit mir ausgehalten und mich nach Hause geschickt. Endlich seid ihr da!«

Als Thomas in die warme Wohnung trat, stieß er einen wohligen Seufzer aus. »Zentralheizung!«

»Wollt ihr zuerst essen oder baden?«

»Wir essen, und Bruder Tuck badet. Es sei denn, Thomas will mit ihm in die Wanne.«

»Mit diesem blutrünstigen Untier? Niemals«, sagte Thomas. Susannes gute Laune und ihr herzlicher Empfang hellten seine Stimmung auf.

»Wessen Bruder ist das denn? Ich habe nur zwei Betten aufgebaut«, sagte Susanne irritiert.

»Kerzen, eine Tischdecke, Käse, Schwarzbrot, Gewürzgurken, Räucherlachs. Das ist das Paradies«, sagte Marion, als sie sich an den Küchentisch setzte.

»Der ist neu«, stellte sie fest und wippte in dem futuristisch anmutenden Plastiksessel hin und her.

»Stimmt«, sagte Susanne, »die Farbe gefiel mir. Sie passt zu den anderen Stühlen.«

Marion sah sich um. Die Farbe passte tatsächlich zu dem zusammengewürfelten Mobiliar, dass Susanne von diversen Dachböden und Flohmärkten zusammengetragen und in ihrer Lieblingsfarbe Maigrün gestrichen hatte. Auch sonst war die Küche ein willkürliches Sammelsurium von Flohmarkttrödel und ultramodernen Küchenutensilien. An der Wand hinter dem Küchentisch hing, quasi als Kontrapunkt, ein riesiges abstraktes Bild in diversen Rottönen. Es war von einem befreundeten Künstler, der sich gerade in der Hamburger Kunstszene einen Namen machte. Susannes Großmutter-Anrichte war mit Geschirr so vollgestopft, dass sie mittlerweile auch auf der Fensterbank Sachen deponierte. Susanne bestand darauf, nicht zwei gleiche Teller oder Tassen zu besitzen – ein vollständiges Service hätte sie als Gipfel der Spießigkeit empfunden. Marion liebte diesen Raum; in Asien hatte sie die gemütlichen Abende in Susannes Küche vermisst. Unzählige Male hatte sie hier mit ihrer Freundin gesessen und über Gott, die Welt und die Männer diskutiert.

Susanne besaß einen ähnlich unabhängigen Charakter wie Marion. Hinter ihrem zarten, zerbrechlichen Aussehen verbarg sich eine willensstarke Frau, die ihr Leben unter Kontrolle hatte. Zu ihrem Leidwesen weckte ihre Statur den Beschützerinstinkt vieler Männer, weshalb ihre Beziehungen bisher ausnahmslos gescheitert waren: Susanne wollte nicht beschützt werden, und die Männer ergriffen die Flucht, weil sie mit ihrem hitzigem Temperament nicht zurechtkamen.

Marion sah an ihrer Freundin hinunter. Susannes eigenartige Auffassung von Mode spiegelte ihren rebellischen Geist wider. Heute Abend trug sie einen kurzen Cordrock, geringelte Strumpfhosen und einen violetten Pullover mit viel zu langen Ärmeln. Marion gefiel es, aber selbst in der Redaktion ihrer Frauenzeitschrift hielt man Susanne für einen bunten Vogel. Vielleicht war sie deshalb so erfolgreich: Die Menschen fassten schnell Vertrauen zu ihr, weil ihre Kompromisslosigkeit ehrlich und glaubhaft war. Susanne hatte eine Serie von Interviews und Reportagen veröffentlicht, die ihr in Verlagskreisen viel Achtung eingebracht hatten.

Susanne strahlte. »Langt zu – und wehe, ich entdecke Essmanieren.«

»Nach einem Jahr in Asien besteht kein Anlass zur Hoffnung, dass wir *nicht* schmatzen und kleckern.«

Marion und Thomas aßen, bis sie sich nicht mehr rühren konnten. Susanne knabberte an einer Scheibe Brot und feuerte eine Frage nach der anderen auf sie ab.

»Auszeit!«, rief Marion schließlich. Sie wurde ernst. »Ist das angekündigte Päckchen schon da?«

»Ja, seit gestern. Warte, ich hole es.«

Susanne kam zurück und schob die Teller beiseite, um auf dem Tisch Platz zu schaffen. Erleichtert öffnete Marion das Paket. Das ganze Essen über hatte sie wie auf heißen Kohlen gesessen, sich aber nicht getraut zu fragen. Sie wollte Susanne und Thomas nicht zeigen, wie sehr die Figur sie im Griff hatte. Dass sie kaum an etwas anderes denken konnte. Als Erstes hob sie die Kuan Yin heraus und wickelte sie aus.

»Die Göttin der Barmherzigkeit«, erläuterte sie den beiden. »Sie ist heil geblieben. Ein gutes Omen.«

Als Nächstes folgten der Fächer und die Jadeanhänger. Marion drückte Susanne und Thomas jeweils einen in die Hand. Die Figur des Kuan Kong stellte sie vor Susanne.

»Ein mythischer Krieger, der das Haus beschützt. Wir sollten ihn gegenüber der Eingangstür aufstellen.«

»Er sieht gefährlich aus«, sagte Susanne. Sie hob ihn an. »Der ist richtig schwer! Notfalls kann man ihn einem Einbrecher über den Schädel ziehen.«

»Das ist nicht komisch«, sagte Thomas.

Susanne sah ihn abschätzend an. »Ich denke, es wird Zeit, dass ihr mir alles erzählt. Aus Marions Mails bin ich nicht schlau geworden. Ihr seid verfolgt worden?«

»Wir *werden* verfolgt. Aber das kann Marion dir selbst berichten. Ich rufe Ute und Nils an, um ihnen die frohe Nachricht mitzuteilen, dass sie niemanden in die Wohnung lassen dürfen«, sagte Thomas und stand auf.

»Susanne, versprich mir eins: Wenn du Bedenken hast, uns bei dir wohnen zu lassen, sag es mir. Thomas und ich können auch in ein Hotel gehen«, begann Marion.

»Versprochen. Aber nun spann mich nicht länger auf die Folter und erzähl. Ich frage mich seit Tagen, was eigentlich los ist – und warum Thomas hier ist. Ich dachte, ihr hättet euch getrennt?«

»Haben wir auch. Lass mich von vorn anfangen.«

Nachdem Marion ihren Bericht beendet hatte, nahm sie das Kästchen aus dem Paket und stellte es mitten auf den Tisch.

»*Voilà.* Hier ist der Verursacher meiner Schwierigkeiten«, sagte sie. »Über zweitausend Jahre alt.«

Als Thomas das Kästchen öffnen wollte, hinderte Susanne ihn daran.

»Es ist bestimmt ein sehr schönes Kunstwerk, aber ich will es gar nicht sehen. Sonst wechsle ich vielleicht die Seiten und werde zum Kunsträuber.« Sie lachte gezwungen.

Marion sah ihre Freundin verunsichert an. »Das würdest du doch nicht tun?«, fragte sie.

»Wer weiß? Es scheint jedenfalls die Besitzgier der Leute zu wecken. Auch deine, Marion«, fügte sie nach einer kurzen Pause hinzu.

Thomas hatte bisher geschwiegen. »Ich muss gestehen, dass es mich nervös macht, das Ding im Haus zu haben«, sagte er jetzt. Dann schob er das Kästchen zu Marion. »Ich will es ebenfalls nicht sehen.«

»Ganz wohl ist mir bei der Sache nicht«, gab Susanne zu. »Aber es ist ja nur für ein paar Tage. Der Sinologe erwartet Marions Anruf. Er heißt Professor Kirschner und hat einen Lehrstuhl an der Uni Hamburg. Bring ihm deinen Schatz so schnell wie möglich.«

»Ich werde ihn morgen früh anrufen. Sollen wir heute Nacht doch besser in ein Hotel gehen?«, fragte Marion.

»Quatsch! Selbstverständlich bleibt ihr hier«, sagte Susanne mit Nachdruck. »Ihr macht Gesichter wie drei Tage Regenwetter, dabei regnet es schon seit drei Wochen. Ich öffne jetzt eine Flasche Wein. Wir feiern schließlich eure Rückkehr.«

Thomas wälzte sich unter der ungewohnten Daunendecke hin und her. Susanne hatte ihm eine Matratze neben das Schlafsofa in ihrem Arbeitszimmer gelegt.

»Ist auf dem Sofa nicht Platz für zwei?«, murmelte er. Dann schlief er ein.

Marion lag mit offenen Augen auf dem Rücken und kämpfte gegen das Schwanken des Sofas an. Aus der Flasche Wein waren drei geworden, und sie war betrunken. Sie drehte sich zu Thomas um, ließ einen Arm über die Kante hängen und legte die Hand auf seine Brust. Sie musste sich darüber klarwerden, was sie von ihm wollte. Morgen. Oder übermorgen, dachte sie, dann schlief auch sie ein.

* * *

Die Nacht war viel zu kurz gewesen. Susanne trank drei Tassen Kaffee und nahm zwei Aspirin, bevor sie zur Redaktion hetzte. Marion rief Professor Kirschner an und verabredete sich für den Abend mit ihm. Danach fuhren Marion und Thomas zu ihrer Wohnung. Ute und Nils waren nicht da, aber Thomas hatte einen Schlüssel. Es war seltsam, nach so langer Zeit in den vertrauten vier Wänden zu stehen. Ihre Freunde hatten nur wenige eigene Möbel mitgebracht und nicht viel verändert.

Thomas warf sich mit Schwung auf sein geliebtes knallblaues Sofa und streifte die Schuhe von den Füßen. Marion war in der Tür stehen geblieben und sah sich um. Ihre Wohnung. Ihr Zuhause.

»Es fühlt sich gut an, hier zu sein«, sagte Thomas. »Ich hatte ganz vergessen, wie gemütlich unser Nest ist.«

Marion ging zu ihm hinüber und setzte sich auf die Sofalehne. Sie fuhr ihm mit gespreizten Fingern durch die blonden Locken. Dann zog sie leicht an seinen Haaren.

»Au! Das tat weh.«

»Entschuldigung. Meinst du es wirklich so?«

»Was?«

»›Unser Nest‹. Und dass es sich gut anfühlt.«

»Dies ist immerhin die Wohnung, in der wir fast drei Jahre gelebt haben. Es war eine schöne Zeit. Oder siehst du es anders?« Er setzte sich auf und sah Marion erwartungsvoll an.

»Es war eine sehr schöne Zeit. Ich finde es nur schwierig, einfach wieder dort anzuknüpfen, wo wir vor einem Jahr abgebrochen haben. Die Reise war so weit weg vom Alltäglichen.«

»Das stimmt nicht. Die Reise war auch Alltag, nur anders.«

»Ein Alltag, dem unsere Beziehung nicht gewachsen war«, sagte Marion bitter. »Gestern hatte ich den Eindruck, dass du am liebsten auf dem Absatz kehrtgemacht hättest, um zurück nach Asien zu fliegen. Woher der plötzliche Sinneswandel?«

»Es stimmt, die Atmosphäre in Hamburg ist nicht sonderlich ermutigend. Aber es lässt sich nicht ändern. Jetzt sind wir hier, und bevor wir wieder über eine Fernreise nachdenken können, müssen wir Geld verdienen. Du hast gestern selbst gesagt, dass Hamburg auch spannend sein kann«, sagte er.

»Wir? Glaubst du denn noch an uns?«

»Ja«, sagte Thomas schlicht. »Ich werde Frank fragen, ob ich bei ihm unterkriechen kann. Wenn die Geschichte mit dieser unseligen Figur ausgestanden ist, lasse ich dich und Susanne in Ruhe. Wir haben dann beide Zeit zum Nachdenken.« Er stand auf und nahm Marion in den Arm. »Ich liebe dich.«

Zur Antwort drückte sie ihn fest an sich. Thomas war kein Mann, der sein Herz in der Hand trug, und sie wusste, wie ernst es ihm war. Vor ein paar Monaten hätte dieser kleine Satz sie vorbehaltlos glücklich gemacht, aber in ihrem Kopf spukte immer noch Yandao herum.

Nachdem sie den Nachmittag für die ersten Behördengänge genutzt und sich in einer Zoohandlung über die artgerechte Haltung von Wasserschildkröten informiert hatte, setzte sich Marion in die U-Bahn, stieg in Altona um und fuhr zum Bahnhof Othmarschen. Für den Rest des Weges nahm sie ein Taxi. Auch wenn es erst früh am Abend war, behagte ihr die Vorstellung nicht, mit dem Kästchen in der Tasche allein durch die dunklen Straßen zu laufen.

Der Teil von Othmarschen, in dem Professor Kirschner wohnte, war Marion fremd. Sie kannte niemanden, der sich eines der hinter Hecken und Zäunen versteckten Einzelhäuser hätte leisten können. Ihre Freunde lebten in Altona oder Eimsbüttel in Mietwohnungen mit viel Flair und wenig Komfort, und Marion zog diese lebendigen Stadtteile der in ihren Augen spießigen Idylle der Elbvororte vor.

Das Gartentor zu Professor Kirschners Haus stand offen. Marion ging über einen Kiesweg durch einen gepflegten Vorgarten auf das hellerleuchtete Gebäude zu. Große Glasfronten und ein verwegener Grundriss verrieten auf den ersten Blick, dass das Haus in den siebziger Jahren von einem Architekten erbaut worden war, der nichts von Traditionen hielt. Damit schien er allerdings nicht den Geschmack der anderen Anwohner getroffen zu haben; das Haus der Kirschners war das einzige moderne Gebäude in einer Straße, die von dunklen Backsteinen und spitzgiebeligen Dächern dominiert war.

Auf der Haustür klebten zwei Papierfiguren: Ein kleiner chinesischer Junge und ein Mädchen hielten Löwenmasken über ihren Köpfen, aus deren Mäulern Fahnen mit goldenen chinesischen Schriftzeichen hingen. Die Papierkinder hatten feiste, rosige Gesichter und trugen bunte Hemden und Hosen. Sie waren atemberaubend kitschig – und sehr chinesisch.

Der Professor öffnete ihr die Tür persönlich. Marion war überrascht: Der Mann maß fast zwei Meter, und obwohl er über sechzig sein musste, waren seine Haare schwarz und dicht. Hinter seiner modischen Brille blitzten wache, dunkelbraune Augen. Sie hatte noch nie jemanden mit so vielen Krähenfüßen gesehen. Professor Kirschner schien viel zu lachen, oder aber er hatte zu oft in die Sonne geblinzelt. Sie fand ihn auf Anhieb sympathisch. Er hatte den hageren Körper eines Langstreckenläufers, und tatsächlich sah sie schlammbespritzte Joggingschuhe in dem Regal neben der Eingangstür stehen, die der Größe nach zu urteilen nur ihm gehören konnten.

»Nin hao ma, Reuter *xiaojie?«,* begrüßte er sie überschwenglich.

»Mamahuhu. Nin hao, Professor Kirschner«, antwortete Marion.

»Sie sprechen Chinesisch?«

»Nein. Ich habe meinen Wortschatz gerade so gut wie erschöpft. Ich kenne außerdem die Wörter für Bier und Klo.«

»Sehr wichtige Vokabeln in China, lebenswichtige. Apropos: Ich habe Tsingtao-Bier im Kühlschrank. Möchten Sie eins?«

»Liebend gern.«

Marion begleitete ihn in die große, funktional eingerichtete Küche. Der verführerische Duft von scharfem Ingwer, aromatischen Wolkenohrenpilzen und würziger Austernsoße, der einem dampfenden Wok entstieg, katapultierte Marion sofort wieder zurück nach China. Frau Kirschner, die ebenso sportlich wirkte wie ihr Mann, war gerade dabei, Frühlingszwiebeln zu hacken. Sie wischte sich die Hände an ihren Jeans sauber und streckte sie Marion entgegen. Ihre randlose Brille war vom Kochen mit einem Fettfilm überzogen, und sie musste den Kopf senken, um über die Gläser sehen zu können.

»Herzlich willkommen. Mein Mann hat mir gesagt, dass Sie gerade aus China zurückgekehrt sind. Sie bleiben doch zum Essen und erzählen uns von Ihren Abenteuern? Es ist viel zu lange her, seit ich selbst dort war.«

»Waren Sie häufig in China?«

»Sehr oft. Ich habe meinen Mann zu mehreren Grabungsprojekten und Seminaren begleitet. Ich liebe das Land und seine Menschen.«

»Ich hätte es mir denken können: Ich kenne nicht viele Deutsche, die einen Küchengott im Haus haben«, stellte Marion fröhlich fest und zeigte auf das Bild einer chinesischen Gottheit über dem Herd.

»Erzählen Sie es nicht weiter, aber wir bieten ihm sogar Süßigkeiten an, um seinen Mund zu verkleben, wenn er dem Höchsten Gott über uns berichten will. Unsere Nachbarn halten uns für ziemlich verschroben.«

»Wieso? Ich habe eine Kuan Yin, eine dreibeinige Geldkröte und eine Wasserschildkröte. Ein Bronzekrieger wacht über die Wohnung, und vielleicht kaufe ich Goldfische, um Glück und Geld ins Haus zu locken«, sagte Marion ernsthaft.

»Wir haben auch einen Goldfischteich. Man darf nichts dem Zufall überlassen.«

»Meine Damen, wir haben später noch viel Zeit zum Plaudern«, schaltete sich Professor Kirschner ein. »Lassen Sie uns in mein Arbeitszimmer gehen, Frau Reuter. Ich platze vor Ungeduld, Ihren Fund zu sehen. Ihre Freundin konnte mir nichts Näheres sagen, und Sie selbst waren am Telefon sehr geheimnisvoll.«

Professor Kirschner wog die kleine Pferdefigur in der Hand.

»Und? Was halten Sie davon?«, fragte Marion.

»Diese Skulptur wird einige Beachtung finden. Wenn sie echt ist«, sagte er endlich und legte die Figur ehrfurchtsvoll auf seinen Schreibtisch.

»Die andere Hälfte befindet sich im Museum in Xi'an«, sagte Marion.

»Ich habe sie gesehen. Und ich kenne die sich darum rankenden Geschichten. Die Inschrift soll auf einen Schatz hinweisen, aber das halte ich für Unsinn. Figuren dieser Art wurden in der Zeit der Streitenden Reiche und vermutlich auch später dazu benutzt, die Echtheit der Nachrichten des Kaisers an seine Vasallenkönige zu bestätigen. Es funktionierte wie ein Puzzle: Passten die zwei Teile zusammen, war der Brief, der mit der Figur gesandt wurde, keine Fälschung.«

Professor Kirschner reihte die Bambustäfelchen vor sich auf.

»Dies wird die Botschaft sein. Genaues kann ich natürlich erst sagen, wenn ich die Nachricht entziffert habe. Die Zeichen sind stark verblasst.«

Er sah Marion prüfend an.

»Wie sind Sie in den Besitz dieses Stückes gekommen? Und warum gehen Sie davon aus, dass es ein Original ist?«, fragte er.

Marion war auf die Frage vorbereitet. Sie hatte lange überlegt, wie sie reagieren sollte. Professor Kirschner flößte ihr Vertrauen ein, und sie entschied sich für die Wahrheit.

»Ich habe in Kashgar die Leiche eines Mannes entdeckt. Wie sich herausstellte, war er ermordet worden. Der Mann trug das Kästchen bei sich. Bevor ich um Hilfe rief, habe ich es an mich genommen.«

»Warum haben Sie das Kästchen nicht sofort der Polizei gegeben? Mit den Chinesen ist bei Kunstschmuggel nicht gut Kirschen essen.«

»Es war ein Impuls, den ich mir selbst nicht erklären kann. Ich habe das Kästchen erst am nächsten Tag geöffnet, und nachdem ich das Jadepferd gesehen hatte, wollte ich es unbedingt behalten. Aber das ist noch nicht alles. Jemand ist in mein Hotelzimmer eingebrochen und hat es gründlich durchsucht. Seit Kashgar werde ich verfolgt und bin sogar physisch bedroht worden. Ich nehme an, dass es sich um Antiquitätenschmuggler handelt.«

»Sie haben Kunstdiebe an Ihren Fersen?«, fragte Professor Kirschner und zog die Augenbrauen hoch. »Das sind schlechte Nachrichten. Ich hoffe, es ist Ihnen niemand hierher gefolgt.«

»Ich habe das Taxi ein paar Häuser von hier entfernt halten lassen. Es war weder ein anderes Auto noch ein Mensch zu sehen. Im Übrigen habe ich gute Gründe anzunehmen, dass mein Verfolger einige Tage brauchen wird, bis er meine Spur wiederfindet.«

»Die Geschichte riecht nach Ärger, aber es ist nicht zu ändern. Was wollen Sie von mir?«

»Eine Expertise.«

»Und dann?«

Marion zögerte. Susanne und Thomas hatten in der Nacht zuvor lange auf sie eingeredet und ihr schließlich das Versprechen abgenommen, sich endgültig von der Figur zu trennen. Übermüdet hatte sie zugestimmt, nur um endlich Ruhe vor ihren Argumenten zu haben, denen sie nichts entgegenzusetzen hatte. Das Kästchen hatte ihr nie wirklich gehört.

Sie gab sich einen Ruck. Versprochen war versprochen, und vielleicht ergab die genaue Untersuchung ja doch noch, dass es sich um eine gut gemachte, aber wertlose Fälschung handelte.

»Ich werde das Kästchen zurückschicken«, sagte sie mit belegter Stimme.

»Sie könnten es einem deutschen Museum verkaufen. Es ist sehr wertvoll, immer vorausgesetzt, dass es ein Original ist.«

»Verkaufen?«, wiederholte Marion. Sie straffte sich. »Nein. Deutschland hat keinen Anspruch auf das Jadepferd, ebenso wenig wie ich.« Thomas hatte ihr dies gestern immer und immer wieder vorgehalten. »Es hat lange gedauert, bis ich es eingesehen habe. Zu lange. Es ist schlimm genug, dass ich es überhaupt außer Landes gebracht habe.«

»Ich bin Ihrer Meinung. Entschuldigen Sie, dass ich Sie getestet habe, aber ich wollte mich vergewissern, dass Sie nichts mit den Schmugglern zu tun haben.«

Marion sah ihn erschrocken an. Er hob abwehrend die Hände.

»Versetzen Sie sich in meine Lage. Sie schneien herein und legen mir ein Kunstwerk von hohem historischen Interesse auf den Tisch. Ich weiß nicht, wer Sie sind, woher Sie kommen. Sie können mir einen Haufen Lügen aufgetischt haben. Aber ich glaube Ihnen. Obwohl ich Ihnen eine gewisse kriminelle Energie nicht absprechen kann«, fügte er spöttisch hinzu.

»Werden Sie sich die Sachen dennoch ansehen?«

»Selbstverständlich. Endlich ereignet sich wieder etwas Aufregendes. Seit ich an der Uni arbeite, langweile ich mich zu Tode. Ich habe nur eine Bedingung.«

»Und die wäre?«

»Sie senden das Kästchen erst nach China, wenn ich meine Untersuchungen abgeschlossen habe. Ich möchte der Erste sein, der einen Aufsatz darüber veröffentlicht.«

»Einverstanden. Ich war ohnehin davon ausgegangen, dass Sie Ihre Ergebnisse publizieren wollen. Wie lange werden Sie brauchen?«

»Tage, Wochen, Monate? Es ist schwer vorherzusagen.«

»Monate?«, fragte Marion erschüttert.

»In ein oder zwei Wochen weiß ich mehr. Dann sehen wir weiter.«

»Wenn es nicht anders geht … Aber ich habe auch eine Bedingung: Zeigen Sie das Jadepferd niemand anderem, auch Ihrer Frau nicht.«

»Ich werde mich hüten«, sagte Professor Kirschner mit Bestimmtheit und legte die Bambustäfelchen und die Figur in das Lackkästchen zurück.

Marion beobachtete ihn unbehaglich. »Passen Sie gut darauf auf.«

»Keine Sorge. Ich habe einen Safe. Und jetzt lassen Sie uns hinuntergehen. Meine Frau wartet mit dem Essen.«

Im Treppenhaus blieb Marion vor einem chinesischen Rollbild stehen. Es war etwa anderthalb Meter hoch und zeigte einen kahlgeschorenen Mann in einem knielangen Gewand mit weiten Ärmeln, der eine hoch über seinen Kopf ragende Bambuskiepe auf dem Rücken trug. Ein schwerer Ohrring zog sein Ohrläppchen in die Länge.

»Wer ist das?«, fragte sie.

»Der Mönch Xuan Zang. Er ist im siebten Jahrhundert von Chang'an nach Indien gewandert, um den Buddhismus zu studieren, wie er in Buddhas Geburtsland gelehrt wird. Fünfzehn Jahre später kehrte er mit Schriftrollen beladen zurück in die chinesische Hauptstadt und wurde wie ein Held gefeiert.«

»Jetzt erinnere ich mich. Xuan Zang ist der Mönch, der die Flammenden Berge in Turfan überquert hat.«

»So sagt es zumindest die Legende. Genau wie für den großen Archäologen Sir Aurel Stein ist der Mönch für mich eine Art Schutzpatron. Ich bewundere ihn für seinen Mut und seine Abenteuerlust. Es ist bemerkenswert, was er auf sich genommen hat, um mehr über seine Religion und die Welt zu lernen.«

»Zu Fuß durch die Wüste«, sagte Marion zu sich selbst. »Die Busfahrten waren schon anstrengend genug.«

»Waren Sie in der Großen Wildgans-Pagode in Xi'an?«, fragte Professor Kirschner.

»Ja, wieso?«

»Dort hat Xuan Zang die Schriftrollen übersetzt. Im Erdgeschoss steht die große Steintafel, von der dieses Bild mit Graphit abgerieben wurde. Haben Sie die Tafel nicht gesehen?«

»Sie ist mir nicht aufgefallen«, gestand Marion.

»Gehen Sie in die Pagode, wenn Sie wieder in Xi'an sind. Sie sollten dem großen Pilger einen Besuch abstatten.«

* * *

Die Tage nach ihrer Ankunft vergingen in einem Wirbel aus Partys und Besuchen. Susannes Wohnung glich einem Taubenschlag. Ein Witzbold malte Bruder Tuck eine chinesische Fahne auf den Panzer, verzählte sich und erhob China zum Sechs-Sterne-Land. Bruder Tuck war es egal. Marion und Thomas genossen den Trubel. Als sie endlich die entwickelten Fotos aus Thomas' Kamera in den Händen hielten, wurde ihnen erneut bewusst, was für eine großartige Zeit sie gehabt hatten. Während sich die Freunde in Hamburg mit den alltäglichen Problemen herumschlugen, hatten sie in Indonesien Vulkane bestiegen, an einer Mönchsweihe in Burma teilgenommen und waren in Malaysia mit Haien geschwommen. Sie konnten in einem Dutzend verschiedener Sprachen bis zehn zählen und wussten, dass Quallen wie Fahrradreifen schmeckten. Sie hatten viel über sich selbst gelernt und in einigen Situationen ihre persönlichen Grenzen erreicht.

Das Jahr in Asien war mit mehr Erlebnissen vollgestopft als ein halbes Leben in Deutschland, dachte Marion, als sie in der Küche stand und ein Thai-Curry für ihre Gäste vorbereitete. Thomas kam aus dem Wohnzimmer und stellte sich neben sie.

»Der Kochkurs in Thailand macht sich bezahlt. Es riecht fantastisch«, sagte er.

»Danke. Was meinst du, wie viele Chilis kann ich den Weicheiern zumuten?«

»Fünf?«

»Ich dachte eher an eine halbe.«

»Quatsch.«

Bevor Marion ihn hindern konnte, hatte Thomas fünf Chilischoten zerkleinert und in das Curry geworfen.

»Ob das gutgeht?«, fragte sie skeptisch.

»Wenn nicht, können wir mehr essen«, konterte er und nahm Marion den Kochlöffel aus der Hand. Er drehte sie zu sich und umarmte sie.

»Es ist unfassbar, in welchen Irrsinn wir beide uns gestürzt haben. Diese Reise war das Beste, was ich je gemacht habe.«

»Das habe ich auch gerade gedacht.«

Thomas gab Marion einen Kuss auf die Nasenspitze, dann ließ er sie los. Bevor er die Küche mit einem Stapel Teller in der Hand verließ, hielt er kurz inne.

»Und weißt du was? Das Allerbeste ist, dass wir die Reise gemeinsam unternommen haben.«

Marion sah nachdenklich in das brodelnde Curry. Thomas und sie waren ein perfektes Paar. Meistens.

Ute standen Schweißtropfen auf der Stirn.

»Ich esse gern scharf, aber das hier ist Wahnsinn«, krächzte sie.

»Iss einen Löffel weißen Reis, er mildert die Schärfe«, empfahl Thomas und schaufelte ungerührt das Essen in sich hinein.

Sofort langten alle Anwesenden außer Thomas und Susanne in die Reisschüssel. Frank und seine Freundin Martina hatten einen roten Kopf, und Nils versuchte vergeblich, sich nichts anmerken zu lassen.

»Man gewöhnt sich daran«, sagte Susanne. »Seit die beiden hier wohnen, bekomme ich zum Frühstück Nudelsuppe mit Peperoni, mittags gibt es Chinesisches mit seltsamem Pfeffer und abends versuchen sie, mich mit gehackten Rasierklingen aus dem Haus zu treiben. Es ist ein abgefeimter Plan, um meine Wohnung zu übernehmen, aber ich habe sie durchschaut und begonnen, im Büro mit Chilipaste zu trainieren.«

»Wenn ihr nach Thailand fahrt und dem ersten Glasnudelsalat Aug in Auge gegenübersteht, werdet ihr uns dankbar sein«, sagte Thomas.

Ute verdünnte ihr Curry mit etlichen Löffeln Reis. »Ich kann auch ohne thailändischen Glasnudelsalat ein erfülltes Leben führen. Aber im Ernst: Es schmeckt super, wenn das Brennen nachgelassen hat.«

»Na also. Du bist auf dem richtigen Weg. *Chowkdee khrap.*«

Sie prosteten sich zu. Marion sah von einem zum anderen, glücklich, ihre liebsten Freunde wieder um sich zu haben. Sie hatte sich vor dem Wiedersehen gefürchtet, aber die alte Vertrautheit und Spottlust hatte sich schon nach kurzer Zeit eingestellt. Sie waren wieder zu Hause.

* * *

Am vierten Tag nach Thomas' und ihrer Ankunft in Hamburg, einem Samstag, saßen Marion und Susanne im Alex im Alsterpavillon. Sie waren von dem Café nicht sonderlich begeistert, aber die Aussicht über die Binnenalster war einfach toll. Marion ließ ihren Blick über die altehrwürdigen Bürohäuser am Ballindamm wandern, die vom Reichtum der Hansestadt erzählten. Bei der Lombardsbrücke angekommen, folgte sie dem Neuen Jungfernstieg bis zum Hotel Vier Jahreszeiten, einem der angesehensten Hotels der Welt. Das Wetter hatte sich in den letzten Tagen gebessert, und die Sonne wurde nur gelegentlich von schnell ziehenden Wolken verdeckt. Ein Sonnenstrahl streichelte das Hotel und ließ die prachtvolle Fassade aufleuchten. Hamburg war eine schöne Stadt und nicht mit den chaotischen, schmutzigen, stinkenden Betonstädten Asiens zu vergleichen.

Unter ihrem Tisch stapelten sich Tüten. Die Freundinnen hatten Susannes freien Tag zu einem Einkaufsbummel in der Innenstadt genutzt.

Marion streckte ihre schmerzenden Füße aus.

»Shopping ist Schwerstarbeit«, stöhnte sie.

»Das ist der Grund, warum sich Männer davor drücken«, stellte Susanne trocken fest. Sie versuchte, die Aufmerksamkeit einer Kellnerin zu erregen, hatte aber keinen Erfolg. Die Frau lehnte gelangweilt an einer Säule und übersah sie.

»Willkommen in Hamburg, der Stadt, in der das Servicepersonal König ist«, sagte Marion und stieß einen schrillen Pfiff aus, woraufhin Dutzende von Leuten die Köpfe drehten. Die Kellnerin blickte böse zu ihr herüber, bequemte sich dann aber doch, die Bestellung aufzunehmen. Wortlos knallte sie ein paar Minuten später zwei Stück Kuchen auf den Tisch.

Irgendetwas stieß gegen Marions Fuß, aber sie schenkte der Störung keine Beachtung und konzentrierte sich auf die köstliche Torte. In Asien hatte sie völlig vergessen, wie gut deutscher Kuchen schmeckte. Sie wurde erneut gestoßen und sah gereizt nach unten.

Neben ihrem Fuß entdeckte sie den Ferrari.

»Was ist los, Marion? Hast du einen Geist gesehen?«, fragte Susanne.

Marion hob den Ferrari vom Fußboden und stellte ihn auf den Tisch. Er fuhr ein paar Zentimeter vor und zurück, dann stand er still.

»Das ging schnell«, flüsterte sie und sprang auf. Während sie hektisch um sich blickte, bemerkte sie, dass jemand das Café verließ. Sie ließ Susanne sitzen und rannte dem Mann nach. Der Jungfernstieg war voller Menschen. Marion ließ ihre Augen ratlos über die Menge gleiten, aber es war unmöglich, ihn in dem Gedränge auszumachen. Aufgewühlt ging sie ins Café zurück.

»Was hat das zu bedeuten?«, fragte Susanne und zeigte verwundert auf das Spielzeugauto.

Marion ließ sich auf den Stuhl fallen.

»Er ist hier.«

»Wer, er?«

»Nikolai. Der Russe.«

Susanne wurde nervös. »Sind wir in Gefahr?«

»Nein. Erstens geht es nur um mich. Zweitens sitzen mindestens fünfzig Gäste in diesem Raum. Beruhige dich«, tröstete Marion ihre Freundin.

Nikolai hatte mit Tesafilm einen Zettel auf das Autodach geklebt.

Marion riss das Papier herunter und entfaltete es. Es war nur eine Zeile:

»Ich hätte es nicht besser machen können. Hut ab! Gruß, N.«

Er hatte sie also wiedergefunden. Jetzt meldete er sich zurück, um sie einzuschüchtern. Und das war ihm gelungen. Hoffentlich haben ihn die Thailänder wenigstens ordentlich durch die Mangel gedreht, dachte sie.

Sie zog einen Notizblock aus der Tasche, kritzelte schnell einige Wörter auf ein Blatt und legte die Nachricht gut sichtbar auf den Tisch. Ihr sechster Sinn sagte ihr, dass Nikolai in der Nähe war. Susanne zahlte die Rechnung, und sie verließen eilig das Café.

Marion und Susanne saßen schon seit Stunden in der Küche, als sie Thomas die Tür aufschließen hörten. Er summte die alte Traveller-Hymne »Hotel California«, die in jeder Strandbar diesseits und jenseits des Äquators gedudelt wurde.

»Gute Neuigkeiten. Frank hat ein großes Projekt an Land gezogen, den Innenausbau einer Ladenkette. Übernächste Woche fange ich an, bei ihm zu arbeiten!«, rief er schon vom Flur her.

Polternd kam er in die Küche, steuerte direkt zum Kühlschrank und öffnete ihn. »Was ist los? Ist euch eine Laus über die Leber gelaufen?«, fragte er.

»Keine Laus. Uns ist ein Ferrari über die Leber *gefahren*«, sagte Susanne. »Wenn du Bier suchst, kommst du zu spät. Wir haben alles ausgetrunken und sind zu meinen Schnapsreserven übergegangen. Willst du einen?«

»Au!« Thomas war so schnell herumgefahren, dass er sich das Knie an der Kühlschranktür gestoßen hatte. »Wiederhole das bitte noch mal.«

»Das Bier ist alle.«

»Nein, das andere. Habe ich das Wort ›Ferrari‹ richtig verstanden?«, fragte er und setzte sich auf den freien Stuhl. Marion zeigte auf das Spielzeugauto.

Thomas stöhnte auf. »Schnaps. Einen Fünffachen.«

Sie diskutierten die halbe Nacht, bis auch die Schnapsvorräte zur Neige gingen. Am Ende einigten sie sich darauf, nichts zu unternehmen, bis Professor Kirschner mit der Übersetzung fertig war. Marion wollte ihn am nächsten Morgen als Erstes über Nikolais Auftauchen unterrichten. Sie würden es so einrichten, dass sie nie allein war, weder in der Wohnung noch auf der Straße.

»Wer hätte gedacht, dass ich jemals dein Ritter ohne Furcht und Tadel sein würde«, sagte Thomas. »Jetzt kannst du mir nicht mehr weglaufen.«

Marion missfiel die Aussicht, sich nicht frei bewegen zu können, aber es war die einzige vernünftige Lösung. Sie hatten kurz erwogen, die Polizei einzuschalten, aber wie sollten sie erklären, dass ein dubioser Russe um ihr Haus schlich, ohne ihre eigene Verstrickung in die Angelegenheit zu offenbaren? Sie würden sich eine Menge Ärger einhandeln, aber keinen Schutz bekommen. Es war besser, Nikolai davon zu überzeugen, dass sie das Kästchen an einen Ort gebracht hatten, wo es vor seinem Zugriff sicher war. Sie beschlossen, am nächsten Morgen ein Schließfach bei einer Bank zu eröffnen. Vielleicht beobachtete er sie dabei. Sie konnten den Ferrari dort deponieren. Oder ein Paket Schildkrötenfutter. Irgendwann würde Nikolai die Geduld ausgehen.

* * *

Nikolai bog in die Eimsbütteler Straße ein und achtete darauf, die von den Straßenlaternen erleuchteten Passagen zu meiden. Nach etwa fünfzig Metern blieb er vor einem unbeschrifteten weißen VW-Lieferwagen stehen, schloss die Beifahrertür auf und kletterte schnell hinein. Er legte sich einen Daunenschlafsack über die Beine und fischte eine Thermoskanne und eine fettige Tüte mit einem lauwarmen Stück Pizza aus seiner Tasche. Ein weiterer langer, kalter Abend – der zehnte, seit er sich Marion in dem Café in der Innenstadt zu erkennen gegeben hatte – lag vor ihm, und er bedauerte, dass er ein Auto ohne Standheizung gekauft hatte.

Er lehnte sich bequem in den Sitz, bis er das Mietshaus auf der anderen Straßenseite gut im Rückspiegel sehen konnte. Die Lampen in Susanne Hartmanns Wohnung waren eingeschaltet; hin und wieder bewegte sich jemand hinter den Fenstern. Aus der Entfernung konnte er nicht erkennen, ob es Susanne, Marion oder ihr Freund war. Nikolai zerknüllte frustriert die Pizzatüte und warf sie in den Fußraum. Ihm ging langsam die Geduld aus. Er war es gewohnt, der Spielmacher zu sein, und das untätige Warten machte ihn mürbe.

Marion wanderte ruhelos von Raum zu Raum. Sie konnte langsam nachfühlen, wie es Bruder Tuck in der Kiste auf dem Markt ergangen war. Mittlerweile trug sie sich ebenfalls mit Ausbruchgedanken, obwohl sie Thomas versprochen hatte, die Wohnung nicht zu verlassen. Er war gegen Mittag zu Frank gefahren, um über den neuen Job zu sprechen. Im Prinzip war Marion froh, dass Thomas und Susanne es auf sich nahmen, sie bei jedem Gang vor die Tür zu begleiten, aber trotzdem war das Arrangement für alle Beteiligten zur Zerreißprobe geworden. Obwohl es unfair und undankbar war, fühlte sie sich von den beiden gegängelt. Sie glaubte ohnehin, dass der Russe längst aus Hamburg verschwunden war. Seit dem Vorfall mit dem Ferrari hatte Nikolai nichts mehr von sich hören lassen.

Das Telefon riss Marion aus ihren Grübeleien. Es war Susanne. Sie saß noch in der Redaktion fest.

»Ich schaffe es nicht vor acht, aber du brauchst nichts zu kochen. Ich dachte, wir gehen zum Inder.«

»Der Kühlschrank ist sowieso fast leer. Ich könnte einkaufen gehen.«

»Untersteh dich. Du bleibst zu Hause.«

»Wenn du meinst.«

»Das meine ich allerdings. Ich muss Schluss machen, die Chefredakteurin tobt gerade durch die Gänge. Bis dann.«

Marion trat ans Fenster und sah auf die Straße. Fünf Uhr, und es war schon stockdunkel. In den Fenstern pulsierten kitschige rot-grün-goldene Weihnachtslichter, höchstwahrscheinlich *made in China.* Ein Mann mit hochgestelltem Mantelkragen, eine Aktentasche unterm Arm, eilte auf der anderen Straßenseite zu seiner Wohnung und prallte beinahe gegen eine junge Frau, die mit einem dick vermummten Kleinkind im Schlepptau aus der Tür trat. Ein heftiger Windstoß blies die letzten Blätter von den die Straße säumenden Linden. Grünkohlwetter.

> *»Hallo, Nikolai. Ich hoffe, Sie hatten einen angenehmen Aufenthalt in Thailand. Sie verschwenden Ihre Zeit: Das Jadepferd ist an einem sicheren Ort. M.«*

Nikolai brauchte kein Licht, um zu lesen, was auf dem Zettel stand, den Marion ihm in dem Café an der Alster hinterlassen hatte. Ein sicherer Ort. Marion und ihr Freund hatten ein Bankschließfach eröffnet, aber hatten sie die Pferdefigur dort deponiert oder abgeholt? Er konnte es nicht mit Gewissheit sagen. Vor drei Tagen hatte er erstmals die Möglichkeit gehabt, unbemerkt von den Nachbarn in die Wohnung dieser Susanne Hartmann einzubrechen und sie zu durchsuchen. Er war kaum überrascht gewesen, dass die Figur nicht dort war, aber das hatte nichts zu bedeuten. Marion hatte sich bisher als äußerst fantasievoll erwiesen, wenn es darum ging, falsche Fährten zu legen. Es gab nur eine Möglichkeit herauszubekommen, wo sie das Jadepferd verbarg: Er musste sie selbst fragen. Leider erwies es sich als ausgesprochen schwierig, an sie heranzukommen. Wenn Marion das Haus verließ, wurde sie grundsätzlich von ihren Freunden begleitet, und in den späten Abendstunden, wenn sich alle Welt vor den Fernseher zurückzog und ihm freie Bahn ließ, war sie bisher auch in der Wohnung nie allein gewesen.

Nikolai schüttete ein paar Smarties auf seine Handfläche und sortierte sie abwesend nach Farben. Mit Hilfe des gestohlenen Adressbuchs war es verhältnismäßig einfach gewesen, Marion auf die Spur zu kommen, aber jetzt war er ratlos. Das erste Mal seit langer Zeit wusste Nikolai nicht, wie er weiter vorgehen sollte. Deutschland war Marions Heimatland, sie hatte alle Vorteile auf ihrer Seite. China war für ihn ein weitaus einfacheres Terrain gewesen.

In der Wohnung wurden die Lichter ausgeschaltet. Vorsorglich schälte er sich aus dem Schlafsack und griff in seine Tasche.

Vor dem Haus wandte sich Marion nach links, in Richtung des Eimsbütteler Zentrums mit seinen Boutiquen, Kneipen und Supermärkten voller Grünkohl. In einiger Entfernung hastete ein Passant den Bürgersteig entlang, sonst war die Straße menschenleer. Das Geräusch einer sich schließenden Autotür ließ sie herumfahren, aber sie konnte niemanden sehen. Nervös umklammerte sie ihren Regenschirm, den sie im letzten Moment noch mitgenommen hatte. Wenn Nikolai wirklich in der Nähe war, hatte er jetzt seine Chance. Ein Wagen bog um die Ecke. Der Lichtkegel glitt über kahle Bäume und eine alte Dame mit einem Gehwagen. Kein Russe. Er hatte aufgegeben.

Mit schnellen Schritten strebte Marion auf die keine dreihundert Meter entfernte, hell erleuchtete Fruchtallee zu.

Nikolai hatte sich hinter ein parkendes Auto geduckt, bevor die Scheinwerfer ihn erfassen konnten. Eine alte Frau, schwer auf ihre Gehhilfe gestützt, schlich mit einem misstrauischen Seitenblick an ihm vorbei. Er grüßte sie mit einem Nicken, was sie zu beruhigen schien. Nikolai erhob sich und bewegte sich, jede Deckung ausnutzend, lautlos weiter. Marion war immer noch auf der Hut, aber ihre Dummheit, das Haus nach Einbruch der Dunkelheit allein zu verlassen, würde sie schnell bereuen. Kurz vor der Hauptstraße gab es eine unbeleuchtete Hofeinfahrt, die perfekt für seine Zwecke geeignet war.

Jemand packte sie am Arm. Marion wirbelte herum und hieb dem Angreifer mit voller Wucht ihren Schirm gegen die Seite. Der Mann ließ sie sofort los.

»Bist du verrückt geworden? Das tat weh«, keuchte er.

»Michael! Mann, hast du mich erschreckt.«

»Das habe ich gemerkt. Hast du in China Kung Fu gelernt?«

»Warum schleichst du dich auch so an? Wo willst du hin?«

»Einkaufen. Ich habe deine komische Mütze gesehen und bin hinter dir hergelaufen. Ich nehme an, dass du das Gleiche vorhast.«

Marion hakte sich erleichtert bei Susannes Nachbarn unter. »Habe ich. Was hältst du von einem Grünkohlessen heute Abend?«

Das Telefon klingelte. Marion stülpte einen Deckel über den Kochtopf und rannte in den Flur.

»Reuter.«

»*Nin hao,* Frau Reuter.«

»Guten Abend, Professor Kirschner. Wie läuft es?«

»Gut. Es ist wesentlich einfacher, als ich dachte. Die Bambustäfelchen sind in *Lishu* geschrieben, einer vor über zweitausend Jahren entwickelten Kanzleischrift, die sich in der Zwischenzeit kaum verändert hat.«

»Was steht darauf? Sind sie echt?«

»Ich habe einen Span von einem der Stäbchen abgelöst und lasse das Alter mit der C14-Methode bestimmen. Es dauert noch einige Tage, bis ich das Ergebnis habe, vorher möchte ich nichts dazu sagen. Können Sie sich so lange gedulden?«

»Es fällt mir schwer.«

»Dafür ist die Enthüllung dann umso spektakulärer. Ich verrate Ihnen nur so viel: Wenn die Nachricht auf den Täfelchen jemals ihren Empfänger erreicht hätte, wäre die Geschichte Zentralasiens und Europas anders verlaufen.«

»Wie meinen Sie das?«

»Sie kennen doch bestimmt die These, dass der Flügelschlag eines Schmetterlings einen Orkan auslösen kann. Nun, hier verhält es sich ebenso: Ein paar Zeichen, geschrieben auf eine Handvoll unscheinbarer Bambusstäbchen, hätte die Welt verändern können. Da die

Welt so ist, wie sie ist, glaube ich, dass der Bote auf dem Weg zu seinem Bestimmungsort abgefangen wurde.«

»Sie machen es wirklich spannend. Und was ist mit der Figur? Was hat es mit dem Schatz auf sich?«

»Bei der Aufschrift handelt es sich um eine blumige Beschreibung des Generals und seiner zukünftigen Heldentaten. Ein ›Schatzplan‹, wie einige meiner Kollegen hoffen, ist es auf keinen Fall. Die Bambustäfelchen sind ein wesentlich spannenderer Lesestoff.«

»Ist es das fehlende Teil zu dem Stück im Museum?«

»Ich habe die Bruchkante mit einem Foto des hinteren Teils aus dem Museumskatalog verglichen. Es scheint zu passen, aber um hundertprozentige Gewissheit zu bekommen, müsste man die beiden Teile natürlich aneinanderlegen.«

»Sobald die Figur in Xi'an ist, werden wir die Gewissheit haben.«

Professor Kirschner zögerte, dann fragte er: »Sie sind immer noch davon überzeugt, dass Sie die Figur und die Bambustafeln zurückschicken wollen?«

Marion wurde hellhörig. Wollte er das kleine Jadepferd etwa behalten? Hatte sein Zauber auch schon auf den seriösen Wissenschaftler gewirkt? Sie war davon ausgegangen, dass Professor Kirschner ausschließlich professionelles Interesse daran hatte.

»Warum sollte ich sie nicht nach Xi'an senden? Wir waren uns doch einig, dass der Fund das Eigentum Chinas ist.«

Er schwieg.

»Die Figur und auch die Tafeln gehen zurück«, sagte Marion, und in diesem Moment war es ihr absolut ernst. Die erzwungene Trennung von ihrem Fund hatte sie die ganze Angelegenheit klarer sehen lassen, es war, als hätte der räumliche Abstand ihr wieder die Freiheit über ihr Denken und Handeln gegeben. Die Figur musste weg, damit sie und auch Thomas und Susanne endlich wieder ein normales Leben führen konnten. »Ich habe mich viel zu lange dagegen gesträubt. Wann kann ich die Sachen abholen?«

Professor Kirschner räusperte sich.

»Nächste Woche. Es ging viel schneller, als ich anfangs vermutete – außerdem habe ich eine Menge Fotos gemacht. Sie genügen für meine weitere Arbeit.« Er machte eine Pause. »Ich wollte Sie nicht verärgern. Selbstverständlich haben Sie recht.«

Aus der Küche quoll Rauch. Marion verabschiedete sich von dem Sinologen und eilte zum Herd, um zu retten, was zu retten war. In diesem Augenblick betrat Susanne die Wohnung. Sie ließ sich auf einen Stuhl fallen und zog die Stiefel von ihren Füßen.

»Du hast doch gekocht? Was denn?«

Marion schmiss genervt den Kochlöffel in die Spüle.

»Verbrannten Kohl, angekokelten Pinkel und verkochte Kartoffeln.«

»Wie bitte?«, fragte Susanne ärgerlich. »Du solltest doch nicht alleine einkaufen gehen.«

Marion winkte ab. »Es ist ja nichts passiert. Ich sage dir, Nikolai ist längst zurück in Russland oder China oder wo auch immer. Aber was hältst du davon?« Sie setzte sich neben Susanne und berichtete ihr von dem Telefonat.

Susanne schüttelte den Kopf. »Merkwürdig. Irgendetwas stimmt mit dieser mysteriösen Figur ganz und gar nicht. Aber ich bin auf die Übersetzung gespannt. Bis dahin können wir uns die Zeit hiermit vertreiben. Ich war in der Mittagspause im Buchladen«, sagte sie und legte einen schweren Bildband auf den Tisch. Ein Foto des Himmlischen Pferdes zierte den Umschlag.

»Ich dachte, wir sollten uns im Vorfeld bilden, um nicht ganz so dumm dazustehen, wenn der Herr Professor uns seine Theorien auseinandersetzt.«

»Gute Idee. Und jetzt zieh deine Schuhe wieder an. Wir sagen deinem Nachbarn Bescheid und gehen zum Inder.«

DER BLUMENGARTEN DER FREUDE

JUNI 643 N. CHR.

Tamaskana?« Die schneidende Stimme drang über den Hof und durch den Flur bis in die vollgestellte Kammer.

»Ich bin gleich fertig, Stiefmutter!«, rief Tamaskana zurück.

»Beeil dich. Der Gemüsehändler ist hier und hat nach dir gefragt«, keifte die Frau im Hof, dann drehte sie sich um und ging in den Seitenflügel des heruntergekommenen, einstöckigen Anwesens. Die den Hof von allen Seiten umgebenden Nebengebäude waren aus Lehm gebaut und reparaturbedürftig, aber dafür fehlte das Geld. Der »Blumengarten der Freude« war das freudloseste Haus in der ohnehin düsteren, abweisenden Gasse entlang der Südmauer Khotans.

»Ich hasse den Gemüsehändler mit seinem widerlich stinkenden Atem«, murmelte Tamaskana zu sich selbst und starrte auf den fleckigen Tuchbeutel, der in einer geöffneten Kiste vor ihr lag, ganz oben auf einem Stapel vergilbter Baumwoll- und Seidenballen. Tamaskana konnte weder lesen noch schreiben, aber den Namen ihrer Mutter, dessen verblichene Tuschezeichen auf dem Beutel prangten, erkannte sie: Sanduschta. Tamaskana zuckte zusammen, als die Stimme der Stiefmutter erneut über den Hof schallte.

»Ich komme!« Sie stopfte den Beutel unter ihr Gewand, schlug den Deckel der Truhe zu und rannte durch das Zimmer der Stiefmutter auf den Hof. Die alte Frau empfing sie mit einer schallenden Ohrfeige.

»Geh sofort in deine Kammer, der Mann wartet nicht mehr lange. Wo ist die Schatulle?«

Tamaskana reichte der Frau unterwürfig eine runde Lackdose. Ihre Wange brannte. »Sie stand in der Kammer, wie Ihr sagtet.«

»Warum hast du so lange gebraucht? Hast du etwas gestohlen?«, fragte die alte Frau misstrauisch.

»Natürlich nicht«, antwortete Tamaskana und hoffte inständig, dass die verhasste Stiefmutter die Ausbuchtung unter ihrem Gewand nicht bemerkte.

Die Alte versetzte ihr einen Tritt. »Verschwinde jetzt. Du bist genauso faul wie Sanduschta.«

Ohne eine Antwort wirbelte Tamaskana herum und hastete in den Seitentrakt, in dem ihre Kammer lag. Vor der Zimmertür blieb sie kurz stehen und kontrollierte den Sitz ihrer nach chinesischer Mode aufgesteckten Frisur. Es hatte sie viel Mühe gekostet, ihre Locken glattzubürsten und den Dutt, der keck über die Mitte ihrer Stirn fiel, mit Hilfe unzähliger Haarnadeln zu formen. Tamaskana hätte ihre Haare lieber offen getragen, aber wenn sie den Männern gefallen wollte, blieb ihr nichts anderes übrig, als die chinesische Tracht zu imitieren. Ihr Kleid war ebenfalls nach chinesischem Geschmack, wenn auch aus billigen Stoffen: Über einer geblümten Bluse mit weiten Ärmeln trug sie einen bodenlangen gelben Rock, der so hoch geschnitten war, dass er ihre Brüste bedeckte und in lockeren Falten um ihren Körper schwang. Tamaskana war viel zu dünn, um als hübsch zu gelten, aber ihre Aufmachung lenkte die Männer sowohl von ihrer Magerkeit als auch von ihrer gebrochenen Nase ab. Und von ihren Augen, die den meisten ihrer Kunden unheimlich waren: Das rechte Auge war von gewöhnlichem Dunkelbraun, das linke leuchtete in einem intensiven Grün. Ihre Mutter hatte ihr erzählt, dass auch die Urgroßmutter diese seltsamen Augen gehabt hatte.

Tamaskana holte tief Luft, zwang sich ein Lächeln ab und stieß die Tür auf. Der erste von den vielen Männern des Tages sah ihr lüstern entgegen.

Noch vor Sonnenaufgang sprang Tamaskana von ihrem Lager und kratzte sich ausgiebig. Sie hatte erst letzte Woche ihre Sachen ausgeräuchert, aber einer der Kerle vom Abend zuvor hatte ihr schon wieder Läuse eingeschleppt. Voller Ekel zerquetschte sie einen der Blutsauger zwischen den Fingern. Die anderen Mädchen im »Blumengarten der Freude« hatten den Kampf gegen die Läuse und den Dreck aufgegeben, aber Tamaskana konnte sich nicht daran gewöhnen, genauso wenig wie an die Männer, die gierig ihren Körper begrapschten.

Sie hatte keine Wahl. Seit die Stiefmutter ihre Mutter aus dem Haus geworfen hatte, weil sie zu alt und krank war, kam Tamaskana für ihren Unterhalt und den der Mutter allein auf. Duwaka, ihre dreizehnjährige Schwester, arbeitete von Sonnenaufgang bis Sonnenuntergang in einer Teppichmanufaktur, doch ihr Lohn war so dürftig, dass er kaum für ihr eigenes Essen reichte.

Tamaskana schlüpfte in das sauberere ihrer beiden Kleider und verließ lautlos das Haus. In ihrem Viertel begegnete ihr keine Seele, aber als sie auf die Hauptstraße trat, entdeckte sie bereits von weitem einen Menschenauflauf vor dem Hauptkloster Khotans. Neugierig gesellte sie sich hinzu. Die Zuschauer waren so ruhig, dass Tamaskana den monotonen Gesang der Mönche im Inneren des Klosters hören konnte. Sie stupste ihre Nachbarin in die Seite.

»Was geht hier vor?«, fragte sie.

Die Frau schrak aus ihrem andächtigen Lauschen auf. »Wo lebst du, dass du das nicht weißt? Xuan Zang ist vorgestern in Khotan angekommen, und nach der Morgenmeditation wird der König ihn besuchen.«

»Xuan Zang? Nie gehört. Wer ist das?«

»Ein Mönch aus Chang'an. Er ist nach Indien gepilgert, um die Worte des Buddhas zu studieren.«

Ein Raunen ging durch die Menge. Die Mönche hatten aufgehört zu singen und schritten jetzt in einer feierlichen Prozession aus dem Klostertor, um dem König entgegenzugehen. Die Gläubigen verneigten sich, nur Tamaskana blieb stehen. Als kleines Mädchen hatte sie mit ihrer Mutter regelmäßig die Schreine besucht, aber inzwischen hatte sie das Vertrauen in Buddha und die Mönche verloren. Sie halfen ja doch nicht.

Über die gebeugten Nacken der Menschen hinweg konnte sie ungehindert die kahlgeschorenen Männer in ihren einfachen braunen Gewändern betrachten. Vorneweg ging ein etwa vierzigjähriger Mönch mit chinesischen Gesichtszügen. Der Mann war groß und hielt sich sehr aufrecht, aber sein Gesicht war mit einem Netz von Falten überzogen, die nur davon herrühren konnten, dass es viele Jahre der Sonne ausgesetzt gewesen war. Sein federnder, kräftiger Gang unterschied sich von dem der behäbigen Mönche, die kaum mit ihm Schritt halten konnten. Tamaskana hatte keinen Zweifel: Dies war der weitgereiste Mann.

Sie beneidete ihn. Er konnte gehen, wohin er wollte, hatte fremde Länder gesehen und exotische Speisen gegessen. Wäre sie doch nur als Mann geboren worden, sie hätte Khotan längst den Rücken gekehrt! Plötzlich traf sie der Blick des chinesischen Mönchs. Er sah direkt in sie hinein, und sie hatte den Eindruck, als würde er ihre Gedanken lesen. Ein Lächeln erhellte sein ernstes Gesicht, und er nickte ihr zu, bevor er wieder die Straße hinaufblickte, auf der inzwischen der König mit seinem Gefolge erschienen war. Der König ging zu Fuß, um seine Demut vor dem Buddha und den heiligen Männern zu demonstrieren. Die ersten Sonnenstrahlen des Tages trafen ihn und verliehen ihm trotz seiner einfachen grauen Kutte einen Glanz, der seine normalen Auftritte, in denen er in Brokat und Seide gehüllt war, in den Schatten stellte.

Tamaskana hatte keine Zeit mehr zu verlieren und entfernte sich von der Menschenmenge. Nach ein paar Schritten bog sie in eine Seitengasse ab und schlug einen Haken, um der Parade der königlichen Soldaten und Würdenträger auszuweichen. Die aufgehende Sonne hatte die Dunkelheit aus den engen Gassen noch nicht vertrieben, aber hinter den Mauern hörte sie bereits die Geräusche der Bewohner.

Kurze Zeit später stand sie vor dem Haus, in dem sich ihre Mutter und ihre Schwester ein winziges Zimmer teilten. Hier wohnten die Ärmsten der Armen, und wenn es einen Ort in Khotan gab, der noch trostloser und heruntergekommener war als der »Blumengarten«, dann dieses Viertel. Eines Tages, wenn sie zu alt zum Arbeiten war und den Männern nicht mehr gefiel, würde auch sie hier einziehen müssen. Tamaskana schüttelte sich und trat in den düsteren Hof.

Duwaka öffnete beim ersten Klopfen. Als sie ihre große Schwester sah, fiel sie ihr mit einem Freudenschrei um den Hals.

»Tamaskana! Wie schön, dich zu sehen.«

Tamaskana hielt ihre kleine Schwester auf Armlänge von sich. Sie erschrak darüber, wie blass Duwaka war. Die Arbeit in der Teppichmanufaktur und das schlechte Essen griffen ihre Gesundheit an. »Du wirst immer hübscher, kleine Schwester«, log sie.

»Danke. Aber es stimmt nicht. Ich huste sehr viel«, sagte Duwaka.

»Tamaskana?« Die Stimme der Mutter war nur ein Flüstern. Tamaskana setzte sich auf den Rand des Lagers und nahm ihre fieberheiße Hand.

»Guten Morgen, Mutter. Wie geht es dir?«

»Schlecht. Meine Krankheit gibt mir nicht mehr viel Zeit. Ich kann den Tod bereits spüren.«

»Sprich nicht vom Tod.«

Duwaka hockte sich neben ihre Schwester. Viel gab es nicht zu erzählen, und bald verstummten sie. Tamaskana legte den Stoffbeutel neben Sanduschta aufs Bett.

»Ich habe diesen Beutel in der Truhe der Stiefmutter gefunden. Es steht dein Name darauf, Mutter. Wieso war er bei ihr?«

Sanduschta erbleichte. Mit zitternden Fingern nestelte sie an dem Band, das den Beutel verschloss. Als es nachgab, fielen mehrere Gegenstände vor ihr auf die fadenscheinige Bettdecke: ein Paar abgetragene, bestickte Schuhe, mehrere Haarnadeln, eine davon aus Jade, und ein durch das Alter stumpf gewordenes rot-schwarzes Lackkästchen. Sanduschta nahm das Kästchen und öffnete es. Tamaskana und Duwaka entdeckten darin Bambusstäbchen und die vordere Hälfte einer in der Mitte durchgebrochenen Pferdefigur aus dunkelgrüner Jade. Die Mutter brach in Tränen aus. Erschrocken tätschelte Tamaskana ihre Wange.

»Mein Leben war verflucht, von Anfang an«, schluchzte Sanduschta.

»Was hast du? Willst du uns sagen, was dich bedrückt?«, fragte Tamaskana aufmunternd.

»Ich werde es dir erzählen, Tamaskana, du bist alt genug und hast viel mitgemacht. Duwaka, es ist schon spät, geh zur Arbeit.«

Nachdem sich das Mädchen widerstrebend verabschiedet hatte, bat Sanduschta ihre ältere Tochter, ihr beim Aufsetzen zu helfen. Als sie es einigermaßen bequem hatte, sah sie Tamaskana forschend an.

»Wirst du aushalten können, was ich dir zu sagen habe?«

»Ich bin stark.«

»Gut. Weißt du, wer dein Großvater war?«

»Nein, er starb, als du noch ein Kind warst.«

»Das stimmt. Ich habe ihn getötet.«

* * *

Schon Sanduschtas Mutter lebte in dem schmutzigen Hurenhaus, in dem auch Sanduschta den größten Teil ihres Lebens verbringen würde. Gewalt war an der Tagesordnung, und wenn die Mädchen, die gewöhnlich als Kinder von ihren armen Eltern an die Stiefmutter verkauft worden waren, nicht an einer Krankheit starben, ertränkten sie sich früher oder später im Weiße-Jade-Fluss. Der »Blumengarten der Freude« war für seine Bewohnerinnen ein Ort unendlichen Leidens.

An einem eiskalten Wintertag vor vierundvierzig Jahren betrat ein neuer Kunde die Gaststube und blieb. Der Mann, ein jähzorniger und brutaler Kameltreiber, schmeichelte der Stiefmutter, und nach wenigen Wochen war er an dem Haus beteiligt. Nach seiner Ankunft wurde das ohnehin erbärmliche Leben der Mädchen zu einer irdischen Hölle. Die Stiefmutter verlor allein in diesem ersten Frühling vier Mädchen an den Fluss, zwei vergifteten sich, und eines verschwand spurlos. In dieser fürchterlichen Zeit wurde Sanduschtas

Mutter schwanger. Der Vater war mit großer Wahrscheinlichkeit der neue Herr des Hauses, Boboni.

Sanduschta war elf, als es zu dem großen Streit kam, der alles veränderte. Boboni und die Stiefmutter teilten ihrer Mutter mit, dass das Kind alt genug sei, die Männer zu unterhalten. Während sich Sanduschta hinter ihr versteckte, tobte und schrie ihre Mutter, dass es bis hinunter auf die Straße drang. Sanduschta hatte ihre Mutter noch nie so außer sich gesehen. Der Streit und Mutters Weigerungen hatten mit ihr zu tun, aber sie verstand nicht, worum es ging. Es dauerte nicht lange, bis Boboni die Nerven verlor. Er schlug Sanduschtas Mutter, bis sie halb tot am Boden lag, dann griff er das Kind an den Haaren und zerrte es in sein Zimmer. Die Stiefmutter stand dabei, ohne eine Miene zu verziehen.

Boboni ließ sie erst anderthalb Tage später wieder zu ihrer Mutter. Sanduschta war gebrochen, ihr Körper geschändet, ihre Seele zerstört. Sie hatte gelernt zu hassen. Als ihre Mutter wenige Tage später an ihren Verletzungen starb, schwor sie sich, Boboni umzubringen.

Die richtigen Pulver zu besorgen war einfach gewesen. Boboni und die Stiefmutter verendeten mit Krämpfen und Schaum vor dem Mund. Niemand hatte Sanduschta, ein schmächtiges Mädchen mit riesigen, angstvollen Augen, im Verdacht, und die Leichen wurden ohne Zeremoniell bestattet. Der »Blumengarten der Freude« und mit ihm alle Mädchen bekam eine neue Besitzerin.

Sanduschta unterhielt seit einigen Jahren die Gäste mit Tanz und Gesang und nahm sie auch mit in ihr Zimmer, doch obwohl sie hart arbeitete, konnte sie kaum Geld zurücklegen. Mit Mitte zwanzig war sie schon verhältnismäßig alt, als sie ihr erstes Kind zur Welt brachte: Tamaskana. Es folgten noch zwei Kinder, ein Junge und ein Mädchen. Der Junge wurde verkauft, als er erst zwei Jahre alt war. Es verging kein Tag, an dem Sanduschta nicht das verheulte Gesicht ihres kleinen Sohnes vor sich sah, als er von ihr fortgetragen wurde.

Es ging weiter bergab. Sanduschta war niemals eine Schönheit gewesen, und ihr hartes Leben ließ sie schnell altern. Teure Schminke konnte sie sich nicht leisten, und die Kunden entschieden sich immer häufiger für eines der jüngeren Mädchen. Dann wurde sie krank, und die Stiefmutter setzte sie vor die Tür. Tamaskana begann, an ihrer Stelle zu arbeiten.

Als die Mutter ihre Erzählung beendet hatte, blieb es lange still.

»Das Leben ist ein ewiger Kreislauf«, sagte Sanduschta schließlich tonlos. »Alles wiederholt sich.« Sie schluckte hart. »Ich wollte dich und deine Schwester beschützen, Tamaskana, aber …«

»Du hast getan, was du konntest, Mutter. Ich liebe dich«, sagte Tamaskana leise.

»Meine Wiedergeburt wird zeigen, wie schwer mein Verbrechen wiegt. Ich bereue es nicht, deinen Großvater vergiftet zu haben. Ich hoffe, dass er in der Hölle leidet«, sagte Sanduschta heftig. »Das Jadepferd ist das Einzige, was von ihm geblieben ist. Ich habe es ihm abgenommen, als er zu schwach war, sich zu wehren. Es sollte mir helfen, dem ›Blumengarten‹ zu entfliehen, aber dann kam alles anders. Eines Tages war es verschwunden. Ich habe immer die Stiefmutter im Verdacht gehabt, aber ich konnte ihr nichts beweisen.«

Die Sonne stand jetzt hoch am Himmel und beleuchtete gnadenlos die trübe Umgebung und das eingefallene Gesicht Sanduschtas.

»Es ist schon spät, du wirst Ärger mit der alten Hexe bekommen. Geh jetzt«, sagte Sanduschta, »und komm morgen früh wieder. Wir werden die Pferdefigur verkaufen und dich dort herausholen.«

Tamaskana blickte weder nach rechts noch nach links, als sie zum »Blumengarten der Freude« zurückrannte. Die Geschichte ihrer Mutter hatte sie aufgewühlt. Als sie um eine Ecke bog, stieß sie so heftig gegen einen jungen Mann, dass sie das Gleichgewicht verlor und der Länge nach hinfiel. Der Mann half ihr auf.

»Hast du dir weh getan?«

»Nicht der Rede wert«, sagte Tamaskana und klopfte sich den Staub von ihrem Kleid. Sie wollte weitereilen, doch der Mann hielt sie am Arm fest.

»Du hast eigenartige Augen«, sagte er nachdenklich.

»Ja und?«, schnappte Tamaskana. Der Mann ließ sie nicht los.

»Wo willst du hin?«, fragte er.

»Das geht dich nichts an.«

»Ich habe es nicht böse gemeint. Kannst du ein Instrument spielen?«

Tamaskana sackte in sich zusammen. Obwohl sie nicht geschminkt war, hatte der Mann sofort erkannt, womit sie ihren Lebensunterhalt verdiente. Der »Blumengarten« hatte sich in jede Falte ihres Gewandes gesetzt, in jede Strähne ihres Haars, ließ sich nicht abschütteln.

»Ich spiele die Pipa. Nicht gut, aber es reicht für unser Haus«, antwortete sie müde. »Warum?«

»Wenn du Zeit hast, komm heute Nachmittag zum Markt. Meine Freunde und ich werden Kunststücke und Musik aufführen.«

»Gehörst du zu einer Artistengruppe?«, fragte Tamaskana interessiert. Sie hatte es plötzlich nicht mehr eilig.

»Ja. Ich spiele die Flöte. Wir sind eine Truppe von Musikern, und wir können gut noch jemanden gebrauchen. Wenn du möchtest, kannst du es bei uns versuchen.«

In dem Gesicht des Mannes war keine Falschheit zu entdecken. Er blickte Tamaskana erwartungsvoll an, und in seinen Augen lag eine Wärme, die sie noch nie bei einem Mann gesehen hatte. Er flößte ihr Vertrauen ein.

»Wie lange seid ihr in Khotan?«, fragte sie.

»Nur noch wenige Tage.«

»Ich werde es mir überlegen. Und jetzt muss ich weiter.«

Kurz bevor sie in die nächste Gasse abbog, drehte sie sich noch einmal um. Er hatte sich nicht von der Stelle gerührt.

»Wie heißt du?«, rief er.

»Tamaskana.«

»Ich würde mich freuen, wenn du kommst, Tamaskana. Tamaskana, das Licht in der Dunkelheit. Ein schöner Name.«, sagte er und hob seine Hand.

Tamaskana winkte zurück. Sie würde zum Markt gehen, und wenn es das Letzte war, was sie in diesem Leben tat.

KHOTAN

DEZEMBER 2004

Li Yandao sah trübsinnig aus dem Fenster seines Büros. Die Betonwände des Gebäudes gegenüber waren so grau wie seine Stimmung. Im Hof stand eine einsame Pappel und reckte ihre kahlen Äste in einen weißen, verwaschenen Himmel. Es war kalt, nicht nur draußen auf den windgepeitschten Straßen Kashgars, sondern auch in seinem Büro. Der kleine Heizkörper schaffte es nicht, den Raum auf mehr als zehn oder elf Grad zu erwärmen.

Was für eine Stadt, dachte er. Im Winter zu kalt, im Sommer zu heiß und die Zeiten dazwischen zu kurz.

Er stand auf und ging ruhelos zwischen dem Schreibtisch und einem Aktenschrank hin und her. Liu Zhenguo spähte durch die geöffnete Tür.

»*Ni hao,* Yandao. Ich gehe zur Kantine. Soll ich dir was mitbringen? *Baozi* vielleicht?«

»Keinen Hunger«, sagte Li Yandao, ohne seine Wanderung zu unterbrechen.

»Du wirkst, als seist du mit dem falschen Bein zuerst aufgestanden.«

Li Yandao blieb stehen und schaute Zhenguo ausdruckslos an. »Ich frage mich, warum ich überhaupt aufgestanden bin«, murmelte er.

»So schlimm?«

Statt einer Antwort zeigte Li Yandao auf seinen mit unordentlichen Papierstapeln übersäten Schreibtisch. Von seiner Kuan-Yin-Figur waren nur die mitleidig über die Aktenlandschaft blickenden Augen zu sehen.

»Oh, oh. Das sieht nicht gut aus«, bestätigte der Kollege und strich sich über den kahlen Schädel. »Aber tröste dich: Ich habe die Oberfläche meines Schreibtisches seit einem Monat nicht mehr gesehen. Kann mich nicht erinnern, ob er aus Holz oder aus Plastik ist.«

»Mann, du bist ein Optimist. Plastik natürlich«, sagte Li Yandao. Genau wie er selbst war Zhenguo abkommandiert worden, sich um die Fälle der überlasteten Kollegen aus anderen Abteilungen zu kümmern, solange kein kapitales Verbrechen verübt wurde. Der Mord an dem Uighuren in der Baugrube lag mittlerweile sieben Wochen zurück, und sie hatten den Fall bisher nicht lösen können. Die Ermittlungen liefen schleppend weiter, aber Li Yandao machte sich keine Illusionen: Die Spuren waren so kalt wie das Wetter, und früher oder später würden sie ihre Bemühungen aufgeben. Es hatte sich herausgestellt, dass der Ermordete ein Kleinkrimineller war, dem nicht einmal seine Eltern eine Träne hinterherweinten, und er vermutete, dass sein Chef den Fall bald zu den Akten legen würde. Li Yandao wünschte sich den nächsten Mord beinahe herbei.

Im Gegensatz zu ihm hatte sein Kollege ein sonniges Gemüt und ließ sich nur selten den Tag verderben. Was nicht erledigt werden konnte, blieb eben liegen. Oder wurde von Li Yandao bearbeitet, der sich normalerweise nicht beschwerte. Viel Arbeit bedeutete, dass die Stunden nach Feierabend, die er meistens einsam vor dem Fernseher verbrachte, auf ein Minimum schrumpften.

Aber heute war alles noch schlimmer. Er war tatsächlich mit dem falschen Bein zuerst aufgestanden. Erst hatte er sich beim Rasieren geschnitten, dann entdeckte er ein Loch in seiner Lieblingshose, und zu allem Überfluss hatte die Katze des Nachbarn eine tote Ratte vor seiner Tür abgelegt. Er war prompt in die Sauerei getreten und beinahe ausgerutscht. Die in seinem Büro auf ihn lauernden Akten gaben ihm den Rest.

»Ich kann es nicht mehr ertragen«, stöhnte er und riss einen Ordner aus einem gefährlich schiefen Stapel, der prompt aus dem Gleichgewicht geriet und zu Boden fiel. »Ein chinesischer Fahrer hat beim Einparken einen Gemüsestand übersehen. Stell dir das vor, einen kompletten Gemüsestand! Wir sollten den Fahrer zum Sehtest schicken, aber stattdessen wird dem Gemüsehändler die Lizenz entzogen, weil er hinter seinen Möhren und Tomaten hergehechtet ist und den Verkehr gefährdet hat. Dann wäre da noch …«

»Erspar mir die Einzelheiten«, unterbrach Zhenguo, »sonst erzähle ich dir die Geschichte der uighurischen Großmutter, die einem Busfahrer ihren Schirm auf den Kopf gehauen hat, weil er ihrer Meinung nach unhöflich war.«

»Hat sie das tatsächlich getan?«, fragte Li Yandao verblüfft.

»Allerdings, und wenn du mich fragst: Wir sollten die Großmutter anheuern, um allen Busfahrern der Stadt eine Lektion zu erteilen. Danach nehmen wir uns die Taxifahrer vor«, sagte sein Kollege boshaft.

»Apropos Taxi: Hast du meinen neuen Dienstwagen gesehen?«

»Du hast einen neuen Wagen? Das ging aber schnell. Der alte ist doch erst vor …« – Zhenguo zählte die Wochen an seinen Fingern ab – »… vor fünf Wochen verreckt.«

»Vor sechs Wochen. Aber sieh ihn dir an.«

Li Yandao winkte seinen Kollegen zum Fenster und zeigte in Richtung der Pappel, neben der einige Wagen geparkt waren. Zhenguo trat neben ihn und stieß einen Pfiff aus.

»Ein brandneuer Dongfeng ›Bluebird‹! Womit hast du den verdient?«

»Habe ich nicht. Meiner ist der dahinter.«

»Das ist nicht dein Ernst, oder? Was ist das?«

»Ein Shanghai Saloon. Baujahr 1966. Genau wie ich.«

Zhenguo taxierte das Auto. Mit seinen kleinen Fenstern, der kastigen Form und den kapriziösen Heckflossen sah es aus wie ein Spielzeug, und zwar ein ausgesprochen strapaziertes Spielzeug. Verbeult und rostig, wie es war, schien sich das Auto hinter seinem jüngeren, glänzenden Parkplatzgenossen zu verstecken, als würde es sich schämen. Die Vorderansicht wiederum war bemerkenswert verschmitzt: Die großen Scheinwerfer sahen aus wie weit aufgerissene Augen über einem grinsenden Kühlergrill. Das Auto passte zu Li Yandao: Es hatte Charakter.

»Fährt es denn?«

»Na ja …«

»Jetzt verstehe ich deine schlechte Laune. Weißt du, was ich glaube? Du brauchst Urlaub.«

»Urlaub?«

»U-R-L-A-U-B. Ferien. Warum fährst du nicht einfach mal mit deinem neuen, äh, Vehikel in die Berge?«

»Zu kalt.«

»Zugegeben. Dann such dir was anderes.«

»Der Chef gibt mir keinen *Urlaub.*«

»Denk dir was aus. Hast du nicht einen Fall, der dir einen Vorwand liefert, in die Provinz zu fahren?«

»Und wer macht unterdessen meine Arbeit?«

»Ich.«

»Du?«

»Jawohl. Und jetzt gehe ich in die Kantine und überlasse dich deinem verkehrsgefährdenden Gemüse.«

Li Yandao sank auf seinen Stuhl. Ferien. Kashgar fiel ihm zunehmend auf die Nerven, er konnte eine Auszeit tatsächlich vertragen.

Die versteckte Feindseligkeit zwischen Chinesen und Uighuren zermürbte ihn. Er war Polizist geworden, weil er an das Gesetz glaubte, und zwar an ein Gesetz, das für alle Menschen gleich galt. Dennoch begegneten ihm die Uighuren und selbst die Chinesen mit Misstrauen, sobald er ihnen erzählte, dass er Polizist war. Er konnte es ihnen nicht verdenken. Nicht in einem Land wie China.

Er wühlte auf seinem Schreibtisch und zog einen dicken Ordner hervor. Dann drehte er seinen Stuhl zum Fenster, legte die Füße auf den lauwarmen Heizkörper und begann zu blättern.

Yakub Siddiq, dessen Leiche Ma Li Huo in der Baugrube entdeckt hatte, war ein schwieriger Mensch gewesen. Nachdem Li Yandao seine Identität festgestellt hatte, war er nach Yengisar gefahren und hatte Yakubs Arbeitskollegen und seinen Vorgesetzten in der Hoffnung befragt, einen Anhaltspunkt für den Mord zu finden. Die Arbeiter hielten sich erst zurück, aber nach und nach wurde deutlich, dass Yakub unter seinen Kollegen äußerst unbeliebt gewesen war. Ein Einzelgänger, streitsüchtig, faul, unzuverlässig. Niemanden überraschte es, dass er in Schwierigkeiten geraten war, die ihn letztendlich das Leben gekostet hatten, aber eine Erklärung konnte keiner der Männer liefern. Yakub hatte nicht über sein Leben außerhalb der Manufaktur gesprochen und an keiner der feierabendlichen Aktivitäten teilgenommen. Nach einigem Zögern wies der Vorarbeiter darauf hin, dass Yakub ein uneheliches Kind hatte.

Li Yandao würde seinen Besuch bei der Mutter dieses Kindes nie vergessen. Das junge Mädchen saß eingeschüchtert auf einem Teppich und hob nicht ein einziges Mal den Blick, während er mit ihrem Vater sprach. Die vielköpfige Familie lebte in einem winzigen, aus allen Nähten platzenden Lehmhaus. Li Yandao zählte nicht weniger als fünfzehn Personen in den drei kleinen Zimmern. Die Wände waren schwarz vom Ruß des Küchenfeuers, das Wasser holten die Frauen in Eimern von einem Wasserhahn fünfzig Meter die Straße hinunter. Ein Badezimmer oder gar eine Toilette gab es nicht. Es war lange her, seit Li Yandao mit derart ärmlichen Lebensumständen konfrontiert worden war.

Trotzdem hatten sich die Bewohner des Hauses ihre Würde bewahrt. Li Yandao wurde höflich empfangen, bekam Tee, Brot und Weintrauben angeboten und wurde zum Sitzen auf das beste Kissen genötigt, das im Haushalt aufzutreiben war. Als sie feststellten, dass Li Yandao genug Uighurisch sprach, um sich verständlich zu machen, taute die Stimmung merklich auf.

Der Vater des Mädchens, ein verhärmter Uighure, konnte nicht älter als fünfundvierzig sein, aber das harte Leben hatte Spuren in seinem Gesicht hinterlassen, die ihn wesentlich älter aussehen ließen. Nachdem Li Yandao von Yakubs Tod erzählt hatte, ergriff der Mann das Wort.

»Also hat es den Nichtsnutz erwischt. Ich sollte entsetzt darüber sein. Oder traurig. Immerhin ist er der Vater meines Enkels«, sagte er ruhig.

»Aber Sie sind nicht entsetzt«, stellte Li Yandao fest. Er hatte das Mädchen beobachtet. Sie zeigte keine Reaktion, sondern sah starr auf das schlafende Kleinkind auf ihrem Schoß.

»Nein. Yakub hat sich mit schlechten Männern abgegeben. Er hat versucht, meine Söhne zu überreden, mit ihm in ein Kaufhaus einzubrechen.« Ein winziges Lächeln huschte über das Gesicht des Vaters. »Meine Söhne sind gute Jungen, sie haben ihn fortgejagt. Aber da war Aisha schon schwanger, ohne dass ich es wusste.« Er unterbrach sich und sah seine Tochter müde an. »Es ist eine Katastrophe. Sie ist erst siebzehn. Niemand wird sie heiraten.«

»Was meinen Sie, wenn Sie sagen ›schlechte Männer‹?«

»Diebe, Betrüger, Falschspieler«, sagte der Mann. »Gesindel, das sich nicht um den Koran schert und mit den Chinesen Alkohol trinkt.«

»Kennen Sie die Leute, mit denen sich Yakub abgegeben hat?«

»Flüchtig. Ich kann Ihnen die Namen nennen, aber bitte erwähnen Sie nicht, dass ich Ihnen die Informationen gegeben habe.«

»Ich verspreche es, aber ich kann Ihnen nicht garantieren, dass sich die Leute nicht trotzdem zusammenreimen, wer sie mir verraten hat.«

»Dann ist es so. Meine Söhne und ich werden damit fertig.«

Ein junger Mann betrat das Haus. Er hatte dieselben hageren Gesichtszüge wie sein Vater, aber seine Jugend bewahrte ihm noch eine Frische, die einen Sonnenstrahl in das düstere Haus brachte. Er begrüßte Li Yandao und ließ sich neben seiner Schwester auf den Kissen nieder.

»Mohammad, mein jüngerer Sohn«, stellte sein Vater ihn mit Stolz vor. »Und dies ist Kommissar Li aus Kashgar.«

»Was führt Sie zu uns, Kommissar Li?«, fragte Mohammad.

Seine Miene verdüsterte sich, als sein Vater ihn ins Bild setzte.

»Er hat es nicht besser verdient«, sagte er. »Mit Honigworten hat er sich bei meiner armen Schwester eingeschmeichelt und ist dann verschwunden. Wir haben ihn aufgespürt und ihm die Meinung gesagt, aber er hat nie auch nur einen Yuan für den Jungen bezahlt. Ich wünschte, ich hätte ihn noch einmal in die Finger bekommen.«

»Sie haben ihn aufgespürt? Wann? Und wo?«, fragte Li Yandao schnell.

Der Vater warf Mohammad einen warnenden Blick zu, aber der junge Mann war zu zornig, um es zu bemerken.

»Anfang des Jahres. Mein Bruder hat ihn zufällig auf dem Wochenmarkt gesehen und ist ihm gefolgt. Dann hat er mich geholt, und wir haben Yakub einen Besuch abgestattet.«

»Was ist geschehen?«

»Er musste danach zum Zahnarzt.«

Li Yandao zuckte nicht mit der Wimper. »Da ist er nie gewesen. In seinem Oberkiefer fehlten auch im Oktober drei Zähne. Sie konnten ihn nicht überzeugen, die Verantwortung für seinen Sohn zu übernehmen?«

»Nein. Wir haben ihn nie wiedergesehen.«

Li Yandao ließ die Akte in den Schoß sinken und sah aus dem Fenster. Aishas Vater und ihre Brüder waren ehrliche, hart arbeitende Menschen, aber sie hatten ein starkes Motiv, Yakub zu ermorden: Rache, die Wiederherstellung der Familienehre. Li Yandao hatte folglich ihre Alibis überprüfen lassen, ebenso die Alibis der genannten Männer. Niemand kam als Mörder in Frage. Die Ermittlung war zum Stillstand gekommen.

Beim Weiterblättern stieß Li Yandao auf das dürftige Protokoll, das sein Kollege Wei Weidian nach einem Besuch bei Yakubs Eltern in Khotan verfasst hatte. Li Yandao überlegte, ob er persönlich mit den Eltern sprechen sollte. Sein Kollege hatte ihm am Telefon mitgeteilt, dass der Vater abfällig über seinen Sohn gesprochen hatte.

Gab es außer den üblichen Familienstreitigkeiten einen weiteren Grund dafür?

Er nahm die Füße von der Heizung, stand auf und verließ sein Zimmer. Mit entschlossenen Schritten ging er über den Flur zum Büro seines Vorgesetzten. Er wollte den Fall, der ihm seit Wochen keine Ruhe ließ, noch einmal aufrollen und nach Khotan fahren. Außerdem konnte er bei der Gelegenheit sein Versprechen einlösen und Batügül besuchen. Seine Stimmung besserte sich augenblicklich.

* * *

Vier Tage später war er tatsächlich seinem Büro entkommen und auf dem Weg nach Khotan. Das Auto klapperte fürchterlich. Li Yandao rechnete jederzeit damit, seinen Auspuff oder eine der Türen zu verlieren. Der Shanghai Saloon war ein Fossil aus der Steinzeit des chinesischen Automobilbaus und war schon kein Glanzstück gewesen, als er aus der Fabrik fuhr, dachte Li Yandao. Wo hatte sein Boss den Wagen bloß aufgetrieben? Und dann in dieser Farbe: Senfgelb. Li Yandao schüttelte sich.

Als er durch Yengisar rumpelte, drehten sich viele Leute nach ihm um. Für verdeckte Ermittlungen war der Wagen wirklich nicht zu gebrauchen. Ein Eselskarren, wie Ma Li Huo ihn vorgeschlagen hatte, wäre die bessere Alternative gewesen. Li Yandao war erleichtert, als er Yengisar hinter sich ließ; die Erinnerungen an die bedauernswerte Aisha und ihre Familie wollte er lieber abschütteln. Er konzentrierte sich auf das Fahren: Bis Khotan waren es noch über vierhundert Kilometer, und er würde sechs bis sieben Stunden für die Strecke benötigen. Mindestens.

Hinter Yengisar wurde die Landschaft eintönig. Flache Schotterwüste, so weit das Auge reichte. Und mitten auf der Straße die Fata Morgana eines Kamels.

Einen Meter vor der ihn unbeteiligt anglotzenden und wiederkäuenden Fata Morgana kam das Auto zum Stehen. Li Yandao hielt sich die Hand vor die Augen. Als er sie wegzog, war das Kamel immer noch da. Als eingefleischtem Städter war es ihm nicht in den Sinn gekommen, dass wilde Tiere tatsächlich auch in der Wildnis lebten. Das Kamel reagierte erst, nachdem er es fünf Minuten lang ausdauernd angehupt hatte, und schaukelte arrogant vor ihm her, bis es endlich von der Straße ging.

Als er weiterfuhr, fiel ihm ein, dass Ma Li Huo auch auf dieser Straße unterwegs gewesen war. Ob sie Kamele gesehen hatte?

Kilometer um Kilometer näherte er sich seinem Ziel. Wie immer, wenn Li Yandao längere Strecken in Xinjiang zurücklegte, war er von der harschen und kompromisslosen Schönheit der Landschaft gebannt. Die Maßlosigkeit der Wüste mit ihren endlosen Entfernungen und dem hohen Himmel ließ ihn spüren, wie klein und unbedeutend er selbst und seine Artgenossen waren. Er hatte Hochachtung vor den Menschen, die sich ihre Existenz aus dem Wüstenboden kratzten. Xinjiang erlaubte niemandem ein bequemes Leben.

Am frühen Abend erreichte er Khotan und parkte seinen Wagen vor dem Hotel neben dem Busbahnhof. In der Rezeption wies er sich bei der Angestellten aus und verlangte das Zimmer, in dem Ma Li Huo gewohnt hatte. Vielleicht gab es einen Hinweis, warum die Deutsche das Hotel so überstürzt verlassen hatte.

Das Zimmer war frei. Er trug seine kleine Tasche in den ersten Stock und suchte die Angestellte mit den Schlüsseln. Als sie ihm die Tür zu seinem Zimmer geöffnet hatte, wurde er von lautstarkem Blöken empfangen, das von dem Bett am Fenster ertönte. Li Yandao runzelte die Stirn: ein Schaf im Zimmer? Er warf die Tasche auf den Sessel und ging zum Fenster. Direkt darunter blökten drei Schafe in einem zur Hälfte überdachten Pferch lautstark nach Futter. Nachdenklich betrachtete Li Yandao das Dach: Hatte sich das erste Rätsel um Marions unbemerktes Verschwinden schon gelöst? Yandao trat zurück ins Zimmer. Es war reine Spekulation und mittlerweile nicht mehr wichtig.

Er zog sein Mobiltelefon aus der Jackentasche und wählte Batügüls Nummer. Ein alter Mann meldete sich und holte Batügül ans Telefon.

»Ja bitte?«

»Guten Abend, Batügül, ich bin es, Li Yandao.«

»Yandao! Was ist passiert? Wo sind Sie? Wann besuchen Sie uns?«

»Nichts. In der Nähe. Morgen«, antwortete er lachend.

»Bitte?«

»Ich habe nur auf Ihre Fragen geantwortet: Es ist nichts passiert, ich bin in Khotan und ich würde Sie gern morgen Abend besuchen.«

»Warum erst morgen? Kommen Sie doch gleich herüber.«

»Ich habe ein Zimmer genommen und werde bald schlafen gehen. Die Fahrt von Kashgar war anstrengend, und ich bin todmüde. Außerdem habe ich noch berufliche Dinge zu erledigen.«

»Aber morgen schlafen Sie bei uns. Am besten bleiben Sie gleich ein paar Tage.«

»Nichts lieber als das, aber ich möchte Ihnen und Ihrer Familie keine Umstände machen.«

Batügül lachte. »Ich bin eine Frau der schnellen Entscheidungen. Meine Leute haben sich daran gewöhnt. Außerdem machen Sie uns keine Umstände, im Gegenteil. Was gibt es Schöneres, als liebe Gäste im Haus zu haben?«

»Dann komme ich mit Sack und Pack. Wie finde ich Sie?«

»Gar nicht. Mein Mann holt Sie um sechs Uhr ab. In welchem Hotel sind Sie?«

»Jiaotong Binguan.«

»Was für ein Zufall.«

Li Yandao ignorierte ihre Anspielung. »Ich warte vor dem Hotel.«

»Gut. Bis morgen dann. Und viel Erfolg.«

Sie beendete das Gespräch. Li Yandao zog sich seine warme Jacke an und ging auf die Straße. In welchem Restaurant mochte Ma Li Huo gegessen haben?

Da das Wasser nicht warm wurde, ging er ungewaschen ins Bett. Es war niemand da, der sich über seinen Geruch beschweren konnte. Er dachte an Ma Li Huo. Was er der Rezeptionistin erzählt hatte, war natürlich Unsinn. Er hatte seine Ermittlungen nur vorgeschoben. Er war ein sentimentaler Spinner, und das war der einzige Grund, warum er Ma Li Huos Zimmer haben wollte. Es war tröstlich zu wissen, dass Marion in diesem Bett geschlafen hatte. Na ja, dachte er fatalistisch, wahrscheinlich hat sie das andere Bett benutzt.

* * *

Am nächsten Morgen stand Li Yandao erst um zehn Uhr auf und fuhr direkt zum Polizeihauptgebäude von Khotan. Wie er Wei Weidian kannte, würde er ihr Treffen ohnehin als Vorwand für ein zweites Frühstück nutzen.

Li Yandao sah seinen vor dem Eingang des Polizeigebäudes wartenden Kollegen bereits von weitem. Er war klein, wog aber mindestens fünfundzwanzig Kilo mehr als Li Yandao; Kommissar Weis Passion für gutes Essen war unter seinen Kollegen und Freunden legendär. Und auch sein Fassungsvermögen, dachte Li Yandao amüsiert, als er seinen Wagen vor ihm zum Stehen brachte. Wei Weidian hatte ihn nicht bemerkt und blickte ungeduldig die Straße auf und ab.

Li Yandao kurbelte das Fenster herunter. »He, Weidian. Erkennst du mich nicht mehr?«

Kommissar Wei sah irritiert erst auf Li Yandao, dann auf das Auto. »Was ist das?«

»Mein Dienstwagen.«

»Ist der bei Ausgrabungen ans Tageslicht gezerrt worden?«

Kopfschüttelnd umrundete er den Shanghai Saloon und rutschte auf den Beifahrersitz.

»Yandao, mein Lieber, schön, dich zu sehen. Wie lange ist es her?«, fragte er und schlug Li Yandao freundschaftlich auf die Schulter.

»Zweieinhalb Jahre. Wo wollen wir frühstücken?«, fragte Li Yandao und versuchte, das klemmende Fenster wieder zu schließen. Nach etlichen Versuchen gab er genervt auf.

»Die Straße runter, dann die zweite rechts. Ich dirigiere dich.«

Li Yandao parkte direkt vor dem Restaurant, das Weidian ausgesucht hatte. Der dicke Kommissar rieb sich voller Vorfreude die Hände, als er durch die Tür in einen einfach eingerichteten Raum trat.

Eine mürrische Chinesin in den Vierzigern erhob sich und wischte ihre Handflächen an einer fleckigen Schürze ab. Als sie Weidian sah, erhellte sich ihr Gesicht. Der Tag war gerettet: Der Kommissar bedeutete guten Umsatz. Sie führte die beiden in einen kleinen Nebenraum. Weidian enttäuschte sie nicht und bestellte ein Festmahl.

»Du willst den Kanalröhren-Fall wiederbeleben?«, fragte Weidian, als sie ungestört waren.

»Hmm. Ehrlich gesagt glaube ich nicht, dass wir noch eine Chance haben, den Mörder zu fassen. Es ist zu lange her, und alle Spuren haben ins Leere geführt. Behalt es für dich: Ich habe den Fall als Ausrede für einen Tapetenwechsel benutzt. In Kashgar herrscht gähnende Langeweile. Kein Mord, kein Raubüberfall, und auch sonst ist es ruhig. Ich will Freunde in Khotan besuchen, und da ich schon mal hier bin, kann ich genauso gut den Eltern des Ermordeten auf den Zahn fühlen. Vielleicht gibt es doch noch einen Hinweis.«

»Dein Optimismus ist grenzenlos. Diese Leute sind hart wie Stein. In jeder Hinsicht.«

»Das ist das erste Mal, dass mich jemand als Optimisten bezeichnet«, bemerkte Li Yandao.

»Ein Ausbund an Fröhlichkeit bist du tatsächlich nicht. Aber da kommt der erste Gang.«

Während des Frühstücks schilderte Weidian ausführlich seinen Besuch in Yakubs Heimatdorf. Es war nicht sehr ermutigend, aber Li Yandao ließ sich dennoch den Weg zu dem Dorf in der Nähe des historischen Khotan beschreiben.

* * *

Nach etwa zehn Kilometern Fahrt über unbefestigte Wege hatte er die Orientierung verloren. Die Bauern gaben ihm widersprüchliche Auskünfte, aber letztendlich konnte ihm jemand den Weg weisen. Li Yandao stellte den Wagen vor dem ersten Haus des Dorfes ab und stieg aus. Sofort versanken seine Schuhe in puderfeinem Staub. Die Hauptstraße war nur ein Weg mit tiefen, von Eselsfuhrwerken ausgefahrenen Rillen. Li Yandao sah die Abdrücke von Schuhen, Tierfüßen und Fahrrädern, aber keine Reifenspuren. Hier konnte sich niemand ein Auto leisten. Er klopfte an die schwere Holztür des ersten Hauses.

Nach einigen Minuten gab er auf und ging weiter. Das Dorf lag wie ausgestorben vor ihm, vermutlich waren die meisten Bewohner auf den Feldern, um sie winterfest zu machen.

Jedes Haus war von einer Mauer umgeben, die den dahinterliegenden Hof vor neugierigen Blicken schützte. Die abweisenden Lehmmauern und verrammelten Tore sprachen eine deutliche Sprache: Fremde waren unerwünscht.

Die Sonne hatte den Zenit erreicht und stach ihm durch die Äste der entlaubten Pappeln und Weiden ins Gesicht. Es war ein strahlender, ungewöhnlich milder Wintertag, und in seiner gefütterten Jacke brach Li Yandao der Schweiß aus.

Als er an das Tor des neunten oder zehnten Hofs klopfte, hörte er dahinter einen erschrockenen Ausruf. Er klopfte lauter, aber niemand öffnete. Ein verräterisches Scharren sagte ihm, dass sich mehrere Personen in dem Hof aufhielten. Langsam ging ihm die Geduld aus.

»Polizei! Öffnen Sie die Tür!«, rief er mit autoritärer Stimme.

Eine weitere Minute verging, dann wurde das Tor entriegelt. Eine junge Frau steckte ängstlich den Kopf heraus. Fahrig nestelte sie an ihrem Kopftuch herum. Li Yandao hielt ihr seine Legitimation vor die Nase, aber es wurde ihm schnell klar, dass die Frau nicht lesen konnte.

»Ich habe nur eine kurze Frage, dann lasse ich Sie wieder in

Ruhe«, sagte er besänftigend. Er hasste es, seinen Polizistenstatus ausspielen zu müssen. »Bitte sagen Sie mir …« Die junge Frau stieß das Tor vor seiner Nase zu. Li Yandao war zu perplex, um zu reagieren. Der Ärger stieg erneut in ihm auf. Er wollte gerade gegen das Tor treten, als es sich erneut öffnete. Ein alter Mann trat heraus und musterte ihn feindselig. Sie standen sich wortlos gegenüber, bis der alte Mann die Nerven verlor.

»Was wollen Sie?«, fragte er mit heiserer Stimme. »Wir sind ehrliche Leute und haben nichts mit der Polizei zu schaffen.«

Der aggressive Ton des Mannes ließ Li Yandao aufhorchen. Wenn der Alte nichts zu verbergen hatte, brauchte er nicht in seinem ersten Satz darauf hinweisen, dass er mit der Polizei nichts zu tun hatte. Vielleicht sollte sich die örtliche Polizei einmal damit beschäftigen, was hinter den Mauern dieses Dorfes vor sich ging. Und vielleicht würde sich sein Ausflug nach Khotan doch noch lohnen.

»Wo wohnen die Eltern von Yakub Siddiq?«, fragte er knapp.

»Kenne ich nicht.«

»Halten Sie mich nicht zum Narren. Wie viele Menschen leben in diesem erbärmlichen Kaff? Dreihundert? Vierhundert? Und Sie behaupten, die Eltern eines ermordeten Dorfbewohners nicht zu kennen? Also, wo wohnen die Leute?«

Der Alte hob in einer verteidigenden Geste die Hände. »Ach, *der* Yakub. Warum haben Sie das nicht gleich gesagt? Folgen Sie einfach dem Weg. Das Haus steht auf der linken Seite und hat ein hellgrünes Tor.«

Li Yandao hörte noch, wie das Tor hinter ihm zukrachte, dann umfing ihn wieder die mittägliche Stille. Nach zwei Minuten stand er vor einer Tür mit abblätternder grüner Farbe und hämmerte dagegen. Er wartete gar nicht erst auf eine Reaktion und brüllte über die Mauer: »Ich weiß, dass Sie da sind. Lassen Sie mich herein, ich bin Polizist.«

Das Tor wurde geöffnet, und ein Mann mittleren Alters ließ ihn schweigend ein. Li Yandao begleitete ihn in einen unordentlichen

Hof. In einer Ecke türmte sich ein großer Abfallhaufen auf, und statt Teppichen bedeckten zerrissene Plastiksäcke die überdachte Terrasse. An einem der Dachpfeiler war eine magere Ziege angebunden. Li Yandao konnte gerade noch sehen, wie eine Frau in einen der dunklen Räume hinter der Terrasse hastete. Ein mageres Kind mit rotzverschmierter Nase stand verloren in der Mitte des Hofes und sah ihn aus großen Augen an. Li Yandao war entsetzt. Er hatte aufgrund seiner Arbeit viele uighurische Wohnstätten gesehen, und die Häuser waren immer peinlich sauber und liebevoll dekoriert gewesen, ganz gleich, ob es sich um arme oder reiche Familien handelte. Selbst die ärmliche Behausung von Aishas Familie in Yengisar war so behaglich eingerichtet, wie es die begrenzten Möglichkeiten zuließen.

Der Hof der Siddiqs hingegen war verwahrlost.

Der Mann ließ sich auf einem der Plastiksäcke nieder. Li Yandao setzte sich auf die Kante der Terrasse und lehnte sich gegen einen Holzpfeiler. Der gestampfte Lehmboden war eiskalt.

»Sind Sie wegen Yakub hier? Wir haben dem anderen Polizisten alles erzählt«, sagte der Mann plötzlich. Li Yandao konnte die Bitterkeit spüren, mit der der Mann den Namen seines Sohnes nannte, er spuckte ihn regelrecht aus. Die Ähnlichkeit zwischen Siddiq und seinem Sohn war unübersehbar, auch wenn Yakub wesentlich kleiner gewesen war und nicht so grobschlächtig gewirkt hatte – zumindest nicht im Tod. Yakubs Vater war ein bulliger Mann mit einem großen, plumpen Gesicht. Ein gestutzter schwarzer Bart umrahmte fest zusammengepresste Lippen. Seine hellbraunen Augen waren groß, aber Li Yandao suchte vergeblich nach einem Funken Wärme. Der Mann machte einen gewalttätigen Eindruck, der von seiner schiefen Nase noch unterstützt wurde. Ein unangenehmer Zeitgenosse.

Li Yandao entschloss sich, seine Fragen direkt zu stellen. Höflichkeit war in diesem Dorf offensichtlich nicht populär, und er sah keine Veranlassung, seine Zeit zu verschwenden.

»Der Bericht meines Kollegen weist einige Lücken auf. Zum Beispiel wüsste ich gern, warum Sie so schlecht auf Yakub zu sprechen sind.«

»Das geht Sie nichts an.«

»Ich suche immerhin den Mörder Ihres Sohnes.«

»Pah. Wenn Sie ihn bisher nicht gefunden haben, ist er sowieso über alle Berge. Wozu soll das Herumstochern in unserem Privatleben also gut sein?«

»Antworten Sie.«

Siddiq biss sich auf die Lippen und verschluckte einen Kommentar. Li Yandao konnte sich denken, was er sagen wollte: Scher dich zum Teufel. Genau das würde er nicht tun. Er wartete.

»Yakub war ein schlechter Sohn«, sagte der Mann widerwillig. »Er hat uns angelogen, seit er sprechen konnte, war arbeitsscheu und respektlos. Mein Bruder und ich haben versucht, ihm das schlechte Benehmen mit Prügeln auszutreiben, aber er wurde immer bockiger. Bei seinen Geschwistern hat es wunderbar funktioniert.«

»Wie viele Geschwister hat Yakub?«, fragte Li Yandao. Weidian hatte es ihm gesagt, aber er wollte es von Siddiq noch einmal hören.

»Sechs. Er war der Zweitälteste.«

»Sieben Kinder? Sie haben doch niemals die Erlaubnis für so viele Kinder erhalten.«

»Ich schere mich nicht um eine Erlaubnis«, entgegnete der Mann. »Eine Familie ist dafür da, Kinder großzuziehen. Alles andere ist eine Sünde vor Gott.« Er warf einen hasserfüllten Blick auf Li Yandao. »Ihr Chinesen werdet in der Hölle die Rechnung für eure Familienpolitik bekommen.«

Die weitere Befragung verlief zäh und unbefriedigend. Siddiq bestätigte Yakubs Einbruch im Laden seines Onkels und einige Schlägereien, aber als der Junge mit neunzehn nach einem Streit seine Sachen gepackt hatte, war der Kontakt abgebrochen. Erst vor anderthalb Jahren hatte er sich wieder gemeldet und seinen Vater um Geld angebettelt. Siddiq stellte Nachforschungen an und fand heraus, dass sein missratener Sohn in Yengisar eine Minderjährige geschwängert hatte. Er hatte ihm daraufhin das Geld verweigert. Yakub verschwand wieder aus dem Leben der Familie, bis er im letzten Sommer erneut unerwartet vor der Tür stand. Da Siddiq gerade dabei war, einen Teil der Außenmauer zu erneuern, erlaubte er Yakub unter der Bedingung zu bleiben, dass er bei den Bauarbeiten half.

»Yakub war nicht nur faul, sondern völlig nutzlos. Nach zwei Wochen hat er sich aus dem Staub gemacht.«

»Haben Sie danach noch von ihm gehört?«

»Nein. Erst als die Polizei vor der Tür stand und uns mitteilte, dass er tot ist.«

Die beiden Männer wechselten noch einige Sätze, und dann verabschiedete sich Li Yandao. Als er auf den Weg trat, fühlte er sich, als sei er aus einer dunklen Höhle zurück ins Licht gekommen. Er hatte nichts Neues erfahren, aber sein Besuch hatte ihm einmal mehr vor Augen geführt, in welchem Elend viele Kinder aufwuchsen. Das Leben in dem Haus musste erdrückend gewesen sein: sieben Geschwister und ein liebloser Vater, der alle Probleme mit Schlägen löste. In den Akten stand, dass Yakub die Schule nach sechs Jahren abgebrochen hatte, mit einer grauen und perspektivlosen Zukunft vor sich. Yakub hätte Li Yandao leidgetan, wäre nicht die Geschichte mit dem Mädchen aus Yengisar gewesen. Nach Li Yandaos Auffassung war es unentschuldbar, dass er sich aus dem Staub gemacht und Aisha ihrem Schicksal überlassen hatte.

Eine Frau, die ihn argwöhnisch beobachtet hatte, eilte in ihren Hof zurück und knallte die Tür hinter sich zu, als Li Yandao den Weg hinunterschlenderte. Er war noch nie auf so viel Ablehnung und Misstrauen gestoßen wie hier. Als hätte das gesamte Dorf ein schlechtes Gewissen.

Ein kleiner Trampelpfad führte zwischen zwei Häusern hindurch in die Felder. Li Yandao folgte ihm bis zu einer Müllkippe. Er umrundete den Abfall und stand schließlich am Rand eines abgeernteten Feldes, an das sich ein von Trauerweiden umrahmter Weiher anschloss. Einige große weiße Enten wackelten in ordentlicher Reihe hintereinander her um den Weiher. Li Yandao atmete tief durch. Nach der bedrückenden Atmosphäre in dem Dorf lag eine der lieblichsten und friedlichsten Landschaften vor ihm, die Xinjiang zu bieten hatte. In den Feldern der Oasen war es leicht, die Wüste zu vergessen. Er beschloss, einen Spaziergang zu machen und die Augen nach den Ruinen des alten Khotan aufzuhalten. Bis zu seiner Verabredung mit Batügüls Mann hatte er noch mehrere Stunden Zeit.

Die Ruinen waren entweder längst zu Staub zerfallen, oder man musste tief graben, um auf Überreste der alten Zivilisation zu stoßen. Li Yandao konnte nicht den kleinsten Hinweis entdecken, dass einst an dieser Stelle eine große Stadt gestanden hatte. Dafür fand er hinter einer dichten Hecke einen geschützten Platz und legte seine dicke Jacke auf den kalten Boden. Zufrieden streckte er sich darauf aus und blinzelte zu dem wolkenlosen Himmel empor, unter dem einige Vögel akrobatische Flugmanöver ausführten. Li Yandao suchte in seinem Gedächtnis erfolglos nach dem Namen der Vögel. Wenn es um Naturkunde ging, war er ein hoffnungsloser Fall. Er war schon stolz darauf, dass er die Enten an dem Teich erkannt hatte.

Die Augen fielen ihm zu. Ein Mittagsschläfchen war genau das Richtige, um einen Urlaub zu beginnen.

Li Yandao erwachte, weil sich zwei Männer auf der anderen Seite des Gebüschs unterhielten. Er wollte gerade auf sich aufmerksam machen, als einer der Männer seinen Besuch bei Siddiq erwähnte. Li Yandao blieb bewegungslos liegen und spitzte die Ohren.

»Was wollte der Polizist?«, fragte der zweite Mann.

»Siddiq sagte, dass er ihm dieselben Fragen gestellt hat wie der Fettkloß aus Khotan.«

Der Fettkloß? Wei Weidian?

»Warum?«

»Woher soll ich das wissen? Siddiq hat ihn mit denselben Antworten abgespeist, und er ist gegangen. Sein Auto steht noch im Dorf, also wird er hier irgendwo herumlaufen. Hoffentlich verschwindet er bald. Ein Schnüffler aus Kashgar hat uns gerade noch gefehlt.«

»Hat Siddiq schon Hakim Bescheid gesagt?«

»Bestimmt.«

»Besser wäre es. Aber komm jetzt, wir müssen die Gänse zusammentreiben. Sie sind am Teich.«

Die Stimmen entfernten sich. Li Yandao spähte zwischen den Büschen hindurch, konnte aber nur noch die Rücken der Männer sehen. Gänse? Also keine Enten, dachte er beschämt.

In dem Dorf war also tatsächlich etwas faul. Li Yandao hatte keine Ahnung, ob die Machenschaften der Dorfbewohner mit dem Mordfall zu tun hatten, aber er würde es herausfinden. Er schlug sein Notizbuch auf und kritzelte einen Namen hinein: Hakim. Sobald er zurück in der Stadt war, musste er Weidian fragen, was hier vor sich ging.

* * *

»Das Dorf liegt ganz in der Nähe der alten Stadt Khotan«, begann Wei Weidian, während er mit Genuss auf einem Hühnerfuß herumkaute. Yandao hatte ihn auf dem Weg zur Kantine abgefangen, es war Zeit für einen nachmittäglichen Snack.

»Das sagtest du schon, aber ich habe keine einzige Ruine gesehen.«

»Kein Wunder. Das alte Khotan ist unter einer dicken Schicht Schwemmland im wahrsten Sinne des Wortes verrottet, nur Dinge aus Metall oder gebranntem Ton haben die Jahrhunderte überdauert. Die Bauern der Umgebung stoßen von Zeit zu Zeit auf Münzen, buddhistische Statuen und sogar goldene Gegenstände. Gewöhnlich passiert es im Sommer, wenn die Schneeschmelze in den Kunlun-Bergen einsetzt und das Wasser die Altertümer aus dem Löss wäscht. Die Zeit der spektakulären Entdeckungen ist allerdings vorbei.« Weidian unterbrach sich, um ein großes Stück von seinem *baozi* abzubeißen. »Jedenfalls bekommen *wir* keine außergewöhnlichen Antiquitäten zu Gesicht. Ich vermute schon lange, dass die Bauern uns nicht alle Fundstücke aushändigen, sondern die am besten erhaltenen unter der Hand verkaufen. Wie und an wen, ist uns ein Rätsel, obwohl wir mehrfach das Dorf durchsucht und mehreren Verdächtigen auf den Zahn gefühlt haben. Du hast es erlebt: Die halten zusammen wie Pech und Schwefel. Wir haben ihnen nichts nachweisen können.«

»Ein verdeckter Ermittler könnte …«

»Machst du Witze? Die sind alle verwandt und verschwägert. Der Mann kann sich gleich ein Schild mit der Aufschrift ›Polizei‹ umhängen.«

»War ja nur ein Vorschlag«, brummte Li Yandao und versank ins Grübeln.

Wei Weidian kaute konzentriert weiter, bis auch das letzte Krümelchen von seinem Teller verschwunden war.

»Essen regt das Denkvermögen an. Was hältst du von dieser Theorie: Yakub stolpert über eine Antiquität und versucht, sie zu verkaufen, wahrscheinlich über Mittelsmänner. Bei der Übergabe kommt es zum Streit, Hitzkopf Yakub wird von einem noch dümmeren Hitzkopf ein Messer in den Bauch gerammt, kann fliehen und schleppt sich mit letzter Kraft in die Röhre. Der Käufer oder Mittelsmann findet ihn, nachdem die Totenstarre eingesetzt hat, und nimmt ihm das Ding ab. Du verhaftest den Mittelsmann, der Fall ist gelöst, und wir können zur Feier des Tages ein Festbankett abhalten.«

»Diesen Einfall hatte ich auch gerade«, sagte Li Yandao nachdenklich. »Bist du während deiner Nachforschungen jemals über den Namen Hakim gestolpert?«

»Noch ein Witz? Hast du einen Nachnamen? Sonst kann ich dir innerhalb einer Stunde dreihundert Männer gegenüberstellen, die so heißen. Morgen noch mehr.«

»Die Männer, die ich im Feld belauscht habe, erwähnten den Namen. Der Mann scheint im Dorf eine wichtige Funktion zu haben. Vielleicht ist er der Mittelsmann?«

»Ich werde mich umhören, aber versprich dir nicht zu viel davon.«

»Danke.«

»Gern geschehen. Wollen wir noch etwas bestellen?«

* * *

Als Batügül gegen zehn Uhr abends auf den Hof trat, saßen Li Yandao, Koresh, ihr Vater und ihr Großvater im Schneidersitz auf den Teppichen, mit denen die Veranda bedeckt war. Eine einzelne Lampe tauchte die Männer in weiches Licht. Gegen die nächtliche Kälte hatten sie sich in dicke Decken gewickelt, tranken kannenweise dampfend heißen Tee und amüsierten sich über eine von Großvater Kumrans Geschichten. Es geht also doch, dachte Batügül. Chinesen und Uighuren müssen sich nicht automatisch spinnefeind sein. Ein kleiner Hoffnungsschimmer in einer Zeit, die von Unverständnis und Missachtung verdunkelt ist. Sie holte sich ein Stück Brot und eine Tasse aus der Küche und setzte sich zu den Männern.

»Hallo, endlich ist unsere Frau Doktor auch da«, begrüßte Koresh sie und reichte ihr eine Decke. »Hattet ihr einen Notfall?«

»Nein, ich habe meinen Schreibkram erledigt, und nach einiger Überzeugungsarbeit hat sich eine Kollegin bereit erklärt, ihre Schicht mit mir zu tauschen. Morgen habe ich frei.« Sie lächelte Li Yandao an. »Willkommen in Khotan, Yandao!«

Er deutete eine Verbeugung an, die wegen der Decken völlig missriet. »Vielen Dank für die Einladung, Batügül. Vielen Dank an euch alle«, sagte er in die Runde.

»Wie ist dein Tag verlaufen? Du sagtest, dass du beruflich zu tun hattest.«

»Durchwachsen. Ich bin bei dem Kanalröhren-Mord auf eine interessante Spur gestoßen, aber ich fürchte, damit hat es sich auch schon. Ich …« Er unterbrach sich.

»Ja?«

»Nicht so wichtig.«

Nicht so wichtig? Batügül hatte ihre Zweifel. Dieser Kommissar nahm einen Mord nicht auf die leichte Schulter. Sie spürte, dass ihm etwas auf dem Herzen lag.

»Ich bin in eine Sackgasse geraten«, sagte er plötzlich. »Vielleicht könnt ihr mir heraushelfen. Wenn ihr wollt.«

»Worum geht es?« Koresh und sein Schwiegervater beugten sich interessiert vor, und auch Großvater Kumran ließ ein aufforderndes Grunzen hören.

Li Yandao berichtete von seinem Besuch in dem seltsamen Dorf und seinen Vermutungen über den Zusammenhang mit dem Mord in Kashgar.

»Die Gerüchte über die Antiquitätenschieberei kursieren schon lange«, bemerkte Koresh.

Batügül lachte trocken auf. »Ich würde es nicht als Gerücht bezeichnen. Es ist wohl eher ein offenes Geheimnis.«

»Habt ihr in diesem Zusammenhang mal den Namen Hakim gehört?«, fragte Yandao.

Eine unbehagliche Stille folgte. Großvater Kumran beugte sich vor, bis sein Bart die Knie berührte, und vertiefte sich in das Studium der Teppichmuster. Batügül suchte Blickkontakt mit ihrem Vater, aber er wandte sich ab. Yandao wagte sich nicht zu rühren.

»Er ist ein Dieb«, murmelte Batügül schließlich. »Sag's ihm, Vater.«

»Das wirst du nicht tun!«

Sie fuhren herum. Yandaos Bericht hatte ihre Aufmerksamkeit so gefesselt, dass niemand bemerkt hatte, wie Osman sich der Gruppe näherte. Batügül hätte nicht sagen können, wie lange er schon außerhalb des Lichtkreises gestanden hatte. Jetzt trat er näher. Batügül erschrak. Sie hatte ihren Bruder noch nie so zornig gesehen. Er hatte noch mehr zu sagen, aber dann verschluckte er seine Worte, drehte sich um und verließ den Hof durch das Tor, das in den Garten führte.

Batügül sprang auf und eilte Osman nach.

Osman saß rauchend auf dem großen, gemauerten Brotofen.

»Seid ihr völlig von Sinnen?«, fauchte er sie an, als sie sich neben ihm hochstemmte. »Wie könnt ihr es wagen, einen von uns zu verraten?«

Batügül explodierte. »Nur weil er vor Jahrzehnten mit Papa bekannt war, ist er noch lange keiner *von uns!* Er verdient keine Solidarität. Er ist kriminell, ein einfacher Dieb – und vielleicht sogar ein Mörder. Ja, er steht auf einer Seite: seiner. Chinesen, Uighuren, das ist ihm doch alles egal. Hauptsache, das Geld stimmt. Und dafür plündert er unsere Kultur. Mit seinem Patriotismus ist es nicht weit her.«

»Und wie steht es mit deinem? Du bist doch diejenige, die keine Gelegenheit auslässt, sich über die Verhältnisse in Xinjiang aufzuregen. Du bist diejenige, die heimlich Flugblätter verteilt und den Frauen Unterricht gibt. Und jetzt schleppst du einen Chinesen ins Haus. Schlimmer: einen Bullen vom Sicherheitsbüro.«

Die Bitterkeit seiner Worte traf Batügül. Sie musste ihm recht geben: Ihre Einschätzung Yandaos stützte sich auf einen einzigen Abend und Marions Erzählungen. Und Marion spielte nach eigenen Regeln, so viel war ihr mittlerweile klargeworden. Wenn Yandao ein Spitzel war, konnte sie sich auch gleich selbst ins Arbeitslager einliefern. Ihr wurde eiskalt. Dann wischte sie den Gedanken beiseite. Ihre Menschenkenntnis hatte sie noch nie getrogen.

»Du irrst dich«, sagte sie leise. »Das Schicksal hat einen guten Mann in unser Haus geweht. Ja, er ist Polizist, ein chinesischer Polizist. Aber er ist auch ein Mensch, der Brücken schlagen möchte. Siehst du das denn nicht?«

»Glaub, was du willst. Ich werde das Haus erst wieder betreten, wenn der Bulle weg ist.«

Wütend sprang Osman von dem Ofen und verschwand in den dunkelblauen Schatten der Bäume. Als Batügül in den Hof zurückging, hatte sie das Gefühl, ganz allein einen großen Ochsenkarren zu ziehen, schwer beladen mit Sorgen, Verantwortung und der Ungerechtigkeit der ganzen Welt.

Yandao beobachtete Batügül, als sie niedergedrückt auf die Veranda zukam. Der Mond hatte den Hof in eine silberglänzende Märchenwelt verwandelt, aber Batügül wirkte wie ein Geist, blass und durchscheinend, von Sorgen geplagt, die er sich lebhaft ausmalen konnte. Er kannte ihre Akte, Koreshs Akte und auch die ihres Bruders. Die drei spielten mit dem Feuer, aber er würde alles in seiner Macht Stehende tun, um sie zu schützen. Seine neuen Bekannten standen für Werte, die auch ihm etwas bedeuteten, Chinese hin, Uighure her.

»Ich werde niemals, hörst du, *niemals* irgendetwas über diesen Abend nach außen dringen lassen«, sagte er, als Batügül sich wieder gesetzt hatte. »Niemand weiß, dass ich hier bin. Beruhigt dich das ein wenig?«

»Danke«, sagte sie mit einem gequälten Lächeln. »Auch du gehst Risiken ein. Wir bringen uns nur alle gegenseitig in Gefahr.« Plötzlich schlug sie die Hände vors Gesicht und schluchzte lautlos. Während Koresh seine Frau tröstete, musterte ihr Vater Yandao eindringlich.

»Also gut«, sagte er schließlich. »Die Gerüchte stimmen. In dem Dorf, in dem Sie waren, werden immer wieder alte Gegenstände gefunden, die nicht gemeldet werden. Es gibt einen Mann, der die Geschäfte mit den Leuten abwickelt, die an den Antiquitäten interessiert sind.«

»Und Sie kennen diesen Mann.«

»Ja«, sagte Batügüls Vater tonlos. »Es ist lange her. Sehr lange.«

»Wie heißt er?«

»Hakim Akhun.«

Li Yandao atmete auf. Er hatte das lose Ende des Fadens in der Hand, der ihn zu dem Mörder führen konnte. Sein Instinkt sagte ihm, dass der Schmuggel mit Altertümern der Schlüssel zu dem Mord an Yakub Siddiq war. Und Marion besaß möglicherweise das Beweisstück.

»Wo ist Hakim Akhun jetzt?«

»Er arbeitet als Fremdenführer bei den Melikawat-Ruinen, ungefähr fünfundzwanzig Kilometer südlich von Khotan. Wo er wohnt, weiß ich nicht.«

* * *

Am Vormittag des nächsten Tages saß Yandao müßig auf der Veranda, als aus der Küche ein ärgerlicher Ausruf erklang; Sekunden später rannte Negat aus der Tür. Der Kleine stolperte über eine Teppichkante und schlug der Länge nach hin. Nach einer Schrecksekunde fing er an zu schreien wie am Spieß. Li Yandao sprang auf und eilte zu dem Jungen. Besorgt zog er das weinende Kind auf seinen Schoß und wiegte es hin und her. Negat hatte sich nur das Knie aufgeschlagen und beruhigte sich schnell. Li Yandao wischte ihm die Nase sauber.

»Ist alles wieder gut?«

»Jaahaa«, greinte der Junge und klammerte sich an ihn. Dann lächelte er unter Tränen und öffnete seine kleine Faust, in der zwei Kekse lagen. »Einer ist für dich, Onkel Yandao.«

Li Yandao nahm gerührt einen der Kekse. Negat krabbelte von seinem Schoß und lief davon. Li Yandao drehte sich um. Hinter ihm standen Batügül und ihre Mutter, die Arme in die Hüften gestemmt.

»Teufelsbraten«, murmelte Batügüls Mutter und ging wieder in die Küche. Batügül hockte sich neben Li Yandao.

»Du bist traurig«, sagte sie. »Möchtest du mir erzählen, warum? Ich habe es den ganzen Vormittag bemerkt.«

»Wie alt ist dein Sohn?«, fragte er ausweichend.

»Er ist vorletzte Woche fünf geworden.«

»Fünf …« Li Yandao fixierte seine Schuhspitzen. »Meine Tochter ist neun«, sagte er so leise, dass Batügül ihn kaum verstand. Sie war überrascht, ließ es sich aber nicht anmerken.

»Sie heißt Wen'ai. Ich habe sie seit sechs Jahren nicht mehr gesehen.«

»Oh.« Batügül wusste nicht, was sie sagen sollte, aber Li Yandao sprach bereits weiter. Nach all den Jahren tat es gut, mit jemandem über sein verpfuschtes Leben zu reden.

»Wen'ai lebt mit ihrer Mutter in Xi'an. Das letzte Mal habe ich vor drei Jahren mit ihr gesprochen, als meine Ex-Frau anrief, um mir mitzuteilen, dass sie den Kontakt abbrechen wolle. Sie hatte wieder geheiratet, und unsere Tochter solle sich an ihren neuen Papa gewöhnen. Ich habe zugestimmt, weil ich dachte, dass es für Wen'ai das Beste ist. Vielleicht war es falsch. Für mich war es ganz sicher nicht das Beste.«

»Bist du deshalb von Xi'an nach Kashgar gezogen?«

»Nein. Ich hatte eine Meinungsverschiedenheit mit meinen Vorgesetzten in Xi'an.«

»Meinungsverschiedenheit? Du darfst wahrscheinlich nicht darüber sprechen.«

»Es wäre besser, wenn ich den Mund hielte. Es wäre besser gewesen, wenn ich den Mund von Anfang an gehalten hätte. Aber nun ist es sowieso zu spät. Du weißt ja, dass seit einigen Jahren verstärkt gegen Korruption vorgegangen wird, und ich dachte damals, es wäre der richtige Zeitpunkt, den Dreck vor der eigenen Tür fortzukehren, äußerst vorsichtig natürlich. Nun, ich war nicht vorsichtig genug, mehr möchte ich dazu nicht sagen. Man hat sich umgesehen, und Xinjiang erschien meinen Vorgesetzten als der ideale Ort, mich loszuwerden, ohne sich selbst bloßzustellen. Es bedeutete leider auch, dass ich vom chinesischen Zentralbüro von Interpol zum Büro für Öffentliche Sicherheit versetzt wurde, auch wenn mein Rang höher ist, damit ich mich nicht beschweren kann.«

»Deine Familie ist nicht mit dir gegangen?«

»Sie sollten mir wenige Monate später folgen, aber meine Frau entschied sich letztendlich dagegen, weil sie ihren guten Arbeitsplatz nicht aufgeben wollte. Ich glaube auch, dass Xinjiang ihr Angst gemacht hat. Sie hat mich einmal besucht, aber Kashgar gefiel ihr nicht. Nachdem ich schon zwei Jahre im Westen war, haben wir uns scheiden lassen.«

»Das ist eine schlimme Geschichte.«

»Ich habe mich damit abgefunden.«

»Es macht einen großen Unterschied, sich mit etwas abzufinden oder glücklich zu sein. Möchtest du denn nach Xi'an zurück?«

»Manchmal denke ich, es wäre schön, in meine Heimatstadt zurückzukehren, die alten Freunde zu treffen und meine Tochter regelmäßig zu sehen. Aber sechs Jahre sind eine lange Zeit. Wen'ai hat mich längst vergessen.«

»Du solltest es trotzdem versuchen.«

»Es ist schon verrückt: Vor vier Wochen hat mich mein alter Mentor aus Xi'an angerufen und mir unter der Hand verraten, dass der für meine Versetzung nach Kashgar verantwortliche Mann wegen Korruption vor Gericht gestellt wird. Ich könnte zurück, aber dann müsste ich meine neue Heimat verlassen. Und meine neuen Freunde«, fügte er hinzu.

»Es ist keine einfache Entscheidung.«

»Nein, das ist es nicht. Ich werde mir Zeit lassen.« Er sah auf die Uhr. »Apropos Zeit. Es wird Zeit, dass ich mich auf den Weg mache. Wünsch mir Glück!«

* * *

Der Shanghai Saloon quälte sich die letzten Meter des niedrigen Berges hinauf, der Khotan von dem Ruinenfeld Melikawat trennte. Weil das Seitenfenster immer noch klemmte, wirbelten große Wolken von Staub und Sand ins Innere und schufen im Fußraum kleine Sanddünen. Als Li Yandao oben angelangt war, gönnte er sich und seinem klapprigen Fahrzeug eine Pause. Er stieg aus und sah auf die Landschaft vor ihm hinunter. An der linken Seite des Hügels schlängelte sich der Weiße-Jade-Fluss, der seinen Ursprung in den nahen Kunlun-Bergen hatte. Batügül hatte ihm gesagt, dass man die schneebedeckten Gipfel der Berge nach einem Regenguss sehen könne, aber es regnete hier leider nur vier oder fünf Mal im Jahr.

Zu beiden Seiten des Flusses breiteten sich Felder aus, die nach wenigen hundert Metern jäh in der Wüste endeten. Die alte Stadt Melikawat lag auf einem Hochplateau hinter einem winzigen Pappelwald am Fuß des Hügels. Dahinter erstreckte sich das gelbliche Grau des Sandes bis zu den desolaten Vorbergen des Kunlun. Irgendwo auf dem Plateau hielt sich Hakim Akhun auf. Li Yandao stieg wieder in den Wagen und rollte auf das Pappelwäldchen zu.

Erst als eine primitive Schranke ihn zum Halten zwang, bemerkte Li Yandao das winzige Kassenhäuschen. Er setzte den Wagen zurück und stieg aus. Sofort wurde er von Pferdekutschern umringt, die ihm eine Tour in das Ruinenfeld anboten. Schmuddelige Kinder drängten sich zwischen die Männer und boten ihm Buddhaanhänger aus falscher Jade an.

Der Kassierer hatte sich neben dem Häuschen einen Stuhl in die Sonne gestellt und das Getümmel um den Besucher gleichgültig verfolgt.

»Was wollen Sie?«, fragte er, als Li Yandao endlich die Kutscher abgeschüttelt hatte und auf das Häuschen zukam.

»Eine Eintrittskarte.«

Der Mann sah sich suchend um. »Wo ist Ihre Reisegruppe?«, fragte er.

»Ich habe weder eine Gruppe noch einen Reiseleiter. Man hat mir gesagt, dass es Führungen durch die Ruinen gibt.«

Der Mann ging wortlos in sein Häuschen, wo er umständlich ein Ticket stempelte und die Nummer in ein Buch notierte.

Dann händigte er Li Yandao die Eintrittskarte aus. »Sie wollen wirklich keine Kutsche?«, fragte er.

»Brauche ich eine?«

»Nicht unbedingt. Fahren Sie einfach mit dem Auto geradeaus weiter. Die Ruinen sind nicht zu verfehlen.«

»Und der Führer?«

»Brauchen Sie auch nicht.«

»Ich hätte aber gerne einen. Es wäre mir lieber, wenn mir jemand die Stadt erklären könnte.«

»Wie Sie wollen.«

Der Mann führte zwei kurze Telefonate. »Warten Sie«, sagte er, nachdem er den Hörer aufgelegt hatte. »Herr Akhun wird in einer Viertelstunde hier sein.«

Glück gehabt, dachte Yandao und setzte sich auf den Stuhl in der Sonne, sehr zum Ärger des Kassierers, der sich missmutig gegen sein Häuschen lehnte und mit einem Holzspan seine Zähne säuberte.

Zwanzig ruhige Minuten vergingen. Hin und wieder wurde die Stille vom Schnauben eines Pferdes unterbrochen. Die Kutscher hatten sich ein gutes Stück entfernt und dösten auf ihren Holzwagen. Die Kinder waren spurlos verschwunden. Die wärmende Sonne machte Li Yandao träge. Er hätte stundenlang auf diesem Stuhl sitzen bleiben können.

Ein Schatten fiel auf ihn, und Yandao blinzelte. Ein Mann hatte sich vor die Sonne gestellt.

»Ich wünsche Ihnen einen guten Tag. Ich bin Hakim Akhun, Ihr Führer«, stelle der Mann sich in perfektem, umständlichem Chinesisch vor.

Li Yandao war mit einem Schlag hellwach.

»Zhang Xuren.« Es war der erste Name, der ihm durch den Kopf schoss. Xuren, der Mann mit einer Mission. Er hatte sich schon bessere Decknamen einfallen lassen.

Akhun zeigte auf Li Yandaos Wagen. »Wenn das Ihr Auto ist, schlage ich vor, dass wir eine Pferdekutsche nehmen. Die Wege in den Ruinen sind sehr schlecht. Die Ruinen übrigens auch«, fügte er hinzu. »Der Wind hat von den Häusern wenig übrig gelassen.«

Akhun pfiff und winkte, und sofort setzte einer der Kutscher sein Fuhrwerk in Bewegung. Sie stiegen auf, und das Pferd zockelte in Richtung des Plateaus. Nach wenigen Metern ließen sie die Bäume hinter sich. Li Yandao musterte Hakim Akhun unauffällig. Obwohl er sich davor hütete, ein vorschnelles Urteil zu fällen, hatte er den Eindruck, einen Volltreffer gelandet zu haben. Der Mann war überaus höflich, dennoch fühlte sich Li Yandao von ihm abgestoßen. Hinter der glatten Verbindlichkeit verbarg sich Intelligenz, zweifellos, aber auch Härte und Berechnung.

Li Yandao schätzte den auffallend gutaussehenden Mann mit dem gepflegten, kurzen Bart auf zirka fünfzig Jahre, aber sein muskulöser Körper war der eines Dreißigjährigen. Während sich Li Yandao ungelenkig wie ein Greis auf den Karren gezogen hatte, war Akhun ihm mit einem geschmeidigen, an die Eleganz einer Katze erinnernden Sprung gefolgt. Selbst seine Haltung auf dem unbequemen Fuhrwerk wirkte entspannt und gleichzeitig energiegeladen.

Während sie zu der ersten Ruine rumpelten, klärte Akhun ihn über die Geschichte von Melikawat auf. Li Yandao versuchte gar nicht erst, sich die unbekannten Namen der Könige und Feldherren zu merken. Im Großen und Ganzen war die Geschichte aller Städte und Kulturen auf dieser Welt gleich, dachte er desillusioniert. Der von verwirrenden Machtrangeleien und Kriegen begleitete Aufstieg einer unbedeutenden menschlichen Siedlung zu lokaler Größe, getrieben von einem ehrgeizigen Provinzpotentaten. Wenn die Zeit reif ist, wird eine bedauernswerte Prinzessin an den nachbarlichen Herrscher verschachert, um den Frieden zu sichern. Einige Jahrzehnte geht es gut, und der Handel blüht. Reichtum und Dekadenz herrschen am Hof, das Volk wird ausgebeutet, und dann fangen die fetten Söhne des Königs an, sich um den Thron zu streiten: die Einleitung des langsamen Niedergangs einer blühenden Stadt. Und am Ende bleibt nur ein verwitterter Haufen Steine und Lehm, der als Mahnmal der Vergänglichkeit menschlicher Eitelkeit aus dem Sand ragt – tot, verlassen, hoffnungslos.

Li Yandao umrundete ratlos einen dieser deprimierenden Steinhaufen und versuchte, sich das hochherrschaftliche Haus vorzustellen, das es vor vielen hundert Jahren gewesen war. Musik und die Düfte eines Festmahls, schöne Frauen, goldene Becher und blühende Blumen hatten das Haus erfüllt, aber es gelang ihm nicht, diese Bilder in die trostlose Öde zu projizieren. Alles, was er sah, war eine formlose Wand. Ein Loch in der Mitte war vielleicht das Fenster gewesen, aus dem die Prinzessin über einen Garten geblickt hatte und von Heimweh verzehrt wurde.

»Herr Zhang?«

Li Yandao reagierte mit Verzögerung auf seinen neuen Namen. Er musste sich zusammenreißen. Akhun wies auf eine der Mauern. »Dies war die Küche. Man hat einige Krüge und Ähnliches ausgegraben. Wollen Sie sich als Nächstes das Kloster ansehen?«

Bei dem buddhistischen Kloster, das in Li Yandaos Augen ebenso nichtssagend aussah wie das andere Gebäude, ließ Akhun ihn allein, um mit seiner grippekranken Frau zu telefonieren.

Li Yandao setzte sich auf einen kleinen Wall und überlegte, wie es weitergehen sollte. Er musste etwas tun, um Akhun aus der Reserve zu locken. Natürlich konnte er ihn aus irgendeinem fadenscheinigen Grund verhaften, aber diese Möglichkeit widerstrebte ihm. Er hatte im Grunde nichts gegen den Mann in der Hand, und er bezweifelte, dass es einfach sein würde, ihm eine Verwicklung in den Antiquitätenschmuggel oder sogar in den Mordfall nachzuweisen.

Nachdem Akhun sein Telefonat beendet hatte, brachte Li Yandao das Gespräch vorsichtig auf die Ausgrabungen.

»Es muss spannend sein, in diesen alten Städten zu forschen. Jede kleine Scherbe hilft den Archäologen, sich ein Bild von dem Leben der früheren Einwohner zu machen. Es ist wie eine Schatzsuche.«

»Schatzsuche?«, wiederholte Akhun in verächtlichem Ton. »Es ist harte Arbeit, und wenn sie Glück haben, ergeben die Scherben am Ende einen halben Krug.«

»Aber all die Dinge in den Museen, die Figuren, die Bronzen …«

»Die Zeit der spektakulären Entdeckungen ist vorbei«, sagte Akhun. Li Yandao horchte auf. Weidian hatte dieselben Worte benutzt.

»Sven Hedin, Aurel Stein und die anderen Europäer, die vor hundert Jahren hier waren, haben ohnehin das meiste mitgenommen«, fuhr Akhun fort.

»Von Hedin habe ich gehört, aber wer ist Aurel Stein?«

»Eine Art moderner Grabräuber, zumindest nach chinesischer

Auffassung. Die Engländer sahen es ganz anders und haben ihn zum Ritter geschlagen: *Sir* Aurel Stein. Er hat um 1900 mehrere Forschungsreisen in Xinjiang unternommen und von jeder seiner Expeditionen ganze Karawanenladungen uralter Manuskripte, Statuen und Fresken nach Europa verschleppt.«

»Alles kann er nicht mitgenommen haben. Ich habe gehört, dass die Bewohner eines Dorfes bei der alten Stadt Khotan oft antike Sachen finden, sogar goldenen Schmuck.«

Akhun kniff die Augen zusammen.

»Sie zeigen viel Interesse an den Ausgrabungen. Warum sind Sie hier?«, fragte er argwöhnisch.

Li Yandao zuckte vage mit den Schultern. »Die Liebhaberei eines Laien, würde ich sagen.«

Akhuns Handy klingelte. Er entschuldigte sich und entfernte sich außer Hörweite. Als er zurückkehrte, hatte sich seine Laune geändert, und er klopfte Li Yandao jovial auf die Schulter.

»Kommen Sie, es gibt noch viel zu sehen.«

Sie kletterten wieder auf das Pferdefuhrwerk und setzten ihre Tour durch die Ruinen fort. Nach einer Stunde schlugen sie den Rückweg ein, ohne dass der Uighure einen Fehler gemacht hatte, sosehr Li Yandao auch bohrte. Hakim Akhun hatte einen leichten Ton angeschlagen und erwies sich als fachkundig, aber Li Yandao merkte, dass der Mann auf der Hut war. In Khotan würde er Weidian sofort um alle verfügbaren Informationen über Hakim Akhun bitten und ihn beschatten lassen.

Es hatte eine kleine Ewigkeit gedauert, bis er die Hügelkuppe erreichte, und Li Yandao gab ungeduldig Gas, als er endlich die Sandpiste auf der anderen Seite hinabfahren konnte. Am Ende der abschüssigen Piste beschrieb der Weg eine enge Linkskurve. Er trat auf die Bremse.

Nichts passierte. Das Auto raste immer schneller bergab, die Kurve kam näher, und die Bremse reagierte immer noch nicht. Er hielt das Lenkrad verkrampft fest, während er in halsbrecherischem Tempo um die Kurve schlitterte. Sand wirbelte auf, aber wie durch ein Wunder blieb der Wagen auf der Piste. Li Yandao kämpfte immer noch mit zusammengebissenen Zähnen um die Kontrolle über sein Auto, als ein alter Mann mit einem Esel in seinem Blickfeld auftauchte. Er riss das Steuer herum, um dem Mann auszuweichen. Der Wagen brach aus und raste auf den Hang zu. Die nächsten Sekunden waren ein Inferno aus Lärm und Staub, dann kam das Auto mit der Schnauze zum Himmel gewandt zum Stehen.

Nachdem sich der Staub gesenkt hatte, legte sich eine Hand auf Li Yandaos Schulter. Er blickte auf und sah dicht vor sich das schockierte Gesicht des alten Uighuren.

»Alles in Ordnung?«

Li Yandao nickte und tastete nach dem Türgriff. Die Tür gab nach, und er kletterte zitternd aus dem Wagen. Soweit er es beurteilen konnte, hatte er keine Verletzungen; sein Auto sah schlimmer aus. Der Schwung hatte es einige Meter den Hang hinaufgetrieben, wobei es gegen einen großen Stein geprallt war. Die Motorhaube war eingedrückt, der Kotflügel lag unten auf der Piste, und der senfgelbe Lack war an einigen Stellen so stark abgeschürft, dass Li Yandao die anderen Farbschichten sehen konnte. Das Auto war im Laufe seines Lebens beige, rot und blau gewesen.

»Habe ich Sie erwischt?«, fragte er den Alten, der mit offenem Mund das Autowrack anstarrte.

»Nein, aber es war knapp. Warum sind Sie so schnell gefahren?«

»Die Bremsen haben versagt.«

»Allah! Da lobe ich mir meinen Esel.«

Die Vorteile von Eseln sind nicht von der Hand zu weisen, dachte Li Yandao säuerlich.

»Wo ist das Tier?«

Der alte Mann zeigte den Hügel hinauf und feixte.

»Ich habe ihn noch nie so rennen sehen.«

»Kann ich Ihnen beim Einfangen helfen?«

»Ach was. Der weiß, wo sein Futter auf ihn wartet. Aber was ist mit Ihnen? Brauchen Sie Hilfe?«

»Nein, ich komme zurecht.«

»Gut, dann gehe ich jetzt. *Salaam aleikum.*«

»Aleikum assalaam.«

Der alte Mann entfernte sich, und Li Yandao zog sein mobiles Telefon aus der Tasche. Nach zweimaligem Klingeln wurde auf der anderen Seite abgenommen.

»Kommissar Wei Weidian.«

»Weidian, ich bin es, Li Yandao. Schick mir bitte jemanden, der meinen Wagen zur nächsten Werkstatt schleppt.«

»Wo bist du?«

»Auf der Straße nach Melikawat. Bis gleich.«

Li Yandao unterbrach die Verbindung, bevor Wei Weidian Fragen stellen konnte.

* * *

Die weichen Sessel, die liebevoll gepflegten Topfpflanzen und ein handgeknüpfter Khotan-Teppich in Wei Weidians Büro verrieten, dass der Kommissar nicht nur gutes Essen zu schätzen wusste. Der Raum war gemütlicher als Li Yandaos private Wohnung.

Li Yandao und Wei Weidian saßen in den Sesseln und warteten. Weidian hatte alle Kanäle angezapft, um Informationen über Hakim Akhun zu beschaffen, aber es würde ein paar Stunden dauern. Der Mann hatte keine Polizeiakte. Die beiden Kommissare gingen bereits zum dritten Mal die Ereignisse des Tages durch, als das Telefon klingelte. Weidian nahm den Hörer von der Gabel, lauschte kurz und reichte ihn dann an Li Yandao weiter.

»Für dich. Die Autowerkstatt.«

Li Yandao wurde blass, als er hörte, was der Mechaniker zu sagen hatte. Schließlich legte er den Hörer auf die Gabel und drehte sich zu Wei Weidian um.

»Lass Hakim Akhun verhaften. Sofort. Schaff außerdem den Ticketverkäufer und die Kutscher, die an der Schranke herumlungern, zum Verhör hierher. Und finde heraus, ob Hakim Akhun eine grippekranke Frau hat.«

»Was ist los?«

»Die Bremse ist manipuliert worden.«

Der Nachmittag und der folgende Tag, ein Freitag, verliefen frustrierend. Der Kartenverkäufer behauptete, die ganze Zeit geschlafen zu haben, und auch die Kutscher hatten niemanden gesehen, der sich an dem Auto zu schaffen gemacht hatte. Wei Weidian ließ von allen Fingerabdrücke nehmen und schickte sie für das Freitagsgebet nach Hause. Leider konnten die Polizisten auf dem Auto nur die Fingerabdrücke der Mechaniker sicherstellen. Darüber hinaus war das gesamte Auto, außen wie innen, verdächtig spurenfrei. Li Yandao und Wei Weidian gingen davon aus, dass der Wagen durchsucht und dann saubergewischt worden war.

Hakim Akhun war die Ruhe selbst. Mit ausgesuchter Höflichkeit beantwortete er alle Fragen und bot den Polizisten seine Hilfe an, um den feigen Mordanschlag, wie er es ausdrückte, aufzuklären. Seine Überraschung, als er Li Yandao bei der Polizei wiedertraf, war echt – oder gut gespielt. Als Li Yandao ihn mit der Tatsache konfrontierte, dass seine Frau kerngesund zu Besuch bei ihrer Schwester war, setzte er eine Unschuldsmiene auf.

»Ich konnte Ihnen doch schlecht erzählen, dass ich mit meiner Geliebten gesprochen habe, oder? Ich bin auch nur ein Mensch.«

Die Geliebte existierte und bestätigte, dass Akhun sie angerufen hatte. Li Yandao verzweifelte. Er glaubte Akhun kein Wort. Akhun behauptete, sein Handy verloren zu haben, und auf die Ergebnisse der Anfragen bei den unterschiedlichen Telefongesellschaften warteten sie noch. Wahrscheinlich würde sich ohnehin herausstellen, dass Hakim Akhun nirgendwo ein Handy angemeldet hatte.

Samstagmittag ließ sich Li Yandao zur Werkstatt bringen. Wider

Erwarten war es den Mechanikern gelungen, das Auto noch einmal fahrtüchtig zu machen.

Li Yandao inspizierte sein ramponiertes Gefährt skeptisch.

»Es sieht zwar nicht so aus, aber es fährt«, tröstete der ölverschmierte Mechaniker. »Haben Sie einen weiten Weg vor sich?«

»Ich muss nach Kashgar.«

»Kein Problem. Er sollte jetzt besser laufen als vorher.«

»Was ist mit dem Fenster in der Fahrertür?«

»Ich habe versucht, es zu schließen, aber dabei ist es zerbrochen. Auf die Schnelle haben wir keinen Ersatz für die Scheibe auftreiben können. Das Auto ist ein Oldtimer. Das Modell wird seit Anfang der siebziger Jahre nicht mehr hergestellt. Sie sollten besser damit umgehen.«

»Ich sollte *was?*«, fragte Li Yandao entgeistert.

»Mit Ihrem Auto besser umgehen. Was glauben Sie, was ein gut gepflegter Shanghai SH 760 für einen Sammler wert ist?«

Li Yandao schüttelte den Kopf. Der Mann hatte Nerven. »Was soll die Pappe im Fenster?«

»Damit es nicht so zieht.«

»Aber sehen kann ich dann auch nichts mehr.«

»Na und?«, bemerkte der Mechaniker und gab dem Kommissar die Autoschlüssel. Yandao stieg ein und fuhr vom Hof. Der Wagen klapperte tatsächlich nicht mehr so laut.

Den Abend verbrachte er mit Batügüls Familie. Am nächsten Morgen verabschiedete er sich früh, um nach Kashgar zurückzufahren. Sobald er in Kashgar angekommen war, wollte er sich Informationen über den organisierten Kunstschmuggel besorgen und die Akten des Kanalröhren-Mords aus dem Büro holen, um zu Hause darüber zu brüten. Wei Weidian würde inzwischen weiterhin Druck auf Akhun ausüben, um ihn zum Sprechen zu bringen. Li Yandao war froh, dieser unangenehmen Aufgabe zu entkommen – der aalglatte Akhun trieb ihn zur Weißglut.

Li Yandao holte das Letzte aus seinem armen Auto heraus, als er über die Wüstenpiste nach Hause fuhr. Ungeduldig trommelte er aufs Lenkrad, weil der Shanghai Saloon sich nur schwer aus seinem gemächlichen Trott bringen ließ, aber innerlich jubelte er. Der Urlaub hatte sich in jeder Hinsicht gelohnt. Er war endlich wieder auf der Jagd.

DER SCHWARZE STURM

SEPTEMBER 785 N. CHR. BIS APRIL 799 N. CHR.

Der Abt stand an der Eingangspforte seines Klosters, als die zerlumpte Gauklertruppe über die Pappelallee an dem ausgetrockneten Flussbett herunterkam. Die zwei Dutzend Menschen waren abgemagert, ihre Haare verfilzt und schmutzig, aber es gelang ihnen, ein Lächeln auf die Gesichter der wenigen Einwohner von Li Xie zu zaubern. Der Lärm hatte die Bauern und Handwerker aus ihren ärmlichen Lehmhäusern gelockt, sie kamen aus allen Richtungen gelaufen, um sich das Spektakel anzusehen. Es war mindestens zehn Jahre her, seit sich eine Wandertruppe in die sterbende Stadt verirrt hatte.

Der Zug wurde von einem außergewöhnlich großen und muskulösen Mann angeführt, auf dessen Schultern ein Zwerg stand. Mit lauter Stimme pries der Zwerg die Artisten an: Auf zwei Pferden ritten ein magerer Jüngling und eine noch dünnere junge Frau mit glanzlosen, welligen Haaren. Ein älterer Mann führte einen zahmen Bären an einem Nasenring, ihm folgten die Musiker. Die fünf Männer und Frauen hatten sich auf einer Holzplattform auf dem Rücken eines Kamels zusammengedrängt und spielten mit Pipa, Harfe, Klapper und Bambusflöte eine lebhafte Melodie aus Kucha, während mehrere Tänzer um das Kamel wirbelten. Die langen Ärmel an den vielfarbigen Kleidern der Tänzer folgten jeder Bewegung, so dass es aussah, als würden sie von einem Schwarm bunter Schmetterlinge umkreist.

Die Sorgenfalten auf der Stirn des Abts glätteten sich; er dachte an die lange vergangenen Zeiten, als Li Xie reich und voller Leben gewesen war und eine Karawane nach der anderen bewirtet hatte. Damals hatte Li Xie stolze dreihundert Familien und zweihundertfünfzig Mönche gezählt, die chinesischen Soldaten und Beamten nicht mitgerechnet.

Es war der Anfang vom Ende, als der chinesische General Xiao Zhi über dreißig Jahre zuvor eine Schlacht gegen die Araber verloren hatte und wenig später die Tibeter wie eine Lawine aus den Kunlun-Bergen auf Zhangye, Wuwei und sogar die chinesische Hauptstadt niedergegangen waren. Die Chinesen waren immer schwächer geworden, die Tibeter immer dreister. Die Überfälle der tibetischen Räuberbanden häuften sich, bis schließlich der Handel zum Erliegen kam. Das vollständig von den Karawanen abhängige Li Xie verarmte. Die reichen Leute waren vor langer Zeit fortgegangen, um sich in der Sicherheit der großen Khotan-Oase anzusiedeln, während die verbliebenen Bauern, Mönche und Soldaten einen aussichtslosen Kampf gegen den Sand fochten, der die Bewässerungskanäle verstopfte. Die ersten Pfirsichhaine und Felder waren bereits vertrocknet, eine Beute der Wüste.

Der starke Mann hatte die Höhe des Klosters erreicht, und der Zwerg gab mit einer Handbewegung das Zeichen zum Anhalten. Behutsam setzte sein Träger ihn ab, woraufhin der winzige Mann auf den Abt zuging und sich tief verbeugte.

»Ich grüße Euch, heiliger Mann«, sagte er. »Könnt Ihr mir sagen, wo ich den Militärkommandanten dieser Stadt finde?«

»Seid gegrüßt, Meister …?«

»Zwerg. So nennen mich alle.«

»Gut, dann Meister Zwerg. Der Kommandant hat seinen Sitz auf der anderen Seite des Flusses.« Er wies in nördliche Richtung. Zwischen den Pappeln entlang des trockenen Flussbettes war ein großes, einstöckiges Gebäude auszumachen, über dem mehrere zerrissene Fahnen im Wind flatterten.

»Habt Dank für die Auskunft.« Der Zwerg drehte sich um und rief die beiden jungen Leute auf den Pferden heran. Dann wandte er sich erneut an den Abt.

»Wir werden dem Kommandanten einen Besuch abstatten und die Erlaubnis erbitten, in Li Xie aufzutreten. Bitte habt die Güte, Euch unterdessen die Geschichte meiner Freunde anzuhören, die in großer Not sind.«

Die jungen Leute traten vor den Abt und begrüßten ihn ehrerbietig. Sie sahen sich ähnlich, und der Abt nahm an, dass sie Geschwister waren. Das Mädchen war auf eine unaufdringliche Art hübsch, während es den Abt Überwindung kostete, seinen Blick von dem Bruder zu nehmen, dessen verhärmtes, vor der Zeit gealtertes Gesicht von riesigen, unruhig hin- und herflackernden Augen beherrscht wurde. Der Abt bat die beiden, ihn in das Kloster zu begleiten.

»Was kann ich für euch tun?«

»Unser Vater ist vor zwei Nächten gestorben. Er war sehr krank, und die Wüstendurchquerung ist zu viel für ihn gewesen. Er war ein gläubiger Buddhist«, sagte der junge Mann beinahe trotzig.

»Das ist gut für ihn«, antwortete der Abt. Er hatte keine Idee, worauf der Mann hinauswollte.

»Wir haben seine Leiche bei uns. Meine Schwester und ich haben es nicht übers Herz gebracht, ihn in der Wüste liegen zu lassen. Er soll nach den buddhistischen Riten bestattet werden.«

»Da seid ihr bei mir richtig.«

Der Abt beobachtete den jungen Mann, und plötzlich fiel ihm auf, warum dessen Gesicht ihn so irritiert hatte: Sein linkes Auge war von einem strahlenden Grün, das rechte dunkelbraun.

»Er hat sich eine Feuerbestattung gewünscht«, flüsterte das Mädchen, »aber wir haben kein Geld.«

»Das ist ein Problem. Das Kloster hat kaum noch Reserven, und wir müssen das Holz selbst teuer einkaufen«, sagte der Abt. Er hätte den beiden das Holz für die Feuerbestattung gern überlassen, aber in der letzten Zeit waren mehr und mehr der armen Einwohner von Li Xie mit der gleichen Bitte an ihn herangetreten. Er hatte sie abweisen müssen.

»Wir haben kein Geld, aber Vater hat mir dies hier gegeben, kurz bevor er starb. Wir sollten es verkaufen, wenn wir keinen anderen Ausweg mehr sehen. Nehmt Ihr es als Bezahlung?«, fragte der junge

Mann und drückte dem Abt ein kleines, abgegriffenes Kästchen in die Hand.

Der Abt löste das Band, mit dem es umwickelt war, öffnete das Kästchen und nahm eine kleine Pferdefigur heraus.

»Was ist das? Und wo ist die andere Hälfte?«

»Ich weiß es nicht. Vater hat es von Großvater bekommen und der wiederum von seinem Vater. Die Jade ist von sehr guter Qualität, und die Figur ist mit goldenen Schriftzeichen bedeckt, also wird sie wohl einiges wert sein. Wird es ausreichen?«, fragte der junge Mann.

Der Abt spielte unentschlossen mit der Figur herum. Der Junge hatte recht, das Jadepferd war sicherlich sehr wertvoll, aber was sollte er hier, in der sterbenden Stadt, mit diesem unsinnigen Ding? Hinzu kam, dass ihm die Figur nicht gefiel. Sie strahlte etwas Unheimliches, beinahe Unheilvolles aus. Vielleicht lag es an dem Rubinauge, dessen tiefes Rot ihn an einen Blutstropfen erinnerte. Trotzdem fiel es ihm schwer, sich der Faszination des zerbrochenen Pferdes zu entziehen. Der Abt seufzte. Aus Liebe zu ihrem Vater wollten die Geschwister ihm ihren wertvollsten Besitz übergeben. Es war Fügung, dass die Figur den Weg in sein Kloster gefunden hatte.

»Ich nehme sie«, sagte er nach einer Weile. »Dafür erhaltet ihr ausreichend Holz. Außerdem wird das Kloster euch und eure Freunde für drei oder vier Tage beherbergen.«

Sie verbrannten den Leichnam des Vaters noch am selben Tag, und der Abt leitete persönlich die vorgeschriebenen Gebete, Fürsprachen und Meditationen. Am Nachmittag des nächsten Tages versammelten sich sämtliche Einwohner von Li Xie auf dem Marktplatz, um die Artisten zu sehen, selbst die Mönche und Soldaten hatten sich vollständig eingefunden. Der Abt stellte sich neben den chinesischen Kommandanten, und beide genossen das Spektakel ebenso wie das einfache Volk.

Der Zwerg und seine Truppe hatten sich herausgeputzt und sogar die Tiere mit Federn und glitzerndem Tand geschmückt. Mit angehaltenem Atem verfolgte das Publikum die halsbrecherische Vorstellung des Seiltänzers, die Kapriolen des Zwergs, der mit Saltos und Überschlägen zwischen den Rücken zweier geduldiger Kamele hin- und hersprang, die grazilen tanzenden Pferde und den tapsigen Bären. Der erklärte Liebling aller war jedoch der starke Mann: Unter dem Johlen der Menge hob er einen Esel über seinen Kopf. Der Abt war beeindruckt, obwohl es nur ein kleiner Esel war.

Der Kommandant brachte seinen Mund nah an das Ohr des Abts. »So einen könnte ich gut als Soldaten gebrauchen!«, rief er laut, um die begeisterten Ausrufe zu übertönen.

»Nehmt den Jongleur dazu, er kann mit den Köpfen der Tibeter seine Tricks vorführen«, gab der Abt zurück.

Der Kommandant lachte. »So weit ist es gekommen: Die chinesische Armee wünscht sich die Unterstützung von dahergelaufenen Gauklern.«

Der Lärm klang ab, und sie konnten ihre Unterhaltung in normaler Lautstärke fortsetzen.

»Hat der König von Khotan auf Euren Brief geantwortet?«, fragte der Abt.

»Nein. Wenn nicht bald mehr Truppen, Proviant und Waffen geschickt werden, kann ich für die Sicherheit von Li Xie nichts mehr tun«, antwortete der Kommandant resigniert.

Der Abt wies auf die Bauern und Soldaten, die in einem großen Kreis um den Marktplatz herumstanden. »Es wird nicht mehr lange gutgehen. Die Ernten werden jedes Jahr schlechter, die Kinder und Alten verhungern. Wohin soll das führen?«

Niemand sprach es in der Öffentlichkeit aus, aber jeder wusste, dass die Tage der Chinesen in Khotan, Karashar, Kucha und Kashgar gezählt waren. Ohne die Hilfe der Uighuren, die in immer größerer Zahl in die Oasenstädte strömten, hätten die chinesischen Kommandanten längst aufgeben müssen. Der Abt war kein erklärter Freund der Chinesen, aber er fürchtete sich vor dem, was geschehen würde, wenn sie ihre Soldaten aus den vier Garnisonen abzögen.

»Wir werden Li Xie aufgeben müssen«, antwortete der Kommandant. »Seit ich meinen Posten angetreten habe, sind …« Der Rest seines Satzes ging im aufbrandenden Jubel unter. Die Musiker hatten sich in einen Halbkreis gesetzt und begannen zu spielen.

»Lasst uns heute feiern, verehrter Abt. Wer weiß, was morgen geschieht«, überschrie der Kommandant den Lärm und klatschte im Takt der Musik. Nach einigen Liedern forderten die Tänzer die Zuschauer auf, sich zu ihnen zu gesellen, und bald sprangen Bauern und Soldaten mit ungelenken Bewegungen zur Musik im Zentrum des Kreises herum. Mit einem ärgerlichen Stirnrunzeln bemerkte der Abt, dass sogar einer seiner jungen Mönche sich unter die Tänzer gemischt hatte. Er wollte gerade zu ihm gehen und ihn aus der Gruppe herauszerren, als ihm die Worte des Kommandanten in den Sinn kamen: Wer weiß, was morgen geschieht. Er ließ dem Mönch sein harmloses Vergnügen und wandte sich zum Gehen. Die fröhlichen Melodien erschienen ihm mit einem Mal wie der Totengesang dieser Stadt, in der er sein ganzes Leben verbracht hatte.

* * *

Seine Zunge war angeschwollen und klebte am Gaumen. Der Abt hatte sich an den Hunger gewöhnt, der seit Monaten in seinen Eingeweiden wühlte und ihn betäubte, aber er war nicht auf die alles beherrschende Macht des Durstes vorbereitet gewesen, der ihm die Konzentration zum Meditieren raubte. Er hatte sich für stark genug gehalten, bis zu seinem unausweichlichen Tod in diesem Raum sitzen zu bleiben und sein Bewusstsein von seinem ausgemergelten Körper trennen zu können, aber der Durst erwies sich als stärker. Bedauernd öffnete er die Augen und ließ die irdische Welt wieder Besitz von ihm ergreifen.

In den letzten Tagen hatte der Sand einen Weg in seine Kammer gefunden. Er rieselte durch einen Spalt zwischen den Fensterläden, und vor der Türschwelle hatte sich ein kleiner Hügel gebildet. Selbst sein Gewand und seine Haare waren mit Sand bedeckt, und als sich der Abt mit der Zunge über die aufgeplatzten Lippen leckte, rieb er sich Sandkörner schmerzhaft in die offenen Stellen. Seine Beine versagten mehrmals, bevor es ihm gelang, aufzustehen. Er schwankte und musste sich an der Wand abstützen, um nicht ohnmächtig zu werden. Sobald sich sein Kreislauf stabilisiert hatte, verließ er mit einem großen Tonkrug in der Hand den Raum.

Er erschrak, als er vor die Tür trat. Die Düne hatte sich weiter vorgeschoben und blockierte den Ausgang des Klosterhofs. Die Hälfte des Schreins im nördlichen Anbau und, was schlimmer war, der Brunnen waren verschüttet. Die entsetzliche Erkenntnis, dass seine Wasserversorgung unerreichbar unter dem Sand begraben lag, verschlimmerte seinen Durst ins Unerträgliche.

Seinen Tonkrug mit dem Kopf vor sich herstoßend, kroch der alte Abt mühsam auf die Sanddüne. Es ging quälend langsam. Die Anstrengung war zu viel für ihn, und als er oben angelangt war, brach er schwer atmend zusammen. Es dauerte lange Zeit, bis er wieder genug Kraft gesammelt hatte, um sich aufzusetzen und seine Umgebung zu betrachten. Die Kuppe der Düne überragte die eingeschossigen Häuser um das Dreifache, und er konnte die gesamte Stadt überblicken. Was er sah, war entmutigend. Er hatte das Kloster seit zwei Monden nicht mehr verlassen, und in der Zwischenzeit hatte die Wüste große Teile von Li Xie erobert. Es war die Zeit der Stürme, die Dünen wanderten schnell, und auch der Verfall seines geliebten Klosters war nicht zu bremsen. Zuerst hatte er noch versucht, den Sand aus dem Hof zu schaufeln, aber es war ein hoffnungsloses Unternehmen: Die Düne, auf der er gerade stand, hatte die Obstbäume und Häuser der Nachbarschaft unter sich begraben, und in ihrer Unersättlichkeit würde sie auch das Kloster schlucken, bis nichts mehr davon übrig geblieben war. Obwohl Buddha ihn gelehrt hatte, sich nicht an materielle Dinge zu klammern, fiel es dem Abt schwer, den endgültigen Untergang der Stadt zu akzeptieren.

Vor über einem Jahr waren die letzten Bewohner von Li Xie in das viele Tagereisen entfernte Khotan gegangen, das seit einigen Jahren in tibetischer Hand war. Die letzten verbliebenen Mönche und Bauern hatten versucht, ihn zum Mitkommen zu überreden, aber er war standhaft geblieben: Er wollte in Li Xie sterben. Daraufhin hatten die Bauern ihm einen Teil ihrer wenigen Vorräte gegeben, bevor sie für immer zwischen den Dünen verschwanden und ihn seiner Einsamkeit überließen. Seitdem hatte der Abt keinen Menschen mehr gesehen, keine menschliche Stimme mehr gehört, selbst die Vögel waren im Herbst verschwunden und nicht wieder zurückgekehrt. Manchmal hörte er die Geister flüstern, ein verstörendes, hohes Singen aus einer anderen Welt. Dann legte er sich auf sein Lager und hielt sich die Ohren zu. Leise rann die Zeit davon wie der Sand, der erst in kleinen Bächen gekommen war und nun in großen Strömen in die Stadt floss, langsam, stumm, unaufhaltsam.

Der Abt rutschte auf der anderen Seite der Düne hinunter und schleppte sich nach Südosten, bis er zu einem großen Anwesen gelangte, das noch in einem relativ guten Zustand war. Er ging durch das Tor, überquerte den Hof und stoppte vor einem Brunnen. Das Wasser war brackig, aber trinkbar. Er hatte ohnehin keine Wahl, dies war der letzte noch nicht versandete Brunnen. Er nahm einen tiefen Schluck, dann betrat er zögernd das Gebäude. Bisher hatte er es vermieden, in die aufgegebenen Häuser zu dringen, aber seine Vorräte waren vor sieben Tagen zur Neige gegangen. Wenn er etwas essen wollte, musste er die Speicher der großen Häuser durchsuchen. Es war denkbar, dass die ehemaligen Bewohner den einen oder anderen Krug mit Getreide und getrocknetem Obst oder Gemüse vergessen hatten. Mit leeren Händen kam er wieder ans Tageslicht. Außer ein paar Haushaltsgegenständen, kostbaren Gefäßen und Münzen hatte er nichts finden können.

Er verließ den Hof. Sein Ziel waren die Schreine im südlichen Teil der Stadt, die noch nicht von den alles verschlingenden Sandmassen bedroht waren. Der Weg führte ihn am Markt vorbei. Er setzte sich erschöpft auf eine zusammengesunkene Mauer und ließ den Blick über den leeren Platz gleiten. Auch hier, im Zentrum der Stadt, formten sich bereits die ersten kleinen Sanddünen, und ein weiterer Windstoß wirbelte eine Windhose auf. Die Trostlosigkeit des Ortes lastete so schwer auf ihm, dass er kaum noch Luft bekam.

Auf dem Marktplatz hatte einmal das Herz von Li Xie geschlagen. Wie viel Zeit war vergangen, seit der Platz mit Leben erfüllt war? Er konnte sich noch gut an die Gauklertruppe und den Zwerg entsinnen, dreizehn oder vierzehn Sommer mochte dies nun her sein. Die Artisten waren nach wenigen Tagen weitergezogen; sie waren die letzten Besucher, die Li Xie bewirtet hatte.

Der Abt erhob sich ächzend. Seit dem vorletzten Winter schmerzten seine Gelenke und machten jede Bewegung zur Qual, aber er wollte unbedingt noch die Schreine besuchen, bevor er sich zum Sterben in seinen Raum zurückzog.

Der östlichste der Schreine war immer sein Lieblingsort gewesen. Durch einen Eingang in der nördlichen Außenmauer betrat er einen schmalen, um das innere Gebäude herumführenden Gang. Während er leise seine Mantras murmelte, umkreiste er es mehrmals, bis er sich schließlich in dem kleinen Raum vor der im Zentrum thronenden Buddhastatue niederkauerte. In jeder Ecke stand eine lebensgroße, rotbemalte Wächterfigur. Die gütigen Augen des Buddhas ruhten auf dem Abt, und er erlangte seine innere Ruhe wieder. Was immer in den kommenden Stunden auch geschehen würde, er sah dem Tod gelassen entgegen.

Kurz bevor der Abt die Düne vor seinem Kloster überwunden hatte, verdunkelte sich der Himmel. Wie aus dem Nichts erhob sich ein Sturm, der an seinen Kleidern zerrte und die Pappeln beugte. Der Abt hielt sich die Hände vor Mund und Nase und taumelte auf das schützende Gebäude zu. Der Schwarze Sturm würde jeden Augenblick mit einer Macht zuschlagen, die ihn von den Füßen reißen und ganze Bäume entwurzeln konnte. Kiesel und Äste krachten gegen die Klostertür, als er sie hinter sich zuschlug. Im Raum war es stockdunkel, aber nach kurzem Herumtasten fand er seine Lampe und entzündete sie. Es gab keinen Grund mehr, an Lampenöl zu sparen. Während draußen der Sturm heulte und die Geister der Wüste in den einsamen Straßen tanzten, wankte der Abt in eine versteckte Kammer im hinteren Teil des Gebäudes, in der vor langer Zeit die Besitztümer des Klosters gelagert worden waren.

An einer Wand lagen sauber aufgestapelt mehrere Dutzend Schriftrollen. Nach kurzem Suchen wählte er eine Herz-Sutra, über der er in den letzten Stunden seines Lebens meditieren wollte. Als er die anderen Rollen wieder ordentlich zurücklegte, fiel ihm ein unscheinbares Kästchen ins Auge.

Sobald er die darin liegende Pferdefigur sah, kamen ihm der Mann mit den verschiedenfarbigen Augen und dessen Schwester in den Sinn. Zusammen mit der Schriftrolle trug er das Kästchen in seinen Raum. Die von der Figur heraufbeschworenen Erinnerungen trösteten ihn: die schönen Pferde, das Lachen der Bauern, die glänzenden Augen der Kinder, die Musik.

In seiner Kammer ließ er sich im Lotossitz auf dem Lager nieder und öffnete das Kästchen noch einmal. Nachdem er das zerbrochene Pferd wehmütig betrachtet hatte, nahm er die Bambusstäbchen heraus und las die blassen Zeichen.

Nach einer Weile legte er die Stäbchen seufzend zurück. Die Botschaft stammte aus einer anderen Zeit, war vielleicht vor vielen hundert Wintern verfasst worden, doch die Welt hatte sich seitdem nicht verändert. Er hatte nur wenige der Schriftzeichen entziffern können, doch sie reichten ihm, um zu verstehen, dass sie vom Krieg handelten und somit von Leid und Tod. Wann würden die Menschen endlich begreifen, dass nur der Pfad des Erleuchteten sie zu Glück und Frieden führte?

Er breitete die reich bebilderte Schriftrolle aus und beschwerte sie mit dem Kästchen. Bevor er begann, die Sutra zu lesen, sandte er ein Gebet an den barmherzigen Avalokiteshvara und bat ihn, die Geschwister zu beschützen.

Der Sturm tobte noch immer, als der Abt leblos über der Schriftrolle zusammensackte.

HAMBURG

DEZEMBER 2004

Mehrfarbige Weihnachtslichter blinkten Susanne aus den dunklen Fenstern entgegen, als sie die Charlottenstraße entlangging, die von der U-Bahn-Station zu ihrer Wohnung führte. Ein Anwohner hatte eine Strickleiter von seinem Balkon herabgelassen, an der ein grässlicher lebensgroßer Plastiknikolaus hing. Bis Weihnachten sind noch ganze drei Wochen Konsumterror zu überstehen, dachte Susanne, drei Wochen Irrsinn und amerikanischer Winterwunderlandkitsch, *made in China.* Ihretwegen hätte ein Gesetz erlassen werden können, das elektrische Beleuchtung in der Vorweihnachtszeit unter Strafe stellte und das Anzünden von Kerzen belohnte. Sie beschleunigte ihre Schritte; bis Mitternacht würde sie es gerade noch schaffen. Ausgerechnet heute, am Abend vor Marions Geburtstag, hatte der Chefredakteur ihnen seine neuen Pläne für die Zeitschrift erläutert, was zu Protesten und Diskussionen geführt hatte. Die Redaktionssitzung zog sich stundenlang hin, und Susanne konnte sich nicht frühzeitig fortstehlen, weil es auch ihr Ressort betraf.

Sie bog nach links in die Eimsbütteler Straße ein. Ihr war kalt, und sie freute sich auf ihre warme Wohnung. In ihrer Küche sah sie Licht brennen. Marion und Thomas warteten sicher schon mit dem Sekt und einem mit Chili gespickten Abendessen. Sie überquerte gerade die Straße, als hinter ihr schnelle Schritte auf das Kopfsteinpflaster knallten. Bevor sie sich umdrehen konnte, legte sich eine Hand von hinten über ihr Gesicht, und ihr wurde schwarz vor Augen.

Als Susanne wieder zu sich kam, hatte sie rasende Kopfschmerzen, und ihr war übel. Lautes Motorengeräusch und das Schlingern und

Rumpeln deuteten darauf hin, dass sie sich in einem Auto befand. Sie versuchte, sich aufzurichten, fiel aber sofort wieder zurück. Um sie herum war es stockdunkel, bis die Scheinwerfer eines entgegenkommenden Autos ihre Umgebung für einige Sekunden in geisterhaftes Licht tauchten.

Susanne stellte bestürzt fest, dass sie in einem Schlafsack steckte. Ein Strick oder Kabel war fest um sie gewickelt, sie konnte sich nicht rühren. Panisch wand sie sich mit schlangenartigen Bewegungen hin und her, aber es nutzte nichts. Sie schrie auf. Eine Männerstimme erklang, aber wegen des Motorenlärms konnte sie nichts verstehen.

Nach einer langen Fahrt hielt der Wagen an, und der Motor wurde ausgestellt. Furchteinflößende Stille umgab Susanne. Ihre Gedanken überschlugen sich. Hatte der Mann sie zu einem abgelegenen Ort gebracht, um sie zu vergewaltigen? Sie fing an zu weinen.

»Was wollen Sie von mir? Wer sind Sie?«, wisperte sie unter Schluchzen.

Der Mann in der Fahrerkabine blieb stumm. Sie hörte ihn herumwühlen, dann klappte die Fahrertür. Seine Schritte raschelten durch welkes Laub. Sie waren im Wald. Kurz darauf ging die hintere Tür auf, und Susanne konnte die Silhouette eines schlanken Mannes erkennen. Er kletterte in den Laderaum des Lieferwagens und zog die Tür hinter sich zu. Susanne presste sich angsterfüllt gegen die eiskalte Wagenwand. Sie konnte seinen Körper dicht neben sich spüren.

»Wollen Sie einen Becher Kaffee? Er ist nicht mehr heiß, aber er sollte Ihre Lebensgeister wecken«, sagte der unsichtbare Mann auf Englisch.

Ohne eine Antwort abzuwarten, stützte er mit einer Hand Susannes Hinterkopf und hielt ihr einen Becher an den Mund. Seine plötzliche Berührung ließ ihr Herz rasen, und sie verlor die Kontrolle über ihre Blase.

»Wer sind Sie?«, wimmerte sie. Dann riss sie sich zusammen und blickte angestrengt in seine Richtung, aber die Dunkelheit war undurchdringlich.

Der Mann lachte leise. »Ahnen Sie es nicht?«, fragte er.

Susannes kurz aufgeflackerter Mut löste sich in nichts auf. »Sie sind der Russe«, keuchte sie.

»Stimmt beinahe. Ich bin Russe, aber meine Heimat ist Usbekistan. Nennen Sie mich Nikolai.« Er ließ wieder sein amüsiertes Lachen hören. »Ich habe mich an den Namen gewöhnt.«

»Lassen Sie mich gehen, und ich werde der Polizei nichts sagen«, bat Susanne.

»Die Polizei lassen Sie ruhig meine Sorge sein«, sagte Nikolai beiläufig. »Sie können gehen, sobald Sie meine Fragen beantwortet haben. Wenn nicht …« Er brach ab und ließ den unvollendeten Satz als Drohung im Raum hängen.

Wenn nicht.

Die beiden Wörter enthielten unbeschreiblichen Terror. Die Gelassenheit des Mannes war unheimlich. Viel schlimmer, als wenn er sie angebrüllt oder grob behandelt hätte. Der Russe war kein Psychopath, sondern ein abgebrühter Profi. Wenn sie ihn nur sehen, in seinem Gesicht lesen könnte! Susanne wurde wieder schlecht, und sie würgte.

»Wahrscheinlich fühlen Sie sich, als hätten Sie einen scheußlichen Kater, aber es war nur Äther. Sie mit gutem russischem Wodka unter den Tisch zu trinken, hätte einfach zu lange gedauert«, sagte der Russe entschuldigend.

Er saß bewegungslos neben ihr. Sein gleichmäßiger Atem schien immer lauter zu werden, bis er jeden Winkel des Autos ausfüllte und in Susannes Kopf widerhallte. Einatmen. Ausatmen. Einatmen. Ausatmen. Es machte sie wahnsinnig. Einatmen. Ausatmen. Wie eine unerbittlich tickende Uhr. Ihre Zeit wurde heruntergezählt.

Es dauerte endlos lange, bevor Nikolai erneut sprach.

»Sie wollen doch wieder nach Hause? Sagen Sie mir, wo Marion ihren Schatz versteckt hält.«

»Ich weiß nicht, wo das Jadepferd ist«, antwortete Susanne schnell. Zu schnell.

»Wir sprechen also von derselben Sache«, kommentierte Nikolai. »Wenn Marion Ihnen die Pferdefigur gezeigt hat, dann wissen Sie auch, wo sie jetzt ist.«

»Das stimmt nicht! Sie wollte mich nicht in Gefahr bringen.«

»Wenn ich Ihre Situation betrachte, würde ich nicht sagen, dass sie ungefährlich ist«, bemerkte Nikolai nüchtern. »Nun? Ich warte.«

Die Angst schnürte Susanne die Kehle zu.

»Ich gebe Ihnen Zeit zum Nachdenken. Ersparen Sie sich Schlimmeres, und lügen Sie mich nicht an.« Bevor Susanne reagieren konnte, hatte Nikolai ihr einen Stofffetzen in den Mund geschoben und sie geknebelt.

»Machen Sie es sich nicht zu schwer. Ich gehe jetzt hinaus, und wenn ich wiederkomme, erzählen Sie mir die Wahrheit«, sagte er kalt. Aus seiner Stimme war alle Freundlichkeit gewichen. Susanne gurgelte unter ihrem Knebel, wollte ihn zurückrufen, aber er hatte die Tür bereits geschlossen. Sie versuchte mit aller Kraft, sich von ihren Fesseln zu lösen, musste den Versuch jedoch bald aufgeben. Der Russe hatte sie eingewickelt wie eine Mumie.

Ein Windhauch bewegte die Äste der Bäume, und das gespenstische Knarren ließ Susanne zusammenfahren. Klamme Dezemberkälte kroch ihr in die Knochen. Es war hoffnungslos. Sie war dem Russen ausgeliefert. Er konnte sie schlagen, foltern, umbringen, und niemand würde es verhindern.

»Ich hoffe, Sie hatten ausreichend Zeit, sich darüber klarzuwerden, was passiert, wenn Sie nicht kooperieren.«

Susanne schrak auf. Sie war in einen apathischen Zustand verfallen und hatte nicht bemerkt, dass Nikolai zurückgekommen war. Wie viel Zeit war vergangen? Eine Stunde? Zwei? Sie wusste es nicht, aber sehr lange konnte er nicht fort gewesen sein; noch immer war es dunkel und totenstill. Er löste den Knebel.

»Ich kann Ihnen nicht helfen. Lassen Sie mich in Ruhe«, ächzte sie.

»Seien Sie nicht dumm. Ihre Freundin Marion hat Ihr Vertrauen missbraucht und Sie in eine äußerst prekäre Lage gebracht. Wollen Sie wegen eines Gegenstands leiden, der Ihnen nicht einmal gehört?«

»Leiden?«, flüsterte Susanne. Ihr Widerstand zerbröselte zu Staub. Sie war mit den Nerven am Ende.

»Das Kästchen ist bei einem Sinologen«, sagte sie tonlos.

Nikolai knebelte Susanne erneut. Dann zog er sie aus dem Auto und warf sie sich über die Schulter. Susanne war leicht, und er schritt mühelos einen kaum sichtbaren Waldweg entlang. Sie zappelte, aber er hielt sie so fest, dass sie nicht von seiner Schulter rutschte. Nach wenigen Minuten hatte er den Wald verlassen und bog auf einen asphaltierten Feldweg.

Mehrere hundert Meter entfernt konnte er die ersten Häuser eines Dorfes erkennen und hielt darauf zu. In gebührendem Abstand zu den Häusern ließ er Susanne auf den Boden gleiten. Er lehnte sie gegen einen einzeln stehenden Baum und band sie mit einem Seil daran fest. Susanne wimmerte leise. Nikolai strich ihr über die Haare.

»Sie werden es mir nicht glauben, aber es tut mir leid, dass ich Ihnen diese grässliche Nacht zumuten musste. Bedanken Sie sich bei Marion. Es sind nur noch wenige Stunden bis zur Morgendämmerung. Dann führen die Frühaufsteher ihre Hunde spazieren. Man wird Sie bald finden.«

Als er schon zwanzig Meter entfernt war, drehte er sich noch einmal um und kehrte zurück. Susanne presste sich voller Entsetzen gegen den Baum. Nikolai zog seinen Fleecepullover aus und wickelte ihn um Susannes Schultern und Kopf, so dass nur noch ihr Gesicht zu sehen war. Dann entfernte er sich eilig.

Nikolai nahm die Hand vom Steuer und sah auf die Uhr. Zwei Uhr morgens. Er hatte nicht mehr viel Zeit, bis Susanne entdeckt wurde.

Er drückte auf die Wahlwiederholungstaste und klemmte sich sein Handy ans Ohr. Es klingelte nur einmal, dann wurde auf der anderen Seite abgenommen.

»Nikolai?«

»Ja. Bist du bereit?«

»Ich kann in dreißig Sekunden aus dem Haus sein. Ich habe deinen Anruf schon vor Stunden erwartet. Du hättest das Mädchen härter anfassen sollen.«

»Du hast deine Methoden, ich habe meine. Die Pferdefigur befindet sich im Haus eines gewissen Professor Kirschner, in der Cranachstraße in Othmarschen. Du hast maximal vier Stunden, bevor die Polizei dort vor der Tür steht. Geh lieber davon aus, dass das Mädchen noch früher gefunden wird, und beeil dich.«

»Worauf du dich verlassen kannst. Sollte alles klappen, sehen wir uns morgen Abend in Prag.«

»Viel Glück, Igor. Wenn du es nicht schaffst, geht uns ein Haufen Geld durch die Lappen.«

»Ich tue mein Bestes, aber erwarte keine Wunder.«

»Natürlich nicht. *Doswedanje.*«

Nikolai unterbrach die Verbindung, wischte das Handy ab und warf es aus dem Autofenster in einen Straßengraben. Kurz darauf bog er von der verlassenen Landstraße in ein Waldstück und hielt. Er säuberte mit einem Lappen methodisch den Fahrerraum, dann stieg er aus und nahm sich den hinteren Teil des Wagens vor. Nachdem er sichergestellt hatte, dass keinerlei verräterische Gegenstände in dem Wagen liegengeblieben waren, ging er auf ein Gebüsch zu. Dahinter parkte ein dunkelblauer Golf mit Bremer Kennzeichen, den er sich für eine Woche unter seinem neuen Namen geliehen hatte.

Nikolai öffnete den Kofferraum und nahm eine Reisetasche heraus. Er entkleidete sich und zog ein Hemd und einen billigen Anzug an. Neue Socken, Schuhe und ein Wintermantel lagen ebenfalls bereit. Er stopfte die benutzten Sachen in einen Müllsack und packte einen großen Stein obenauf. Als Letztes verbrannte er in einem Aluminiumteller seinen Reisepass und streute die Asche in den Sack, den er anschließend verknotete und auf den Beifahrersitz stellte.

Im schwachen Licht der Innenbeleuchtung begutachtete er im Rückspiegel sein Gesicht. Um seine eingesunkenen Augen lagen schwarze Schatten. Man sah ihm den wenigen Schlaf der vergangenen Wochen an.

Im nächsten März wurde er zweiundvierzig, und er fühlte sich alt. Es wurde Zeit, sich aus dem Geschäft zurückzuziehen; der Kunstschmuggel wurde riskanter und härter, und die Arbeit gefiel ihm immer weniger. Nikolai hoffte, dass Igor mit dem Einbruch Erfolg hatte. Mit seinem Anteil am Verkauf des Jadepferdes hätte er genug Startkapital, um sich eine neue Existenz aufzubauen, und auch sein alter Freund Igor würde nicht zu kurz kommen. In Zentralasien war mit dem nötigen Kleingeld jedes Problem lösbar.

Er nahm eine dunkelbraune Perücke aus der Tasche und stülpte sie über seine blonden Haare. Braune Kontaktlinsen und ein dezenter Schnurrbart vervollständigten die Verkleidung; er sollte unbehelligt als bosnischer Geschäftsmann Dragan Ibrahimovic über die Grenze gehen können. Sobald er in Tschechien war, hatte er keine Probleme mehr zu erwarten.

Der Golf sprang ohne Schwierigkeiten an. Nikolai fuhr auf die Landstraße zurück und schlug eine südliche Richtung ein.

Kurz vor Sonnenaufgang hielt er auf einer Brücke und warf den Müllsack in einen träge dahinströmenden Fluss. Susanne würde bald aus ihrer Misere erlöst werden.

* * *

Marion versuchte, das Klingeln des Telefons zu ignorieren. Graues Dämmerlicht stahl sich durch einen Spalt in den Vorhängen und gab ihr einen Vorgeschmack auf die Kälte außerhalb ihres warmen Bettes. Das penetrante Klingeln brach auch nach dem zwanzigsten Mal nicht ab.

»Das ist bestimmt dein Vater, Geburtstagskind. Er will wissen, warum wir dem lieben Gott den Tag stehlen«, sagte Thomas, ohne die Augen zu öffnen.

Marion schlug missmutig die Decke zurück und kletterte über Thomas' Matratze. Im Vorbeigehen stieß sie ein halbvolles Sektglas um, ein Überbleibsel ihrer misslungenen Geburtstagsfeier. Sie stellte das Glas wieder hin und sah traurig auf die Sektpfütze. Letzte Nacht war einfach keine Feierstimmung aufgekommen; Susanne hatte gefehlt, um mit ihrer Fröhlichkeit die dicken Wolken zu vertreiben, die sich regelmäßig zusammenballten, wenn Thomas und sie allein waren. Marion griff zu ihrem Hals und betastete ihr Geburtstagsgeschenk. Thomas hatte ihr eine Kette mit einem silbernen Schildkrötenanhänger geschenkt. Er solle sie beschützen, wenn er nicht da sei, hatte er gesagt. Marion war gerührt, doch tief im Inneren wurde ihre Ahnung mehr und mehr zur Gewissheit: Der Riss in ihrer Beziehung ließ sich nicht mehr kitten.

Das Telefon gab immer noch keine Ruhe. Sie würde ihrem Vater die Meinung sagen. »Weißt du eigentlich, wie früh es ist?«, schnauzte sie in den Hörer.

»Marion? Bist du es?«

Susannes Stimme am anderen Ende war so verheult, dass Marion sie beinahe nicht erkannt hätte.

»Mein Gott, was ist los? Wo bist du?«

»Ich bin in einem Dorf in der Nähe von Visselhövede. Der Russe hat mich abgefangen, als ich gestern Abend aus dem Büro kam und …« Susannes Worte gingen in lautem Heulen unter.

Der Schock fuhr Marion in die Beine. Sie setzte sich zitternd auf die kalten Dielen.

»Steht er neben dir? Sprich mit mir«, forderte sie drängend.

Susanne unterdrückte ihr Schluchzen. »Er ist weg. Es war furchtbar, aber er hat mir nichts getan.«

»Nichts getan? Er hat dich gekidnappt! Sag mir, wo du bist, ich springe ins Auto und hole dich ab. Ist die Polizei schon da?«

»Nein, aber sie werden gleich hier sein. Ich habe Nikolai alles gesagt.«

»Was hast du ihm gesagt?«

»Professor Kirschner … Du musst ihn warnen! Bestimmt ist der Russe schon dort. Er ist vor Stunden weggefahren.«

Abermals schluchzte Susanne laut auf.

»Hör mir gut zu: Ich werde Professor Kirschner sofort anrufen. Und jetzt hol jemanden ans Telefon, der mir sagen kann, wo genau du bist. Susanne? *Susanne?*«

Susanne hatte die Verbindung unterbrochen.

Thomas war in der Schlafzimmertür erschienen und sah Marion forschend an.

»Was ist los?«

»Der Russe hat Susanne entführt! Sie hat ihm erzählt, wo Professor Kirschner wohnt.«

»Das ist doch nur ein böser Traum«, sagte Thomas ungläubig.

Marion war bereits dabei, Professor Kirschners Nummer einzutippen.

Eine unbekannte Frauenstimme meldete sich. »Was wollen Sie?«, fragte sie, ohne sich vorzustellen. Die Frau stand unüberhörbar kurz vor der Hysterie.

»Geben Sie mir bitte Professor Kirschner oder seine Frau«, sagte Marion. »Es ist sehr wichtig.«

»Das ist nicht möglich.« Die Frau fing an zu heulen.

Marion sackte das Herz in die Hose. »Beruhigen Sie sich«, sagte sie beklommen.

»Entschuldigen Sie, Frau …?«

»Reu…bach. Ich bin eine Freundin der Familie.«

»Sie können die Kirschners nicht sprechen, Frau Reubach. Es ist so furchtbar!«

»Was ist furchtbar? Und wer sind Sie eigentlich?«

»Die Nachbarin.« Die Frau schneuzte sich lautstark. »Die Kirschners sind im Krankenhaus«, fügte sie hinzu. »Bei ihnen ist eingebrochen worden. Professor Kirschner hat den Einbrecher überrascht und wurde bei einem Handgemenge verletzt.«

»Um Gottes willen! In welches Krankenhaus ist er gebracht worden?«, fragte Marion dumpf.

»Nach Altona.«

Marion legte auf. Sie fühlte sich wie betäubt. Susanne war entführt worden, und Professor Kirschner lag im Krankenhaus. Es war ihre Schuld, allein ihre Schuld.

Frau Kirschner sah erstaunt auf, als Marion und Thomas wenig später das Krankenzimmer betraten. Sie saß neben dem Bett ihres schlafenden Mannes.

»Was machen Sie denn hier?«, fragte sie.

»Ich habe bei Ihnen angerufen. Ihre Nachbarin hat mir erzählt, dass Sie im Krankenhaus sind. Wie geht es Ihrem Mann?«, fragte Marion.

»Er wird ein paar Tage hierbleiben müssen. Der Einbrecher hat ihm ziemlich zugesetzt. Eine Rippe ist gebrochen.«

Marion zog sich einen Stuhl heran und drückte Frau Kirschner die Hand.

»Der Einbrecher hat sich in Gerds Arbeitszimmer am Safe zu schaffen gemacht«, fuhr Frau Kirschner fort. »Wir sind aufgewacht, weil er eine der schönen chinesischen Vasen umgestoßen hat. Ich habe sofort die Polizei alarmiert, und Gerd ist nach unten gerannt. Das hätte er besser nicht getan.«

»Wie schrecklich für Sie«, sagte Marion tonlos.

»Ich war so aufgewühlt, und es ging alles so schnell, dass ich gar keine Zeit hatte, Angst um mich zu haben. Ich hatte Angst um Gerd und bin ihm sofort nachgelaufen. Kaum war ich unten, kam der Einbrecher aus dem Arbeitszimmer und stieß mich beiseite. Bevor ich reagieren konnte, war der Mann in der Dunkelheit verschwunden.«

»Wie sah er aus?«, fragte Marion.

»Sehr breit, untersetzt. Mittelgroß. Das Gesicht konnte ich nicht sehen. Er hatte eine von diesen Masken auf, die nur die Augen freilassen. Warum fragen Sie? Und warum haben Sie überhaupt bei uns angerufen?«

»Hat Ihr Mann Ihnen erzählt, warum ich Sie besucht habe?«, fragte Marion zurück.

»Ja. Sie haben einen interessanten Fund aus China mitgebracht. Er ist seitdem sehr aufgeregt und viel damit beschäftigt, will mir die Sachen aber nicht zeigen.«

»Hat er Ihnen auch gesagt, dass ich wegen dieses Funds verfolgt wurde?«

»Nein, kein Wort.« Ihre Augen weiteten sich in plötzlichem Verständnis. »Sie vermuten, dass der Einbrecher es darauf abgesehen hatte.«

»Richtig. Hat er den Safe geöffnet?«

»Nein.«

»Wenn Sie später nach Hause fahren, möchte ich Sie begleiten und die Sachen wieder an mich nehmen. Solange sich die Antiquitäten in Ihrem Haus befinden, sind Sie nicht sicher. Der Einbrecher kann jederzeit wiederkommen.«

Ein Räuspern vom Bett ließ sie herumfahren. Professor Kirschner lächelte schwach.

»*Nin hao,* Frau Reuter. Sie waren aber schnell«, sagte er.

»Wie fühlen Sie sich?«

»Durchgeschüttelt«, sagte er trocken.

»Ich hätte Ihnen das Kästchen nicht geben dürfen.«

Professor Kirschner hob abwehrend die Hand. »Unsinn. Dann hätte jemand anderes die Lorbeeren geerntet. Ich habe Ihnen doch gesagt, dass ich mich in der Uni langweile und ein bisschen Aufregung gut vertragen kann. Mit einem Einbrecher zu kämpfen war zwar nicht vorgesehen, aber ich bin ja noch am Leben.«

»Sie sind mir nicht böse?«

»Wie kommen Sie darauf? Ich habe die letzten Sätze gehört. Margret, gib Frau Reuter die Sachen. Ich habe der Polizei übrigens nichts von Ihnen und dem Jadepferd erzählt. Es hätte nur unnötige Komplikationen gegeben.«

»Haben Sie die Übersetzung denn schon beendet?«, fragte Marion.

»Zum größten Teil. Ich habe Fotos gemacht und kann diese für die weitere Untersuchung nutzen. Das Labor hat das Alter der Bambustafeln und der Kiste bestätigt. Um Ihrer verständlichen Neugierde ein wenig Nahrung zu geben, hatte ich gestern einen Brief verfasst, den ich Ihnen ohnehin schicken wollte. Er liegt neben dem Kästchen in dem Safe.« Er verstummte für einen Moment. Dann fuhr er fort: »Senden Sie den Fund ins Shaanxi-Museum. Ich muss gestehen, dass ich die zerbrochene Pferdefigur am liebsten selbst behalten hätte. Sie besitzt eine enorme Anziehungskraft. Aber sie scheint kein Glück zu bringen«, sagte er ernst. »Zeigen Sie den Brief niemandem. Ich habe ungefähr drei Wochen Vorsprung vor meinen Kollegen in China. Den möchte ich mir erhalten.«

»Das war Teil unserer Abmachung. Ich werde das Pferd allerdings nicht per Post verschicken, sondern es persönlich übergeben.«

»Was? Spinnst du jetzt völlig?« Thomas packte Marion am Arm und schüttelte sie. »Ich werde nicht zulassen, dass du zurückfliegst und dich in Gefahr begibst.«

Marion machte sich ärgerlich los. »Doch, das wirst du«, sagte sie. »Ich habe mich schon vor einigen Tagen dazu entschieden. Der Postweg ist zu unsicher.«

»Du hast dich schon entschieden? *Vor einigen Tagen?* Vielen Dank, dass du meine Meinung eingeholt hast«, sagte er sauer.

»Nun hab dich nicht so. Ich hätte natürlich noch mit dir gesprochen. Ich konnte ja nicht ahnen, was alles passiert.«

»Bitte, bitte«, sagte Professor Kirschner, »streiten Sie sich nicht. Marion, warum wollen Sie selbst hinfliegen?«

»Ich traue dem Postweg nicht. Wer weiß, wer die Figur in die Hände bekommt.«

»In China hattest du keine Bedenken, das Zeug in ein Paket zu stecken«, warf Thomas ein.

»Es war eine andere Situation. Ich wusste, dass Susanne es entgegennimmt. Überleg doch, selbst bei der Polizei in Kashgar gibt es jemanden, der mit den Schmugglern unter einer Decke steckt.« Marions Argumente waren an den Haaren herbeigezogen, und Thomas ahnte es. Aber sie wollte ihm nicht den wahren Grund für ihre Rückkehr nach China nennen. Noch nicht.

Professor Kirschner wiederum war Feuer und Flamme. »Marion, ich bewundere Sie!«, rief er aus. »Am liebsten würde ich Sie begleiten, aber daran ist gerade nicht zu denken. Darf ich Ihnen dafür wenigstens den Flug bezahlen? Außerdem gebe ich Ihnen einen Brief an den Museumsdirektor in Xi'an mit, in dem ich ihm erkläre, warum ich den Fund schon untersuchen konnte. Den Rest müssen Sie ihm allerdings selbst erzählen, was ein wenig unangenehm werden könnte.«

Thomas unterbrach ihn. »Ist Ihnen eigentlich völlig egal, in welche Gefahr Marion sich begibt? Sie muss das Pferd aus Deutschland hinaus- und nach China hineinschmuggeln.«

»Das ist das wenigste: Der Trick mit den verschiedenen kunsthandwerklichen Souvenirs hat doch schon einmal funktioniert; wiederholen Sie ihn, diesmal mit deutschen Figürchen. Es wird sich ohnehin niemand darum kümmern. Was glauben Sie, wie viele echte und unechte Kunstwerke ich schon über diverse Grenzen getragen habe, ohne jemals behelligt worden zu sein. Für die echten hatte ich allerdings immer eine Erlaubnis«, beeilte er sich hinzuzufügen. »Da Frau Reuter das Jadepferd außerdem nach China *hinein*schmuggelt, sehe ich keine Probleme – vor allem dann nicht, wenn ich sie in meinem Begleitschreiben als vertrauenswürdige Botin beschreibe.« Er zwinkerte mit den Augen und wurde dann wieder ernst. »Ihre Freundin wusste von vornherein, dass sie sich auf dünnes Eis begibt.

Wenn sie das Kästchen dem Kommissar in Xinjiang gegeben hätte, wäre die Figur längst im Museum, und die Kunstschmuggler hätten das Nachsehen gehabt. Warten Sie«, schnitt er Thomas das Wort ab, der widersprechen wollte, »ich verurteile Frau Reuter nicht. Ich hätte vielleicht ähnlich gehandelt, aber die Geschehnisse wachsen uns allen über den Kopf – wenn es hierbleibt, wird irgendwann doch noch jemand ernsthaft zu Schaden kommen. Diese Schmuggler schrecken offenbar vor nichts zurück. Meiner Ansicht nach sollte Ihre Freundin sicherstellen, dass das Jadepferd und die Bambusstäbchen in die richtigen Hände gelangen; erst dann wird die Geschichte zu Ende sein.«

Thomas antwortete nicht. Seine finstere Miene verriet, dass er ganz und gar nicht einverstanden war.

»In einer Viertelstunde sind wir bei dir. Ich habe dich auch lieb«, sagte Marion und klappte das Handy zu. Sie hatte an diesem Vormittag bereits fünf Mal mit Susanne telefoniert.

»Susanne ist jetzt allein zu Hause, die Polizisten sind gegangen«, teilte Marion Thomas mit.

Thomas antwortete nicht. Verbissen starrte er über das Lenkrad, während sie mit Susannes Wagen auf der Stresemannstraße stadteinwärts fuhren. Er hatte keinen Ton gesagt, seit sie das Krankenhaus verlassen und Frau Kirschner in die Cranachstraße begleitet hatten. Marion hielt die Tasche mit dem Kästchen und den Unterlagen verkrampft auf ihrem Schoß.

»Warum redest du nicht mit mir?«, brach sie schließlich das Schweigen.

»Was soll ich denn sagen? Toll, dass du dich in Teufels Küche begibst? Willst du das hören?« Er drückte ungeduldig auf die Hupe, als ein Wagen vor ihnen in die Straße einbog. »Sie werden dich einsperren«, fügte er düster hinzu.

»Das werden sie nicht. Ich gebe dem Museumsdirektor das Pferd und verschwinde wieder. Mit der Polizei werde ich gar nichts zu tun haben.« Außer mit Yandao, dachte sie, und der wird hoffentlich dichthalten, wenn ich ihn darum bitte. Sie wollte Yandao endlich die Wahrheit sagen, ihm die ganze Geschichte erzählen, damit er den Mord aufklären konnte. In den letzten Wochen hatte sich ihr schlechtes Gewissen immer stärker geregt. Marion spielte gedankenverloren mit der Tasche auf ihrem Schoß. Das Jadepferd war wieder da, wieder in ihrer Nähe, und sofort verspürte sie den Wunsch, es zu behalten – aber diesmal würde sie stärker sein. Sie hatte sich tatsächlich schon vor Tagen dazu entschlossen, die Figur und die Bambusstäbchen selbst nach China zu bringen. Sie musste sich einfach vergewissern, dass der Alptraum ein Ende hatte.

Thomas unterbrach ihre Gedanken. »Irgendjemand wird dich kriegen«, sagte er. »Dieser Russe hat Susanne entführt, hast du das schon verdrängt?«

Marion explodierte. »Ich denke an nichts anderes! Und das ist der Grund, warum ich dafür sorgen will, dass diese verfluchte Pferdefigur dorthin gelangt, wo sie hingehört. Ich mache mir Vorwürfe, dass ich Susanne und dich und auch Professor Kirschner in die Geschichte hineingerissen habe.«

»Ach?«

»Du brauchst nicht so zynisch zu sein. Wenn dir das Zusammensein mit mir zu riskant wird, kann ich mir ja eine andere Bleibe suchen. Ich komme schon zurecht.«

»Das habe ich gesehen.«

»Es reicht. Ist dir eigentlich schon aufgefallen, dass du ständig versuchst mir vorzuschreiben, was ich zu tun und zu lassen habe?«

»Dann habe ich also an allem Schuld. Bitte schön, geh doch! Du machst sowieso, was du willst«, sagte Thomas bitter.

»Eben! Ich habe dich nicht gebeten, mich zu begleiten«, schnappte Marion.

Thomas presste die Lippen aufeinander und trat aufs Gaspedal.

»Fahr langsamer!«

Zur Antwort gab Thomas noch mehr Gas. Ein Fahrradfahrer bog ohne Vorwarnung auf die Straße. Thomas riss hektisch das Steuer herum und verlor im nächsten Moment die Kontrolle über das Auto. Sie schossen auf die Gegenfahrbahn. Ein entgegenkommender Kleinbus hupte wie wild und wich ihnen im letzten Moment aus, dann schlingerten sie auf die richtige Spur zurück. Thomas trat auf die Bremse und brachte den Wagen in einer Auffahrt zum Stehen. Er ließ den Kopf aufs Lenkrad sinken und atmete tief durch.

Marion war blass geworden.

»Ich scheine tatsächlich das Pech anzuziehen«, sagte sie leise.

Sie fanden direkt vor Susannes Haus einen Parkplatz. Ohne auf Thomas zu warten, rannte Marion zum Haus und stieg beklommen die Treppen zur Wohnung hinauf. Susanne saß am Küchentisch und umklammerte eine Tasse mit kaltem Kaffee. Ihr leerer Blick fixierte einen imaginären Punkt an der gegenüberliegenden Wand. Marions Herz krampfte sich zusammen, als sie ihre Freundin in diesem kläglichen Zustand sah. Es war der allerletzte Anstoß, den sie noch gebraucht hatte, um ihr ständiges Schwanken, ihre Unsicherheit zu überwinden: Sie würde sich endgültig von dem zerbrochenen Jadepferd trennen. Sonst zerbrach bald alles um sie herum.

»Susanne«, sagte Marion kaum hörbar.

Susanne drehte den Kopf in ihre Richtung.

»Ich habe Mist gebaut«, sagte Marion. »Kannst du mir verzeihen?«

Susannes Augen füllten sich mit Tränen.

»Es hättest genauso gut du sein können«, schniefte sie.

»Ich wünschte, ich wäre es gewesen.«

»Ich hätte auch nicht gewollt, dass *du* entführt wirst. Es ist ja noch einmal gutgegangen.«

»Das höre ich heute schon zum zweiten Mal«, sagte Marion. »Es wird Zeit, dass ich verschwinde und meine Freunde nicht mehr in Gefahr bringe.«

»Hör auf damit. Ich komme schon wieder auf die Füße. Hast du Professor Kirschner erreicht?«

»Ja, aber zu spät. Er ist von dem Einbrecher angegriffen und verletzt worden. Nach seiner Beschreibung kann es aber nicht Nikolai gewesen sein.«

»Um Gottes willen! Ist er schwer verletzt?«

»Nein, er war sogar ganz gut gelaunt. Er hat die Übersetzung abgeschlossen und meinte, uns würde eine Überraschung erwarten.«

Thomas stand mit versteinertem Gesicht in der Tür. Er hatte die Unterhaltung der beiden mit angehört.

»Ich ziehe aus. Es ist besser, wenn ich woanders wohne. Ihr könnt mich jederzeit bei Frank erreichen«, sagte er dumpf und wandte sich abrupt zur Wohnungstür um.

Susanne sah verständnislos zwischen ihren Freunden hin und her.

Marion eilte Thomas nach.

»Thomas!«

Thomas blieb stehen. »Vielleicht hattest du recht. Vielleicht gehören wir nicht mehr zusammen. Jetzt brauche *ich* Abstand. Ich bin nicht dein Mann zum Pferdestehlen«, sagte er.

Die Wohnungstür klappte hinter ihm ins Schloss.

Das war's dann wohl. Marion ging deprimiert in die Küche zurück und ließ sich auf einen der freien Stühle fallen. Zumindest was ihre unklare Beziehung zu Thomas anbelangte, hatte der Schrecken nun tatsächlich ein Ende gefunden. Sie fühlte sich noch furchtbarer als am Morgen. Susanne stand auf, füllte zwei Becher mit Kaffee und schob Marion einen der Becher über den Tisch.

»Sieht so aus, als brauchtest du jetzt auch etwas Trost«, sagte sie. Und dann heulten die beiden Frauen gleichzeitig los. Susanne war als Erste wieder in der Lage zu sprechen.

»Mir geht es schon etwas besser«, schniefte sie. »Irgendwie erscheinen mir die Ereignisse der Nacht irreal, als hätte sie jemand anders erlebt.« Sie straffte sich. »Du brauchst dir übrigens keine Sorgen zu machen: Ich habe der Polizei nichts erzählt, was mit dir oder Professor Kirschner oder dem Pferd zu tun haben könnte.«

»Wer ist hier eigentlich verrückt?«, stöhnte Marion. »Professor Kirschner hat ebenfalls dichtgehalten, um mich zu schützen, aber wie sollen sie Nikolai ohne diese Informationen finden?«

Susanne zuckte die Achseln. »Der ist sowieso zu schlau. Er hatte alles ganz genau geplant.«

»Trotzdem musst du doch …«

»Gar nichts muss ich. Meinst du, ich möchte, dass du verhaftet wirst?«

»Verdient hätte ich es«, sagte Marion düster.

»Dann hätten sie auch jeden Grund dazu gehabt, mich wegen Beihilfe mitzunehmen. Wo ist das Kästchen eigentlich?«

Marion deutete mit dem Daumen auf ihre Tasche, die sie achtlos vor den Kühlschrank geworfen hatte.

»Ich bringe es nach China. Ich hoffe, am Mittwoch oder Donnerstag in Xi'an zu sein.«

»Soll ich mitkommen?«

Marion sah ihre Freundin entgeistert an. Susannes Loyalität war grenzenlos.

»Nein«, sagte sie fest, »ich muss das allein hinter mich bringen. Hast du die Nummer vom Reisebüro?«

Zwei Stunden später rief die Angestellte des Reisebüros zurück. Sie hatte Marion einen Flug für Montagnachmittag nach Hongkong und für Mittwoch einen Anschlussflug nach Xi'an reserviert. Marion brauchte den Tag in Hongkong, um sich ein Expressvisum zu besorgen.

Professor Kirschners Finanzspritze war ein willkommener Beitrag zu den Flugkosten, nichtsdestotrotz ließ Marions mageres Bankguthaben ihr keine andere Wahl, als sich auch noch ein paar hundert Euro von Susanne zu leihen.

In der Zwischenzeit hatte Susanne die für den Abend geplante Geburtstagsparty abgesagt. Weder Marion noch Susanne war nach Feiern zumute. Die Freundinnen hatten sich eine Pizza bringen lassen, die kaum angetastet auf dem Küchentisch stand und langsam kalt wurde.

Susanne mühte sich mit dem Korken einer Flasche Rotwein ab. »Was hat Professor Kirschner denn nun eigentlich zu deinem Fund zu sagen?«, fragte sie.

»Ich habe seinen Bericht noch nicht angesehen. Warte, ich hole ihn.« Nachdem sie die Blätter aus dem Umschlag gezogen hatte, begann sie laut vorzulesen.

»Liebe Frau Reuter,

da ich annehme, dass Sie vor Neugierde bald platzen, möchte ich Ihnen meine vorläufigen Ergebnisse nicht vorenthalten. Natürlich wird es noch lange Zeit dauern, bis alles verifiziert ist. Die Historiker werden sich den Kopf über die Auslegung jedes einzelnen Wortes zerbrechen, aber die naheliegenden Schlussfolgerungen möchte ich Ihnen dennoch nicht vorenthalten. Entschuldigen Sie, wenn ich mit Fachbegriffen und Namen um mich werfe. Sollten Sie Fragen haben, rufen Sie mich an – es wird mir eine Freude sein, Ihnen mehr zu dem Thema zu erzählen, das mir so lieb ist.

Bitte bewahren Sie vorläufig Stillschweigen über den Inhalt dieses Briefes.

Herzlichst
Gerd Kirschner

An der Echtheit der Bambustafeln, der zerbrochenen Pferdefigur und des Kästchens besteht kein Zweifel. Anhand der auf den Tafeln enthaltenen Informationen und im Abgleich mit den Ergebnissen der C14-Messungen kann der Fund auf die Regentschaft des chinesischen Kaisers Wu Di (140–87 v. Chr.) datiert werden. Die Botschaft, in der chinesischen Lishu-Schrift verfasst, ist beinahe vollständig erhalten. Lediglich eine, maximal zwei der Tafeln sind im Laufe der Jahrtausende verlorengegangen.

Die Botschaft, datiert auf das dritte Jahr der Taiyuan-Ära (102 v. Chr.), stammt vom Kaiser oder aus seinem direkten Umfeld. Sie ist an General Li Guangli adressiert, der sich zu diesem Zeitpunkt in der Oase Dunhuang im westlichen Teil der Wüste Gobi aufhielt, um nach einem ersten, erfolglosen Feldzug ins Ferghana-Tal neue Anweisungen und eine Verstärkung seiner Armee abzuwarten.

Den Aufzeichnungen des Geschichtsschreibers Sima Qian (145–86 v. Chr.) ist zu entnehmen, dass der General ein Jahr später erneut die Pässe des Tian Shan überschritt, die Stadt Ershi im Ferghana-Tal belagerte und einnahm (Shiji, Kap. 123). Aus diesem Feldzug brachte er die von den Chinesen dringend benötigten ›Himmlischen Pferde‹ zurück nach Chang'an. Da die Chinesen selbst nur über minderwertige Ponys verfügten, waren diese Himmlischen Pferde – eine Rasse, der übernatürliche Kräfte zugeschrieben wurden – für die Chinesen unersätzlich in ihrem Bemühen, die Reitervölker des Nordens hinter die Grenzen zurückzudrängen.

Es sei zu erwähnen, dass General Li Guangli im Jahre 90 v. Chr. – als Folge der Hinrichtung seiner gesamten Familie auf Anweisung des Kaisers – zu den Xiongnu überlief (Shiji, Kap. 110). Der Inhalt der Botschaft, die weder bei Sima Qian noch in anderen Quellen der frühen Han-Dynastie erwähnt wird, birgt einige Überraschungen und liefert unter Umständen eine zusätzliche Erklärung für die gnadenlose Ausrottung der Familie des Generals.

Zusammengefasst lautet die Botschaft des Kaisers an seinen General, dass dieser nach der Eroberung des Königreichs Dayuan dessen Hauptstadt in den Händen eines hohen kaiserlichen Beamten namens Zhao Shan zurücklassen sollte. Der General selbst erhielt den Auftrag, mit dem größeren Teil seiner Armee weiter nach Westen zu drängen und die dort befindlichen Königreiche dem Chinesischen Reich einzuverleiben. Eventuell würde er auf die Da Qin stoßen. Dort sollte der General auskundschaften, inwieweit das Reich der Da Qin dem Mittleren Königreich nützlich sein oder ob man es sogar unterwerfen könne.

Die Chinesen bezeichneten ein Volk im Westen als die Da Qin, die ›Großen Qin‹. Es gilt als sicher, dass mit diesem Ausdruck die Römer gemeint waren, die über Mittelsmänner Seide aus China bezogen und ihrerseits Glaswaren und Ähnliches über Zwischenhändler in das Reich der Mitte exportierten – wobei die Handelspartner nur eine äußerst vage Vorstellung voneinander hatten.

Bei dem Größenwahn des Wu Di, der aus jeder Zeile der Botschaft herauszulesen ist (und der ihm auch durchaus zuzutrauen ist), lassen sich aus dem Fund faszinierende Hypothesen ableiten:

Der Bote muss auf seinem langen, gefahrvollen Weg von der Hauptstadt Chang'an bis in die Wüstenoase verschollen sein. Sei es, dass ihn Räuber überfielen, die in den westlichen Randgebieten die Wege unsicher machten, sei es, dass er verunglückte oder von einer oppositionellen Gruppe abgefangen und ermordet wurde.

Was aber wäre geschehen, wenn die Nachricht den General erreicht hätte?

Das plötzliche Auftauchen des chinesischen Heers hätte unzweifelhaft das ohnehin fragile Gefüge in Zentralasien weiter destabilisiert und eine Welle von Flüchtlingen vor sich hergetrieben. Unter Umständen hätte diese Flüchtlingswelle eine Völkerwanderung in Gang gesetzt, eine Völkerwanderung in westlicher Richtung, wie sie fünfhundert Jahre später mit dem Auftreten der Hunnen zu beobachten war.

Hätte Rom, im zweiten und ersten Jahrhundert vor unserer Zeitrechnung noch weit von dem Höhepunkt seiner Macht entfernt, dem Ansturm standhalten können? Was, wenn Li Guangli die Küsten des Mittelmeers erreicht hätte? Wäre er in friedlicher Absicht gekommen? Wie hätte sich sein Erscheinen auf die Geschichte Europas und Asiens ausgewirkt?

Nicht minder gravierend wären die Auswirkungen eines derartigen Unternehmens auf das Chinesische Reich gewesen: China hätte zwangsläufig immer mehr Soldaten nach Westen senden müssen, die dann gefehlt hätten, um seine nördlichen Grenzen gegen die Xiongnu-Nomaden zu verteidigen. In der direkten Folge erscheint ein Zusammenbruch des Chinesischen Reichs nicht unmöglich.

Der Fund der Bambustafeln kann also als eine spannende Herausforderung für Historiker in beiden Erdteilen angesehen werden.

Das Fragment des Jadepferdes, welches mit den Bambustafeln in einem Lackkästchen durch die Zeit reiste, ist das fehlende Gegenstück zu einer im Historischen Museum von Shaanxi, Xi'an, ausgestellten zerbrochenen Pferdefigur. Die Inschrift der vollständigen Figur erklärt den Status des Li Guangli in der kaiserlichen Armee sowie die Hoffnung, die in seine Mission gesetzt wurde: ›Li Guangli, ermächtigt von dem Sohn des Himmels zum Befehlshaber der Streitkräfte, um den Westen zu erforschen, zu erobern und zu befrieden und seine Reichtümer den Menschen des Reiches der Mitte zuzuführen (…).‹

Damit ist ebenfalls geklärt, dass es sich nicht um eine verborgene Nachricht handelt, die zu einem ›Schatz‹ im ›Westen‹ führen könnte, wie die Textfragmente auf dem bisher bekannten Hinterteil der Figur suggerierten.

Auf der Rückseite der Figur ist der Name des Kaisers Wu Di eingraviert.

Aller Wahrscheinlichkeit nach besaß General Li Guangli den hinteren Teil der Pferdefigur, während das Vorderteil im Kaiserpalast aufbewahrt wurde, um es gegebenenfalls einem Boten als ›Ausweis‹ zu geben, der die Echtheit der Nachricht bestätigte. Dies war in der Zeit der ›Streitenden Reiche‹ (475–221 v. Chr.) eine gängige Praxis der Herrscher, um ihre Armeen kontrollieren zu können. Die vorliegende Figur ist die erste mit dieser Funktion aus einer späteren Periode.«

Marion hörte auf vorzulesen und ließ das Blatt sinken.

»Was sagst du dazu?«

»Das ist ein Hammer«, sagte Susanne. »Wenn ich es richtig verstanden habe, wollte der olle Kaiser seine Krieger losschicken, um für China die Welt zu erobern.«

»So in der Art. Und wenn der General die Botschaft erhalten hätte, wäre es ihm vielleicht sogar gelungen. Die Welt, wie wir sie kennen, wäre niemals entstanden.« Marion verstummte. Die Vorstellung war ungeheuerlich. Die europäische Geschichte hätte einen völlig anderen Verlauf genommen, Europas Kultur wäre schon früh dem Einfluss der Chinesen ausgesetzt gewesen. Hätte Rom sein Weltreich aufbauen können? Und wenn nicht, was wäre dann mit dem Rest Europas geschehen? Professor Kirschner hatte wirklich nicht zu viel versprochen. Die Möglichkeiten, die sich plötzlich auftaten, waren schwindelerregend.

Susanne hatte den Faden ebenfalls weitergesponnen. »Unsere Ururahnen hätten ganz schön blöd geguckt. Die haben zu der

Zeit noch auf den Bäumen gewohnt. Dann wären wir jetzt alle Chinesen.«

»Wir würden anders aussehen, hätten eine andere Religion, eine andere Sprache, würden anders denken.«

»Es ist eine seltsame Vorstellung. Und nicht unbedingt eine schlechte«, sagte Susanne nachdenklich. »Ich werde Professor Kirschner in den nächsten Tagen anrufen und um ein Exklusivinterview bitten, sobald er so weit ist, an die Öffentlichkeit zu treten. Das wird zwar meine Modetanten nicht beeindrucken, aber es gibt ja noch andere Zeitschriften. Apropos Professor Kirschner. Eine Frage hat er überhaupt noch nicht beantwortet: Wie ist die Botschaft nach Kashgar gelangt?«

»Wer weiß, durch wie viele Hände sie gegangen ist, bevor ich sie gefunden habe.«

»Gefunden? Geklaut umschreibt es besser, oder?«, sagte Susanne lachend. »Aber du hast wahrscheinlich recht. Wir werden nie erfahren, was wirklich passiert ist – was ich ziemlich schade finde. Ich verstehe jedenfalls langsam, warum Nikolai nicht aufgibt. Aber da fällt mir noch etwas ein: Wo ist eigentlich Ferghana?«

»In Usbekistan. Hast du einen Atlas?«

Susanne erhob sich. »Ich hole ihn.«

Sie war schon auf dem Flur, als sie den Kopf noch einmal um die Ecke steckte.

»Hast du gerade ›Usbekistan‹ gesagt? Der Russe ist übrigens gar kein Russe, sondern stammt aus Usbekistan. Das hat er zumindest behauptet.«

Usbekistan? Es würde erklären, warum sich Nikolai in Xinjiang herumtrieb. Nach asiatischen Maßstäben war es gleich nebenan.

Susanne kehrte mit dem Atlas zurück, und sie vertieften sich in die Karte von Zentralasien.

Das Telefon klingelte.

»Bestimmt für dich. Geburtstagswünsche«, mutmaßte Susanne.

»Ich will keine Geburtstagswünsche. Mein Geburtstag fällt dieses

Jahr aus!«, rief Marion in Richtung des Telefons. Das Telefon klingelte unbeeindruckt weiter.

»Ich komme ja schon.« Sie ging in den Flur und nahm den Hörer ab. »Hallo, hier ist Marion.«

»Alles Liebe zum Geburtstag, Ma Li Huo.«

Marion wurden die Knie weich. Sie lehnte sich gegen die Wand. Er war ihr mit dem Anruf zuvorgekommen.

»Yandao!«

»Überrascht?«

»Und wie! Wieso kennst du mein Geburtsdatum?«

»Berufsgeheimnis. Es ist schön, deine Stimme zu hören«, sagte Yandao.

Ein warmer Schauer lief Marion den Rücken hinunter. Yandaos Stimme brachte den Abschiedsabend in Kashgar so lebendig zurück, als wäre es erst gestern gewesen.

»Ich freue mich, dass du anrufst«, murmelte sie.

Für eine Weile blieb es in der Leitung stumm.

»Wie geht es dir?«, fragte Yandao schließlich.

»Nicht besonders. Der Tag war furchtbar.«

»Feiern deine Freunde denn nicht mit dir?«

»Ich habe alles abgeblasen.«

»Was ist los? Oder geht es mich nichts an?«

»Im Gegenteil.« Marion machte eine Pause. Es war so weit, sie musste die Karten auf den Tisch legen. Sie holte tief Luft. »Am Mittwoch komme ich nach Xi'an. Ich hätte dich später in der Nacht, wenn es bei euch Morgen ist, angerufen und es dir gesagt.«

»Du fliegst wieder nach China? Warum?«

»Ich will dir einiges erzählen wegen des ermordeten Uighuren. Aber nicht am Telefon. Kannst du dort sein? Ich würde mich sicherer fühlen, wenn du in Xi'an wärst.«

Li Yandao traute seinen Ohren nicht. Marion kam selbst, um ihm das entscheidende Puzzleteil des Rätsels zu präsentieren? Er unterdrückte den Impuls, sie zu fragen, worum es ging. Er hatte schließlich einige Kostproben ihrer Sturheit erlebt: Wenn sie sich entschieden hatte, ihm ihr Geheimnis erst in China anzuvertrauen, würde er es ihr jetzt bestimmt nicht entlocken können. Nun, er konnte warten. Auf ein paar Tage kam es nicht mehr an.

»Ich werde dich abholen«, sagte er entschlossen. Ihm würde schon eine Erklärung für seine Vorgesetzten einfallen. »Wann landet dein Flugzeug?«

»Um zwanzig nach drei am Nachmittag. Darf ich dich um einen weiteren Gefallen bitten? Ich muss den Direktor des Historischen Museums in Xi'an treffen. Seinen Namen habe ich vergessen. Kannst du Kontakt mit ihm aufnehmen? Sag ihm, ich möchte ihm einen sehr interessanten Fund geben.«

Historisches Museum? Li Yandao hätte beinahe laut gejubelt. Der Mord hing tatsächlich mit dem Antiquitätenschmuggel zusammen.

»Yandao?«, sagte Marion zaghaft. »Ich habe ziemlichen Mist gebaut. Hör dir alles an, wenn ich da bin, und versuche, mich zu verstehen. Ich will alles wieder geradebiegen. Und bitte, sprich mit niemandem darüber.«

»Hm … das kommt natürlich darauf an, wie schlimm der Mist tatsächlich ist.« Li Yandao hielt inne. Er hatte eine ungefähre Vorstellung davon, was Ma Li Huo ihm beichten würde, lediglich die Details fehlten. Im Übrigen war sie nicht die Einzige, die Mist gebaut hatte: Er hatte sich einen Ermittlungsfehler nach dem anderen geleistet und ebenfalls kein Interesse daran, zu viel Staub aufzuwirbeln. Er räusperte sich: »Ich verspreche dir, den Mund zu halten, bis du mir alles erzählt hast, dann sehen wir weiter. In Ordnung?«

»In Ordnung«, sagte Marion.

»Ich habe von Anfang an geahnt, dass du mir in Kashgar nicht die Wahrheit gesagt hast.« Nach einer Pause fügte er leise hinzu: »Ein Polizist sollte sich besser nicht in eine Verdächtige verlieben. Das ist unprofessionell.«

Marion war sprachlos.

»Ich lege jetzt besser auf«, sagte Li Yandao. »Ich freue mich auf Mittwoch. Ich freue mich sehr. *Zaijian,* Feuerpferd.«

Es klickte in der Leitung.

Marion ließ den Hörer aus der Hand gleiten. Feuerpferd. Also war es kein Zufall.

DIE STADT UNTER DEM SAND

DEZEMBER 1900

Es war schon später Nachmittag, als Dulcan müde, hungrig und durchgefroren die ersten Felder der Tawakkel-Oase erreichte. Er sprang vom Pferd und führte es zu einem Bewässerungsgraben, damit es trinken konnte. Dankbar tätschelte er dem Tier über die Flanke. Er wertete es als ein gutes Omen, dass die alte Mähre den langen Weg von seinem Heimatdorf bis hierher in nur zwei Tagen bewältigt hatte.

Nachdem das Pferd seinen Durst gestillt hatte, nahm Dulcan es am Zügel und marschierte den breiten Weg nach Norden entlang, direkt in das Herz der Oase. Bald holte er einen alten Bauern ein, der auf einem Eselskarren in gemütlichem Tempo in dieselbe Richtung zockelte.

»Ich grüße dich, Großvater! Kannst du mir den Weg zum Haus des Dorfvorstehers erklären?«, fragte er, sobald er auf der Höhe des Karrens war.

Der Alte verengte die Augen. »Du bist nicht aus Tawakkel«, stellte er fest. »Willst du zu dem ausländischen Teufel, der sein Zelt im Hof des Begs aufgeschlagen hat?«

»Ich weiß nichts von Teufeln. Aber ja, ich will zu dem Engländer.«

»Was habt ihr nur alle mit den Fremden?«, murmelte der Alte. »Es ist besser, sich von ihnen fernzuhalten.«

»Wo lebt der Beg?« Dulcan verlor die Geduld.

Der Alte zeigte vage in nordöstliche Richtung.

Die Tage waren kurz, und bevor Dulcan das Haus des Begs erreicht hatte, war die Sonne hinter den hohen Pappeln versunken. Die vor dem Zelt des Ausländers wartenden Männer verstummten, als Dulcan den Hof betrat. Er grüßte mit einem Kopfnicken, stellte sich abseits und musterte sie verstohlen. Die Männer waren Bauern wie er, jung und kräftig, aber als er ihren Gesprächen lauschte, wurde ihm bewusst, dass sie nicht freiwillig hier waren. Ihre Dorfältesten hatten sie gezwungen, dem Fremden in die Wüste zu folgen, und sie unterhielten sich im Flüsterton über die dort lauernden Dschinns und Dämonen. Dulcan lächelte. Ein Freund seines Vaters, Turdi Khwoja, hatte ihm erzählt, dass der Engländer Arbeiter für Ausgrabungen in der Wüste suchte. Turdi selbst würde die Expedition als Führer begleiten. Dulcan kannte Turdis Erzählungen über seine Wüstenabenteuer seit seinen Kindertagen. Turdis Reisen waren voller Gefahren gewesen, aber Dämonen hatte der alte Schatzsucher nie getroffen.

Der Ausländer kam aus seinem Zelt, begleitet von einem kleinen Hund, der ausgelassen auf die Männer zusprang. Einige wichen erschrocken zurück, damit das unreine Tier sie nicht berührte.

»Yolchi Beg, geh sofort zurück ins Zelt«, befahl der Fremde, und der Hund gehorchte.

Dulcan betrachtete den Mann mit Interesse. Sein leiser Befehl hatte nicht nur den Hund mit dem seltsamen Namen »Herr Reisender« eingeschüchtert, sondern auch die versammelten Bauern: Mit offenen Mündern starrten sie den etwa vierzigjährigen Engländer an. Er war trotz seiner kleinen Statur ein Respekt einflößender Mann.

Stein Beg rief nacheinander die Namen der Männer auf und entschied, wer an der Expedition teilnehmen sollte. Der Hof leerte sich schnell, bis nur noch Dulcan übrig war; sein Name stand nicht auf der Liste des Mannes. Dulcan straffte sich. Wenn er die Anstellung bekommen wollte, musste er einen guten Eindruck machen. Er trat vor den Fremden.

»*Master* Stein?«, fragte er. Die höfliche englische Anrede hatte er von Turdi gelernt.

Marc Aurel Stein hob fragend die Augenbrauen. »Was willst du?«

»Ich möchte für Euch arbeiten.«

»Hat einer der Dorfvorsteher dich geschickt?«

»Nein, es war meine eigene Entscheidung. Ich komme aus Khotan. Turdi Khwoja, Euer Führer, ist ein Freund meines Vaters.«

Steins Augen weiteten sich erstaunt bei der Erwähnung des Namens. »Er hat nie von dir gesprochen«, sagte er.

»Ich habe mich erst sehr spät entschieden. Ich werde im Frühling heiraten und brauche das Geld.«

»Ein guter Grund. Wie ist dein Name?«

»Dulcan Siddiq.«

»Weißt du, warum ich diese Expedition unternehme?«

»Ihr sucht in den Geisterstädten nach alten Gegenständen«, sagte Dulcan. »Ich habe auch schon gegraben: Mein Dorf liegt in der Nähe des alten Khotan. Manchmal finden die Leute dort Gold«, fügte er hinzu.

»Interessant«, sagte Stein. »Kennst du den Winter in der Wüste?«

Dulcan jubelte innerlich. Stein Beg wollte ihn mitnehmen. »Ich bin gut ausgerüstet«, sagte er mit Überzeugung und wies auf seine Kleidung: hohe Lederstiefel, ein wadenlanger, pelzgefütterter Mantel, eine gesteppte Hose, eine große Fellmütze.

Ein Lächeln huschte über das Gesicht des Engländers. »Dann mach dich reisefertig. Wir brechen morgen auf.«

* * *

Obwohl Dulcan sein Leben in einer Wüstenoase verbracht hatte, war er nicht auf die Anstrengungen des Marsches über die Sanddünen vorbereitet, die sich bis zum nördlichen Horizont erstreckten. Master Stein hatte ihm nicht erlaubt, sein Pony mitzunehmen, und so war er wie alle anderen gezwungen, zu Fuß durch den feinen Sand zu stapfen. Selbst der Engländer hatte auf sein Reittier verzichtet und kämpfte sich verbissen über die niedrigen Dünen. Am Abend des dritten Tages konnte Dulcan jeden einzelnen Muskel in seinen Beinen spüren. Er hatte kaum genug Kraft, sich um die Vorbereitungen für das Lager zu kümmern.

Trotzdem war es tagsüber vergleichsweise angenehm im Verhältnis zu der beißenden Kälte, die mit dem Einbruch der Nacht kam und den Männern den Atem in den Bärten gefrieren ließ. Der Stolz verbot es ihnen zu klagen, aber insgeheim sehnten sich die Männer zurück in ihre warmen Häuser. Voller Bewunderung sprachen sie über den kleinen Ausländer, dem die Strapazen nichts auszumachen schienen.

Sechs Tage nach ihrem Aufbruch aus der Tawakkel-Oase erreichte die Expedition ihr Ziel. Dulcan sah sich enttäuscht um: Statt der erwarteten Stadt sah er nichts als Sand, aus dem hier und da verwitterte Holzstämme oder ein Mauerrest ragten. Hoffte Master Stein tatsächlich, an diesem einsamen, unwirtlichen Ort Reichtümer zu finden? Es sah ganz danach aus: Nachdem Turdi Master Stein in den Dünen herumgeführt hatte, wurde der Befehl ausgegeben, die Kamele und Packesel zu entladen und die Zelte zu errichten. Den Rest des Tages verbrachten Dulcan und die anderen Männer damit, ihre Kleidung zu flicken und sich mit ihrem Arbeitsplatz für die nächsten Wochen vertraut zu machen. Einige Männer hatten sogar ihre anfängliche Abneigung gegen Yolchi Beg überwunden und spielten mit dem in einen Pelzmantel gehüllten Hund. Mit Sonnenuntergang legten sich alle schlafen. Die Männer waren überaus erschöpft.

Bevor Dulcan die Augen zufielen, sah er noch, dass aus dem Zelt des Engländers ein Lichtstreifen fiel. Wie immer ging Master Stein als Letzter zu Bett.

* * *

Dulcan blickte mit Abscheu auf die Wand, die er gerade freigelegt hatte. Bilder von heidnischen Götzen waren zum Vorschein gekommen, doch außer diesen Abbildungen und einer rotbemalten Statue, deren obere Hälfte von Sand und Wind zerstört worden war, hatte ihr zweiter Grabungstag nichts zutage gefördert. Trotzdem war Master Stein zufrieden: Er ließ eines der Wandbilder ablösen und verpacken, zeichnete die Figuren und vermaß den freigelegten kleinen Tempel.

Sie verbrachten die Tage mit mühsamem Schaufeln, aber der Wüstensand barg weder Gold noch Juwelen, sondern Buddhafiguren, Tonscherben und ähnlich langweilige Dinge. Dulcan fragte sich gerade zum hundertsten Mal, warum Master Stein die Suche nicht abbrach, als sein Arbeitgeber am Rand der Grube erschien.

»Männer!«, rief er. »Wer das erste Manuskript findet, erhält eine Belohnung in Silber!«

Die Ankündigung wurde mit Jubel aufgenommen.

»Was ist ein Manuskript?«, fragte einer der Ausgräber flüsternd.

»Dummkopf! Ein Buch natürlich«, raunte der Angesprochene, bevor er mit neu entfachtem Eifer weiterschaufelte.

Wenig später schwenkte Niaz, der jüngste der Arbeiter und fast noch ein Kind, triumphierend ein beschriebenes Stück Papier über seinem Kopf. Sofort eilte Stein zu ihm und untersuchte den Fund, bevor er Niaz das Silber gab.

Die Begebenheit machte Dulcan nachdenklich, und Islam Akhuns Werkstatt kam ihm in den Sinn. Islam Akhun stellte Bücher und Schriftrollen her. Dann hielt er sie übers Feuer, beschmierte sie mit Dreck und verkaufte sie für viel Geld an den Engländer in Kashgar. Dulcan hatte nie verstanden, warum der Engländer Geld für diesen Schund ausgab, aber jetzt wurde ihm einiges klar: Islam Akhun fälschte alte Bücher und betrog die ausländischen Teufel! Stein Beg suchte nach Büchern, die *wirklich* alt waren. Und er war bereit, dafür zu bezahlen.

Während der verbleibenden Arbeitsstunden ließ Dulcan ein Gedanke nicht mehr los, und als er über seinem Abendessen saß, hatte er sich einen Plan zurechtgelegt: Er würde auf eigene Faust in einer der abgelegeneren Ruinen graben. Wenn er Glück hatte und nicht nur eine einzelne Seite wie Niaz, sondern gleich ein ganzes Buch fand, würde Stein Beg ihm nicht nur Silber, sondern vielleicht auch Gold als Belohnung geben.

Früh am nächsten Morgen täuschte Dulcan Magenkrämpfe vor. Einer der Arbeiter brachte ihm ein Stück Brot und Wasser zu seinem Lager, bevor er sich den anderen anschloss, die schon auf dem Weg zu der Ausgrabungsstelle waren.

Kaum waren die Männer fort, kroch Dulcan aus dem Zelt und sah sich misstrauisch um. Nach der morgendlichen Unruhe, wenn alle durcheinanderriefen, Teller klapperten, Zeltplanen raschelten und die Füße der Männer über den Sand scharrten, war die Stille in dem Lager unheimlich. Kein Mensch war zu sehen. Dulcan stopfte das Brot in einen Beutel, ergriff seine Hacke und blickte zum Himmel, um sich zu orientieren. Dann zog er den Gürtel seines Mantels fest um sich und schlich in nordöstlicher Richtung davon. Von Turdi wusste er, dass dort noch mehr Häuser waren; Master Stein wollte sie nächste oder übernächste Woche ausgraben.

Um nicht entdeckt zu werden, hielt Dulcan sich in den Dünentälern, und wenn er doch eine Düne überqueren musste, duckte er sich tief und kroch auf dem Bauch über den Kamm. Nach einer halbstündigen Wanderung stand er vor einigen aufrecht aus dem Sand ragenden Holzstämmen. Eine Sanddüne hatte die Überreste des Gebäudes zur Hälfte verschluckt, aber Dulcan beschloss trotzdem, an dieser abgelegenen und versteckten Stelle zu graben. Turdi hatte ihm erklärt, dass die Balken immer zu einem Kloster oder einem Haus der reichen Leute gehörten; die armen Bauern hatten einfache Lehmhütten gehabt, die längst zu Staub zerfallen waren.

Die Sonne neigte sich schon zum Horizont, als seine Hacke einen mumifizierten menschlichen Arm freilegte. Dulcan sah entsetzt auf die graubraune, vertrocknete Haut; in seinem Nacken stellten sich alle Härchen auf. Bisher hatten sie keine Toten gefunden, und er hatte Stein Beg sagen hören, dass die Bewohner die Stadt vor über tausend Jahren verlassen hatten. Wer war der Unglückliche, der in diesem Haus von den Sandmassen begraben worden war?

Es dauerte lange, bis sich Dulcan überwinden konnte, weiterzuarbeiten. Während er seine Hacke vorsichtig neben dem Arm in den Sand senkte, befürchtete er jeden Augenblick, dass sich der Geist des Toten auf ihn niederstürzen würde. Schweißtropfen liefen ihm in die Augen. Er schwitzte, obwohl die tiefstehende Sonne gegen die herankriechende Abendkälte nichts ausrichten konnte. Dulcan legte seine Hacke beiseite und hob mit beiden Händen den Sand aus der Grube. Winzige Papierschnipsel und morsche Knochenfragmente kamen mit jeder Handvoll Sand ans Licht, aber sobald er sie berührte, zerbröselten sie.

Dulcan arbeitete wie ein Besessener. Seine Finger waren steif vor Kälte, aber er gab nicht auf, bis er auf den gruselig anzuschauenden Schädel des Toten stieß. Die Haut hatte sich in Fetzen erdbrauner, ledriger Stücke verwandelt, die kaum an dem Schädel hafteten. Der lippenlose Mund mit den gelben Zähnen war halb geöffnet, und es schien Dulcan, als würde ihm ein Stöhnen entweichen, ein Stöhnen alt wie die Welt, hoch und unheimlich. Aber es war nur der Wind, der den Sand vor sich hertrieb. Die Ohren fehlten, und die Augenhöhlen waren sandverkrustete dunkle Flecke. Dulcan konnte den Anblick kaum ertragen, doch dann sah er einen kleinen rechteckigen Gegenstand unter dem Schädel hervorlugen. Er zog den Gegenstand aus dem Sand und stieß dabei in seiner Aufregung gegen den Totenschädel, der in mehrere Teile zerfiel. Mit einem entsetzten Aufschrei sprang Dulcan aus der Grube und rannte in die Wüste davon.

Dulcan irrte verzweifelt in den totenstillen Dünen umher. Unzählige Sterne standen an dem pechschwarzen Himmel, aber sie boten ihm keine Orientierungshilfe; er hatte sich nie weit von seinem Dorf entfernt, und die Kunst des Sternelesens war ihm fremd. Er kämpfte sich auf die nächste Düne, wie er schon Dutzende zuvor erklommen hatte, aber wieder wurde er enttäuscht: In seiner blinden Flucht hatte er sich so weit von der versunkenen Stadt fortbewegt, dass er keinerlei Anhaltspunkte mehr entdeckte, die ihm den Weg zum Lager weisen konnten. Mit klappernden Zähnen sank er auf dem Kamm der

Düne nieder. Es blieb ihm nichts anderes übrig, als auf den Sonnenaufgang zu warten. Dulcan wickelte sich fest in seinen Mantel. Die Kälte lähmte seine Glieder, und er fragte sich, ob er den Morgen noch erleben würde.

* * *

Wind heulte, Sand peitschte ihm ins Gesicht. Dulcan senkte den Kopf und versuchte, dem Sturm zu entfliehen. Jemand packte ihn am Arm, und er fuhr herum. Eine Mumie in einem zerrissenen Gewand stand hinter ihm und bewegte den Kiefer, als würde sie sprechen, aber der Sturm wehte die Worte davon. Als sich Dulcan losmachen wollte, grub der Tote seine Finger mit erstaunlicher Kraft in sein Fleisch und ließ ihn nicht gehen. Dabei schwankte der grässliche Schädel unaufhörlich von einer Seite zur anderen.

Dulcan fuhr hoch. Mit klopfendem Herzen sah er sich um, darauf gefasst, in die leeren Augenhöhlen des Toten aus der versunkenen Stadt zu blicken.

Eine Frau trat zu seinem Lager.

»Dulcan? Bist du wach?«, fragte sie leise.

Nur langsam begriff Dulcan, dass er geträumt hatte. »Mutter?«

Die Frau strich ihm leicht über die Stirn. Seine Haut fühlte sich trocken und kühl an. »Allah sei Dank! Du bist zu den Lebenden zurückgekehrt«, sagte sie.

»Bin ich zu Hause? Nicht in der Wüste?«

»Du bist schon viele Tage hier. Du hattest schweres Fieber.«

»Wie bin ich hierhergekommen? Was ist geschehen? Ich habe mich verirrt. Turdi …«

»Ja, Turdi hat dich am nächsten Morgen gefunden. Du warst nur ein kurzes Stück vom Lager entfernt und nicht mehr bei Sinnen. Der Ausländer hat dich dann mit einem seiner Männer und einem Esel zurückgesandt. Als sie dich hier ablieferten, warst du beinahe tot.«

Dulcan schloss die Augen. Erinnerungsfetzen wirbelten durch seinen Kopf. Die endlos lange Nacht. Die unerträgliche Kälte. Jemand rüttelte ihn. Turdi? Stein Begs Gesicht, ganz nah. Das Schlingern des Packesels. Er konnte sich nicht bewegen, sie hatten ihn in dicke Decken gewickelt. Geschrei. Und der Traum. Der Traum mit dem Dämon aus der Wüste. Der Tote, der ihn nicht losließ. Er wollte etwas von ihm haben. Aber was? Dulcan stöhnte auf. Jeder Atemzug fiel ihm schwer, brannte wie Feuer in seinem Inneren.

»Ich hole dir eine heiße Suppe«, sagte seine Mutter, dann hörte er sich entfernende Schritte.

Er öffnete die Augen nicht und versuchte, sich auf die Geschehnisse in der Geisterstadt zu konzentrieren. Nach und nach wurden die Bilder klarer. Das alte Haus. Die uralte Mumie. Plötzlich wusste er, was der Tote wiederhaben wollte: das Kästchen! Mit einem Ruck setzte er sich auf und suchte den Raum mit den Augen ab. Seine Kleidung lag sauber gefaltet an der gegenüberliegenden Wand, daneben lehnte sein Packsack. Hatte sein Vater den Sack untersucht? War ihm das Kästchen aufgefallen? Bevor sich Dulcan vergewissern konnte, ließ sich seine Mutter mit einer dampfenden Suppenschüssel neben ihm nieder, um ihn zu füttern. Er war zu schwach, um den Löffel zu halten.

Als Dulcan das nächste Mal erwachte, fühlte er sich kräftiger, und auch die Lunge schmerzte nicht mehr so stark. Mit großer Anstrengung befreite er sich von den Decken und kroch zu seiner Kleidung. Schnell fand er den Beutel mit dem Lohn, den Master Stein ihm ausgezahlt hatte, und das in ein Tuch gewickelte Kästchen. Dulcan öffnete es und nahm eine Figur heraus. Bewundernd betrachtete er das Jadepferd mit den goldenen Schriftzeichen. Seinen Lohn würde er dem Vater geben, aber die Figur wollte er behalten. Sicherlich war sie wertvoll, und vielleicht konnte er damit sogar ein Stück Land kaufen. Er schob das Kästchen tief unter seine Decken. Es war besser, es gut zu verstecken.

Nach einer Woche war Dulcan in der Lage, für einige Minuten aufzustehen, und wiederum einige Tage später nutzte er die Abwesenheit der anderen Familienmitglieder, um sich in den Ziegenstall zu schleichen. Unter großer Anstrengung hob er ein Loch an der hinteren Wand aus und legte das Kästchen hinein. Dann füllte er die Erde wieder auf, glättete sorgfältig die Oberfläche und breitete eine Lage Stroh darüber. Er schwankte, als er sich erhob. Er hatte sich völlig verausgabt, die Krankheit hatte ihn nach wie vor im Griff. Bevor er den Stall verließ, betrachtete er zufrieden sein Werk. Niemand würde auf die Idee kommen, dass unter den Ziegenhufen ein Schatz vergraben lag.

Als er über den Hof ging, versagten seine Beine, und er stürzte zu Boden. Mit letzter Kraft schleppte er sich in das Zimmer zurück und warf sich auf sein Lager. Sein Atem ging schnell, immer schneller – und dann hörte er plötzlich auf.

HONGKONG

DEZEMBER 2004

Die ersten kleinen Inseln des Archipels tauchten unter Marion auf, unbewohnte Robinsoninselchen im dunkelblauen Wasser des Südchinesischen Meers. Sie drückte ihre Nase gegen das Fenster. Das Flugzeug sank den Stalagmiten der Wolkenkratzer und Apartmenthäuser von Hongkong entgegen, und sie konnte die gelben Fähren der zwischen Hongkong und Kowloon pendelnden Star Ferry Line erkennen. Nördlich der Stadt zogen sich die grünen Hügel der New Territories bis zur nahen Grenze. Dahinter, im Dunst, lag China.

Marion streckte sich. Vor kaum drei Monaten war sie das letzte Mal in Hongkong gelandet. Seitdem hatte sich genug ereignet, um ein ganzes Leben mit Spannung zu füllen.

Die Einreiseformalitäten waren schnell erledigt. Wegen des Kästchens in ihrer Tasche war Marion etwas nervös, aber wie schon in Hamburg und in Frankfurt interessierte sich niemand dafür; die Sicherheitsbeamten waren auf Messer, Sprengstoff und Drogen konditioniert. Bevor sie das Flughafengebäude verließ, steckte sie das Kästchen wieder in die Innentasche ihrer Jacke – es war dort einfach sicherer. Frühlingswarme Luft empfing Marion, als sie aus dem Flughafengebäude trat und auf die große Bushaltestelle zuging. Sie hatte vierundzwanzig Stunden Zeit, die Wärme zu genießen, bis sie weiter in den kalten Norden Chinas flog.

»Nur achtzig Hongkong-Dollar! Billiger bekommst du in der Stadt kein Zimmer. Sieh es dir an, *only look, only look.* Es ist sauber.« Der junge Inder zerrte an ihrem Jackenärmel.

Marion schüttelte seine Hand ärgerlich ab.

»Ich laufe nicht weg«, sagte sie aggressiv. Es war jedes Mal das

Gleiche, wenn sie die Eingeweide der Chungking Mansions betrat. Horden von jungen Männern stürzten auf sie zu und versuchten, sie in eine der vielen zu Pensionen umgewandelten Wohnungen zu locken, die in den heruntergekommenen Hochhausblocks untergebracht waren. In Momenten wie diesen wünschte sie sich, über mehr Geld zu verfügen und nicht auf die Absteigen in der Nathan Road angewiesen zu sein. Es wäre schön, einfach in ein schickes Hotel zu gehen und eine Kreditkarte über den Tresen schieben zu können. Marion seufzte: Statt achtzig wäre sie dann allerdings satte acht*hundert* Hongkong-Dollar los, das Budget für ganze fünf Tage.

Sie folgte dem Inder tiefer in das düstere Gebäude hinein. Mindestens zweihundert Menschen schoben sich durch die Lobby. Afrikaner in eleganten Anzügen und blankgeputzten Schuhen standen in kleinen Gruppen herum und versperrten die Gänge, während sich ihre Frauen arrogant den Weg durch die Menge aus Pakistanis, Indern und Chinesen bahnten. Marion bewunderte das farbenfrohe afrikanische Gewand, das sich über dem ausladenden Hinterteil der Afrikanerin vor ihr spannte. Mit dem dazu passenden Turban auf dem Kopf wirkte die Frau sehr exotisch. Ein paar ältere europäische Touristen standen an den Schaltern der Geldwechselstuben und blickten nervös über ihre Schultern, bevor sie das Pandämonium mit frisch gefüllten Portemonnaies wieder verließen, ihre Hongkong-Reise um eine verstörende Erfahrung reicher. Die Chungking Mansions sind eine Welt für sich, dachte Marion. Nein, berichtigte sie sich, nicht *eine* Welt. Die *ganze* Welt hat sich hier versammelt.

Vor dem Fahrstuhl von Block C reihten sich Marion und ihr Führer in eine lange Warteschlange ein. Es passten höchstens sechs Personen in die Kabine, aber selbstverständlich versuchten sich regelmäßig mehr Menschen hineinzudrängeln. Der Alarm, der ansprang, wenn der Fahrstuhl überladen war, lieferte die Hintergrundmusik für den alltäglichen Irrsinn in dem riesigen Gebäudekomplex der Chungking Mansions. Endlich waren sie an der Reihe. Ein bezopftes und bebrilltes chinesisches Mädchen in Schuluniform presste sich schüchtern in die Fahrstuhlecke, um nicht mit dem Bauch eines Pakistanis zu kollidieren. Marion, selbst zwischen zwei riesigen Afrikanern eingeklemmt, zwinkerte der Kleinen aufmunternd zu. Sie war erstaunt, dass es noch reguläre Mieter in diesen Häusern gab.

Ächzend begann der Fahrstuhl seine lange Reise nach oben. Im dritten Stock stieg der dicke Pakistani aus und stieß die gegenüberliegende Tür auf, über der ein großes Schild prangte: Pakistanisches Restaurant, *halal.* Im fünften Stock quetschten sich zwei korpulente Inderinnen in farbenprächtigen Saris in die Kabine und lösten prompt den Alarm aus. Niemand störte sich daran. Das kleine Mädchen und die Afrikaner verließen den Fahrstuhl im elften Stock und gingen in entgegengesetzte Richtungen davon.

Im sechzehnten Stock war die Reise zu Ende. Marion hob den von Susanne geliehenen Koffer vom Boden und folgte ihrem Führer durch düstere Gänge voller Unrat bis in das Nottreppenhaus. Aus den Augenwinkeln sah sie eine Kakerlake blitzschnell zu einem Riss in der Wand huschen. Es stank nach verwesendem Abfall und Urin. Auf eine der klebrigen Wände hatte jemand mit roter Farbe eine mehrsprachige Mitteilung gesprüht, die das Entsorgen von Müll und das Urinieren in den Fluren der Chungking Mansions unter drakonische Strafen stellte; gez. Die Hausverwaltung. Irgendwo im Labyrinth der Flure, Treppen und Zwischentüren eine gelb gestrichene Tür: das Hotel.

Das Bett war hundertzehn Zentimeter breit, das Zimmer hundertelf. Marion konnte sich beim besten Willen nicht vorstellen, wie man das Bett durch die Tür gezwängt hatte. Waren die Wände darum herumgebaut worden? Ein kleiner Tisch stand vor dem Bett, und unter der Decke war ein zusätzlich mit einer dicken Kette gesicherter Fernseher angeschraubt. Der Besitzer des »Hongkong View« schien seinen Gästen nicht über den Weg zu trauen. Ein winziges Außenfenster, durch das ein Streifen Tageslicht drang, gab den Ausschlag. Marion beschloss hierzubleiben. Außerdem hatte der junge

Inder nicht gelogen: Das Zimmer war sauber. Mehr konnte sie nicht verlangen. Es war schließlich nur für eine Nacht.

Nachdem sie geduscht und frische Sachen angezogen hatte, verließ sie die Chungking Mansions und ging in das Büro des China International Travel Service auf der gegenüberliegenden Straßenseite, um ein Expressvisum für China zu beantragen. Die Angestellten von CITS waren hilfsbereit, und zehn Minuten später stand Marion wieder auf der Straße.

Bis sie am nächsten Tag ihr Visum abholen konnte, hatte sie nichts zu erledigen. Sie suchte sich ein kleines Café in einer Seitenstraße und blätterte unschlüssig in ihrem Reiseführer. Die meisten Sehenswürdigkeiten der Stadt hatte sie bereits während ihrer letzten Besuche abgeklappert. Zum Shoppen, der Hauptbeschäftigung aller Hongkonger und Touristen, fehlte ihr die goldene Kreditkarte.

Marion gähnte. Der lange Flug und die Zeitverschiebung machten sich bemerkbar, aber sie durfte jetzt nicht schlafen. Wenn sie bis zum Abend durchhielt, hatte sie den Jetlag morgen überwunden. Sie entschied sich, mit den öffentlichen Bussen kreuz und quer durch die Stadt zu fahren und einfach dort auszusteigen, wo es interessant aussah.

* * *

Etwa zur selben Zeit, als Marion durch die Straßenschluchten Hongkongs fuhr, suchte Nikolai im Eingang eines modernen Hochhauses Schutz vor den eisigen Schneeböen, die der Wind durch die Straßen Tashkents, der Hauptstadt Usbekistans, trieb. Mit klammen Fingern zog er sein klingelndes Handy aus der Tasche und nahm das Gespräch an.

»Hallo, Igor. Haben sich die Wogen geglättet?«, fragte er, als sich sein Gesprächspartner zu erkennen gegeben hatte.

»Einigermaßen. Die Polizei tappt im Dunkeln. Die Entführung ist noch in den Schlagzeilen, aber niemand hat eine Verbindung zu dem

Einbruch hergestellt. Ehrlich gesagt, diese beiden Frauen sind mir ein Rätsel. Warum lügen sie die Bullen an?«

»Sie sind aus härterem Holz geschnitzt, als ich dachte. Und vergiss den Sinologen nicht. Der respektable Professor hat der Polizei auch nicht alles erzählt. Marion Reuter und ihre Freunde sind mittlerweile so tief in die Geschichte verstrickt, dass sie es sich nicht mehr leisten können, die Polizei einzuschalten. Uns kann es nur recht sein.«

»Die Leute sehen zu viele Indiana-Jones-Filme«, bemerkte Igor. »Die Polizei wird den Einbruch bald zu den Akten legen. Ich habe in der Zeitung gelesen, dass der Sinologe auf dem Weg der Besserung ist. Es ist zu dumm, dass ich die Sachen nicht holen konnte. Der Safe war eine böse Überraschung.«

»Es ist nicht zu ändern. Ich hätte das Geld gut brauchen können. Du sicherlich auch.«

»Und ob. Was hast du nun vor? Die Sache vergessen?«

»Leider ja. Die ganze Angelegenheit ist zu heiß geworden; viel zu viele Leute sind involviert. Im Grunde war schon alles zu spät, als Marion Reuter die Figur nach Deutschland brachte. Ich glaube nicht, dass wir noch einmal eine Chance bekommen, an das Pferd heranzukommen – ich kann mich jedenfalls in Deutschland fürs Erste nicht blicken lassen.«

»Nein, das kannst du tatsächlich nicht. Wo bist du gerade? In Usbekistan?«

»Ja, in Tashkent. Übernächste Woche fliege ich nach Xi'an, um mit dem Professor ein neues Projekt zu besprechen.«

»Du kannst nicht über mangelnde Arbeit klagen.«

»Nicht, solange es Leute gibt, die mehr Geld haben, als sie ausgeben können.«

»Falls du meine Hilfe benötigst: Ich bin jederzeit für dich da.«

»Danke. Ich werde an dich denken.«

»Das will ich doch hoffen. Bis bald, Nikolai.«

»Bis bald.«

Nikolai hatte gerade die Verbindung unterbrochen, als das Handy erneut klingelte.

»Ja?«

»Hier ist Zu'en.«

»Zu'en? Wie geht es dir?«

»Mamahuhu.«

»Mir geht es auch nicht gerade gut. Hat der Professor dich schon über die Pleite mit der Pferdefigur informiert?«

»Ja, hat er. Nikolai, kannst du sofort nach Xi'an kommen?« Zu'en klang aufgewühlt.

»Was ist los?«

»Eine Menge. Schaffst du es bis morgen?«

»Ich kann es nicht versprechen, aber normalerweise gibt es immer noch einen Platz in der Businessclass. Du hörst dich beunruhigt an. Bist du in Schwierigkeiten?«

»Wie man's nimmt. Ich erkläre es dir, sobald du da bist. Und – kein Wort zum Professor.«

»Was ...?«

»Vertraue mir einfach, dass es wichtig ist.«

»Wem sollte ich vertrauen, wenn nicht dir? Bis morgen.«

* * *

Wie jeden Abend hatten sich Hunderte von Menschen vor dem Cultural Centre auf der Südspitze Kowloons versammelt – direkt an der Meerenge, die das Festland von Hongkong Island trennt –, um die Dämmerung über den himmelhohen Bürotürmen der Insel zu feiern. Marion fand eine freie Bank und beobachtete, wie sich der Himmel erst rosa verfärbte, um dann schnell ein tiefes Violett anzunehmen. Die ersten Leuchtreklamen strahlten von der Insel herüber, und mit jeder Minute kamen mehr hinzu. Auf einer der Hochhausfassaden blinkte ein fünfzig Meter hoher Neonröhren-Weihnachtsmann.

Als es vollständig dunkel geworden war, schlenderte Marion

zum nahe gelegenen Harbour City Einkaufszentrum. Als sie die aufwendige Weihnachtsdekoration vor dem Haupteingang sah, überlegte sie es sich anders. Sie wollte nicht an Weihnachten erinnert werden, nicht an Lebkuchen, nicht an Hamburg und vor allem nicht an Thomas.

Er hatte sie kurz vor ihrer Abreise angerufen und wollte sie überreden, die Chinareise abzublasen. Ein Wort gab das andere, bis Marion wütend den Hörer auf die Gabel knallte. Sie hatte mehr Verständnis von ihm erwartet. Inzwischen war ihr klargeworden, dass Thomas mit den Nerven genauso am Ende war wie sie. Aber ebenso klar war ihr auch, dass sie ihre Beziehung mit Thomas nicht mehr aufleben lassen wollte. Sie hatte sich müde gestritten.

Auf der Suche nach einem billigen Restaurant fiel ihr ein futuristisch eingerichteter Friseursalon auf. Kurzentschlossen stieß sie die Ladentür auf.

»Wie soll ich Ihnen die Haare schneiden?«, fragte der Friseur.

»Kurz.«

»Kurz?«

»Sehr kurz.«

Das durchdringende Läuten des Feueralarms riss Marion aus dem Schlaf. Es war stockdunkel. Als sie die Füße über die Bettkante schwingen wollte, stieß sie mit den Knien heftig gegen die Wand und wusste schlagartig, wo sie war: in einem winzigen Zimmer in den Chungking Mansions. Im sechzehnten Stock. Und es brannte! Marions grässlichster Alptraum war Wirklichkeit geworden.

Mit einem Satz sprang sie aus dem Bett und suchte nach dem Lichtschalter. Als sie ihn umlegte, traf das helle Neonlicht sie wie ein Schock. Marion sah sich hektisch um. Sie hatte nicht viel Zeit. Der Koffer war viel zu sperrig, um sich mit ihm zu belasten. Sie warf sich ihre Jacke über den Schlafanzug, ergriff den Bauchbeutel und entriegelte mit fliegenden Fingern die Tür. Das Schrillen des Alarms war nervenzerfetzend.

Endlich glitt der Riegel zurück. Marion preschte auf die Pensionstür zu. Eine der Zimmertüren ging auf, und ein verschlafener Inder steckte seinen Kopf heraus.

»Feuer! Beeilen Sie sich!«, schrie sie ihm zu.

Der Mann sah sie verständnislos an. Er rief ihr etwas nach, aber Marion hörte nicht zu. Sie riss die Tür zum Gang auf. Das Feuer hatte diesen Teil des Gebäudes noch nicht erreicht, und sie spurtete los. Die Brandschutztür zum Treppenhaus konnte nur wenige Meter entfernt sein, aber als sie um die nächste Ecke bog, sah sie einen langen, dunklen Flur hinunter, von dem mehrere Wohnungen abgingen. Der Alarm wurde schwächer. Außer einigen in den Abfalltüten raschelnden Ratten war der Gang wie ausgestorben. Marion ging zögernd vorwärts. Die Ratten huschten davon.

Dies war nicht der Weg zum Treppenhaus; in ihrer Panik war sie in die falsche Richtung gelaufen. Sie rannte zurück. Als sie an der gelben Tür vorbeieilte, wunderte sie sich kurz, dass keiner der anderen Gäste die Pension verlassen hatte. Marion stürmte weiter, bis sie die Brandschutztür vor sich sah. Sie warf sich mit aller Kraft gegen die massive Eisentür, die quietschend nachgab. Sie stieß eine zweite Tür auf. Vor ihr klaffte finster das Treppenhaus. Die Eisentür fiel ins Schloss und schnitt den Feueralarm jäh ab. Es war totenstill.

Wo waren die Menschen? In den Chungking Mansions hielten sich Tausende von Menschen auf. Wo waren sie? Das verschachtelte Gebäude war eine Falle, die Bewohner mussten sich in Sicherheit bringen! Hatten sie den Alarm nicht gehört? Vermutlich war er in den meisten Wohnungen kaputt. Marion hatte Glück gehabt, dass die Glocke in ihrer Pension funktionierte. Immer drei Stufen auf einmal nehmend, raste sie abwärts durch das sich endlos um sich selbst drehende Treppenhaus. Sie verlor einen Badeschlappen. Egal. Sie musste runter, auf die Straße. Die Feuerwehr rufen.

Das Erdgeschoss. Fahle Notlichter überzogen die heruntergelassenen Rollläden der Geschäfte mit einem gespenstischen, orangefarbenen Glühen. Zwei auf einer Metallkiste sitzende Afrikaner unterbrachen erstaunt ihre Unterhaltung, aber Marion nahm sie nicht wahr. Vor sich sah sie einen Ausgang, der auf eine der engen Seitengassen der Nathan Road führte.

Noch wenige Schritte, und sie war im Freien. Marion schlingerte um die verlassenen Stände herum, die die Gasse tagsüber in einen Markt verwandelten, dann stand sie endlich auf der Hauptstraße.

Mit klopfendem Herzen sah sie nach oben. Über ihr türmte sich drohend der Koloss der Chungking Mansions. Nur zwei oder drei der Fenster waren erleuchtet. Sie sah keine Flammen, aber der Brand konnte auch in einem der Blöcke dahinter ausgebrochen sein. Die Feuerwehr war noch nicht erschienen, und sie hörte auch keine Sirenen. Auf der Straße war niemand zu sehen. Ein Auto näherte sich, aber als sie es anhalten wollte, hupte der Fahrer nur und setzte seinen Weg fort. Marion war verzweifelt. Wenn sie nicht bald einen Passanten mit einem Handy fand, würde es eine Katastrophe geben.

Jemand tippte auf ihre Schulter. Marion fuhr erschrocken herum. Vor ihr standen die beiden Afrikaner, an denen sie vorbeigelaufen war.

»Haben Sie ein Telefon?«, rief sie, erleichtert, einen Menschen zu sehen.

»Ja, habe ich«, sagte der Afrikaner verwundert. »Was machen Sie hier? Sie sind ja völlig außer sich.«

»Es brennt! Schnell, rufen Sie die Feuerwehr an«, stieß Marion hervor. Ihr Atem ging schwer.

»Ruhig, ruhig. Immer der Reihe nach: Wo brennt es?«

»Die Chungking Mansions! Das Haus brennt!«

Der Afrikaner verlor seine Ruhe nicht. »Wie kommen Sie darauf?«, fragte er.

»In meiner Pension ist der Feueralarm losgegangen. Im Block C.«

»Es brennt nicht. Hier im Haus geht der Alarm fast jede Nacht in einer der Wohnungen los.«

Marion riss die Augen auf. »Es brennt nicht? Falscher Alarm? Sind Sie sicher?«, fragte sie entgeistert.

Der Afrikaner nickte bestätigend.

»Und die Leute schlafen einfach weiter?«

»Ja.«

Marion schüttelte betäubt den Kopf. Die Information drang nur langsam in ihr Gehirn.

Der Afrikaner fasste sie sanft am Oberarm und zog sie in Richtung des Haupteingangs.

»Kommen Sie. Wir bringen Sie zu Ihrer Pension.«

Marion folgte den beiden Männern wie in Trance.

Vor der gelben Tür bedankte sich Marion und winkte den hilfsbereiten Afrikanern nach, bis sie in den Tiefen der Chungking Mansions verschwanden. Die nettesten Leute trifft man immer unerwartet, dachte sie, als sie die Tür aufdrückte. In der Pension war es still, und Marion schlich leise zu ihrem Zimmer, um niemanden zu wecken. Ihre Zimmertür war angelehnt, das Licht aus. Seltsam. Sie hatte es angelassen, als sie geflüchtet war. Sie tastete nach dem Schalter.

Das Zimmer war leer. Ihr Koffer, die Wanderschuhe, die zum Lüften aufgehängten Jeans, selbst ihr Reisewecker und die Zahnbürste waren verschwunden. Weg. Geklaut.

»Das kann doch nicht wahr sein«, stöhnte sie. Dann erinnerte sie sich an den Inder in dem Zimmer schräg gegenüber. Sie stürzte auf den Gang und trat gegen seine Tür.

»Rück meine Sachen raus, du Mistkerl!«

In dem Zimmer regte sich nichts.

Marion hämmerte mit den Fäusten auf das Sperrholz ein und schrie sich ihre Wut aus dem Leib, aber es nutzte nichts. Der Inder und auch die anderen Gäste stellten sich taub. Wahrscheinlich lagen sie in ihren Betten und amüsierten sich über die Blödheit der Europäerin.

Geschlagen ging sie zurück in ihr Zimmer und ließ sich auf das Bett sinken.

Ihr war nur geblieben, was sie am Leib trug: ein Schlafanzug, ihre

Jacke und ein einzelner Schuh. Zum Glück war das Kästchen mit dem zerbrochenen Jadepferd wie immer in ihrer Jackentasche verstaut. Alle Dokumente und die Kreditkarte befanden sich in ihrem Bauchbeutel. Der Diebstahl ihres Koffers war trotzdem ärgerlich, sie hatte extra gute Kleidung für den Besuch im Museum eingepackt. Am meisten nahm sie dem Dieb übel, dass er ihre Wanderschuhe gestohlen hatte. Morgen früh musste sie sofort für Ersatz sorgen, wenn sie nicht in Badelatschen durch den Hong Kong Airport laufen wollte.

DAS DORF DER DIEBE

AUGUST BIS OKTOBER 2004

Der junge Mann setzte seine Reisetasche ab und wischte sich das ungekämmte, schweißnasse Haar aus der Stirn. Der Wanderer sah ungepflegt aus: Ein bläulicher Bartschatten umrahmte das breite Kinn, die Kleidung war schmutzig und an mehreren Stellen zerrissen. Unter seinen Armen hatten sich große Schweißflecken gebildet, und das Hemd klebte ihm am Rücken, aber er bemerkte es nicht. Er stand auf dem staubigen Feldweg, der zu seinem Heimatdorf führte, und redete sich Mut zu. Doch innerlich krümmte er sich: Am Ende dieses Wegs stand sein Vater wie ein drohender Riese, bereit, ihm mit Schlägen einzubleuen, was er für richtig hielt. So war es immer gewesen, und der junge Mann wusste, dass er der brutalen Autorität des verhassten Vaters nichts entgegenzusetzen hatte.

Er knirschte mit den Zähnen. Sein Vater hatte Schuld an allem, was in seinem Leben schiefgelaufen war, und er hätte es vorgezogen, den Mann niemals wiederzusehen. Dummerweise hatte er keine Wahl. Er war abgebrannt, und ihm war keine andere Person eingefallen, an die er sich wenden konnte. Er hatte keine Freunde.

Ein Mofa überholte ihn und hielt wenige Meter entfernt.

»Hallo, Yakub«, begrüßte ihn der Fahrer ohne Enthusiasmus. »Was führt dich hierher?«

Yakub erkannte den Mann, der ungefähr in seinem Alter war, nicht wieder. Er hatte sein Heimatdorf vor mehr als acht Jahren verlassen, und bei seinem kurzen Besuch vor anderthalb Jahren, nach der Geschichte mit der einfältigen Aisha, hatte er mit niemandem gesprochen.

»Das geht dich nichts an«, knurrte er.

»Höflichkeit war nie deine Stärke«, bemerkte der Mann auf dem Mofa bissig. »Aber ich will die Regeln der Gastfreundschaft nicht mit Füßen treten: Steig auf, ich bringe dich zum Dorf.«

»Ich gehe lieber zu Fuß.«

»Bitte, dann geh zu Fuß und lass dir das Hirn von der Sonne kochen«, sagte der andere gleichgültig und startete sein Mofa. Ohne sich noch einmal umzudrehen, fuhr er in einer Staubwolke davon.

Yakub hustete und zog eine Zigarette aus seiner Hemdtasche. Als er sie anzündete, hustete er noch mehr. Angewidert trat er die Zigarette in den Staub. Es wurde Zeit, dass er wieder Geld in die Finger bekam und nicht mehr dieses billige Zeug zu rauchen brauchte. Er setzte sich zögernd in Bewegung. Bis zum Dorf war es nicht mehr weit.

Als er eine halbe Stunde später vor der hellgrünen Tür stand, die in den Hof seiner Familie führte, sank ihm das Herz erneut. Sein Vater würde ihm kein Geld geben, er hatte es beim letzten Mal deutlich genug gesagt. Noch hatte er die Möglichkeit, einfach zurück nach Khotan zu wandern und sich dort eine Arbeit zu suchen. Prüfend ertastete er in seiner Hosentasche acht oder neun Geldscheine. Es waren nur Ein-Yuan-Noten, gerade genug, um sich ein Abendessen und eine Flasche Bier zu leisten. Die Busfahrt von Urumqi nach Khotan hatte seine Reserven aufgebraucht. Er saß in der Falle und musste sich seinem Vater stellen.

Die Tür öffnete sich nach dem zweiten Klopfen.

»Warum hast du so lange getrödelt? Was willst du?«

Yakub prallte zurück. Sein Vater stand in der Hoftür, größer und breiter als er selbst, die Augenbrauen gerunzelt, so dass die tiefe Zornesfalte von der Nasenwurzel bis zum Haaransatz seine Stirn in zwei Hälften teilte. Er musterte seinen Sohn kalt von Kopf bis Fuß.

»Woher wusstest du …«

»Dein Cousin hat dich auf dem Weg gesehen.«

Also war der Mann auf dem Mofa der Sohn seines Onkels gewesen. Als Kinder hatten sie manchmal zusammen gespielt, aber das hörte auf, als ihre Väter entschieden, dass sie alt genug waren, um auf den Feldern zu arbeiten. Yakub war damals neun Jahre alt gewesen, sein Cousin acht. Ihre Leistungen in der Schule wurden immer schlechter, aber das interessierte außer der Lehrerin niemanden. Sein Vater und dessen Brüder glaubten nicht an Bücher. Mit zwölf hörte Yakub auf, seine Zeit im Klassenzimmer zu verschwenden, wie sein Vater es ausdrückte.

»Ich habe Pech gehabt und möchte hier wohnen«, sagte Yakub eingeschüchtert. Dann fügte er trotzig hinzu: »Ich habe ein Recht, hier zu sein.«

»Du hast also ein Recht, hier zu sein«, wiederholte sein Vater lauernd.

Die heftige Ohrfeige traf Yakub völlig unvorbereitet, und er taumelte zu Boden.

»Du wirst dich an meine Regeln halten, verstanden? Hör auf zu winseln und komm rein.«

Yakub rappelte sich hoch und folgte seinem Vater gehorsam wie ein geprügelter Hund.

»In den Zimmern ist kein Platz für dich«, sagte Siddiq, als sie in den Hof traten. Er wies in eine Ecke. »Du kannst auf der Veranda schlafen und die Gelegenheit nutzen, dort aufzuräumen.«

Yakub schlich zu dem ihm zugewiesenen Platz, stellte seine Tasche ab und blickte sich um. Seine Mutter stand in der Küchentür und sah zu ihm herüber, klein und verhärmt, ausgezehrt von acht oder neun Schwangerschaften und der nicht zu bewältigenden Aufgabe, ihre Kinder großzuziehen und es ihrem Mann recht zu machen. Sobald sein Vater den Hof durch eine Hintertür verlassen hatte, winkte Yakub zu seiner Mutter hinüber. Ein zaghaftes Lächeln erschien auf ihrem Gesicht. Seine Mutter sah aus wie eine Greisin, dabei war sie gerade erst fünfzig Jahre alt.

Das Lächeln erlosch, als ihr Mann zurückkehrte.

»Was stehst du herum?«, herrschte er sie an. »Dein Sohn will sich bei uns dick und rund füttern lassen, also sieh zu, dass du für ihn kochst.«

Sofort wich sie in die Küche zurück.

Während des Essens, das von seiner Mutter schweigend serviert wurde, wagte auch Yakub nicht, den Mund zu öffnen. Wie sich herausstellte, kam das überraschende Auftauchen seines ältesten Sohns dem Vater wie gerufen, da er eine schadhafte Außenmauer ersetzen wollte. Die Reparatur war bisher nicht ausgeführt worden, weil Yakubs Geschwister entweder für die Feldarbeit eingespannt waren oder anderweitig zu tun hatten. Yakub fügte sich in die Anordnungen und sagte sich im Stillen, dass es nur für eine kurze Zeit war. Ihm würde schon etwas einfallen, um den Klauen eines Lebens, mit dem er längst abgeschlossen hatte, wieder zu entfliehen.

Nach dem Essen zeigte sein Vater ihm die Mauer auf der Rückseite des Ziegenstalls. Yakub zog entsetzt die Luft ein: Die Mauer war nicht schadhaft, sondern vollständig in sich zusammengesunken. Jetzt erklärte sich auch, warum die Ziegen im Innenhof angebunden waren.

Es würde allein Tage dauern, den Lehmschutt aus dem Stall abzutransportieren, bevor er daran denken konnte, eine neue Mauer zu bauen. Unbehaglich sah er sich die Überreste der Wand an. Sie war in traditioneller Bauweise errichtet worden: Auf eine aufrecht stehende Matte aus ineinander verflochtenen dünnen Pappelästen wurde der Lehm in mehreren Schichten aufgetragen, bis die Mauer dick genug war, sich selbst zu tragen. Er hatte keine Ahnung, wie man diese Mauern baute, und von seinem Vater konnte er keinerlei Hilfe erwarten. Yakub würde sich im Dorf umhören müssen. Es gab ein paar Jungen aus seiner Kindheit, die er damals als seine Freunde bezeichnet hatte. Vielleicht konnte er sich auf die alten Bande berufen und sie um Rat fragen.

* * *

In den Tagen nach seiner Ankunft im Elternhaus war die Hitze unerträglich geworden. Yakub stand mit freiem Oberkörper vor dem Ziegenstall und grub Löcher, in die später die Stämme für die neue

Mauer versenkt werden sollten. Obwohl es bereits Mittag war, hatte er nur zwei Löcher fertiggestellt. Er war unausgeschlafen, weil er in der letzten Nacht mit ein paar jungen Männern heimlich in der Stadt gewesen war. Sein Vater hatte ihn kurz nach Sonnenaufgang wachgerüttelt und als faul und wertlos beschimpft, dann war er verschwunden.

Yakub warf die Hacke beiseite und ging in den Hof. Seine Mutter ließ sich neben ihm nieder und beobachtete, wie ihr Sohn hungrig das Fladenbrot in Streifen riss und in seinen Tee tunkte. Aus Angst vor ihrem Mann hatte sie es bisher nicht gewagt, mehr als das Nötigste mit Yakub zu sprechen.

»Wirst du bleiben?«, fragte sie unvermittelt. Ihre Stimme war kaum hörbar, und Yakub verspürte Mitleid mit ihr. Seine Mutter liebte ihn und seine Geschwister, aber sie hatte sich nie gegen den Vater behaupten können, und so war sie in Yakubs Kindheitserinnerungen nicht mehr als ein Schatten, schweigsam, geduldig, durchsichtig. Der einzige Mensch, der zählte, war sein Vater.

»Nein«, sagte er weich. Er wollte ihr nicht weh tun, aber es war nicht zu vermeiden. »Ich kann nicht mit Vater in einem Haus wohnen.«

»Willst du es nicht wenigstens versuchen? Ich habe dich in all den Jahren sehr vermisst«, sagte sie, und Yakub sah, dass ihre Augen in Tränen schwammen.

»Ich versuche es. Aber du siehst doch, dass sich nichts geändert hat. Beschimpfungen den ganzen Tag, und ich weiß, dass er mich am liebsten prügeln würde wie damals, als ich Kind war und mich nicht wehren konnte. Mir ist es ein Rätsel, wie die anderen es aushalten.«

»Aber was willst du machen? Wovon willst du leben?«

Yakub stieß einen langen Seufzer aus. Er hatte keine Vorstellung, wie es weitergehen sollte, aber er würde seinen Vater umbringen, wenn er noch lange hierblieb. Er stand abrupt auf und ließ seine weinende Mutter sitzen. Er war nicht für sie verantwortlich. Sein eigenes Wohlergehen war ihm wichtiger, und das bedeutete für den heutigen Tag, dass er weitergraben musste, um den Zorn seines Vaters in Grenzen zu halten. Misslaunig hob er die Hacke vom Boden und setzte seine Arbeit fort. Er hasste diese Mauer, er hasste seinen Vater und seine Onkel, hasste die Hitze und die Wüste, hasste das trockene, harte Brot, hasste sogar seine Mutter, die nicht in der Lage war, ihn zu beschützen. Yakub Siddiq hasste die ganze Welt und seine Ohnmacht, es mit ihr aufzunehmen. Wie rasend hackte er auf den von der Sonne steinhart gebackenen Boden ein und reagierte seine Wut ab.

Nach einer Stunde war das Loch etwa einen halben Meter tief. Mit einem Hieb löste er ein wenig Erde und kniete sich dann neben das Loch, um die Lehmbrocken mit beiden Händen herauszuheben. Ein ungewöhnlich geformter Klumpen erregte seine Aufmerksamkeit. Der Klumpen war rechteckig, und Yakub konnte sehen, dass es ein kleiner, von Lehm bedeckter Gegenstand war. Ungeduldig kratzte er den Dreck herunter. Bald darauf hielt er einen hässlichen kleinen Kasten in den Händen, der aussah, als hätte ihn jemand mit einer Drahtbürste bearbeitet. Die Oberfläche war zerschrammt, und an einigen Stellen war die Farbe zusammen mit dem Lehm abgegangen. Yakub war enttäuscht. Er hatte gehofft, dass der Zufall ihm einen Schatz in die Hände spielte, aber dieses Ding war so wertlos wie die Erde, aus der er es gezogen hatte. Als er es achtlos beiseitewarf, hörte er, dass etwas darin klapperte.

Das Oberteil und das Unterteil des Kästchens waren fest miteinander verbunden, so dass Yakub sein Messer zu Hilfe nehmen musste, um den Lehm aus der Ritze zu schaben. Endlich konnte er die Klinge in einen Spalt schieben und zwang die beiden Teile gewaltsam auseinander. Ein Stück des Deckels brach dabei ab, aber er bemerkte es kaum; zu sehr war er damit beschäftigt, sich auszumalen, welche Kostbarkeiten in dem Kästchen auf ihn warteten.

Er nahm den Deckel ab. Auf seinen Zügen spiegelten sich Unverständnis, Ärger und Ratlosigkeit in schneller Folge wider: In der Schachtel lagen eine kaputte Pferdefigur und mehrere Bambusstäbe. Sand. Nutzloser Plunder.

Frustriert schüttete er den Inhalt der Kiste auf den Boden vor ihm. Die Bambusstäbe sprangen nach allen Seiten, aber die Pferdefigur war schwer und fiel direkt zwischen seine Füße. Yakub starrte darauf. Die Oberseite war über und über mit glänzenden chinesischen Schriftzeichen bedeckt. Aufgeregt hob er die Figur auf.

Die Zeichen waren aus Gold, Yakub war sich ganz sicher. Nachdem er das zerbrochene Pferd blank gerieben hatte, lag es nun auf seiner Handfläche, die dunkle, glatte Oberfläche geheimnisvoll schimmernd. Yakub konnte die Schriftzeichen nicht lesen, aber es war unwichtig. Er hatte ein uraltes Kunstwerk gefunden, das ihn reich machen würde. Dass es alt war, stand außer Frage: Warum wäre es sonst so tief in der Erde verborgen gewesen? Nicht zum ersten Mal hatte ein Dorfbewohner einen Fund gemacht, der ihm genug Geld verschaffte, um einen neuen Esel oder ein Mofa zu kaufen.

Yakub schloss die Hand über der Figur und streckte die geballte Faust in die Luft. Sein träger Geist überschlug sich: Die Geldsorgen waren vorbei! Er sammelte die Bambusstäbchen wieder ein und legte sie in die Kiste. Manchmal wurden auch solche Sachen gekauft, wenn Yakub sich auch nicht vorstellen konnte, was jemand damit anfangen sollte. Dann suchte er sich einen schattigen Platz unter einer Weide und überdachte seine nächsten Schritte.

* * *

Hakim Akhuns Urteil über den jungen Mann, der ihm gegenüber auf einem weichen Kissen saß, war nicht schmeichelhaft. Siddiqs Sohn hatte sich in eine vorhersehbare Richtung entwickelt. Er war dumm, aber man konnte ihm eine gewisse Bauernschläue nicht absprechen, dazu kamen eine unterschwellige Aggressivität und Verschlagenheit, die den jungen Mann in hohem Maße unzuverlässig machten. Wie der Vater, so der Sohn: Akhun hatte auch von Yakubs Vater keine hohe Meinung.

»Wie viel Geld kann ich dafür bekommen?«, fragte Yakub eifrig.

»Das ist schwer zu sagen. Wenn wir es überhaupt verkaufen können.«

Yakub fuhr auf: »Was soll das? Du hast gesagt, es sei wertvoll.«

»Ich habe *vermutet,* dass es ein Original ist«, sagte Akhun. Er musste sich zusammenreißen, um den Kerl nicht aus dem Haus zu werfen. Warum hatte ausgerechnet Yakub die Kiste gefunden? Jeder andere Dorfbewohner wäre ihm lieber gewesen. Die meisten Leute überließen ihm die Verhandlungen, weil sie wussten, worauf es ankam: Auch dunkle Geschäfte waren Geschäfte und ohne gegenseitiges Vertrauen zum Scheitern verdammt. Zwischen ihm und dem jungen Siddiq hatte sich sofort eine Atmosphäre gegenseitigen Misstrauens breitgemacht.

Akhun seufzte innerlich: Konsequenterweise müsste er Yakub umgehend vor die Tür setzen, aber seine Geldgier war stärker. Er war davon überzeugt, dass Yakubs Fund nicht nur echt, sondern auch wertvoll war. Es waren genug Altertümer durch seine Hände gegangen, und er hatte sich im Laufe der Jahre ein solides Wissen über die Kunst und Geschichte der Seidenstraße angeeignet. Sein Aufkäufer in Kashgar versorgte ihn mit Geschichtsbüchern, Bildbänden und Museumskatalogen, und Akhun war stolz auf seine kleine Bibliothek. Er hatte es nicht zuletzt diesen Büchern zu verdanken, dass er in Melikawat angestellt worden war. Der Job war eine erstklassige Tarnung.

Mit dem Ton eines Lehrers, der einem begriffsstutzigen Kind die einfachste Sache der Welt erklärte, sprach Akhun weiter: »Als Erstes zeige ich deinen Fund meinem Mittelsmann, damit er sich ein Urteil bilden kann. Danach informiert dieser Mann seinen Chef. Und der entscheidet, wie viel er ausgeben will.«

»Und wenn es zu wenig ist?«

Akhun verlor die Nerven. »Überlass es mir zu beurteilen, ob es zu viel oder zu wenig Geld ist!«, fuhr er den jungen Mann an.

»Die Leute werden uns betrügen«, nörgelte Yakub.

»Weil du selbst auf Betrug aus bist.«

»Ich kann die Figur auch ohne dich verkaufen.«

»Bitte, versuch es. Du bist schneller im Gefängnis, als du bis drei gezählt hast«, antwortete Akhun ruhig. Wenn der Idiot überhaupt bis drei zählen konnte.

»Wie lange wird es dauern, bis ich das Geld habe?«, fragte Yakub.

»Sollte mein Partner interessiert sein, wird es etwa vier Wochen dauern.«

»Vier Wochen? Solange halte ich es niemals im Haus meines Vaters aus.«

»Stell dich nicht so an.«

Akhun begann, die über den Tisch verstreuten Bambusstäbchen einzusammeln.

»Was machst du da?«, fragte Yakub misstrauisch.

»Zusammenpacken. Was sonst?«

»Ich behalte die Sachen.«

»Ich habe dir doch erklärt, dass ich sie meinem Partner zeigen muss.«

»Dann begleite ich dich.«

»Nein. Das ist unmöglich.«

»Ich gebe sie nicht aus der Hand!«

»Und was soll ich meinem Partner sagen? Er wird sich kaum mit einer Beschreibung zufriedengeben.«

»Was weiß ich? Mach ein Foto. Du bist doch so schlau.«

Hakim Akhun gab resigniert auf. Yakub wollte es einfach nicht kapieren, aber er konnte ihm schlecht sein Eigentum entreißen. Er stand auf und ging in den Nebenraum.

»Wo willst du hin?«

»Meine Kamera holen.«

* * *

Die folgenden Tage vergingen wie im Flug. In seinen Tagträumen sah sich Yakub im teuersten Restaurant von Urumqi sitzen und seine

Freunde bewirten. Sie würden ihn bewundern und um seine schöne Freundin beneiden, eine Sängerin oder einen Filmstar. Dann wieder brachte ihn ein Flugzeug an einen der exotischen Orte, die manchmal im Fernsehen gezeigt wurden: Paris, New York oder Bangkok. Das Leben zeigte sich ihm von seiner besten Seite. Wenn Yakub doch einmal Bedenken hatte, öffnete er das Kästchen, das er immer bei sich trug. Der weiche Glanz des Goldes auf der Pferdefigur beruhigte ihn. Die mysteriöse Figur übte einen eigenartigen Zauber auf ihn aus, und er hatte schon mit dem Gedanken gespielt, sie einfach zu behalten. Aber dann sah er das Auto, die Freundin, das rauschende Leben vor sich, das ihn erwartete, und dafür lohnte es sich, die Figur herzugeben. In vier Wochen war er reich.

Eine Woche nach seinem Fund kam es zum Eklat. Yakub hatte sich gerade bequem auf einem Strohhaufen ausgestreckt, als sein Vater den Ziegenstall betrat. Siddiq stürzte sich auf seinen Sohn und zerrte ihn hoch.

»Ich habe dich nicht ins Haus gelassen, damit du deine Tage verschläfst«, brüllte er und schlug Yakub mit der flachen Hand ins Gesicht. »Du bist eine Schande für die ganze Familie! Warum hat Gott mich mit einem solchen Sohn gestraft?«

»Vielleicht bin ich gar nicht dein Sohn.«

Ein harter Schlag traf ihn aufs Schlüsselbein, aber Yakub blieb stehen. »Wer will schon einen Vater wie dich haben?«, schrie er. »Ich will dich nie wiedersehen. Fahr zur Hölle!«

Yakubs Äußerung stachelte Siddiqs Wut weiter an. Er holte mit der Faust aus, um ihm zu zeigen, wer das Sagen hatte, aber dann geschah das Ungeheuerliche: Yakub schlug zurück. Der Hass seines ganzen Lebens entlud sich in einem Ausbruch, der Siddiq von den Füßen riss. Völlig außer sich hieb Yakub auf seinen Vater ein, trat um sich, schrie. Bald wälzten sich die beiden fest umklammert in dem Ziegenstall, ohne dass einer die Oberhand gewann. Schließlich gelang es Siddiq, seinem Sohn den Ellbogen ins Gesicht zu rammen. Der Schmerz war so stark, dass Yakub losließ. Darauf hatte Siddiq nur gewartet. Er sprang auf und trat auf seinen zusammengekrümmt am Boden liegenden Sohn ein, bis sich seine Frau, die fassungslos in der Stalltür erschienen war, über den hilflosen jungen Mann warf.

»Hör auf. Du bringst ihn um!«, heulte sie.

»Und wennschon«, raste Siddiq. »Geh weg.«

»Nein!«

Er trat seine Frau in die Seite. Sie rührte sich nicht von der Stelle.

»Nur zu. Dann kannst du mich auch töten«, stieß sie hervor.

Siddiq tobte. »Dann bräuchte ich mir wenigstens dein Gewimmer nicht mehr anzuhören!« Er stampfte aus der Stalltür. »Ich gehe aufs Feld. Heute Abend ist diese erbärmliche Missgeburt verschwunden.«

Yakub setzte sich auf und tastete sich vorsichtig ab. Ihm tat der ganze Körper weh, aber außer einer Schürfwunde und drei, vier Prellungen war er nicht verletzt. Das Kästchen war ebenfalls unbeschädigt. Scin Mund verzog sich zu einem triumphierenden Grinsen. Endlich hatte er seinem Vater gezeigt, wie sehr er ihn verabscheute, und er hatte ihm sogar einige gute Schläge verpassen können. Das Pferd brachte ihm Glück. Dass er aus dem Haus flog, war ihm gleichgültig, früher oder später wäre es ohnehin passiert.

Er wandte sich an seine Mutter, die mit dem Rücken an die Stallwand gelehnt auf dem Boden saß und ins Leere blickte.

»Ich habe kein Geld.«

Sie sah ihn ausdruckslos an. Yakub kroch zu ihr hinüber und schüttelte sie.

»Du hast gehört, was der Alte gesagt hat: Ich muss weg. Aber ich habe kein Geld.«

Langsam kehrte sie in die Realität zurück. »Geld?«

»Du musst mir Geld geben, damit ich mir ein Zimmer nehmen kann.«

»Ich habe keins.« Sie schüttelte traurig den Kopf.

»Dann geh und hol mir deinen Schmuck. Du willst doch nicht, dass dein Sohn verhungert, oder?«

Es wirkte. Wie in Trance erhob sie sich und humpelte aus dem

Stall. Kurz darauf kam sie mit einem Goldarmband und mehreren Ohrringen wieder.

»Ist das alles?«

Sie begann wieder zu schluchzen und warf sich ihm an die Brust.

»Ich werde dich nie wiedersehen …«

Er wand sich unwirsch aus ihrer Umarmung.

»Stimmt. Nie wieder«, sagte er schroff.

Ohne sich von seiner Mutter zu verabschieden, eilte Yakub aus dem Stall. Als er das Dorf hinter sich gelassen hatte, atmete er erlöst auf. Er war frei.

* * *

Vier Wochen später stand Yakub vor einem kleinen Telefonkiosk in Kashgar und spielte mit ein paar Münzen. Der Verkauf des Schmucks hatte nicht viel eingebracht, und obwohl er sehr preiswert bei einem Bekannten wohnte, war er schon wieder pleite. Er hatte Akhun mehrfach angerufen, seit er die Khotan-Oase verlassen hatte, aber immer nur zu hören bekommen, dass er sich gedulden müsse.

Zum Teufel mit der Geduld. Entweder wollten Akhuns Leute die Sachen haben, oder er würde sich auf eigene Faust nach einem Käufer umsehen. Die Herablassung, mit der Akhun ihn behandelte, rüttelte an seinem Stolz. Akhun hielt ihn für dumm, aber er würde ihm beweisen, dass er schlau war. Entschlossen betrat Yakub den Laden und setzte sich vor eines der Telefone.

Hakim Akhun meldete sich nach dem ersten Klingeln.

»Gute Nachrichten. Sie wollen kaufen«, sagte er.

»Wie viel?«, fragte Yakub atemlos.

»Fünftausend amerikanische Dollar. Abzüglich meiner zwanzig Prozent erhältst du viertausend Dollar.«

Viertausend Dollar? Das hörte sich nicht nach viel Geld an.

»Wie viel ist das in Yuan?«

»Ungefähr dreiunddreißigtausend Yuan.«

Yakub versuchte, seine Aufregung über diese unfassbare Summe zu verbergen, konnte aber nicht verhindern, dass seine Stimme zitterte, als er weitersprach:

»Wohin soll ich das Kästchen bringen?«

»Ich komme nach Kashgar.«

»Wozu? Meinst du, ich kann nicht mit den Leuten sprechen?«

»Um dann mit meinem Anteil abzuhauen?«, fragte Akhun. »Vergiss es, mein Lieber. Die Leute verhandeln sowieso nicht mit dir. In drei Tagen bin ich in Kashgar. Sei um acht Uhr abends vor der Großen Moschee.«

Bevor Yakub protestieren konnte, hatte Akhun aufgelegt.

* * *

Yakub kaute nachdenklich auf einem Kugelschreiber herum. Vor ihm lag ein Stück Papier, auf das er mit großzügigem Schwung die Zahl 33 000 gemalt hatte. Er hatte noch nie so viel Geld in den Händen gehalten, und er kannte, außer Akhun, auch keinen anderen Uighuren, der so reich war. Trotzdem war er nicht zufrieden. Das Geld würde lange reichen, aber nur, wenn er auf all den erträumten Luxus verzichtete. Selbst ein chinesisches Auto kostete mehr als dreiunddreißigtausend Yuan, und den glänzenden roten Volkswagen vergaß er besser gleich.

Er nahm eine zerknitterte uighurische Zeitung und strich sie glatt. Zum neunten oder zehnten Mal las er den Artikel, der die Zweifel in ihm gesät hatte: Er berichtete über eine Auktion für chinesische Kunstgegenstände in London. Die Summen, die dabei gezahlt worden waren, überstiegen Yakubs Vorstellungsvermögen. Das teuerste Objekt, eine Vase, brachte über eine Million Dollar, und dabei hatte die Vase sogar einen Sprung.

Eine Million Dollar für eine kaputte Vase. Sein Pferd war auch kaputt, aber es hatte Schriftzeichen aus Gold, und echte Jade war ebenfalls sehr teuer, bestimmt war es mindestens so wertvoll wie die Vase. Er hatte von Anfang an geahnt, dass Akhun und seine Freunde ihn betrügen wollten. Ha, wahrscheinlich wurde selbst Akhun betrogen und war zu dämlich, es zu merken.

Je länger Yakub darüber nachdachte, desto überzeugter war er, dass der eingebildete Hehler ebenso übers Ohr gehauen wurde wie er. Selbst Akhun hatte immer noch kein eigenes Auto. Sein Haus war groß und hübsch eingerichtet, aber von echtem Reichtum konnte keine Rede sein.

Yakub faltete die Zeitung sorgfältig zusammen und verließ das Haus seines Bekannten. Es war noch zu früh für das Treffen, aber er konnte die Konfrontation mit Akhun nicht mehr erwarten. Er würde sich nicht mit einem Trinkgeld abspeisen lassen.

Auf dem riesigen Platz vor der Idkah-Moschee standen nur wenige Menschen in kleinen Gruppen beisammen und unterhielten sich. Das Abendgebet war längst vorbei. Yakub hielt auf die neu angelegten Blumenbeete zu und setzte sich auf eine der Einfassungen. Von hier hatte er einen guten Blick auf das schwach erleuchtete Haupttor der Moschee. Ein kalter Wind wehte über den leeren Platz. Es war erst Anfang Oktober, aber die milden Herbsttage, die auf den heißen Sommer gefolgt waren, brachten schon eine Ahnung des Winters mit sich. Yakub lachte in sich hinein. Bald würde er in einem Land sein, wo es niemals zu heiß oder zu kalt war.

Eine bekannte Gestalt erschien unter der Lampe des Portals. Yakub schlenderte auf Akhun zu.

»Guten Abend, Partner«, sagte er.

»Guten Abend. Schon so früh hier?«

»Dasselbe könnte ich dich auch fragen.«

»Ist ja egal. Hast du das Kästchen?«

»Ja.«

»Ich treffe dich in zwei Stunden mit dem Geld in Ahmads Teehaus, neben den Drechslern. Kennst du es?«

»Jeder kennt Ahmads Teehaus.«

»Gut. Dann gib mir das Kästchen.«

»Nein, ich behalte es bei mir. Die Figur ist viel mehr wert als viertausend Dollar. Ich lasse mich nicht für dumm verkaufen. Sag deinem Freund, dass er sie haben kann. Aber ich will hunderttausend.«

Akhun sah ihn an, als sei er verrückt. »Hunderttausend?«, japste er. »Du meinst hunderttausend Yuan?«

»Dollar. Ich meine amerikanische Dollar.«

»Bist du wahnsinnig geworden? So viel zahlen sie dir nie!«

»Dann eben nicht. Ich kann das Jadepferd auch behalten.«

»Ist das dein letztes Wort?«

»Mein allerletztes.«

Akhun musste sich anstrengen, um seine Wut in den Griff zu bekommen. Am liebsten hätte er den anmaßenden Bengel auf der Stelle erwürgt. Nun, dazu würde sich auch später noch Gelegenheit ergeben.

»Geh ins Teehaus, ich werde sehen, was sich machen lässt«, sagte er und drehte sich auf dem Absatz um. Yakub sah ihm hochmütig nach. Er hatte den Spieß umgedreht. Jetzt bestimmte *er* die Spielregeln.

Yakub kannte sich in Kashgar nicht sonderlich gut aus, aber Ahmads Teehaus war eine Institution. In dem zweistöckigen Haus saßen zu jeder Tages- und Nachtzeit uighurische Männer aller Altersgruppen auf abgewetzten Teppichen und wackeligen Stühlen, tranken ihren Tee und unterhielten sich über Politik und Religion. Das Teehaus war ein sicherer Hafen, in dem sie vor den Unannehmlichkeiten der modernen Welt geschützt waren. Chinesen mieden das alte Gebäude, weil sie spürten, dass sie nicht willkommen waren.

Yakub betrat das Teehaus und nickte flüchtig einem Bekannten zu, bevor er in den oberen Stock stieg. Er hatte kein Bedürfnis nach Gesellschaft und suchte sich eine ruhige Ecke auf dem über die Straße ragenden Balkon. Es würde eine Weile dauern, bis Akhun zurückkehrte. Yakub zog seine Jacke dicht um sich und machte es sich mit einer Kanne heißem Tee und mehreren Kissen bequem.

Gegen halb zwölf ließ sich Akhun auf dem Teppich neben Yakub nieder.

»Mein Geschäftspartner will mit dir reden«, sagte er.

»Hat er das Geld?«

»Er will dich sprechen«, wiederholte Akhun.

»Wenn er das Geld nicht hat, gibt es nichts zu besprechen.«

Yakubs trotziger Ton war zu viel für Akhun. Er packte ihn am Jackenkragen und brachte sein Gesicht dicht vor das des jungen Mannes.

»Wenn du glaubst, dass du mit deiner Unverschämtheit durchkommst, bist du schiefgewickelt«, zischte er. »Mein Partner ist nur deshalb bereit, mit dir zu verhandeln, weil wir seit Jahren zusammenarbeiten und es nie Scherereien gab. Nie! Hüte dich, dein Maul zu weit aufzureißen.«

»Ist ja gut«, sagte Yakub kleinlaut und befreite sich aus Akhuns Griff. Der Ausbruch des sonst so beherrschten Mannes hatte ihn erschreckt. »Ich spreche mit deinem Freund. Er wird einsehen, dass viertausend Dollar einfach lächerlich sind.«

»Das wird sich zeigen«, sagte Akhun barsch. »Gehen wir.«

Vor dem Teehaus wandte sich Akhun nach links und schlug ein schnelles Tempo an, ohne sich zu vergewissern, ob Yakub ihm folgte. An der nächsten Wegkreuzung bog er nach rechts ab und tauchte in eine dunkle Seitengasse ein. Sie überquerten einen Hof, verließen ihn durch eine Hintertür und fanden sich in einer weiteren unbeleuchteten Gasse wieder. Akhun eilte ohne Zögern weiter und änderte noch einige Male die Richtung. Er wollte Yakub verwirren, aber er hätte sich den Aufwand sparen können. Yakub war viel zu sehr damit beschäftigt, sich seine Argumente für das Treffen mit Akhuns geheimnisvollem Partner zurechtzulegen.

Ohne Vorwarnung griff Akhun Yakub plötzlich am Oberarm und zog ihn durch eine unscheinbare Holztür in einen Innenhof. Aus einer angelehnten Tür kroch ein Lichtschein und ließ die hellblauen und türkisfarbenen Mosaiksteine eines alten Zierbrunnens aufleuchten. Bis auf diesen einen Raum lag das hufeisenförmige Gebäude in lautloser Dunkelheit.

»Hier?«, fragte Yakub. Der Ort mit den lauernden schwarzen Schatten gefiel ihm nicht. Ihm wurde bewusst, dass er keine Ahnung hatte, wo er war und mit wem er es zu tun hatte.

Akhun antwortete nicht und dirigierte Yakub auf die erleuchtete Türöffnung zu. Sie betraten einen leeren Raum, in dem eine einzelne Glühbirne von der Decke baumelte. Inmitten des Lichtkreises saß ein kleiner, extrem dünner Chinese mit untergekreuzten Beinen und ließ genussvoll den Rauch einer Zigarette aus seinem Mund entweichen. Der Rauch tanzte um die nackte Glühbirne und schwebte dann unsichtbar in die dämmrigen Bereiche des großen Raumes.

Mit einer knappen Geste forderte der Chinese die Ankömmlinge auf, sich zu ihm auf die verblichenen Filzteppiche zu setzen. Sie ließen sich nieder und beobachteten sich einige schweigsame Minuten lang abschätzend. Yakubs Beunruhigung verflog schnell. Der Chinese stellte keinerlei Bedrohung für ihn dar. Im Grunde war er darüber erstaunt, dass ein so schmächtiges Männchen ein Krimineller sein sollte. Die Kreise, in denen er, Yakub, sich bewegte, waren von rohen Männern dominiert, die keiner Schlägerei aus dem Weg gingen, harten Männern, die einen verweichlichten, bebrillten Chinesen wie den Mann vor ihm nicht ernst nehmen würden. Selbstbewusst unterbrach er die Stille.

»Sie wollten mich sprechen. Wollen Sie mit mir verhandeln?«

»So könnte man es nennen.« Die Stimme des Chinesen war leise und wesentlich tiefer, als seine Statur erwarten ließ. Er sprach fließendes, beinahe akzentfreies Uighurisch.

»Ich verhandle aber nicht.«

»Warum nicht? Es ist ein ganz normales Geschäft: Ich habe Ihnen gesagt, wie viel ich bereit bin zu zahlen. Sie haben mir durch Herrn Akhun mitgeteilt, wie viel das Jadepferd Ihrer Meinung nach wert ist. Wir unterhalten uns und einigen uns auf eine für uns beide befriedigende Summe.«

Die Höflichkeit des Mannes und seine gestelzte Sprache brachten Yakub aus dem Gleichgewicht. In seiner Karriere als Kleinkrimineller war er einen anderen Umgangston gewohnt.

»Ich will hunderttausend Dollar.« Er durfte sich nicht einwickeln lassen.

»Und ich werde Ihnen keine hunderttausend Dollar zahlen. Ihre Forderung ist überzogen, Herr Siddiq.«

»Ist sie nicht!«, entgegnete Yakub aufgebracht. »Ich kann es beweisen.«

Der Chinese sah überrascht von Yakub zu Akhun, der eine fragende Geste machte, um zu zeigen, dass er auch nicht wusste, wovon Yakub sprach.

»Beweisen?«, fragte der Chinese.

Yakub zog den Zeitungsartikel aus der Tasche und warf ihn in die Mitte. Der Chinese nahm das Papier ratlos in die Hand.

»Und? Helfen Sie mir auf die Sprünge, ich kann nur wenig arabische Schrift lesen.«

»Da steht, dass eine chinesische Vase für eine Million Dollar verkauft worden ist. Eine Million! Und Sie wagen es, mir viertausend Dollar anzubieten?«, sagte Yakub wütend.

»Das erscheint mir sehr viel Geld.«

»Seien Sie dankbar, wenn Sie die Figur für hunderttausend Dollar bekommen. Eigentlich sollte ich fünfhunderttausend verlangen.«

Akhun hatte währenddessen den Artikel überflogen. »Yakub, beruhige dich«, sagte er. »Hier steht, dass es eine ungewöhnlich hohe Summe ist. Außerdem war es eine legale Auktion. Du kannst nicht erwarten, dass auf dem Schwarzmarkt solche Preise gezahlt werden. Du bist zu gierig.«

Yakub sprang auf. »Ich beruhige mich nicht!«, schrie er. »Und ich bin auch nicht gierig. Ihr habt euch doch abgesprochen und wollt mich um mein Geld bescheißen!«

»Setz dich und hör auf, so herumzuschreien«, donnerte Akhun. »Wenn du deinen Fund verkaufen willst, hör lieber zu, was mein Partner dir anbietet, verdammt noch mal.«

Der Chinese tat, als hätte er Yakubs Ausbruch nicht bemerkt.

»Würden Sie mir bitte die Sachen zeigen, die Sie verkaufen wollen?«, fragte er ruhig.

Yakub stand immer noch vor den beiden. Seine Fäuste öffneten und schlossen sich.

»Was wollen Sie damit?«

»Da ich bisher nur Fotos gesehen habe, ist es wohl mehr als verständlich, dass ich mir alles ansehen möchte, oder?«, fragte der Chinese und streckte die Hand aus.

Yakub reichte ihm zögernd das Kästchen und setzte sich langsam wieder hin, ohne den Chinesen aus den Augen zu lassen. Argwöhnisch sah er zu, wie der Mann das Jadepferd mit einem Lineal vermaß und es mit einigen Fotos aus seiner Aktentasche verglich. Ganz besonders schien ihn die Bruchkante zu interessieren, immer und immer wieder strich er darüber, hielt das Lineal daran und führte sie dicht vor seine dicken Brillengläser. Als er fertig war, legte er das Kästchen vor sich auf den Teppich und sah Yakub mit gelangweilter Miene an.

»Ich kann Ihnen achttausend Dollar geben. Dinge wie diese werden mir zu Dutzenden angeboten, sie sind nicht viel wert.«

»Niemals! Ich glaube Ihnen kein Wort.«

»Zehntausend.«

Yakub hätte vor Wut heulen können. Hilfesuchend wandte er sich an Akhun.

»Es ist doch auch dein Geld. Zwanzig Prozent von hunderttausend Dollar sind, sind … sind …«

»Zwanzigtausend«, erwiderte Akhun trocken. »Du willst meine Meinung hören? Nimm das Geld und lass in Zukunft die Finger von Antiquitäten.«

»Also, was ist nun?«, fragte der Chinese ungeduldig. »Sind Sie einverstanden? Ich habe immerhin unser erstes Angebot verdoppelt.«

»Ich bin überhaupt nicht einverstanden«, keifte Yakub. »Ich will …« Er brach erschrocken ab. Im hinteren Teil des Raumes, der vom Licht der Glühbirne nicht erreicht wurde, lag ein großer Haufen Decken. Eine Gestalt löste sich plötzlich aus dem Schatten neben dem Deckenstapel und kam direkt auf ihn zu. Der Mann betrat den Lichtkreis und starrte Yakub böse an. Yakub lief es kalt den Rücken hinunter. Der Mann, ein Uighure mit sich über den Ohren kräuselnden, welligen Haaren, war sehr kräftig gebaut und strahlte eine Yakub nur zu vertraute Aggressivität aus.

»Wie lange willst du dir das Geschwätz dieses miesen Typen noch anhören, Wang?«, fragte der Mann den Dünnen. Dann sagte er zu Yakub: »Du solltest auf deinen Freund hören. Gib Ruhe.«

»Misch dich nicht ein, Turdi«, sagte der Dünne ärgerlich. »Wir sind kurz davor, uns zu einigen.«

»Ach ja? Dann ist es ja gut. Gib der ekligen Made ihre Kohle, und wir hauen ab.«

»Ich habe nicht genügend Geld bei mir«, sagte der Dünne, der Wang hieß.

Yakub hatte genug gehört. Er hatte es von vornherein geahnt: Der Chinese wollte ihn gar nicht bezahlen. Er griff nach dem Kästchen, sprang auf die Füße und rannte los. Der bullige Uighure reagierte als Erster. Mit einem Satz war er hinter Yakub und bekam seine Jacke zu fassen, bevor er aus der Tür flüchten konnte. Yakub wehrte sich verbissen. Es gelang ihm, sein Messer aus der Tasche zu ziehen, aber der andere war wesentlich kräftiger als er und rang es ihm aus der Hand, bevor er zustechen konnte.

Plötzlich schrie Yakub auf und taumelte von dem Mann weg, durch die Tür hinaus.

Es ging so schnell, dass Akhun und der Dünne erst begriffen, was sich abgespielt hatte, als die Dunkelheit Yakub bereits verschluckt hatte. Der breite Uighure stand im Raum und sah auf seine rechte Hand, in der er ein blutbeschmiertes Messer hielt.

»Turdi! Bist du wahnsinnig?«, brüllte sein Partner ihn an.

Der Kräftige sah verstört auf. »Es ist sein Messer. Ich habe gar keins …«

»Wo hast du ihn getroffen?«

»Ich weiß nicht.«

Akhun gab Turdi einen Stoß und eilte zur Tür. »Hinterher! Wir müssen ihn finden.«

Als die Schritte der drei Männer verklungen waren, zog sich Yakub stöhnend an dem Brunnen hoch, hinter dem er sich versteckt hatte. Das Messer hatte ihn rechts oben in den Bauch getroffen, und seine Eingeweide brannten wie Feuer. Blut sickerte aus der Einstichstelle und durchtränkte sein Hemd und die Jacke. Er biss die Zähne zusammen und wankte über den Hof auf den Ausgang zu.

Nachdem er den Hof verlassen hatte, stolperte er minutenlang orientierungslos umher. Er hatte den Eindruck, immer tiefer in die Altstadt zu geraten. Er brauchte dringend einen Arzt, aber er traute sich nicht, um Hilfe zu rufen. Die Menschen hinter den Mauern würden ihn nicht hören, vermutlich aber Akhun und die beiden anderen. Sein Herz raste, und er merkte, dass seine Beine ihn nicht mehr lange tragen würden.

Er verließ eine kleine Seitengasse und entdeckte zu seiner Rechten, keine hundert Meter entfernt, eine beleuchtete Hauptstraße. Direkt vor ihm stand ein großer Bagger mitten auf dem Weg. Yakub lehnte seine Wange an das kalte Metall, um sich bei Bewusstsein zu halten. Er musste zur Hauptstraße. Jemand würde ihn in ein Krankenhaus bringen.

Aus der Gasse hinter ihm erklangen Stimmen. Ohne nachzudenken, hangelte sich Yakub an dem Bagger entlang und suchte nach einem Versteck. Sie durften ihn nicht erwischen. Vor der großen Schaufel des Baggers führte eine kurze Rampe in eine Baugrube. Yakub schlitterte den Hang hinunter und tastete sich durch das Dunkel. Er unterdrückte einen Schmerzensschrei, als er mit der rechten Seite gegen eine harte Kante stieß. Der Schmerz explodierte hinter seinen Augen und zwang ihn in die Knie. Er rang nach Atem. Vor ihm klaffte die Öffnung eines Kanalrohrs. Mit letzter Kraft kroch er hinein. Über sich hörte er Wang und Turdi miteinander reden, dann entfernten sich die Stimmen.

Mit der rechten Hand hielt Yakub krampfhaft das Kästchen umklammert, das ihm die Türen zu einem neuen Leben öffnen würde. Die Wunde in seinem Bauch pulsierte, aber der Schmerz ließ jetzt nach, und er war sehr müde. Jeder Herzschlag presste mehr Blut aus seiner Leber, in die Turdi ihm mit seinem eigenen Messer gestochen hatte. Es war ein schönes Messer; er hatte es selbst angefertigt und es war so scharf, dass es Papier schneiden konnte.

XI'AN

DEZEMBER 2004

Li Yandao sah Marion zwischen den anderen Passagieren aus dem Flughafengebäude treten und winkte. Mit schnellen Schritten kam sie auf ihn zu, aber als sie vor ihm stand, wusste er mit einem Mal nicht mehr, was er tun sollte. Marion schien es ähnlich zu ergehen. Verlegen lächelte sie ihn an und schüttelte dann seine ausgestreckte Hand.

»Willkommen in China, Ma Li Huo«, sagte er steif.

»Danke. Es tut gut, wieder hier zu sein.«

»Wie war dein Flug?«

»Angenehm.«

Li Yandao sah zu Boden. Wochenlang hatte er sich ausgemalt, wie es sein würde, Ma Li Huo wiederzusehen, und nun tauschten sie höfliche Floskeln aus. Ihm fiel auf, dass Marion nur Badelatschen trug. In Xi'an herrschten Temperaturen unter null Grad.

»Hast du keine kalten Füße?«, fragte er erstaunt.

»Und ob. Kennst du einen guten Schuhladen?« Unvermittelt lachte sie auf. »Wie üblich bin ich in Schwierigkeiten geraten.«

Li Yandao stimmte in ihr Lachen ein. »Ich hätte es mir denken können«, sagte er und umarmte sie. Der Knoten war geplatzt, die Befangenheit löste sich auf. Marion nahm die Plastiktüte mit ihren Habseligkeiten und hakte sich bei Li Yandao unter. Auf dem Weg zum Parkplatz erzählte sie ihm von ihren neuesten Missgeschicken in den Chungking Mansions. Er hörte kopfschüttelnd zu und dirigierte sie unterdessen zu einem Polizeiauto.

»Bist du etwa mit deinem Dienstwagen von Kashgar hierhergefahren?«, fragte sie verwundert.

»Klar. Es hat nur vier Tage gedauert.« Als er Marions perplexen Gesichtsausdruck sah, lachte er erneut. »Ich bin geflogen. Übrigens zum ersten Mal in meinem Leben.« Sein Gesichtsausdruck verklärte sich bei der Erinnerung an den Flug. Es war eine überwältigende Erfahrung gewesen, und das Beste war, dass der Staat sein Ticket bezahlt hatte.

»Und woher hast du das Auto?«

»Es ist mir zur Verfügung gestellt worden. Ich habe in der vergangenen Woche ein paar Dinge herausgefunden, die vielleicht doch noch helfen, den Mord an dem Uighuren aufzuklären. Hatte ich dir erzählt, dass ich früher in Xi'an beim chinesischen Interpol-Büro gearbeitet habe?«

»Nein. Ich dachte, du wärst ein Kashgari.«

»Ich habe immer Kontakt zu meinen Freunden bei der Polizei in Xi'an gehalten, und nun helfen sie mir, weil ich in Kashgar nicht genug Informationen bekomme. Der Kanalröhren-Mord zieht weitere Kreise, als ich bisher angenommen habe.« Li Yandao sah Marion prüfend an. »Was du mir erzählen willst, kann uns enorm weiterbringen. Ich hoffe es zumindest.«

Marion hielt seinem Blick stand. »Und ich kann nur hoffen, dass du mich nicht verhaftest, wenn ich dir alles gebeichtet habe.«

»Daran habe zumindest ich überhaupt kein Interesse. Es sei denn, du hast den Mann eigenhändig ins Jenseits befördert.«

»Das ist nicht witzig. Ich habe bewusst gelogen. Andererseits könnte ich dir heute keine detaillierten Personenbeschreibungen geben, wenn ich von Anfang an ehrlich gewesen wäre.«

»Ich bin sehr gespannt.«

»Kannst du dich noch eine Stunde gedulden? Ich brauche warme Schuhe und habe Hunger wie ein Wolf. Beim Essen kann ich dir alles berichten.«

»In Ordnung.« Er ließ den Motor an und setzte rückwärts aus der Parklücke. Im Rückspiegel sah er einen schlanken, drahtigen Europäer mit dunkelbraunen Haaren und einem gepflegten Schnurrbart darauf warten, dass das Auto den Weg freigab. Li Yandao legte den ersten Gang ein und steuerte auf den Ausgang des Parkplatzes zu.

Der Mann mit dem Schnurrbart sah dem Polizeiwagen nachdenklich hinterher. Sein billiger Anzug und die abgewetzte Reisetasche aus Kunstleder passten nicht zu seiner selbstbewussten Haltung, dachte Liu Xinrong, als er auf den Mann zuging, um ihm seine Dienste anzubieten.

»Taxi, Sir?«, fragte Liu Xinrong auf Englisch. Der Mann blickte immer noch dem Polizeiauto nach. Seltsam.

Dann drehte er sich abrupt um und sah den Taxifahrer irritiert an.

»Taxi? Taxi, Xi'an?«, fragte Liu Xinrong erneut. Sprach der Mann kein Englisch? Er sah wie ein Türke aus, aber irgendetwas wirkte falsch in seinem Gesicht. Liu Xinrong war ein guter Beobachter. Seit dreiunddreißig Jahren arbeitete er als Taxifahrer und war stolz darauf, dass er die Nationalitäten der Menschen, die er vom Flughafen in die Stadt kutschierte, gewöhnlich richtig zuordnete. In der letzten Stunde waren Flugzeuge aus Hongkong, Bangkok, Beijing, Urumqi und Chengdu auf dem Internationalen Flughafen von Xi'an gelandet – was ihm leider keinen Hinweis auf das Geburtsland des Mannes gab.

»O ja, danke.« Der Mann folgte Liu Xinrong zu seinem Wagen, verstaute seine Tasche im Kofferraum und glitt auf den Rücksitz. Als Adresse nannte er ein Stadtviertel nördlich der Dabaiyang Lu, einige Kilometer nordwestlich des von der Stadtmauer eingefassten Stadtkerns. Erst glaubte Liu Xinrong, sich verhört zu haben, aber der Mann wiederholte den Namen in perfekter chinesischer Aussprache.

»Sie sprechen Chinesisch?«

»Yidianr«, sagte der Mann kurz angebunden. Ein bisschen.

Liu Xinrong verstummte. Er respektierte es, wenn seine Fahrgäste keine Unterhaltung wünschten. Das Trinkgeld am Ende solcher Fahrten gab ihm gewöhnlich recht. Erst als sie in das unübersichtliche Straßengewirr des Stadtviertels einbogen, öffnete der Fahrgast den Mund und dirigierte Liu Xinrong mit bemerkenswerter Sicherheit zu der gewünschten Adresse. In einer engen Gasse stoppten sie vor einer schmuddeligen Fahrradreparaturwerkstatt.

Liu Xinrong sah sich neugierig um. Hierher hatte es ihn in seinem langen Taxifahrerleben nie verschlagen, die Bewohner der alten Häuser waren zu arm, als dass sie sich eine Taxifahrt hätten leisten können. Die meisten Häuser waren zweistöckig, windschief und von der Zeit gezeichnet. Auf den gebrannten Dachziegeln, die den durchgeschnittenen Bambusrohren der Dächer in den Dörfern nachempfunden waren, wuchs Gras, manchmal sogar ein kleiner Busch. Hier und da hatten die Dachbalken nachgegeben; die sich wellenden Dächer sahen lebendig aus wie die eingesunkenen Flanken eines kranken, schwachen Drachen. Überhaupt schienen sich die Häuser langsam aufzulösen. Hier fehlte eine Glasscheibe, dort ein Teil einer Umfassungsmauer, wieder ein anderes Haus hatte einmal bessere Zeiten gesehen: Die schönen geometrischen Schnitzereien, die es einst geschmückt hatten, waren zerbrochen, die Farbe abgeblättert, die bronzenen Türklopfer verkauft oder gestohlen. Unter beinahe kahlen Laubbäumen saßen dick vermummte alte Leute um abgenutzte Tische und spielten Mah Jong. Lieber trotzten sie der Kälte, als in der häuslichen Enge, die Liu Xinrong nur allzu gut kannte, allen im Weg zu sein. Das Klappern der Spielsteine lieferte den Rhythmus zu der üblichen Kakophonie aus Autohupen, Fahrradklingeln, Kindergeschrei und den lärmenden Maschinen aus einer der vielen Hinterhofmanufakturen. Es war offensichtlich, dass die Bewohner an dem wirtschaftlichen Aufschwung Chinas nicht teilhatten, aber Liu Xinrong gefiel die Gasse dennoch. Sie erinnerte ihn an seine Kindheit. Kein einziges der hässlichen, uniformen Apartmenthäuser, die sonst das Stadtbild beherrschten, störte den Frieden dieser kleinen Insel. Irgendwie war es den Bewohnern gelungen, den Modernisierungsplänen der Stadtverwaltung zu entkommen.

Während Liu Xinrong die Tasche seines Fahrgastes aus dem Kofferraum hievte, nutzte er die Gelegenheit, seine Neugierde zu befriedigen. »Darf ich fragen, aus welchem Land Sie stammen?«

»Sie dürfen nicht«, sagte der Mann brüsk und drückte dem Taxifahrer ein Bündel Scheine in die Hand. Dann verschwand er in der Fahrradwerkstatt.

Beim Zählen der Scheine fiel Liu Xinrong eine unbekannte Banknote auf. Er hatte keinen Grund, sich zu beschweren, denn der schweigsame Fahrgast hatte ihm ein reichliches Trinkgeld gegeben. Vermutlich hatte er nicht bemerkt, dass ihm die fremde Note zwischen die Yuan-Scheine gerutscht war. Liu Xinrong sah sich den Schein genauer an: Es war usbekische Währung. Zufrieden schob er das Geld in seine Hosentasche. Der geheimnisvolle Fremde war also Usbeke.

Der Schnurrbärtige grüßte einen jungen Chinesen, der stirnrunzelnd ein riesiges Loch in einem Fahrradmantel inspizierte, und stieg die Treppe zum ersten Stock hinauf. An der Wohnungstür hing ein Zettel. Xiao Lin und Zu'en würden erst gegen Abend nach Hause kommen. Die Tür war nicht abgeschlossen, und er betrat die kleine Wohnung, die nur aus einem Raum und einer winzigen Kammer bestand. Die öffentlichen Waschgelegenheiten und Toiletten befanden sich außerhalb des Hauses, am Ende der Gasse. Ein gleichzeitig als Bett benutztes altes Sofa nahm fast die Hälfte des größeren Raumes ein. Es war bedrückend eng, aber dank ein paar Eimer Farbe, hübscher Vorhänge und Kalenderbilder, die mit ihren palmengesäumten Stränden, sonnigen italienischen Plätzen und der Skyline von Manhattan den Traum von einem besseren Leben verkörperten, hatte Xiao Lin es geschafft, auch dieser Notunterkunft eine persönliche, gemütliche Atmosphäre einzuhauchen.

Sie besaßen keinen Kühlschrank, aber da das Haus nicht beheizt werden konnte, war das in der Kammer aufbewahrte Bier kalt genug. Der Mann öffnete eine Flasche, stellte sich vor den Spiegel im Wohnzimmer und riss sich mit einem Ruck den Schnurrbart ab. Nachdem er auch die Perücke abgenommen und die farbigen Kontaktlinsen entfernt hatte, schnitt er seinem Spiegelbild eine Grimasse. Auf Nimmerwiedersehen, Dragan Ibrahimovic.

Nikolai ließ sich auf das Sofa plumpsen und zog eine warme Decke über sich. Er schloss die Augen und dachte nach.

Marion war also in Xi'an. Ihre raspelkurzen Haare und auch ihr Aufzug – Badeschlappen und unter der Winterjacke eine Schlafanzughose – waren irritierend, aber er hatte sie trotzdem erkannt. Was wollte sie hier? Trug sie das Jadepferd bei sich? Höchstwahrscheinlich. Der Kommissar aus Kashgar, dem Nikolai vor vielen Jahren in Xi'an begegnet war, hatte auf sie gewartet, und die Begrüßung der beiden war ausgesprochen herzlich gewesen. Warum? Nikolai massierte sich die Stirn. Er verstand die ganze Geschichte nicht mehr. Marion hatte alles darangesetzt, die Pferdefigur zu behalten, und nun steckte sie ihren Kopf direkt in den Rachen des Löwen. War sie so naiv zu glauben, dass sie ihrem Polizistenfreund die Figur geben konnte und ungeschoren davonkam? Andererseits hatte sich Marion bisher alles andere als naiv erwiesen und der Polizei einiges zu bieten, um sich Straffreiheit zu sichern: ihn. Wahrscheinlich spekulierte sie auf einen Deal – und wenn sie ihnen die Geschichte geschickt verpackt verkaufte, würde sie sogar in einem guten Licht dastehen. Seiner Einschätzung nach waren die Chinesen nicht sonderlich erpicht darauf, Ausländer einzubuchten, es gab nur internationale Verwicklungen. Eine Regel, die sie auf ihn selbst allerdings nicht anwenden würden, resümierte Nikolai. Dafür hatte er ihnen zu viel gestohlen.

Und was wusste Zu'en? Hatte sein Anruf etwas mit Marion zu tun? Warum hatte er darauf bestanden, dass Nikolai nach China zurückkehrte, ohne dem Professor Bescheid zu sagen? Er kannte Zu'en seit Jahren und hatte ihn noch nie so außer sich erlebt wie bei ihrem gestrigen Telefonat.

Nikolai angelte sich die Bierflasche und nahm einen tiefen Zug. Was immer Marion vorhatte, er musste äußerst vorsichtig sein, solange er in China war.

* * *

Eine Empfangsdame führte Marion und Yandao zu einem der wenigen freien Tische. Das Restaurant war kurios eingerichtet: Die Wände waren vollständig mit hellem Holz verkleidet; passende Bilder und Modellschiffe ließen auf eine sorgfältige Planung der Ausstattung schließen, die in China selten war. Die Gäste saßen auf glattpolierten Baumstümpfen. Das Beste war allerdings die reich bebilderte Speisekarte, die Marion das Wasser im Mund zusammenlaufen ließ. Eine Kellnerin in engem Seidenkleid und mit einem fantastischen Haarputz nahm ihre umfangreiche Bestellung auf. Kurz darauf stellte sie einen Teller mit karamellisierten Süßkartoffeln auf den Tisch, und Marion stieß begeistert ihre Stäbchen in die klebrige Masse. Als ihr erster Hunger gestillt war, zog sie ihre Jacke zu sich herüber und zerrte an der Innentasche herum. Li Yandao beobachtete sie gespannt. Endlich hatte sie das Pflaster über dem Reißverschluss gelöst, zog das Kästchen heraus und plazierte es vor ihm.

»Ein Mord, eine Verfolgung um die halbe Welt, zwei Entführungen. Alles wegen dieses kleinen Kästchens. Öffne es«, sagte sie nüchtern.

Das Kästchen, an dessen Existenz er zwischenzeitlich gezweifelt hatte, lag endlich vor ihm. Li Yandao hatte immer noch keine Idee, was sich darin verbergen mochte. Zögernd, als könnte sie vor seinen Augen zu Staub zerfallen, berührte er die kleine Kiste. Sie war real. Er nahm eine Papierserviette und fasste den Deckel mit spitzen Fingern an den Ecken an. Verständnislos sah er auf die Pferdefigur und die Bambustafeln.

»Was ist das? Und warum ist die Skulptur kaputt?«

»Kennst du im Historischen Museum von Xi'an den Raum mit den Schmuckstücken?«, fragte Marion zurück.

»Ich war noch nie in dem Museum.«

»Ist das dein Ernst?«

»Kennst du alle Sehenswürdigkeiten in Hamburg?«, konterte Li Yandao.

»Nein.«

»Siehst du. Außerdem werde ich es morgen Nachmittag sehen. Wir haben einen Termin mit dem stellvertretenden Direktor.«

»Nicht mit dem Direktor selbst?«

»Nein, er ist nicht da. Ausgeflogen nach London zu einer Tagung. Die Europäer sollen die chinesischen Kunstschätze wieder herausgeben, die sie vor hundert Jahren abtransportiert haben.«

»Nach London? Das wäre wesentlich näher gewesen.«

»Aber dann hättest du mich nicht gesehen«, sagte Yandao. »Was ist das nun für ein Pferd? Und wo ist die andere Hälfte?«

»In Xi'an. In einer Vitrine des Museums. Sieh dir dies an.« Marion reichte ihm die Kopie einer Seite aus einem von Professor Kirschners Fachbüchern. Darauf war die andere Hälfte der Figur zu sehen, und in der englischen Bildunterschrift waren alle Fakten aufgeführt.

»Ein Schatz?« Li Yandao ließ das Blatt sinken.

»Vergiss den Schatz, auch wenn ich befürchte, dass die Leute, die hinter der Figur her sind, daran glauben. Das Jadepferd ist unbezahlbar, weil es so alt ist. Eure Historiker werden sich aber viel mehr über die Bambustafeln freuen.«

Sie erklärte Li Yandao, was der deutsche Sinologe herausgefunden und welche Schlüsse er daraus gezogen hatte. Der Kommissar kam aus dem Staunen nicht heraus.

»Eins verstehe ich nicht: Du hast dieses Kästchen so lange behalten. Warum bringst du es jetzt freiwillig zurück?«, fragte er schließlich.

»Es ist mir verdammt schwergefallen. Manchmal hatte ich tatsächlich das Gefühl, dass diese Figur Macht über mich besitzt. Es ist schwer zu glauben, ich weiß, aber wenn ich zurückblicke, frage ich mich, ob ich so an dem Jadepferd festgehalten hätte, wenn ich bei klarem Verstand gewesen wäre. Susannes Entführung hat mir die Augen endgültig geöffnet. Die Figur und die Botschaft gehören nach China.«

Es dauerte über eine Stunde, bis Marion ihm von ihrer Odyssee durch China und bis nach Hamburg erzählt hatte. Li Yandao unterbrach sie immer wieder und ließ sich die Details schildern. Als die Sprache auf Nikolai kam, wurde er hellhörig. Marions Beschreibung des Russen erinnerten ihn an jemanden, aber er suchte in seinem Gedächtnis vergeblich nach einem usbekischen Russen namens Nikolai.

Marion verstummte. Es war befreiend, Li Yandao endlich die Wahrheit gesagt zu haben. Das zerbrochene Pferd war nicht mehr ihr Problem.

»Was für eine wilde Jagd. Du solltest ein Buch darüber schreiben«, bemerkte Li Yandao ohne einen Funken Ironie.

»Was geschieht jetzt mit mir? Ich habe eine Menge Gesetze gebrochen.«

»Das hast du allerdings. Aber du hast das Kunstwerk auch freiwillig wieder zurückgebracht. Ich würde dich laufen lassen«, sagte er.

»Ja, du. Und was ist mit den anderen?«

»Außer dem Mann im Museum und mir weiß bisher niemand, dass du hier bist.«

»Du wirst mich erwähnen müssen. Ich tauche ja schon in deinen Ermittlungsunterlagen auf.«

»Jaa …«, sagte er gedehnt. »Aber wie du schon richtig festgestellt hast: Es sind *meine* Ermittlungsunterlagen. Ich bin zuversichtlich, dass alles gutgeht: Wenn wir diesen Russen und seine Handlanger erwischen, haben wir nicht nur den Mörder, sondern bekommen unter Umständen auch seine Hintermänner zu fassen. Das sollte deinen kleinen Schmuggel mehr als aufwiegen. Du bist eine reuige Einmaltäterin, und wir Chinesen sind keine Monster, auch wenn der Westen es häufig so darstellt. Jeder wird Verständnis für dich haben.« Ein Lächeln glitt über sein Gesicht. »Du könntest dich zum Beispiel öffentlich entschuldigen. Das macht immer Eindruck und würde hervorragend zur Mission des Museumsdirektors passen.«

Das Essen war kalt geworden. Li Yandao winkte eine der Kellnerinnen heran und bat sie, ihnen die gesamte Bestellung ein zweites

Mal zu bringen. Das Mädchen sagte mit einem spitzbübischen Lächeln ein paar Worte zu Li Yandao und räumte dann die kalten Speisen ab.

»Was hat sie gesagt?«, fragte Marion.

»Sie findet, dass meine Freundin sehr hübsch ist«, antwortete er verlegen. »Aber sie versteht nicht, wie ich dir erlauben konnte, deine Haare abzuschneiden. Wenn ich in der Nähe gewesen wäre, hätte ich es bestimmt verhindert.«

Die Bemerkung blieb zwischen ihnen hängen. Marion fuhr mit dem Finger die Holzmaserung des Tisches nach. Seit sie Li Yandao am Flughafen gesehen hatte, flatterten Schmetterlinge in ihrem Bauch, selbst das unerfreuliche Gespräch über ihren Diebstahl hatte daran nichts geändert.

Das betretene Schweigen löste sich erst, als die Kellnerin einige Teller vor ihnen aufbaute. Über das Essen zu sprechen, war sicheres Terrain. Sie hatten sich halbwegs durch einen Berg von Fisch, Schwein und Gemüse gekämpft, als Li Yandao plötzlich mit der flachen Hand auf den Tisch hieb.

»Ich hab's!«, rief er triumphierend.

Marion ließ vor Schreck ein Stäbchen in die Suppe fallen.

»Was hast du?«

»Der Russe … Beschreib ihn mir bitte noch einmal.«

»Nikolai? Knapp eins achtzig, blonde Haare, helle Haut. Schlank, aber er wirkt sportlich und drahtig. Am auffälligsten sind seine Augen: dunkelblau und leuchtend. Seine Wimpern und Augenbrauen sind fast weiß. Er sieht sehr gut aus, aber eine Chinesin würde mir vielleicht nicht zustimmen.«

»Der Mann, der dich bedroht hat, *sieht gut aus?* Frauen haben wirklich eine andere Wahrnehmung als Männer.«

Marion zuckte die Achseln. »Er hat einen merkwürdigen Gesichtsausdruck, spöttisch, als ob er sich über die ganze Welt lustig macht. Und er ist immer beherrscht und ruhig. Kalt. Er kann einem fürchterliche Angst einjagen.«

»Wie alt schätzt du ihn?«

»Schwer zu sagen. Mitte vierzig?«

Li Yandao nickte und rechnete im Stillen.

»Es hat den Anschein, als würdest du ihn kennen«, bemerkte Marion.

»Vor neun Jahren haben wir uns an einem Fall die Zähne ausgebissen. Damals war ich noch in Xi'an, aber nicht bei der Mordkommission. Es ging um den Diebstahl einer alten Meisterkalligraphie. Wir hatten einen Russen verhaftet, und jeder Einzelne von uns war der Überzeugung, dass er der Dieb war, aber wir konnten ihm nichts nachweisen. Der Russe war zu dem Zeitpunkt Mitte dreißig und sah genauso aus wie dein Nikolai. Sein überhebliches Grinsen habe ich nie vergessen.«

»Was ist mit ihm passiert?«

»Wir mussten ihn freilassen und konnten ihm nicht einmal sein Visum entziehen. Seitdem habe ich nichts von ihm gehört, aber das will nichts heißen. Ich werde meinen Kollegen anrufen, um den alten Fall auszugraben. Es gibt garantiert noch Fotos.«

»Ich würde ihn mit Sicherheit erkennen.« Marion stutzte. »Der Russe kennt dich auch! Als ich ihn in der Ruinenstadt belauscht habe, sagte er, dass er dich in Xi'an getroffen hat. Und jetzt fällt mir noch etwas ein: Der Große, Turdi, sagte etwas von einem Unfall. Könnten sie damit den Mord gemeint haben?«

»Möglich. Was glaubst du, wo Nikolai jetzt ist?«

»Nicht in Deutschland, sonst hätte die Polizei ihn aufgestöbert. In Usbekistan? Vielleicht ist er sogar nach China zurückgekehrt, um sich um seine Geschäfte zu kümmern?«

Li Yandao zog sein Handy aus der Tasche und wählte. Er unterhielt sich lange mit der Person am anderen Ende. Marion beobachtete sein ernstes Gesicht. Die Steine kamen ins Rollen.

Li Yandao klappte sein Telefon zu.

»Mein ehemaliger Chef Ling Jiao kann sich ebenfalls an den Russen erinnern. Damals hatte er natürlich einen anderen Namen. Sollte

Nikolai, oder wie auch immer er sich gerade nennt, eingereist sein, werden wir ihn finden.«

»Hast du ihm von mir erzählt?«, fragte sie unbehaglich.

»Nur das Nötigste. Mach dir keine Sorgen, ich halte dich aus der Sache raus, soweit es möglich ist, aber solltest du doch weiter mit hineingezogen werden, können wir uns auf Ling Jiao verlassen. Er kennt einige Leute an den richtigen Stellen.«

Er sah auf seine Uhr. »Es ist schon nach neun. Ich kann heute nichts mehr erreichen. Bist du müde, oder hast du Lust auf einen Spaziergang?«

»Beides«, sagte Marion. »Lass uns ins muslimische Viertel fahren und den Erhu-Spielern zuhören.«

Sie parkten den Wagen in der Nähe des Trommelturms. Ein dunkler Tunnel führte vom modernen Zentrum Xi'ans aus durch das massive Fundament des riesigen, in der Ming-Dynastie erbauten Gebäudes in das Labyrinth des muslimischen Viertels. Marion war schon mehrfach hier gewesen, das letzte Mal mit Jenny und Greg am Abend ihrer Ankunft aus Zhangye. Sie liebte die Restaurants, sie liebte die Erhu-Spieler, die sich mit den melancholischen Klängen ihres seltsamen, zweisaitigen Streichinstruments in die Herzen der Passanten spielten, sie liebte die *Beiyuanmen* mit ihren renovierten alten Häusern und die engen Nebengassen, in denen die Häuser verfallener, aber nicht weniger charmant waren.

Leider hatte die Kälte die meisten Menschen von den Straßen vertrieben, und die mobilen Stände, auf denen sich Berge von getrockneten Früchten und Nüssen türmten, waren verwaist. Tiefhängende Wolken reflektierten die Lichter der großen Stadt und tauchten die Nacht in einen unwirklichen, fahlgelben Schimmer. Es roch nach Schnee und heißen Esskastanien, nach gebratenem Hammel und getrockneten Gewürzen. Marion und Li Yandao setzten sich vor einem der Restaurants an einen Tisch auf dem Bürgersteig und bestellten heißen Tee. Neben ihnen klatschte ein Mann in die Hände, um sich aufzuwärmen. Sein Atem vermischte sich mit den Rauchschwaden, die von seinem Grill aufstiegen. Die Straßenmusiker waren nicht da. Zu wenige Gäste trotzten den Minusgraden, als dass es sich gelohnt hätte, die Instrumente auszupacken.

Der Tee wurde gebracht. Marion nahm den Deckel von der Tasse und blies leicht auf die Flüssigkeit, um die auf der Oberfläche schwimmenden Chrysanthemenblätter auf eine Seite zu treiben. Bedächtig nahm sie den ersten Schluck.

Li Yandao hatte sie die ganze Zeit angesehen. »Du trinkst deinen Tee wie eine Chinesin«, sagte er.

Sie lächelte ihm über den Tassenrand zu, sagte aber nichts. Es war nicht nötig. Sie war glücklich, einfach nur hier zu sitzen, zu spüren, wie sich der heiße Tee in ihrem Magen ausbreitete, und die mittlerweile so vertraute Umgebung zu betrachten. Sie hatte Li Yandao ihre Last übergeben, eine Last, die immer schwerer geworden war, und nun fühlte sie sich leicht, ruhig und mit der Welt im Reinen.

Bis auf die in ihrem Bauch flatternden Schmetterlinge. Sie war sich Li Yandaos Gegenwart nur allzu bewusst. Es knisterte heftig zwischen ihnen, aber Marion traute sich nicht, den ersten Schritt zu machen. Sie hatte sich geirrt, als sie dachte, dass sich ihre Gefühle für den chinesischen Kommissar abgekühlt hatten.

Nach einer Stunde waren sie durchgefroren und erhoben sich von ihrem Tisch, um noch ein wenig in den Gassen umherzuwandern. Bald standen sie wieder in dem dunklen Tunnel unter dem Trommelturm. Am anderen Ende warteten sechs oder sieben junge Chinesen geduldig vor einem einzelnen, beleuchteten Stand. Marion und Li Yandao gesellten sich zu ihnen und stellten sich auf die Zehenspitzen, um über die Schultern der Wartenden zu blicken und herauszufinden, was der ältere Muslim mitten in der Nacht an seinem Stand verkaufte.

Zu beiden Seiten des Mannes stapelten sich hohe Türme von Bambusdämpfern. Gerade stülpte er zwei der Dämpfer vor sich auf die Arbeitsfläche. Eine kreisrunde, weiße Masse fiel heraus, heiß und angenehm süßlich duftend. Mit blitzschnellen, tausendfach geübten Bewegungen streute er farbige Zuckerstreusel darauf, die sofort schmolzen. Es folgte ein Klecks Marmelade, dann steckte er drei dünne Stöckchen in die Masse und gab die Süßigkeiten einem jungen Pärchen.

»Das schmeckt gut«, sagte Li Yandao. »Möchtest du es versuchen? Es ist aus Reismehl gemacht.«

»Gern.«

Der Mann nickte knapp, als Li Yandao ihm seine Bestellung zurief, und hob die Augen nicht von der Arbeitsplatte. Marion und Li Yandao schoben sich nach vorn, um den Mann besser beobachten zu können. Ihre Hände berührten sich zufällig. Marion tat so, als hätte sie es nicht bemerkt. Li Yandao nahm seinen Mut zusammen, ergriff ihre Hand und drückte sie leicht. Sie erwiderte den Druck und ließ ihn nicht los. Die Welt schien für einige magische Sekunden stillzustehen.

Die Morgendämmerung war nur zu erahnen, als Li Yandao die Augen aufschlug. Das leise Piepen seiner Armbanduhr hatte ihn geweckt. Acht Uhr, er musste aufstehen. In dem schwachen Licht, das von der Straße tief unter ihnen bis zu ihrem Zimmer im achten Stock heraufdrang, konnte er Ma Li Huo kaum sehen. Er lächelte. Er hätte sie auch bei vollem Tageslicht nur schwer entdeckt, weil sie sich bis zur Nasenspitze in ihre dicke Bettdecke eingemummelt hatte. Sie hatte seinen Wecker nicht gehört und schlief ruhig weiter. Nur noch fünf Minuten, dachte er und kuschelte sich an ihren warmen Körper. Sie gab einen schnurrenden Laut von sich und legte ihre Hand auf seinen Bauch. Am liebsten hätte er die Hand genommen und ein bisschen tiefer hinuntergeschoben, aber er riss sich zusammen. Ma Li Huo würde noch länger in China bleiben, und heute hatte seine Arbeit Vorrang. Seine Kollegen in Xi'an waren erfreut gewesen, als er seine Hilfe anbot. Die Chance, einen hochkarätigen Kunstschmuggler zu fassen, sorgte für Aufregung, und wenn sie Nikolai in die Hände bekamen, war es nur eine Frage von Tagen, bis sie auch den Mörder von Yakub Siddiq verhaften konnten.

Li Yandao küsste Ma Li Huo auf die Nasenspitze und schlug bedauernd die Decke zurück. Leise schlich er ins Bad und stellte sich unter die heiße Dusche. Als er fertig angezogen war, setzte er sich auf den Bettrand und schüttelte Ma Li Huo leicht.

»Ma Li Huo, ich fahre jetzt«, flüsterte er in ihr Ohr.

Sie murmelte etwas Unverständliches und bewegte sich. Ohne die Augen zu öffnen, suchten ihre Hände seine Taille und hielten ihn fest. Er räusperte sich. »Wir sehen uns spätestens heute Nachmittag. Wenn du mich sprechen willst, ruf mich auf dem Handy an. Die Nummer liegt auf dem Schreibtisch.«

»Du kommst auch ganz bestimmt wieder?«, fragte sie mit schlaftrunkener Stimme. »Sonst lasse ich dich gar nicht erst fort.«

»Falsch: *Ich* lasse *dich* nicht wieder fort.«

»Hört sich gut an.«

Li Yandao stand auf. »Du bist wundervoll, Ma Li Huo«, sagte er und verließ den Raum.

* * *

Zur Mittagszeit desselben Tages stellte sich Liu Xinrong ans Ende einer kurzen Schlange, die sich vor der kleinen Wechselstube in der Ankunftshalle des Flughafens gebildet hatte. Als er an der Reihe war, grüßte er die Angestellte hinter dem Tresen freundlich. Er kannte sie schon lange. Wie die meisten Taxifahrer, die regelmäßig den Flughafen anfuhren, wechselte er bei ihr die ausländischen Scheine, die er von seinen Kunden als Trinkgeld bekam, wenn sie kein chinesisches Kleingeld hatten. Auch heute hatte er ein Bündel mit einer Mischung aus osteuropäischem und asiatischem Geld dabei. Die Dollars und Euros verwahrte er zu Hause: Vielleicht würde er sie eines Tages benötigen. Er schob der Angestellten das Bündel zu und hoffte, dass sie alles eintauschen würde.

Die Frau sortierte das Geld zu mehreren Haufen. Drei der Scheine gab sie ihm mit einem spöttischen Blick zurück.

»Wer hat dir die angedreht? Obervolta? Habe ich noch nie gehört.«

»Ich auch nicht. Dann wandern sie eben in meine Sammlung.«

Sie sortierte weiter, bis sie plötzlich stutzte und einen Schein hochhob.

»Das ist usbekisches Geld.«

»Ja und? Usbekistan wirst du wohl kennen.«

»Ich weiß nicht, ob ich das wechseln darf. Ich frage meinen Chef.«

Sie griff nach dem Telefon und sprach leise hinein. Liu Xinrong wunderte sich. Er hatte noch nie erlebt, dass die Frau Aufhebens um eine einzelne Banknote machte. Sie akzeptierte sie oder nicht, basta. Er und die anderen Taxifahrer hatten sich nie beschwert, weil sie dankbar waren, dass sie die winzigen Summen überhaupt getauscht bekamen.

Die Frau legte auf und begann, Papiere auszufüllen. Liu Xinrong wurde unruhig. Die Passagiere der Mittagsmaschine aus Beijing waren bereits auf dem Weg nach draußen, und wenn er sich nicht beeilte, bekam er keinen Fahrgast mehr ab. Ein junger Polizist trat neben ihn und tippte ihm leicht auf den Arm. Liu Xinrong drehte sich um.

»Sind Sie der Taxifahrer, der einen usbekischen Schein wechseln möchte?«, fragte der Polizist.

»Äh, ja. Wieso?« Ängstlich durchsuchte Liu Xinrong sein Gedächtnis. Wann und wo hatte er sich etwas zuschulden kommen lassen?

»Woher haben Sie den Schein?«

»Von einem Fahrgast. Er steckte zwischen mehreren Yuan-Noten.«

»Sehr gut«, sagte der Polizist mehr zu sich selbst. »Folgen Sie mir bitte.«

Die Angestellte der Bank of China klopfte von innen gegen die Scheibe.

»Vergiss dein Geld nicht«, sagte sie. Dann fügte sie hinzu: »Ich bin heute Morgen angewiesen worden, jeden zu melden, der usbekisches Geld umtauschen will. Ich weiß auch nicht, was los ist.« Sie reichte ihm das Geld. Der Polizist nahm die usbekische Banknote, ließ sie in eine transparente Plastikhülle gleiten und verschloss sie sorgfältig.

Liu Xinrong begleitete den Polizisten in ein kleines Büro des Flughafen-Sicherheitsdienstes. Er hatte einen Kloß im Hals. Was war nur los, was hatte er falsch gemacht? Immerhin war der Polizist nicht unfreundlich. Er bot dem Taxifahrer einen Stuhl an und goss ihm aus einer Thermoskanne eine Tasse lauwarmen Tee ein. Dann zog er die Farbkopie eines Fotos aus einer abgegriffenen Tasche und drückte sie Liu Xinrong in die Hand.

»Ist dieser Mann Ihr Fahrgast gewesen?«

Der Mann auf dem Foto war wesentlich jünger und hatte blonde Haare und blaue Augen, aber die Ähnlichkeit war unverkennbar. Es war der Mann, den er gestern zu der Fahrradwerkstatt gebracht hatte.

Liu Xinrong wurde klar, warum das Aussehen des Usbeken ihn so irritiert hatte: Die blonden Augenbrauen und Wimpern hatten überhaupt nicht zu den dunklen Haaren und dem Schnurrbart gepasst.

»Ja«, sagte er bestimmt. »Der Mann ist gestern Nachmittag in Xi'an angekommen. Er hat sich eigenartig benommen.«

»Eigenartig?«, fragte der Polizist. Dann stand er auf. »Mein Kollege wird Sie zum Interpol-Büro in der Stadt fahren.«

»Interpol?«, fragte Liu Xinrong eingeschüchtert.

»Ja«, sagte der Polizist ohne eine weitere Erläuterung. Gemeinsam verließen sie den Flughafen.

* * *

Es war Viertel vor drei, und Li Yandao war immer noch nicht zurück. Wenn er nicht bald erschien, würden sie die Verabredung mit dem Vizedirektor nicht einhalten können. Marion wollte gerade Li Yandaos Nummer wählen, als das Telefon klingelte.

»Hallo, Ma Li Huo, hier ist Yandao.«

»Wo bist du? Wir müssen bald los!«

»Hier geht gerade alles drunter und drüber. Ich kann jetzt nicht fort.«

»Aber du hast doch das Kästchen! Und wie heißt der Mann eigentlich, mit dem ich mich treffe?«

»Sein Name ist Guan. Um halb vier wirst du von einem Polizisten abgeholt. Er hat Fotos von dem Jadepferd und den anderen Sachen bei sich, mit denen sich Vizedirektor Guan zunächst trösten muss.«

»Nur Fotos?«

»Das Kästchen bleibt bei der Polizei, bis der Fall abgeschlossen ist. Unsere Spezialisten haben Fingerabdrücke von mehreren Personen sichergestellt, und ich hoffe, dass nicht nur du und deine Freunde sich auf den Sachen verewigt haben.«

»Oh. Daran habe ich nie gedacht«, sagte Marion kleinlaut.

»Es ist nicht zu ändern.«

»Warum kannst du nicht kommen?«, fragte Marion, um von dem unangenehmen Thema abzulenken.

»Ich habe jetzt keine Zeit, dir alles zu erklären. Wir sehen uns später.« Es klickte in der Leitung.

Also musste sie den Vizedirektor ohne Yandao aufsuchen. Bevor Marion das Zimmer verließ, kontrollierte sie in dem großen Spiegel in der Schranktür den Sitz ihres neuen Hosenanzugs. Sie hatte sich sogar passende Winterstiefel mit hohen Absätzen und einen brombeerfarbenen Mantel geleistet. Es wurde Zeit, dass sie sich Li Yandao einmal von ihrer besten Seite zeigte. Er hatte sich das Lachen nicht verkneifen können, als er sie gestern Abend in ihrer unmöglichen Unterwäsche gesehen hatte, Geschmacksentgleisungen mit zartrosa Kätzchen-Motiven von einem Hongkonger Grabbeltisch. Als Letztes ließ sie ein in Packpapier eingewickeltes kleines Kästchen in ihre ebenfalls neue Handtasche gleiten. Es war ein Geschenk für Yandao, das sie heute Vormittag in einem der Läden beim Trommelturm entdeckt hatte.

Das Polizeiauto stand auf der Rampe vor dem Hoteleingang. Ein uniformierter junger Polizist hielt ihr höflich die Autotür auf. Marion lehnte sich entspannt zurück. Die ganze verrückte Geschichte würde in weniger als einer Stunde zu Ende sein.

* * *

Li Yandao schob sein Handy in die Tasche zurück und beugte sich zu dem Mann auf dem Vordersitz.

»Konzentrieren Sie sich, Mann! Wo ist der verdammte Fahrradladen?«

Liu Xinrongs Kopf pendelte von rechts nach links und wieder zurück. Wo war der verdammte Fahrradladen, die verdammte Straße? Sie mussten gleich zu Beginn falsch abgebogen sein, und er hatte den Fahrer immer tiefer in das Gewirr des Viertels dirigiert. Seine Ehre als Taxifahrer stand auf dem Spiel, aber er war so durcheinander, dass sich in seinem Kopf alles drehte. Als sie um eine weitere Ecke bogen, erinnerte Liu Xinrong sich endlich.

»Dort! Sehen Sie den kleinen Gemüsestand an der Ecke? Biegen Sie rechts ab, das ist die richtige Straße.«

Der Fahrer lenkte den Zivilwagen viel zu schnell in die enge Gasse und wich einer entgegenkommenden jungen Frau aus, die eine riesige karierte Tasche auf ihrem Fahrrad balancierte. Dabei hätte er beinahe einen flauschigen weißen Schoßhund überfahren. Aus einem der Häuser eilte eine robuste Mitvierzigerin auf die Straße und ergriff den verängstigten Hund. Die geballte Faust schüttelnd, den kläffenden Köter unterm Arm, zeterte sie dem Auto hinterher und konnte sich gerade noch vor dem zweiten Wagen in Sicherheit bringen, der ihnen in hohem Tempo folgte. Liu Xinrong fragte sich, ob die Frau sie auch verfluchen würde, wenn sie wüsste, dass sie es mit der Polizei zu tun hatte. Wahrscheinlich. Wenn es um ihre vergötterten Hündchen ging, fürchteten seine Landsleute nicht Tod noch Teufel noch den Arm des Gesetzes.

»Stopp! Das ist der Laden!«, rief Liu Xinrong erleichtert.

Der Fahrer trat auf die Bremse. Im selben Moment sprangen Li Yandao und der Zivilpolizist neben ihm aus dem Auto. Der zweite Wagen kam Zentimeter hinter ihnen zum Stehen, und fünf Männer, ebenfalls in Zivil, sprangen heraus und rannten hinter Li Yandao in den dunklen Fahrradladen.

Zwei Minuten später standen Li Yandao und ein älterer weißhaariger Mann namens Ling Jiao in der vollständig ausgeräumten Wohnung, die Nikolai höchstwahrscheinlich als Unterschlupf gedient hatte. Nur ein abgewetztes, monströses Sofa zeugte davon, dass hier überhaupt Menschen gelebt hatten.

»Ausgeflogen samt Gepäck«, sagte der Weißhaarige. Er war der Dienstälteste seiner Abteilung und leitete die Fahndung. Als Li Yandao noch in Xi'an gearbeitet hatte, war Ling Jiao sein Mentor gewesen, aber auch er hatte nichts gegen Li Yandaos Versetzung nach Kashgar unternehmen können. Damals war Li Yandao ein aufstrebender junger Polizist in der internationalen Abteilung gewesen. Vielversprechend, aber zu moralisch, was ihn letztendlich zu Fall gebracht hatte. »Was hat ihn gewarnt?«

»Nichts«, antwortete Li Yandao, »er ist einfach vorsichtig.«

»Seit dieser Taxifahrer seine Aussage gemacht hat, frage ich mich, woher Nikolai eigentlich wusste, dass die Deutsche um diese Zeit in Xi'an eintrifft. Er ist von Tashkent über Urumqi geflogen, so viel steht fest, und sie kam via Hongkong aus Deutschland.«

Li Yandao zuckte die Achseln. »Vielleicht geht es gar nicht um sie.«

»Aber wenn er nicht wegen Fräulein … wie heißt sie noch?«, fragte Ling.

»Reu-Ta.«

»Wenn er nicht ihretwegen hier ist, warum dann? Ein neuer Diebstahl? Ein Treffen mit seinem Boss? Wir müssen ihn aufspüren. Ich habe das Gefühl, dass wir mit seiner Hilfe einen ganz dicken Fisch an Land ziehen können.«

»Schön wär's. Wie machen wir weiter?«

»Wir müssen die Nachbarn befragen.«

»Kann ich das dir und deinen Leuten überlassen? Ma Li Huo und der Vizedirektor erwarten mich um vier im Museum. Vielleicht schaffe ich es doch noch rechtzeitig.«

Ling Jiao verengte die Augen. »Ma Li Huo? Du hast nicht zufällig eine Schwäche für diese deutsche Dame?«

»N-nein.«

Ling Jiao winkte ab. »Sei wenigstens diskret. Und jetzt verschwinde. Wir schaffen es auch ohne dich.«

* * *

Kurz vor Marion waren zwei Reisebusse mit italienischen Touristen beim Museum angekommen, und es blieb ihr nichts anderes übrig, als den Andrang vor der Kasse abzuwarten. Der junge Polizist, der sie hergefahren hatte, versuchte sich zur Kassiererin durchzukämpfen, aber er hatte nicht mit dem Protest der Italiener gerechnet, die den Chinesen in ihrer Meisterdisziplin des Vordrängelns ebenbürtig waren. Mit einer entschuldigenden Geste kam der Polizist zurück und stellte sich neben Marion. Er war ein überaus schüchterner Mann, dem die Aufgabe, Marion zu begleiten, sichtlich unangenehm war.

Marion nutzte die Wartezeit und betrachtete den imponierenden Museumsbau. Bei ihrem Besuch mit Greg und Jenny war sie so auf die Ausstellung konzentriert gewesen, dass sie das Gebäude kaum beachtet hatte. Das Museum war erst Anfang der neunziger Jahre eröffnet worden, aber die symmetrische Anlage und die geschwungenen Satteldächer ließen es aussehen wie einen Tang-Palast, eines Kaisers würdig. Trotz der gekachelten Fassade war das Museum ein gelungener Bau.

Nach ein paar Minuten waren die Italiener versorgt und versammelten sich auf dem Vorplatz um ihren Reiseleiter, der ihnen mit

Hilfe eines Mikrofons die Verhaltensregeln für die nächste Stunde klarmachte: nichts anfassen, kein Blitzlicht, keine Getränke und immer brav in der Gruppe bleiben. Selbstverständlich hörte niemand zu.

Marion stellte sich der Kassiererin vor. Kaum hatte sie ihren Namen genannt, trat ein Chinese, der schon eine Weile an der Absperrung gestanden hatte, auf sie zu und begrüßte sie überschwenglich.

»Fräulein Reu-Ta! Ich freue mich, Sie in unserem schönen Museum willkommen zu heißen.«

»Direktor Guan?«

»Vizedirektor, aber nennen Sie mich ruhig Direktor«, sagte er und brach in ein donnerndes Lachen aus. Vizedirektor Guan genoss es offensichtlich, dass sein Vorgesetzter außer Haus war. Der Mann war etwa fünfzig Jahre alt und sehr massig. An seinen fleischigen Fingern trug er mehrere protzige Ringe mit großen, bunten Steinen, und seine Fingernägel waren manikürt. Sein Anzug und die Schuhe sahen teuer aus, ebenso die randlose Brille, die für sein großflächiges Gesicht zu filigran war. Seine exakt geschnittenen Haare waren tiefschwarz, und Marion vermutete, dass er sie hatte färben lassen. Ein selbstgefälliger, eitler Mann. Marion tat es fast leid, dass ausgerechnet er die Jadefigur in Empfang nehmen würde, sobald die Polizei sie freigab.

»Kommen Sie, kommen Sie«, sagte er eifrig. »Ich bin sehr neugierig, was Sie mir bringen. Der Herr Kommissar hat sich zu dem Thema ausgeschwiegen.«

Sie setzten sich in Bewegung, und der Polizist folgte ihnen. Stirnrunzelnd sah Vizedirektor Guan ihn an und sprach kurz auf Chinesisch mit ihm.

»Muss Ihr Aufpasser uns begleiten?« fragte er Marion anschließend. »Ich sehe keinen Grund dazu, und die Uniform könnte die Touristen nervös machen.«

»Nein. Meinetwegen kann er warten.«

Nach einem kurzen Wortwechsel kehrte der Polizist zu seinem

Auto zurück, während Marion und Vizedirektor Guan den Platz vor dem Hauptgebäude des Museums überquerten. Über eine breite Treppe erreichten sie die gewaltige, von chinesischen Schulklassen und ausländischen Reisegruppen verstopfte Besucherhalle. Vizedirektor Guan führte Marion in den linken Seitenflügel. Sie liefen durch mehrere Ausstellungsräume, bis Guan vor einer unauffälligen Tür innehielt und sie mit einer codierten Karte öffnete. Höflich trat er einen Schritt zurück.

»Nach Ihnen, Fräulein Reu-Ta.«

»Danke.«

Sobald sich die Tür hinter ihnen geschlossen hatte, verstummte das Gemurmel der Museumsbesucher, und nur das leise Summen der Heizungsanlage war zu hören. Marion sah einen langen Flur mit vielen Türen hinunter. Einige davon standen offen, aber es war niemand zu sehen. Die Angestellten hatten bereits Feierabend.

* * *

Li Yandao hieb ungeduldig auf die Hupe. Es half ihm, Aggressionen abzubauen. Außerdem machten alle anderen Fahrer ihrem Ärger auf dieselbe Art und Weise Luft.

Der Lärm passte zu Li Yandaos Stimmung. Der Russe war ihm entwischt, Ling wusste höchstwahrscheinlich über die letzte Nacht Bescheid, es war schon nach vier, und Ma Li Huo war längst im Museum. Was für ein Tag.

Der Verkehr auf der Zhuque Dajie war völlig zum Erliegen gekommen. Der Fahrer des Wagens vor ihm stieg aus und spähte die Straße hinauf. Li Yandao ließ das Seitenfenster runter.

»Was ist da los?«

»Ein Unfall. Ich kann Sirenen hören. Mann, ich hab's eilig!«

»Nicht nur du«, sagte Li Yandao. Bis zum Museum waren es höchstens noch zwei Kilometer, und er saß fest. Auf den Fahrradweg konnte er wegen eines Gitters nicht ausweichen, und die nächste Seitenstraße war unerreichbar weit entfernt. Nachdem er eine Weile lang vor sich hin geschimpft hatte, legte er den Rückwärtsgang ein und rangierte sich aus der Lücke, bis der Wagen halb auf dem Begrenzungsstreifen zwischen der Fahrbahn und dem Fahrradweg stand. Li Yandao stieg aus und schlug die Autotür hinter sich zu.

»He! Sie können das Auto da nicht stehen lassen. Wie soll ich vorbeifahren?«, keifte der Fahrer hinter ihm.

»Ihr Problem«, fertigte Li Yandao ihn ab und stapfte in Richtung des Museums davon.

* * *

»Setzen Sie sich«, sagte Vizedirektor Guan und wies auf einen bequemen Lederdrehstuhl vor seinem Schreibtisch. Dann ging er um den Schreibtisch herum und ließ sich in seinen Stuhl fallen.

»Sie sind Archäologin?«, fragte er einleitend.

»Nein«, antwortete Marion einsilbig. Sie konnte ihren Blick nicht von den geschmacklosen Ringen des Vizedirektors abwenden, der unruhig mit den Fingern auf dem Schreibtisch herumtrommelte. Sie fühlte sich in der Gegenwart des Mannes unbehaglich, und die Beichte wäre ihr leichter gefallen, wenn er ihr sympathischer gewesen wäre. Doch dann gab sie sich einen Ruck. Es spielte keine Rolle, ob sie den Mann mochte oder nicht.

»Ich habe vor einigen Monaten in Xinjiang einen Fund gemacht«, begann sie. »Ich behielt ihn, da ich ihn für wertlos hielt – doch einige unangenehme Vorkommnisse ließen in mir den Verdacht aufkeimen, dass dem nicht so war. Der Fund schien im Gegenteil sogar sehr wertvoll zu sein, denn eine Bande von Schmugglern verfolgte mich kreuz und quer durch China, bis es mir gelang, den Fund nach Deutschland und in Sicherheit zu bringen.« Marion feixte innerlich: Yandao und sie hatten letzte Nacht stundenlang an einer plausiblen Version ihrer Geschichte gefeilt, die der Wahrheit so nahe kommen musste wie möglich und dabei Marions Verstrickungen in die ganze Affäre herunterspielte.

»Dummheit schützt vor Strafe nicht«, hatte Marion bemerkt, aber Yandao hatte diesen Einwand einfach weggewischt. »In China schon«, hatte er gesagt und dabei breit gegrinst. »Da wir euch Nicht-Chinesen samt und sonders für ignorante Dummköpfe halten, werden sich die zuständigen Stellen in ihrer Meinung bestätigt fühlen und dich mit freundlicher Herablassung behandeln.« Woraufhin Marion ihm ein Kissen an den Kopf geworfen hatte.

Die Generalprobe hatte die Geschichte offensichlich bestanden: Der Vizedirektor schluckte sie, ohne mit der Wimper zu zucken.

Sie fuhr fort: »Nachdem ich einen deutschen Fachmann zu Rate gezogen und er die Echtheit des Fundes bestätigt hatte, stand für mich sofort fest, dass ich die Sachen nach China zurückbringen musste. Um konkret zu sein: in Ihr Museum, Direktor Guan.«

Vizedirektor Guan rutschte auf die Stuhlkante. »Wo ist es?«

»Es?«, fragte Marion verwirrt.

»Na das, was Sie mir geben wollen. Sie sind doch hier, um mir Ihren Fund zu überreichen, oder täusche ich mich?«

»Nein, nein, natürlich bin ich deshalb hier, aber …«

»Sie spannen mich auf die Folter, Fräulein Reu-Ta. Was ist es?«

»Sie kennen die halbe Pferdefigur aus der Han-Dynastie, die in einer Vitrine in dem Saal mit den Goldschmiedearbeiten ausgestellt ist?«, fragte sie zurück.

»Selbstverständlich. General Li Guanglis Dienstausweis. Ein sehr schönes Stück, nur leider fehlt die andere Hälfte.«

»Jetzt nicht mehr. Ich habe sie gefunden.«

»Tatsächlich?«

Marion hatte erwartet, dass der Vizedirektor über diese Eröffnung völlig aus dem Häuschen sein würde, aber er zeigte sich nicht einmal überrascht. Ein wenig enttäuscht öffnete sie ihre neue, brombeerfarbene Handtasche und wollte gerade den Umschlag mit den Fotos herausziehen, den der Polizist ihr gegeben hatte, als ihr Gegenüber einen erstickten Laut ausstieß. Marion blickte auf. Alle Farbe war aus dem schwammigen Gesicht des Vizedirektors gewichen, und er starrte entsetzt auf einen Punkt hinter Marion. Sie schwang den Drehstuhl herum, um zu sehen, was ihn so erschreckt hatte.

Die Pistole war direkt auf sie gerichtet.

* * *

Li Yandao platzte beinahe vor Wut. Vor dem Kassenhäuschen stand ein westlicher Tourist in abgetragener Kleidung und feilschte mit der Kassiererin um den Eintrittspreis.

»Ich bin Student. Hier, mein Studentenausweis. Ich habe ein Recht auf eine Ermäßigung!«, rief er aufgebracht in die kleine Öffnung, hinter der die Frau saß.

»Es ist mir egal, was Sie für Rechte haben. Es gibt keine Sonderregeln und damit Schluss.«

»Der Eintrittspreis ist viel zu hoch.«

»Dann bleiben Sie draußen.«

»Ich werde mich beschweren.«

»Viel Spaß. Wo wollen Sie sich denn beschweren?«, fragte die Frau ehrlich interessiert.

»Sie werden sich noch wundern!«

»Es reicht.« Li Yandao schob den protestierenden Studenten grob beiseite und beugte sich zu der Kassiererin.

»Ich …«

»Wie viele Personen?«

»Ich möchte zu Vizedirektor Guan.«

»Das wollen viele. Also, ein Ticket?«

»Sie haben sich vorgedrängelt!«, nörgelte der Student.

»Na und?« War er im Irrenhaus gelandet? Li Yandao wandte sich wieder der Kassiererin zu, die ihn gelangweilt ansah.

»Ich habe einen Termin.«

»Das kann nicht sein. Vizedirektor Guan hat Besuch von einer Ausländerin.«

»Eben. Und ich sollte auch dabei sein.«

»Warum erscheinen Sie dann erst jetzt?«, fragte sie unbeeindruckt.

Er hielt ihr seinen Polizeiausweis vor die Nase.

»Polizei. Lassen Sie mich sofort ins Museum.«

Zur Antwort kramte sie in einer Schublade und presste ihren Dienstausweis von innen gegen die Scheibe.

»Glauben Sie, dass ich damit überall reinkomme, ohne zu bezahlen? Fünfunddreißig Yuan«, schnappte sie.

Li Yandao verschlug es die Sprache. Zähneknirschend knallte er das Geld auf den Zahlteller. Sie zählte es langsam und sorgfältig, bevor sie ihm eine Eintrittskarte reichte.

»Na also, warum nicht gleich so.«

Er hörte sie schon nicht mehr und hastete durch das Drehkreuz. Jetzt musste er nur noch herausfinden, wo das Büro des Vizedirektors lag.

* * *

»Nikolai!«, riefen Marion und Vizedirektor Guan gleichzeitig.

»Sie kennen ihn?«, fragte Marion verblüfft.

»Sehr gut sogar«, sagte Nikolai. Er zielte jetzt auf den Vizedirektor.

»Wo ist Zu'en? Wieso bist du in Xi'an?«, rief Guan auf Englisch. In der Aufregung kam es ihm gar nicht in den Sinn, Chinesisch zu sprechen, damit Marion ihn nicht verstand.

»Ts, ts, so viele Fragen auf einmal. Hören Sie gut zu, Marion, es könnte sehr aufschlussreich für Sie sein. Guten Abend, Professor«, sagte er dann, an Vizedirektor Guan gerichtet.

»Was willst du? Mich bloßstellen? Dann hängst du mit drin.«

»Ich stecke sowieso bis zum Hals in der Scheiße, *Partner,* und ich weiß auch, wie ich mich da herauswühle. Du wärst unbehelligt geblieben, wenn nicht *mein* Freund Zu'en mir von deinem Verrat berichtet hätte. Dein Versuch, uns gegeneinander auszuspielen, war ein großer Fehler.«

Guan hatte sich von seinem Schreck erholt. »Ach ja?«, sagte er abfällig. »Dazu kann ich nur sagen, dass ich in den letzten Wochen alles andere als zufrieden mit dir war. Du hast den Auftrag gründlich versaut, also habe ich mich entschieden, Zu'en mit der Sache zu betrauen.«

»Und mich um meinen Anteil zu betrügen.«

Guan zuckte mit den Schultern. »Du hast ihn dir nicht gerade verdient, oder?«

»Schluss jetzt«, sagte Nikolai drohend. Mit schnellen Schritten ging er um den Tisch herum und hielt Guan die Pistole vors Gesicht. »Diesmal bist du zu weit gegangen. Zu'en war stinksauer, dass du ihn mit einem Trinkgeld abspeisen wolltest.«

»Ich habe euch nie hintergangen«, sagte Guan.

»O doch. Meine Kontakte haben mir einige interessante Dinge erzählt.«

Nikolai drehte Marion den Rücken zu. Sie glitt lautlos aus dem Stuhl und bewegte sich mit angehaltenem Atem auf die Tür zu. Sie hatte die Hand bereits auf der Klinke, als Guan aufheulte.

»Sie flüchtet!«

Nikolai fuhr herum. »Kommen Sie zurück, Marion!«, donnerte er. »Und stellen Sie sich neben den Tisch, damit ich Sie sehen kann.«

Marion gehorchte zitternd seinem Befehl. Sie brachte keinen Ton heraus.

»Ist Ihnen klar, dass er Sie umbringen muss, Fräulein Reu-Ta? Er kann keine Zeugen gebrauchen«, sagte Guan gehässig.

»Nein!«

»Doch.«

Nikolai verlor die Beherrschung. »Lass sie in Ruhe, du Arschloch. Gib mir die Figur.«

Guan zeigte auf Marions Handtasche. »Sie hat die Sachen noch.«

Nikolai schnappte sich mit der freien Hand die Tasche und

wühlte kurz darin herum. Ein befriedigtes Lächeln glitt über sein Gesicht.

»Auf Sie ist Verlass, Marion. Und jetzt …«

Er wurde von einem Klopfen an der Tür unterbrochen. Die drei erstarrten.

»Keinen Ton«, flüsterte Nikolai. Er bewegte die Pistole zwischen Marion und Guan hin und her, während er sich an Marion vorbei rückwärts zum Fenster bewegte.

Es klopfte abermals, lauter und ausdauernder. Marion konnte einen ärgerlichen Ausruf hören.

»Yandao!«, rief sie. Im nächsten Moment hatte Nikolai sie von hinten gefasst und hielt ihr die Pistole an den Kopf. »Halt den Mund«, zischte er, aber es war zu spät.

Die Tür sprang auf, und Li Yandao stürmte herein. Als er die Waffe an Ma Li Huos Schläfe bemerkte, blieb er wie angewurzelt stehen.

»Nehmen Sie bitte die Hände hoch, Kommissar Li«, sagte Nikolai.

Li Yandao hob langsam die Arme. »Was haben Sie vor?«

»Ganz einfach: Ich nehme die Figur, um die mein Partner hier mich betrügen wollte, und werde ein reicher Mann.«

»Partner?« Li Yandao sah zu dem in seinem Stuhl zusammengesunkenen Guan. »Vizedirektor Guan ist Ihr Partner?«

»Wie hätte ich mir sonst Zutritt zu seinem Büro verschaffen können? Guan hat die ganze Sache eingefädelt: Marion bringt ihm das zerbrochene Jadepferd, es wird vor ihren Augen von einem Bewaffneten gestohlen, er hat eine weiße Weste und kassiert kräftig ab.«

»Sie liefern Ihren Partner aus? Warum?«

»Ich wollte es nicht, aber da er sich selbst verraten hat, macht es für ihn keinen Unterschied mehr. Oder liege ich da falsch, Professor?«

Guan hatte es die Sprache verschlagen. Sein dickes Gesicht war kreidebleich.

»Aber die Figur …« Li Yandao verstummte. Ma Li Huo hatte die Augen aufgerissen und schüttelte kaum merklich den Kopf.

»O ja, die Figur«, sagte Nikolai träumerisch. »Mein Partner ist zu gierig geworden und wollte das Geschäft ohne mich machen. Er hat sich ein wenig verkalkuliert. Aber genug geschwatzt. Ich habe heute noch einiges vor.«

»Geben Sie auf. Sie können das Museum nicht verlassen und China schon gar nicht«, sagte Li Yandao.

»O doch«, antwortete Nikolai ruhig. Seine Selbstsicherheit war unerträglich. »Es sei denn, Sie wollen Marion gefährden.«

»Sie können sie nicht als Geisel nehmen!«

»Ich wüsste nicht, was mich daran hindern sollte.«

Marion brach der kalte Schweiß aus. Bisher hatte sich ihr Verstand geweigert, die Gefahr anzuerkennen. So etwas passierte nur im Film oder aber anderen Leuten. Nikolais Behauptung brachte sie in die Realität zurück. Es war kein Film. Das kalte Ding an ihrer Stirn war ein Pistolenlauf.

»Lassen Sie mich gehen, Nikolai«, sagte sie schwach.

»Das ist leider nicht möglich. Ihr Polizistenfreund würde mir enorme Schwierigkeiten machen, und dann müsste ich *ihn* erschießen.«

»Es ist alles gelogen. Ich habe nichts damit zu tun!«, rief Guan plötzlich und sprang aus seinem Stuhl, der krachend an die Wand hinter ihm prallte.

»Bleib, wo du bist!«, brüllte Nikolai seinen ehemaligen Partner an. Ohne Erfolg: Guan rannte um den Schreibtisch herum auf die geöffnete Bürotür zu. Li Yandao sah seine Chance. Mit einem Sprung war er bei Ma Li Huo und riss sie von Nikolai weg. Gleichzeitig versuchte er, ihm einen Schlag ins Gesicht zu versetzen, aber der Russe war schneller und wehrte seine Faust ab. Li Yandao hatte Nikolai nicht viel entgegenzusetzen. Es war Jahre her, seit er ernsthaft trainiert hatte, und er war nie ein guter Boxer gewesen. Nach wenigen gezielten Schlägen des Russen taumelte er zurück, ohne

Nikolai ein einziges Mal getroffen zu haben. Nikolai bückte sich hastig nach der Pistole, die ihm während des Kampfes aus der Hand gefallen war, und zielte auf den Kommissar, der benommen an der Wand lehnte.

»Nicht!«, heulte Marion.

»Entschuldigung«, sagte Nikolai und holte aus. Die Pistole traf Li Yandao direkt am Kinn, und er sackte bewusstlos auf den Boden.

Marion brach in Tränen aus. »Du Schwein!«, schrie sie Nikolai an und kroch auf Li Yandao zu. Nikolai zog sie am Arm hoch und schüttelte sie.

»Hysterie passt nicht zu Ihnen, Marion. Er ist nicht tot. Ihr Freund wird schneller wieder zu sich kommen, als mir lieb ist.«

Ohne Marion aus den Augen zu lassen, hockte sich Nikolai neben Li Yandao und durchsuchte ihn gründlich. Nachdem er gefunden hatte, was er suchte, versenkte er Li Yandaos Handy in einem Becher mit kaltem Kaffee. Seinen Dienstausweis und die Waffe warf er aus dem Fenster in einen Busch. Dann schnappte er Marions Handtasche und gab sie ihr. Er nahm ihren Mantel von der Stuhllehne und drapierte ihn über seinen Unterarm und die Hand mit der Pistole.

»Wir gehen jetzt durch das Museum zum Haupteingang. Arm in Arm wie ein Liebespaar. Ich erwarte, dass Sie ein glückliches Lächeln aufsetzen, Marion. Wischen Sie sich die Tränen aus dem Gesicht.«

Marion fuhr sich gehorsam mit dem Ärmel über die Augen. Nikolai hatte gewonnen. Willenlos ließ sie sich von ihm den Flur hinunterzerren.

Vizedirektor Guan war spurlos verschwunden.

Vor der Tür zu den Ausstellungshallen holte Nikolai eine Karte aus der Jackentasche und zog sie durch den Schlitz.

»Guan hat alles bestens vorbereitet«, sagte er vergnügt und stieß die Tür auf. Gemeinsam traten sie in den Ausstellungsraum. Nikolai legte seinen Arm um Marions Schultern und dirigierte sie zügig an den Museumsbesuchern vorbei. Marions Lebensgeister kehrten zurück. Sie durfte nicht zulassen, dass Nikolai mit ihr das Museum verließ. So unauffällig wie möglich versuchte sie, in den dezent beleuchteten Räumen mit einem der Besucher Blickkontakt aufzunehmen, aber obwohl mehrere Menschen flüchtig in ihre Richtung schauten, gelang es ihr nicht. Nikolai und sie schienen ein überzeugendes Pärchen abzugeben.

Vor einer Vitrine blieb Nikolai stehen.

»Begehrenswert, nicht wahr? Ich wünschte, ich könnte diese Hälfte auch haben. Helfen Sie mir dabei?«, flüsterte er Marion ins Ohr, bevor er sie weiterzog. Seine Frechheit machte sie sprachlos. Nikolai war verrückt.

Zwei Minuten später betraten sie die Vorhalle. Nikolai steuerte zielsicher auf eine große Menschentraube zu und mischte sich unter die Touristen, eine amerikanische Reisegruppe. Sie senkte den Kopf und versuchte, sich einem der Amerikaner zu nähern.

»Sorry ...«, flüsterte sie.

»Schh!« Nikolai presste ihre Schulter, bis es schmerzte. »Keinen Ton.«

Die vielen Menschen machten Marion mutig.

»Sie werden mich nicht hier erschießen«, sagte sie so leise, dass es niemand außer Nikolai hören konnte.

»Wollen Sie es darauf ankommen lassen?«

»N-nein.«

»Dann halten Sie den Mund.«

Die Gruppe setzte sich in Bewegung. Die Amerikaner waren damit beschäftigt, die Preise der gerade erstandenen Souvenirs zu vergleichen, und beachteten das Paar nicht, das in ihrer Mitte das Museum verließ.

* * *

Mit Mühe rappelte sich Li Yandao vom Fußboden hoch, wankte zum Schreibtisch und ließ sich auf den Stuhl fallen. Sein Kiefer pochte, und ihm war schwindelig, aber es war keine Zeit zum Jammern: Er musste schnell handeln. Ein Blick auf die Uhr zeigte ihm, dass er nur wenige Minuten ohnmächtig gewesen war, und mit Glück befanden sich Nikolai und Ma Li Huo noch im Museum. Die Vorstellung, dass der Russe sie in seiner Gewalt hatte, verursachte Li Yandao Übelkeit. Er hätte sie nicht allein zu dem Termin fahren lassen dürfen, auch wenn ihm seine Vernunft sagte, dass er sich keine Vorwürfe zu machen brauchte. Auf den Vizedirektor war niemals auch nur der Schatten eines Verdachts gefallen.

Li Yandao klopfte seine Taschen ab. Das Handy war weg, ebenso seine Dienstwaffe. Nikolai überließ nichts dem Zufall. Angestrengt kramte er in seinem Gedächtnis nach der Handynummer von Ling. Zwei-sechs-acht-zwei ... nein ... Zwei-acht-zwei-sechs-drei ... Es war sinnlos. Die Nummer war in seinem Handy abgespeichert, nicht in seinem Hirn, dem das Denken ohnehin gerade schwerfiel. Er zog Guans Telefon zu sich heran, wählte die Nummer der Zentrale des Polizeipräsidiums und ließ sich durchstellen.

Während er auf das nervtötende Piepen in der Leitung lauschte, suchte Li Yandao den Schreibtisch ab und entdeckte sein Handy. Angeekelt zog er es aus der Kaffeetasse und probierte, es freizuschalten. Keine Reaktion. Er hätte genauso gut versuchen können, mit einem *Baozi*-Knödel zu telefonieren.

»Hauptkommissar Ling Jiao.«

»Hier ist Li Yandao.«

»Was gibt's?«

»Nikolai hat Fräulein Reu-Ta als Geisel mitgenommen! Er ist bewaffnet. Der Polizist, der sie bewachen sollte, ist verschwunden. Vizedirektor Guan vom Historischen Museum ist der Drahtzieher der Schmuggler. Er ist auf der Flucht. Ich bin k. o. geschlagen worden und habe weder mein Handy noch meine Pistole. Mein Auto steht zwei Kilometer von hier in einem Stau.«

»Das ist nicht dein Ernst.«

»Leider doch. Leite eine Großfahndung ein! Das Museum muss

umgehend abgeriegelt werden. Keiner darf raus, keiner darf rein. Vielleicht ist es noch nicht zu spät.«

»Wann bist du k. o. gegangen?«

»Vor fünf, sechs Minuten. Länger ist es auf keinen Fall her.«

»Ich lege sofort los.«

»Gut.«

»Und – deiner Deutschen wird nichts geschehen. Ich kriege den Russen. Langsam nehme ich die Angelegenheit persönlich.«

* * *

Kaum hatten sie das Museum verlassen, beschleunigte Nikolai sein Tempo und eilte um das Gebäude herum in eine Seitenstraße. Marion stolperte mühsam neben ihm her. Wegen der ungewohnt hohen Absätze ihrer Stiefel konnte sie kaum Schritt halten. Vor einem Sportgeschäft stieß Nikolai sie auf die Rückbank eines parkenden Taxis und stieg ebenfalls ein. Er hatte die Tür noch nicht ganz geschlossen, als der Fahrer Gas gab. Marion konnte gerade noch sehen, wie die Tore des Museums von hektisch gestikulierenden Wachleuten geschlossen wurden, dann verschwand das Gebäude außer Sicht.

»Ihr Freund ist schneller als geplant wieder aufgewacht«, sagte Nikolai und legte den Arm um Marions Schulter. Sie wehrte sich.

»Lassen Sie mich los.«

»Und dann? Hetzen Sie wieder Ihre Schildkröte auf mich? Lieber nicht«, sagte Nikolai fröhlich.

Seine gute Laune machte Marion ein bisschen zuversichtlicher. Offensichtlich war alles nach Plan verlaufen. Um den Taxifahrer zu alarmieren, krümmte sie sich und machte würgende Geräusche. Jeder Taxifahrer auf dieser Welt wäre an den Straßenrand gefahren und hätte seinen Fahrgast rausgeschmissen. Dieser leider nicht. Ungerührt fuhr er weiter.

»Ist Ihnen nicht gut?« Nikolai klang besorgt.

»Mir ist schlecht.«

Der Fahrer drehte sich zu Marion um.

»Guter Trick. Nutzt aber nichts«, bemerkte er. Es war Zu'en. Nikolais Freund und Handlanger, der Mann aus der Barstraße.

Marion richtete sich auf.

»Es geht mir schon wieder besser, danke«, sagte sie resigniert. Wie naiv von ihr: Natürlich war Nikolai nicht in das erstbeste Taxi am Wegesrand gesprungen. Sie sah aus dem Fenster. Zu'en lenkte den Wagen durch ein Wohnviertel mit engen Straßen. Marion hatte die Orientierung verloren, sie wusste nicht einmal, in welche Himmelsrichtung sie sich bewegten. Vielleicht fuhren sie sogar im Kreis.

Wann würde Nikolai sie freilassen? Hatte er es überhaupt vor? Der Russe musste einen Plan haben, denn innerhalb der nächsten Stunde würde es für ihn keine Möglichkeit mehr geben, das Land zu verlassen.

»Sie sind so still, Marion. Ich war davon ausgegangen, dass Sie sich wie eine Furie aufführen und eine Erklärung verlangen würden«, sagte Nikolai nach einigen Minuten.

»Sie halten die Furie mit einer Pistole in Schach.«

»Ach ja, die Pistole.« Nikolai zog den Mantel von seinem Arm und betrachtete die Waffe nachdenklich. Dann legte er sie Marion in den Schoß.

»Für Sie. Ein kleines Erinnerungsgeschenk.«

* * *

Über Lautsprecher wurden die Museumsbesucher in mehreren Sprachen aufgefordert, die Ausstellungsräume zu verlassen und sich im Foyer und auf dem Vorplatz zu versammeln. Unglücklicherweise fügte die sprachgewandte Dame am Mikrofon hinzu, dass es keinen Anlass zur Panik gäbe, was zu einer Massenflucht führte. Li Yandao stemmte sich gegen die aus den Hallen quellende Menschenflut und suchte verzweifelt nach Ma Li Huo. Ein ungemein großer und dicker

Europäer presste sich an ihm vorbei. Li Yandao schlug mit dem Kopf gegen den Türrahmen. Der Schmerz setzte sich in seinen Kiefer fort, und ihm wurde wieder schwindelig. Er atmete tief durch, um nicht umzufallen, und schlüpfte an einem Wachmann vorbei, der vergeblich versuchte, die Leute in geordnete Bahnen zu lenken. Es war ein Pandämonium, wie Li Yandao es selten erlebt hatte. Menschen schrien in allen Sprachen der Welt durcheinander und schubsten sich gegenseitig aus dem Weg. Jeder wollte als Erster den Ausgang erreichen. Auf die Schulkinder, die zwischen den Erwachsenen eingeklemmt waren, nahm niemand Rücksicht.

Dank der großzügig angelegten Architektur leerten sich die Hallen schnell, und nach wenigen Minuten war Li Yandao allein. In der vagen Hoffnung, dass sich Nikolai und Ma Li Huo irgendwo hinter den Vitrinen verschanzt hatten, jagte er von einem Ausstellungsraum zum nächsten, aber ihm wurde schnell klar, dass es in den Räumen keine Verstecke gab. Er hielt vor einer Vitrine mit einem tönernen Grabwächter inne. Die Fratze des Dämons stierte ihn aus hervorquellenden Augen an, als wolle sie sich über ihn lustig machen. Li Yandao presste sein glühendes Gesicht gegen die kalte Scheibe. Seine chaotische Suche war unsinnig, aber wenn er nichts tat, würde er aus Sorge um Ma Li Huo durchdrehen. Der Tag war ein einziger Alptraum.

Nachdem er sich beruhigt hatte, raffte er sich auf und eilte keuchend weiter. Ling würde jede Minute mit der Verstärkung eintreffen, um das Museum systematisch zu durchkämmen. Auf dem Vorplatz hatten sich Hunderte von Menschen versammelt und diskutierten aufgeregt. Das Haupttor wurde von mehreren Sicherheitsleuten des Museums bewacht. Über den Lärm hinweg hörte Li Yandao sich schnell nähernde Polizeisirenen. Er rannte auf das Tor zu.

»Polizei. Lassen Sie mich raus!«

»Niemand darf hinaus.«

Li Yandao suchte nach seinem Ausweis. Er war nicht da. Es blieb ihm nichts anderes übrig, als auf Ling zu warten.

Marions Hände zitterten, als sie die Pistole hochnahm. Sie hatte noch nie eine Waffe angefasst und hätte das Ding am liebsten weit von sich geschleudert.

»Ich vermute, sie ist nicht geladen«, murmelte sie.

»Sie ist noch nicht einmal echt. Ich halte nichts von Schusswaffen.«

Marion konnte ihre Tränen nicht mehr zurückhalten. Sie war unendlich erleichtert. Nikolai presste aufmunternd ihren Arm.

»Ich bin kein Mörder, Marion, aber ich musste Sie einschüchtern.«

Sie antwortete nicht und wühlte in ihrer Handtasche herum. »Haben Sie ein Taschentuch?«, schniefte sie.

»Hier.« Nikolai reichte ihr ein Paket Papiertaschentücher, und sie putzte sich geräuschvoll die Nase. »Was wird hier eigentlich gespielt?«, fragte sie schließlich.

»Ganz einfach: Ich habe die Antiquitäten beschafft, der Professor, ich meine Vizedirektor Guan, hat die Verbindungen zu den Kunden hergestellt. Es gibt eine Menge Sammler mit viel Geld und wenig Skrupeln. Guan hat sich im Großen und Ganzen fair verhalten. Er spielte häufig den tatsächlichen Preis herunter, um meinen Anteil zu drücken, hat dabei aber bisher nie übertrieben, also tat ich so, als wäre alles in Ordnung.«

»Warum haben Sie die Sachen nicht auf eigene Faust verkauft?«

»Aus zwei Gründen: Einmal ist es nicht einfach, Kontakte herzustellen. Guan besitzt das Vertrauen vieler Sammler, und seine Position erlaubte es ihm, sich mit den Leuten sogar offiziell zu treffen.«

»Aber Sie sagten doch, dass Sie Kontakte hätten?«

»Andere Kontakte. Der zweite Grund ist meine persönliche Sicherheit. Ich bin die graue Eminenz im Hintergrund. Niemand kennt mich, niemand kann gegen mich aussagen. Das heißt, so war es, bis Sie die Bühne betraten.« Er seufzte. »Das Leben ist absurd. Ich wäre niemals auf die Idee gekommen, dass eine deutsche Touristin meine Karriere beenden würde.«

»Beenden?«

»Dies war mein letzter Coup. Dank Ihnen ist mir ganz China auf den Fersen. In wenigen Stunden weiß jeder einzelne Grenzbeamte, wie ich aussehe. Es ist jammerschade, dass ich das Land nie wieder betreten kann. Ich werde das gute Essen vermissen.«

»Sie haben Nerven! Sie sind noch nicht einmal draußen.«

»Kein unlösbares Problem. Sie werden verstehen, dass ich mich nicht weiter dazu äußern möchte.«

Marion entspannte sich. Nikolai war der gefährlichste Mann, mit dem sie es je zu tun gehabt hatte, aber er würde sie laufen lassen.

Sie hatten die Außenbezirke von Xi'an verlassen und fuhren durch eine kleinere Stadt. Die Häuser waren hier niedriger und ärmlicher. Die Abenddämmerung hatte längst eingesetzt, und aus tiefhängenden grauen Wolken fiel ein leichter Regen.

Nikolai plauderte weiter, als wäre er auf einer Spazierfahrt, nicht auf der Flucht.

»Aber zurück zu der Pferdefigur: Guan hat mich und alle anderen Beteiligten in dem Glauben gelassen, dass er eine Viertelmillion Dollar erhält. Das ist nicht schlecht, aber ich wurde misstrauisch, und Zu'en und ich stellten eigene Nachforschungen an. Eine Antiquität dieses Ranges musste mehr einbringen. Vor einer Woche habe ich herausbekommen, dass Guan ein Angebot über anderthalb Millionen vorlag. Mein Anteil daran wäre genug gewesen, um mich zur Ruhe setzen zu können, und auch die Bezahlung für Zu'en und die anderen wäre wesentlich höher ausgefallen.

Ich hatte die Figur abgeschrieben, bis Zu'en mich nach Xi'an bestellte. Guan wollte, dass Zu'en das Pferd vor Ihren Augen in seinem Büro stiehlt; es war die allerletzte Chance, es doch noch in seinen Besitz zu bringen. Es sollte so aussehen, als hätte Zu'en Sie verfolgt und dann die Gelegenheit genutzt. Mir gegenüber sollte er den Mund halten. Eigentlich kein schlechter Plan, aber Guan hatte mit zwei Sachen nicht gerechnet: Zu'en und ich sind nicht nur Geschäftspartner, sondern Freunde. Und Zu'en wusste, dass Guan in Bezug auf die Summe gelogen hatte. Also bereiteten wir eine kleine Überraschung für den Vizedirektor vor.«

»Die ist Ihnen geglückt. Mir ist das Herz in die Hose gerutscht, als Sie in der Tür standen.«

»Und Guan hat sich sogar selbst verraten. Ich hätte ihn laufen lassen, Rache liegt mir nicht. Vielleicht kann er den Fängen Ihres Kommissars entfliehen.«

»Wo bin ich bloß hineingeraten?«, murmelte Marion. Nikolai hatte sie trotzdem gehört.

»Sie wundern sich? Mit Ihrem Talent würden Sie eine fantastische Kriminelle abgeben.«

»Frechheit!«, sagte sie mit gespielter Empörung. Ihre Angst war verflogen.

Zu'en drehte sich um.

»Hier?«, fragte er.

»Warum nicht?«

Zu'en verlangsamte das Tempo und hielt neben einem abgeernteten Feld. Marion konnte in etwa einem Kilometer Entfernung die schwachen Lichter einiger Häuser ausmachen.

»Ich muss mich verabschieden, Marion. Ich hätte mich gern noch weiter mit Ihnen unterhalten, aber Zu'en und ich sind ein wenig unter Zeitdruck. Ich wünsche Ihnen alles Gute.« Nikolai langte über sie hinweg und öffnete die Autotür.

Marion wollte gerade die Beine aus dem Auto schwingen, als Nikolai sie zurückhielt.

»Die Handtasche, bitte.«

Sie reichte ihm die Tasche. Er holte einen kleinen in Papier gewickelten Gegenstand heraus und schob ihn zufrieden in seine Jackentasche. Nachdem sie ausgestiegen war, wendete Zu'en auf der wenig befahrenen Straße und hielt dann noch einmal neben ihr. Nikolai ließ die Scheibe herunter.

»Eins noch: der Mord an dem Uighuren. Es war tatsächlich ein Unfall. Yakub hatte das Messer selbst mitgebracht. Aber wahrscheinlich erwischt die Polizei den Mann, der Yakub versehentlich getötet hat, ohnehin nicht. Die Gruppe hat sich schon vor Tagen aufgelöst. Leben Sie wohl! Und – Sie sehen umwerfend aus. Ziehen Sie öfter mal was Nettes an.«

Zu'en winkte ihr zu und trat aufs Gas. Marion sah den Rücklichtern des Wagens nach. Ein grün-silbernes Taxi, wie es sie in Xi'an zu Tausenden gab. Es war sicherlich kein Zufall, dass sie das schmutzverkrustete Nummernschild nicht entziffern konnte.

Als das Auto außer Sicht war, stopfte sie die Spielzeugpistole in ihre Handtasche und trottete mit gemischten Gefühlen auf die Häuser zu. Der Regen ging in eiskalten Schneeregen über. Marion senkte den Kopf und lief, so schnell es ihre Stiefel zuließen.

* * *

Li Yandao schlitterte über die spiegelglatte Landstraße. Er fuhr viel zu schnell, aber es war ihm egal.

Die Stunden nach Nikolais Flucht waren die längsten in seinem Leben gewesen. Die Befragung der Museumsbesucher hatte zu nichts geführt. Im Gegensatz zu Guan, der dämlich genug gewesen war, in einem Reisebüro einen Flug unter seinem richtigen Namen zu buchen, fehlte von dem Russen nach wie vor jede Spur, obwohl Hauptkommissar Ling Himmel und Hölle in Bewegung gesetzt hatte. Alle Ausfallstraßen waren gesperrt, und eine landesweite Fahndung war ausgerufen worden.

Ein dunkles Dorf glitt vorbei, dann mehrere Felder. Die ersten Häuser einer Kleinstadt. Hier musste es sein. Er steuerte in Richtung des Zentrums.

Der wachhabende Polizist der Polizeistation führte ihn in ein kaltes, spärlich möbliertes Zimmer. Hellgrüne Farbe platzte von den Wänden, und eine einzelne Glühbirne beleuchtete Ma Li Huos zusammengesunkene Gestalt. Sie hatte ihr Gesicht in den auf der Tischplatte verschränkten Armen vergraben, aus ihrem Mantel tropfte Wasser und bildete unter dem Stuhl eine Pfütze. Li Yandao stürzte zu ihr.

»Bist du verletzt?«

Sie hob den Kopf.

»Nein. Nur unendlich müde und durchgefroren«, sagte sie, während Yandao ihr unbeholfen über die Wange strich.

* * *

Das Klopfen an der Zimmertür riss Marion aus einem unruhigen Schlaf. Sie schlüpfte aus dem Bett und zog sich einen Pullover über. Zwei Uhr morgens. Sie konnte sich nicht vorstellen, wer sie um diese Zeit besuchen wollte. Li Yandao? Kaum, er war in die Jagd auf Nikolai eingebunden.

Sie spähte durch den Spion in der Tür. Ein Mann in einer geschmacklosen Sportjacke stand mit dem Rücken zu ihr und blickte den Gang hinunter. Marion wusste, dass dort ein Polizist saß. Der Mann drehte sich um und klopfte erneut. Um seinen Hals hing eine billige Kamera, und er trug eine knallgelbe Baseballkappe mit der roten Aufschrift des China International Travel Service. Ein Tourist, vermutlich ein Überseechinese aus Taiwan, Malaysia oder den USA. Er hielt den Kopf leicht gesenkt, so dass ein großer Teil seines Gesichtes von dem Mützenschirm verdeckt wurde. Auf seiner Nase balancierte ein riesiges schwarzes Brillengestell, das aus demselben Laden stammen musste wie das Modell von Ex-Präsident Jiang Zemin. Marion öffnete die Tür einen Spalt.

»Was wollen Sie?«

Anstelle einer Antwort drückte der Mann gewaltsam die Tür auf. Marion war so überrascht, dass sie zurücktrat.

»Was …?«

Er legte die Hand über ihren Mund und erstickte ihren Ausruf.

»Pst! Sei ruhig, sonst wecken wir deinen Bewacher.« Das Gesicht des Mannes war dicht vor ihrem. Die schmalen Augen hinter seinen Brillengläsern funkelten übermütig. Marion biss ihn in den Finger, aber nur leicht.

»Au!« Er zog die Hand weg. »Du bist unmöglich.«

»Eben«, lachte sie und gab Yandao einen langen Kuss.

Marion verließ China zwei Wochen später. Yandao hatte recht behalten: Um das Gesicht zu wahren, hatten einflussreiche Männer beschlossen, die ganze Angelegenheit nicht an die große Glocke zu hängen. Zufrieden mit der Verhaftung Guans und hocherfreut über das Jadepferd sahen sie von einem Prozess gegen Marion ab, und auch Yandao kam mit einer Verwarnung davon.

»Kommst du wieder?«, fragte Yandao. Sie standen vor dem Flughafen Xi'ans.

»So schnell wie möglich!«, antwortete Marion. Sie löste sich aus seiner Umarmung. »Mein Flugzeug wartet nicht.«

Bevor sie das Flughafengebäude betrat, drehte sie sich noch einmal um. Yandao lehnte gegen seinen Polizeiwagen und winkte ihr nach, halb fröhlich, halb traurig. Am Ende hat mir das Jadepferd doch noch Glück gebracht, dachte Marion. Dann stieß sie die Tür auf und tauchte in das Menschengewimmel der Abflughalle.

EPILOG

HAMBURG, SEPTEMBER 2005

Susanne fütterte Bruder Tuck, der es sich auf ihrem Frühstücksteller gemütlich gemacht hatte, mit Salatblättern und frischen Nordseekrabben. Ihre Aufmerksamkeit war von einem mit vielen Illustrationen ausgestatteten Buch gefesselt.

»Wie alt ist Yandao?«, fragte sie, ohne den Blick zu heben.

»Neununddreißig«, antwortete Marion geistesabwesend. Sie war mit dem Öffnen eines Postpaketes beschäftigt, das gerade für sie abgegeben worden war.

»Danke.« Susanne rechnete stumm. »Also 1966 geboren«, murmelte sie. Schließlich klappte sie das Buch zu. »Dein Zukünftiger ist im Jahr des Feuerpferdes geboren. Wusstest du das? Hörst du mir überhaupt zu?«

Marion schreckte auf. »Was? Nein, ich habe nicht gehört, was du gesagt hast.«

»Dass Li Yandao das Feuerpferd ist, nicht du. Du bist ein Metallhund.«

»Hund? Auch recht, solange ich keine Ziege bin«, sagte Marion und schob Susanne das geöffnete Päckchen über den Tisch. »Was sagst du dazu?«

Susanne blickte hinein. »Was soll das?«, fragte sie ratlos. »Du hast doch schon eine Replik des Himmlischen Pferdes.«

»Dies hier ist kleiner und aus Silber«, sagte Marion. »Es war ein Geschenk für Yandao.«

»Warum hat er es zurückgeschickt?«

»Yandao hat es nie bekommen.«

»Du sprichst in Rätseln.«

»Du erinnerst dich doch sicher daran, was ich dir über Nikolais Flucht aus dem Museum erzählt habe. Er hat damals ein kleines Paket aus meiner Handtasche entwendet – in der Annahme, es sei das zerbrochene Jadepferd.«

Susanne riss die Augen auf. »Ich kombiniere: Es war diese kleine Statue hier.«

»Genau. Das Paket war ähnlich groß und schwer wie das Original, das Nikolai ja ohnehin nie gesehen hatte. Er wusste nur, dass es in einem Kästchen ist. Hör mal«, sagte Marion und las den Brief, der in dem Päckchen gelegen hatte, laut vor.

Liebe Marion, liebe Susanne,

ich schreibe Ihnen diesen Brief in der Hoffnung, dass Sie die Geschehnisse des letzten Winters gut überstanden haben. Mir ist bewusst, dass Sie allen Grund haben, mich zu hassen. Ich möchte um Entschuldigung bitten für alles, was ich Ihnen zugemutet habe, insbesondere Ihnen, Susanne. Bitte glauben Sie mir, dass ich niemals daran gedacht habe, Ihnen Schaden zuzufügen.

In Ihnen, Marion, habe ich meine Meisterin gefunden. Es ist wirklich schade, dass Sie eine kriminelle Karriere nicht in Erwägung ziehen. Wir hätten ein gutes Team abgegeben. Ich bemerkte Ihren Bluff mit dem falschen Pferd erst am nächsten Morgen. Es wird Sie nicht überraschen, dass Zu'en am liebsten umgekehrt wäre, um Ihnen den Hals umzudrehen.

Ich würde Sie beide gern wiedersehen, aber das ist leider vorerst unmöglich. Behalten Sie mich in nicht allzu schlechter Erinnerung,

Nikolai

PS: Anbei ein kleines Geschenk für Sie und Susanne zur Verschönerung Ihrer Hochzeitsfeier. Sie brauchen Ihrem Kommissar ja nicht zu verraten, woher es stammt.

Marion ließ den Brief sinken. »Woher weiß er von der Hochzeit?«

Susanne zuckte nur mit den Schultern. »Intuition?« Sie nahm die silberne Figur des Himmlischen Pferdes aus der Schachtel. Darunter lagen zwei kleine, hübsch verpackte Geschenke mit Namensanhängern.

»Auspacken?«

»Auspacken.«

Eine Minute später starrten sowohl Marion als auch Susanne auf ihre kostbar aussehenden Geschenke. Marion hielt ihre Kette gegen das Fenster. Fasziniert beobachtete sie, wie die blauen und weißen Steine des Anhängers das Licht an ihren Facetten brachen.

»Meinst du, die Steine sind echt?«, fragte sie.

»Ich glaube nicht, dass sich Nikolai mit Fälschungen zufriedengibt«, konstatierte Susanne trocken und streifte einen Ring mit einem altmodisch gefassten, leuchtend grünen Stein über ihren Finger. »Passt wie angegossen.«

»Aber woher …«

Susanne fiel ihr ins Wort: »So genau wollen wir das gar nicht wissen, oder?«

DANKE!

Mein Dank gilt zuallererst den wunderbaren Menschen in China, Uighuren wie Chinesen, die meine Reisen in ihr Land zu einem fantastischen Erlebnis machten und mir einen Einblick in ihren Alltag mit seinen Sorgen und Freuden gaben. Um sie zu schützen, möchte ich ihre Namen, soweit sie mir bekannt sind, nicht nennen.

Des Weiteren möchte ich mich bei Monika Frank, Meike Rechten und Monika von Löper für ihre Kritik und Anregungen bedanken.

Herzlichen Dank an Margarete und Johann Kleemiß sowie Waltraut Korbjun, die es sich nicht nehmen ließen, kiloweise Fachliteratur und Museumskataloge persönlich in meine kleine Schreibklause in Malaysia zu schleppen.

Vielen Dank an Veeraselvam Manimuthu, der ein Problem, das ich monatelang nicht lösen konnte, mit einem Anruf nach Indien aus der Welt schaffte.

Dr. Carsten Pförtner hat mich mit Informationen zu perfiden Stichwunden und anderen unangenehmen medizinischen Details versorgt: Vielen Dank!

Dank auch an Erik van Ingen vom China Motor Vehicle Documentation Centre, ohne dessen Hilfe ich bis heute nichts von der Existenz eines Shanghai Saloon geschweige denn seinem Aussehen wüsste.

Khotanesische Frauennamen? Kein Problem für Professor Mauro Maggi – herzlichen Dank für die Informationen!

Bei Koh Yok Kuan und ihrem Mann möchte ich mich für die schöne Zeit mit Familienanschluss in Malaysia bedanken. Sie haben mir ein perfektes Umfeld zum Schreiben dieses Romans geschaffen.

Ein riesengroßes Dankeschön an meinen Agenten Bastian Schlück – für alles.

Dr. Andrea Müller wünsche ich alles, alles Gute in ihrem neuen

Wirkungsfeld – und bedanke mich dafür, dass sie meinem Roman ein Zuhause verschafft hat.

Ganz herzlicher Dank gebührt meiner Lektorin Bettina Traub, die dem Roman mit Schleifpapier aller Körnungsgrade so lange zu Leibe rückte, bis wir schließlich zufrieden waren.

Und natürlich bedanke ich mich bei meinem Mann Sven, der, obwohl er jeden Satz des Buches mindestens zehn Mal gelesen hat, nie müde wurde, mir mit konstruktiver Kritik und aufmunternden Worten zur Seite zu stehen.

ANHANG

GLOSSAR

CHINESISCH

bāozi	gefülltes Dampfbrot, Knödel	
gānbei	Prost	lit. trockenes Glas
hǎo	gut	
hěn hǎo	sehr gut	
huǒ	Feuer, aber auch Laune, Reizbarkeit	
lì	Stärke, Kraft	
lǐ	Chinesische Maßeinheit, ein *lǐ* entspricht in etwa 500 Metern.	Dieses Maß war in den verschiedenen Epochen der chinesischen Geschichte nicht einheitlich, so betrug es während der späten Han-Dynastie etwa 430 Meter, während der Tang-Dynastie bis zu etwa 530 Metern.
mǎ	Pferd	
mǎmǎhūhū	so lala, es geht	lit. Pferd-Pferd-Tiger-Tiger
Nǐ hǎo!	Hallo!	
Nǐ / Nǐn hǎo ma?	Wie geht es dir / Ihnen?	
piàoliang	hübsch, schön	
tiān	Himmel, himmlisch, Gott	
xiǎojie	Fräulein	
yéye	Großvater väterlicherseits	
yì, èr, sān, sì	eins, zwei, drei, vier	
yì diǎn diǎn	ein bisschen	
youtiao	Schmalzkuchen	
zàijiàn	auf Wiedersehen	

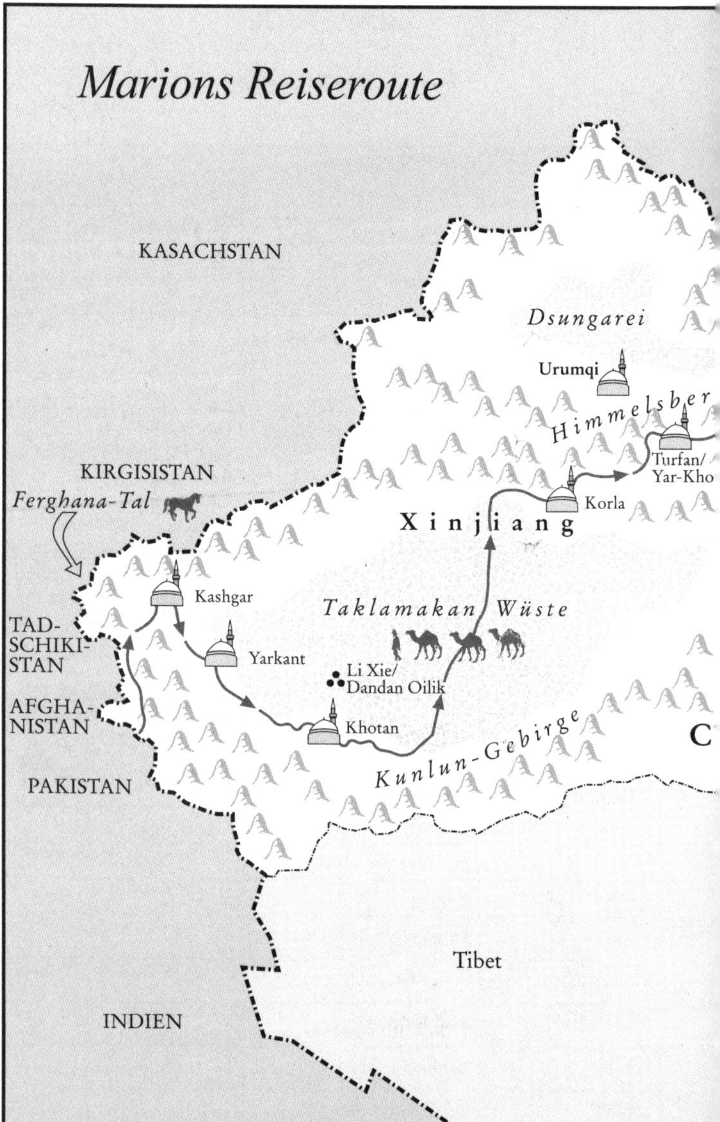
Marions Reiseroute
KASACHSTAN
Dsungarei
Urumqi
Himmelsber
Turfan/
Yar-Kho
KIRGISISTAN
Ferghana-Tal
Korla
Xinjiang
Kashgar
Taklamakan Wüste
TAD-
SCHIKI-
STAN
Yarkant
Li Xie/
Dandan Oilik
AFGHA-
NISTAN
Khotan
C
Kunlun-Gebirge
PAKISTAN
Tibet
INDIEN

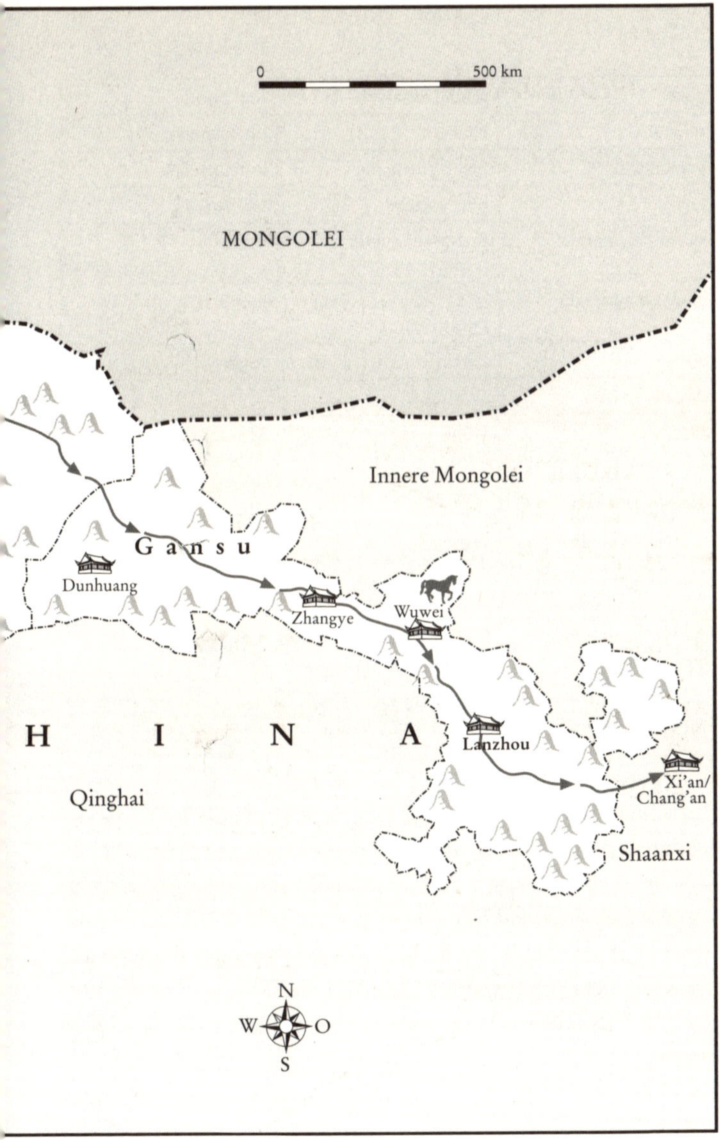
0
500 km
MONGOLEI
Innere Mongolei
Gansu
Dunhuang
Zhangye
Wuwei
Lanzhou
H I N A
Qinghai
Xi'an/
Chang'an
Shaanxi
N
W
O
S

ANDERE SPRACHEN

gözel	schön, attraktiv	uighurisch
rehmet	danke	uighurisch
yahximusiz	hallo, guten Tag	uighurisch
halal	rein, erlaubt	arabisch
salaam aleikum	Friede sei mit dir (Gruß)	arabisch
aleikum assalaam	und Friede sei mit dir (Antwort)	arabisch
Sabao	Führer einer Karawane	sogdisch
Argali	Wildschaf	
Pipa	Laute	Musikinstrument, das wahrscheinlich über die Seidenstraße nach China gelangte
chowkdee khráp	Prost	thailändisch

TRANSLITERATIONEN

Das Chinesische, aber auch das Uighurische, wurde im Laufe der Jahrhunderte nicht einheitlich für den europäischen Sprachraum verschriftlicht – was zu einer verwirrenden Vielfalt an Schreibweisen mancher Orte und Namen geführt hat. Wer sich näher mit der Geschichte der Seidenstraße befassen möchte oder die Orte auf der Karte oder im Lexikon sucht, wird die folgenden Listen hilfreich finden, auch wenn sie keinerlei Anspruch auf Vollständigkeit erheben.

1. NAMEN

pinyin *(moderne Transliteration des Chinesischen)*	***Wade-Giles-Transliteration***
Sima Qian	Ssŭma Ch'ien
Wu Di	Wu Ti
Xiongnu	Hsiung-nu
Xuan Zang, Xuanzang	Hsüan-Tsang

2. ORTE

uighurische Bezeichnung	***chinesische Bezeichnung (pinyin)***	***Wade-Giles und andere***
	Chang'an	Ch'ang-an
Dandan Oilik	Li Xie	
	Dunhuang	Tun-huang
Kashgar, Kaxgar	Kashi	K'a-shih, Shule
Khotan, Hotan	Hetian	Ho-t'ien
Korla	Kuerle	
Turfan, Turpan	Tulufan	T'u-lu-p'an
Urumqi, Ürümqi	Wulumuqi	
	Xi'an	Hsi-an
Shinjang	Xinjiang	Hsin-chiang, Sinkiang
Yar-Khoto	Jiaohe	Chiao-ho